I0762326

SANGRE DE DRAGÓN

SANGRE DE DRAGÓN

BRIAR BOLEYN

Traducción de Víctor Ruiz Aldana

Obra editada en colaboración con Editorial Planeta – España

Título original: *On Wings of Blood*

Bajo el sello editorial PLANETA M.R.
Avenida Presidente Masarik núm. 111,
Piso 2, Polanco V Sección, Miguel Hidalgo
C.P. 11560, Ciudad de México
www.planetadelibros.com.mx

Primera edición impresa en España: marzo de 2026
ISBN: 978-84-08-31646-6

Primera edición impresa en México: marzo de 2026
ISBN: 978-607-39-3931-7

Impreso en los talleres de Litográfica Ingramex, S.A. de C.V.
Centeno núm. 162-1, colonia Granjas Esmeralda, Ciudad de México
Impreso en México – *Printed in Mexico*

La serie Academia Bloodwing es una saga de fantasía romántica oscura que se desarrolla en un universo que no se rige por las mismas leyes y costumbres que conocemos. Dada su naturaleza, la historia incluye elementos que podrían no ser aptos para todos los públicos. Si deseas saber cuáles son antes de adentrarte en los peligros que entraña esta academia, ve a la página 699, pero ten en cuenta que si lees la lista de advertencias de contenido sensible, te destripará detalles de la historia.

A mi Street Team, el Rose Court.
No sabrán nunca lo muchísimo que los quiero.
Y a mi hermana pequeña, por ser la primera lectora
de esta obra. ¡Siempre me recomiendas los mejores libros!

Mi sangre les habla por las venas.

El mercader de Venecia
(Acto 3, Escena 2)

Aquel que afronta la muerte sin amor hallará sin duda su fin. Pero el que entrega su alma vive por toda la eternidad.

Últimas palabras de la reina Morcadés le Fay

LIBRO PRIMERO

PRÓLOGO

Creo que estaba ebrio. Ebrio de poder, ebrio de su sangre.

Creía que me perdonaría. Me perdonaría porque no le quedaba otra opción. Estábamos vinculados, ella y yo.

«Lo que aquí se pronunció jamás podrá quebrantarse». ¿No era eso lo que había dicho el viejo? «Lo que se unió no podrá desunirse».

Yo no había hecho nada malo, me decía a mí mismo. Simplemente había llevado la situación a su conclusión lógica. No pretendía satisfacer mis placeres. Estaba hambriento. La necesitaba.

De acuerdo, tal vez sí habría un ligero placer, pero sería para ambos, no solo para mí.

Di un paso hacia ella, la miré a los ojos y, por un momento, dudé. Sentía el vacío carcomiéndome por dentro. El ansia de sangre era permanente, acechaba bajo la superficie. En el caso de ella, había conseguido mantenerla a raya de alguna forma.

No me miró como lo habría hecho una esclava, como si debiera temerme o adorarme. Jamás se había mostrado así. No, lo que había en sus ojos en aquel instante era algo totalmente distinto.

Un odio ciego.

Había confiado en mí, aunque se negara a reconocerlo.

Y yo había destruido esa confianza.

Me miraba igual que el primer día. Como si yo no fuera un hombre, sino solo un monstruo.

Y, a pesar de todo, la atracción era demasiado intensa. No podía dejar que se librara así nada más de ella. De mí.

El primer contacto con su sangre me golpeó como una droga. Dulce, intensa y poderosa. Ella era todo lo que había anhelado. Y más. Bebí con ahínco renovado. Jamás había saboreado nada como su sangre. Era perfecta. En lugar de saciarse, mi hambre cobró vida, vengativa. Sentí como se le tensaba el cuerpo y noté un ligero temblor cuando ella trató de apartarse, pero lo ignoré. Con el tiempo se acostumbraría. No le quedaba otra. Así funcionaban las cosas.

Luego algo me arrancó los colmillos de su cuello sin previo aviso.

El suelo que nos rodeaba estalló.

Al cabo de unos momentos, cuando el polvo desapareció y ella se dirigió hacia mí despacio, con las marcas del mordisco aún frescas en el cuello, supe la verdad.

Ella corría más peligro que nunca.

Y jamás me perdonaría por lo que le había hecho.

1
MEDRA

Autumno
Diez meses antes

Las hojas ya cambiaban de color cuando me encontró; se disipaban los últimos vestigios del verano cuando comenzó mi cautiverio. Había perecido derrotando a un dios corrupto en mi mundo. Me había sacrificado para salvar a mis seres queridos. Me había precipitado a la muerte de buena voluntad. Me había ido sin remordimientos. Y confiaba en que el final fuera el final.

El destino era cruel.

Tomé la primera bocanada de aire mientras el alma se me sacudía con violencia dentro del cuerpo, como si le costara creer que aquel fuera su lugar antes de asentarse incómoda, como si hubiera aceptado a regañadientes que estuviéramos allí atrapadas juntas. Pero ¿dónde nos encontrábamos? Ese no era mi mundo, no era Aercanum. Lo notaba en el aire. Hedía a hierro y ceniza. Sangre y muerte.

Dejé escapar un gruñido, cambié el peso de lado y el movimiento me produjo una corriente de dolor por la espalda. Algo me retenía las piernas. Volví a agitarme y, esa vez, miré hacia abajo. Un escalofrío me recorrió el cuerpo.

Lo que me retenía las piernas no era algo, sino alguien. Tenía una persona muerta encima que me impedía moverme. Respiré hondo para calmarme, pero solo conseguí empeorar aún más la situación cuando el olor a descomposición me inundó las fosas nasales. Me entraron arcadas. Capté un sonido sutil, y luego otro. Agucé el oído para descifrar los murmullos amortiguados. Pisadas sobre suelo duro. Venía alguien.

Me incorporé y empujé el cuerpo pesado que me había caído sobre las piernas, luchando por liberarme. ¿Debía pedir ayuda? ¿O confiar en que pasarían de largo sin percatarse de mi presencia? Las voces se acercaban.

De repente, vi de reojo una silueta que brincaba por la montaña de cadáveres como una comadreja gigante. Era un hombre menudo y enjuto con una sonrisita que le dejaba al descubierto una fila de dientes amarillos como de roedor.

Me quedé inmóvil con la esperanza de que pensara que no era más que otro cadáver del montón. Pero ya era demasiado tarde. Debía de haber captado mi movimiento antes de que yo lo viera. Con un veloz salto de rata, se colocó encima de mí y me inmovilizó.

Me llegó el hedor de su aliento rancio cuando me acercó el rostro y me olfateó largo rato, a conciencia.

—¡Barnabás!

La voz restalló en el aire como un látigo. Alta. Grave. Imponente. El hombre que tenía sentado a horcajadas encima de mí se quedó de piedra, con la cara dominada por la indecisión.

—¿Sí, señor? —Su voz se convirtió en el siseo de las serpientes, detestable y solapado.

—¿Qué encontraste?

Una inhalación. Tenía la cara del hombre muy cerca de la oreja. Inhaló de nuevo, deleitándose con mi olor como si fuera la fragancia de un vino insólito. Luego vi horrorizada como sacaba la lengua, roja y hedionda. La carne retorcida se me acercaba al cuello.

—Barnabás. —La voz era más áspera—. Te hice una pregunta y espero una respuesta rápida.

La lengua volvió a ocultarse en la boca del hombre rata. Vi la decepción en sus ojos cuando respondió de mala gana.

—Esta está viva.

Una pausa.

—Imposible. Los demás están muertos. Este sitio lleva días ardiendo.

En los ojos del hombre llamado Barnabás percibí un brillo que no me hizo ni un poco de gracia. Contuve el aliento mientras nos mirábamos, y luego él sonrió.

—Y, sin embargo, esta está viva, mi señor. Y huele... —Olfateó de nuevo el aire como un perro hambriento, y me estremecí—. Exquisita.

Me acercó otra vez la boca al cuello y grité, levantando las manos para empujarlo justo en el momento en que vi el brillo de unos dientes afilados.

—Aléjate de ella —gruñó el otro hombre, su señor. Tenía una voz agresiva, amenazadora. Me esforcé por calcular qué edad podía tener. Era más joven que Barnabás, pensé—. Ni se te ocurra probarla. Ni olerla. Es una orden. Tráemela ahora mismo.

Barnabás gimoteó de una manera tan sutil que solo lo oí yo, como un perro que se resiste a la correa de su dueño.

—Solo un mordisquito. Solo un mordisquito, preciosa —susurró—. Qué bien hueles, mejor de lo que nunca ha estado a mi alcance. Cuando se haya apoderado de ti, no te soltará. No volveré a tener una oportunidad contigo.

Separó los labios y aparecieron dos colmillos largos y afilados. De hecho, jamás le había visto unos colmillos tan largos a ningún hombre ni tampoco a ninguna mujer. Los enseñó como un lobo, y comenzó a acercar el rostro a mi cuello.

Sentí que me invadía el pánico. Me sacudí y levanté los brazos para golpearlo. Él me sorprendió con su velocidad y fuerza, y me obligó a bajarlos casi al instante. Yo nunca me había sentido tan débil. No tenía claro si era por mi llegada a aquel lugar o por el calvario que la había precedido. Seguí forcejeando y percibí su frustración mientras trataba de retenerme. Con el rostro justo sobre mi cuello, tenía los colmillos muy cerca. Cerré los ojos y tensé el cuerpo entero ante el inevitable ataque.

Pero, en cambio, se oyó un ligero crujido. Noté que se me mojaba la cara y abrí los ojos. Aunque el cuerpo de Barnabás seguía encima de mí, la cabeza había desaparecido.

Sofoqué un grito, me incorporé y eché el cadáver a un lado, viendo rodar la cabeza decapitada por la montaña de muertos con una saeta incrustada en el cráneo.

Me pasé el brazo por la cara tratando de limpiarme la sangre de aquel gusano. Y entonces caí en cuenta de que estaba inoportunamente desnuda.

—Levántate. Baja aquí.

Apreté los dientes. Por lo visto, estaba a punto de sustituir a un captor por otro. Y ese no parecía tan quejumbroso.

—¡Prefiero quedarme aquí! —grité—. Continúa por tu camino. No necesito ayuda.

Se produjo un breve silencio, y entonces oí un estallido de voces. El hombre no iba solo. Era evidente que mis palabras habían sorprendido al grupo de personas que lo acompañaban.

—Silencio. —Las voces se extinguieron—. No era una petición —dijo la misma voz—. Pero si vuelves a negarte a obedecer mis órdenes, enviaré de buen grado a uno de mis hombres para que te arrastre hasta aquí.

Me puse de pie despacio y oí exclamaciones que provenían de abajo, ya fuera por la sangre de Barnabás que me cubría, o por la sorpresa de ver el cuerpo desnudo de una mujer. Casi todos eran hombres, de modo que la segunda opción era la más probable. Levanté la mano para protegerme los ojos del sol tímido que se asomaba entre las nubes. Enfoqué la vista y divisé una hilera de soldados, algunos de pie, otros a caballo. Todos llevaban una armadura negra y roja peculiar.

Delante de ellos, un hombre montaba un corcel negro y sostenía una ballesta en las manos. Examiné el arma con interés. Debía de ser muy potente si era capaz de decapitar de un solo disparo. Luego alcé la vista hacia el rostro del hombre y cualquier pensamiento sobre la ballesta desapareció de mi mente. Era deslumbrante. Todo ángulos afilados y tez pálida. Letal y seductor. También era mucho más joven de lo que había imaginado. Debía de tener mi edad.

Aquel hombre me había salvado la vida y había matado a uno de los suyos para protegerme. Con todo, mientras observaba la expresión arrogante de sus atractivos rasgos y la mueca cruel de sus labios finos, no sentí gratitud alguna. Unos cabellos dorados le enmarcaban la mandíbula angulosa. Tenía una complexión esbelta, elegante y musculosa. Sin embargo, algo en él indicaba que había sido un niño frágil y escuálido.

Uno de sus rasgos destacaba por encima de los demás: la nariz aguileña. Estaba fuera de lugar; era demasiado puntiaguda, demasiado grande. Se alejaba demasiado de la perfección. Y, a pesar de ello, le otorgaba un aspecto aún más aristocrático, acentuaba su expresión altanera, complementaba los ángulos delicados de los pómulos y la mandíbula, y se sumaba a su aspecto lobuno. Algunas personas lo habrían descrito como poco atractivo.

No era para nada mi tipo; yo los prefería robustos, de pelo negro. Y, sin embargo, no podía negar que tenía algo especial:

una sensación de poder apenas contenido y una astucia peligrosa que hervían bajo la superficie de su fachada de control estricto.

Mientras bajaba tambaleándome por la montaña de cadáveres putrefactos, él se apeó del caballo. Con la ballesta en la mano izquierda, echó a andar hacia mí. Caminaba con los aires de quien no está acostumbrado a que cuestionen su autoridad. Le brillaban los penetrantes ojos grises, y sentí que me escudriñaba de pies a cabeza. Sus ojos se detenían en cada centímetro de mi piel, despojándome de todo pudor. Dio un paso hacia mí y olfateó el aire de una forma que por desgracia me recordó a Barnabás. Capté un aroma a manzanas verdes que emanaba de él, justo antes de tomar conciencia de la situación y dar un salto atrás. Más tarde pensaría en aquello. Olía a fresco, nada que ver con Barnabás o los cuerpos en descomposición.

Con todo, no soportaba más la mirada que me repasaba de arriba abajo.

—Eso, tú no te detengas, mírame todo lo que quieras. —Me eché la larga melena por encima de un hombro y me desconcertó notar cómo caía sobre la piel desnuda—. Te aseguro que será la última vez que lo hagas.

Un soldado audaz se rio con estridencia en algún punto de la hilera. Sonreí hacia los hombres, retándolos a que volvieran a reírse.

Un solo gesto serio de su joven comandante los silenció al instante. El joven hizo una mueca.

—Solo intentaba entender la extraña fascinación de Barnabás. Tu olor es absolutamente repulsivo, aunque supongo que es lo que pasa al estar acostada entre un montón de cadáveres.

Se dirigió hacia uno de los soldados.

—Tráiganle ropa. —Chasqueó los dedos—. No, bien pensado, dale tu capa. Quítatela. Ahora mismo.

Vi al soldado abrir los ojos como platos.

—Pero, mi señor, mi príncipe —susurró el hombre mirándome de reojo—. Ya vio lo que es. El pelo... Lleva la marca...

¿Era un príncipe? Sin duda el aire altivo parecía indicarlo.

—Sé lo que es —respondió el comandante—. Mejor que tú, desde luego. Ahora entrégale la capa de una vez por todas. Nos la llevamos con nosotros.

El soldado se apresuró a desabrocharse la capa y lanzármela. La atrapé agradecida, tratando de ignorar la expresión de sus ojos. Miedo o repulsión, no sabría decir.

—Aunque seas un príncipe, estás muy equivocado si crees que voy a ir contigo a ninguna parte —declaré mientras aceptaba la capa y me la echaba sobre los hombros—. Gracias por la capa, pero ya buscaré la forma de salir de este lugar y volver a casa.

Una parte era verdad, al menos. Aquello no era mi hogar. Dudaba que me fuera posible volver allí alguna vez, pero sí podría irme de aquel infierno en el que había caído. Al cabo de un instante, deseé no haber abierto la boca.

El joven comandante había montado en su caballo y me observaba con desdén. Me fijé en que no solo tenía la nariz aguileña, sino chueca, como si se le hubiera roto alguna vez, quizá en más de una ocasión. Había algo en él que me impedía apartar la mirada. Sus ojos se clavaron en los míos con una actitud de desafío silencioso.

—Ay, si eso dependiera de ti... Pero no es el caso. De todas formas, si planeas complicar más las cosas... —Le hizo un gesto a otro soldado—. Búscale unas prendas de ropa adecuadas. Y luego átala.

Y eso hicieron.

Cabalgamos hacia una ciudad en una extraña procesión de soldados y caballos. Yo caminaba tambaleándome frente al corcel del comandante, con las muñecas encadenadas, pisando un terreno irregular. Notaba los ojos del príncipe clavados en mí, y el deleite frío cuando me veía tropezar y cojear. Ya había desarrollado una repulsión honda hacia mi nuevo captor, pero había conseguido no volver la cabeza y mirarlo. Ni una sola vez. No obstante, al final él me habló:

—¿De dónde eres?

Lo ignoré.

—Te hice una pregunta. Se nota que no eres de aquí. Así que, dime, ¿de dónde eres? ¿Qué hacías allí?

Oí el restallido de un látigo y me estremecí.

—Que no te lo tenga que volver a preguntar.

Me mordí el labio para contener la risa histérica que me brotaba de dentro. ¿Se atrevería aquel hombre a azotarme? A mí, que hasta hacía poco había sido princesa de Camelot y fae de la realeza.

Pensé que tal vez lo más conveniente fuera responder. No con la verdad, obviamente.

—No lo sé —mentí.

No se me ocurriría contarle que me había precipitado desde otro mundo tras acabar con mi propio abuelo, que podría haber sido o no lo más cercano a un dios que existía allí. Y, además, lo que hubiera utilizado para lograr tal hazaña no parecía haberme acompañado hasta el lugar donde me encontraba. Me estaba costando reconocerlo del todo, pero lo cierto era que... me sentía débil. Extrañamente vacía. ¿Me atrevería a decirlo? Mortal.

Con todo, había algo en mí que les había llamado la atención a los soldados. Habían dicho que era diferente. ¿Qué era lo que me hacía destacar entre los demás?

—¿Por qué me llevan con ustedes? ¿Suelen abordar a las mujeres inocentes que encuentran por los caminos?

Guardó silencio un momento.

—Hablas como si no supieras quién soy. ¿Qué hacías en aquel lugar?

—Me perdí —contesté despreocupadamente—. Y no. No sé quién eres. ¿Debería saberlo? Es decir, aparte de saber que eres un imbécil.

Gruñó como si lo hubiera ofendido, pero no levantó el látigo.

—Me resulta increíble que de verdad puedas ser tan ignorante. Aunque supongo que pronto descubrirás todo lo que debes saber —dijo enigmático—. Ay, carajo —lo oí mascullar.

Alcé la vista y vi a un soldado corriendo hacia nosotros. De complexión pequeña y frágil, llevaba en la cara unos cristales redondos con armadura de alambre. Anteojos. Se los había visto antes a algún noble de mi hogar. Lo observé con curiosidad y él me devolvió la mirada, como si no diera crédito.

—Mi príncipe —jadeó—. Me informaron que había encontrado... —Me examinó con atención—. A una mujer interesante.

—Podría decirse que sí —contestó el príncipe con desgana—, pero no es tan interesante, Lucius. De hecho, es bastante anodina.

Ignoré la burla.

—Pero ese pelo... —resolló el soldado que se llamaba Lucius—. El color... es increíble. Algo de otro mundo, mi señor.

¿Otra vez con lo mismo? Así era mi pelo. Me llevé la mano a la cabeza. Me habían contado que mi madre, una fae, lo tenía de un morado intenso, aunque yo no le había visto jamás el cabello; murió al dar a luz. En comparación con ella, el mío parecía haberse quedado en un rojo óxido apagado. Al mirarme en el espejo por la noche, había pensado muchas veces en el color de las zanahorias. En aquel momento tenía los rizos enredados y tupidos. Aún encadenada, intentaba jalarlos con los dedos, pero era inútil. Necesitaba un cepillo, un peine. Y un baño caliente. Se me escapó un sutil gemido de los labios ante la idea de estar limpia y fresca.

—Príncipe Drakharrow, ¿tiene idea de lo que significa esto? —susurró Lucius levantando un poco la voz. Yo había empezado a considerarlo una suerte de secretario. Sin duda era lo bastante lamebotas—. Debe llevarla a la corte. Si hasta podría ser...

—Hablaremos sobre eso más tarde —lo interrumpió el príncipe comandante—. Ya mandé un mensajero para que se nos adelante —reconoció, casi a regañadientes.

Percibía una tensión en su voz que me hizo pensar que sabía a la perfección a qué se refería el otro hombre. Simplemente no quería hacerlo ver. Aún no. ¿Por qué? ¿Qué pasaba conmigo?

—Una noticia excelente, mi señor. Magnífica. Sabía que podía contar con su sabiduría. —Noté la mirada penetrante del hombrecillo lamebotas—. No me puedo ni imaginar el revuelo que armará. Mírela, mi príncipe; tiene el pelo verdaderamente... Bueno, rojo.

—Sí, ya lo veo, Lucius —replicó el príncipe Drakharrow—. Tengo ojos. Pelo rojo. Eso es indiscutible. Bueno, pues la llevamos de vuelta con nosotros. La corte investigará el significado de su aparición y zanjará el asunto. Es todo muy tedioso. Nos obliga a regresar antes de tiempo sin terminar con la investigación de la aldea. Pero, ¿qué remedio? Vivo para servir. —Casi lo oía poner los ojos en blanco del fastidio.

—Perdóneme. ¿Lo estoy aburriendo? —le espeté volviéndome hacia él. Jalé las cadenas—. Supongo que esto es un día normal para usted, paseando a gente encadenada.

Él me ignoró.

—Muy bien. Como diga, señor —se apresuró a decir el secretario soldado, que también ignoró mi arrebato, no sin antes lanzarme una mirada de sorpresa—. Es un honor acompañarlos de vuelta con una prisionera tan prestigiosa.

—¿A quién llamas prisionera, imbécil? —rugí, dándome la vuelta para mirar al hombre de frente.

El secretario ahogó un grito, retrocedió y tropezó con una piedra; a punto estuvo de caer al suelo.

Detrás de mí, Drakharrow se rio con disimulo. Era la primera señal que me había dado de que pudiera ser humano. Volteé hacia él y lo atravesé con la mirada.

—Procura no perder el equilibrio, Lucius —dijo el joven señor con indiferencia—. No es más que otra sangrepútrida, no un unicornio.

—¡Al contrario! ¡Quizá sea mucho más importante que cualquier criatura mitológica de la que hablan las leyendas! —chilló Lucius mientras abría los brazos para recuperar el equilibrio—. Aunque, por supuesto, existe una relación entre...

—Esta conversación está empezando a hastiarme. Mira. —El hombre rubio señaló al frente—. Nos aproximamos a la ciudad. El asunto se zanjará pronto.

Lucius se escabulló sin dejar de murmurar para sus adentros con emoción. Miré delante de mí, hacia donde señalaba el príncipe, y contuve la respiración. Habíamos llegado a la cima de una alta colina. A nuestros pies se extendía una ciudad.

Yo provenía de un castillo que flotaba en el cielo. Había recurrido a magias poderosas para derribarlo y matar a quienes lo habitaban; algo que se me antojaba ya muy lejano, imposible. Y, a pesar de las maravillas de las que había sido testigo, podía decir con sinceridad que nunca había visto nada como lo que aparecía ante nosotros.

La ciudad era de una escala mucho más pequeña de lo que esperaba, pero eso no le restaba opulencia ni grandiosidad. Descansaba a la orilla de un mar indomable y oscuro cuyas aguas tumultuosas rompían sobre playas de arena blanca. Más allá de los límites de la ciudad, tres gigantescos puentes de hierro la conectaban con tres islas rocosas. En la primera isla, encaramada como un nido blanco sobre un acantilado negro, se alzaba una edificación hecha de piedra brillante. Relucía hacia las alturas cual perla luminosa, recortada contra las agitadas olas grises y un cielo que se oscurecía deprisa. Su centro lo ocupaban agujas altas y estrechas, y estaba rodeada de gráciles y esbeltas columnas. En la segunda isla, las torres y los arcos de un castillo de intenso color ónix se retorcían hacia el cielo con formas y ángulos que parecían imposibles, y que me hicieron pensar en los colmillos afilados de una gran bestia de piedra. La tercera y última isla albergaba el edificio más grande de todos y, a juzgar por su aspecto, el más antiguo. Parecía haber surgido de una mezcla de épocas y estilos, y tenía aspecto de castillo o de gran fortaleza. La edificación se extendía como una tela de araña a partir de un conjunto de seis torres, cada una de un material y diseño distintos. Solo el color ofrecía alguna sensación de continuidad en el edificio, fuera este lo que fuera. Todos los materiales utilizados eran de un tono carmesí oscuro, casi negro.

Me esforcé por mantener una expresión impasible, tratando de no revelar mis impresiones. Si mi captor podía fingir aburrimiento, yo también.

—¿Qué es eso? —pregunté procurando aparentar indiferencia—. ¿Cómo se llama esa villa?

—¿Villa? —Percibí una nota de ofensa en su voz—. No estamos ante una simple villa.

Levanté los hombros.

—Pues ciudad. ¿Qué más da?

—¿Que qué más da?

Para sorpresa mía, lo oí desmontar a mi espalda y, al cabo de un momento, se colocó a mi lado y seguimos caminando juntos.

—Eso, chiquilla, no es una villa, sino la capital de Sangratha. —Notaba sus ojos clavados en mi rostro—. Para ser sincero, si eres una espía de las tierras fronterizas, no he conocido una peor en mi vida. ¿Cómo es posible que no conozcas Veilmar?

—Ah, ¿es que capturas a muchos espías? —Lo miré de arriba abajo, deteniéndome en su capa negra y su impecable armadura—. No tienes aspecto de ensuciarte las manos.

—No sabes nada de mí, como ya lo comprobamos —replicó.

Ladeé la cabeza.

—Sé que eres noble; que estás acostumbrado a dar órdenes, no a obedecerlas, y a que los demás satisfagan tus caprichos, en lugar de esforzarte por conseguir lo que quieres. Diría que sé suficiente.

Él guardó silencio.

—El hombre que mataste, Barnabás —me aventuré a decir—. Había algo raro en él.

El príncipe se rio.

—Quiero decir, aparte de lo evidente —le espeté—. Los dientes. Los tenía... largos. Creo que estaba a punto de... morderme.

El hombre de pelo pajizo soltó una carcajada.

—¿Eso crees?

—No sé qué te hace tanta gracia sobre... —empecé a decir, y luego me detuve.

Me miraba con una fría sonrisita de suficiencia. Era la primera vez que lo veía sonreír, si es que aquello lo era. Con los labios apenas separados, distinguí que sus colmillos eran aún más largos que los de Barnabás, y que terminaban en unas puntas afiladas y delicadas.

—Colmillos —musité sin dar crédito—. Tienes colmillos.

Él hizo una mueca.

—No me digas que no has oído hablar de los altasangres en el lugar del que provienes o creeré de verdad que caíste del cielo. O que te has dado un buen golpe contra una piedra. —Entornó los ojos—. ¿No será que has bebido demasiado?

Con la mano, me dio unos golpes firmes en la cabeza.

—¡Ay! No he bebido nada, idiota —exclamé.

—Todo lo idiota que quieras, pero quien no tiene nada en la mollera eres tú. —Negó con la cabeza.

—Una vez leí un fragmento de un libro que... —empecé.

—Ah, sabes leer. No tengo palabras.

Lo ignoré.

—Hablaba de criaturas de dientes afilados que bebían sangre. No podían caminar a la luz del día. Atacaban por la noche, y dejaban secas a sus víctimas. Vivían mucho tiempo.

Lo miré de reojo. En aquel momento, habría dado lo que fuera por que me dijera que el libro se equivocaba.

—Bueno, tres de cinco, no está mal —apuntó—. Caminamos sin problema a la luz del día, como puedes ver. —Señaló hacia el sol de la tarde, que ya menguaba, y que había salido de detrás de las nubes—. Y gozamos de vidas largas.

—Pero... ¿se beben a la gente? —Lo miré fijamente, tratando de ocultar el terror de mi voz—. ¿Beben sangre?

Él esbozó una sonrisa lenta y cruel.

—Somos vampiros. Es lo que hacemos, sí.

—¿Y qué? ¿Me conduces de vuelta con los tuyos para que me sequen?

Se llevó los brazos a la cabeza e intenté apartar los ojos de los músculos que se le marcaban por debajo de la capa negra.

—Puede ser. ¿Quién sabe lo que harán contigo? Aunque debes saber que es un honor que te sequen.

No sabía si estaba bromeando, pero lo dudaba.

—Eres un monstruo.

Él sonrió.

—Por favor, basta, me hieres los sentimientos, sangrepútrida.

—Como si tú tuvieras sentimientos —le dije de golpe.

—Estás en lo cierto. Son una debilidad, de modo que carezco de ellos.

—¿Por qué tienen que llevarme con ustedes ¿Por qué no me dejaron en paz donde me encontraron?

Él torció los labios.

—¿Sobre una montaña de cadáveres? Y yo que pensaba que te estábamos haciendo un favor...

Levanté las muñecas.

—Ay, sí, ojalá que todos los hombres fueran tan caballerosos como tú —comenté con sarcasmo haciendo entrechocar las cadenas—. Me mata tanta amabilidad.

El príncipe frunció la boca.

—Muchas mujeres suplicarían por encontrarse en tu lugar. Tal vez no caminando por una senda polvorienta, pero...

—No me interesa oír tus repugnantes hazañas sexuales —lo interrumpí poniendo cara de asco—. Guárdate tus alardes para tus hombres. Seguro que a ellos no les importa que les cuentes las historias que te inventes sobre las mujeres que has atado a la cama.

—No necesito inventarme ninguna historia —replicó aparentemente ofendido.

Me eché el pelo por encima del hombro, pero no dije nada. Noté cómo me examinaba la melena pelirroja un instante. Al cabo, dijo:

—Me preguntaste por qué te llevamos con nosotros. Bueno, ya has oído a Lucius.

—¿Es por el pelo? Un motivo bastante ridículo.

Él resopló.

—Estoy de acuerdo.

Lo miré.

—¿En serio? Bueno, pues entonces... deja que me vaya.

—Por desgracia, hay más cosas en juego que mi preferencia por el color del pelo. Puede que a mí tus mechones del color del óxido me resulten antiestéticos —dijo con malicia—, pero no estamos hablando de mis gustos personales.

—Doy gracias a las estrellas —mascullé—. No tengo deseo alguno de que me encuentres atractiva. Mi señor.

Dejé que las dos últimas palabras rezumaran sarcasmo, pero él me ignoró.

Tras unos instantes, tuve que preguntarle:

—Está bien. ¿Y qué más, aparte del pelo? Me llamaste sangrepútrida. ¿Qué significa eso?

Él se volvió hacia mí.

—Todos los mortales son sangrepútridas. Salta a la vista que no eres vampira. Pero hay... diferencias. Tampoco eres una mortal cualquiera. Tus orejas, por ejemplo, no son normales.

Me llevé un dedo a la parte superior de la oreja y toqué la punta. Me fijé en la suya.

—Tú las tienes redondeadas.

—Como todos nosotros —contestó señalando a los soldados que teníamos delante—. No había visto jamás unas orejas como las tuyas. Llaman la atención.

—¿Y eso es todo? ¡Mira que haber nacido con el pelo rojo y las orejas raras! ¿Eso es motivo suficiente para secuestrarme? —pregunté empezando a levantar la voz.

—Hay algo más —dijo despacio, sosteniéndome la mirada, antes de repasarme con los ojos el cuerpo. En ese momento, y muy a mi pesar, me ruboricé—. Otros aspectos de tu apariencia.

Me puse nerviosa.

—¿Como qué?

—Además, no te secuestré —continuó, y se volvió para montar de nuevo en su caballo. Por lo visto, la conversación estaba a punto de terminar—. Para empezar, en ningún momento has sido dueña de ti misma.

Me quedé boquiabierta.

—¿Perdona?

—Perteneces a Sangratha. Perteneces a cualquier altasangre que considere oportuno utilizarte. Como dijo Lucius, es un honor que se fije en ti uno de los de la Sangre Bendita. —Sonrió apretando los labios—. Deberías sentirte honrada.

Sangratha. Por lo visto, era el nombre de aquellas tierras.

Una parte de mí sentía la necesidad de hacerle otras preguntas a aquel supuesto príncipe. Como el significado de los lugares que había frente a nosotros en las tres islas. ¿Qué eran? ¿Íbamos de camino hacia allí? Pero decidí que nuestra discusión hostil ya había durado demasiado. Me humedecí los labios, cuarteados tras horas de caminar sin agua ni descanso, y continué avanzando en silencio.

Mientras bordeábamos la ciudad de Veilmar, no tardó en hacerse evidente cuál era nuestro verdadero destino: la isla del centro. El castillo de ónix.

2

MEDRA

El castillo se llamaba la Fortaleza Negra, un nombre bastante anodino. Oí a los hombres cuchicheando a mi alrededor, pronunciando las palabras casi como si fueran sagradas. Los soldados me adelantaban para colocarse en formación, asegurándose de que guardaban las distancias, y lanzándome cuando mucho alguna mirada curiosa.

Detrás de mí, el príncipe cabalgaba tranquilo. Era evidente que no lo intimidaba la imagen de la descomunal fortaleza a la que nos aproximábamos. Ya había estado allí antes.

Cruzamos el puente de hierro negro, y lo noté mecerse ligeramente bajo nuestros pies. El mar estaba picado y agitado, como si nuestra presencia lo enfureciera. Frente a nosotros había un portón abierto y, más allá, las puertas de entrada a la fortaleza.

Uno a uno, los soldados ocuparon su lugar a ambos lados de las puertas hasta que el príncipe y yo nos quedamos solos en el centro de un largo pasillo formado por sus seguidores. Entre las tropas se hizo un silencio sepulcral cuando entramos en el patio.

Lucius dio un paso al frente, haciendo una reverencia.

—Anunciaré su llegada al salón, príncipe Drakharrow.

El príncipe asintió.

—Sé breve. Sáltate los títulos. Ahí dentro ya me conocen, Lucius. Al fin y al cabo, solo se dirigen a mí como «príncipe» fuera de Bloodwing. Es una formalidad absurda.

Lucius se quedó algo lívido.

—Pe-pero el protocolo dicta que...

El príncipe gruñó de súbito y dio una dentellada al aire. A su lado, yo dejé escapar una exclamación y me estremecí.

Lucius retrocedió entre tambaleos.

—El título más exiguo, mi príncipe. El más imprescindible —le prometió, y se adelantó sin perder un instante.

El príncipe me agarró del brazo.

—Ahora te quitaré las cadenas. No intentes nada; no tienes adonde huir.

No respondí, y me limité a observar cómo se sacaba una llave del bolsillo y me abría los grilletes. En cuanto me liberó, comenzó a andar hacia la fortaleza.

—¿Son todos vampiros? —Corrí para seguirle el ritmo. Yo era alta para ser una mujer, pero él era mucho más alto. Daba largas zancadas—. ¿Los soldados también?

—Algunos sí, pero no todos —respondió—. Lucius lo es, por si te lo estabas preguntando. Ahora deberías guardar silencio. No te gustará lo que ocurrirá si hablas.

—Me sorprende que no quiera llevarme con correa, mi señor —mascullé—. Como a sus otras mujeres.

No cayó en la provocación.

Al cruzar las enormes puertas de hierro labrado de la fortaleza de piedra negra, comenzamos a pisar suelos de mármol blanco. Bajé la vista a mis pies; los tenía descalzos y sucios. Llevaba unos pantalones y una túnica que un soldado más o menos de mi tamaño me había prestado a regañadientes. La capa que me cubría los hombros se me antojó de repente un escudo imprescindible, y la jalé y resistí la tentación de cubrirme el pelo enmarañado con la capucha. Me olí con cuidado, y entonces deseé no haberlo hecho. Hedía a cadáver en descomposición.

Nos adentramos en la sala. Sobre nuestra cabeza brillaban miles de velas en candelabros de hierro colgados en las alturas. Al fondo del salón se alzaba un gran estrado con una hilera de personas, vestidas en su mayoría de rojo o negro. Muchas de las prendas estaban adornadas con ribetes plateados o dorados. Tenían un aspecto poderoso y regio. En el centro había un hombre sentado en un elegante trono de piedra tallada, ataviado con unos ropajes de terciopelo carmesí. No llevaba corona sobre la cabeza y, sin embargo, me recordó al salón del trono de la Corte de las Rosas, en mi hogar.

Ante el estrado, el vasto salón estaba atestado de personas. Cuando entramos, la multitud se separó y nos dejó pasar por el centro. Se oían murmullos a nuestro alrededor. Presté atención a los cuchicheos apagados, y capté algunos insultos dirigidos a mí.

Que miraran. Que me observaran. No tenía ninguna intención de quedarme allí mucho tiempo.

Mantuve la cabeza bien alta, esforzándome por seguirle el ritmo al príncipe, aunque ello significara dar dos pasos por cada uno de los suyos. De repente, algo me frenó en seco. Aullé sin poder evitarlo cuando me agarraron del pelo y me jalaron tan fuerte que caí al suelo de rodillas. Una mujer me miraba desde arriba, regodeándose con el mechón de pelo que me había arrancado de la cabeza.

El príncipe apareció a mi lado al instante y gruñó a la mujer con más fiereza que a Lucius poco antes, en el patio. Su capa me cubrió como el ala de un murciélago mientras me ayudaba a levantarme.

—¡Aleja esas manos! —rugió—. Que no la toque nadie.

Su voz resonó por los muros de piedra y un silencio se impuso sobre la multitud. Me volví hacia el estrado; la gente que lo ocupaba nos miraba con atención, pero nadie parecía interesado en intervenir.

La mujer que me había jalado el pelo iba bien vestida. Tenía las manos llenas de anillos de oro y de las orejas le colgaban dos rubíes. Por un momento pareció desconcertada, pero luego mostró irritación.

—Por unos cuantos pelos... No la lastimé —protestó—. Todos conocemos las historias. No puede quedársela solo para usted, alteza.

Vi que intentaba dibujar una sonrisa servil, y fracasaba estrepitosamente. La atravesé con la mirada, furiosa.

—Zorra —susurré mientras trataba de zafarme.

—Entrégame el mechón. —El príncipe le tendió la mano a la mujer. Hablaba con frialdad—. Ahora mismo.

Maldiciendo para sus adentros, la mujer extendió la mano y vi un puñado de largos cabellos rojos desaparecer en la palma del príncipe. Observé cómo se los guardaba en el bolsillo, y me pregunté qué haría con ellos. ¿Los ataría a la cama como recuerdo, quizá? Me habría reído de la idea si no me hubiera resultado tan abominable.

Me volví hacia las personas que me miraban boquiabiertas como si fuera un animal en una casa de fieras y les mostré los dientes. Los cuchicheos se repitieron, incluso no tan disimulados como antes, pero no podía importarme menos. No tener colmillos afilados como ellos no significaba que no pudiera hacerme pasar por la criatura más peligrosa que hubieran visto en su vida. Qué patéticos eran mirándome, pensé. Y, de todas formas, ¿qué tenía yo que pudieran anhelar tanto? ¿Por qué me había llevado el príncipe hasta allí? ¿Era solo por el pelo?

Entonces pensé en Barnabás y el corazón me dio un vuelco. No era el pelo.

Era la sangre.

Llegamos al estrado unos pasos por detrás de Lucius. El hombrecillo se había arrodillado en la alfombra roja que lo rodeaba y había empezado a declamar deprisa, con una voz que llegaba sin dificultades a cada rincón del salón.

—Damas y lores de la Sangre Bendita, permítanme que les presente a alguien a quien ya conocen: el Guardián Escarlata de la Fortaleza Roja, alto príncipe de Sangratha, lord Sangriento de los Puros de...

Los títulos eran interminables. El príncipe esperó a mi lado con los dientes apretados hasta que, sin previo aviso, se adelantó y le dio una rápida patada a Lucius en el tobillo. Se oyó un grito.

El secretario prosiguió a un ritmo mucho más rápido que antes.

—Damas y lores, sin más dilación, les presento al príncipe Blake Drakharrow.

Una breve pausa.

—Y a su lado se encuentra una... hembra... poco habitual para ser sangrepútrida.

Reprimí una carcajada.

—Un diamante en bruto, hallado entre la suciedad y el lodo. —Lucius parecía haber recuperado la elocuencia—. Salvada por el Príncipe Negro del borde de la muerte y la desesperación.

Tosí con fuerza y le lancé una mirada intensa al príncipe, que seguía con la vista al frente como una estatua. No era mentira que aquel hombre, Blake Drakharrow, había disparado a uno de sus hombres para salvarme. Pero después de encadenarme como a una bestia, no tenía pensado darle las gracias a corto plazo.

—Se pueden observar las inusuales cualidades de la criatura —anunció Lucius con pomposidad a los presentes, señalándome—. Se encuentra aquí a fin de su presentación ante la corte de la mano de mi espléndido y honorable señor, el príncipe Blake Drakharrow...

—Sí, eso ya lo dijiste —lo interrumpió Blake—. Ya basta, Lucius.

Lucius se apartó para evitar recibir otra patada. Por un instante sentí lástima porél, pero luego recordé que también era vampiro.

Blake me tomó de la muñeca y me tiró con fuerza hacia delante. Levantó la voz para que lo oyera todo el salón.

—Encontramos a esta mujer en la aldea calcinada de las afueras de Veilmar. —No era la primera vez que me preguntaba qué le habría ocurrido a aquella aldea. Al principio di por sentado que la devastación era obra de Blake. Tal vez no era ese el caso—. No tendrían que haber quedado supervivientes, pero nos llevamos una sorpresa. Como ven, muestra unas características peculiares. —Levantó una mano lacónica para señalarme, y luego la dejó caer con un gesto de indiferencia, como si ya se hubiera cansado de mirarme—. Pensé que lo mejor era traerla ante esta corte y el Consejo.

—¿Que pensó, que pensó...? ¿Y se puede saber quién es ese Consejo? Qué rápido se reunieron. El salón está lleno. Y todo por ti, mi niña.

Di un salto y traté de zafarme de la mano de Blake retorciendo la muñeca.

Era una voz de mujer. Grave y melódica. Dentro de mi cabeza.

—¿Quién eres? ¿Quién dijo eso? —exigí.

—No deberías haber permitido que te llevaran. ¿No tienes orgullo o qué? —contestó la voz femenina.

—¿Orgullo? Me sobra orgullo. Pero el orgullo no es un arma. El orgullo no me proporciona un cuchillo con el que degollarlo —repliqué.

—*Ah, pero lo deseaste. Algo es algo. Muy bien. Aférrate a ese impulso. Aférrate a tu rabia.*

El tono de la mujer era tan imperioso como implacable.

—*¿Se puede saber quién eres?* —volví a preguntarle—. *Sal de mi cabeza.*

—*Tienes razón. Deberíamos dejar de charlar y escuchar. Tienes que descubrir qué quieren hacer contigo.* —Hubo una pausa y casi pude imaginarme a la mujer desconocida tamborileando con un dedo sobre su bien formada barbilla—. *A simple vista no parecen ser unos salvajes redomados. Poseen cierto sentido del decoro. Y del buen gusto.*

—*¿Buen gusto? ¿Así lo llamas tú? Beben sangre.* —Noté un nudo en la garganta, pero lo reprimí deprisa—. *¿Decoro? ¿Así llamas tú a que me hayan encadenado y me hayan arrancado el pelo?*

No hubo respuesta. La voz de la mujer había desaparecido, si es que no había sido producto de mi imaginación desde el principio.

Me recorrió la espalda un escalofrío.

Tal vez fueran imaginaciones mías. Tal vez estuviera muerta. Tal vez me encontrara en una suerte de ultratumba perversa. La locura debía de ser parte integral de la muerte. A lo mejor me estaba volviendo loca. Si ese era el caso, confiaba en que la cordura me abandonara de una vez y que pronto no me quedaran más pensamientos en la cabeza. Pero, mientras tanto, dirigí la vista a las personas que me repasaban de arriba abajo desde el estrado. Y les devolví la mirada. Paseé los ojos entre todos los presentes, con los labios muy apretados. ¿Les parecería hostil? ¿Amenazadora? Eso esperaba.

Porque ellos sin duda lo parecían.

El hombre sentado en el trono de piedra negra adelantó ligeramente el cuerpo. Tenía los ojos de un rojo intenso y sobrecogedor, y sostenía un bastón coronado por una gema escarlata reluciente. Aparté la mirada deprisa, inquieta por su expresión. Me observaba con el mismo interés que le puede dedicar alguien a un caballo o cualquier otra cabeza de ganado que se plantee comprar.

A continuación, posé los ojos en el hombre de su izquierda. Era más joven y llevaba una armadura de cuero negro con adornos dorados. Sus ojos no eran grises como los de Blake, sino azul pálido, aunque con la misma forma. De hecho, se parecía a Blake en muchos sentidos, a pesar de ser un hombre más bajo y corpulento.

Miré de reojo a Blake, que seguía sujetándome de la muñeca, y de nuevo al hombre de ojos azules. Sí, era posible que fueran primos. O incluso hermanos.

Capté un movimiento con el rabillo del ojo. Una joven cruzaba y descruzaba los brazos sin descanso. Estaba más alejada en la hilera de nobles. Era hermosa, con los labios sonrosados y un pelo rubio claro y reluciente. Su vestido era una cascada de violeta sobre seda negra. Sobre la frente destacaba una diadema de plata engastada con gemas moradas. Daba golpecitos con el pie, como si estuviera impaciente o molesta, pero cuando notó que me estaba fijando en ella, me devolvió la mirada. Había algo en sus ojos que iba más allá de la mera curiosidad o incluso de la hostilidad. Un odio descarnado. Y, al otro lado, quizá una sombra de miedo.

Allí había algo más. Algo más en aquella gente extraña y forastera, en aquella tierra rara y desconocida. Examiné la fila de nobles. Había algo que compartían todas las personas que ocupaban el estrado y que las unía.

El pelo, pensé. Si el pelo era lo que a mí me hacía destacar, en su caso era lo que los unía a todos.

Tanto al hombre sentado en el trono como al joven de su lado y la mujer que me miraba con tanta furia contenida. La piel mostraba distintas tonalidades, pero a todos los conectaba la claridad del pelo. Tonos que iban del blanco plateado al rubio dorado o el gris argénteo. Ni un atisbo de cafés, negros, ni siquiera pelirrojos entre ellos.

Desvié la mirada hacia la corte y me encontré con lo mismo. Había visto algunos castaños, cafés y negros entre los soldados que me habían escoltado, pero en aquel salón no había ni rastro de tonos que no fueran blancos níveos o suaves dorados.

Observé al hombre del trono negro, con un pelo blanco como la nieve recién caída, cortado a la altura de los hombros, liso y recto, que enmarcaba un rostro barbudo, duro y frío. El joven de su lado lo tenía de un rubio ceniciento, rapado al estilo militar, lo que no hacía sino enfatizar las líneas fuertes y angulosas de su cara. Miré también de reojo al hombre al que Lucius había llamado Blake Drakharrow. El pelo le caía por los lados de la cara hasta la altura de la barbilla. Era de un tono dorado muy pálido. Rubio bajo ciertas luces, casi blanco en otras.

Yo destacaba en medio de aquella gente como un carbón al rojo vivo. Resistí a duras penas el impulso de llevarme una mano al pelo, inhibida. Desvié la mirada, evité la sensación y posé los ojos en una niña a la que hasta entonces había pasado por alto.

Una niña.

No debía de tener más de nueve o diez años, y se encontraba sentada en el borde del estrado. Su largo pelo rubio estaba recogido en trenzas con lazos rojos y se le habían escapado algunos mechones rebeldes que le caían alrededor del rostro pálido, como de porcelana. Se había inclinado hacia delante y apoyaba la barbilla pesadamente sobre los brazos, delgados. Parecía aburrida, con poco interés en el procedimiento, y daba pataditas distraída en el estrado.

Estuve a punto de sonreír al verla. Me pregunté quién sería. Alguien lo bastante importante para que la hubieran incluido entre las personas poderosas del estrado, pero no lo suficiente para estar junto a ellos. O tal vez hubieran renunciado a intentar que aguantara de pie como es debido. Los niños eran niños en cualquier parte, incluso entre vampiros.

El hombre sentado en el trono negro se levantó.

Sostenía el bastón como símbolo de poder, no como el apoyo que podría necesitar un verdadero anciano. Percibí un poder antiguo. Se cernía sobre la congregación como una sombra oscura y me miraba de una forma que hacía que me temblaran las piernas. Y no en el buen sentido de la expresión.

Blake me apretó más la muñeca, no tenía claro si para lastimarme o para tranquilizarme. Fuera lo que fuera, funcionó. Me erguí algo más y levanté un poco más la barbilla.

—Un hallazgo inusual, sin duda —coincidió el hombre de pelo blanco acercándose al borde del estrado—. Hiciste bien trayéndonosla, Blake. —Sus ojos se clavaron en los míos, con un brillo sutil—. ¿Cómo te llamas, joven? ¿De dónde vienes?

Tuve la impresión de que estaba esforzándose por hablarme con amabilidad. Y, a pesar de todo, no me cabía duda de que en el fondo no había nada amable en aquel hombre.

Con todo, una calidez me invadió el cuerpo y me vi separando los labios sin poder contenerme.

—Me llamo Medra Pendragón, mi señor.

Una oleada de murmullos recorrió la multitud, pero hice todo lo posible por ignorarlos.

—Y en cuanto al lugar del que vengo... —Carraspeé—. No lo creería ni aunque se lo contara.

Volvieron a correr los murmullos entre los allí reunidos, y vi que el hombre fruncía el ceño como si yo hubiera dicho algo insolente sin percatarme.

—¿No tienes conocimiento alguno de Sangratha? ¿Ni del Yugo?

Negué con la cabeza.

—Ni siquiera sé lo que significan esas palabras.

Aunque lo de «Yugo» resultaba bastante claro... Pero no me gustaban las implicaciones. ¿Acaso aquel reino vampírico se sustentaba por completo en la esclavitud o alguna forma de sometimiento similar?

—Todo lo que le pido, mi señor —dije avanzando hacia él con toda la cautela posible—, es su indulgencia y misericordia. Es cierto que me encontraron en sus tierras, pero yo no tenía intención alguna de estar aquí. No pretendía entrar sin permiso. Solo deseo regresar a casa.

El hombre guardó silencio largo rato.

—Dime, Medra Pendragón, ¿cómo se encuentra alguien como tú en una tierra desconocida? Y, si ignoras de qué forma llegaste aquí, ¿cómo pretendes regresar a tu hogar? ¿Dónde está ese hogar?

Abrí la boca y volví a cerrarla. Aquel hombre estaba en lo cierto. Yo no tenía ni idea de cómo atravesar mundos. Todo indicaba que lo había hecho por mero accidente. Me habían arrancado de algún modo de las garras de la muerte; no había sido por voluntad propia.

—Tu silencio es elocuente. No hablas de tu hogar. ¿Eres, por tanto, una espía?

—Lo olvidé —balbucí—. Me olvidé de mi hogar. Si soy una espía, lo olvidé también. Pero sé que este no es mi sitio.

—Qué conveniente —contestó el hombre en voz baja—. Y, sin embargo, tal vez este sea precisamente tu sitio. Ahora, dime, ¿qué otra información peligrosa olvidaste?

Levanté la cabeza.

—Dije que perdí la memoria, no que le desee mal alguno. No hay ninguna necesidad de tanta suspicacia. ¿Por qué me mira así? ¿Por el pelo? El pelo rojo no es inusual en el lugar del que provengo. Eso sí lo recuerdo. ¿Acaso es este reino tan débil como para considerarme una amenaza?

Se produjo un alboroto en la sala.

—¡Silencio! —bramó el otro hombre del estrado, el que se parecía a Blake—. Si no se respeta el orden en el salón, se les expulsará a todos.

El silencio fue inmediato. A mi alrededor la gente se movía incómoda, sin atreverse a mirar al hombre del estrado.

—Si me permite, lord Drakharrow.

Era la joven del vestido violeta. Dio un paso al frente entrelazando las manos con modestia.

Así que el hombre que decidiría mi destino estaba emparentado con Blake Drakharrow. ¿Sería su padre?

—Señorita Pansera. —Lord Drakharrow sonrió con indulgencia—. ¿Tiene alguna perla de sabiduría que compartir con la corte?

La joven le dedicó una sonrisa afectada.

—Pensar que dispongo de alguna perla de sabiduría para ofrecerle a usted, lord Drakharrow, resultaría muy presuntuoso de mi parte.

Un rumor de risas recorrió la multitud, pero eran amables. Al fin y al cabo, la joven era uno de ellos.

La señorita Pansera dio otro paso al frente y posó los ojos en mí.

—No, no hay sabiduría alguna, mi señor. Solo furia.

—¿Furia, señorita Pansera? —Lord Drakharrow arqueó las cejas.

—Furia hacia esta criatura.

Me estremecí.

—Ante el desafío de esta hembra —continuó—. Furia ante el desprecio que muestra por su casa, por esta corte, por nuestras sagradas tradiciones.

—No sé nada sobre sus tradiciones —exclamé—. Y no es mi intención mostrar desprecio.

El rostro de la joven adoptó una expresión de repugnancia.

—Incluso se atreve a seguir hablándome como si tuviera voz aquí. Como si tuviera derecho a dirigirse a los Puros de Sangre. Pero la hallaron en una montaña de mugre. Hiede a tumba y no puedo evitar albergar la esperanza de que la mande de vuelta a ella, mi señor. No merece que le hablen con tanto desdén.

Lord Drakharrow ladeó la cabeza pensativo.

—¿Y qué me dice de las marcas que lleva, señorita Pansera? ¿Preferiría que la matara o que permitiera que se fuera a pesar de ello?

La joven del vestido violeta levantó los hombros.

—¿Qué más dará que porte la marca del jinete si no hay nada que montar?

Eché una ojeada al príncipe, confundida por esas palabras, pero él me esquivaba la mirada. Tenía los labios muy apretados. ¿Le desagradaba el discurso de la señorita Pansera? ¿O simplemente le molestaba tener que estar allí?

La señorita Pansera retrocedió con recato y ocupó de nuevo su lugar entre los nobles del estrado antes de inclinar la cabeza con respeto. Pero aunque tuviera la cabeza agachada, sus ojos seguían clavados en mí.

Era evidente que lo que quería era que lord Drakharrow me matara allí mismo. ¿Qué había hecho para ganarme una enemiga así? ¿O se debía tan solo al hecho de que no fuera vampira?

—Regan Pansera dice la verdad —reconoció lord Drakharrow ante la corte—. Hace más de cien años que no se ve un dragón en nuestras tierras.

El corazón me dio un vuelco al oír la palabra. *Dragones.*

—Los últimos jinetes murieron incluso mucho antes. —Lord Drakharrow estudió a los presentes—. Un hecho que, por desgracia, nos ha debilitado a nosotros, a los Elegidos, los Puros, los de la Sangre Bendita. ¿Me equivoco?

Un murmullo amortiguado le dio la razón. El hombre levantó un poco la voz.

—Esta muchacha, venga de donde venga, porta las marcas inequívocas de una jinete. Miren el color de su cabello, la punta de las orejas. Miren la longitud de los dedos de sus manos y pies, como los jinetes de antaño.

Me miré las manos incómoda, cerrándolas con fuerza. Pero tenía los pies descalzos, y no podía hacer nada por ocultarlos. A mi alrededor, la corte me observaba y murmuraba. Por el cuello me caían gotas de sudor. Intenté mantener la calma. Yo tenía las manos y los pies como cualquier fae de Aercanum. ¿Alargados? Era medio fae, así que suponía que sí. Más que los de un humano puro. No era algo inusual en mi lugar de procedencia.

—Su complexión —continuó lord Drakharrow, levantando ambas manos y luego bajándolas para señalarme el cuerpo—. Un físico esbelto y delicado, optimizado para el equilibrio y la agilidad. —Me escudriñó—. Sus huesos. Si lleváramos a cabo experimentos, descubriríamos sin duda que son más densos, que están reforzados para reducir así el riesgo de lesiones tras una maniobra o un impacto.

Tragué saliva con dificultad. Lo de los «experimentos» no sonaba nada bien.

—No tengo ni idea de lo que están hablando —anuncié—. Lo único que he montado en mi vida fue un caballo. Nada que se pareciera a un dragón.

La multitud se reía a mandíbula batiente. De mí, a diferencia de cómo habían reído con la perfectísima señorita Pansera.

—¿No hay dragones en el lugar del que provienes, Pendragón? —preguntó lord Drakharrow—. Tu apellido indica lo contrario. ¿De qué tierra procedes? Me complacería mucho visitarla algún día.

Negué con la cabeza.

—Es solo un apellido, nada más. Y ni siquiera recuerdo el nombre de mi tierra —mentí—. Tal vez hubiera dragones una vez, hace mucho tiempo, pero no hay persona viva que haya visto uno en el lugar del que provengo. Es solo un apellido.

Era, de hecho, el apellido de reyes y reinas. Los Pendragón eran una estirpe antigua. Y gracias a las malas decisiones de mi madre en lo que a hombres se refería, yo pertenecía a ella por parte de padre.

—*¿Malas decisiones? ¿O un cuidadoso plan?*

Había regresado la voz de mi cabeza.

—*Sal de ahí* —le exigí—. *No tienes derecho a estar ahí.*

Una risilla.

—*No sabes lo equivocada que estás.*

Después, guardó silencio.

—Ya veo —repuso Lord Drakharrow con una sonrisa leve. Pensaba que yo estaba mintiendo—. Bueno, pues en estas tierras sí hubo dragones, Medra Pendragón. No son simples nombres y apellidos. Existieron. Y tenían jinetes.

—Y piensa... ¿qué? ¿Que soy una de ellos? —Lo miré sin dar crédito—. Ya dijo que los dragones desaparecieron, ¿no? ¿Qué más da entonces? —Me volví hacia Regan Pansera, como esperando un poco de comprensión; al fin y al cabo, estábamos de acuerdo en algo, ¿no? Sin embargo, sus ojos seguían afilados como dagas.

—Era una estirpe antigua —musitó lord Drakharrow—. Y tu aparición hoy aquí podría interpretarse como algo casi profético...

—Si me permite, lord Drakharrow. —Una voz femenina. Suave pero regia. La mujer se encontraba en uno de los extremos del estrado, vestida con sedas rojas. Parecía de más edad que la mayoría de los nobles de su alrededor, aunque no tanto como lord Drakharrow—. Como sabe, la casa Avari se enorgullecía de sus jinetes de dragón. Es posible que la aparición de esta muchacha no signifique nada. O bien...

Vaciló, y aprovechó para echarme un vistazo. Me daba la impresión de que era una mujer de gran autoridad y poder, aunque no tanto como el que ostentaba lord Drakharrow. Percibí que ella le debía pleitesía.

—¿Sí, lady Avari? —insistió lord Drakharrow—. ¿O bien...?

La mujer de pelo plateado se mordió el labio.

—O bien podría ser un augurio. Una señal de la mismísima Doncella Sangrienta.

Se armó un buen revuelo en el salón.

Un hombre corpulento con brocado de plata dio un paso al frente, y sus pesadas botas de acero resonaron contra el estrado.

—La casa Mortis coincide con la casa Avari. No deberíamos subestimar la llegada de la muchacha. Es significativa. No podemos permitir que se vaya.

—Interesante —musitó lord Drakharrow—. ¿Y qué opciones tenemos en su opinión, lord Mortis?

Lord Mortis me miró fijamente con gesto severo.

—Poner a prueba su sangre. Ofrecérsela a la diosa si su sangre es digna, o acabar con ella como si no hubiera existido. O bien...

Lord Drakharrow volvió a arquear las cejas.

—¿O bien...? ¿Hay una tercera opción? Fascinante.

—O bien tener descendencia con ella —gruñó lord Mortis, y di un respingo—. Preservar la sangre de los jinetes ahora que la encontramos. Los perdimos a todos. La sangre de esta joven parece... —vaciló, y sospeché que no quería utilizar la palabra *pura* para describirme— fuerte —decidió decir—. Sus rasgos son distintivos. Prominentes. Es buena señal.

Regresó con el resto de los nobles del estrado. Saltaba a la vista que aquellos lores y damas eran la élite de la élite. Vi gestos de aprobación por parte de algunos. Pero ¿con qué estaban de acuerdo? ¿Con lo de matarme? ¿Con lo de ofrecerle mi sangre a una supuesta diosa?

¿O con lo peor de todo, tener descendencia conmigo? ¿Quién haría los honores? ¿Lord Drakharrow?

Un escalofrío me recorrió el cuerpo. No, cualquier cosa menos eso.

Comencé a examinar los altos ventanales que cubrían los muros del salón. ¿A qué velocidad podría llegar a uno de ellos? ¿Serían lo bastante rápidos para detenerme? Si conseguía atravesar uno, ¿caería en una calle de adoquines? ¿O sobre las rocas afiladas del acantilado? ¿O en las turbulentas olas de más abajo? En el mejor de los casos, me cortaría con la ventana rota y sangraría y me vería obligada a cruzar el mar a nado mientras los arqueros de Blake me disparaban.

—Descendencia —murmuró lord Drakharrow. Se llevó una mano a la barbilla y se atusó la barba plateada—. Unirla a nosotros. Continuar la estirpe. Reforzarla. No puedo negar que es una idea interesante. —Me miró desde el estrado—. Huelga decir que solo un hombre tendría derecho a unirse a ella.

Otro alboroto entre la multitud.

Miré a los nobles y la cara se me puso roja de furia.

—No me importaría tener algo que decir al respecto, lord Drakharrow.

—¿Ah, sí? La cuestión es que no tienes ni voz ni voto, Medra Pendragón. Quizá aún no te haya quedado claro, pero el Pueblo de la Sangre Pura decidirá tu destino, que hoy se ha acercado mucho a la muerte.

Dejé escapar un siseo entre los dientes.

—Pero no será la muerte, ¿me equivoco?

Él sonrió y dejó a la vista unos colmillos blancos, letales. Me estremecí.

—¿Ah, no?

Negué con la cabeza, sacudiéndola a conciencia para que la masa de rizos flotara a mi alrededor como una nube. Oí exclamaciones mientras la cabellera pelirroja ondeaba y luego acababa posándoseme sobre los hombros.

Era una cuestión de supervivencia. Y, para mi sorpresa, había descubierto que deseaba sobrevivir. No estaba muerta. No había muerto. Y prefería que siguiera siendo así. Al menos de momento.

—No —dije categóricamente—. Soy demasiado valiosa para que me mate. Ya lo decidieron todos. Como lady Avari mencionó, podría ser un augurio. —¿Qué era lo que había dicho? Que tenía el físico de una jinete de dragón—. Míreme. Soy una Pendragón. La única Pendragón. Por lo que sabe, el poder reside en mi sangre. Tal vez pueda traer de vuelta a los dragones.

Se produjo una oleada de exclamaciones a mi alrededor.

¿De verdad acababa de decir eso?

Daba igual. Nada de todo aquello era cierto, desde luego. Pero ellos no tenían por qué saberlo. Seguramente había comenzado con el pie izquierdo. Debería haber tratado de engañarlos desde el principio. Era evidente que lo único que aquella gente reconocía y respetaba era un poder tan brutal como el suyo. Lo mejor era ganar tiempo para infiltrarme entre aquellos monstruos despiadados con colmillos. Tiempo para encontrar un arma y degollar a unos cuantos de aquellos vampiros purasangre, y luego escapar no solo con mi vida, sino tal vez con algo más. Puede que algunas monedas que me ayudaran a salir de aquel reino maldito. Tal vez un mapa. O quizá un barco.

—Estás recuperando algún que otro recuerdo, ¿eh?

La sonrisa de lord Drakharrow era como una hendidura, rapaz.

—Quizá —respondí indiferente—. ¿Quién sabe lo que llegaré a recordar con el tiempo? Podría llegar a serle de utilidad.

—A lo mejor la envió la diosa. A lo mejor es un regalo de la Doncella Sangrienta —susurró una mujer con emoción a su vecino.

Lord Drakharrow desvió la mirada hacia ella y la mujer profirió un gritito antes de callarse.

Pero ya era demasiado tarde. Sonreí triunfal. Ya no podía matarme cuando la esperanza se propagaba.

—Muy bien, Medra Pendragón —dijo lord Drakharrow despacio—. Vivirás. Pero sirviendo a los Puros, como corresponde a los sangrepútridas. Esa es tu deuda. Vales tanto como tu sangre y tu sangre debe compartirse.

Retrocedí con la cara descompuesta e intenté liberarme de la mano de Blake, pero el malnacido me sujetó con fuerza y me jaló hacia él con un giro brutal de la muñeca.

Lord Drakharrow nos sonrió.

—¿Lo ves? Ya estás amarrada a mi sobrino. Él te encontró. Él te salvó. Le debes la vida, y esa es una deuda que jamás puede pagarse.

—¡Me secuestró! Me encadenó y me arrastró hasta aquí —protesté con vehemencia—. No le debo nada. Lo que deseo es ser libre.

—La libertad en el Yugo es la más pura de todas —me aseguró lord Drakharrow. Sentí un hormigueo de ansiedad por la espalda—. La servidumbre es libertad. Cuanto antes lo aceptes, más feliz serás.

Se puso de pie de repente.

—Hoy tu vida cambiará por completo. Hoy, Medra Pendragón, ocuparás tu lugar en el Yugo. Hoy te levanto del lodo y las tinieblas. Te nombro jinete de dragón de Sangratha. Que el que te encontró sea tu guía en este nuevo mundo.

Blake apretó la mano en torno a mi muñeca.

—Tío...

—Silencio, sobrino —lo advirtió lord Drakharrow—. Los honro a ambos, hoy y aquí, en este salón. No se equivoquen.

El vampiro agitó una mano y sentí que me dominaba una especie de poder y me envolvía como un lazo helado. Noté una intensa sensación que me jalaba y descubrí que no era solo Blake quien me agarraba, sino que también yo lo tomaba a él la mano, como si esa fuera mi voluntad.

Se oyó el sonido de carne desgarrándose. Aullé y bajé la vista. Tenía la muñeca abierta. La sangre caía sobre el suelo de mármol. Pero no era solo mía; Blake tenía la muñeca apretada contra la mía, y a él también le sangraba.

Lord Drakharrow nos sonreía con un brillo en los ojos rojos.

—Que se sepa que esta unión es inquebrantable, tan duradera como la fuerza de nuestro reino. Por mi voluntad y el poder de los antiguos rituales, Blake Drakharrow y Medra Pendragón quedan ahora atados por el destino y el deber, firmes por siempre, irrevocablemente unidos. Igual que el dragón vuela y la sangre persiste, así se entrelazarán sus destinos. Se forjó su vínculo. Serán uno a través del fuego y las sombras. Lo que aquí se pronunció jamás podrá quebrantarse. Lo que se unió no podrá desunirse.

Ahogué un grito cuando nuestras manos unidas salieron disparadas hacia arriba, sobre nuestra cabeza. Nuestra sangre mezclada me chorreaba por el brazo, caliente y pegajosa.

Lord Drakharrow agitó la muñeca y nuestras manos cayeron. Solté a Blake lo más rápido que pude, y me aparté de él como si me hubieran marcado con un hierro al rojo vivo.

Que era lo que había pasado.

Me miré la muñeca. El corte ya se estaba cerrando, pero quedaba una marca en forma de lágrima, roja como una gota de sangre. Me la froté, pero no sirvió de nada, aunque el dolor ya disminuía.

—Este solo es el primer paso de su unión —anunció lord Drakharrow, que me observaba mientras yo me examinaba la marca—. La sangre es el principio y el final. La sangre llama a la sangre. Su esencia no se ha compartido por completo. La marca es la primera fase.

Miré a mi alrededor y me di cuenta de lo quieto que se había quedado el salón. Muchos de los vampiros que me rodeaban se lamían los labios. Algunos olfateaban el aire con hambre, como Barnabás.

Me estremecí. Me olían. Olían mi sangre. Y ansiaban probarla.

Me volví hacia Blake, esperando encontrar la misma ansia de sangre en su rostro. Sin embargo, me sorprendió verlo tan estoico como antes. Tal vez tuviera la mandíbula ligeramente más tensa que hacía un rato, y los labios más apretados. Se negaba a devolverme la mirada.

—Declaro aquí y ahora a Medra Pendragón segunda prometida del príncipe Blake Drakharrow —proclamó lord Drakharrow ante la multitud—. Nadie debe tocarla. Si alguien se alimenta de ella, correrá la sangre. Todos los presentes en este salón quedan advertidos.

La voz del vampiro era fría y, sin embargo, agradecí el poder que la sustentaba. Solo un necio se habría atrevido a contrariar a aquel anciano aterrador. Esperaba que ninguna de las personas que se habían lamido los labios al ver mi sangre húmeda fuera tan estúpida.

Y fue entonces cuando caí en cuenta. Cuando pensé en la palabra que había utilizado.

Segunda prometida.

¿Quién era la primera?

En ese momento se encontraron nuestras miradas.

Le caía por la barbilla una gota de sangre en el lugar en que se había desgarrado el labio con furia contenida. Mientras yo la observaba, se limpió con la mano el hilo rojo, sin apartar en ningún momento los ojos de mi cara.

No me cabía duda de quién era la primera prometida de Blake Drakharrow.

Regan Pansera.

3
MEDRA

Blake Drakharrow caminaba por el pasillo de piedra delante de mí. Me había soltado la mano en cuanto su tío había terminado de hablar.

Era evidente que había decidido que a aquellas alturas ya no había riesgo de que me fugara. Había tenido unas palabras con su tío en privado y luego se había ido malhumorado de la fortaleza haciéndome un gesto para que lo siguiera.

Habíamos salido al patio, donde Blake había indicado a un soldado que me diera un caballo, y luego se había montado en el suyo. No habíamos cabalgado hasta la otra parte del gran complejo del castillo, como yo esperaba, sino de vuelta al puente de hierro y hacia el continente. Desde allí, habíamos girado y cruzado el puente de hierro que conducía al enorme castillo de ónix carmesí de la tercera isla.

No desmonté hasta que llegamos a las afueras del lugar y Blake bajó de su caballo.

Caminé hacia él, decidida a no guardar silencio ni un segundo más.

—¿Dónde estamos y qué diablos pasó allí dentro?

—Vaya boca que tienes —dijo volviendo lentamente la cara para mirarme.

—Y todavía no has oído nada —contesté con suavidad—. Por favor, no me digas que te tomaste en serio todas esas tonterías.

—De hecho, sí. —Hizo una pausa. La mandíbula le temblaba de la tensión—. Y sí, lo estamos.

—¿Qué cosa? —mascullé.

—Ya sabes a qué me refiero. Estamos comprometidos. —Levantó una ceja blanca perfectamente arreglada—. Se nota que te hace muchísima ilusión. Y no me sorprende. La mayoría de las mujeres estarían como tú.

—¿Que me hace ilusión? —exclamé, ignorando su intento burdo de hacer una broma—. Cuando me case, si es que me caso, elegiré yo a mi pareja. No decidirá por mí un...

—¿Un qué? —Blake se volvió hacia mí con los ojos grises empañados de repente por la ira—. ¿El vampiro más poderoso del Yugo? ¿Tienes la más remota idea de lo que pasó allí?

—¿Por qué no me iluminas? Es evidente que te mueres de ganas de darme una lección.

—Te acaban de elevar por encima de lo mundano.

Me reí para mis adentros.

—¿Así lo llaman?

Él entornó los ojos.

—¿Tienes idea de cuántas mujeres sangrepútridas matarían por estar en tu lugar? Te encontré entre un montón de cadáveres. —Olfateó el aire con su nariz aguileña, y los rasgos aristocráticos se le descompusieron por el asco—. Y aún hueles a podredumbre.

Crucé los brazos, avergonzada. Tenía razón, pero eso no significaba que no fuera un idiota por decírmelo.

—No he tenido ocasión de darme un baño. Alguien me ha estado arrastrando por aquí encadenada, como bien recordarás —señalé.

—Bueno, ahora dispondrás de todos los baños perfumados que desees. Pero el pacto no acaba ahí.

—¿Hay algo más aparte de estar encadenada a ti el resto de mi vida? Eso es lo que significaba el discurso, ¿verdad? —Hice una pausa, y luego añadí—: Y no soy la única, ¿me equivoco?

—Ah, te fijaste en Regan, ¿no? Parecía estar entusiasmada, ¿verdad? —Levantó los hombros—. No te preocupes por ella; ya me aseguraré de ponerla en su lugar.

—No me preocupa —contesté—. Porque no comparto con nadie. Y no soy tu pareja, independientemente de lo que haya anunciado tu tío o quien sea.

—Tú sigue repitiéndote eso. Pero sentiste el vínculo. No tenías otra opción, y yo tampoco. ¿De verdad crees que yo habría elegido esto? —Me miró de arriba abajo, y luego negó con la cabeza—. Estoy por encima de ti en todos los sentidos. Quienquiera que seas, seas lo que seas.

Gruñí, para sorpresa mía.

—Pues me alegro, porque no me tocarás en ningún momento. Y hay una cosa que quiero que te quede muy clara: no pienso reproducirme contigo.

—No tengo pensado tocarte ni aunque fueras la última mujer del Yugo —replicó, aparentemente tan furioso como yo—. Pero si te tocara...

—Sí, sería una gran honra para mí y debería sentirme muy agradecida. ¿Es eso lo que te gusta decirte cuando tienes a una mujer debajo? ¿Piensas en lo honrada que debe de sentirse? Por los dioses, eres insoportable. —Negué con la cabeza—. Casi que compadezco a Regan.

Él entrecerró los ojos.

—Regan está muy ilusionada con ser mi futura esposa. No necesita que te compadezcas de ella.

—Sí, claro. ¿Y ahora qué? —Cambié de tema súbitamente—. ¿Dónde estamos?

—Ah, sí, tu segunda pregunta. Si ya terminaste de intentar convencerte de que no estamos unidos...

—No estoy unida a ti y no lo estaré en la vida.

—Lo que tú digas. Esto... —Señaló el lugar que nos rodeaba—. Es la Academia Bloodwing.

Arrugué la nariz.

—¿Qué?

—Una academia. Una escuela. ¿No tienen academias en el lugar del que provienes?

Lo fulminé con la mirada.

—Me suena haber oído un par de veces esas palabras.

—Muy bien. Seguro que es excesivo esperar que sepas leer y escribir, y que en el fondo no seas la hija de un cuidador de cerdos.

Sonreí, tratando de no perder la compostura.

—No tienes ni idea. —Fruncí el ceño—. De todas formas, ¿qué más da?

—Sucede que esta es la escuela en la que empezarás mañana.

Me quedé boquiabierta.

—¿Qué?

—Es la institución más exclusiva de Sangratha. Deberías sentirte...

—Honrada —terminé por él—. Qué curioso, porque no siento nada.

Empezó a caminar hacia la arcada de piedra.

—¡¿Adónde vas?! —le grité corriendo para alcanzarlo.

—Pensé que podría enseñarte unas cuantas cosas importantes. Como dónde estará tu habitación, dónde comerás y dónde deberías estar mañana por la mañana cuando suenen las campanas para convocarte a tu primer día de clase.

—Vaya, ¿en serio? ¿Y dónde estarás tú mientras tanto?

—Voy en tercero —comenzó—. Así que estaré e...

No pude evitarlo. Me eché a reír.

—¿Tú? ¿Tú estudias aquí? ¿No tienes como cien años? Pensaba que eras un príncipe vampiro.

Me miró con desprecio.

—Estoy más cerca de tu edad de lo que crees. Y aunque sea príncipe de mi casa, hasta los príncipes estudian en la academia. Los nobles de todo el reino envían a sus hijos e hijas a la Academia Bloodwing. No es como una escuela para niños mortales del tipo de la que puedas estar pensando. Hablamos de una escuela cuyo objetivo es... —Buscó la palabra adecuada—. Forjar a las personas que seremos de adultos. Formar a la élite más poderosa de Sangratha. Al fin y al cabo, somos los futuros gobernantes del reino.

Lo miré de arriba abajo, examinando cada centímetro de su cuerpo esbelto y musculoso.

—A mí ya me pareces bastante adulto.

—¿Eso fue un cumplido accidental, Pendragón?

Hice una mueca.

—Para nada.

Le tocaba a él sonreír con suficiencia.

—En cualquier caso, pasamos tres o cuatro años en la academia, en función de la especialidad.

—¿Qué especialidad?

Se detuvo en mitad del pasillo de piedra con cara de impaciencia.

—Por la Doncella Sangrienta. De acuerdo. Cuanto antes empecemos, antes acabaremos. Sigo olvidándome de lo absolutamente ignorante que eres.

Ignoré el insulto. Al fin y al cabo, parecía que estaba a punto de darme una información que necesitaba conocer.

—Existen muchas casas altasangres en Sangratha —continuó—. Pero solo cuatro han gobernado el reino y son esas cuatro las que dirigen la escuela. Cada una representa una antigua estirpe vampírica. La casa Drakharrow, que es la mía. La casa Avari. La casa Orphos.

—Y la casa Mortis —aporté yo. Al ver que se sorprendía, levanté los hombros—. Presto atención.

—Muy bien. Conoces un dato minúsculo sobre mi mundo. Felicidades.

Vaya idiota.

—¿Y qué pasa con Regan? Su apellido no es ninguno de esos cuatro, y aun así estaba en el estrado con tu tío.

—Es una Pansera. Procede de una casa de rancio abolengo, aunque no sea una de las cuatro que gobiernan. Aquí en la academia pertenece a la casa Drakharrow. Todos los nobles, independientemente de sus apellidos, se alinean con una de las cuatro casas y pueden rastrear su origen hasta una de las cuatro estirpes, por muy lejano que sea.

—Entonces, ¿Regan y tú son familia? —pregunté con una risita—. Qué costumbres tan raras tienen.

Él puso los ojos en blanco.

—Nuestro compromiso se decidió cuando éramos niños. No lo comprenderías. Mira, tú intenta no dar la impresión de ser todavía más estúpida de lo que ya pareces. Suficiente vergüenza me harás pasar ya. Bastante tengo con que ahora estés vinculada a nosotros.

—¿Y qué te parece si no me dices lo que tengo que hacer?

El príncipe cruzó los brazos y dio un paso hacia mí. Yo me mantuve firme.

—Más te vale ir acostumbrándote, Pendragón. Pues aunque no te guste yo soy el líder de la casa. Y tú debes obedecerme, en todos los sentidos.

Crucé los brazos brazos, imitándolo, y me negué a apartar la mirada.

—Ya lo veremos.

Él optó por ignorarme y retomó su discurso.

—Como decía, la Academia Bloodwing está dividida entre las cuatro casas. Y dentro de cada casa hay escuadrones.

—¿Escuadrones?

—Unidades de hasta cincuenta personas. En primero puedes olvidarte de esto. Es una tradición militar. En tiempos de guerra, implicaba que nuestros generales siempre estuvieran preparados y contaran con líderes jóvenes y equipo de apoyo a mano para sustituir a los caídos.

—¿Van mucho a la guerra en su reino? —pregunté con una curiosidad genuina.

—Eso ya lo aprenderás en clase —respondió con desdén—. Sigo: en cada escuadrón hay representadas cuatro subclases. El rango más alto corresponde a los guerreros, normalmente miembros de la nobleza vampírica, aunque hay contadas excepciones. Por debajo de nosotros están las estructuras de apoyo: sanadores, alquimistas, boticarios. Esos se explican por sí mismos. Entiendo que sabes lo que es un sanador.

Cuando me miró como si fuera una idiota, puse los ojos en blanco.

—Fantástico. A continuación tenemos a los estrategas. Imprescindibles. Se los selecciona por su lógica y previsión. Son capaces de visualizar las batallas, contribuir a los planes de ataque, ese tipo de cosas. La última clase son los exploradores. También se espera de ellos que utilicen la magia, pero no todos son magos. Los verdaderos arcanistas son bastante escasos.

—¿Y yo dónde encajo en todo esto?

Blake se rio entre dientes.

—No encajas. Eres la quinta clase, la extinta. —Me miró de arriba abajo—. O la que estaba extinta hasta hoy.

—No entiendo nada. Si no hay dragones que pueda montar, ¿para qué demonios tengo que asistir a su patética escuela? —protesté.

—Eso vas a tener que discutirlo con mi tío, pero es su voluntad. Te unirás a Regan y a mí.

Me observaba con sus ojos grises, dominados de repente por una sombra tempestuosa.

—En mi opinión, eres la última persona que debería entrar en esta escuela. No te has ganado tu sitio aquí como algunos de los otros mortales sangrepútridas. Pero Viktor Drakharrow consigue lo que se propone. Así que te sugiero que no lo contraríes. A menos que quieras que te sequen antes de que puedas soltar uno de tus comentarios impertinentes.

Me miró y negó con la cabeza, desdeñoso.

—No sé qué clase de plan de estudios se les ocurrirá para ti, pero si tuviera que aventurarme, diría que aprenderás un poco de todo. Menos sanación, supongo. Los jinetes estaban justo por debajo de los guerreros, pero eso era cuando había dragones. —Levantó los hombros—. En definitiva, sí, tienes razón: eres bastante inútil. Entiendo que ni siquiera sabes luchar.

—Uy, no sabes cuánto. —Apreté con fuerza los puños, conteniendo el impulso de soltarle un puñetazo.

Él se rio con sorna.

—Claro. Pero ¿tienes alguna habilidad?

No respondí. Decidí que esa era una de las cosas que ya descubriría por sí mismo.

Blake levantó los hombros.

—Mañana le pediré a Regan que te haga una visita. Te enseñará cómo funcionan las cosas.

A punto estuve de atragantarme.

—¿Regan? ¿La del vestido morado que parecía estar deseando arrancarme los ojos?

Él se rio.

—Hará lo que yo le diga. Ya lo verás, no te preocupes. Ella quiere complacer a mi tío. Se necesitan. Antes de que te des cuenta, serán las mejores amigas del mundo.

—Lo dudo mucho —mascullé.

Aunque tal vez cabía alguna esperanza. No estaría mal tener una amiga en aquel lugar tan espantoso. De todas formas, dudaba que la chica que creía que yo le había robado a su chico, la mujer que se veía obligada a compartir conmigo a su prometido, quisiera que fuéramos amigas del alma.

Parecía que se había acabado la charla. Blake continuó con sus largas zancadas por el pasillo de piedra. Lo seguí, reacia a pedirle que no fuera tan rápido, obligándome a seguir su absurdo ritmo. Me guio a toda prisa por los pasillos lanzando miradas furtivas en las esquinas, como si le preocupara que alguien nos viera juntos.

De tanto en tanto nos cruzábamos con alguna persona; un alumno con los brazos cargados de libros o una profesora con un montón de pergaminos. Si se atrevían a establecer contacto visual, Blake los fulminaba con la mirada hasta que aceleraban el paso todo lo posible.

Durante aquel recorrido apresurado, vi por casualidad el comedor, un salón de piedra enorme con hileras de mesas y bancos de madera.

—Ahí comerás —dijo Blake sucintamente, antes de obligarme a girar por otro pasillo.

—¿Y tú? —Pretendía que se lo tomara como una broma, pero, para sorpresa mía, paró en seco.

—Puedo comer. ¿Piensas que solo bebemos sangre?

—No lo sé —repliqué—. No sé nada sobre unos monstruos como ustedes.

—Te recomiendo que dejes de vernos como monstruos e intentes pensar en nosotros como hace el resto de Sangratha —dijo entornando los ojos.

—¿Y cómo los ven? ¿Como dioses? ¿Como héroes?

Él sonrió.

—Algo así.

—No entiendo nada —le dije de golpe—. ¿No se alimentan de su pueblo? Nos llaman sangrepútridas aunque nos necesitan, ¿me equivoco? ¿De dónde sacan la sangre si no?

Blake se tensó.

—No tienes ni idea de nuestras tradiciones ni de cómo nos alimentamos. Algunos... —Se interrumpió, y luego negó con la cabeza—. Mira, ¿sabes qué? Da igual. Estoy harto de intentar educarte.

—Algunos ¿qué? —exigí—. Me interesa, de verdad.

—Seguro que sí. Pero, verás, Pendragón, acabo de caer en cuenta de algo que mi tío Viktor no pensó.

Sonrió con frialdad y se inclinó de repente hacia mí, hasta situarse a apenas unos centímetros de mi cara. Lo olí de nuevo. El toque de manzanas verdes. El malnacido era un vampiro y aun así olía como un vergel. No tenía ningún sentido.

—¿Y qué es? —pregunté, notando como se me enfriaba la sangre. Resistí el apremio de dar un paso atrás.

—Esta escuela cuida de los suyos, y solo de los suyos. Tienes razón: no eres de los nuestros y no lo serás jamás. No hace falta que me preocupe de nada. No tendrás tiempo de dejarme en evidencia, porque Bloodwing elimina a los débiles. Dudo que aguantes un solo semestre. Da igual la ayuda que recibas; fracasarás y morirás, y lo único que tendré que hacer es observar de lejos y esperar. ¿Te preocupa lo de reproducirnos?

¿Crees de verdad que estaría dispuesto a contaminar mi estirpe con tu sangre? —Echó la cabeza atrás y soltó una carcajada—. Mañana empezarás a comprenderlo. Pero, mientras tanto... —Levantó una mano y señaló con el dedo—. Esa es tu puerta.

Antes de que pudiera poner en orden mis pensamientos para responder, desapareció. Dobló la esquina agitando su capa negra tras él como las alas de un puto murciélago, y lo perdí de vista.

Me quedé inmóvil delante de la puerta que me había señalado. Roble negro macizo con una manija de hierro en forma de lágrima. Como la marca de mi muñeca.

Vacilé un instante, dudando si debía tocar o no. Luego cuadré los hombros y abrí la puerta.

Una explosión de sonido salió de dentro de la sala mientras la puerta rechinaba sobre los goznes. Me estremecí, pero me obligué a continuar y entré en el ruidoso espacio echando un vistazo a mi alrededor. A diferencia del pasillo de piedra, oscuro y tenebroso, iluminado apenas por unas velas cada pocos pasos, aquella sala era amplia, de techos altísimos y cavernosos. El lugar era una explosión de calidez y luz. Incontables velas brillaban en candelabros de pared y en elaborados candeleros. La luz danzante contrastaba con el azul zafiro oscuro de los tapices que cubrían las paredes y enmarcaban los altos ventanales que se abrían en dos amplias paredes. A través de los cristales en forma de rombo se veían el mar y el sol poniente. Había cómodos sillones, tapizados en tonos azules oscuros y plateados, dispuestos en acogedores grupos por toda la sala. Los suelos de piedra estaban cubiertos por alfombras gruesas y lujosas, con un diseño en espiral de grises y azules pálidos.

Un gran fuego crepitaba en el enorme hogar, cuya repisa estaba llena de libros y de palmatorias polvorientas por las que goteaba cera derretida. Otra pared de la sala estaba forrada de libreros, donde descansaban volúmenes de aspecto valioso junto a pergaminos polvorientos. En el centro del espacio había una gran mesa redonda llena de pergaminos, plumas y tinteros.

Y todo estaba repleto de estudiantes que leían en los cómodos sillones, garabateaban frenéticamente con las plumas, encorvados alrededor de la mesa, o charlaban en los sofás cerca del fuego.

Cuando me adentré por completo en la sala, las conversaciones comenzaron a disminuir. Por segunda vez aquel día, todas las cabezas de la estancia parecieron volverse hacia mí.

El corazón se me aceleró. Seguí andando mientras mis pasos resonaban sobre la piedra en medio del repentino silencio. Maldije para mis adentros. ¿Qué diablos se suponía que tenía que hacer?

—¡Medra! ¡Medra Pendragón! ¡Aquí arriba!

Levanté la cabeza cuando gritaron mi nombre. Había una chica de pelo oscuro muy por encima de mí, en lo alto de una escalera de piedra. Cuando alcé la vista, se inclinó sobre la balaustrada y me saludó.

Era pequeña y delgada, y peinaba el largo pelo, negro y sedoso, en una trenza meticulosa que le colgaba por la espalda, atada con un listón azul. Llevaba unos anteojos de armazón negro que le agrandaban ligeramente los ojos café oscuro. Su expresión era calmada y serena, como si no fuera consciente del alboroto que había provocado mi aparición abajo.

—¡Sube! —exclamó—. Te enseñaré un poco todo esto.

La chica llevaba una capa negra sobre los hombros, igual que Blake, y por debajo se le asomaba un suéter azul encima de una falda gris que le llegaba a las rodillas. Tenía un aire erudito. Me pregunté en cuál de las clases que me había explicado Blake encajaría.

Subí la escalera hacia ella despacio, fijándome en el escudo de la solapa de su capa. Cuatro dragones entrelazados, bordados en oro, formaban un sello circular. Había palabras escritas en los bordes.

—*Sanguis et Flamma Floreant* —leí en voz alta.

—Es el escudo y el lema de Bloodwing —me explicó la chica. Transmitía una intensidad que indicaba una mente reflexiva y decidida—. Significa «Que florezcan la sangre y la llama». Está escrito en sangrathano clásico. Supongo que no estás familiarizada con el idioma.

Lo estaba, pero dejé que continuara. Lo que ella denominaba sangrathano clásico era simplemente la lengua antigua de Aercanum.

Pasó un dedo con delicadeza sobre el escudo.

—Se lo bordarán a todas tus prendas de ropa. Es la marca de los de primer año. Todavía no tenemos lema ni escudo de la casa.

—Pensaba que estaba en la casa Drakharrow —contesté sonrojándome un poco.

La chica me dedicó una sonrisa cómplice.

—Aún no. Todavía no eres una esposa oficial, aunque estés comprometida de hecho, y así se te considerará. Ya lo sé, es complicado. A ninguno de nosotros nos ha seleccionado ninguna casa, aunque podamos tener alianzas y lazos con una casa determinada. Pero sería un honor. La casa Drakharrow es muy poderosa y cuenta con un líder fortísimo.

Conseguí reprimir el comentario que me acudió a la punta de la lengua cuando pensé en Viktor Drakharrow y su sobrino.

—Debe de ser abrumador —dijo con empatía, malinterpretando mi expresión—. Vamos, intentaré explicártelo todo un poco más. Te voy a enseñar tu habitación.

Comencé a caminar por la galería de piedra y me di cuenta de que casi rodeaba toda la sala de abajo. De ella salían cuatro corredores. Seguí a la chica por uno y vi que abría una puerta y hacía un gesto.

—Esta será tu habitación.

Retrocedió para que pudiera pasar por delante de ella y eché un vistazo dentro. Sentí un profundo alivio al ver que era una estancia pequeña pero acogedora..., y que solo tenía una cama. Nada de compartir litera con mis compañeros de Bloodwing. Di las gracias a los dioses por ello.

La habitación estaba encajada en un nivel superior de la torre, de modo que algunas de las paredes eran curvas. En el centro había una gran cama con dosel de madera oscura, envuelta por unas pesadas cortinas de terciopelo azul. Al pie de la cama descansaba un gran baúl de madera, un lugar donde guardar las posesiones que no tenía. En un extremo de la habitación había un clóset alto de roble oscuro cuyas manijas tenían forma de cola de dragón enroscada. Tres altos ventanales con forma de arco daban al mar picado de abajo y permitían ver cómo rompían las olas contra los acantilados rocosos. Cerca de las ventanas había un pequeño escritorio de madera, del tamaño suficiente para escribir o estudiar.

Era sencilla, pero lo bastante cómoda. Supuse que debía dar las gracias por no estar metida en una celda de las mazmorras de la Fortaleza Negra.

—Por cierto, me llamo Florence. Florence Shen. Soy custodia del ala de dormitorios de los de primero.

La observé con cautela.

—¿Custodia?

Florence se rio.

—No sufras. No es tan serio como suena. No estás en una cárcel. Los custodios simplemente nos dedicamos a ayudar a los nuevos estudiantes a moverse por la academia y respondemos a sus preguntas.

Intenté no mostrarme demasiado escéptica. Al fin y al cabo, para mí sí era una cárcel, aunque Florence pareciera más que satisfecha de estar allí.

—Entonces, ¿tú no acabas de empezar? —le pregunté.

—Sí, sí. Pero llevo aquí desde principios de Estío. Mi madre es bibliotecaria. Estoy más familiarizada con la escuela que la mayoría de los estudiantes, sobre todo de los que son sangrepútridas. Supongo que por eso me seleccionaron.

—¿No eres vampira, entonces? —Me sentí como una idiota al instante—. Claro que no. El pelo.

Ella sonrió.

—Exacto. No, no lo soy. Aunque existen mestizos. Creo que no hay ninguno en nuestro curso este año. Tampoco hay ningún altasangre en nuestro dormitorio. Más adelante seleccionarán a los mejores para entrar en una de las cuatro casas, y entonces escogeremos una especialidad y nos asignarán a un escuadrón.

Clavé la mirada en ella.

—¿Y es algo que esperas... con ganas? ¿Quieres formar parte de una casa vampírica?

—Es el mayor honor posible en Sangratha —contestó simple y llanamente—. El mero hecho de estar aquí en Bloodwing es algo que no me habría imaginado ni en sueños. Es un tremendo honor para mi familia. A ver, solo somos mi madre y yo, pero ella está que no cabe en sí de alegría.

La chica parecía simpática. Y útil. No tenía aspecto de estar loca de remate, aunque a veces las apariencias engañaban. Decidí que decirle lo absolutamente demencial que me parecía su entusiasmo no era la mejor idea en aquel momento. Al menos hasta que la conociera mejor.

Fue entonces cuando caí en cuenta de algo que me hundió el ánimo.

—No hay baño —dije con una voz que me sonó cargada de decepción incluso a mí.

A Florence se le iluminó la cara.

—Sí, tienes un baño privado justo ahí.

Señaló una puerta que yo había confundido con un clóset, y suspiré aliviada.

—¿Agua caliente? —pregunté esperanzada.

Ella asintió.

—Es una de las mejores cosas de Bloodwing. Ni siquiera hace falta llamar a un sirviente para que te la traiga. Tenemos tuberías de cobre de verdad, y desde hace siglos. Los altasangres son extraordinarios. Lo tienen todo pensado. —Sonrió exultante.

—Todo lo que los beneficia a ellos, seguro —no pude evitar decir.

Ella pareció algo sorprendida.

—Bueno, gracias por enseñármelo todo —me apresuré a añadir—. ¿Cómo sabías quién era?

Ella me señaló el pelo.

—Ah, claro. Supongo que aquí no paso desapercibida.

—Pues no. O sea, no en el mal sentido —me reconfortó—. Pero es fácil identificarte.

—Y los demás estudiantes de la...

—Sala común —terció Florence—. Todos compartimos ese espacio. —Agradecí que recalcara la palabra *todos*.

—De acuerdo. Pues en la sala común no parecían alegrarse de verme.

—Bueno... —Florence se mordió el labio como si estuviera ganando tiempo para formular una respuesta diplomática—. Fue todo muy rápido. Para ti, quiero decir. Muchos estudiantes se pasan años preparándose para solicitar el acceso a Bloodwing. Y a la mayoría no los aceptan nunca.

—¿Eso significa que todos se mueren por estar aquí?

Ella abrió mucho los ojos.

—Uy, para nada. Yo no diría eso. —Miró de reojo hacia la sala y luego bajó la voz—. Todos los años hay algunos que no quieren venir. A ciertos estudiantes no les queda otra opción.

—¿Qué quieres decir? —pregunté entornando los ojos—. ¿Los obligan a venir?

—A algunos los traen a la fuerza si ignoran la convocatoria, sí —confirmó con reticencia—. Pero seguro que compensan a las familias. En Sangratha no se desprecia el talento.

—¿Y si esas personas o sus familias se resisten? —insistí—. ¿Qué ocurre entonces?

Ella negó con la cabeza.

—No lo tengo claro. Creo que no suele pasar. —Parecía casi esperanzada.

—Entiendo —mascullé—. Seguro que los vampiros tratan con la máxima delicadeza a los que no quieren venir.

Florence no me oyó o decidió no oírme. Había cruzado la habitación y la observé abrir de par en par las puertas del clóset.

—Como ves, ya te prepararon casi toda la ropa. No tienes todo lo que necesitas, pero deberías encontrar un conjunto adecuado para mañana, el primer día de clase —dijo con orgullo mientras señalaba el clóset, hasta el tope de toda clase de ropa.

Vi capas, botas, túnicas, vestidos, pantalones e incluso un par de vestidos. Todo lo que había a la vista llevaba el escudo de Bloodwing. Por lo visto, tendría que llevar la marca de la escuela vampírica a diario.

—¿Mañana debería ponerme algo en concreto? —pregunté, pensando que no estaría de más saberlo. A fin de cuentas, no quería presentarme a una clase de equitación con una falda corta.

Florence asintió.

—Mañana es el día de orientación. Asistiremos a unas pocas clases y el director dará un discurso de bienvenida al final de la jornada. Puedes ponerte lo que te plazca. Todavía no tengo tu horario, pero te lo mandarán a la habitación por la mañana.

La chica reprimió un bostezo.

—Me vas a perdonar, Medra, pero se hace tarde y el día ha sido muy largo. Si no necesitas nada más, creo que me acostaré ya.

Pensé en cómo había empezado mi día despertándome en lo alto de aquella montaña de cadáveres. Y en cómo terminaba. Al menos podría darme un baño.

—Claro, por supuesto —dije deprisa—. Gracias por guiarme hasta aquí. ¿Te importa si mañana te acompaño? La escuela parece gigantesca y todavía no me oriento.

—Serías más que bienvenida —dijo Florence sonriendo otra vez de oreja a oreja—. Pero no necesitarás mi ayuda. Me comunicaron que Regan Pansera vendrá a buscarte por la mañana y te ayudará durante el primer día de clase. ¡Vaya honor! Es una estudiante muy popular. Que te vean con ella será de gran ayuda.

Esbocé una sonrisa.

—Sí. Sin duda.

Cuando Florence se fue, salté encima de mi nueva cama de terciopelo azul.

Nada parecía real.

Si aceptaba que aquello era real, significaba que estaba viva. Y comprometida. Era prisionera de los vampiros. Y estudiante.

Me reí entre dientes. No tenía claro qué era más ridículo. No había ido nunca a clase. Sobra decir que en mi ciudad, en

Camelot, había escuelas. Pero yo, como miembro de la realeza, solo había tenido tutores privados.

Y en cuanto al matrimonio, en Camelot era demasiado joven para siquiera planteármelo. Por no mencionar el hecho de que mi reino estaba sumido en la guerra. Pero no me cabía duda de que me habrían permitido elegir a mi pareja, mi propio camino.

Me preguntaba si la guerra habría terminado con mi muerte.

Intenté imaginarme a mi familia allí en Aercanum. A mi tía Morgana y a su marido Draven. ¿Habrían nombrado rey a mi tío Kaye? ¿Qué estarían haciendo en esos momentos? ¿Me extrañarían?

Me incorporé de golpe, dejando a un lado el doloroso malestar del pecho. No tenía sentido pensar en la familia que había dejado atrás. Sabía que no volvería a verlos jamás.

Respiré hondo y luego tosí. Florence Shen había tenido el detalle de no mencionar lo fatal que olía. Aparté los pensamientos melancólicos. Había un cuarto de baño y pretendía utilizarlo.

La tina era de mármol negro y resbalaba como un demonio. Pero cuando estuvo llena y conseguí meterme sin partirme el cuello, suspiré de gozo a medida que el agua caliente me iba empapando el cuerpo. Cerré los ojos y repasé los acontecimientos del día una vez más. Estaba en un mundo nuevo. Sabía de algún modo que no tendría forma de regresar a Aercanum por mucho que lo deseara.

¿Era ese el precio que había tenido que pagar? Había ganado una nueva vida a cambio de renunciar a la anterior. Y todos y todo lo que había amado ya formaban parte del pasado. Estaba convencida de que muchas personas matarían por disponer de una segunda oportunidad como la que yo había recibido. Pero, desde luego, no sentía un profundo agradecimiento, teniendo en cuenta el mundo en el que había acabado. Un mundo donde los vampiros no eran solo leyendas.

No, Blake Drakharrow era un imbécil redomado, pero también de carne y hueso. Él y los suyos eran absolutamente detestables, aunque no podía negar lo poderosos que aparentaban ser. Por lo visto, el mundo entero los complacía. Florence casi parecía estar dispuesta a adorarlos. Era feliz con su vida y no le daba más vueltas al hecho de que tal vez los vampiros obligaran a los mortales a estar allí.

Me había olvidado de preguntarle a Florence sobre la aldea quemada en la que Blake me había encontrado. ¿Qué le habría ocurrido? ¿Por qué a nadie parecía importarle lo más mínimo?

Pensé en lo que los vampiros altasangres habían dicho sobre mí: tenía las marcas de una jinete. Una jinete de dragón. Tal vez eso fuera lo más disparatado del día. Me habían prometido a uno de sus príncipes porque mi sangre era claramente valiosa. Y, sin embargo, ya no había dragones. No había nada que pudiera montar. ¿Qué sentido tenía todo aquello? A menos que en mi sangre hubiera más poder de lo que imaginaba, de lo que me habían dicho... De todos modos, sin otros jinetes de dragón a los que preguntar, no tenía ni idea de cómo podía descubrirlo. Me pregunté cómo habrían sido los jinetes de dragón. De qué habrían sido capaces. Cómo eran sus dragones.

Y, sobre todo, por qué habían muerto todos.

Claro que cabía la posibilidad de que aquello fuera un error. Los rasgos que los vampiros habían identificado como propios de un jinete en aquel mundo simplemente me distinguían como una fae mestiza en Aercanum. ¿Significaba eso que todos los fae de Aercanum se considerarían jinetes de dragón en Sangratha? ¿O que yo era un fraude y no alguien por cuyas venas corría sangre de jinete? Supuse que poco importaba. Incluso aunque no fuera quien ellos creían, ¿cómo podrían averiguarlo? No había dragones con los que ponerme a prueba.

Todo lo que debía hacer era encajar. Obedecer. Ir a clase. Fingir que era una corderita dócil como Florence.

Y, mientras tanto, conspirar para encontrar la forma de huir de allí. No tenía sentido que me limitara a saltar por la ventana. Primero necesitaba conocer a mi enemigo. Si se me había dado una segunda oportunidad, bueno, suponía que debía aprovecharla al máximo e intentar construirme una vida real cuando me fuera de allí, lo que implicaba conocer mejor aquella tierra y a su gente. Debía de haber otros reinos. Tal vez algún lugar en el mundo donde no hubiera vampiros. Un lugar donde pudiera ser libre.

Me pesaban los párpados. Ya era hora de reconocer lo exhausta que estaba. En Aercanum había gastado hasta la última gota de mi poder antes de implosionar como una estrella. Luego me había despertado en ese mundo exhausta, sin fuerzas. Me habían obligado a caminar durante kilómetros antes de presentarme delante de un tribunal y después tener que hacer la visita de una escuela. Había llegado el momento de descansar.

Salí de la tina de mármol para evitar dormirme y ahogarme por accidente, me cubrí con una de las enormes toallas suaves que estaban apiladas en una mesita y volví a la habitación. Después de vestirme con un suave camisón de algodón azul, me metí en la cama. El techo estaba pintado de un intenso azul oscuro al que habían añadido una capa de estrellas plateadas diminutas. Era precioso, la verdad. Y algo totalmente inesperado en un lugar como aquel. Lo contemplé un rato, pensando en mis siguientes pasos sin dejar de bostezar.

Estaba hambrienta, pero la idea de presentarme en la sala común o de deshacer lo andado de vuelta al comedor no me atraía. Decidí que podía sobrevivir hasta la mañana siguiente. Más motivación para despertarme a tiempo. Y hablando del tiempo...

Palpé el buró hasta encontrar un reloj y puse la alarma a las seis. Creí que sería lo suficientemente temprano. Luego volví a acostarme en la cama, sin molestarme siquiera en taparme con las sábanas, y dejé que los ojos se me cerraran por última vez aquel día.

4
MEDRA

El reloj produjo un rechinido estridente y salté de la cama maldiciendo y sacudiendo los brazos. Gruñí mientras abría poco a poco los ojos. Me pasé las manos por el pelo, torcí el gesto y luego di un jalón para liberarlas. Me había olvidado de cepillármelo antes de acostarme, después del baño, y estaba lleno de nudos.

Me acerqué al espejo de la pared y observé mi reflejo. Excelente. Tenía el cabello enmarañado como el nido de un pájaro. No era el estilo que buscaba. Tomé un cepillo y traté de someter los rizos, pero fue imposible. Tendría que volver a lavarme el pelo por la noche y desenredármelo haciendo uso de uno de los frascos de aceite que había visto en el baño. Siempre que no volviera a estar igual de exhausta. Mientras tanto, tenía dos opciones: podía pasearme por la escuela el día entero como si un cuervo fuera a anidar en cualquier momento en mi cabeza o podía peinármelo hacia atrás y dejar al descubierto mis orejas puntiagudas.

De cualquiera de las maneras, atraería demasiadas miradas.

Opté por recogérmelo en un chongo suelto. De esa forma me lo despejaría de la cara y, con un poco de suerte, parecería que llevaba los rizos despeinados a propósito, y no claramente por accidente. Además, podía taparme las orejas si me pasaba algún mechón por encima.

Lo siguiente era la ropa. Abrí el clóset y seleccioné deprisa un suéter de lana gris y unos pantalones negros ajustados y un poco elásticos. No tenía ni idea de en qué clases me habían inscrito, pero supuse que lo más sensato era ponerme prendas con las que pudiera moverme con facilidad. Por si las moscas. A continuación me puse un par de botas de cuero café altas. Me las até deprisa, justo cuando comenzaba a rugirme el estómago.

—Ya lo sé, ya lo sé —musité—. Pronto. Te lo prometo.

Se oyeron unos golpes en la puerta y levanté la cabeza.

—¿Quién es?

No hubo respuesta, así que me dirigí a la puerta y la abrí.

Regan Pansera esperaba en el pasillo. Estaba dando golpecitos impacientes con el pie, pero paró en cuanto me vio. Por un brevísimo instante, su rostro fue una máscara de emociones que no supe interpretar. Luego me miró a los ojos y sonrió con cordialidad.

—Medra —dijo con voz cantarina—. Cómo me alegro de verte. Qué bien que tu custodia te avisara de que estuvieras lista. Te acompañaré al comedor a desayunar.

Tragué saliva. Regan Pansera era el epítome de la elegancia. Seguramente era la mujer más hermosa que había visto en mi vida.

El pelo rubio platino le caía en suaves ondas y emitía un brillo metálico, como si contuviera metal de verdad. La primera luz de la mañana sacaba a relucir los tonos miel cálidos de su tez, un caramelo radiante con un sutil brillo. Llevaba un vestido ajustado de un rojo oscuro que le acababa justo encima de las rodillas. Completaban el conjunto unas botas negras y lustrosas de tacón alto.

Distinguí unas palabras bordadas con hilo negro en el cuello del vestido.

«Sanguine Vinciti».

Ella siguió la trayectoria de mi mirada y se llevó un dedo al bordado con expresión de orgullo.

—«Unidos por la sangre». Es el lema de la casa Drakharrow.

Asentí y salí al pasillo. Regan echó a andar y yo la seguí en silencio, sin saber qué decir. Pero no tenía de qué preocuparme. Cuando llegamos al pasillo exterior, ella rompió el silencio de nuevo.

—Creo que ayer empezamos con el pie izquierdo —dijo Regan mirándome mientras caminábamos la una al lado de la otra—. Espero que podamos hacer borrón y cuenta nueva. Al fin y al cabo, estamos comprometidas con el mismo hombre. Ambas vamos a ser consortes, y eso es prácticamente como ser hermanas.

Me atraganté con el aire que acababa de respirar. Decidí que no era el mejor momento para decirle a Regan que era más que bienvenida de quedarse con Blake Drakharrow para ella solita. Forcé una sonrisa.

—Me encantaría. Empezar de cero, quiero decir. Espero que sepas que no soy una amenaza para ti.

—Claro que no —contestó con suavidad—. ¿Qué daño podrías llegar a hacerle a un vampiro? No me sentí amenazada por ti. Ni mucho menos. La verdad es que estaba preocupada por Blake. Su tío a veces es muy duro con él. No tenía claro si Viktor se alegraría de que te hubiera presentado ante la corte o si se pondría hecho una furia. Por suerte, todo se arregló.

Le lancé una mirada curiosa. Verdaderamente parecía otra persona aquella mañana, mucho más serena y feliz. ¿Tendría razón Blake y habría aceptado las nuevas circunstancias sin protestar? Vi como se pasaba un reluciente mechón de pelo por detrás de la oreja.

—Oye —dije, porque aunque no quería seguir hablando de Blake, me moría por preguntárselo—. ¿Aquí es habitual que los hombres tengan dos esposas?

—No siempre. Hay muchas parejas, sobre todo entre los sangrepútridas. Entre los vampiros, especialmente entre los altasangres, las tríadas se consideran la formación más poderosa para las alianzas familiares. —Se volvió hacia mí y esbozó una sonrisa—. Sabía que a Blake y a mí se nos uniría otra consorte, pero no me imaginaba que fuera tan pronto. O de una manera tan inesperada y pública.

Bueno, eso lo comprendía e incluso empatizaba con ella.

—Sí, para mí también fue... una sorpresa —contesté con el mayor tacto posible. Y luego se me ocurrió algo—. ¿Las consortes siempre son mujeres? Dos mujeres y un hombre, quiero decir.

Regan negó con la cabeza.

—Para nada. Hay todo tipo de tríos. Hay veces en que son dos hombres y una mujer, o incluso tres hombres. Depende del líder de la tríada, de sus gustos y preferencias. O al menos es lo habitual —se corrigió, y luego se mordió el labio—. Ay, perdona. No pretendía...

—No te preocupes, lo entiendo.

Yo no era el tipo de Blake ni entraba dentro de sus preferencias, ¿verdad?

Dudé si compadecerme del malnacido, y concluí decididamente que no. No había tenido la posibilidad de elegir a su segunda consorte y debía conformarse conmigo, una persona a la que estaba claro que despreciaba. No me daba ninguna lástima. De todas formas, no tendría que aguantarme mucho tiempo.

Sopesé la posibilidad de hacerle a Regan más preguntas sobre el funcionamiento íntimo de las tríadas, pero decidí que no quería saberlo. Era del todo irrelevante. No intimaría con ella, y mucho menos con Blake. En aquel momento, Regan me parecía mucho más atractiva, o me lo parecería si mis gustos se inclinaran también hacia las mujeres, que, hasta donde yo sabía, no era el caso.

Los pasillos estaban abarrotados aquella mañana. Regan saludaba a los estudiantes que nos cruzábamos. Vi a muchos contemplarla extasiados, y luego mirarme a mí de reojo. Ella parecía atraer toda la atención y desviarla de mí, un beneficio más que bienvenido de ser su nueva amiga.

Tras detenerse brevemente para abrazar a Gretchen, una chica alta vestida de negro, Regan siguió hablando.

—Bueno, vamos al comedor a que desayunes algo. Luego te presentaré al resto del grupo y te llevaré a tu primera clase. Y ahora que salió el tema, toma tu horario.

Me entregó un pergamino escrito con una pulcra caligrafía negra, y lo leí por encima.

09:30 – Historia de Sangratha
10:30 – Restauración y Alquimia
12:00 – Comida
13:00 – Armamento Avanzado
14:00 – Introducción a las Bibliotecas de Bloodwing
16:00 – Discurso inaugural

Regan echó un vistazo por encima de mi hombro.

—Vaya, Historia de Sangratha. Es obligatoria para los de primero. Restauración y Alquimia también será interesante. Esa la imparte el profesor Rodríguez. No te olvides de preguntarle por la historia de los dragones sanadores. Es fascinante.

Miré a Regan con los ojos abiertos como platos. No me había parecido que fuera una apasionada de la historia.

Ella se echó el pelo por encima del hombro y sonrió.

—Procuro sobresalir en todas mis clases. Es nuestro deber con la casa Drakharrow.

Confié en que no se me notaran las náuseas que sentía cuando le devolví la sonrisa.

Llegamos al comedor, un salón amplísimo y abovedado que transmitía magnificencia. Los altos techos acanalados se alzaban vertiginosamente sobre nuestra cabeza, apoyados en una serie de columnas de piedra que recorrían la estancia hasta el fondo. La luz se filtraba a través de las hileras de ventanales que había en las paredes, por donde divisé árboles altos llenos de hojas otoñales, amarillas, naranjas y rojas.

Al entrar en el comedor, me envolvió un rugido de voces, acompañado del repiqueteo de cubiertos y platos y, de fondo, el sonido del viento meciendo las hojas secas y las olas del mar. De no haber sido por los vampiros, en aquel momento me pareció que la Academia Bloodwing podría haber sido, bueno, hermosa.

Las paredes del salón estaban adornadas con tapices oscuros. Dos de los más grandes colgaban a mi derecha y a mi izquierda, cada uno con un lema distinto bordado.

Los leí uno por uno.

Ex Sanguine, Unitas. De la sangre, unidad.

Ex Sanguine, Virtus. De la sangre, fuerza.

Ex Sanguine, Legatum. De la sangre, legado.

Ex Sanguine, Potentia. De la sangre, poder.

Al fondo del salón vi un descomunal tapiz dorado y rojo que mostraba el escudo de armas de Bloodwing, junto con otros cuatro más pequeños que deduje que representaban los símbolos de las cuatro casas y sus escudos. No distinguía los detalles desde tan lejos. Pero lo que más me interesaba en aquel momento no era lo que hubiera en las paredes. Olfateé hambrienta y el estómago me rugió con tanto descaro que Regan se rio.

Cada lado del salón estaba ocupado por unas largas y pesadas mesas de madera, con un pasillo ancho entre ellas. Las habían llenado de todo tipo de comida. Vi platos de tocino crujiente, papas fritas con mantequilla y salchichas doradas junto con bandejas de huevos esponjosos y recipientes hasta los topes de panecillos, bollos y pastelitos. Junto a la comida caliente habían colocado bandejas de frutas de todos los colores: granadas de un rojo intenso, relucientes uvas verdes y una montaña de ciruelas maduras descansaban al lado del pan recién horneado. Y eso era solo la comida que reconocía, porque había otras muchas cosas que no había visto en mi vida. Me fijé en una chica que tomaba una rodaja de una fruta extraña, roja, con pequeñas semillas negras. Cuando le dio una mordida, el jugo le cayó por la barbilla.

También habían dispuesto grandes jarras plateadas de jugos naturales, y sentí un gran alivio al ver que muchos estudiantes sostenían tazas humeantes de un brebaje café oscuro que me resultaba familiar.

—Gracias a la Doncella Sangrienta por el kava —dijo Regan a mi lado, y arqueó las cejas—. ¿Quieres una taza?

—¿Kava? ¿Así lo llaman aquí? En mi tierra lo llamamos de otra forma. Pero sí, claro. Por favor. Mataría por un poco de... kava.

Al principio la palabra me sonó extraña, pero sabía que me acostumbraría rápido con la cantidad que tenía pensado beber. Me pregunté si incluso podría preparar mi propio kava en la habitación.

Regan se abría paso por el gran salón, con un claro destino en mente.

—Déjame que te presente a los demás —dijo al detenerse al fin frente a una mesa casi llena de estudiantes—. Aquí te sentarás tú, con lo mejorcito de la casa Drakharrow.

Al bajar la vista me encontré con un par de ojos grises, fríos y severos. Por un momento, la expresión de Blake Drakharrow fue de puro desdén, pero luego la indiferencia ocupó su lugar. Esperé expectante a que le diera unas palmaditas a la silla que tenía al lado y le sonriera a Regan. Tal vez que hasta tuviera el detalle de ofrecer alguna muestra de afecto, solo para fastidiarme. Sin embargo, se limitó a agachar la cabeza de vuelta a su comida y nos ignoró.

—Bueno, pues ya conoces a Blake, nuestro brillante líder —anunció Regan con alegría.

—Aún no es el líder —la corrigió un chico de pelo rubio oscuro con la boca llena de huevo.

Regan frunció el ceño.

—Déjate de bromas, Theo. —Se volvió hacia mí—. Theo y Blake son primos. Cree que puede faltarle al respeto y salirse con la suya.

Theo se puso la mano en el corazón con dramatismo.

—¿Que yo le falto al respeto? Dime que no es verdad. ¿Me expulsará mi queridísimo primo?

Observó expectante el otro lado de la mesa, donde estaba Blake, pero con una sonrisa socarrona en su atractivo rostro. El parecido familiar era patente, pero mientras que los rasgos de Blake eran finos y agresivos, Theo los tenía algo más rellenos, y me atrevería a decir que eran incluso agradables.

La única respuesta de Blake fue lanzarle a Theo a la cabeza un panecillo que rebotó y aterrizó en el suelo. Me compadecí de los sirvientes que tuvieran que limpiar después de todas las peleas con comida que aquellos arrogantes altasangres debían de organizar.

Theo estalló en carcajadas.

—Me diste en lo más hondo. ¡Estoy herido, lesionado!

—Ojalá te hubiera lesionado la boca —masculló Blake.

Sentí que se me curvaban los labios, pero lo reprimí.

Theo se puso de pie y me hizo una reverencia.

—Casi me olvido, mi querida dama. Theo Drakharrow a su servicio. Cortesano del mismísimo Príncipe Negro. Amado por todos.

Regan se rio entre dientes.

—Se da demasiado crédito. Lo toleramos a duras penas.

—Es un pícaro y un sinvergüenza —gruñó un joven alto de tez de ébano, que, desde otro punto de la mesa, inclinó la cabeza y me dedicó una mirada amable e intensa. Llevaba el pelo rubio platino corto y peinado a un lado.

—Ese es Coregon Phiri —me presentó Regan—, uno de los amigos más íntimos de Blake.

Coregon era un joven corpulento. Comparado con Theo, desprendía una confianza en sí mismo discreta y una autoridad que indicaban que no necesitaba ser sarcástico ni levantar la voz para que le hicieran caso.

—Tremendo desprestigio para él —apuntó Theo.

—Cállate, Theo. ¿Quién está haciendo las presentaciones, tú o yo? —se quejó Regan.

Desgraciadamente, Theo se lo tomó como una invitación y exclamó con dramatismo:

—¿Yo? ¿Que continúe yo? ¡No tenías más que decírmelo!

El primo de Blake saltó encima de una silla y comenzó a señalar.

—Quinn Riley, saluda. —Una muchacha de piel blanca y largo pelo plateado recogido en tres trenzas que le caían por la espalda levantó la mano—. Y a la izquierda de Quinn tienes a Visha Vaidya. Cuidado con esta, damas y caballeros. Es peleonera.

Una joven de intensa y cálida tez avellana que contrastaba hermosamente con su pelo corto plateado le lanzó una mirada asesina a Theo y me miró con unos ojos violetas penetrantes. Consiguió forzar una sonrisa, pero a mí me pareció más un desafío que un saludo.

Theo se reía de la expresión de la joven.

—La familia de Visha contaba con los mejores jinetes de dragón de toda Sangratha. Seguro que le encantaría someterte a toda clase de experimentos desagradables si pudiera —explicó Theo—. Aunque, claro, la mayoría implicarían drenarte toda la sangre. —Paseó la mirada entre las dos sin dejar de sonreír, como si quisiera que nos peleáramos.

Me crucé de brazos y sentí de repente una profunda incomodidad al recordar que aquellos no eran solo mis compañeros de clase. Eran vampiros.

—¿Hay alguna jarra llena de sangre caliente? ¿O por la mañana la prefieren fría? —le pregunté a Theo con tono informal.

—Yo la mía la prefiero con hielo, de hecho —contestó Theo seriamente—. Cuanto más fresca, mejor. ¿Por qué? ¿Nos estás ofreciendo una cata?

Debí de abrir un poco los ojos, porque él se rio a mandíbula batiente. La mesa se sacudió de súbito. Blake se puso de pie con los puños aún en la posición de haber golpeado la mesa.

—Ya basta —gruñó, y se fue sin decir nada.

—Lo que hay que ver —dijo Theo mirando cómo salía del comedor su primo—. ¿Quién tendrá alterado a nuestro príncipe de capa negra y ondeante? —Dejó escapar un silbido—. Me parece que eres tú, Medra Pendragón. —Me guiñó un ojo.

—¿Yo? —pregunté inexpresiva.

—Theo se atrevió a bromear con beber de ti —explicó Coregon con su voz grave—. Pero eso está prohibido. Todos escuchamos el decreto de Viktor.

—Lo que pasa es que a Blake no le gusta compartir. Eres suya. No se me ocurriría ponerte una mano encima. —Theo se llevó una mano al corazón—. O diente, para el caso. Lo juro por la Doncella Sangrienta.

—¿Quién o qué es la Doncella Sangrienta? —musité, algo irritada de que me hubieran recordado que Blake Drakharrow me consideraba su esclava.

—Ven, siéntate y come —me sugirió Theo. Se deslizó por el banco y yo acepté con gusto el sitio. Luego tomé un plato y comencé a llenarlo.

Suprimí un gemido de placer y, cuando me metía en la boca otro trozo de salchicha, levanté la cabeza y vi que Quinn Riley me miraba fijamente.

—Vaya apetito que tienes —me dijo con una mueca.

Tragué la comida que tenía en la boca.

—Por desgracia no se me ofreció la cena cuando llegué anoche —contesté con frialdad—. Aunque siempre he gozado de buen apetito.

—Me gustan las mujeres que saben comer —me elogió Theo—. ¿A quién quiero engañar? También me gustan los hombres que comen igual. O más incluso. —Se rio de su propia broma y Coregon puso los ojos en blanco.

—¡Ay, mecachis! —exclamó Regan al otro lado de la mesa. Se levantó, tomó unas servilletas y se limpió la parte delantera del vestido—. Me empapé de kava. Theo, ¿serías tan amable de hablarle a Medra de las cuatro casas? —Se volvió hacia mí nerviosa—. Lo siento muchísimo. Tengo que cambiarme de ropa. Dentro de unos minutos vuelvo y te llevo a clase. Espérame aquí, ¿está bien?

Asentí con la boca llena de tocino.

¿Regan Pansera me acababa de pedir disculpas? Definitivamente había cambiado de la noche a la mañana. O estaba siendo sincera o quería ganarse el favor de Viktor Drakharrow.

—Estaré más que dispuesto a satisfacerla, señorita Pansera. —Theo la saludó con afectación.

Cuando Regan se fue, me volví hacia Theo expectante.

—Entonces, ¿las cuatro casas?...

—Y de nuevo me asignaron un papel fundamental —reflexionó Theo—. ¿Será una señal del historiador en que me convertiré? La responsabilidad pesa como una losa. —Se tamborileó en la barbilla con un dedo—. ¿Por dónde empiezo?

Antes de que pudiera responderle, se puso de pie de un salto, se subió al banco y se aclaró la garganta.

—Las cuatro casas reales de Sangratha —anunció a viva voz—. Un resumen histórico ofrecido por Theo Drakharrow a Medra Pendragón, en el primer día del trimestre autumnal.

Algunos estudiantes de las otras mesas levantaron la vista sorprendidos.

—Baja la voz, Theo —le dijo Quinn entre dientes—. ¡No estás en un auditorio! Nos estás dejando en ridículo. Como siempre.

Theo se llevó un dedo a los labios y me susurró:

—Nada más lejos de nuestras intenciones, ¿verdad, Medra?

No pude evitarlo; le sonreí. Theo Drakharrow era incorregible y yo me lo estaba pasando en grande.

—Para nada.

—¡Falsa alarma! —gritó Theo agitando las manos—. Esta clase particular es individual. Exclusiva. Vuelvan a su desayuno, canallas. ¡Vamos, fuera!

Los demás estudiantes parecían estar acostumbrados a los arranques de Theo. Ya estaban dejando de hacerle caso y volviendo a sus conversaciones.

Alargué el brazo para tomar un panecillo cubierto de canela y azúcar morena y estudié a Theo.

—¿Eres un Drakharrow de verdad?

Theo se hizo el ofendido.

—¿Quién dice que sea un bastardo?

—Yo no... —me apresuré a responder, aunque ya me había fijado en que tenía el pelo uno o dos tonos más oscuro que el resto de los estudiantes de la mesa.

—Puede que sea un bastardo —continuó—, pero nací en el lado correcto. —Sonrió—. Sí, soy un Drakharrow, y bien orgulloso que estoy. ¿Por qué lo preguntas?

—Porque no te pareces en nada a tu primo —dije sin rodeos. De repente se me ocurrió algo y abrí los ojos como platos—. ¿Eres hijo de Viktor?

Theo negó con la cabeza.

—Para nada. Mi madre es la hermana pequeña de nuestro queridísimo tío. El padre de Marcus y Blake tiene preferencia en el orden familiar. Nuestro estimado tío Viktor no tuvo descendencia. Que nosotros sepamos.

—¿Marcus? —pregunté—. ¿Quién es?

—El hermano mayor de Blake. Seguramente lo viste ayer al lado de Viktor, en el gran salón. El término más amable que se me ocurre para describirlo es *lacayo*. —Negó con la cabeza—. Ah, qué momento de júbilo fue aquella velada improvisada.

Torcí el gesto.

—Sí, sobre todo de júbilo.

—Marcus se graduó en Bloodwing en Prímula del año pasado —explicó Theo.

—Y ahora Blake es... ¿el líder de la casa?

—Aún no —los interrumpió la voz queda de Coregon—. Los líderes de las casas tienen que luchar por conseguir el puesto. Debe ganarse. No es algo que se herede.

—Correcto —dijo Theo—. En estos momentos, la casa Drakharrow no tiene líder en Bloodwing. Se elegirá a finales del trimestre de Autumno. Todo el mundo da por sentado que será Blake, por supuesto. Pero hay unos cuantos estudiantes de la casa Drakharrow que todavía podrían decidir que quieren competir por el puesto. —Le guiñó el ojo a Coregon—. Como tú, amigo.

Coregon negó con la cabeza.

—Que se lo quede Blake. Bastantes problemas tengo ya lidiando con ustedes.

Theo hizo pucheros.

—¿No habrá duelo? Pues qué aburrido. —Miró alrededor de la mesa—. Los otros que podrían atreverse a desafiar a Blake no están en la mesa. Regan seguramente lo tuvo en cuenta cuando preparó las invitaciones.

—¿Y qué pasa con las otras casas? —pregunté.

Theo señaló con la cabeza la mesa que teníamos enfrente, al otro lado del pasillo.

—Ahí mismo tienes al líder de una casa. Kage Tanaka, el líder de la casa Avari.

Lo miré de reojo. Un joven alto y despampanante de piel dorada estaba sentado a la cabecera de una mesa larga.

—Pero el apellido...

—Es Avari por parte de madre —explicó Coregon—. Decidió no adoptar el apellido Avari. Todavía no, al menos. Está orgulloso de la estirpe de su padre.

Le eché otro vistazo a Kage Tanaka. El líder Avari parecía... intenso. Iba vestido con un traje negro entallado y adornado con un ribete plateado. Exudaba autoridad y dominaba al grupo de estudiantes que lo rodeaban. Hablaba deprisa, con los ojos negros entornados, concentrado. Me dio la impresión de que nadie se atrevería a interrumpir lo que estuviera diciendo. El uniforme de Kage mostraba una insignia que supuse que sería la de la casa Avari: un dragón plateado que sostenía una luna creciente.

Entrecerré los ojos y traté de leer la inscripción escrita en torno al escudo.

—*Luna Sanguinea Surgit* —me aportó Theo al darse cuenta de lo que estaba mirando—. «Se alza la luna de sangre». Ah, y ahí hay otra: Catherine, de la casa Mortis.

Señaló a una joven hermosa de piel de alabastro y pelo blanco recogido en una trenza tipo corona que caminaba entre las mesas. Iba lanzando una vez tras otra una ciruela al aire y recogiéndola con una gracia natural. Llevaba un vestido blanco, corto y de cuello alto, conjuntado con unas botas de cuero rojas. Dos mujeres jóvenes la seguían de cerca, ambas de pelo oscuro y guapísimas. Una tenía la piel negra e iba vestida toda de blanco. El pelo largo le caía en finas trenzas. La otra tenía la piel blanca como la porcelana, el pelo a la altura de la barbilla e iba vestida toda de rojo. Las dos mujeres iban tomadas de la mano. Las tres parecían moverse como una sola persona.

—¿Esas son sus... consortes? —pregunté bajando la voz.

Coregon se atragantó mientras al otro lado de la mesa Quinn dejaba escapar una risita.

—¿Sus consortes? —Theo negó con la cabeza—. No, son sus siervas.

—¿Siervas? —balbucí—. ¿Qué significa eso?

—Significa que se las acaba de desayunar —mascullό Quinn desde el otro lado de la mesa—. Por la Doncella Sangrienta, es verdad que esta muchacha sangrepútrida no tiene ni idea de nada.

Theo la ignoró.

—Significa que tienen un vínculo de sangre. No es algo tan burdo como Quinn quiere pintarlo. Pero si preguntas si también son amantes, la respuesta es que sí, es más que probable.

—¿Que no es tan burdo? —conseguí articular—. Pero, entonces, ¿no son sus... esclavas?

Theo levantó los hombros.

—A ver, sí, en cierto modo. Pero tampoco es que las torture. El proceso de alimentación puede resultar bastante placentero.

Me negaba a seguir escuchando aquello.

—¿Me estás diciendo que fue decisión suya? ¿Que no las obligaron? ¿Que se prestaron voluntariamente?

Theo intercambió una mirada con Quinn y Coregon.

—Pues... Bueno, casi. No exactamente.

—Son siervas porque están cautivadas. La aman. Ella las tiene sometidas a su influjo. Desean que se alimente de ellas —dijo Quinn casi riéndose de mi ignorancia.

—Es repugnante —exclamé—. No pueden hacerle eso a la gente.

A Quinn le cambió la cara.

—Podemos y lo hacemos. Y agradecen que no sea peor.

—¿Y eso qué significa? —quise saber.

Coregon se aclaró la garganta.

—Tradicionalmente los vampiros han sido mucho más violentos en su búsqueda de fuentes de sangre.

—Lo que quiere decir es que antes matábamos a los que nos bebíamos —puntualizó Theo—. Pero ahora ya no es... tan habitual.

—¿Que no es tan habitual? —dije con enojo.

Él levantó los hombros.

—Hay personas que prefieren seguir con la tradición. No va contra la ley dar caza a los sangrepútridas, pero la mayoría pasaron la página. Veilmar es una ciudad segura. Los sangrepútridas están protegidos. Mi tío Viktor ha comenzado a promover una cultura de la contención. Cree que al controlar nuestra sed de sangre, al guardárnosla, al almacenarla, somos más poderosos.

No me interesaba lo más mínimo saber para qué quería Viktor «almacenar» la sed de sangre de los vampiros.

—Y eso no tiene nada de malo —replicó Quinn como si la hubiera ofendido—. ¿Tú qué crees que prefiere tu preciado prometido? —Me mostró los colmillos y me estremecí—. ¿Crees que él no se ha apoderado de vidas sangrepútridas? ¿Que no ha cazado y matado para alimentarse?

—Blake proviene de una rama muy tradicional de la familia —confirmó Theo, aunque me pareció notarlo algo incómodo. Se removió en el banco y miró por el comedor—. En cualquier caso, creo que terminamos con los líderes de las casas. No veo a Lysander por ninguna parte. Es el líder de la casa Orphos. Es posible que Lunaya, su hermana, vaya contigo a alguna clase. Es un encanto de chica.

Me dio la impresión de que Theo no veía el momento de cambiar de tema.

—La casa de los raritos —susurró Quinn desde el otro lado de la mesa, y se puso de pie—. Bueno, me largo.

Me miró y luego negó con la cabeza, como si no tuviera sentido despedirse de mí con educación.

Esperé hasta que ya no pudo oírme y pregunté:

—¿A qué se refería con lo que dijo de la casa Orphos?

Theo hizo un gesto con la mano.

—Pues lo típico. Los miembros de la casa Orphos tienen fama de ser bastante... enigmáticos.

—No son más que unos inútiles —añadió Coregon—. Unos débiles.

—Suele considerarse la casa menos poderosa, sí —reconoció Theo—. Aunque Lysander podría llegar a cambiar esa opinión con el tiempo. Siempre hay una casa que se considera más débil que las demás y no siempre ha sido la casa Orphos.

Coregon se estaba poniendo de pie.

—Bueno, que vaya bien el día, Medra.

—Gracias —contesté sorprendida, y eché un vistazo al reloj de la pared. Eran las nueve menos cinco y las clases no empezaban hasta la media—. ¿Tú también te vas?

Intercambió una mirada con Theo.

—Me gusta llegar temprano. Tengo que hacer unos preparativos. Estoy echándole una mano a uno de los profesores.

A nuestro alrededor, el comedor se estaba vaciando, pero a Theo no parecía importarle; se estaba sirviendo otro plato de papas fritas.

—Bueno, ¿y de quién bebiste esta mañana, Theo? —le pregunté con educación sin dejar de observarlo.

Él se quedó inmóvil con el tenedor a medio camino de la boca.

—No nos hace falta alimentarnos constantemente. Y no tenemos por qué matar cuando nos alimentamos. Como te dije, hay quien lo hace, pero no son mayoría. Hoy día suele considerarse una brutalidad y no se ve con buenos ojos. Malos modales. Ya me entiendes. —Le dio una mordida a una papa y añadió—: Además, casi todos recurrimos a los siervos. Los altasangres nos aseguramos de tener siempre a unos cuantos a mano. Y, en el peor de los casos, tomamos a cualquiera.

Me quedé lívida y Theo se echó a reír.

—Es broma —dijo.

—Qué gracioso. Ja, ja —mascullé.

—Bueno, ahí viene Regan. —Theo apartó el plato y se puso de pie—. Supongo que deberíamos irnos a clase.

El salón se había vaciado, a excepción de algunos sirvientes que cargaban platos sucios y limpiaban las mesas.

—Madre mía, vaya caminata —resolló Regan. Iba vestida con un impecable suéter de lana lila y una falda de seda a juego—.

Creo que me serviré un poco de kava. Theo, gracias por poner a Medra al día; eres un encanto.

Theo le hizo una reverencia.

—Por ti, lo que sea. —Se volvió hacia mí—. Pues nada, adiós, Medra. No hagas nada que yo no haría. —Me guiñó el ojo una última vez y se fue.

5
MEDRA

—Este chico —Regan le dio un sorbo a la taza que se acababa de llenar— acabará matando a Blake con tanta payasada. Creo que me llevaré el kava de camino. Con mucho cuidado, claro. —Se rio como si hubiera dicho algo divertido y yo me obligué a sonreír, tratando de no pensar en vampiros y sangre.

Cruzamos despacio el pasillo mientras Regan le daba sorbos parsimoniosos a la bebida. Parecía preocupada, pero yo no le hacía mucho caso porque traía mil cosas en la cabeza con todo lo que había averiguado. Blake seguía pareciéndome un idiota, pero podía acabar tomándole cariño a Theo. Coregon era neutral. Parecía estar tratando de darme una oportunidad, que era más de lo que podía decir de Visha o de Quinn. Quinn era un tipejo, pero a lo mejor con el tiempo nos toleraríamos. Visha se había ido demasiado rápido como para poder analizarla un poco mejor. ¿Serían de verdad aquellas personas mis futuros amigos? ¿Los estudiantes con los que pasaría la mayor parte del tiempo?

Miré de reojo a Regan. El pelo plateado se le mecía con suavidad mientras caminaba. Me había dicho que éramos prácticamente hermanas. ¿Sería verdad? No había tenido jamás una hermana. Era hija única. Tener una hermana podía estar bien, pero que fuera también vampira ya era otro cantar.

Me sacudí un poco. Daba lo mismo, porque aquella gente no era mi familia y no podía empezar a pensar en ellos como tal de ninguna manera. No podía bajar la guardia por muy amables que fueran conmigo. Utilizaban a las personas. Se alimentaban de ellas. No sabía cómo funcionaba exactamente el proceso de servidumbre, pero no tenía aspecto de ser algo voluntario. Tal vez fuera una alternativa mejor que la muerte, pero en el fondo no dejaba de ser..., bueno, esclavitud. ¿Verdad?

Los pasillos estaban en silencio. Me miré el reloj: las nueve y cuarto. Aún teníamos tiempo.

—Bueno —intenté decir—. Historia de Sangratha, ¿no?

Regan se volvió hacia mí y esbozó una sonrisa reconfortante.

—Exacto. Está justo al doblar la esquina.

No pude evitar sentir cierto alivio al oírlo. Aunque estuviera en una escuela vampírica, no quería llegar tarde. Si no, ¿qué diría Florence?

Esperaba ver a los alumnos haciendo cola en el pasillo, pero cuando doblamos la esquina y Regan me guio hasta una puerta de madera, no había nadie fuera.

—Vamos, te recomiendo que entres ya. Los demás seguro que están dentro, eligiendo sus pupitres —dijo Regan con voz animada—. A menos que quieras que te haga compañía. Hoy no tengo clase hasta las diez.

—No hace falta, no te preocupes —me apresuré a responder—. Me las arreglaré.

Ella me ofreció una sonrisa tranquilizadora y luego, para mi sorpresa, se acercó y me dio un beso en la mejilla.

—Lo harás súper bien. No te olvides de lo que te dije: pregúntale al profesor Rodríguez por los dragones sanadores cuando te toque Restauración. No podré acompañarte a esa clase, pero no creo que tengas problemas para encontrarla. Pídeles a otros alumnos de primero que te ayuden. Si no tienen ni idea, busca a un custodio o a alguien de segundo. Nos vemos en la comida, ¿está bien?

Asentí.

—Gracias por toda la ayuda, Regan.

Su expresión se suavizó.

—Ya te dije que las consortes tenemos que ayudarnos mutuamente. Nos vemos luego..., hermana.

La vi alejarse. Yo todavía no estaba preparada para llamarla hermana, pero sí para reconocer que quizá me había equivocado con mi juicio inicial. Era evidente que el día anterior Regan estaba teniendo un mal momento. Protegía a Blake, que era lo que se esperaba de ella. Al fin y al cabo, estaba dispuesta a darme una oportunidad. Y debía estarle agradecida por ello.

Abrí la puerta de Historia de Sangratha esperando oír el mismo bullicio que en la sala común de primero. Sin embargo, me sorprendió encontrar el aula en silencio. Se habría oído hasta una pluma cayendo al suelo.

Contuve el aliento al examinar el aula y la decena o más de hileras de estudiantes, todos sentados y tomando notas ya en los pergaminos. Debía de haber como mínimo un centenar de alumnos en la clase.

Al cerrar la puerta, se detuvo el rasgueo de las plumas y todos los pares de ojos se clavaron en mí mientras esperaba, vacilante, justo delante del umbral.

Reprimí un gemido, algo que ya empezaba a ser un hábito.

Gradas de pupitres y sillas de madera pulida rodeaban el aula. En el centro de la sala, sobre una plataforma elevada, una mujer esperaba detrás de un atril con las manos apoyadas en el borde. Su piel café oscuro contrastaba notablemente con las franjas blancas que le recorrían el largo pelo negro, que se había recogido en un chongo austero.

Tenía los labios apretados en una fina línea. Un músculo de la mandíbula le tembló cuando salió de detrás del atril. Se apoyaba en un bastón de madera tallada y caminaba con una fuerte cojera. El bastón repiqueteó rítmicamente sobre el suelo de piedra al dirigirse al borde de la tarima.

—La señorita Pendragón, supongo —dijo con frialdad—. Me alegro de que por fin se haya reunido con nosotros. —Señaló el reloj que colgaba de la pared, tras la fila de pizarrones—. Solo veinte minutos tarde.

Uno de los pizarrones mostraba ya notas manuscritas pulcras y precisas. Aquello debía de ser lo que los estudiantes se esforzaban por copiar. En la parte superior leí el nombre de la profesora, subrayado para darle énfasis: Profesora Amina Hassan.

Tragué saliva.

—Le pido disculpas, profesora Hassan. En mi horario me aparece que la clase no comenzaba hasta las nueve y media. Pensaba que llegaba antes.

De repente me acordé de Regan, y pensé si, por accidente, haría que ella llegara tarde a la suya. ¿Se habría confundido también con su horario? En ese caso, esperaba que su profesor fuera menos estricto que la mía.

—No hay excusa alguna para la falta de puntualidad —me reprendió la profesora golpeando el suelo con el bastón—. Tal vez crea que por ser una aliada de la casa Drakharrow tiene derecho a no respetar las normas de esta institución. O a sus maestros sangrepútridas.

La miré boquiabierta.

—Yo también soy mortal, ¿sabe?

Ella hizo una mueca.

—Sí, con sangre de jinete. Qué especial.

Me ruboricé.

—No estoy aquí por voluntad propia.

Me di cuenta al instante de que había metido la pata.

La profesora entrecerró los ojos.

—No debería estar aquí, Pendragón. No se ha ganado ese derecho, como sí se lo han ganado sus compañeros. —Señaló a los numerosos estudiantes sentados en las filas de sillas, y que nos observaban con fascinación.

Divisé a Florence en la segunda fila. Se había movido y le daba golpecitos a la silla que tenía al lado sin demasiada sutileza.

Paseé la mirada por el aula despacio.

—La mitad de los estudiantes son vampiros, ¿me equivoco? ¿Ellos también se lo han ganado o simplemente están aquí por sus vínculos familiares? Y de los estudiantes mortales, ¿cuántos están aquí por propia voluntad y a cuántos trajeron a la fuerza?

Si cuando entré se podría haber oído un alfiler cayendo al suelo, en aquel momento el silencio era del todo opresivo. Vi a muchos de los estudiantes vampiros gruñendo en mi dirección e intenté no estremecerme cuando aparecieron filas de colmillos afilados. El silencio se prolongó tanto que pensé que la profesora me pediría que me fuera. O tal vez estuviera cavilando sobre la mejor forma de castigarme.

Al fin, la profesora Hassan habló.

—Una cuestión fascinante, Pendragón. Pero el proceso de selección de los estudiantes de Bloodwing no es uno de los temas de esta asignatura. Sin embargo, la animo a que se reúna con el director Kim a fin de comunicarle sus preocupaciones. Ahora, si ya terminó de obstaculizar esta clase, puede sentarse.

Caminé deprisa hasta la fila de Florence y me senté a su lado. Me fijé en su pluma y su pergamino y sentí una punzada de culpa. Ni se me había pasado por la cabeza traer materiales; Regan tampoco me lo había mencionado. A pesar de que lo más probable era que la estuviera dejando en ridículo con mi mera presencia, Florence me acercó con amabilidad un pedazo de pergamino y una pluma de repuesto con una sonrisa en los labios. Traté de devolvérsela, pero lo cierto era que estaba hecha un manojo de nervios. Mi primera clase no había comenzado de la mejor manera.

La profesora Hassan había regresado a su lugar tras el atril.

—Pendragón está sin duda bien informada sobre muchos de los aspectos de la historia y la cultura de Sangratha, a pesar de que afirma haber llegado recientemente a nuestra tierra. Pongamos a prueba sus conocimientos, ¿les parece?

Se oyeron risotadas a mi alrededor.

—Para alguien que se ha visto elevada por una de nuestras queridas casas, Pendragón parece mostrar un desprecio considerable por los de la Sangre Pura —continuó la profesora Hassan—. Pero seguro que estará más que dispuesta a respondernos a algunas preguntas muy básicas. —Se acercó al pizarrón y levantó una mano, como si estuviera preparada para escribir—. Pendragón: por favor, cuéntele a la clase por qué los vampiros beben sangre.

—¿Que por qué los vampiros beben sangre? Pues... —balbucí. Aquella mañana me había hecho la misma pregunta, pero seguía sin tener clara la respuesta—. Para sobrevivir —concluí.

La profesora Hassan dejó caer la mano.

—¿Para sobrevivir? Qué respuesta tan imprecisa. Yo necesito comida para sobrevivir, agua para vivir. Pero ¿qué es lo que me proporcionan exactamente esas sustancias?

Al ver que no decía nada, resopló. A mi lado, Florence levantó la mano.

—¿Sí, señorita Shen?

—Si bien es cierto que la sangre ayuda a los vampiros a sobrevivir, como dijo Medra..., digo, la señorita Pendragón..., lo que les permite en concreto es recargar sus habilidades únicas.

—Correcto, Shen. ¿Y de qué habilidades estamos hablando?

—Uy, hay un montón —exclamó Florence con entusiasmo—. Se curan más rápido que nosotros, los sangrepútridas, y pueden recuperarse de heridas mucho más graves. Tienen los sentidos más aguzados, incluidos la vista, el olfato y el oído. Se mueven mucho más rápido; de hecho, su velocidad puede confundirse incluso con la invisibilidad o la capacidad de volar. Los vampiros pueden sobrevivir días sin ingerir sangre, pero el hecho de alimentarse de ella les proporciona una fuerza superior, contribuye a la sanación y complementa los demás poderes.

—¿Y cuáles son esos otros poderes? —insistió la profesora Hassan—. ¿Alguien que no sea Shen, quizá?

Un chico sentado en nuestra fila, un poco más allá de Florence, levantó la mano y luego comenzó a bajarla nervioso.

—Sí, ¿señorito...? —dijo la profesora Hassan—. ¿Sabría darnos una respuesta?

El estudiante se humedeció los labios. Era un chico de pelo castaño, bajo y de complexión fuerte, y parecía estar tenso, lleno de una energía nerviosa.

—Sharma, profesora. Naveen Sharma. Pues... —Se pasó las manos por el pelo ya alborotado, como si tratara de ganar tiempo. Sin embargo, lo único que consiguió fue que el pelo se le levantara en todas direcciones y le diera el aspecto de un puercoespín. Detrás de él, oí a algunos alumnos riéndose entre dientes.

—Tal vez podría ponerse de pie, señorito Sharma —le sugirió la profesora, impaciente—. Puede que lo ayude a concentrarse.

Naveen se puso de pie de un salto y tiró al suelo su pergamino y la pluma.

—¿Eh? Sí, claro. Pu-pues todo el mundo sabe que los vampiros pueden crear siervos.

—No creo que eso sea necesario ni mencionarlo, Sharma —contestó la profesora Hassan con sorna.

Naveen se puso rojo.

—Sí, está bien. Bu-bueno, cada una de las cuatro casas cuenta también con una habilidad especial. Hay algunas que requieren años de entrenamiento antes de poder aprovecharse al máximo. Aunque lo que sí comparten todas es la capacidad de sentir emociones a través de la sangre. Cuando un vampiro ha madurado del todo, puede utilizar esa habilidad para manipular los sentimientos de los demás.

Naveen se dejó caer sobre la silla como si se hubiera quedado sin combustible.

—Gracias, Sharma. —La profesora Hassan paseó la mirada por el aula—. Huelga comentar que esa es la razón por la que es imprescindible conservar la pureza sanguínea de las estirpes. —Nuestras miradas se encontraron—. Para que estos poderes tan extraordinarios no se diluyan. Salvo cuando sea necesario, en ocasiones muy contadas.

Se me encendió la sangre; estaba hablando de mí. Bueno, pues la profesora Hassan no tenía de qué preocuparse. No era mi intención diluir la sangre de sus valiosísimos señores vampiros. De todas formas, su comentario me hacía preguntarme con qué frecuencia se apareaban los sangrepútridas y los vampiros. Resultaba evidente que no era algo habitual.

—Y es por eso por lo que —continuó la profesora— servir a un altasangre es un honor, no un sacrificio. Lo mismo que ocurre con el sistema de diezmos y el reclutamiento.

Levanté la mano.

—Un momento —dije sin esperar a que me diera la palabra—. ¿Está diciendo que los mortales deberían alegrarse de entregar su sangre y que además deben pagarles a los vampiros por vivir aquí? ¿Y aceptar un reclutamiento militar?

El aula se llenó de voces furiosas.

—¡Silencio! —exclamó la profesora Hassan—. Orden.

—No lo entiendo... Los utilizan y hablan de ellos como si fueran dioses o algo parecido —añadí sin dar crédito—. ¿Se puede saber qué les pasa?

La sala se sumió en el silencio mientras la profesora Hassan y yo nos sosteníamos la mirada.

—Bueno, clase, diría que Pendragón acaba de demostrar su ignorancia, ¿no les parece? —dijo al fin la profesora.

A mi alrededor se oyeron carcajadas duras y maliciosas, pero también me fijé en que algunos estudiantes me observaban con curiosidad. Me pregunté cuántos sangrepútridas habría en aquella clase y cuántos pensarían cosas similares de vez en cuando sin atreverse jamás a verbalizarlas.

Eché un vistazo a mi fila. Florence no se reía, y Naveen tampoco, pero tenían una expresión de calma y respeto en el rostro. Era evidente que no querían empezar con el pie izquierdo con aquella formidable maestra.

—Mire el pizarrón, Pendragón —me ordenó la profesora—. Dígame qué ve.

Me volví hacia el pizarrón y leí las notas que los estudiantes estaban copiando cuando yo había entrado en el aula.

—La Gran Hambruna. La Putrefacción Umbría. El Cataclismo de los Dragones.

—Muy bien. Unos términos que suenan aterradores, ¿no le parece? ¿Ha vivido alguna vez una hambruna, señorita Pendragón?

Negué con la cabeza despacio.

—Yo tampoco. Ni ninguno de los presentes. Gracias a los altasangres —contestó la profesora Hassan—. Sin embargo, nuestras crónicas nos dicen que, hace miles de años, la peor hambruna que el mundo ha visto jamás arrasó esta tierra y provocó muertes y desesperación. Familias enteras abandonaban a sus hijos a su suerte, incapaces de alimentarlos. Y hubo otras que optaron por comerse a sus retoños.

Me estremecí.

—Fue entonces cuando apareció una mujer excepcionalmente poderosa. Hay quien dice que era humana; otros, que era vampira. Con todo, son muchos los que afirman que no pertenecía a este mundo, sino que se trataba de una diosa o de la hija de una deidad que había vivido entre nosotros con forma mortal. Incapaz de soportar tanto sufrimiento, vertió su sangre sobre la tierra y después animó a su familia mortal a que se la bebiera. Se alimentaron de su sangre mientras ella moría, y así fue como nacieron los primeros vampiros. En medio de la hambruna, surgió una nueva raza. No tenían necesidad de consumir comida ni agua. Podían sobrevivir a base de sangre durante días, meses o años si era necesario. La Doncella Sangrienta, como la bautizaron más tarde, había salvado a su familia, y fue esa familia la que continuó salvando vidas al crear un elixir magnífico a partir de su sangre. Distribuyeron el elixir entre muchos de sus vecinos mortales, los convirtieron en Puros y salvaron incontables vidas. Con la supervivencia de los fuertes, llegó la matanza de los débiles. Se precisaba un tributo para que algunos pudieran resistir a la hambruna mientras que otros, desgraciadamente, perecían. Un tributo de sangre. Los débiles mortales pagaron el precio de buena gana, incluso con entusiasmo, para que sus padres, madres, hermanas, hermanos o hijos pudieran salvarse y cobrar fuerza, mientras ellos renunciaban a su vida para alimentar a otros.

Volví a estremecerme. Lo que acababa de describir seguía siendo un tipo horripilante de canibalismo. No era peor que comerte a tu propio hijo.

—Pero de eso hace ya mucho tiempo. No obstante, no fue la única vez en que los altasangres salvaron a los mortales. Siglos más tarde se declaró la Putrefacción Umbría, una enfermedad letal que asoló el mundo mortal y que convertía a las personas en criaturas descerebradas y espeluznantes conocidas como umbríos. Aquellas criaturas se cobijaban en la oscuridad para cazar. Ciudades enteras acabaron convertidas en yermos. Por aquel entonces, los mortales y los altasangres coexistían. Los de la Sangre Bendita no podían tolerar lo que estaba ocurriendo. Mediante un esfuerzo coordinado, utilizaron su resistencia innata a la putrefacción y su fuerza superior para erradicar a los umbríos, recuperaron las tierras que se habían perdido y salvaron a los mortales de la extinción por segunda vez. Desde entonces, los mortales reconocieron de buen grado su inferioridad y adoptaron el nombre por el que todavía se los conoce: sangrepútridas.

»Aunque tal vez esto no baste para convencerla de la virtud de los de la Sangre Bendita —me recriminó la profesora Hassan—. Cien años más tarde llegó el Cataclismo. Unas criaturas malévolas invadieron Sangratha, acompañadas de legiones de seres monstruosos. Entre ellos se encontraban los dragones, bestias descomunales que escupían fuego y que no respondían ante nadie. Los dragones dominaban los cielos y aterrorizaban la tierra. Eran casi imparables, asolaban ciudades enteras. Sin embargo, algunos altasangres reconocieron la valía de aquellas criaturas, su potencial. Surgieron individuos con una extraña afinidad: la capacidad de vincularse a los dragones, que fue desarrollándose en la raza que acabó conociéndose como jinetes. Con la ayuda de los jinetes, los altasangres lideraron a los ejércitos de los reinos vampíricos y mortales en una gran guerra, en la que derrotaron a las fuerzas oscuras que amenazaban Sangratha, y expulsaron a los horrores.

El aula se había quedado en silencio. No me atreví a mirar a mi alrededor, porque sabía qué me encontraría: los ojos de mis compañeros clavados en mí.

—Los mortales aceptamos nuestra inferioridad, Pendragón —repitió la profesora Hassan en voz baja—. Porque no tenemos otra alternativa. La verdad es manifiesta. Los de la Sangre Pura son superiores. Si vivimos es gracias a su benevolencia. Nos han salvado en repetidas ocasiones. No solo les debemos nuestra obediencia, nuestra lealtad o nuestra sangre, sino todo.

No dije nada. Me negaba a darle la razón. En lo más hondo de mi ser sabía que se equivocaba. Había dos versiones de todas las historias, y lo que acababa de soltar por la boca era el típico cuento vestido cuidadosamente con trajes de historia verídica.

Los vencedores se quedan con el botín. ¿No era eso lo que se decía en Aercanum? Y la historia la escriben los vencedores, ¿no es verdad? Resultaba evidente que los vampiros querían mostrarse como los salvadores del mundo. Pero no era más que propaganda. Una propaganda que la mayor parte de Sangratha había aceptado como verdad.

Me sacaba de quicio que tuviera que pasarme semanas allí sentada escuchando esas patrañas presentadas como hechos. Me volví hacia Florence, preguntándome si habría crecido oyendo peroratas como aquella.

—Por desgracia, se nos acabó el tiempo —anunció la profesora Hassan—. Les pido disculpas por el tiempo que perdimos educando a Pendragón en lugar de empezar temas nuevos. Agradezco su paciencia esta mañana.

A mi alrededor los estudiantes se pusieron de pie y comenzaron a recoger mochilas y materiales. Hice ademán de devolverle a Florence el pergamino que no había usado y de darle las gracias por su ayuda, pero me interrumpieron.

—¡Pendragón! —exclamó la profesora Hassan con una voz brusca que cruzó toda el aula—. Quiero hablar con usted un momento, si le parece bien.

Florence pasó por detrás de mí.

—Te esperamos fuera —me susurró.

Asentí, y vi que Naveen caminaba a su lado y me sonreía brevemente. Luego salieron los dos disparados del aula. Supuse que él también sería estudiante de primero y se alojaría en la misma ala de dormitorios que yo. O quizá fuera otro custodio.

La profesora Hassan esperó a hablar hasta que el aula se vació casi por completo.

—Los retrasos son inaceptables en Bloodwing y en mi asignatura, Pendragón —me informó con gravedad, fulminándome con la mirada desde la tarima.

—Y lo entiendo a la perfección —respondí enseguida—. Pansera me acompañó a clase, pero las dos creíamos erróneamente que comenzaba a...

—¿Pansera? ¿Regan Pansera fue su guía esta mañana? —me cortó la profesora.

Asentí.

—Es la otra consorte de Blake.

La profesora arqueó las cejas.

—Soy más que consciente de ello. Es un honor contar con la señorita Pansera como acompañante. Aunque dudo que usted lo valore como se merece.

—Valoro la bondad venga de donde venga —dije tratando de mantener la compostura.

Ella frunció el ceño.

—Muy bien. Esta vez seré benévola con usted, Pendragón. Pero solo en atención a su guía. No me cabe duda de que Pansera actuó con la mejor intención, pero no vuelva a llegar tarde. Si se retrasa una segunda vez, habrá un castigo.

—Lo comprendo.

Me fui deprisa del aula antes de que cambiara de idea. Florence dejó escapar un chillido cuando me vio.

—¡Medra! ¿Qué pasó esta mañana?

—Supongo que mi horario está mal —expliqué con un suspiro de frustración—. Regan y yo pensábamos que la clase comenzaba a las nueve y media.

—Ay, madre —dijo Florence—. Espero que ella haya llegado bien a la suya.

—Yo también —respondí.

—¿Qué tienen ahora en el horario?

Naveen Sharma apareció detrás de nosotras. Se había alisado el pelo, pero aún le sobresalía algún mechón por los lados.

El chico era todavía más bajo de lo que me había parecido; le llegaba por el hombro a Florence. Además, tenía una complexión diferente.

Se dio cuenta de que lo estaba observando y sonrió, y yo me puse roja.

—No habías visto nunca a un enano, ¿verdad?

—A un... ¿qué?

—Naveen es sangrepútrida, pero también es enano —me explicó Florence—. Su gente vive bajo tierra.

Abrí los ojos como platos.

—Es increíble.

—Los enanos son unos constructores magníficos. Levantan ciudades enteras bajo el suelo. También son reconocidos por su habilidad como exploradores —añadió Florence.

—Bloodwing debe de ser muy distinto al lugar de donde vienes —le dije.

Naveen asintió.

—Hay más luz, sin duda. —Señaló mi horario y recordé su pregunta inicial.

—Ahora me toca Restauración —contesté leyendo mi horario—. Y luego la comida, espero.

—Hay una pausa para la comida después de clase siguiente —me aseguró Naveen—. A mí también me toca Restauración.

—Y a mí —indicó Florence—. Aunque, Medra, me sorprende que...

Lo que fuera que iba a decirme se quedó en nada cuando Naveen le dio un codazo amistoso.

—Claro que estás en Restauración. ¿Sabes que Florence es una alumna brillante? Le dejan elegir especialidades —me explicó Naveen—. Es lo bastante lista para ser estratega o sanadora. Ahora le toca escoger una de las dos, a menos que la aprueben para ambas.

—No lo sabía —dije levantando las cejas—. Aunque tampoco me sorprende. ¿Por eso es custodia? Por lo que me dijo pensaba que era porque su madre...

—Es bibliotecaria —terminó Naveen por mí—. ¡Ja! Para nada, no tiene nada que ver. Te gana la modestia, Florence.

—Bueno, tampoco voy a ir por ahí fanfarroneando, Naveen —se defendió Florence roja como un tomate—. Ni diciéndole a la gente que tengo dos especialidades.

—Para eso estoy yo aquí, para fanfarronear por ti —dijo Naveen, y me sonrió.

—¿Están...?

Los miré, dudando de repente si habría algo más en aquel tira y afloja.

—¡Uy, no! —respondió Florence abriendo mucho los ojos—. Somos amigos desde pequeños. Naveen es como un hermano para mí. Hay una escalera enana que conduce a su ciudad cerca del pueblo en el que me crie, y nos visitábamos a menudo. Lo conocí en un día de mercado, cuando su gente subió a la superficie a vender mercancías enanas. Sobre todo oro, claro.

—No estoy con nadie —señaló Naveen—. En casa tenía novia, pero cuando me aceptaron en Bloodwing... Bueno, las cosas se complicaron. Relaciones a distancia y eso.

Asentí con empatía, como si lo comprendiera, decidida a no comentar nada sobre mis experiencias limitadas con el género opuesto.

—¡Ay! —exclamó Florence—. Tenemos que irnos a Restauración. Ahora mismo.

Miré a mi alrededor y vi que el pasillo se había quedado vacío.

—¡Tenemos cinco minutos para llegar a la torre sur! —gritó Florence, que ya se alejaba de nosotros casi corriendo—. ¡Dense prisa!

6

MEDRA

Sobra decir que después del infierno que había sido la clase de Historia de Sangratha mi vida no habría estado completa sin toparme con Blake Drakharrow de camino a Restauración.

Mientras medio andábamos y medio corríamos por los pasillos en dirección a la torre sur, estuve a punto de chocar con una figura alta que surgió de las sombras en una esquina. Me quedé sin aliento y, al tiempo que resollaba y trataba de recuperar el equilibrio, unas manos fuertes me agarraron de los hombros y me irguieron. Me sobresalté cuando me crucé con unos gélidos ojos grises, y Blake dejó caer las manos con premura.

—Ah, Pendragón. Eres tú.

No logró disimular la aversión en su voz. Lo miré de arriba abajo, permitiéndome fijarme más en él que antes en el comedor. Llevaba un traje negro entallado que se ajustaba a la perfección a su cuerpo y acentuaba su físico esbelto. El saco le marcaba en los anchos hombros y el pecho, y se le estrechaba en la cintura para realzar su torso musculoso y sutilmente definido.

—¿Te gusta lo que ves? —Quinn apareció por detrás de Blake, mientras este se apartaba un mechón de pelo rubio pálido de la frente.

Coregon Phiri también salió de detrás de los dos, junto con otros estudiantes. Me hizo un breve gesto de cabeza.

—Para nada —dije poniendo los ojos en blanco—. Intento llegar a clase a tiempo.

Quinn se rio con malicia.

—Escuché que empezaste con el pie izquierdo con la profesora Hassan.

—Le hice algunas preguntas incisivas sobre los vampiros que parece que no le hicieron demasiada gracia —contesté levantando los hombros.

—Los mortales nos adoran —dijo Quinn contemplándose las uñas. Se las había afilado hasta formar una punta y pintado de un rojo brillante—. Y tú también nos adorarás pronto. Menos mal que por fin vas a escolarizarte. —Lo último lo dijo con una vocecilla cantarina e irritante que hizo que me hirviera la sangre.

—Tengo que irme a mi próxima clase —le espeté, y me volví hacia Blake—. Supongo que a ti y a tu cuadrilla también les convendría ponerse en marcha.

Blake sonrió con desgana.

—Buena idea. Te recomiendo que no vuelvas a llegar tarde, Pendragón.

No respondí; me limité a doblar la esquina y dejarlo atrás conteniendo las ganas de decirle que se fuera a la mierda delante de su séquito de aduladores. Sospechaba que a Regan no le gustaría y, como se había portado bien conmigo aquella mañana, decidí resistirme. De momento.

Llegamos a la clase de Restauración justo a tiempo. Me senté en una fila al lado de Naveen y Florence, y le eché un vistazo al joven bajo y corpulento.

—Naveen, ¿cuál es tu especialidad?

—Mi intención es ser explorador —contestó con una sonrisa—. La mayoría de los enanos acaban especializándose en la exploración. Y todos los potenciales exploradores deben asistir a un curso básico de sanación. —Torció el gesto—. El problema es que no soporto la sangre.

Por alguna razón, aquello me resultó hilarante, teniendo en cuenta que estábamos en una academia vampírica. Dejé escapar una risita, y él me sonrió.

—Sí, ya lo sé. Vaya ironía. Sería un vampiro horrible. O un siervo.

Se me borró la sonrisa de la cara.

—No sé por qué nadie querría ser...

—¡Buenos días, clase! —La puerta del aula se cerró de golpe tras franquearla un hombre ataviado con una túnica esmeralda oscura—. Como para los de primero soy una cara nueva, me presentaré brevemente. Me llamo Gabriel Rodríguez y creo que esta es la asignatura más importante que cursarán en esta academia durante todo el año.

Soltó un costal de cuero sobre su escritorio con un golpe suave, y luego se quitó la túnica y la echó encima del respaldo de la silla cercana. Debajo llevaba un chaleco café deshilachado que parecía haber visto días mejores, y unos pantalones con más parches de los que yo era capaz de contar. Sin embargo, y a pesar de su aspecto dejado, tenía una presencia tan imponente como la profesora Hassan, o incluso más. Rodríguez derrochaba ese tipo de confianza tranquila que te hacía creer que la persona en cuestión sería capaz de conseguir cualquier cosa.

Y, siendo sincera, estaba de buen ver. Al menos para ser profesor. Llevaba el pelo negro despeinado, pero de una forma que casi parecía intencionada, a diferencia de Naveen. Le contrastaba con el tono cálido de la piel aceituna. Sin embargo, tenía el rostro surcado de arrugas, más de lo normal para alguien de su edad, además de transmitir cierto cansancio, como si estuviera resistiendo el sueño y fingiera estar bien.

Fruncí el ceño. El profesor Rodríguez era una contradicción con patas. Con todo, me incorporé con la intención de darle una buena primera impresión al segundo profesor sangrepútrida que conocía.

Rodríguez se apoyó en el escritorio y cruzó los brazos.

—Veamos, ¿qué pueden contarme sobre las artes curativas?

A mi lado, Florence levantó despacio la mano.

—¿Shen?

Me impresionó que ya supiera el nombre de Florence, aunque por lo visto parecía tener una reputación sólida en Bloodwing.

—Las artes curativas son la clave de la sostenibilidad de Sangratha —contestó Florence convencida.

—Muy bien. Estoy bastante de acuerdo. ¿En qué sentido? Desarróllalo.

—En dos sentidos —dijo Florence tomando impulso—. En primer lugar, los sanadores y los alquimistas pueden asignarse a escuadrones militares, donde ayudarán a las posiciones defensivas y protegerán el reino. Y en segundo lugar, cumplen funciones cruciales en los hogares altasangres. Todo hogar necesita al menos un sanador.

—Muy bien —respondió el profesor Rodríguez—. Y ahora echen un vistazo al aula, si todavía no lo han hecho.

Miré a mi alrededor y vi que mis compañeros hacían lo mismo.

—No hay vampiros —solté antes de poder evitarlo, y me tapé la boca avergonzada.

—Correcto. Los vampiros pueden curarse a sí mismos, pero raramente poseen las habilidades necesarias para sanar a otros, a excepción de algunos siervos. Y sus habilidades mágicas tienen poco que ver con las artes curativas o la alquimia, aunque, de nuevo, salvo en contadas ocasiones. —El profesor me observó con curiosidad—. Tú debes de ser Pendragón. Como consorte de Blake Drakharrow, gozarás de un alto rango tanto en una tríada como dentro de la casa Drakharrow. —Frunció el ceño—. De hecho, me sorprende verte aquí, Pendragón.

—Me aparecía en el horario —me defendí sonrojada.

El profesor levantó los hombros.

—Bueno, supongo que alguien pensó que podrías aprovechar la formación básica. Aunque, si no tienes habilidad para la sanación, esta asignatura podría resultarte difícil o incluso fútil. Y sobra decir que solo los estudiantes más capaces pasarán al nivel siguiente de la clase en el trimestre de Hiemal.

No sé si fue porque lo presentó como un reto o porque estaba decidida a redimirme después de mi experiencia deslucida en la clase de la profesora Hassan, pero acabé por abrir de nuevo la boca.

—Profesor, ¿puede ser que me pusieran en esta clase porque tengo sangre de jinete? Escuché que la historia de los sanadores y los jinetes de dragón es fascinante. ¿Podría hablarnos un poco más al respecto?

El aula se sumió en el silencio. A mi lado, Florence y Naveen se tensaron. El profesor Rodríguez parecía haber perdido toda la sangre de la cara.

—¿Quién te dijo que me preguntes eso? —quiso saber el profesor irguiéndose del todo.

—Pues... nadie —tartamudeé—. Simplemente me parece un tema interesante.

El profesor Rodríguez me observaba con frialdad.

—Según tengo entendido, eres nueva en Bloodwing y en Sangratha. No sabes nada de nuestra historia. Alguien te dijo que formularas esa pregunta. Quiero saber quién fue.

Guardé silencio, pero por dentro me preguntaba por qué diablos Regan había pensado que aquello sería un tema interesante. Era evidente que acabaría valiendo la pena de alguna forma. O eso esperaba.

—Todos los presentes en esta aula, a excepción de Pendragón, están aquí porque se les seleccionó por sus aptitudes en las artes curativas y en la alquimia o porque su especialidad está conectada de alguna forma, y el conocimiento sobre técnicas básicas de sanación les resultará esencial. —El profesor Rodríguez paseó los ojos entre Naveen, Florence y yo—. Por tanto, la mayoría, si no todos, están bien informados sobre la cuestión que le interesa a Pendragón. También saben por qué es un tema delicado para mí.

Me encogí humillada, con las mejillas encendidas.

—Lo siento, profesor...

—Ya es tarde para disculpas, Pendragón —me espetó—. Me hiciste una pregunta y te ofreceré una respuesta. A pesar de que ya la conozcas, como sospecho.

No tenía ni idea de qué estaba hablando, pero también sabía que no conseguiría convencerlo de lo contrario. Al menos no de momento.

—Hace más de un siglo, cuando los dragones estaban desapareciendo del mundo, mi tatarabuela, Isabella Rodríguez, era una sanadora de renombre. No solo se la conocía por sus habilidades e ingenio, sino también por su compasión. —Rodríguez había comenzado a caminar de un extremo a otro del aula—. Hacia el final de su carrera, cuando Isabella tendría que haber estado disfrutando de su jubilación tras una larga vida ayudando a los demás y a Sangratha, la enviaron a una peligrosa misión: uno de los últimos dragones había perdido a su jinete y se moría. Como bien sabéis, los dragones se resistían a la sanación externa, sobre todo cuando se había cercenado el vínculo con su jinete. Era notorio que se negaban a recibir ayuda de desconocidos. Y su respuesta a la interferencia podía llegar a ser... brutal. A pesar de ser consciente de ello, mi tatarabuela era una mujer irredenta. Se dirigió al cubil del dragón aun a sabiendas de que lo tenía todo en contra. —Hizo una pausa y escudriñó la clase—. Y fracasó. Por supuesto que fracasó. Era una misión suicida. El dragón, devastado por el dolor y receloso, rechazó el intento de Isabella por sanarlo y la hizo arder viva. La sanación, como todo en esta vida, tiene sus límites. Y en lo relativo a los dragones y sus jinetes, esos límites están definidos con mucha más claridad. Sin embargo, los altasangres nunca han estado dispuestos a aceptarlos.

Miré de reojo a Florence y vi que se mordía el labio con nerviosismo. ¿Estaría el profesor Rodríguez pasándose de la raya? ¿Lo acusarían de traición? Me daba la impresión de que Rodríguez y Hassan no eran amigos del alma a pesar de estar en la misma facultad.

—Los dragones eran mucho más valiosos para el reino que los sanadores —continuó el profesor—. Los sanadores eran prescindibles, y por eso mandaron a centenares a salvar a los dragones. Fueron tantos que sus nombres se han perdido en el curso de la historia, qué casualidad. El nombre de mi tatarabuela ha perdurado porque mi familia honró su legado y su sacrificio, pero muchos cayeron en el olvido. O, si se recordaban, a los ojos de los altasangres era solo como fracasos. En fin, los sanadores no pudieron salvar a los dragones. El último se extinguió, así como los jinetes. Hasta ahora.

Posó en mí sus ojos castaños, fríos, cargados de desconfianza.

—Quédate después de la clase, Pendragón. Me gustaría asignarte unas tareas para la hora de la comida.

Respiré hondo y asentí. Tenía que castigarme, y una parte de mí lo comprendía. Lo había obligado a recordar públicamente un legado familiar que debía de resultarle muy doloroso. Una historia que sin duda seguía proyectando una sombra larga sobre el trabajo de toda su vida.

El profesor pasó a explicarnos los objetivos de la asignatura y resumirnos cómo encajaban los sanadores en el contexto del ejército vampírico y sus funciones de apoyo. Explicó a grandes rasgos la anatomía y fisiología básicas de los vampiros en comparación con la de los mortales, destacando las diferencias y similitudes principales. Yo tomaba notas lo más rápido que podía, tratando de seguirle el ritmo a Florence, quien escribía de forma pulcra y abreviada —un territorio que claramente ya le resultaba familiar—, y a Naveen, que no estaba tomando una sola nota y se limitaba a escuchar con atención, como si estuviera memorizando todo lo que decía el profesor Rodríguez.

Cuando terminó la clase, el profesor nos anunció que en la siguiente prepararíamos nuestra primera poción alquímica.

—No se olviden de traer un caldero, frascos e implementos de mezcla a la próxima lección —les recordó a los alumnos—. Pueden guardarlos aquí en el almacén cuando terminen, siempre que se aseguren de conservarlos y limpiarlos como es debido.

Por primera vez aquel día, oí unas campanas tañendo con fuerza cuando el reloj de la pared tocó las doce en punto.

—Ojalá hubieran sonado también esta mañana —mascullé mientras recogía la pluma y el pergamino y se los devolvía a Florence, jurándome que al día siguiente prepararía una mochila de material.

—¿A qué te refieres? —preguntó Florence sorprendida.

—¿Hablas de las campanas? —preguntó Naveen arqueando las cejas oscuras—. Esta mañana también sonaron. Tocan entre clases y para anunciar las comidas.

Los miré desconcertada.

—No las escuché.

Florence frunció el ceño.

—Qué raro.

Me froté los ojos y noté que pronto me dolería la cabeza. Me di cuenta de que llevaba toda la mañana aguantando, resistiéndome al dolor.

—A lo mejor estaba distraída. Regan me presentó a unos cuantos estudiantes de la casa Drakharrow...

Florence asintió, y parecía aliviada.

—Será por eso. Ya te acostumbrarás a oír las campanas y, ahora que sabes para qué sirven, no volverás a llegar tarde. —Miró de reojo al profesor Rodríguez—. Aunque supongo que hoy te perderás la comida.

—Sí —contesté secamente—. ¿Quién necesita comer? Al fin y al cabo, solo soy mortal.

—Intentaré guardarte algo del comedor —me ofreció—. ¿Qué clase tienes después de la comida?

Saqué mi horario de la mochila y se lo mostré. Le cambió la cara mientras lo leía.

—Ay, te toca combate después de la comida. Armamento Avanzado. Los estrategas y los sanadores no suelen necesitar entrenamiento de combate. Naveen sí, como explorador, pero su clase de combate es otra completamente distinta. —Se animó—. Pero nos vemos en la biblioteca a las dos en punto. Te llevaré algo para que comas.

Intenté no gemir al pensar en cómo tendría que pasearme por la escuela sola y presentarme en una clase de combate con un estómago que empezaba a notar muy muy vacío. Me obligué a sonreír.

—Es todo un detalle, Florence. Gracias.

—¡No es nada, mujer! Los de primero tenemos que ayudarnos —dijo sonriendo de oreja a oreja.

Agradecía que no me diera la espalda después de las preguntas tabú que había hecho en las dos primeras clases. Florence era sin duda el tipo de estudiante que Quinn Riley tenía en mente cuando me había dicho que la mayoría de los alumnos adoraban a los altasangres.

A pesar de ello, yo me daba cuenta de que aquella chica estudiosa de pelo negro me caía genuinamente bien. Que admirara a los vampiros no significaba que no fuera también buena persona.

El profesor Rodríguez se aclaró la garganta con fuerza suficiente como para devolverme a la realidad.

—Pendragón, si terminas ya con la cháchara, tengo unas tareas para ti.

Florence y Naveen se fueron deprisa del aula y yo me quedé atrás.

—Pasarás la hora de la comida aquí, Pendragón —dijo el profesor Rodríguez con amabilidad fingida—. Toda la hora de la comida.

Lo miré fijamente y estudié sus facciones. Su tez tostada complementaba a la perfección sus grandes ojos avellana. El cabello negro mostraba unas ondas naturales y lo tenía un tanto despeinado, lo cual le otorgaba un aspecto rudo. Las arrugas de la cara eran profundas. Mandíbula bien definida. Pómulos altos. Desprendía orgullo y resiliencia. Una actitud que no toleraba discusión. Si no lo hubiera convertido por accidente en mi enemigo, con toda probabilidad el profesor Rodríguez me habría caído bien.

—Creo que empezamos con el pie izquierdo, profesor —dije tratando de hablar con el máximo respeto posible—. No era mi intención sacar un tema tan doloroso.

—Pendragón, a menos que pretendas confesarme quién te animó a sacar ese tema tan doloroso, puedes ahorrarte las disculpas. —Se pasó una mano por el pelo—. Pero no creo que haga falta que me lo digas.

Lo miré sorprendida.

—¿Ah, no?

Él negó con la cabeza.

—Estás comprometida con el que puede que sea el joven más poderoso de esta escuela, por no mencionar que también es uno de los más presuntuosos. Parece que se te contagió un poco el comportamiento de Blake Drakharrow.

Me quedé boquiabierta.

—Llegué a Sangratha ayer. Conocí a Blake ayer. Y, créame, no quiero ser su prometida. Lo odio tanto como usted, por lo que parece.

—Yo no odio a ninguno de mis alumnos, Pendragón —me corrigió Rodríguez—. Y huelga decir que respeto a los Drakharrow. Son una casa antigua e ilustre. —El brillo en sus ojos indicaba lo contrario—. Pero perdóname si no soy capaz de ver por qué debería ir en detrimento tuyo estar vinculada tan íntimamente a una casa tan poderosa.

—Porque ni siquiera quiero formar parte de ella —balbucí—. ¿Usted cree que quiero estar aquí? ¿En esta escuela? ¿En su asignatura? ¿Mezclada con vampiros chupasangres?

El profesor Rodríguez me miró de hito en hito.

—No sé lo que tu camarada Viktor Drakharrow y tú se traen entre manos, Pendragón, pero es evidente que aquí hay gato encerrado. Un plan oscuro. Llegaste ayer, o eso afirmas, y ya te has ganado una posición por la que matarían la mayoría de las chicas de esta escuela. Pareces decidida a aparentar que solo eres una estudiante más. Pero no es verdad. Si se están interpretando bien las señales, y a juzgar por tu físico, creo que sí... —Me repasó de arriba abajo y sentí como se me encendían las mejillas. ¿Me acostumbraría alguna vez a aquel tipo de escrutinio?—. Sin duda tienes sangre de jinete. Y no poca, precisamente. Si Viktor Drakharrow te encontró y te puso en Bloodwing...

—Tuve la maldita desgracia de que me encontrara Blake Drakharrow, y no su tío, muchas gracias —lo interrumpí.

—Viktor siempre se ha negado a creer que los dragones hayan desaparecido por completo, que los altasangres hayan perdido tanto poder. Ahora parece que tiene un as en la manga: tú. —Rodríguez me observaba intensamente con sus ojos color avellana.

—Pero ya no hay dragones —protesté—. Eso es lo que usted y todo el mundo dicen.

—¿Cómo sé que es verdad? ¿Cómo podemos saberlo ninguno? —Rodríguez hablaba con suavidad, pero sus palabras me penetraban hasta la médula—. Solo creo lo que me contaron, como el resto de las ovejas sangrepútridas.

Lo miré perpleja.

—¿Cree que Viktor Drakharrow posee un dragón?

—Yo no dije eso, ¿verdad? Pero sé que cuenta con una jinete, y eso es la mitad de una ecuación poderosa y muy mortífera. Estás jugando con fuego, Pendragón. Y creo que es probable que acabes quemándote, si es que no terminas por reducir a cenizas la escuela entera con todos nosotros dentro. —Dejó caer un pesado montón de libros sobre el escritorio—. Y eso es lo que pretendo evitar.

—¿A qué se refiere? —pregunté aún conmocionada.

—Después de pasarte la primera media hora de la comida limpiando el almacén, puedes dedicar la siguiente media hora a leer acerca de la historia de los dragones. A finales del trimestre quiero que me entregues un trabajo de cincuenta páginas sobre el tema. —Sonrió—. Ah, y espero que la cuestión de los dragones sanadores y sus jinetes ocupe una porción considerable.

—No puede hacerme esto —me quejé—. Necesito comer antes de las clases de la tarde.

—Puedo hacer lo que me plazca, Pendragón —me respondió con un gruñido—. Si tienes alguna queja, preséntasela a Blake Drakharrow. O bien es tu aliado o tu enemigo. Supongo que con el tiempo sabremos la respuesta. Sea como sea, estoy en todo mi derecho como profesor a tenerte aquí durante la hora de la comida del resto del año escolar si lo considero oportuno. Así que más te vale no dormirte en los laureles.

Apreté la mandíbula, pero no dije nada. El profesor echó a andar hacia la puerta.

—¡Oiga! ¿Adónde va?

El profesor Rodríguez se detuvo, miró atrás y sonrió.

—A comer. Te recomiendo que, cuando regrese a la una en punto, hayas hecho avances significativos con el almacén y esa montaña de libros.

7
MEDRA

Cuando el reloj tocó la una en punto, yo ya estaba pegajosa y sudorosa. No quería arriesgarme a irme de la clase de Restauración demasiado pronto y atraer sobre mí la ira de Rodríguez, pero tampoco pensaba llegar tarde a mi primera clase de Armamento Avanzado.

No solo había perdido la oportunidad de comer, sino también la de buscar a Regan Pansera y hacerle unas preguntas. Por mucho que me hubiera deseado que tuviera el mejor primer día posible, estaba resultando ser un desastre. Había llegado tarde a mi primera clase, me había puesto en evidencia en la segunda, y contaba ya con un enemigo entre los profesores.

Las sospechas de Rodríguez hacia Viktor Drakharrow y su aparente desprecio por Blake me parecían algo extraños para Sangratha y para un profesor. Lo lógico hubiera sido que se esforzara por ganarse el favor de los Drakharrow, como el resto de los miembros de la escuela. Sin embargo, Rodríguez parecía tener los mismos recelos por los altasangres que yo. Suponía que había una delgada línea entre criticar partes de la historia altasangre, como el sacrificio de los sanadores por una causa perdida, y la traición. Con todo, teniendo en cuenta lo severo que me había parecido Viktor Drakharrow, no me habría imaginado que Rodríguez estuviera dispuesto a mostrar en público sus discrepancias.

Me había concentrado tanto en la limpieza del almacén (estaba hecho un desastre, completamente cubierto de polvo, y había sentido una extraña satisfacción al ponerle orden) que casi me había olvidado de mi segunda tarea. Para cuando tomé uno de los libros del montón, era la una menos cuarto y apenas me quedaba tiempo. Pasé las primeras hojas intentando leer todo lo posible. Al cabo de cinco minutos, tiré la toalla. Decidí que ya leería más tarde y me llevé el montón de libros conmigo.

Al salir del aula de Restauración y Alquimia caí en cuenta de que no tenía ni idea de adónde ir. Me quedé inmóvil con el corazón en un puño, presa del pánico, cuando un río de estudiantes comenzó a inundar el pasillo.

—¡Medra!

Miré pasillo abajo y vi una mano que se agitaba frenéticamente. Florence.

—Ven conmigo —me pidió entre resuellos mientras corría hacia mí, me agarraba del brazo con una mano y con la otra me entregaba un bollo—. Tienes el tiempo justo para llegar al patio de entrenamiento.

Me metí el bollito en la boca (una mezcla de frutos secos y frutos rojos, no de mis favoritas, pero era mejor que nada) mientras ella me arrastraba por los pasillos.

Para cuando llegamos a la entrada del patio, a las dos nos faltaba el aire.

—Florence, vas a llegar tarde a tu clase —jadeé al levantar la vista al reloj de la pared.

—Tengo una hora de preparación. Ayudo a mi madre a organizar la sesión de biblioteca con los de primero. —Se mordió el labio como si estuviera indecisa.

—¿Qué pasa? —le pregunté.

—Medra, creo que ha habido un error con tu horario. —Las palabras surgieron en tromba—. Armamento Avanzado es una asignatura de tercero o cuarto. Y puede ser... peligrosa.

—¿Cómo?

—Normalmente es solo para vampiros —aclaró Florence. Su cara reflejaba verdadera preocupación—. Estará llena de altasangres. Debería haberte dicho algo cuando vi tu horario, pero jamás en mi vida he oído que puedan cometer errores así.

—¿Y si me pusieron en esta asignatura por ser jinete? —pregunté despacio.

—No lo sé —dijo ella—. Pero quizá deberías...

En ese momento se oyó el tañido de las campanas. Un grupo de estudiantes risueños pasaron a nuestro lado. Los ojos violetas de Visha Vaidya se clavaron en mí. La seguían de cerca Quinn Riley y Coregon Phiri. Solo el joven me saludó al cruzarse con nosotras. Quinn me ignoró.

Y al final, aunque no por ello menos importante, llegó caminando despacio Blake Drakharrow, unos pasos por detrás de los demás, para variar. Me lanzó una mirada extraña, pero esta vez no despegó los labios. No sabía si darle las gracias o no. En aquel momento, saber lo que opinaba sobre mi situación me podría haber estado bien. Pero ya era demasiado tarde. No le suplicaría que me ayudara.

Florence y yo observamos a Blake dirigirse a un estante de armas colocada a uno de los lados del patio. Recogió una lanza que parecía pesar una tonelada y comenzó a practicar los movimientos.

—Esas armas tienen muy mal aspecto, Medra —dijo Florence mordiéndose el labio—. Al menos en Combate Básico aprendes técnicas del cuerpo a cuerpo. Y los exploradores usan armas ligeras como dagas y arcos, no espadas a dos manos y lanzas.

—No eres precisamente una novata en lo que a armas se refiere, querida. ¿Piensas confesarle tu secretillo a tu amiga?

Sofoqué un grito y di un salto atrás. La voz de la mujer se me había vuelto a meter en la cabeza.

—Sal de ahí, carajo, que estoy intentando pensar —repliqué furiosa.

Florence me miraba con extrañeza.

—¿Sabes qué, Florence? —comenté despacio—. Voy a entrar. Creo que los altasangres se llevarán una sorpresa. Y quizá tú también. No soy una completa novata con las armas. En casa recibí entrenamiento. —Decidí no darle demasiados detalles.

Florence asintió.

—Como veas. —Me dio un apretón en el brazo—. Seguro que lo harás genial. Te veo en la biblioteca más tarde. —Me quitó el montón de libros antes de que pudiera impedírselo—. Te los dejo en la habitación.

Le dediqué una mirada agradecida.

—Claro. La biblioteca. Gracias, Florence.

Respiré hondo y entré en el patio. Blake Drakharrow se había echado la espeluznante lanza al hombro —una bravuconería con un arma tan afilada—, y se dirigía a la clase.

Por los dioses, pensé, dominada de repente por el pánico. Por favor, dime que Blake no es el puto profesor.

Me acerqué y me quedé detrás del grupo de altasangres con cautela, procurando ocultarme.

—El profesor Sankara llega tarde, así que de momento supervisaré yo la clase —anunció Blake con una voz profunda que llegaba a todo el patio. Miró a los estudiantes con severidad—. Nada de tonterías. Y lo digo en serio. Es el primer día, limítense a empezar a practicar. Ya saben lo que tienen que hacer.

¿Ah, sí?

Todas las personas de mi alrededor asintieron y el grupo se dispersó. Algunos estudiantes ya se habían equipado con su arma predilecta y comenzaron a organizarse por parejas. Otros se quedaron entrenando a solas.

Caminé despacio hacia la estantería de las armas y sopesé las opciones.

—Toma una, zorra.

Volteé de golpe.

Visha Vaidya estaba detrás de mí, balanceando una lanza con la punta de acero.

—Dije que tomes una. —Miró a su alrededor y luego dio un paso hacia mí—. Sabes que ni siquiera deberías estar aquí, ¿verdad? —Los ojos le chispeaban de satisfacción.

—Regan me cambió el horario —deduje—. Y todos ustedes también tienen algo que ver.

Visha sonrió con malicia.

—Llegaste hasta aquí, pero queda por ver si saldrás viva de este patio.

Eché un vistazo en torno a mí mientras me preguntaba si aquello era lo que se suponía que debía pasar. No había ningún profesor. Blake estaba en un extremo del patio entrenando con Coregon. Sus lanzas destellaban bajo el sol de la tarde. Se movían tan rápido que apenas conseguía distinguirlos. Se detuvieron y Blake se volvió hacia mí. Nos miró a Visha y a mí y luego nos dio la espalda.

No, tampoco recibiría ayuda alguna de su parte. Aunque no era que la esperara.

—Muy bien —le contesté, y tomé aire—. Entrenaré contigo. ¿Pensabas que me negaría?

—Lo que pienso es que no has luchado con nadie en tu vida —me replicó Visha, con el atractivo rostro deformado por una mueca desagradable—. Ni levantado una espada. Mira esas manitas delicadas.

Me mordí la lengua y decidí no decirle lo equivocada que estaba. Que lo descubriera a su debido tiempo.

Las manos de los fae sanaban deprisa. Como las de los vampiros, supuse. Un rasgo útil. Aunque no tuviera las manos llenas de ampollas, eran más duras de lo que Visha se imaginaba. Y no solo eso, sino que además estaban acostumbradas a blandir más de un arma.

Tomé una lanza y la sostuve entre las manos notando con la yema de los dedos la superficie fría y pulida del asta, de madera y no muy gruesa. Pesaba menos de lo que esperaba. La hice girar con cuidado. Se me adaptaba perfectamente a las manos.

Visha se estaba alejando. La seguí hasta una pista de entrenamiento que habían delimitado con unas cuerdas gruesas y resistentes, atadas a postes de madera. Otros estudiantes detuvieron sus actividades y nos miraron con curiosidad, pero no pude fijarme en nada más. En el momento en que pisé el círculo, Visha se precipitó hacia mí a la velocidad del rayo.

Apenas tuve tiempo de reaccionar. Levanté la lanza justo a tiempo de parar el golpe. El impacto del arma de Visha contra la mía me sacudió los brazos. Me tambaleé contra las cuerdas, pero no perdí el equilibrio. Visha me enseñó los dientes, dio un paso atrás, volvió a abalanzarse sobre mí, y comenzó a atacarme sin descanso, cada golpe más veloz y fuerte que el anterior. Carajo, qué rápida era. Apenas podía seguir sus movimientos con los ojos, pero de algún modo yo lograba levantar los brazos y bloquear sus embates con mi lanza una y otra vez. Con todo, era evidente que estaba manteniendo una postura defensiva. No tenía claro cuánto tiempo podría soportar aquel ritmo implacable. Las acometidas de Visha continuaron empujándome contra las cuerdas hasta dejarme sin aliento.

Era cierto que una parte de mí creía que podía derrotarla. Aunque no fuera vampira, me había entrenado una de las mejores instructoras fae de Aercanum. Con una punzada de tristeza, la mente se me fue a mi mentora, Odessa. No solo me había entrenado en combate; también había sido mi amiga. En cierta manera, Odessa había sido lo más parecido a una madre que había tenido. Y había muerto protegiéndome.

Pero Odessa ya no estaba. Me había quedado sola. Estaba allí. Y ya no era la mejor pupila que Odessa había visto jamás, porque Visha no se quedaba atrás. Pensar que podía competir en aquella clase había sido un acto de arrogancia de mi parte. Sentí que un acceso de pánico me recorría el cuerpo. Tendría que haberle hecho caso a Florence y haberme ido a tiempo.

La lanza de Visha cortó el aire con un golpe bajo que me acertó detrás de las rodillas y me tiró al suelo. Caí de espaldas en el lodo y apenas podía respirar. Me levanté justo a tiempo de esquivar su lanza cuando la hundió en el suelo, en el lugar mismo en que un instante antes había estado mi cabeza. A Visha le brillaron los ojos de triunfo. Y con razón. Yo iba perdiendo y ella lo sabía. Era cuestión de tiempo.

El corazón me martilleaba contra el pecho. Si no me hubiera levantado del lodo, ¿de verdad Visha Vaidya me habría atravesado el cráneo delante de la clase entera de combate? ¿Con Blake Drakharrow al otro lado del patio? Hasta donde yo sabía, aquel tipo de comportamiento estaba permitido en Bloodwing. Carajo, seguramente lo alentaban.

—*¿Ya terminaste de compadecerte de ti misma?*

Me estremecí cuando la voz autoritaria de la mujer me retumbó en la cabeza.

—*Ahora no es el mejor momento* —mascullé en mi interior justo en el momento en que desvié por los pelos el último ataque de Visha con la lanza.

—*¿De verdad vas a permitir que esta chica te deje en ridículo? Sea o no vampira, tú tienes sangre real.*

—*Bueno, creo que tampoco tenía otra opción* —le espeté.

Visha avanzó hacia mí a una velocidad de vértigo y me aparté de su trayectoria dando un salto justo a tiempo y luego rodando por el suelo.

—Eso —cacareó la chica—. Revuélcate en el lodo, que es donde debes estar, Pendragón.

—*Por las venas te corre sangre de reyes y reinas* —la reprobó la voz femenina—. *No eres igual que esas criaturas, sino mucho más.*

—*¿Que soy mucho más? Antes sí, pero ahora no tengo nada. Perdí los poderes. ¿O es que no lo sientes desde el infierno de mi cabeza en el que acechas?*

Cuando todo aquello terminara, si conseguía salir con vida del patio, tendría que considerar seriamente la posibilidad de que me estuviera volviendo loca. ¿Sería algo con lo que podrían ayudarme los sanadores? Lo dudaba, la verdad. Me imaginé planteándole al profesor Rodríguez que tenía una voz femenina en la cabeza... y que no era la mía. No tenía aspecto de salir bien.

—*Crees que estás desamparada. Pero me tienes a mí, ¿no?*

—*Uy, sí* —respondí con sarcasmo—. *Y no sabes lo mucho que me ayudas cuando me interrumpes en el momento más inoportuno posible.*

No hubo respuesta. Tal vez por fin había sido lo bastante descortés para espantarla.

Conseguí echarle un vistazo a la zona que rodeaba la cuerda. Un grupo de estudiantes había acudido a presenciar la pelea. Vi el rostro de Blake entre ellos. No estaba animando a Visha como otros estudiantes vampiros. Su rostro era una máscara inexpresiva, pero sus ojos me seguían a mí. No a Visha, sino a mí.

El conocimiento de que me observaba, me juzgaba y probablemente confiara en que fracasara me dio el aliento que necesitaba. Sentí una oleada de energía atravesando la fatiga e impulsándome a continuar. Algo cambió. No, no era vampira. Jamás podría rivalizar con la velocidad de Visha. Había emergido de mi travesía entre mundos despojada de los poderes fae a los que justo acababa de empezar a acceder en Aercanum. Lo único que me quedaba era mi cuerpo. Todo lo demás había cambiado. Sin embargo, allí de pie en la tierra pisoteada, bajo el sol, sentí como un calor fiero me recorría las venas. Respiré hondo, y el corazón se me calmó y los sentidos se me aguzaron.

Cada detalle parecía destacar con nitidez, algo que no había ocurrido unos instantes antes. El sudor en la frente de Visha. Los resuellos entre golpe y golpe. Se estaba cansando, comprendí sorprendida. Hasta el momento yo no estaba ganando, pero tampoco le estaba poniendo fácil la victoria. El silbido de las armas cortando el aire me llenó de repente los oídos como si se tratara de gritos. La textura irregular de la tierra bajo mis botas se acentuó.

Había algo en mí. Algo que incluso el monstruo de Viktor Drakharrow había identificado. Aunque los dragones ya no existieran, yo tenía la complexión de una jinete de dragón. Contaba con unos instintos que me guiaban. Solo me hacía falta descubrir cómo diablos acceder a ellos. Con el tiempo, con la práctica, quizá mis reflejos y agilidad podían convertirme en una persona mucho más habilidosa que la mayoría de los mortales. Incluso lo bastante habilidosa para vencer a un vampiro.

El cuerpo se me echó él solo a un lado cuando Visha volvió a arremeter contra mí; cambié de dirección tan deprisa que percibí una expresión de desconcierto en los ojos de la otra chica.

No, no poseía la velocidad de un vampiro, pero mis extremidades eran un poco más largas que las de Visha, que las de cualquier otro estudiante de Bloodwing. Aunque no tuviera la misma velocidad, contaba con otra cosa: resistencia. El simple hecho de que Visha empezara a cansarse lo demostraba, ¿no?

Visha volvió a acometer con la lanza y nuestras armas entrechocaron con un impacto tal que me retumbó por toda la cabeza y casi me hizo castañetear los dientes. Volvía a tener la espalda contra las cuerdas; las sentía atravesando la tela de la túnica y hundiéndoseme en la piel.

Los estudiantes altasangres vitoreaban y reían. Algunos gritaban provocaciones y los otros apostaban sobre cuánto tiempo más aguantaría antes de que me derrotara. Pero cuando me volví, Blake ya no estaba entre ellos ni tampoco se encontraba al otro lado del patio. Se había acabado la supervisión.

Así la lanza con firmeza y adopté una postura más equilibrada, mucho más sólida. Hundí los pies en el lodo y me preparé. Cuando Visha blandió el arma trazando un arco amplio, apuntándome al costado, reaccioné lo más rápido que pude y la esquivé ejecutando una pirueta tan grácil que me sorprendí incluso a mí misma.

La tendencia del combate comenzó a cambiar de manera sutil. Un bloqueo preciso por aquí. Un paso más veloz por allá. Empecé a anticipar los golpes de Visha, a desviarlos con gran precisión. Se estaban invirtiendo los papeles. Hice retroceder a Visha con una serie de acometidas rápidas y controladas. Luego vi una oportunidad y la aproveché, y me dejé atónita incluso a mí misma cuando con un golpe veloz y poderoso le arranqué de las manos el arma, que fue a dar al suelo con un repiqueteo.

Apunté con la lanza al pecho de la chica.

—Ríndete.

Me clavó una mirada cargada de veneno, pero debía de saber cuándo tocaba retirarse. Sin mediar palabra, se dio la vuelta con una expresión de ira y humillación.

No tenía claro qué esperaba. ¿Un aplauso de mis compañeros? Ni de puta broma. Sin embargo, al volverme y dirigirme a las cuerdas, sentí la emoción de la victoria mezclada con una sensación de alivio.

Había empezado a agacharme por debajo de las cuerdas cuando percibí un movimiento con el rabillo del ojo. Acto seguido, Visha se me echó encima y me jaló del cuello de la túnica. Por un momento, me atraganté mientras la tela me constreñía el cuello y me ahogaba. Luego me desplomé y golpeé el duro suelo del patio con la espalda.

Visha era un torbellino. Se sentó a horcajadas sobre mi pecho, toda inquina y con una velocidad implacable. Me descargó los puñetazos primero en la cara y luego en las costillas. Intenté ponerme de lado y apartarla de un empujón, pero era demasiado tarde. Me hundió la rodilla en el estómago. Me entraron náuseas en el momento en que noté el chasquido de las costillas que se partían. Y, a pesar de todo, otra parte de mí ya se estaba resistiendo, con los instintos cargados.

Visha seguía riéndose cuando le di un puñetazo en la mandíbula. La cabeza le osciló, pero no lo bastante rápido para que me perdiera la expresión de sorpresa en sus ojos. Se recuperó más rápido de lo que esperaba, y entrecerró los ojos con una furia fría. Sin previo aviso, tomó un montón de tierra del suelo y me la pasó por la cara, frotándomela por los ojos y la boca. La tierra áspera me escocía en los ojos y me cegó momentáneamente, y Visha aprovechó la situación al máximo. Me agarró de la nuca y me aporreó la cabeza contra el suelo una y otra vez.

Yo gritaba de furia, y con un acceso de fuerza la empujé y rodé a un lado. Me puse de cuclillas con las manos plantadas en el suelo, escupiendo lodo y pestañeando. Me sentía como un animal, como si me hubieran reducido a algo inferior a un vampiro, a un fae, a un mortal. Temblaba de rabia. Por las mejillas me rodaban lágrimas de ira.

Había luchado contra una deidad fae, pero ni siquiera tenía claro que hubiera sentido el mismo odio entonces. Aquel combate había sido frío. Brutal, sí, pero no sucio.

Visha volvió a abalanzarse sobre mí con las afiladas uñas por delante, apuntando claramente a mi cara. La esquivé y rodé, notando la ráfaga de aire que había generado su movimiento, errado por centímetros, y le di una patada en las espinillas. Cayó de rodillas con un grito de dolor. Me recuperé con la intención de alejarme, pero era demasiado rápida para mí. Alargó el brazo y me jaló el pelo con tanta fuerza que me quedé sin aire. Me derribó junto a ella y me dio un puñetazo en la nariz. Oí un crujido seco y la sangre me salpicó los ojos.

Visha mostró al instante sus colmillos como perlas blancas y se detuvo sobre mí con los ojos fuera de las órbitas. Olfateó el aire con ansia y yo contuve el aliento, esperando a que se entregara al frenesí en cualquier momento. Luego, como haciendo un gran esfuerzo, sacudió la cabeza y gruñó.

—Creías que saldrías de aquí con vida, ¿eh, zorra? —Se llevó la mano a un costado y vi un destello plateado. Un puñal. Visha seguía agarrándome del pelo, y entonces me acercó los labios al rostro—. Te veo bien en el lodo. Se nota que es tu sitio.

Comencé a levantar la cabeza con la intención de darle un cabezazo.

—Basta, chicas. Sepárense. —Una cavernosa voz de trueno cruzó la multitud.

Por un momento, Visha sostuvo la mano inmóvil encima de mí. Luego, el puñal desapareció en su palma.

—Dije que se separen. Apártate de ella, Visha. Ahora mismo. O estarás haciendo las maletas antes de que caiga la noche.

Te ganó de manera justa, sin trampas, pero tú decidiste que te habías hartado de jugar limpio.

Volví la cabeza para ver quién hablaba. Un hombre alto como un castillo y de tez de ébano había aparecido en el límite de la multitud de estudiantes. Tenía un rostro atractivo con un aire noble, y un pelo plateado de rizos densos cortado casi a ras de cráneo. Le colgaba un aro de oro de cada oreja. Se erguía con las piernas separadas y los brazos cruzados sobre un pecho ancho y musculoso. Nuestro instructor, supuse.

Blake estaba a su lado. Si no lo hubiera conocido de antes, habría dicho que tenía cara de preocupación. ¿Le daba miedo haberse metido en problemas por haber permitido lo que había ocurrido?

—En combate no se juega limpio, profesor —dijo Visha entre dientes.

—No, pero es el primer día de clase y no estoy preparado para el primer asesinato —contestó el profesor con calma.

Di un salto, y el hombre suspiró.

—Hiciste trampa, Visha. Es todo. ¿Te parece bastante directo? Levántate.

Visha se puso de pie despacio.

—Esto no ha terminado —murmuró al bajar la vista hacia mí.

—Te aseguro que no. —Escupí un montón de tierra y traté de ignorar la sonrisilla de su rostro.

—Dale la mano, Visha —le ordenó el hombre—. Pronto tendrán que enfrentarse no ya a sus compañeros, sino a estudiantes de otras academias que nos visiten. Demuestra un poquito de cortesía, carajo.

Visha parecía estar fuera de sí. Observó de reojo la sangre que aún me manaba de la nariz y luego hizo lo que le habían ordenado y me ofreció la mano.

—Ni de broma le acepto la mano —dije poniéndome de pie por mis propios medios.

Gemí y me agarré el pecho. Estaba casi segura de que me había roto algo; una costilla, o tal vez dos.

—Pendragón, ven conmigo. ¡Los demás, dispérsense y vuelvan al entrenamiento! —exclamó el profesor—. Todavía les queda media hora de clase y espero ver cómo la aprovechan.

Fui andando rígida hacia las cuerdas mientras Visha se escabullía por el patio. Como Blake se encontraba allí, al lado del maestro, intenté no demostrar lo magullada que estaba. Con todo, la nariz me chorreaba sangre, que se me metía por la boca. Jadeaba y estaba cubierta de lodo. Me dolía el pecho cada vez que respiraba. Seguramente era algo bastante evidente. Guardé una distancia prudencial con Blake. Seguía sin tener claro qué efecto le producía ver mi sangre. Visha había estado a punto de perder el control; ¿le ocurriría a él lo mismo?

—Bueno, así que esta es la ya famosa Medra Pendragón —dijo el instructor, dando un paso al frente cuando pasé por debajo de las cuerdas. Me agarró del brazo y me ayudó a seguir caminando—. Me llamo Sebastian Sankara, y soy tu profesor.

—Me alegro de que haya llegado a tiempo —contesté, no sin una nota de reproche.

—Sí, pero, vaya, que eres tú la que está fuera de lugar. —El profesor Sankara se llevó una mano a la barbilla—. Acabo de revisar la lista y tú no apareces, Pendragón. Se suponía que no debías estar aquí. Esta clase es para estudiantes avanzados que han asistido a Bloodwing durante al menos un año.

Cerré los ojos un momento.

—No me sorprende, la verdad. Estar en el sitio incorrecto en el momento menos adecuado ha sido la tónica de todo el día. —Abrí los ojos y me volví hacia Blake, pero el muy cabrón no mostraba expresión alguna en la cara.

Respiré hondo y torcí el gesto cuando se me retorcieron las costillas con una punzada de dolor.

—Siento haber interrumpido la clase, profesor. Me aparecía en el horario y por eso vine. Tendré que solucionarlo y ver dónde debería estar en realidad.

—Sí, creo que no estaría de más que fueras a ver al director —coincidió Sankara—. Pero esa no es la única razón por la que quería hablar contigo.

Hasta entonces no había caído en cuenta de algo. A diferencia de los dos profesores anteriores que había conocido aquel día, Sankara sí era vampiro. Mientras me hablaba, veía aparecer y desaparecer las puntas de sus afilados colmillos. Estaba tan distraída que me había costado un buen rato fijarme.

—¿Pendragón? ¿Escuchaste lo que dije? Esta asignatura es solo para vampiros.

Suspiré.

—Sí. Supongo que debería haberme dado cuenta.

Me agaché para recoger la lanza del lugar en el que había aterrizado, fuera de la pista de combate, y devolverla a la estantería, pero fue una mala idea. Reprimí un quejido.

—Bueno, suele ser solo para vampiros —prosiguió Sankara—. Ha habido excepciones.

Levanté la cabeza.

—¿Qué quiere decir?

El profesor Sankara me observaba pensativo.

—Has demostrado unas habilidades admirables con la lanza en el duelo con Vaidya. La mayoría de los estudiantes ni siquiera se atreverían a un mano a mano con ella. O con cualquier otro vampiro, de hecho.

El corazón me dio un vuelco; eso significaba que había estado un rato observándonos. El profesor parecía más agradable que los otros vampiros con los que me había cruzado, pero había visto a Visha agarrarme del pelo después de que yo le hubiera ganado la primera ronda. Y no había considerado pertinente intervenir. Había esperado a ver qué ocurriría a continuación, y había permitido que Visha me diera una paliza hasta decidir que la situación había ido demasiado lejos.

—Bueno, supongo que esa es otra razón por la que no debería estar aquí —dije alzando la barbilla—. Yo sí me atrevo.

—O puede que sea la razón por la que este sí es tu sitio —respondió el profesor Sankara—. Salta a la vista que recibiste educación. ¿Quién te enseñó a luchar?

—Tuve una maestra —expliqué despacio—. En el lugar del que provengo. Me enseñó todo lo que sé sobre el combate.

—Debía de ser una mujer impresionante —dijo Sankara—. Me gustaría conocerla.

—Está muerta —contesté con sequedad.

Blake alzó la cabeza de golpe. Nuestras miradas se encontraron. Sus ojos grises penetraron en los míos.

Desvié la mirada.

—¿En serio los estudiantes se matan entre ellos aquí? —pregunté.

—¿En Bloodwing? —Sankara asintió—. A veces. Vivimos en un mundo implacable, Pendragón. La escuela lo refleja. Para ingresar, los estudiantes ya deben ser los mejores entre los mejores, pero, una vez que llegan aquí, eso es solo el principio. En Bloodwing debes ganarte tu plaza todos los días. Los altasangres que ahora son tus amigos puede que sean tus peores enemigos más adelante. Algunas de nuestras guerras más feroces han sido las que han enfrentado a las casas. Y, si no puedes conservar tu plaza, bueno... —Levantó los hombros—. Puede que alguien decida arrebatártela.

—Es horrible —declaré.

—Ya no son niños —respondió—. Estos estudiantes... —Señaló a su alrededor, y le dirigió una mirada cómplice a Blake—.

Son los futuros líderes de Sangratha. Necesitamos que sean fuertes.

—Fuertes e implacables —dije con amargura.

—Lo bastante fuertes para proteger esta tierra y a todos sus habitantes, incluidos los débiles —respondió Sankara—. Pero tú... Tú no eres débil, Pendragón. Visha cometió un error al dar por sentado que lo eras, ¿me equivoco?

—Terminé en el suelo —señalé—. Así que perdóneme si me sorprende que piense eso.

Sankara esbozó una sonrisa.

—Lo que vi fue a una luchadora que promete. Y no creo que estés en el sitio equivocado. De hecho, creo que estás en el sitio correcto.

—¿Cómo? —exclamamos Blake y yo al unísono.

Lo atravesé con la mirada, pero él estaba de cara a Sankara.

—Pero, profesor, eso es imposible. Esta clase es exclusiva, usted mismo lo dijo. No puede estar aquí; es para vampiros. Solo para altasangres. La élite. No es una de los nuestros. —Blake se volvió hacia mí y me repasó de arriba abajo—. Además, mírela. Si acabó así después de solo media hora de clase...

Dejó la frase sin terminar. No debería haberme dolido tanto. ¿Qué más daba si Blake me consideraba un fracaso?

Sankara se rascó la barbilla.

—¿La élite, eh, Drakharrow? Por lo que he visto, Pendragón tiene el potencial de ser una luchadora tan capaz como... —Hizo una pausa—. Bueno, quién sabe. Quizá incluso como tú.

—¿Como yo? —repuso Blake alterado—. Lo dudo. —Frunció el ceño—. Sabe que lo respeto, profesor, pero...

—Pero ¿qué, Drakharrow? —La voz del profesor adoptó de repente una frialdad peligrosa—. Eres alumno de esta asignatura. Estabas al mando. ¿De verdad ibas a permitir que Visha Vaidya apuñalara a tu consorte delante de tus compañeros?

Tardaste mucho en intervenir. ¿Y por qué esperaste a que reaccionara yo?

Miré a los dos hombres sin dar crédito. ¿A qué se refería Sankara? Blake no había intervenido en absoluto.

El príncipe se volvió hacia mí.

—Como vio, profesor, Pendragón se las arregló sola. Mejor de lo que esperaba. Pensaba que lo más justo era darle la oportunidad de demostrar su valía.

Resoplé.

—Eres increíble. ¿Eso fue un cumplido indirecto?

—Me da la impresión de que lo que dices es que merece estar en esta asignatura, Drakharrow —observó Sankara con una media sonrisa—. En cualquier caso, existen precedentes.

—¿Sí? —pregunté.

—Los jinetes de dragón contaban con sus propias clases de combate avanzado —explicó Sankara—. Al fin y al cabo, eran los guerreros de los cielos.

—¿Luchaban junto a los vampiros...? —pregunté con curiosidad, a pesar de mis reticencias—. ¿Entrenaban con ellos?

—Por supuesto. No tenían otra opción. De hecho, eso es algo que le mencionaré al director cuando hable con él sobre ti más tarde. Eres la única jinete de la escuela y eso significa que tu programa académico debería ser tan único como tú. No tengo claro si le han dedicado demasiado tiempo, por lo visto.

—Antes de esta clase estuve en Historia de Sangratha y en Restauración —dije.

Sankara arqueó una ceja.

—Todo el mundo debe asistir a Historia con la profesora Hassan, pero ¿Restauración? No estoy seguro del valor práctico que puedes sacarle. Otro error en tu horario, quizá.

—Quizá —convine, y volví a atravesar a Blake con la mirada—. Hoy ya tuve que aguantar unos cuantos.

—¡Por la Doncella Sangrienta! Mira qué hora es. Tenemos que llevarte con un sanador. —Sankara me observó mientras yo me limpiaba la sangre de la nariz—. No todos los estudiantes de la escuela son capaces de contenerse tanto como los mayores. Así que necesitarás escolta. ¿A qué clase se supone que debes asistir a continuación?

—Introducción a las Bibliotecas de Bloodwing —repuse—. O eso dice en el horario. No sé si es correcto.

El profesor asintió.

—Tiene sentido. Todos los alumnos de primero reciben una orientación general sobre las bibliotecas. Pero no sé si llegarás a tiempo; puede que tengas que ponerte al día más tarde. Quiero que acudas directamente al sanador de la casa Drakharrow. Después, veremos si hay tiempo antes de que el director Kim comience su discurso de bienvenida en el Atrio de los Dragones. —Se volvió hacia Blake—. Entiendo que puedo confiar en ti para que acompañes a Pendragón al sanador de su casa sin mayor problema.

—Ningún problema, profesor. En absoluto —contestó Blake, y me miró con frialdad—. Me la llevo ahora mismo.

8
MEDRA

—No soy un puto paquete —le espeté cuando el profesor Sankara se alejó para charlar con otro estudiante—. Tú dime dónde está el sanador y ya lo buscaré yo. No hace ninguna falta pasar más tiempo en compañía del otro.

—El profesor me pidió que te lleve y te voy a llevar —respondió Blake con sequedad—. A menos que quieras vagar por los pasillos durante horas, con la esperanza de encontrar el camino por tu cuenta.

—Idiota —mascullé—. Está bien. Te sigo.

Me miró de arriba abajo y luego negó con la cabeza.

—Visha te echó la zarpa encima, ¿eh?

Sabía que debía de estar hecha polvo. Por no mencionar que la nariz no me paraba de sangrar. Incliné la cabeza hacia atrás y me apreté el puente de la nariz, tratando de detener la hemorragia mientras seguía a Blake hacia el pasillo. Pasó a nuestro lado un grupo de estudiantes risueños. Vampiros, a juzgar por el aspecto. Cuando me vieron, dejaron de farfullar, abrieron la boca y me enseñaron los colmillos.

—¿Qué carajo les pasa? —musité.

Blake me tomó del brazo con firmeza, pero no me hizo daño.

—Son de primero. No te pares. —Y luego les espetó—: Contrólense un poco.

—Suéltame —le exigí, consciente de que era inútil.

Blake me ignoró, como ya había previsto. Sus rasgos pálidos mostraban la misma expresión de indiferencia fría que tan familiar me resultaba ya.

Avanzamos por los pasillos. La nariz seguía goteándome sangre. Me la volví a apretar con la mano para tratar de detener el flujo, y al final recurrí a limpiármela disimuladamente con la manga manchada de lodo. Ya estaba sucia; ¿qué más daban unas cuantas manchas de sangre más?

Cada pocos pasos miraba de reojo a Blake y me preguntaba cómo era capaz de estar tan cerca de mí con el olor de mi sangre impregnando el aire. ¿Por qué no reaccionaba como Barnabás, Visha o incluso aquellos estudiantes de primero?

Doblamos una esquina y nos topamos de golpe con un grupo de estudiantes, que frenaron en seco al ver a Blake. Detrás de ellos caminaba Kage Tanaka, el líder de la casa Avari al que había visto en el comedor aquella mañana.

Lo observé con interés. Era un chico alto, de postura erguida y porte imponente. Se había recogido la mata de pelo rubio platino en una pulcra cola de caballo en la parte trasera de la cabeza, y llevaba los laterales rapados. A la altura del cuello, le sobresalía del uniforme negro con borde plateado la forma de una luna creciente de tinta que contrastaba fuertemente con su piel.

Posó en los míos sus ojos café oscuro con una intensidad que daba la impresión de que nada se le pasaba por alto. Igual que ocurría con Blake, Kage transmitía un peligro casi palpable. Latente bajo la superficie. Tenso y listo para atacar.

Un estudiante me siseó y se pasó la lengua por los labios. Aunque el olor a sangre no afectara a Blake, aquellos estudiantes reaccionaban a ese aroma ensanchando las fosas nasales y dando dentelladas al aire. Hice ademán de dar un paso atrás, pero Blake me tenía bien agarrada.

—Vaya, vaya —dijo un chico con pelo claro y de punta, y dio un paso al frente para colocarse directamente frente a Blake y yo—. Parece que a alguien le sangra un poco la nariz.

Me lanzó una mirada que por lo visto pretendía ser coqueta.

—A lo mejor puedo ayudarte a limpiarte.

—Que ni se te ocurra acercarte a ella, Kiernan —gruñó Blake, y se volvió hacia Kage—. Sujeta a tus perros, Tanaka, o me encargaré yo de ponerlos en su lugar.

Kage Tanaka levantó los hombros con desgana. El uniforme le quedaba como un guante y le abrazaba la forma musculosa y esbelta del cuerpo. No le dijo nada al chico al que Blake había llamado Kiernan.

El cuerpo se me tensó. Me notaba preparándome para otra pelea.

Kiernan sonrió y se lanzó hacia delante. Antes de que pudiera siquiera tocarme, Blake se movió tan deprisa que apenas fui capaz de ver lo que pasó a continuación. El chico salió despedido hacia atrás, chocó de espaldas contra la pared de piedra y resbaló hasta el suelo, con las manos en el cuello. Nos miraba con los ojos fuera de las órbitas. Movió los labios, pero no salió sonido alguno.

—¿Se puede saber qué te pasa, Drakharrow? Solo era una broma —le reprochó una de las chicas de la parte delantera del grupo, y se fue a ayudar a Kiernan a levantarse.

—¿Tú ves que me esté riendo? —siseó Blake con una voz bronca llena de peligro. Sus ojos grises estaban afilados como una espada. Sentía su ira. Irradiaba de su cuerpo, apenas contenida.

Echó a andar arrastrándome tras él, y el grupo de estudiantes de la casa Avari se dispersó enseguida. Al pasar junto a Kage Tanaka, Blake le hizo un gesto de cabeza breve. Kage sonrió levemente.

—No te pares —me susurró Blake inexpresivo.

Giramos en la siguiente esquina y él dejó escapar un largo suspiro y se pasó la mano libre por la melena.

—¿Qué demonios pasó? —le pregunté.

—Nadie puede tocarte —respondió escuetamente—. No le des más vueltas.

—¿Que no le dé más vueltas? —Me reí nerviosa—. Ese chico estuvo a punto... ¿de qué? ¿De beberse mi sangre? ¿De lamerme? No ocurrió porque le diste un puñetazo en la garganta. ¿Así es la vida de los sangrepútridas? ¿Cada vez que me haga un corte en el dedo tendré que preocuparme de que se me echen encima?

Blake miró a su alrededor.

—Los de primero tienen menos contención sobre lo de alimentarse. Pero se supone que deben mantener sus instintos a raya y alimentarse con regularidad para no perder el control. Forma parte del aprendizaje de los altasangres.

—Qué curioso, pero no me dejas más tranquila —musité.

—No es casualidad que pierdan el control. —Respiró hondo—. Es, en concreto, por tu sangre. No eres una sangrepútrida cualquiera.

Guardé silencio unos instantes.

—¿Por mi sangre de jinete, quieres decir?

—Algo así. No hemos conocido a ningún otro jinete, pero si es así cómo olían... —Se interrumpió y me observó, y sus ojos por fin se detuvieron en la sangre reseca de mi nariz, y en la que me salpicaba las manos y la manga.

—Y entonces, ¿qué? —protesté—. ¿Soy tan deliciosa que no pueden resistirse a mí?

En un abrir y cerrar de ojos, un peso sólido se había abalanzado sobre mí y me había empotrado contra la pared. Con el corazón desbocado, me retorcía débilmente contra Blake mientras él me inmovilizaba con su cuerpo, duro como una roca e igual de pertinaz. Intenté levantar una rodilla para apartarlo de un golpe, pero él me había separado las piernas y se había colocado entre ellas.

—Esto no es una puta broma —me susurró al oído con voz ronca.

Un escalofrío me recorrió la columna.

—Tienes que tomártelo en serio —suspiró— o no durarás ni una semana aquí.

—¿Y a ti qué más te da? —Dejé escapar una carcajada que sonó mucho más valiente de como me sentía—. Por favor, no finjas que te importa si vivo o muero.

No se movió. Su cuerpo era como una roca, una masa caliente apretada contra mí. Si yo hubiera respirado por la nariz, sabía exactamente lo que habría olido. Manzanas verdes. Una nota de menta. Y algo por debajo, como las páginas de un libro viejo. Me odiaba por saber tanto sobre él. Me parecía muy... íntimo. Y lo último que quería era intimidad con Blake Drakharrow.

—¿Se puede saber qué haces? —le espeté—. Apártate de mí. ¿O ya no aguantas? ¿Te vas a alimentar de mí?

—No voy a... —Su voz sonaba tensa, como si estuviera esforzándose al máximo para no hacer justo lo que yo le había dicho. Dio un paso atrás y solté un largo suspiro—. No se me permite alimentarme de ti. Nuestro vínculo no es lo bastante fuerte. Y, a diferencia de otros, yo creo firmemente en respetar las normas de la Doncella Sangrienta.

Sonreí con suficiencia.

—Me alegro. —Me di la vuelta para irme.

—Nuestro vínculo no es lo bastante fuerte para que me alimente de ti... todavía —añadió con desdén—. Vámonos.

Me había perdido la sesión de biblioteca, que era una de las pocas que esperaba con ganas. Me daba curiosidad de conocer a la madre de Florence y ver cómo era. Con suerte, a la bibliotecaria Shen no le importaría que me pasara en otro momento a aprender lo más básico. De todas formas, tampoco pensaba que me hiciera falta demasiada ayuda. En el castillo de Camelot había una biblioteca enorme. No es que me pasara allí las horas, pero conocía los fundamentos.

Blake me había metido directamente en territorio enemigo al llevarme con el sanador. La casa Drakharrow contaba con una zona particular en el complejo del castillo. Una torre gigantesca en la que se alojaban todos los estudiantes Drakharrow, no solo los altasangres, sino también aquellos a los habían seleccionado para ingresar en la casa tras aprobar primero. Seguía sin tener claro cómo funcionaba el proceso, pero me resultaba desconcertante pensar que al año siguiente se suponía que viviría en la misma torre que Blake. No veía el momento de volver a la torre de los de primero, refugiarme en mi cuartito acogedor y limitarme a estar sola.

Después de llevarme a la enfermería Drakharrow, Blake había desaparecido. Una joven sorprendentemente simpática que se había presentado como aprendiz de sanadora me condujo a una cama y me examinó. Luego avisó a uno de los sanadores oficiales y comentaron mi tratamiento. Por lo visto, la casa Drakharrow demostraba su poder contando siempre al menos con un arcanista sanador en el equipo. Por eso, cuando me fui de la enfermería no solo me habían recolocado la nariz y ya no sangraba, sino que además las costillas se me estaban curando a toda velocidad. Tendría que volver al día siguiente para una revisión, pero me dejaron ir a tiempo para asistir al discurso de bienvenida del director.

Al salir de la enfermería, Blake había desaparecido. Por lo visto, como había dejado de sangrar ya no necesitaba escolta.

Todos los estudiantes de los pasillos iban en la misma dirección, de modo que me limité a seguirlos. Cuando llegamos al Atrio de los Dragones, me quedé sin aliento. No tenía claro qué me esperaba exactamente, pero... no era lo que me encontré.

Un pasaje cubierto formaba un cuadrado en torno a un patio central ancho, abierto al cielo. El pasillo estaba rodeado de altos arcos apoyados sobre columnas que enmarcaban las vistas del patio, donde se veía una brillante hierba verde. Al atravesar el claustro, el patio se abrió ante mí circundado por altísimos muros de piedra cubiertos de enredaderas que justo comenzaban a relucir con tonos rojos y dorados. Los lados del patio estaban delimitados por árboles en todo su esplendor otoñal. Hojas de un rojo y un naranja ardientes alfombraban la piedra bajo mis pies y crujían con cada paso que daba.

Pero lo que me dejó sin respiración fue lo que había en el centro del patio.

Un círculo descomunal de dragones de piedra se cernía sobre la multitud como vetustos vigilantes. Cada uno debía de medir al menos dos pisos. Sus escamas rugosas y desgastadas captaban la cálida luz ámbar del sol de la tarde. Sus inmensas siluetas proyectaban sombras inquietantes que danzaban sobre los rostros de los estudiantes reunidos. Había en total cuatro, dispuestos en un círculo perfecto, con las enormes alas desplegadas de manera que las puntas se fundían con las de sus vecinos. Cada dragón era de un color distinto: negro, dorado, marfil y rojo.

El dragón negro estaba tallado en basalto oscuro. El intenso y pulido negro de su superficie absorbía la luz. De ojos profundos y entornados, miraba con una fuerza casi amenazadora. Habían tallado las mandíbulas ligeramente separadas, y dejaban a la vista unos dientes aserrados que parecían lo bastante afilados para cortar.

El dragón dorado estaba hecho de un lustroso mármol cálido. Lo atravesaban venas doradas que hacían que brillara y reluciera con la luz. La cabeza era regia e imponente. Tenía las fosas nasales delicadamente dilatadas, y la boca curvada en una sonrisa sutil, cómplice.

El dragón blanco estaba esculpido en alabastro. Su tersa superficie de un blanco crema le otorgaba una cualidad suave y etérea. La cara mostraba una expresión tranquila. Me transmitía una fuerza sobria y una belleza serena.

El dragón rojo estaba en el lado más alejado del patio. Lo habían tallado en arenisca roja y su aspecto era el más rudo y tosco de los cuatro. De ojos entornados y penetrantes, tenía las fosas nasales dilatadas con fiereza. Tragué saliva al mirar su antiguo rostro esculpido, tan lleno de pasión y fuego y rabia.

Me tocaron el hombro y di un salto.

—Medra, ¿qué te pasó?

Al volverme vi a Florence y Naveen, que me observaban con el gesto descompuesto. Bajé la vista y me acordé de todo. Aunque el cuerpo se me estuviera curando rápidamente, seguía con la ropa hecha un desastre, cubierta de lodo y sangre. Me puse roja de vergüenza.

—Ah, la clase de combate. —Miré a mi alrededor y luego me acerqué a ellos—. Me tuvo que ver un sanador —reconocí en voz baja.

Florence se llevó una mano a la boca.

—Por eso te perdiste la sesión de biblioteca.

Asentí, y de pronto me noté exhausta.

—Por favor, dile a tu madre que lo siento muchísimo. ¿Crees que podrás ponerme al día en otro momento?

Florence se subió los anteojos por el puente de la nariz y asintió.

—Te enseñaré todo lo que necesitas saber el día que tengamos libre. Ahora mismo no te preocupes por nada.

Naveen seguía con los ojos clavados en mi ropa.

—¿Quién te hizo eso?

—Uy, no es nada —repuse tratando de aparentar indiferencia—. Deberías haber visto a la otra chica.

—¿Fue una chica? —Florence abrió mucho los ojos.

Asentí.

—Visha Vaidya.

Naveen y Florence se miraron.

—Pero si estabas en su mesa esta mañana —musitó Florence—. Yo pensaba que...

—Yo también lo pensaba —contesté con sequedad—. Creo que no hubo nada que saliera como pensaba.

Naveen negó con la cabeza, empático.

—Al menos el día ya casi terminó. ¿Vienes con nosotros? Creo que el director está a punto de empezar.

Los acompañé hasta un espacio libre en la hierba. Habían colocado un podio sobre una tarima entre los dragones dorado y blanco, y un hombre subía por los escalones. Ya había oído mencionar su nombre antes. El director Kim. Me pregunté qué clase de hombre sería. Poderoso, supuse, si lo habían nombrado dirigente de la escuela más prestigiosa del reino.

El director llevaba una túnica negra confeccionada con una tela pesada y lujosa, bordada en rojo con la insignia de la Academia Bloodwing. Sus rasgos eran formidables e imponentes, con una frente alta y ancha, y profundos ojos negros entrecerrados que paseaba por la multitud, fulminándonos a uno tras otro.

El público comenzó a acomodarse. Miré a mi alrededor mientras esperábamos, e identifiqué ya algunos rostros familiares de las clases de aquella mañana. Y entonces vi a Regan. Al otro lado del patio, a la sombra del dragón negro. Estaba flanqueada por

Visha y Quinn. Nuestras miradas se encontraron y ella sonrió, y luego levantó la mano para saludarme. Yo apreté la mandíbula y cerré con fuerza los puños. Theo y Coregon estaban cerca de ella, pero tenían toda la atención puesta en el director. Blake no estaba por ningún lado. Me obligué a esquivarle la mirada a Regan. Ya me encargaría de ese problema más tarde.

Cayó el silencio sobre la multitud. Solo se oía el rumor de las hojas.

—Les doy la bienvenida a un trimestre más en Bloodwing. —La voz del director Kim resonaba por el patio, cargada de gravedad y sin transmitir demasiada hospitalidad—. Estoy seguro de que la mayoría ya me conocen a estas alturas, pero para aquellas personas que acaban de llegar, me llamo Kim Min-jun y tengo el grandísimo honor de ser el director de la Academia Bloodwing. Ahora, comencemos.

Hizo una pausa y el silencio pareció intensificarse.

—No están aquí por casualidad, sino con un propósito. Esta academia es una forja donde se modela a los futuros líderes y guerreros de Sangratha. Nuestro objetivo es claro: preparar a las personas que defenderán este reino de sus enemigos, tanto internos como externos. Son el filo de la espada de Sangratha.

Hizo una pausa y barrió con la mirada a los presentes.

—Alumnos de primero —anunció—. Todavía está por verse si se convertirán o no en parte de ese filo. Se les eligió para incorporarse a una academia donde solo prevalecen los más decididos. Si flaquean, que no les quepa duda de algo: se les descartará. El esfuerzo y la puntualidad ya no son opcionales; son un requisito. El respeto no es negociable; es absoluto. La desviación de los altos estándares de Bloodwing se castigará sin demora. Aquí no se tolera la mediocridad.

Me erguí, un poco nerviosa, pero me negaba a que sus palabras me intimidaran.

—A los estudiantes sangrepútridas presentes —continuó el director Kim con un tono ligeramente distinto. Percibí una nota de desprecio—. Que estén aquí es un privilegio. Vinieron a servir, y se inclinarán ante la autoridad de sus superiores en todo momento. Si no demuestran la deferencia adecuada, afrontarán consecuencias severas.

Hizo una pausa mientras escudriñaba al público.

—Pero aquellos que sobresalgan —añadió suavizando el tono con sutileza— recibirán recompensas. La asistencia al Baile de Hiemal se permitirá solo a quienes rindan extraordinariamente en el primer trimestre. Y aquellos que sobrevivan a su primer año, gozarán de otros privilegios, como el acceso a Veilmar los fines de semana. Estos privilegios no se otorgan: se ganan. Están reservados a quienes demuestren ser excepcionales.

Nos lanzó una mirada fría como el acero.

—En Bloodwing se exige la excelencia. Bloodwing les extraerá la excelencia igual que los colmillos extraen la sangre.

Un rumor de risas nerviosas se propagó por la multitud, pero me percaté de que solo provenían de los altasangres. No había ningún mortal riendo.

El director Kim esbozó una sonrisa.

—Por tanto, esfuércense por ser los mejores o afronten las consecuencias. Sangratha no es lugar para el débil ni el indigno. Si no cumplen con las expectativas, se les expulsará.

Me volví hacia Florence. ¿Se refería a una expulsión de Bloodwing o del reino? La muchacha de pelo negro tenía la vista al frente y los labios apretados. Miré a los otros estudiantes sangrepútridas, que parecían estar tan nerviosos como ella. Se suponía que ya eran los mejores entre los mejores. Habían luchado para estar allí; yo había llegado por pura casualidad. ¿Cómo debía sentirme?

Mientras el director continuaba con su discurso, me recorrió la espalda un escalofrío de inquietud, pero literalmente. La sensación era palpable, una opresión fría e invasiva que se cernía sobre mí como una losa. Conseguí girar la cabeza, no sin esfuerzo, y no me sorprendió en absoluto encontrarme con que Regan Pansera me sonreía desde el otro lado de la muchedumbre.

Di un paso atrás, y luego otro. Choqué con un estudiante que protestó, pero ni siquiera podía disculparme. Mi cuerpo ya no estaba bajo mi control.

9
MEDRA

Los pies se me movieron sin que yo se lo ordenara al darme la vuelta y caminar hacia la parte trasera de la multitud. El mar de estudiantes se separó para dejarme pasar. Sentía sus miradas de extrañeza. Comenzaron a cuchichear cuando empecé a abrirme paso con insistencia hasta el límite del gentío.

Me acerqué al dragón de piedra negro. No era capaz ni siquiera de levantar la cabeza, pero sentía de todos modos su fiera mirada observándome desde las alturas. Rodeé la estatua y alargué los brazos. La textura áspera de la piedra me arañaba la piel cuando empecé a escalar, cada movimiento impulsado por una voluntad ajena. Aunque el cuerpo no fuera mío, las sensaciones sí lo eran, y con cada mano y pie que encontraban desesperadamente apoyo, mi sensación de humillación crecía y el peso de aquel aprieto me hundía como una fuerza física.

Los murmullos de la muchedumbre aumentaron de volumen a medida que más y más estudiantes se percataban de que estaba ascendiendo por el lomo del dragón. Regan no me permitía mover la cabeza ni un músculo más allá de lo que ella quería, pero aun así oía las risitas que surgían del mar de rostros debajo de mí. Las mejillas me ardían de vergüenza mientras subía cada vez más alto. La cabeza de basalto negro del dragón se aproximaba a medida que yo clavaba los dedos en su superficie fría y rígida. Cuando llegué a la cima, tenía las manos llenas de arañazos provocados por la áspera piedra, y las puntas de los dedos agrietadas y llenas de sangre.

Al subirme a la cabeza del dragón, ni siquiera el control antinatural de Regan evitó que sintiera vértigo y me invadieran las náuseas. Se veía el patio entero, una explanada inmensa de piedra y estudiantes. Al otro lado de los muros del límite enclaustrado del patio, se divisaba el mar abierto en la lejanía. Sopló de repente una ráfaga de viento que me impulsó hacia un lado, pero ni siquiera podía gritar de terror mientras luchaba por agarrarme a la piedra con las manos ensangrentadas.

—*Vaya numerito estás montando. Baja de ahí ahora mismo. Te estás humillando.* —La voz de la mujer en mi cabeza parecía furiosa.

—*Si pudiera, bajaría* —respondí, consciente de que la impotencia había sido una constante todo el día.

—*Puedes y debes. Te lo ordeno. Sea lo que sea que te esté haciendo esa chica, debe terminar.*

—*Pues impídeselo, entonces. Utiliza tus poderes, si es que eres tan poderosa* —repliqué—. *¿Crees que no lo he intentado? Ni siquiera sé qué me está haciendo.*

Hubo una pausa.

—*Algún tipo de control, eso está claro. De un tipo muy preciso, considerando de que solo te afecta a ti. Y poderoso, porque eres como arcilla en sus manos.*

—*Gracias por esa observación tan sagaz* —dije con sequedad—. *¿Puedes bajarme de aquí o no?*

Otra pausa.

—*Existe sin duda una forma de contrarrestarlo, pero esos hechizos requieren entrenamiento. Podrías aprender. Pero te llevaría tiempo.*

—*No tengo tiempo* —contesté frustrada—. *¿Qué hechizo?*

—*Pues un hechizo anticontrol, evidentemente. Es un tipo de magia. Una forma de coerción. Específica para vampiros, claro.* —Hizo una pausa—. *Si todos poseen esta habilidad, estoy impresionada. Es de lo más útil.*

—*¿Útil? De útil nada. Es repugnante. Nadie debería tener la habilidad de hacer algo así.*

Pensé en los otros estudiantes sangrepútridas de abajo. Si los altasangres podían volver aquel poder en su contra en cualquier momento, obligarlos a hacer lo que les placiera... Era demasiado horrible incluso valorarlo. No debería permitirse. ¿Cómo podían funcionar así las cosas?

Sentí una orden proveniente de la mente de Regan y me arrodillé sobre la cabeza del dragón, cuya textura áspera me arañó dolorosamente la piel. Se me encogió el corazón al ver centenares de ojos clavados en mí. Había captado la atención de todos los presentes.

¿Qué me obligaría a hacer Regan?

Antes de que tuviera tiempo para pensar, me brotó de las entrañas un rugido hondo y gutural. Sonaba como el león más patético del mundo. O como un dragón.

Los estudiantes estallaron en carcajadas. Vi rostros de altasangres observándome con muecas burlonas, despreciándome como si en el fondo no fuera más que un animal o algo que pudieran limpiarse del zapato al final del día.

La voz del director Kim atravesó la cacofonía de carcajadas con una autoridad gélida. No le había hecho gracia.

—Pongan fin a esto ahora mismo —ordenó—. Quienquiera que sea el responsable de esto, te ordeno que te detengas. Medra Pendragón, bajarás de ahí arriba en este mismo instante.

Y luego apareció en mi cabeza junto con Regan. Por un momento, sentí sus poderes enfrentados: dos voluntades, la de

Regan y la del director, que luchaban por el control de mi cuerpo. Entonces, Regan se retiró. Desapareció tan rápido como había aparecido, sin ser vista, sin previo aviso. La muy cobarde.

El director controlaba ahora mi cuerpo. El mero poder de su autoridad amenazaba con sobrepasarme. Tenía una sensación de ahogo. Me había liberado de unas ataduras para pasar a otras.

Poco a poco me erguí con el cuerpo tenso y rígido. Abajo identifiqué a Theo Drakharrow mirándome con los ojos fuera de las órbitas. Se había acercado al borde de la multitud. Cuando nuestras miradas se encontraron, levantó ligeramente los hombros y movió los labios para formar la palabra: «Perdón».

—Baja ahora mismo, Medra Pendragón —volvió a ordenarme el director. Parecía impaciente—. La Sangre de los Puros te obliga.

Mi cuerpo no podía resistirse. Salté desde la cabeza del dragón hacia los adoquines de abajo.

10
MEDRA

Me desperté con un gemido y abrí los ojos. Me dolía todo. Contemplé el techo sobre mi cabeza. Me resultaba familiar. Azul oscuro, salpicado de estrellas plateadas. Estaba en mi habitación. Traté de incorporarme, pero una mano se me posó en el pecho y me empujó de nuevo hacia abajo con delicadeza.

—Aún no, Medra. Descansa. —Florence. Su voz era dulce.

Conseguí girar la cabeza y mirarla.

—¿Qué pasó?

Se mordió el labio un instante, pensando probablemente en cómo decirme algo malo con el mayor tacto posible.

—El sanador se acaba de ir —dijo al fin—. Se supone que debes guardar reposo, al menos hasta mañana por la mañana. Pasará a verte a las siete de la mañana. Luego, si te dice que puedes levantarte, a las ocho tendrás que ir a ver al director Kim a su despacho.

—Fantástico —refunfuñé.

Florence se puso de pie.

—¿Te duele mucho? El sanador te dejó un té con hierbas para el dolor. Si quieres, puedo darte una dosis, pero te adormecerá.

Me incorporé y me apoyé sobre los codos, ignorando la mirada de preocupación de Florence.

—¿Qué hora es?

—Ya pasan de las diez. Dormiste casi seis horas.

Me sentía como si hubiera dormido mucho más. Me notaba el cuerpo fatal, aunque teniendo en cuenta que había saltado desde una estatua gigante, tampoco tenía derecho a encontrarme mucho mejor.

—El director Kim quiere saber quién te hizo esto —dijo Florence con cautela—. Le dije que no lo sé, pero seguro que te lo volverá a preguntar mañana.

Asentí.

—¿Fue...? —Florence no terminó la frase.

¿De verdad quería saberlo? La miré fijamente a los ojos café oscuro.

—¿Regan? —susurró.

Intenté levantar los hombros, pero no fui capaz y acabé desplomándome de nuevo sobre los cojines.

—A ver, es la primera vez que experimento algo así, pero sí, estoy bastante segura de que fue ella. Me daba la sensación de que era ella. Me sentía... horrible. —Suspiré—. Mira, Florence, creo que deberías irte. En realidad, supongo que ya no tendrías que estar aquí.

Florence compuso una expresión de desconcierto.

—¿Qué quieres decir?

—Pues que está claro que Regan me tiene entre ceja y ceja, y es una chica muy poderosa. Tú misma lo dijiste. No es que me desee precisamente lo mejor y es muy popular en Bloodwing, ¿verdad? Tenerla de enemiga no puede ser bueno, y si te ven conmigo, pensarán que somos amigas...

—Es que somos amigas —contestó Florence.

—No, no lo somos —afirmé—. No tenemos por qué serlo. Todavía no es demasiado tarde para ti, ni para Naveen. Tan solo pueden...

—¿Qué? ¿Echar a correr sin mirar atrás? —Florence mostraba una expresión ofendida, pero me parecía bien; mejor que me odiara si eso la ponía a salvo.

—No, correr no, pero sí buscarse otros amigos. Eres una alumna brillante. Naveen dijo que tenías muchísimo potencial. Creo que no te conviene que te vean conmigo.

Florence frunció el ceño. Era la primera vez que la veía arrugando la cara, y le daba un aspecto sorprendentemente fiero.

—Medra, no pienso irme a ninguna parte. Y Naveen tampoco. No soporto a los acosadores.

Negué con la cabeza, exhausta.

—Y aun así vives en Sangratha.

Guardó silencio un minuto.

—Eso es verdad.

La miré con curiosidad.

—O sea, que después de todo no piensas que aquí todo es perfecto.

—¿Perfecto? —Negó con la cabeza—. La perfección no existe. ¿Sabes lo que tuve que hacer para entrar aquí?

—No. Cuéntamelo.

—Fue un gran esfuerzo. Una lucha. Mi familia y yo crecimos en un pueblo cerca de donde vivía Naveen, pero cuando mi padre murió, nos mudamos a Veilmar. Mi madre era la bibliotecaria de una familia altasangre allí. No podía permitirse pagar un profesor privado y la familia se negó a dejarme estudiar con sus hijos. Mi madre me daba clases cuando tenía tiempo, aunque solía estar siempre cansada. Yo estudiaba los libros que ella sacaba a escondidas de la biblioteca de los altasangres, consciente de que en cualquier momento podría enfrentarse a un castigo por traérmelos. Cuando solicitó el puesto en Bloodwing y lo consiguió, la familia no quería que se fuera. Insistieron en quedarse conmigo como garantía de que ella regresaría para visitarme. Luego decidieron que, con el tiempo, yo podría ocupar el lugar de mi madre. Veían en mí, bueno, potencial... —Florence se ruborizó—. Y sabían que sería más barato que contratar a alguien nuevo, con una formación reglada. No querían que solicitara el acceso a la academia, pero me escapé y me inscribí de todos modos. Cuando solicitas el acceso, nada puede impedirte que te presentes al examen. Y ya les fue imposible hacer nada en cuanto pasé el corte preliminar.

Levantó la cabeza.

—En fin, que sé alguna cosa sobre acosadores, y sobre todo privilegiados.

—Pero yo pensaba que adorabas a los altasangres, Florence —contesté con la mayor delicadeza posible—. Regan incluida.

Ella negó con la cabeza con insistencia.

—No todos son así. La mayoría aprovechan sus poderes para hacer el bien. Es distinto servir a personas que son superiores cuando de verdad lo son.

Me mordí la lengua. No estaba preparada para discutírselo.

—Pero no está bien que se aprovechen de sus poderes como Regan, que usó el tejesclavos contra ti —continuó Florence.

—¿Tejesclavos? ¿Se llama así?

Ella asintió.

—Es una habilidad de coerción muy poderosa, única de los vampiros, claro. Pero es una habilidad como cualquier otra; hay algunos que ya nacen dominándola, pero otros deben entrenar antes de poder utilizarla bien. En el caso de Regan, debe de ser algo innato. Su control sobre ti parecía muy firme.

—Así lo sentía yo, sí —reconocí a regañadientes—. O sea, que todos cuentan con ese tejesclavos. ¿Y pueden usarlo contra ti, o cualquier otro sangrepútrida, cuando les plazca? ¿Y te parece justo?

—También pueden usarlo entre ellos, ocurre a veces. Y no te negaré que hay quien lo usa para maltratar a otros, como Regan. Pero a veces también se utiliza para hacer el bien.

No me imaginaba una situación en que eso fuera posible, pero decidí no preguntar.

—Total —concluyó Florence—, que lord Drakharrow en persona ordenó que asistieras a esta escuela. Lo que hizo Regan va contra los protocolos. Son consortes, se supone que deben trabajar juntas.

Me había olvidado por completo y no me entusiasmó que me lo recordara. ¿Trabajar juntas? Vamos.

—Necesitarás aliados para sobrevivir en Bloodwing, y a mí me honraría ser una de ellos —dijo Florence—. Seguro que Naveen opina lo mismo.

—Es demasiado peligroso, Florence —dije tratando de negar con la cabeza—. Naveen y tú podrían acabar siendo víctimas de acoso por parte de Regan o de alguien como ella, o quizá incluso peor, solo por ser amigos míos. Tal vez sea mejor que siga por mi cuenta. No les conviene tener una diana en la espalda.

—Blake Drakharrow no estaba hoy en el Atrio de los Dragones. —Florence cambió de tema, pensativa—. Quién sabe cómo le caerá cuando se entere de lo que ha hecho Regan.

—Eso si se entera —señalé—. Y aunque se entere, dudo mucho que le importe, Florence. —Opté por ir al grano—. Mira, Blake me dejó muy claro que no me eligió y que no me quiere tener cerca. Seguro que le habría dado lo mismo que me hubiera matado al saltar de la estatua del dragón. Además, Regan y él llevan comprometidos desde niños. Es evidente que le debe lealtad a ella.

—Yo no lo tengo tan claro —contestó Florence negando ligeramente con la cabeza—. He oído cosas.

—Estaba presente cuando Visha me desafió —le recordé—. No hizo nada para impedírselo.

—Y aun así el profesor Sankara apareció poco después —dijo—. Quizá Blake se fue a buscarlo.

Gruñí. No le faltaba razón, pero no quería reconocerlo. Blake había desaparecido al menos durante unos minutos mientras yo luchaba contra Visha, pero quién sabe dónde se había metido. Quizá había ido a beber de un esclavo.

—De acuerdo —cedí—. Puede ser. Y puede que los dragones existan. Uy, espera, pero si no existen...

Florence sonrió levemente.

—Tendrías que descansar. Aunque por el aspecto que tienes, creo que estarás lista para ir a ver al director por la mañana.

Se acercó al buró y comenzó a servir un poco de té en una tacita de porcelana. Olía a lavanda, miel y otras hierbas que no reconocí.

—Supongo que me metí en problemas con el director —dije—. No parecía que le hiciera ilusión que me hubiera subido al dragón.

Florence me miró con empatía.

—No tengo claro por qué quiere verte. A lo mejor solo quiere descubrir quién fue el responsable.

—No puedo creer que haya pasado todo esto en mi primer día en la escuela —refunfuñé.

—Empezaste con el pie izquierdo. Esperemos que el segundo día sea más tranquilo. A lo mejor puedo enseñarte las bibliotecas después de comer. Tengo una hora libre, sin clase. Si estás libre a la misma hora, podemos vernos.

—Me parece genial —contesté con entusiasmo, y luego fruncí el ceño—. A ver si mañana tengo ocasión de comer a mediodía. Me pregunto si volverá a tocarme el profesor Rodríguez.

—Lo que está claro es que tienes que arreglar lo del horario —coincidió Florence—. Con suerte será lo primero que soluciones con el director. Y hablando de la comida, ya se te pasó, pero aquí tienes una bandeja con la cena. El sanador no sabía si te despertarías esta noche o no, o si tendrías hambre, pero...

Me incorporé de golpe, ignorando el dolor de la espalda y los costados. Me había llevado otro buen golpe, innecesario a todas luces, al saltar del dragón.

—Me muero de hambre. ¿Dónde está?

Florence sonrió y me tendió una bandeja de comida. Respiré hondo al ver trozos de ternera y papas bañadas en una salsa de tomate cremosa, pan con mantequilla, un pastelito de pasas y un cuenco con pudín de calabaza especiado.

—Te dejo que comas tranquila y descanses —dijo Florence—. Pero vendré a verte mañana para el desayuno y la comida.

—Me parece bien —respondí con la boca llena de pan mantecoso—. Ah, Florence. Gracias. Por todo.

Cuando se fue, devoré la bandeja de comida, la dejé en el buró y me recosté sobre los cojines. Tenía el pelo hecho una maraña de rizos alrededor de la cara. Sabía que debía levantarme para bañarme y cepillármelo, pero estaba demasiado cansada. Me dolía todo. Ya me lo trenzaría por la mañana. Cerré los ojos, lista para dormir, pero entonces me vino algo a la cabeza que me hizo abrirlos de golpe.

—*Oye, tú. La mujer de mi cabeza* —le espeté—. *Ven aquí. ¿O solo sales cuando no se te quiere y en el peor momento posible?*

Esperé.

—*Eso me dolió* —contestó, pero su tono era afable—. *Vengo cuando me necesitas. Mi única intención es ayudar.*

—*Apareces cuando lo último que necesito son más distracciones.* —Suspiré—. *¿Para ayudarme, dices? Podríamos discutir si hasta ahora me has ayudado alguna vez.*

—*Te he animado a que te ayudes a ti misma* —dijo la mujer con tranquilidad—. *A veces lo único que nos hace falta es un empujoncito.*

—*Hablando de empujones, me gustaría empujarte fuera de mi cabeza. ¿No sabrás por casualidad cómo se hace?*

Una pausa.

—*No lo tengo claro. Tampoco está tan mal, ¿no te parece?*

Resoplé.

—*¿Lo de tener una pasajera en mi propio cerebro? Pues sí, sí está mal. Preferiría un poco de intimidad.*

—*Nos encontramos ante un enigma interesante* —dijo la mujer, pensativa—. *Y no digas que no te he ayudado nunca. Para empezar, te ayudé a llegar aquí.*

Me tocaba a mí hacer una pausa.

—*¿Y eso qué demonios significa?*

—*Oye, oye, esa boca. Que eres de sangre real.*

—*Ya no* —repliqué—. *Y ni mucho menos soy una princesa. Creo que eso es algo que salta a la vista. Y debería estar muerta. Se suponía que estaba muerta. ¿Te refieres a eso?*

Silencio.

—*¿Qué hiciste? ¿Cómo me has «ayudado»?* —insistí.

—*No sé si me gusta tu tono, pero no es ni mucho menos la actitud agradecida con que esperaba que recibieras mi gesto.*

Prácticamente la notaba haciendo pucheros, así que yo tenía razón.

—*¿Quieres decir que esto es cosa tuya? ¿Tú me trajiste a este sitio de alguna forma?*

—*Creo que las palabras que buscas son «¿De verdad me salvaste? ¡Qué maravilla! ¡No puedo creer que haya tenido tanta suerte!».*

Guardé silencio un momento.

—*A lo mejor quería morir. ¿Te has puesto a pensarlo en algún momento?*

—*Patrañas.* —El tono de la mujer era cortante—. *Un absoluto sinsentido. Apenas habías comenzado a existir. No podía permitir que te apagaras tan pronto.*

—*Me conoces* —dije despacio—. *Sabes quién era. Estabas en Aercanum conmigo.*

En Aercanum yo era lo que podía llamarse una niña antinatura. No solo tenía una madre fae y un padre humano, sino que además estaba bendita o maldita (según cómo lo miraras) con un crecimiento acelerado. A las pocas semanas de haber nacido ya caminaba. Al cabo de unos meses, hablaba. Así que la mujer tenía razón; solo había existido durante un breve periodo de tiempo.

—*Gracias por recordarme que soy una absoluta aberración de la naturaleza* —añadí con amargura.

—*No eres una aberración. Eres preciosa* —me reprochó—. *Eres perfecta. No permitas jamás que nadie te diga lo contrario.*

Me quedé paralizada mentalmente.

—*¿Se puede saber quién eres? ¿Y por qué estás tan vinculada a mí? Dices que me has salvado la vida, pero ¿por qué? ¿Por qué a mí? ¿Por qué haces todo esto por mí y por qué estás en mi cabeza?*

—*Puede que simplemente resultes una jovencita muy valiosa* —dijo esquivando la respuesta—. *De todas formas, tienes razón con que no le ofrezco mi ayuda a cualquiera.*

—*Eso último te lo creo* —contesté con sequedad—. *Dame una respuesta clara, por favor.*

Otra pausa.

—*Bueno, a mí me parece que es bastante obvio. De hecho, me sorprende que no lo hayas deducido a estas alturas.*

—*¿Sí?* —la presioné.

—*Solo hay una persona en este mundo que se tomaría tantas molestias por ti. Soy tu madre.*

11
MEDRA

—*El fantasma de mi madre muerta se me está paseando por la cabeza* —pensé furiosa de camino al despacho del director.

—*De muerta nada* —me corrigió la mujer—. *¿Acaso no te estoy hablando ahora mismo? Digamos que estoy... en el medio.*

Externamente, puse los ojos en blanco.

—*O sea, medio muerta.*

Morcadés. Así se llamaba. Morcadés le Fay. Y luego Morcadés Pendragón, después de casarse con Arturo, mi padre. Supongo que debería empezar a pensar en ella así.

—*Por lo visto, me esparcí cuando morí al darte a luz* —continuó Morcadés—. *Pero mi alma no se había ido del todo de Aercanum. Cuando moriste, o, mejor dicho, cuando en teoría deberías haber muerto, te encontré...*

—*Y te me metiste en la cabeza* —dije con frialdad.

—*Una parte de mi alma se introdujo en ti para protegerte* —especificó—. *Ni siquiera fue algo consciente. Pude ayudarte a transportarte de un mundo a otro, con tu alma y cuerpo intactos.* —Una pausa—. *Sigo sin tener claro cómo lo hice exactamente. Pero fue un hito asombroso. Dudo que haya muchas personas que hayan logrado algo similar.*

Casi la notaba pavoneándose.

—*¿No podrías haber elegido mi mundo?* —protesté sin miramientos—. *¿No podrías haberme devuelto allí sin más, donde estaban mis amigos y mi familia?*

—*Pues no. Si hubiera sido tan fácil, lo habría hecho. Piensa en tu alma como una bola fuera de control que se precipita hacia el peligro, hacia la nada. Te sujeté y, bueno, te lancé lejos del peligro. Pero no tuve ocasión de calcular con exactitud dónde aterrizarías.*

—*Una bola fuera de control* —gruñí—. *Ya veo. Qué bonito pensar así de tu hija.*

—*Ay, qué remilgada eres.* —Casi podía imaginármela agitando una mano fae con una manicura perfecta—. *Una bola, una flor. Puedes imaginarte como te dé la gana, pero la cuestión es que era imposible controlarte. Recuerda que era la primera vez que afrontaba algo así. Hice lo que pude. Lo mejor que supe.*

Debía reconocer que no le faltaba razón.

—*Está bien.* —Carraspeé mentalmente—. *Bueno, en ese caso... Gracias. Aunque habría sido mucho mejor que hubieras elegido un mundo sin vampiros* —no pude evitar añadir.

—*Sí, desde luego* —contestó pensativa—. *Pero, por supuesto, yo no tenía ni idea de que habría vampiros aquí. Quizá deberías tomártelo como un desafío fascinante.*

—*¿Un desafío?* —Entorné los ojos con expresión amenazadora, y un estudiante que venía hacia mí dejó escapar un chillido alarmado y se apartó de un salto.

—*Sobrevivirás y prosperarás. No me cabe la menor duda. Pero primero tienes que orientarte. Y hacerte amiga de esa otra chica, la poderosa.*

—*¿Regan?* —Me reí con desdén—. *No, olvídalo.*

—*Si te la pudieras ganar, sería una aliada formidable. Y, al fin y al cabo, vais a compartir a un...*

—No, no, no. No te permito que sigas. No compartiremos nada. Cero. —Me vino una idea a la cabeza—. *Por los dioses, tengo que sacarte de mi cabeza cuanto antes.*

—Ahora te das cuenta, ¿eh? —Sonaba empática—. *Te prometo que no estaré presente si llegara a pasar algo entre tú y..., bueno, cualquier otra persona. Cuando te pongas romántica.*

Se me revolvió el estómago.

—De una vez te digo yo que no, porque vamos a ponerle fin a esta situación desconcertante lo antes posible.

Ella suspiró.

—Medra, no seas tonta. Soy tu madre. No tengo ningún interés en... Bueno, en eso. En ser una mirona. Simplemente me alegraré por ti cuando llegué ese delicioso momento.

—Creo que deberíamos dejar de hablar del tema —dije—. *O no hablarlo nunca más. En la vida. Ahora dime cómo te saco de ahí.*

—Pues no lo tengo claro. Tal vez sea imposible.

Frené en seco y una chica que caminaba detrás de mí chocó conmigo.

—Tiene que haber alguna forma —susurré para mis adentros después de pedirle disculpas a la muchacha—. *Siempre hay una forma. ¿Acaso no lo has demostrado al rescatarme del borde de la muerte? ¿Y traer parte de tu alma conmigo? Todo esto debería ser imposible, y aquí estamos.*

—¿Por qué no lo dejamos como está un tiempo? Formaríamos un equipo magnífico —contestó—. *Podrías aprovechar mi sabiduría.*

—Preferiría aprovecharla de otra manera. Si puede ser, sin tenerte metida en la cabeza —dije apretando la boca.

—De acuerdo, tú ganas. —Suspiró con tristeza—. *Supongo que podrías empezar por consultar algún libro antiguo. O preguntarle a alguna persona sabia.*

—*¿Un libro? ¿Una persona sabia? Me parece que has leído demasiados cuentos de hadas.* —Notaba como me invadía el pánico—. *¿No se te ocurre nada más?*

—*¿De verdad esperabas que pudiera darte una respuesta? Ya te dije que ni siquiera sé si es posible* —me recordó.

—*Empezar por los libros no es mala idea* —reconocí a regañadientes.

Bloodwing debía de tener una biblioteca espléndida. Tal vez la respuesta me esperara allí. ¿De verdad podía ser tan fácil?

Doblé otra esquina, llena de ventanales en arco con vistas al mar. Era un día tranquilo. Soplaba una suave brisa otoñal que arrastraba un ligero aroma a sal.

—*No me habría imaginado jamás que te conocería así* —dije.

—*Supongo que ya somos dos* —respondió Morcadés—. *Pero me alegro de haber tenido la oportunidad, por muy extrañas que sean las circunstancias. Hija mía.*

Me quedé callada un momento, y no porque no tuviera nada que decir, sino porque de repente los ojos se me llenaron de lágrimas. Ella había muerto al darme a luz.

Aún recordaba la primera vez que mi mentora, Odessa, me había dicho cuáles habían sido las últimas palabras de mi madre. Morcadés se había referido a mí como lo más hermoso que había visto en su vida. Y, considerando que ella, como alta fae, había tenido una vida increíblemente larga, no era poca cosa.

—*Yo también* —dije al fin.

Me detuve. Había llegado al despacho del director y no había nadie fuera. Toqué la puerta.

—Adelante. —Me sorprendió oír una voz de mujer.

Abrí la pesada puerta de roble y entré en una antesala. La estancia estaba amueblada con austeridad y meticulosamente ordenada. Una atractiva mujer sangrepútrida se sentaba tras un escritorio de caoba. Tenía una piel café oscuro impoluta, y los labios pintados de un carmín intenso. Era joven, quizá unos pocos años mayor que yo. Sus ojos transmitían calma, o incluso ausencia, como si estuviera desconectada de lo que la rodeaba. Me fijé en que tenía una zona enrojecida en un lado del cuello. Dos agujeritos diminutos, apenas perceptibles a no ser que los buscaras. Marcas de colmillos.

En ese instante caí en cuenta: el director se acababa de alimentar de ella. No era simplemente la secretaria de la escuela; era su sierva.

La joven señaló la puerta a su espalda.

—Te está esperando. Puedes pasar.

Asentí. De camino a la puerta, la vista se me fue a la pared más alejada. Estaba decorada con seis retratos pintados, sobre los cuales habían colgado un cartel que rezaba en letras doradas: EQUIPO DIRECTIVO DE BLOODWING. Leí en diagonal los nombres de las placas que había debajo de cada cuadro, pero solo uno me resultaba familiar: Natsumi Avari. ¿Sería la madre de Kage Tanaka? Le enmarcaba el rostro una melena rubio platino y tenía los ojos negros y rasgados; hermosos pero severos. Su expresión irradiaba una elegancia fría, como si percibiera todos los detalles y no hubiera nada que la impresionara.

Me di la vuelta y abrí la puerta del despacho interior. El director Kim estaba sentado detrás de un escritorio de madera tallada. Los cuatro pedestales que lo sostenían representaban, de una forma bastante grotesca a mi parecer, a cuatro mujeres desnudas que, con el rostro en éxtasis, se lamían la sangre de los labios. La madera era oscura y la habían pulido para que reluciera.

—Pendragón. Siéntate, por favor —me ordenó el director Kim con voz gélida.

Sentí el peso de sus ojos sobre mí cuando lo obedecí y tomé asiento en una de las dos sillas de madera lisa que habían dispuesto delante de la mesa.

El director, ataviado con una túnica negra ribeteada de rojo, me miró de arriba abajo. Intenté aparentar indiferencia, pero en el fondo estaba hecha un manojo de nervios. La secretaria y los relieves de los pedestales eran de las señales de vampirismo más descaradas que me había encontrado en la escuela, y para colmo en el despacho del director. Habría mentido si hubiera dicho que no me asustaban. Al fin y al cabo, el día anterior aquel hombre se me había metido en la cabeza. Por mucho que hubiera sido para intentar detener a Regan y que yo no quedara como una absoluta idiota, el hecho era que me había invadido con suma facilidad.

El director apoyó las manos en la mesa.

—Entiendo que tuviste un primer día bastante interesante en la academia.

—Podría decirse que sí —respondí—. Lo que es innegable es que quedé en ridículo en varios sentidos.

Me sorprendió con una media sonrisa.

—¿Te gustaría contarme quién es el responsable de esos percances?

Permanecí en silencio.

—No me cabe duda de que tienes alguna idea de quién saboteó tu horario —me animó—. O al menos de quién te tejesclavizó durante el discurso de bienvenida.

Lo miré a los ojos.

—Para nada. No tengo ni idea. —Levanté los hombros y me recosté en la silla—. De todas formas, ¿qué más da?

Él arqueó las cejas.

—Me sorprende que no quieras vengarte.

—Uy, yo no dije eso. —Sonreí con calma—. Pero ¿no es ese el objetivo de Bloodwing? ¿Que seamos despiadados? Presté atención a su discurso. Según lo veo yo, quienquiera que me saboteara ayer estaba haciendo justo lo que usted le enseñó.

—Bueno, es una manera de verlo. Eres un espécimen la mar de curioso, Pendragón. Pocos sangrepútridas ven a los vampiros con tanta claridad cuando llegan aquí. La mayoría tienen unas nociones bastante idealizadas de cómo es la vida de un altasangre.

—Seguro que sí, pero es que yo no crecí idolatrando a los vampiros. Supongo que por eso puedo verlos exactamente como son —dije.

El director Kim se inclinó hacia delante.

—¿Y cómo somos?

Nos sostuvimos la mirada.

—Poderosos —contesté al fin.

El director Kim abrió la boca, pero no llegué a descubrir lo que me habría respondido, pues en ese preciso instante la puerta se abrió y el profesor Sankara entró en el despacho haciendo ondear una túnica de un morado intenso.

—Siento llegar tarde, director. —El hombre, alto y oscuro, se rascó la barbilla apesadumbrado—. Ya sabes que no soy buen madrugador. —Se volvió hacia mí y sonrió—. Pendragón. Me alegro de volver a verte.

No pude evitar devolverle la sonrisa.

Sebastian Sankara era un vampiro como el director Kim, sí, y sin embargo había algo que los diferenciaba.

A pesar de que el maestro de combate hubiera sido testigo de cómo Visha me aporreaba la cabeza contra el suelo solo para comprobar hasta dónde sería capaz de llegar, me di cuenta de que estaba a punto de perdonarlo. A fin de cuentas, Odessa también había sido una maestra estricta. No tan brutal, pero me daba la impresión de que habría aprobado casi todos los métodos de Sankara. ¿O acaso era esa la perversidad de Bloodwing, que tanta brutalidad entre estudiantes me empezara a resultar aceptable?

—Gracias por reunirte con nosotros, Sebastian. Llegó a mis oídos que tienes algunas ideas sobre el futuro programa académico de Pendragón —dijo el director Kim.

—En efecto. Por mucho que a Medra le pusieran Armamento Avanzado en el horario para tomarle el pelo, no hubo nada de gracioso en cómo derrotó a Visha Vaidya en mi clase ayer —dijo el profesor Sankara sin rodeos—. Deberías permitirle que continuara en la asignatura.

El director Kim levantó las cejas.

—Es una asignatura de segundo.

—Sí, y ya sabes lo selectivo que soy, solo admito a los estudiantes más espléndidos. Solo altasangres, y solo a aquellos con potencial para convertirse en verdaderos guerreros. —Sankara se volvió hacia mí, y entonces caí en cuenta de que el día anterior no había visto a Regan en la clase. ¿Significaba eso que no tenía madera de guerrera? ¿O simplemente estaría en otra sección?—. Pero esta muchacha tiene algo. Lord Drakharrow no se equivocó al enviarla aquí. Jamás había visto a una luchadora sangrepútrida tan magnífica, tanto con la lanza como con los puños.

Lo miré boquiabierta, y una sensación cálida me inundó la barriga. Hacía mucho tiempo que no oía un elogio así. Y qué bien se sentía, carajo.

—Tú mismo lo dijiste: es sangrepútrida —insistió el director—. No es altasangre. Las normas son las normas.

—Tal como le expliqué a Medra ayer, los jinetes de dragón solían entrenar con los guerreros altasangres. No tenían otra opción; debían luchar codo con codo. Y, bueno, si pretendemos que esta jovencita tenga alguna oportunidad de hacer lo mismo algún día, deberíamos ayudarla a despuntar en todo lo posible.

—Puede que se te haya pasado por alto, Sebastian —dijo el director con calma—. Pero Pendragón no tiene dragón. ¿Cómo podría llegar a luchar junto con los altasangres?

Sankara levantó los hombros.

—No fui yo el que la envió a la academia. Esa decisión no me competía. Pero dudo que Pendragón quiera quedarse de brazos cruzados. Tenga o no dragón, dale algo que hacer. Algo a lo que aspirar. —Se volvió hacia mí—. Medra, quieres llegar a luchar mano a mano con los altasangres algún día, ¿verdad?

¿Luchar mano a mano con los altasangres? No. ¿Luchar contra los altasangres? Maldita sea, no veía el momento. Y para ello necesitaba saber lo mismo que ellos. Necesitaba ser lo más fuerte posible. Aceptaría cualquier tipo de entrenamiento que me ofrecieran.

—Por supuesto —mentí—. Sí. No me imagino nada mejor. —Me volví hacia el director e intenté aparentar toda la candidez y el entusiasmo posibles—. Por favor, director. Aunque no cuente con un dragón, por mis venas corre sangre de jinetes. Y mi sangre clama que luche. Aprovéchenme. Déjenme ser una estudiante de la que esta escuela pueda sentirse orgullosa. Al fin y al cabo, fue el mismísimo lord Drakharrow quien me envió aquí. Seguro que quiere que aprenda todo lo posible, ¿no le parece?

Si el director Kim estaba preparándose para rechazar la propuesta de Sankara, fue como si la mención de lord Drakharrow lo hiciera cambiar de idea.

Frunció el ceño.

—Está bien. Pendragón puede continuar en la asignatura de Armamento Avanzado de manera oficial. Pero aun así deberá completar el entrenamiento de combate básico con el resto de los estudiantes sangrepútridas. No está eximida.

—Me parece bien —contestó deprisa el profesor Sankara—. Hablamos de una asignatura de armas ligeras y combate cuerpo a cuerpo. Será un contrapunto interesante. Debería practicar todo lo posible. —Y, dirigiéndose a mí, añadió—: Puede que algunos días acabes agotada. Entrenarás con ahínco. Dos horas de clase de combate casi todos los días a medida que avance el trimestre. Y a veces más, si algún día te pido que te quedes un rato. Pero no te importa, ¿verdad?

Negué con la cabeza.

—En absoluto. Me gusta irme a la cama hecha polvo. Significa que me esforcé al máximo.

Era verdad, en cierto modo. Cuanto más agotada estuviera, menos tiempo tendría para compadecerme de mí misma, para añorar el mundo que había dejado atrás y pensar en las personas que no volvería a ver jamás. Prefería irme a dormir con sangre en la nariz, sucia y exhausta que estar en vela, inquieta, dándoles vueltas a cosas que no tenía forma de cambiar.

O, peor, charlando con mi madre.

—*Sigo aquí; lo sabes, ¿no?* —me recordó, pero la ignoré.

De pronto se oyeron voces airadas fuera del despacho. La puerta se abrió por segunda vez, aunque con tanta fuerza que chocó contra la pared. El profesor Sankara y yo nos dimos la vuelta para ver quién había venido.

El profesor Rodríguez apareció en el umbral, respirando con dificultad y con la bolsa de cuero balanceándose sin freno a su lado. Tenía el pelo incluso más descuidado que el día anterior; parecía que llevaba una semana sin peinarse. Sus pantalones tenían aún más parches. Concluí que Rodríguez necesitaba que le subieran el sueldo. Tal vez los profesores sangrepútridas no cobraran tanto como los altasangres. ¿Sería ese el problema?

—Buenos días, Gabriel. ¿A qué viene tanta urgencia? ¿Qué necesitas? —le preguntó el director con frialdad. Saltaba a la vista que la interrupción no lo había sorprendido.

—Como ya intenté explicarle a tu secretaria, director, yo también tengo algo que aportar a esta reunión —anunció el profesor Rodríguez; no parecía que lo hubiera afectado la recepción tibia del director Kim.

Rodríguez pareció fijarse por primera vez en que el profesor Sankara estaba sentado a mi lado. Los dos hombres intercambiaron las miradas y, por un brevísimo instante, algo pasó entre ellos. La expresión fiera del profesor Rodríguez se suavizó de forma casi inapreciable, y un toque de color le tiñó las mejillas.

Se aclaró la garganta.

—Lo siento, no me había dado cuenta de que Sebastian ya estaba aquí. —Luego frunció el ceño—. Bueno, en realidad, si invitaste a Sankara, no tengo claro por qué a mí no.

—El profesor Sankara tenía unas sugerencias relevantes sobre las asignaturas de Pendragón —respondió el director, tratando claramente de no perder la calma—. Como ves, no todos los profesores de Pendragón están presentes. La profesora Hassan está ausente, por ejemplo. Estamos arreglando el programa académico de Pendragón y no me pareció que tuvieran que asistir a esta reunión todos los profesores de Bloodwing.

—Y haces bien —dijo Rodríguez—. Lo de arreglarlo, quiero decir. Y ahí es donde entro yo. Ayer por la tarde todos fuimos testigos de la pequeña debacle de Pendragón, ¿verdad? O llegó a nuestros oídos.

Me ruboricé. Sin duda la escuela entera se pasaría el día hablando del tema y riéndose en mi cara.

—Son muchos los estudiantes a los que tejesclavizan inadecuadamente de cuando en cuando, Rodríguez. —El director Kim le quitó importancia a la cuestión con un gesto de la mano—. Una broma infantil. Si esa es la razón de que estés aquí...

—No es solo por eso —lo interrumpió Rodríguez—. Aunque, por lo que vi, es un milagro que Pendragón no se matara. Tú también te metiste en su cabeza, ¿verdad, Kim? Para tratar de detener a quienquiera que la estuviera utilizando y que bajara de inmediato. Y luego saltó desde la cabeza del dragón.

El director Kim guardó silencio.

—Lo que pensaba —dijo Rodríguez satisfecho—. Es una persona vulnerable hasta el absurdo. Un peligro para sí misma y para otros. ¿De verdad pretendes que tu única pupila jinete de dragón se mate porque algún estudiante altasangre celoso se lo ordene? Seguro que a Viktor Drakharrow le encantaría enterarse de que la consorte de su sobrino falleció durante la primera semana del curso.

Noté que el director comenzaba a inquietarse.

—Y no me digas que da lo mismo porque no hay dragones —añadió Rodríguez antes de que el director pudiera defenderse—. Todos sabemos que Viktor...

—Lord Drakharrow —lo interrumpió el director.

—Sí, eso. Lord Drakharrow. Todos sabemos que lord Drakharrow está obsesionado con traer de vuelta a los dragones. Se niega a aceptar que hayan desaparecido para siempre. Y ahora que se presentó esta muchacha no me cabe duda de que no se tomaría nada bien perderla al poco de encontrarla. —Rodríguez detuvo su diatriba, aún respirando con dificultad—. A todo esto, ¿se enteró ya? Lord Drakharrow, quiero decir. De lo de que Pendragón haya acabado con lesiones tan serias en su primer día.

—En mi clase no sufrió ninguna lesión grave, Gabriel —se defendió el profesor Sankara ceñudo—. En Armamento Avanzado son habituales algunas lesiones leves. —Pensé en mis costillas y nariz rotas, pero no dije nada—. Dio la talla.

—¿En serio, Sebastian? —Rodríguez enarcó una ceja negra—. No esperaba evasivas también de tu parte. Según tengo entendido, a Pendragón le rompieron la nariz y Blake Drakharrow tuvo que escoltarla por los pasillos para que los altasangres de primero no se le echaran encima y se dieran un banquete con ella.

—Blake Drakharrow es su prometido. ¿Quién si no tendría que haberla escoltado? —preguntó Sankara ofendido.

Rodríguez se volvió hacia mí. Era la última persona que habría considerado mi aliada. Y, sin embargo..., ahí estaba. Se me hacía raro.

—¿Cómo podría ayudarme, profesor? —pregunté, hablando por primera vez desde que él había llegado—. Creía que era imposible contrarrestar el tejesclavos.

—Ahí es donde te equivocas —contestó Rodríguez triunfal—. Todo hechizo tiene un contrahechizo. Y el tejesclavos, por mucho que se considere una magia vampírica innata, sigue siendo un hechizo. Aunque suela creerse que es específica de la especie, de hecho, no lo es. Los altasangres no son los únicos que pueden dominar el tejesclavos...

—¿Dices que los sangrepútridas pueden tejesclavizar? —lo interrumpió el director con gesto de incredulidad—. Imposible.

—De imposible nada. Con diligencia y esfuerzo, es posible. Aunque debo reconocer que son muy pocos los mortales que cuentan con la aptitud necesaria para una magia así —respondió Rodríguez—. De hecho, antes impartíamos esa asignatura. Se ofrecía a altasangres y a una selección de sangrepútridas. Tejesclavos de segundo nivel, creo que se llamaba.

—Y supongo que tú eres uno de ellos, ¿verdad, Gabriel? —El interés del profesor Sankara parecía sincero—. ¿Dominas el tejesclavos? Impresionante, aunque no esperaba menos de ti, claro está.

El profesor Rodríguez se ruborizó ligeramente por encima del cuello raído.

—No lo domino, no. En realidad, no. —Me dio la clara impresión de que mentía—. Pero tengo experiencia con lo contrario. El guardaesclavos.

—¿El guardaesclavos? —solté, incapaz de contener mi emoción—. ¿Es eso lo que parece?

—Es una defensa contra el tejesclavos. —Se volvió hacia el director—. Para la que todos los jinetes de dragón recibían un entrenamiento avanzado.

—De eso hace ya mucho tiempo —contestó el director.

—Cierto, pero seguro que a lord Drakharrow le gustaría que su mascota jinete —me enervé, pero no dije nada— contara con las mismas oportunidades educativas que los jinetes de antaño —dijo Rodríguez.

—¿Te estás ofreciendo a enseñar a Pendragón este hechizo guardaesclavos? —preguntó el director—. El profesor Sankara arguyó con éxito que debería continuar en su asignatura de Armamento Avanzado. Con eso, sumado a sus asignaturas comunes y periodos de estudio, me temo que Pendragón ya tiene demasiado entre manos.

—Aceptaría otra asignatura con gusto, director —me apresuré a decir—. Tal vez podría cambiarla por otra de mis asignaturas no tan apropiadas, como Restauración. O quizá podría aprender durante la comida o cuando termine las clases. Me esforzaré cuanto sea necesario. Lo prometo.

—Yo la veo bastante entusiasmada, director —dijo Sankara con una sonrisa—. Y no me sorprende: si hay una estudiante ahí fuera tan decidida a hacerle daño como para obligarla a trepar por uno de los dragones durante tu discurso, ¿quién sabe lo que podría intentar a continuación? Tal vez Rodríguez tenga razón y no sea tan mala idea. Tan solo un poco inusual.

—Inusual, sin duda, pero no sería mi primera pupila —apuntó Rodríguez sin perder un instante.

—Tu prioridad y deber es impartir las asignaturas que se te asignaron, Gabriel —le recordó el director con frialdad—, no entregarte a tus proyectos personales.

Rodríguez se sonrojó.

—Por supuesto. Y eso hago. Pero las normas de la escuela estipulan que un profesor tiene derecho a organizar lecciones privadas. Y se las ofrezco a una selección de pupilos. Tal vez les sorprenda saber que, hasta ahora, todos han sido altasangres.

Vi como el profesor Sankara y el director intercambiaban miradas.

—No tanto como piensas —mascullό el director al fin.

—Supongo que tiene sentido que algunos de nuestros estudiantes de élite deseen ser capaces de protegerse contra el tejesclavos —coincidió Sankara—. A fin de cuentas, el enemigo más peligroso de un altasangre es otro altasangre.

El corazón se me aceleró. Parecía que las lecciones privadas de aquel «guardaesclavos» solo podían permitírselas los estudiantes altasangres de la élite. Y también parecía que el profesor Rodríguez era uno de los pocos no vampiros capaces de enseñarlo, si es que no era el único de toda la escuela. Me pregunté cómo habría acabado dominando tanto el guardaesclavos, pero no quería preguntárselo delante del director Kim.

—Paranoias —dijo el director con desdén—. Los altasangres raramente recurren al tejesclavos contra otros de su raza. La mayor parte de las veces ni siquiera funciona.

—No, pero cuando sí funciona... —Sankara levantó los hombros—. Cuando las grandes casas han estado en guerra entre sí, contar con un altasangre de otra casa podía ser lo que revirtiera la situación y la diferencia entre la victoria o la derrota. Los altasangres esclavizados son unos espías magníficos.

—Igual que los jinetes tejesclavizados —apuntó Rodríguez—. Y Pendragón es la única jinete que existe. La única con sangre de jinete en Sangratha. ¿Y si una de las grandes casas tratara de llevársela de Bloodwing? Ya sabes que lord Drakharrow tiene muchos enemigos.

El director Kim y el profesor Sankara intercambiaron otra mirada.

—No te falta razón —concluyó el director—. Muy bien. Puedes formarla en este arte. Te doy mi beneplácito.

Sentí el impulso de aplaudir, pero me contuve. ¿Aprender a bloquear a Regan y sus ataques coercitivos? Sí, por favor. Quizá, con el tiempo, incluso podría descubrir cómo enseñarles aquella habilidad a otros estudiantes, como Florence y Naveen.

—Excelente. Tomaste la decisión correcta. Parece que Pendragón aprende rápido, seguro que se pone al día en un santiamén. Y entonces su vida correrá mucho menos peligro en Bloodwing. Al fin y al cabo, queremos que pueda competir con los estudiantes altasangres, ¿verdad? —preguntó el profesor Rodríguez con seguridad.

Lo miré y enarqué una ceja. ¿De verdad estaba elogiándome después de que se había enojado conmigo el día anterior? Daba lo mismo; agradecía que se hubiera presentado para ofrecer algo así.

Durante la media hora siguiente, terminamos el resto de mi horario. Luego el director Kim se puso de pie.

—Me espera una reunión con miembros de la directiva en unos minutos. Me temo que vamos a tener que dejarlo aquí.

—Sin problema —dijo el profesor Sankara—. Pendragón, te veo en nuestra próxima clase.

Salió del despacho haciendo ondear tras él la larga túnica morada.

—Acompañaré a Pendragón al comedor —se ofreció el profesor Rodríguez—. Aún están sirviendo el desayuno; que tome algo antes de la próxima clase y concretaremos un día para comenzar con su formación.

—Pediré que te manden el horario actualizado más tarde, esta misma mañana —me dijo el director Kim de camino a la puerta.

Seguí al profesor Rodríguez hasta el pasillo. Ahora que ya pasaban de las ocho y media, los corredores estaban llenos de estudiantes que se dirigían al comedor o que querían llegar temprano a sus aulas.

—¿Qué es lo que pasó? —pregunté después de alejarnos unos metros del despacho del director.

Rodríguez me miró de reojo.

—¿A qué te refieres?

—O sea... —Intenté encontrar las palabras adecuadas—. Ayer se puso hecho una furia conmigo, y de repente aparece aquí para salvarme. No entiendo nada.

Él frunció el ceño.

—Aunque tenga mis reservas contigo, no significa que quiera que te lastimen.

—Qué amable. —Me arriesgué a poner los ojos en blanco—. ¿Eso significa que aún tengo que hacer el trabajo?

Aquello pareció hacerle gracia.

—Sí.

—Pero ¿opina que lo que me hizo Regan estuvo mal?

—De modo que la culpable sí fue Pansera. Interesante. Ya lo sospechaba.

—Mierda —musité—. No pretendía decírselo.

Se volvió hacia mí.

—¿Se lo contaste al director?

Negué con la cabeza.

—¿De qué serviría? Dudo mucho que tenga consecuencias para ella. Es altasangre, ¿no? ¿Acaso llegan a castigarlos alguna vez?

A Rodríguez aquello pareció divertirle bastante.

—Te pusiste al día muy rápido teniendo en cuenta que llegaste ayer. —Apretó los labios—. Así que fue también Pansera la que te dijo que me preguntaras por los dragones y los sanadores, ¿eh?

—Mierda —repetí—. Por favor, no se lo diga a nadie. Salta a la vista que usted ya estaba al tanto de que es una cabrona de cuidado. Mire, solo quiero pasar la página. Si tengo que hacer el trabajo y ordenar el almacén, me parece bien. Lo entiendo.

—Tienes que hacer el trabajo porque aprenderás cosas que debes saber. Y en cuanto al almacén... —Rodríguez se pasó las manos por el pelo—. Puede que a partir de ahora no te dé tiempo —reconoció—. Ya veremos. En cualquier caso, ya tiene mejor aspecto que antes.

—¿Es verdad que enseña a otros altasangres a protegerse del tejesclavos? —pregunté curiosa.

—Sí, es verdad —respondió—. Pero no muchos saben que lo ofrezco, y por eso son pocos los que me lo piden. Y me gustaría que siguiera siendo así. Preferiría que no divulgaras esa información.

—Lo comprendo. —Vacilé, y luego añadí—: Le agradezco muchísimo que se haya ofrecido a enseñarme. Cuando se me metió en la cabeza... fue horrible.

—Es una violación grotesca, eso es lo que es. Algo que jamás debería utilizarse, y menos entre estudiantes. Pero en Bloodwing se permite. Se hacen de la vista gorda cuando al que humillan es un estudiante sangrepútrida. —Rodríguez negó con la cabeza enojado—. Normalmente los altasangres se controlan, hasta cierto punto. Pero todos los años...

Hizo una pausa cuando pasamos al lado de unos estudiantes de primero que charlaban.

—¿Qué pasa todos los años? —insistí en cuanto se fueron.

El rostro se le endureció.

—Que todos los años muere alguien.

12
MEDRA

No me tomó del todo por sorpresa que los altasangres a veces mataran a estudiantes sangrepútridas. Sinceramente, sentí cierto alivio al saber que tampoco era algo diario. Sin embargo, sí ponía en perspectiva lo terrible que podría haber sido el día anterior cuando salté del dragón de piedra. Si hubiera muerto, habría sido poco más que un inconveniente. Algo esperable, hasta cierto punto.

El profesor Rodríguez me dejó en la entrada del comedor. Quedaban todavía algunos estudiantes, sentados a las largas mesas, comiendo y charlando. No vi a ningún miembro de la pandilla de Blake y Regan, de lo cual me alegré.

Tomé una taza de kava humeante, le eché tres cucharaditas de azúcar y un poco de crema de leche, me senté al final de una mesa, y me serví comida de las bandejas del desayuno, aún casi llenas. No había ni rastro de Florence o Naveen; seguramente ya se habían ido a clase.

Esa vez, cuando las campanas de Bloodwing tañeron, yo estaba lista. Florence me había dicho que tocaban una campana de aviso con cinco minutos de antelación antes del comienzo de cada clase. Ese día estaba en el pasillo de camino a Historia de Sangratha incluso antes de que sonara. Me había memorizado mi nuevo horario, pero me lo había guardado en el bolsillo por si acaso. El día sería algo diferente en más de un sentido. El director Kim me había dejado de momento en el horario las asignaturas de Restauración y Alquimia después de que el profesor Rodríguez le dijera que sería buena idea que aprendiera lo básico, aunque no estaba del todo seguro de que yo llegara a demostrar alguna aptitud para la sanación.

De todas formas, creía que podía equivocarse. La alquimia, por ejemplo, parecía basarse más en la mezcla y preparación de pociones siguiendo unas cantidades exactas que en un talento innato o habilidad arcana. A ver, no había horneado un pastel ni mezclado los ingredientes de una receta en mi vida, pero ¿a qué niño no le gusta fingir que está haciendo «pociones» en la tina o en el jardín con un poco de lodo? La alquimia parecía interesante y posiblemente divertida. Y además estaba relacionada con la Herbología, que se les ofrecía a los estudiantes más avanzados. Sabía que Florence quería asistir a esa asignatura y yo planeaba pegarme a ella todo lo posible, así que tenía la esperanza de poder inscribirme también.

Los de primero solo tenían cuatro clases al día, pero algunas se alternaban. Ese día, después de la comida, tenía Armamento Avanzado seguido de mi nueva clase, Combate Básico para Sangrepútridas. Pero por lo visto había días en que tenía Combate Básico o Armamento Avanzado, no las dos. En lugar de una de ellas me habían asignado un tiempo libre que supuestamente debía dedicar a investigar y estudiar.

La primera mitad del día se me pasó rápido. Esa vez asistí a Historia de Sangratha con la cabeza baja. Casi de forma literal. Me centré en tomar apuntes del pizarrón lo más rápido posible. Luego, Florence, Naveen y yo nos fuimos a toda prisa a Restauración y Alquimia, donde el profesor Rodríguez se comportó como si el día anterior no hubiera estado a punto de arrancarme la cabeza. En lugar de obligarme a quedarme ordenando el almacén durante la comida, planificamos mi primera sesión de aprendizaje del guardaesclavos para el día siguiente. Después, para mi sorpresa y alivio, permitió que me fuera a comer algo, no sin antes recordarme que esperaba que aprovechara todas mis horas de estudio y tiempo libre para el trabajo sobre los dragones. No me habría importado si no hubiera necesitado esas horas para el asunto más apremiante de sacarme a mi madre de la cabeza. Aunque eso no se lo dije, claro.

Para cuando llegué a Armamento Avanzado después de la comida, estaba bastante satisfecha con cómo avanzaba el día. Había conseguido llegar al mediodía sin que nadie intentara matarme ni chuparme la sangre, y aún no había visto ni a Regan, ni a Blake ni a ninguno de los de su calaña, lo que cambió cuando entré en la clase del profesor Sankara. El cielo estaba encapotado. Igual que el día anterior, el aire del patio estaba cargado de olor a sudor y metal. Varios estudiantes habían llegado temprano. Algunos entrenaban por parejas, mientras que otros practicaban con muñecos de madera o hacían ejercicios con las armas en mano. Se oyó un gruñido estridente desde un rincón del patio y los ojos se me fueron al lugar en que Blake Drakharrow atacaba sin piedad un costal que colgaba de una gruesa cadena de hierro.

Iba sin camisa. Su cuerpo esbelto y musculoso estaba cubierto por una fina capa de sudor, producto del entrenamiento. El costal oscilaba con cada puñetazo brutal que le propinaba y la superficie se abollaba con la fuerza de sus ataques. El cabello rubio pálido se le pegaba a la frente y le otorgaba un aspecto salvaje e indómito.

Tragué saliva con dificultad. Era la primera vez que lo veía sin camisa. La primera vez que contemplaba la tinta negra que le surcaba la piel pálida, por lo demás impoluta. Hasta entonces siempre había usado camisas de cuello alto, además de las capas. En ese momento podía ver los intricados tatuajes que le cubrían la espalda, los brazos y que incluso le serpenteaban por el cuello. Algunas de las marcas estaban escritas en sangrathano clásico, palabras que no conseguía distinguir desde lejos. Pero la mayoría eran dragones; sus escamas se le extendían por el pecho; sus garras le bajaban por los brazos, como listas para desgarrar carne.

Mientras soltaba golpes y giraba, otro destello de tinta negra me llamó la atención. Contuve el aliento. La espalda se la ocupaba un dragón entero, cuyas alas se le extendían de hombro a hombro; la cola se le enroscaba por la espina dorsal, y la cabeza, con una mueca agresiva, parecía alzársele desde la base del cuello.

Me obligué a apartar la mirada. Lo odiaba, me recordé. Era un hombre arrogante y cruel, la viva imagen de todo lo que detestaba del mundo en el que me veía atrapada. Y, sin embargo..., le lancé otra ojeada. No conseguía despegar los ojos de él.

Sus puños volaban. Un gancho izquierdo. Un derechazo. Chocaban contra el costal de cuero con una fuerza brutal. Los músculos de los brazos se le tensaban y relajaban, y los tatuajes ondeaban con cada ataque. Prefería su mano izquierda, pero luchaba bien con las dos. Las alas del dragón de la espalda se ensanchaban cuando se retorcía, descargando los puñetazos uno detrás de otro.

Maldije para mis adentros mientras clavaba la mirada en la tinta que le manchaba la piel.

Blake Drakharrow era atractivo de una forma que me negaba a admitir. De una forma que hacía que me hirviera la sangre y la cabeza me diera vueltas. ¿Cómo alguien tan vil podía ser tan irresistible?

Blake se detuvo de repente y volvió la vista hacia mí antes de que pudiera girarme. Nuestras miradas se encontraron y una sutil sonrisa le curvó los labios. El corazón me dio un vuelco y por primera vez detecté algo en aquellos pálidos ojos plateados. ¿Sería consciente del efecto que ejercía sobre mí?

Cuando se movió para secarse el sudor de la frente con el dorso de la mano, aproveché para darme la vuelta.

Estaba marcado por algo antiguo y peligroso. Verlo así, desnudo y expuesto, me producía algo que no quería sentir. Lo hacía parecerse a mí.

Pero no podíamos ser más diferentes.

Por muy atractivo que fuera él o muy cautivador que fuera el dragón, Blake Drakharrow seguía siendo un monstruo.

Y eso era algo que no podía permitirme olvidar jamás.

Me pasé el resto de Armamento Avanzado trabajando individualmente con el profesor Sankara. Primero tuve que enumerar las habilidades que ya poseía para que supiera por dónde podía empezar conmigo. Odessa me había entrenado a fondo en el combate tradicional con espada. Me sentía bastante cómoda con las espadas largas y cortas. Luego habíamos pasado a las lanzas y las armas de asta. Yo tenía un juego de pies rápido y preciso, y normalmente podía aprovechar mi velocidad y agilidad para superar a oponentes más lentos.

—Como ya comprobaste ayer, eso aquí no es suficiente —dijo Sankara—. Eres impresionante para ser mortal. —Cada vez que me llamaba mortal sentía la tentación de corregirlo. Era mortal, sí, pero solo a medias. Con todo, ¿qué sentido tendría hablarle de los fae de Aercanum? No me creería nadie—. Pero aquí tus oponentes no serán mortales. Los vampiros se mueven más rápido, golpean más fuerte. Quiero que te centres en la velocidad y los reflejos durante un rato.

Pensé en la sensación de mi cuerpo despertando y acelerándose cuando estaba luchando contra Visha. Pero no dije nada, y me limité a asentir. No tenía ni idea de si volvería a ocurrirme lo mismo.

Sankara señaló un conjunto de armas de práctica pesadas que colgaban de una pared cercana.

—Toma esas. Practica los movimientos con el doble de peso al que estás acostumbrada. Ya veremos lo rápida que eres.

Para cuando terminó Armamento Avanzado, estaba sudando a mares, pero no tenía tiempo para volver al ala de dormitorios de primero y bañarme o al menos cambiarme. Solo me quedaban diez minutos hasta la clase siguiente, de modo que tuve que irme corriendo a Combate Básico para Sangrepútridas. Me propuse llevarme una toalla y una muda limpia la siguiente vez; así al menos podría meterme en el baño y cambiarme.

Gracias a los dioses, Blake había guardado las distancias durante toda la clase, que era justamente lo que yo quería. Nuestro compromiso me importaba un comino, y saltaba a la vista que a él también. Además, no quería que otros estudiantes pensaran que aquello me hacía ser alguien especial. O lo que era aún peor: que me convirtiera en el blanco de las burlas.

Aunque esa ya era una de las consecuencias de ser la única jinete.

Regan todavía no se había presentado a ninguna clase de Armamento Avanzado. Empezaba a preguntarme si la tendría en su horario. Tal vez estuviera exenta, o quizá en aquel curso hubiera dos franjas horarias para la misma asignatura y ella estuviera en la otra. Empezaba a pensar que no la vería jamás allí y eso me aliviaba.

Si conseguía evitar a Blake y sus lacayos acosadores, tal vez podría sobrevivir al trimestre. Tal vez Bloodwing llegara a ser un lugar incluso soportable. ¿Me atrevería a decirlo? Incluso disfrutable. Empezaba a tomarle cariño a la escuela. Me gustaba que me pusieran a prueba, que me retaran. Me gustaba aprender algo nuevo todos los días. Y, por extraño que pareciera, sentía más interés e ilusión por las lecciones de lo que nunca había sentido con mis tutores en Camelot.

Naveen me esperaba en el pasillo frente al aula de Combate Básico para Sangrepútridas. Florence no estaba inscrita en ninguna clase de combate. Al principio me sorprendió, habida cuenta de que una de sus opciones de carrera futuras era ser estratega. Lo lógico era que una estratega militar estuviera bastante familiarizada con el combate. Sin embargo, por lo visto, el puesto de estratega era sobre todo teórico. A Florence la valorarían mucho más por sus conocimientos sobre batallas históricas y su capacidad para desarrollar planes de campaña. Si seguía por ese camino, en tiempos de paz la asignarían como consejera de una casa altasangre noble, a quienes asesoraría sobre medidas de seguridad, tácticas defensivas y formas de mantener sus fuerzas preparadas para futuros conflictos. Si llegaba a estallar una guerra total, estaría resguardada en un puesto de mando dando órdenes y adaptando las estrategias en tiempo real, pero nunca en campo abierto. Los estrategas también podían llegar a ser diplomáticos y convertirse en valiosos intermediarios entre las casas altasangres o incluso en representantes de Sangratha en otras tierras.

—Te veo más entusiasmado con esta asignatura que con las otras —observé.

Naveen apenas ocultaba la sonrisa. No dejaba de dar saltitos con los dos pies mientras esperaba.

—Porque lo estoy —reconoció—. Tengo ganas de moverme. Estoy harto de pasarme el día sentado en un banco, garabateando en un pergamino. —Dio algunos puñetazos de broma al aire y me reí—. Yo no soy como Florence. Ella es un ratón de biblioteca. Me sorprende que no quiera ser bibliotecaria como su madre. Seguro que en Bloodwing les encantaría contar con ella.

—No te falta razón —dije sorprendida por no haber pensado en ello—. Y, además, sería un puesto mucho más seguro, ¿no? Los bibliotecarios no llegan a correr nunca peligro.

Naveen levantó ligeramente los hombros.

—A ver, escuché que la biblioteca de la escuela puede ser un lugar despiadado. Algunos bibliotecarios son vampiros, pero no suelen pertenecer a las casas más poderosas. Con todo, eso solo implica que se muestran competitivos a fin de conservar el poco poder que tienen. Escuché a la profesora Shen decir que la biblioteca no está hecha para timoratos.

Resoplé.

—Tiene su gracia. Siempre había pensado en las bibliotecas como sitios más bien aburridos. Un remanso de paz, en todo caso.

—Y lo parecen —coincidió Naveen—. Ay, mira. Están abriendo la puerta.

En efecto, la puerta del aula estaba entreabierta y los alumnos habían hecho una fila y comenzado a entrar. Los seguimos hasta una gran estancia abierta. Se parecía al patio que usábamos para Armamento Avanzado en muchos sentidos, con la diferencia de que aquel era completamente interior y lo cubría un techo de piedra.

—Escuché que la instructora es enana —me indicó Naveen en voz baja—. Podemos tolerar la luz solar y desarrollar una tolerancia aún mayor, pero siempre estaremos más cómodos en un interior. Sobre todo cuando eres, eh... —se interrumpió con nerviosismo.

—¿Sí, Sharma? ¿Te gustaría compartir algo con el resto de la clase? —le espetó una voz femenina con sequedad a nuestra espalda.

Me volví y vi a una enana de complexión fuerte. Nuestra nueva instructora tenía un cuerpo musculoso e impresionante, hombros anchos y antebrazos gruesos. Su pelo gris estaba surcado por algunos mechones de cabello castaño y recogido en una cola de caballo. Los ojos eran de un asombroso azul oscuro. Una cicatriz profunda le cruzaba la ceja izquierda. Llevaba una desgastada armadura de cuero remachado que había visto días mejores. Era evidente que prefería la funcionalidad a la apariencia.

—Profesora Puño de Piedra —dijo Naveen con voz frágil—. No la había visto.

—No, no me viste, Sharma. Y por eso podrían acabar matándote —le respondió la profesora con brusquedad.

Reprimí una sonrisa. Aquella mujer era sin duda una persona pragmática. Me recordaba a Odessa.

La profesora levantó la voz para que la oyera toda la clase.

—Me llamo Magda Puño de Piedra y seré su instructora. Están aquí porque son futuros exploradores o porque deben cursar la asignatura obligatoria de Combate Básico. También están aquí porque son mortales. Son sangrepútridas. En otras palabras, son débiles.

El aula se llenó de murmullos.

—¿Qué? ¿Que no lo son? —Señaló la puerta del aula—. Eso es lo que piensan ellos de ustedes. Pero ser débil no significa ser inútil. Ser débil no significa ser prescindible. Eso es lo que pueden demostrar en esta asignatura. Lo que me demostrarán a mí.

Escudriñó el aula.

—Esta clase bien podría llamarse Supervivencia Básica para Sangrepútridas. Porque, en última instancia, a lo que les enseñaré es a sobrevivir. Sangratha ha vivido cinco años de paz. Si es que puede considerarse así. —Esa última parte la musitó, y solo la oímos Naveen y yo—. Pero los tiempos cambian. Y pueden llegar a cambiar muy rápido.

Me volví hacia Naveen y él levantó los hombros, como si no supiera de qué estaba hablando la profesora.

—No piensen en esta clase como algo opcional. No piensen en esta clase como algo teórico. Esta asignatura podría salvarles la vida.

La profesora Puño de Piedra se volvió hacia Naveen, y luego paseó la mirada por el resto del grupo, deteniéndose en los pocos estudiantes enanos que había entre nuestras filas.

—Algunos cuentan con ventajas innatas —reconoció—. Los enanos están hechos para el combate cuerpo a cuerpo. Gozamos de una gran resistencia. A los estudiantes enanos les enseñaré a aprovecharla. El resto aprenderán a luchar con cabeza. No están aquí para aprender a lucirse con la espada. De hecho, lo último que necesitarán muchos será una espada en la mano. Usaremos armas más pequeñas, mazos, dagas, ballestas. Nos centraremos en ataques rápidos y eficientes. La evasión será nuestra consigna. Pero no siempre se puede evitar el combate cara a cara. El combate cuerpo a cuerpo es sucio y caótico, pero a veces será su única oportunidad contra alguien más fuerte y mejor entrenado. Aprenderán a aprovechar al máximo el poco tiempo que tendrán para reaccionar. En trimestres futuros, nos centraremos más en aprender el arte del sigilo.

Comenzó a deambular por el aula.

—Los exploradores tienen una de las funciones más peligrosas de las unidades. Se adelantan a su escuadrón, se adentran en territorio enemigo, y a veces solo regresan con su vida. Si es que regresan. En la última guerra civil entre las cuatro grandes casas...

Me volví hacia Naveen con los ojos fuera de las órbitas.

—¿Hubo una guerra? —le pregunté moviendo los labios.

—Luego te lo cuento —me respondió de la misma manera, pero entonces pareció cambiar de idea—. Pregúntaselo a Florence.

Intenté volver a prestar atención a lo que decía la profesora Puño de Piedra.

—Si han decidido ser exploradores, su cometido no es luchar, sino moverse sin que los vean, recabar información y sobrevivir al menos hasta llevarla de vuelta. Eso supone aprender a utilizar el entorno, a fundirse con las sombras y a guardar silencio incluso cuando todo lo que los rodea parezca estar buscándolos.

Magda hizo una pausa, y su gesto se volvió más serio.

—Puede que algunos sepan que no siempre he sido profesora en Bloodwing. Hace décadas... Sí, décadas —dijo con sequedad, al ver que levantaba comentarios por la clase—. Los vampiros no son la única raza longeva de Sangratha, como ya deben de saber. Hace décadas fui exploradora durante la última guerra civil entre las grandes casas.

Miró a la clase y los ojos oscuros le brillaron con cierto desafío.

—Puede que algunos hayan oído hablar de mí. Me llamaban Hojasombría.

A mi lado, Naveen sofocó una exclamación, así como otros estudiantes del patio, quienes claramente habían reconocido el apodo.

—Pero pensaba... —Naveen se detuvo, con la cara roja como un tomate.

—¿Qué pensabas, Sharma? ¡¿Te importaría compartir tu pensamiento con toda la clase?! —bramó la profesora Puño de Piedra.

Naveen se removió nervioso.

—Pensaba... Supongo que pensaba que Hojasombría era un hombre —contestó con timidez.

Se oyeron algunas risitas, pero también vi a algunos estudiantes asintiendo con la cabeza.

—Pues te equivocabas, Sharma —dijo Magda Puño de Piedra, pero su voz era afable—. De todas formas, no es la primera vez que alguien comete ese error, ni será la última. Algunas de las exploradoras más reconocidas de la historia de Sangratha han sido mujeres. Y muchas eran también enanas. Todos deberían estar al tanto de eso.

Se dirigió al centro del patio.

—Bueno, vamos a empezar, ¿les parece?

—¿Hojasombría? —le susurré a Naveen, que seguía con la cara roja como un tomate.

—Luego te cuento.

—Estas primeras semanas empezaremos por lo más básico —anunció la profesora Puño de Piedra a viva voz—. Agarres, golpes, lanzamientos, técnicas de desarme. Aprenderán a que cada movimiento cuente y, lo que es más importante, a mantenerse de pie cuando alguien más grande o fuerte vaya por ustedes.

Miró alrededor del aula.

—Cuando exploraba la selva de Yavara, sobreviví porque supe aprovechar el entorno. Si sobreviven a este curso, también imparto la asignatura avanzada de Camuflaje y Supervivencia, donde se enseña a desaparecer a simple vista, organizar emboscadas y convertir el entorno en un arma.

A Naveen se le iluminó la mirada.

—Fantástico —lo oí murmurar.

—Pero primero comenzaremos por lo más sencillo —continuó la profesora Puño de Piedra—. Quiero que hagan parejas, se metan en las pistas de entrenamiento y me enseñen qué saben hacer. Derriben a su oponente o inmovilícenlo. Pasaré por todos y evaluaré sus puntos fuertes y sus debilidades.

Estaba a punto de pedirle a Naveen si quería que entrenáramos juntos cuando la profesora Puño de Piedra se acercó corriendo a nosotros.

—No —dijo cruzando los brazos.

—¿No qué? —pregunté confusa.

Ella sonrió.

—Vete a buscar otra pareja, Pendragón. Por la cara de este muchacho sé que no sería un entrenamiento justo.

—Claro que sí —contestó Naveen con vehemencia.

Ella arqueó las cejas.

—¿En serio? ¿Te parece bien tirar a tu amiga al lodo y darle un puñetazo en la cara?

Eso sonaba sorprendentemente similar a lo que me había pasado el día anterior, pero no dije nada.

Naveen se ruborizó.

—A ver...

Puse los ojos en blanco. Naveen claramente se pasaba de caballeroso, o quizá solo necesitara descubrir de lo que eran capaces las mujeres. En cualquier caso, quería un combate justo, no uno en el que pudiera derrotar a mi oponente con una sola mano.

—Vete con Aldric —le ordenó la profesora Puño de Piedra. Mientras Naveen se alejaba, ella me miró de arriba abajo—. Y tú. Una jinete, ¿eh? Delgada, esbelta. Te veo las orejas puntiagudas. ¿Oyes mejor que la mayoría de la gente?

—Un poco —reconocí. Los fae oían mejor que los mortales, y yo era medio fae.

—Bien. Tal vez acabes siendo exploradora, ya que no hay dragones que montar. No sería el peor desenlace para ti. —Se rascó la barbilla—. Puedes emparejarte con Lace Zancada de Hierro. Es una estudiante de segundo que suele ayudarme a supervisar la clase de los de primero. Tiene más experiencia, pero sospecho que no se lo pondrás fácil.

Me volví hacia una chica enana de aspecto arrojado que esperaba con los pies separados.

—Me parece bien —dije crujiéndome los nudillos—. ¿Y el objetivo es...?

—El objetivo es que una de ustedes acabe derribada. Puedes jugar limpio o no tan limpio. Lace lucha limpio. Casi siempre. —La profesora Puño de Piedra me sonrió y yo le devolví el gesto.

Lace tenía el cuerpo de una roca. Debía de medir una cabeza menos que yo, pero era mucho más sólida. Su fuerza se veía en sus movimientos. Sin embargo, unos minutos más tarde, Lace estaba tirada de espaldas. La retuve sobre el lodo pero no se lo restregué por la cara como Visha había hecho conmigo. Y tampoco le di un puñetazo en la nariz.

—Buen combate —declaré poniéndome de pie y ofreciéndole una mano.

Sospechaba que Lace sería una oponente mucho más exigente la próxima vez. Me había subestimado un poco, pero dudaba que volviera a cometer el mismo error.

Me estrechó la mano y asintió antes de ponerse de pie.

—Eres rápida. Yo soy más fuerte, pero tu velocidad también puede suponer una gran ventaja.

—La velocidad es algo en lo que los enanos siempre debemos seguir trabajando —dijo la profesora Puño de Piedra con pesar, de camino a nuestra pista—. Tienes una velocidad impresionante —me dijo—. Las reacciones rápidas y la agilidad son muy valiosas en un combate. Pero no te olvides de que la velocidad no lo es todo; la fuerza y la resistencia también son imprescindibles.

Torcí el gesto ligeramente, recordando el día anterior y el momento en que Visha me lo había demostrado.

La profesora Puño de Piedra me rodeó, observando mi postura y forma.

—En las próximas clases quiero que trabajes la fuerza y la resistencia. Nos centraremos en ejercicios para mejorar tu aguante. Si refuerzas la zona media y el torso conseguirás mejorar el control y aportar más poder a tus ataques.

—Entendido.

La profesora se dio la vuelta.

—¡Cambio! —gritó—. Busquen otra pareja. Si todavía no los he evaluado, lo haré antes de que termine la clase. O pueden quedarse hasta tarde y esperar. Ustedes deciden.

No tardé en encontrar una nueva pareja. El primero fue un muchacho mortal delgado y de tez oscura que se llamaba Vaughn Sabino. Igualó mi velocidad durante unos minutos, pero acabé empotrándolo contra la pared. Perdió con elegancia y me hizo prometerle que entrenaríamos de nuevo en la clase siguiente.

—Suelo ser el más rápido del grupo —me dijo con una sonrisa mientras salía de la pista—. Siempre busco un buen desafío.

Para cuando terminó la clase, estaba magullada y agotada, pero feliz. Combate Básico era diferente a Armamento Avanzado, pero en el buen sentido de la palabra. La clase parecía mucho más agradable, tanto por la profesora como por los compañeros. Aunque nos hubiéramos pasado la última hora luchando y compitiendo, el ambiente había sido ameno. Sentía como comenzaba a forjarse cierta camaradería.

La profesora Puño de Piedra era dura, pero parecía justa. Y valoraba que fuera mortal. Era de agradecer estar entre estudiantes mortales y no altasangres, aunque temía que allí no se me pondría tanto a prueba.

—Bueno, ¿qué ibas a decirme cuando la profesora nos interrumpió al principio de la clase? —le pregunté a Naveen.

Él se sonrojó.

—Ah, eso. Iba a decir que a medida que los enanos envejecemos, los ojos prefieren que estemos en interiores. La luz artificial no es tan agresiva como la luz solar.

Me reí.

—Tiene gracia.

—¿Qué cosa?

—Bueno, es que hace mucho tiempo leí en un libro que eran los vampiros los que sentían una aversión natural a la luz solar. Y aquí resulta que no son los vampiros, sino los enanos.

Naveen sonrió.

—No sé si los vampiros sienten aversión por nada. Apenas tienen debilidades naturales.

—¿Y entre ellos? —sugerí.

Naveen asintió.

—No te falta razón.

—Háblame de la guerra civil que mencionó Puño de Piedra. ¿Quién combatió? ¿Qué ocurrió?

Naveen levantó las manos.

—Mira, yo ni siquiera había nacido. Lo mejor será que se lo preguntes a Florence o busques un libro en la biblioteca. —Hizo una pausa—. De hecho, seguro que será uno de los temas en Historia de Sangratha.

No quería esperar tanto.

—Pero supongo que lo mínimo que debes saber —continuó Naveen— es que enfrentó a las cuatro casas. Se dividieron en facciones. Dos contra dos.

—¿Quién se alió con la casa Drakharrow?

Naveen se rascó la coronilla.

—Estoy bastante seguro de que fue la casa Orphos. Lo único que sé a ciencia cierta es que la casa Avari se enfrentó a la casa Drakharrow. Las otras dos casas eran poderosas, pero no tanto como esas dos.

—O sea, que la casa Mortis se alió con la casa Avari. —Recordé a Catherine, la líder de la casa Mortis a la que había visto el día anterior paseándose por el comedor con sus dos siervas.

—Sí —dijo Naveen—. La casa Orphos era un poco más poderosa que ahora, pero no demasiado. La casa Mortis y la casa Avari parecían ser la alianza más fuerte.

—Pero ¿quién venció? —pregunté, aunque entonces lo deduje—. La casa Drakharrow, seguro.

—En efecto. ¿Cómo lo sabes?

—Lord Drakharrow. —Hice una mueca—. Los Drakharrow parecen ser los más poderosos ahora mismo.

—Así es —coincidió Naveen—. Aunque no siempre ha sido así. Pero sí, Viktor Drakharrow es, a efectos prácticos, el señor de Sangratha. Las otras casas le rinden pleitesía. Al menos de momento. Supongo que la profesora tiene razón y es una paz frágil en algunos aspectos.

—¿Qué ocurre con Bloodwing cuando las grandes casas se enfrentan? Quiero decir, ¿no se supone que somos neutrales? Pensaba que todos los altasangres tenían hijos e hijas aquí.

Naveen suspiró.

—Somos neutrales, en principio. De verdad, creo que lo mejor es que se lo preguntes a Florence. Le encanta hablar de estos temas. Pero, en resumen... Durante la guerra civil fue un caos. Creo que Bloodwing cerró. La escuela se suponía que debía preparar a los estudiantes para proteger el reino. Pero, en realidad, como ya habrás deducido, básicamente ayuda a fortalecer a las cuatro casas más poderosas. Por eso todo lo que ocurre en la escuela con la selección de las casas y los escuadrones es tan importante; es un indicador de lo que pasará en el mundo exterior. Los escuadrones y la casa más poderosos de Bloodwing suelen reflejar cuál será la casa más fuerte en el futuro. O qué casa conservará su poder.

—En la escuela solo hay tres casas con líder —dije.

Naveen levantó los hombros.

—Sí, pero todo el mundo sabe que Blake acabará siendo el líder de la casa Drakharrow en Bloodwing. No tiene ningún oponente en condiciones. A menos que cuentes a sus amigos. Supongo que su primo Theo podría desafiarlo.

Negué con la cabeza.

—Theo no me parece de esos. —Fruncí el ceño, y me corregí—. Aunque apenas lo conozco.

—Estoy agotado —gimió Naveen—, pero también me muero de hambre. Creo que gana mi estómago. —Levantó las manos—. Y no me digas cómo huelo; no quiero saberlo.

Me reí.

—Vete, vete al comedor. Te entiendo. Pero yo me voy al dormitorio a darme un baño y luego a la biblioteca.

Nos separamos después de acordar que nos veríamos más tarde en la sala común, salvo si caíamos rendidos antes. En mi caso, la posibilidad era muy real, sobre todo después de haberme dado un baño y puesto ropa limpia. Contemplé mi cómoda cama con anhelo, pero luego me obligué a salir por la puerta con un suspiro.

Quería explorar una nueva zona de la Academia Bloodwing.

13
MEDRA

La biblioteca de Bloodwing era un edificio enorme e imponente que ocupaba varias plantas. Cuando crucé las gigantescas puertas dobles me paré en seco, sobrecogida por el tamaño del lugar.

Filas y filas de altos estantes de madera negra delimitaban un ancho pasillo central. Unas largas mesas de madera separaban las filas y ofrecían un espacio de trabajo a los estudiantes. De las paredes colgaban estandartes carmesíes con los lemas de la escuela y las casas. A ambos lados de la estancia, los altos ventanales derramaban su luz arcoíris sobre los suelos pulidos. El aire allí era más frío y estaba impregnado del aroma a pergamino viejo, encuadernaciones de cuero, polvo y cera derretida de las velas.

Alcé la vista y dejé escapar una exclamación. Un techo encantado se dividía en cuatro cuadrantes que se movían y se arremolinaban, como un mural vivo. Divisé una elegante ciudad con sus altas torres blancas, colinas ondulantes que conducían a bosques verdísimos, un barco en mitad de una tormenta y unas montañas nevadas. Cada escena debía de representar algún lugar de Sangratha. Me imaginé que sería todavía más hermoso de noche, cuando las estrellas comenzaran a titilar en las alturas.

En el hogar central del extremo de la sala principal crepitaba un fuego suave. Cerca había un largo mostrador de madera con un grupo de personas detrás y estudiantes haciendo fila. Debía de ser la mesa de los bibliotecarios, así que decidí empezar pidiéndoles ayuda.

Por si no conseguía encontrar nada relevante para exorcizar fantasmas de la cabeza, también me había traído uno de los libros sobre dragones que me había prestado el profesor Rodríguez. Siempre podía sentarme a leer y tratar de comenzar con el trabajo.

Justo cuando había empezado a andar por el pasillo principal, apareció una figura entre los estantes de la derecha. Era una mujer esbelta y menuda de ojos negros, con unos anteojos de armazón de alambre. Llevaba un suéter color crema con encaje en las mangas, metido por dentro de una falda de tiro alto de color azul oscuro, ceñida por un cinturón. Se había recogido la larga melena negra a la altura de la nuca en un chongo suelto del que salían mechones de pelo, como si hubiera estado demasiado absorta en la lectura como para recogérselos. El chongo lo sostenía en su sitio una pluma que sobresalía en un ángulo descuidado. Una pequeña mancha de tinta le deslucía el puño del suéter color crema, por lo demás impoluto. Caminaba con los ojos pegados a un libro abierto que sostenía en la mano, pasando páginas de cuando en cuando con gesto de concentración. Era impresionante, teniendo en cuenta que también jalaba con la otra mano de un carro de madera lleno hasta arriba de libros que estaban en un equilibrio precario y que debía de estar recolocando. La mujer parecía completamente concentrada en lo que estaba leyendo. Fruncía el ceño mientras murmuraba para sus adentros.

Me aclaré la garganta y ella dio un salto y parpadeó con agitación, como si no esperara encontrar a nadie allí.

—Ay, no quería... —comenzó, y parecía avergonzada cuando se subió los anteojos por la nariz—. No te perdiste, ¿verdad? —Tenía una voz dulce, y el aspecto de quien siempre parece estar pensando en otra cosa.

Sonreí. Estaba claro que aquella era la madre de Florence, la bibliotecaria Shen.

—No, no me perdí. Buscaba...

La paz de la biblioteca se rompió en un abrir y cerrar de ojos. A mi espalda se oyeron carcajadas y pisotones. La madre de Florence arrugó la cara y se volvió para ver quién había llegado. Yo también me volví, pero no debería haberme hecho falta. Iban todos vestidos con túnicas negras adornadas con el lema de la casa Drakharrow: *Sanguine Vinciti.* «Unidos por la sangre».

Visha iba a la cabeza, seguida de Quinn y Theo. Visha pasó a mi lado como si no me hubiera visto, sin un gesto de cabeza ni reconocimiento de ningún tipo. Siguió avanzando y empujó el carro lleno de libros de la madre de Florence. No sabía si lo había hecho adrede o por accidente, pero, fuera como fuera, el impacto mandó al suelo con un golpe seco varios libros que quedaron abiertos. Detrás de ella, Quinn se rio. Acto seguido, Visha extendió la mano con languidez para derribar a propósito otro montón de libros del carro. Quinn se rio como si fuera lo más gracioso del mundo, y luego fue un paso más allá y apartó de una patada los libros del suelo sin ninguna clase de cuidado. Oí como las encuadernaciones de cuero arañaban el suelo de piedra y torcí el gesto.

—Ay, chicas... —exclamó la madre de Florence, frotándose las manos mientras contemplaba el desastre de los libros—. Por favor, no hagan eso.

Visha y Quinn la ignoraron y siguieron su camino. Theo las seguía con expresión avergonzada. No me miró a los ojos al pasar por delante. Debía de haber visto la expresión desolada de la profesora Shen, porque cuando bajó la vista hacia los libros esparcidos, se detuvo y se puso de cuclillas para recoger unos cuantos. Al entregárselos a la madre de Florence, me lanzó una mirada fugaz y levantó los hombros en actitud de disculpa, como si tratara de compensar la desvergüenza de sus compañeras.

Pero yo no estaba dispuesta a pasarlo por alto así nada más. Lo fulminé con la mirada y no dije nada. Theo agachó la cabeza y desapareció por el pasillo principal.

La madre de Florence hundió los hombros al contemplar los libros que quedaban en el suelo. Las mejillas se le encendieron cuando se agachó y comenzó a recoger los ejemplares.

Me acuclillé a su lado.

—Espere. Déjeme que le ayude. Usted es la madre de Florence, ¿verdad?

La mujer levantó la vista hacia mí, desconcertada.

—Soy Jia Shen, sí. ¿Quién eres?

—Me llamo Medra Pendragón —le contesté, y le ofrecí la mano con una sonrisa—. Me alegro de conocerla por fin. Florence me ha hablado muchísimo de usted.

—Ah, sí —dijo Jia subiéndose otra vez los anteojos por el puente de la nariz, y esbozó despacio una sonrisa—. Florence me comentó que se habían conocido.

—Se ha portado muy bien conmigo, me ha ayudado mucho. No sé cómo habría sobrevivido los primeros días sin ella, sinceramente —dije.

La sonrisa de Jia Shen se ensanchó un poco.

—Mi Florence es así.

—Siento muchísimo lo de los libros —dije señalando el desorden—. ¿Siempre son así?

El rostro se le ensombreció.

—No pasa nada. Ya estoy acostumbrada.

Yo no daba crédito.

—Pues no debería. Usted es bibliotecaria de Bloodwing. ¿Cómo es posible que se salgan con la suya?

—No se comportan así con todos los bibliotecarios —me aseguró—. Solo con los sangrepútridas.

Se puso de pie con un gemido y devolvió un montón de libros pesados al carrito. Luego se agachó a recoger uno de los ejemplares a los que Quinn había dado un puntapié con tanta malicia.

—Ay, dioses. Este tendremos que repararlo. —El lomo del libro se había partido y sobresalían algunas páginas.

—Es vandalismo —dije exaltada—. Aparte de ser una absoluta falta de respeto. Niñitas mimadas.

Jin me miró con nerviosismo.

—Cómo se nota que eres nueva aquí. Por favor, no digas nada en mi nombre.

—Pero merece que la traten con respeto. No lo entiendo.

Ella levantó los hombros.

—Todos los años algún profesor es el blanco de los estudiantes. Supongo que este curso me tocó a mí.

Sentí que un escalofrío me recorría la columna.

—¿Solo fueron estudiantes de la casa Drakharrow? ¿O la tratan igual todos los estudiantes altasangres?

Ella ladeó la cabeza.

—Ahora que lo dices, creo que suelen ser sobre todo los estudiantes Drakharrow. —Suspiró—. No sé qué habré hecho para ofenderlos.

Yo creía saberlo.

—Creo que es por Florence —confesé con tristeza—. Porque se atrevió a ser amiga mía, quiero decir. Intenté advertírselo...

Jia levantó una mano.

—No. Si lo que dices es verdad... —Me miró de arriba abajo—. Florence me contó que eres jinete, que ni siquiera querías estar aquí.

—Eso es verdad —respondí despacio—. Me obligaron a asistir a esta escuela.

—Y, según tengo entendido, a comprometerte con Blake Drakharrow. —Asentí, y ella negó con la cabeza—. Las costumbres de los altasangres... Cuando pienso que ya me acostumbré a ellos, hacen algo que me recuerda que nunca lograré hacerlo.

—Entonces..., ¿no los adora a todos, igual que Florence? —pregunté con curiosidad.

Jia miró a su alrededor, como si no quisiera que la oyeran.

—Florence aprenderá con el tiempo. Igual que aprendí yo. Pero hay algo que no debes olvidar, Medra. Ninguno de nosotros decidió estar aquí. Nacimos sangrepútridas. Florence me dijo que eres nueva en Sangratha. —Me dirigió una mirada curiosa que me recordó que debía aprender más sobre la geografía de aquel mundo. Además, ¿qué tan grande sería Sangratha?—. Bueno, si eso es verdad, intenta imaginarte lo que es crecer aquí. —Me escudriñó con detenimiento—. Lo último que se te ocurriría es cuestionar a la gente que ostenta todo el poder. Podría ser peligroso, para ti o tus amigos.

Era una advertencia. Delicada, sí, pero una advertencia al fin y al cabo.

Asentí.

—Lo entiendo. —Me mordí el labio—. Pero ahora Florence se está ganando por accidente enemigos entre los Drakharrow. Le advertí que debía alejarse de mí. Quizá usted podría convencerla...

—No —contestó Jia Shen con calma—. Ahí pongo el límite. Mi hija elegirá a sus amistades, y si sus decisiones tienen consecuencias... Bueno, así es como aprendemos todos. No seré yo quien le diga con quién debe andar. —Extendió una mano y me tocó el pelo con delicadeza—. Qué pelirrojo.

Me ruboricé.

—No debe de ser fácil destacar tanto constantemente —dijo Jia pensativa—. Es muy valiente de tu parte estar aquí.

—Como su hija —contesté.

Ella sonrió.

—Podría pasarme el día entero hablando de las magníficas cualidades de mi hija, pero no viniste a la biblioteca solo para hablar de Florence. ¿Cómo puedo ayudarte?

Sopesé detenidamente cómo expresar mi petición. Jia Shen parecía muy afable, pero no quería espantarla contándole mi secreto a tan poco de conocernos.

—*Sabia decisión* —murmuró Morcadés.

—*Ah, que sigues ahí, ¿no?* —respondí con sequedad. No había dicho ni pío en todo el día—. *Y yo que pensaba que mi problema se había solucionado solo.*

—*Qué graciosa. Alguien tiene que meter a esas niñas en cintura. Cuando yo me comportaba así de pequeña, mi nodriza no tenía reparos en azotarme.*

Me estremecí.

—*No son precisamente niñas. Y eso a lo mejor es pasarse de la raya.* —¿O no?—. *Pero estoy de acuerdo contigo. Están descontroladas.*

—*Chicos malnacidos con privilegios, todos y cada uno de ellos* —dijo Morcadés con afectación—. *Si pudiera recuperar mi cuerpo, de buen grado me encargaría de darles su merecido.*

Hice una mueca. No me imaginaba de lo que sería capaz si regresara a su forma de alta fae. Me habían contado que mi madre había sido una poderosa general en el ejército de mi abuelo.

La madre de Florence me observaba expectante.

—Mmm, estoy investigando un poco sobre un tema más bien inusual —balbucí. Si supiera lo inusual que era...—. Esperaba que pudiera ayudarme a encontrar información relevante. Cualquier cosa relacionada con maldiciones, hechizos... O, esto..., magia que trate sobre las almas.

—¿Sobre las almas? —Jia Shen parecía pensativa—. ¿Magia de alma? Dirás magia de sangre. Disponemos de una gran cantidad de textos sobre la magia de sangre, por supuesto.

—¿La magia de sangre incluye el uso de almas...?

—La nigromancia sí, claro. La magia de sangre, a veces. Y la nigromancia y la magia de sangre están muy entrelazadas. De todas formas, la hematomancia es una de las especialidades de la casa Drakharrow mientras que la nigromancia suele considerarse el territorio de la casa Mortis. —Jia me miró con expectación—. Tal vez deberías plantearte hablar con Blake Drakharrow sobre esta cuestión...

—No —respondí tajante—. Ni hablar. —Negué con la cabeza—. Lo siento, bibliotecaria Shen. No pretendía ser desagradable.

La madre de Florence parecía estar divirtiéndose.

—Uy, no estás siendo desagradable ni mucho menos. Y puedes tutearme. Sí, lo entiendo. Supongo que tenía la esperanza de que el señorito Drakharrow fuera un poco más atento contigo que con el resto... Bueno, no importa. —Se volvió hacia los estantes más cercanos—. Puedo buscarte algunos materiales, lo justo para empezar. Si no encuentras lo que necesitas, seguro que en la biblioteca hay más. Siempre puedes venir a verme otro día.

—Fantástico —dije aliviada—. Muchísimas gracias por ayudarme, Jia.

—De nada —contestó, e hizo una pausa al empezar a jalar del carro en dirección a los estantes—. Aunque me ayudaría mucho que me dieras algún detalle más sobre lo que buscas en concreto. Hablaste de maldiciones. ¿Conoces a alguien maldito?

—Bueno —vacilé—. No exactamente.

—*Ni muchísimo menos* —refunfuñó Morcadés—. *No soy una maldición. Mi presencia es un regalo.*

—*Un regalo no deseado* —contesté entre dientes—. *Habría preferido una charla madre-hija más normal.*

—*Nadie nos preguntó qué queríamos* —dijo mi madre con tranquilidad—. *Así es la vida. Yo habría preferido no morir al darte a luz.*

Apreté los labios.

—*Touchée.*

Sabía que una de las prerrogativas de las madres era mencionar el dolor que habían soportado para traer al mundo a un hijo.

Y teniendo en cuenta que mi madre había perdido la vida durante el proceso, decidí que podía quejarse sobre aquella experiencia todo lo que quisiera.

—¿La nigromancia implica apoderarse del alma de alguien que murió? —pregunté a Jia con cautela.

—Totalmente. La nigromancia suele asociarse con levantar a los muertos. Los ejércitos de la casa Mortis eran poderosos por los nigromantes que los acompañaban.

Me estremecí solo de pensarlo.

—Pero un alma puede llegar a ser incluso más poderosa que un cuerpo —continuó Jia.

—¿Y los nigromantes han usado alguna vez almas en cuerpos que... no fueran el suyo? De las almas, quiero decir.

—Seguro que se ha hecho alguna vez, aunque ahora mismo no se me ocurre ningún ejemplo. ¡Ay, madre! Vaya trabajo interesante tienes que estar escribiendo —exclamó con alegría, y me acordé de Florence—. ¿Es para Restauración?

—Sí, para la asignatura del profesor Rodríguez —mentí—. Me puso a hacer algunas tareas extras.

Eso era totalmente cierto, aunque el tema no tuviera nada que ver.

—Fascinante. Nunca dejas de aprender, ¿eh?

Se me ocurrían temas sobre los que tenía mucho más ganas de leer que sobre nigromancia, pero no dije nada. Sonreí para darle la razón y la seguí por los estantes, con cuidado de no chocar con el carro que había estacionado al final del pasillo.

Poco más tarde, estaba sentada sola en una mesa cerca del pasillo central, armada con una montaña de libros con títulos como *Desentraña la magia de sangre*, *Códice del nigromante*, *Apariciones arcanas*, *Hematomancia para principiantes* y, mi favorito, *Secretos del alma: el arte de hacer amigos e influir en los espíritus*.

—*Ese último parece prometedor* —dijo Morcadés mientras revisaba los libros—. *Me gusta cómo suena.*

—*¿Es que no somos amigas ya?* —bromeé—. *¿O debería preocuparme?*

—*Ay, cariño* —respondió Morcadés—. *Eres mi hija y te quiero, pero por desgracia te falta práctica a la hora de tratar con las almas. No digo más.*

Me mordí la lengua y abrí el libro, tratando de acomodarme al ambiente silencioso de la biblioteca. Sin embargo, la calma se vio interrumpida de súbito por una carcajada.

Levanté la vista del libro, distraída mi atención por unas risitas agudas e insistentes. El corazón se me encogió cuando la fuente de las risas se hizo visible.

Blake Drakharrow caminaba por el pasillo central, flanqueado por una chica que lo agarraba posesivamente de la estrecha cintura. Regan.

Volvió a reírse a viva voz y me estremecí cuando el irritante sonido rebotó en las paredes. Regan se echó el reluciente pelo plateado por detrás de los hombros. Tenía el rostro iluminado por una sonrisa que me pareció demasiado ensayada, como si estuviera montando un número para los presentes. Mi mirada se encontró con la de Blake y él sonrió, como si disfrutara del espectáculo que estaban montando Regan y él.

Al pasar junto a mi mesa, Regan giró un poco la cabeza y me lanzó una gélida mirada de desprecio. Me puse roja de ira y traté de volver a concentrarme en el libro que tenía delante, pero la interrupción había agriado el ambiente.

Durante los siguientes minutos, hojeé un libro tras otro con rabia, intentando hallar algo que no se limitara a invocar un espíritu o introducir un alma en un gato, un perro u otra persona, sino en extraerle el alma a alguien. Preferiblemente sin matar a la persona en el proceso. O sin perder el alma.

No obstante, por lo que había podido leer, invocar un alma e incluso imbuir a otra criatura viva con un alma era una cosa, pero darle permanencia a ese hechizo era algo muy distinto. Por lo general la invocación de un alma duraba poco tiempo, y cuando el alma se disipaba a través del velo hacia el lugar al que fueran las almas, la criatura donde había habitado raramente sobrevivía.

—Pues vaya cubeta de agua fría —observó Morcadés.

—Ni lo digas. —Cerré el libro mohína—. *¿Alguna vez te paraste a pensar que al meterte en mi cuerpo podías matarme?*

—Mi intención era mantenerte con vida. No tenía ni idea de lo que ocurriría después, ya lo sabes —se defendió, pero su voz era delicada.

—*Sí, ya lo sé* —reconocí—. *Pero es que... me inquieta. Pensar que esta nueva vida ni siquiera pueda durar.*

—*Si te sirve de algo, no siento que mi alma se esté disipando* —me aseguró—. *Tal vez ninguno de estos libros sea del todo relevante para nuestra situación. Sea cual sea la magia que nos vinculó, era algo más allá de la nigromancia. Sobre todo porque lo que nos unió fue el amor, no el mero deseo egoísta de un nigromante de obtener más poder.*

—*¿En serio?* —pregunté, sintiendo una extraña vergüenza al oír aquella palabra.

—*Claro, por supuesto* —contestó impasible—. *El amor de una madre es lo más poderoso del universo. Y pensar que hubo una vez en que no me creía capaz de quererte.*

—*¿Cómo que...?*

Theo Drakharrow me interrumpió apareciendo de improviso junto a mi mesa. Llevaba la capa sobre los hombros y las manos hundidas en los bolsillos. Parecía incómodo. Nervioso. Y me alegraba, porque así era como debía sentirse.

Lo miré fijamente.

—¿Qué quieres?

—Medra. —Se rio con nerviosismo—. Parece que encontraste la biblioteca. ¿Tienes los libros que necesitas?

—¿Ahora es cuando me distraes para que Regan pueda gastarme una broma pesada a mi espalda? —le pregunté con frialdad—. No me interesa hablar contigo, Theo.

—Mira, ahora que sacas el tema... —Hizo una pausa y miró a su alrededor—. Le estaba haciendo un favor a Regan, pero no me gusta lo que pasó. Solo quería que lo supieras.

—Y aun así cumpliste a la perfección con tu papel. Colaboraste con Regan para que yo llegara tarde a la clase de la profesora Hassan y me regañara —señalé.

—A ver, sí —admitió sin convicción—. Pero...

—Y tampoco parecías tener ninguna intención de impedirle que me obligara a escalar el puto dragón y casi me matara —continué.

—Debes saber que yo siempre he querido subirme a una de esas cosas —dijo Theo—. Estabas alucinante allí arriba. Durante un momento, al menos.

—¿Antes o después de rugir como un león y precipitarme al vacío? —Puse los ojos en blanco.

—A mí me pareció que rugiste como un dragón. —Trató de ocultar una sonrisa, pero la vi antes de que lo hiciera—. O sea, mucho antes de eso, obviamente. —Se rascó la cabeza—. Mira, solo quería decirte que sé que hemos empezado con el pie izquierdo, pero que en algún momento vamos a estar en la misma casa. En la misma familia.

—Antes muerta —respondí con firmeza—. Me desvinculo. Vaya familia de tarados que son.

Él hizo una mueca.

—No te digo que no. Pero la cosa es que me caes bien, Medra. Es decir, puedes intentar desvincularte, pero verás que no es tan fácil como crees. Y si vas a tener que aguantarnos, creo que al menos podríamos llevarnos bien.

No dije nada, porque lo cierto era que a mí Theo también me caía bien. Un poco, al menos. En otro mundo, incluso podríamos haber sido amigos.

—No andas con buenas compañías, Theo —dije al fin—. Tus amigos son unos acosadores.

—A veces sí —reconoció—. Pero también son divertidos. No los conoces como yo. Crecimos juntos, y todos...

—Espera, déjame adivinarlo. Todos tienen una historia lacrimógena que explica por qué acabaron siendo tan malos y crueles.

Él resopló.

—Pues, básicamente... sí.

—No hay excusas —repliqué—. Aquí todos tenemos una historia lacrimógena, y eso no justifica que vayamos por ahí tratando a la gente como si fuera una mierda.

—Tienes razón —contestó con cierta tristeza—. Pero... a veces es difícil detenerlos cuando ya se pusieron en marcha.

Negué con la cabeza.

—¿A qué viniste? ¿Ya acabamos?

—Quería disculparme. O sea, que te pido disculpas.

Me recliné y crucé los brazos.

—¿Significa eso que te negarás a participar en futuros planes desagradables contra mí? ¿O es simplemente la primera de muchas «disculpas»?

Theo torció el gesto.

—La primera y la última, espero. —Me observaba expectante—. También quería invitarte a una fiesta.

Lo miré fijamente.

—¿Cómo?

—A una fiesta. Casi todas las noches organizamos una fiesta en la playa que hay debajo del castillo. Encendemos una buena fogata, bebemos vino. Nos lo pasamos en grande. Deberías venir una noche, y así podríamos hablar más. A mí me encantaría que vinieras. —Me ofreció una sonrisa alentadora.

—No... lo veo, Theo —dije despacio, sorprendida por que me invitara—. ¿Regan sabe que viniste hasta aquí para invitarme?

Theo parecía obstinado.

—No tiene por qué saberlo.

—¿Y Blake? —inquirí.

No dijo nada.

—Ya veo. Bueno, pues no entiendo qué gracia tendría que fuera a pasar el rato donde no me quieren. Pero gracias por la invitación. Seguro que nos estaremos viendo en los pasillos.

—Va muchísima gente, no solo los de la casa Drakharrow —insistió Theo con tozudez—. Y, bueno..., estaré pendiente de ti. —Se inclinó y bajó la voz—. Hay una escalera en el patio de Armamento Avanzado. Tienes que bajar hasta el final y luego salir a la playa. Desde allí nos encontrarás seguro. Ven alguna noche, sin compromiso.

Asentí.

—Bueno, ya veremos —contesté, aunque sabía que no me juntaría con ellos.

Cuando Theo se fue, dejé caer la cabeza sobre la montaña de libros con un gemido. No había encontrado nada útil y ya eran más de las seis. Me rugía el estómago. Ni siquiera había abierto el libro sobre los dragones del profesor Rodríguez desde aquel primer día. Me dije que leería al menos un par de capítulos y luego me iría a cenar. Me pregunté si permitirían meter algún tentempié en la biblioteca. De ser así, la siguiente vez podría avanzar mucho más. Podría quedarme hasta la medianoche. Sin embargo, al mirar a mi alrededor, vi un cartel enorme en mayúsculas que rezaba: ¡NO SE PUEDE COMER NI BEBER! Debajo, en letras más pequeñas, alguien había garabateado: SÍ, ESO INCLUYE A LOS ALTASANGRES. SE LES VETARÁ.

Por alguna razón, dudaba que aquel cartel sirviera para disuadir a la banda de Blake y Regan. De repente me compadecí de los pobres bibliotecarios de Bloodwing que tenían que lidiar con todos los estudiantes altasangres ricos y privilegiados.

Unas manos se plantaron con fuerza sobre la mesa y di un salto.

—¿Qué diablos te pasa, Blake? —le espeté furiosa al levantar la vista hacia él.

Se le dibujó en el rostro una sonrisa lenta que hizo que se me pusiera la piel de gallina.

—Solo intento que no te confíes, Pendragón. Y comprobar si los reflejos de jinete son tan buenos como dicen.

—Ya sabes que sí. —Intenté aparentar más arrogancia de la que sentía—. Pregúntaselo a Visha.

Blake se rio, y yo miré a mi alrededor.

—¿No olvidaste algo? ¿Como un accesorio?

—¿Un accesorio? —Me miró inexpresivo.

—Regan —dije sin rodeos—. ¿No están unidos por la cadera?

—Ah, nos viste, ¿eh? No se cansa de mí. —Se agachó hasta acercar su cara a la mía—. ¿Estás celosa?

Arrastré mi silla hacia atrás para separarme de él y crucé los brazos.

—Ya quisieras. Tu mera presencia me produce náuseas. Con o sin tu consorte florero.

Él se apoyó en la mesa y luego señaló los libros que había frente a mí.

—A todo esto, ¿qué lees?

—Estoy documentándome sobre formas de matarte —contesté con dulzura—. *101 maneras de matar a un vampiro.*

Blake puso mala cara.

—No deberías hacer bromas sobre eso.

—¿Por qué? —le pregunté—. ¿Porque solo los altasangres tienen permiso para matar a sangrepútridas?

—Aquí nadie va a matar a nadie —protestó—. A ver si nos relajamos un poco.

Puse los ojos en blanco.

—Claro, porque seguro que te habría importado que Visha me hubiera matado a puñaladas delante de ti. O que Regan me hubiera matado cuando salté del dragón de piedra.

Él entornó los ojos.

—No seas dramática. No te pasó nada. Además, el profesor Sankara apareció a tiempo. Y sobre lo de Regan, el director la detuvo. Ella sabía lo que ocurriría. No es como si Regan... —Se interrumpió con torpeza.

Sonreí.

—Exacto. No te molestes en negar que a ella le habría encantado verme morir ayer.

Él tomó el libro que tenía más cerca antes de que pudiera impedírselo.

—*Serpientes celestes: la historia de los dragones* —leyó en voz alta antes de que pudiera recuperar el libro. Se rio entre dientes—. ¿Qué es esto? ¿Tarea?

—Me lo prestó el profesor Rodríguez —contesté con frialdad—. Devuélvemelo ahora mismo.

Dejó caer el libro sobre la mesa con un golpe seco y se incorporó.

—Lo único que queda de los dragones son las estatuas de piedra. ¿Qué sentido tiene? Son historia antigua.

—Y entonces, ¿qué hago aquí? —pregunté, y lo miré fijamente a los ojos.

En ese momento caí en cuenta de que necesitaba una respuesta.

—¿Qué hago aquí? —repetí—. ¿Por qué me trajeron aquí?

—¿A la Academia Bloodwing? —Frunció el ceño confuso.

—A este mundo —dije entre dientes—. Hasta ti. —Negué con la cabeza—. Mira, da igual. Déjame en paz. No tienes ni puta idea, como los demás.

Se apartó de la mesa y luego se detuvo.

—Tendrías que alegrarte de que los dragones se extinguieran —dijo en voz baja—. ¿Crees que los altasangres somos malos? Los dragones eran mucho más brutales.

Le sostuve la mirada.

—A lo mejor eso es precisamente lo que hace falta aquí. Equilibrio. Alguien que los mantenga a raya.

Blake no dijo nada. Se limitó a darse la vuelta y a irse.

Yo volví a concentrarme en el libro, *Serpientes celestes*, pero esta vez con más entusiasmo que antes. ¿Eran mucho más brutales? De pronto sentí la necesidad de aprender todo lo posible sobre las criaturas que Blake Drakharrow consideraba peores que los vampiros.

LIBRO SEGUNDO

14

BLAKE

Unos días antes...

Abrí de un empujón las puertas dobles y las oí estrellarse contra las paredes con un satisfactorio estruendo.

—¿Qué acaba de hacer, tío? —rugí al dirigirme a la mesa larga en la que estaban sentados mi tío y mi hermano.

Mi hermano se puso de pie y miró nervioso a mi tío.

—Detente, Blake —le espetó Marcus—. Tampoco hace falta que te comportes como un bárbaro.

—¿Como un bárbaro? —repetí entre dientes—. ¿Un bárbaro? Hoy no tuvo tantos remilgos al comprometerme con una bárbara, tío. No sabemos nada sobre esa chica ni de dónde viene. De hecho, bien podría ser una infiltrada de las otras casas.

Atravesé con la mirada al vampiro anciano que me observaba impertérrito a través de unos ojos rojos como la sangre.

Viktor Drakharrow era el líder de nuestra casa. Y antes ya había sido una fuerza temible como el general más poderoso y despiadado de mi padre.

—Es imposible que las otras casas hayan mantenido en secreto algo así durante tanto tiempo. O que se hayan desprendido de la muchacha con tanta facilidad. Siempre has sabido que se te asignaría una segunda consorte —respondió Viktor en voz baja—. Tienes un poco de... —Me señaló el rostro.

Me pasé la mano por la cara, ruborizado. Tenía varias gotas de sangre en las comisuras de los labios. Me las limpié.

—Perdiste los nervios y te alimentaste, ¿eh, hermano? —Marcus se rio— Qué impropio de ti.

—Cierra la boca, Marcus —le escupí—. Llevaba días fuera, de campaña. Tenía hambre.

—Claro que sí —dijo Viktor con suavidad—. Y merecías alimentarte. Como todos nosotros.

Había tomado a una sierva de la casa Drakharrow de camino a la Fortaleza Negra. Siempre había un puñado a mano que estaban disponibles. Viktor se encargaba personalmente de ello. No me gustaba aprovecharme de ellas, pero estaba desesperado.

Por supuesto, con Marcus cerca no duraban demasiado. Y aquella era atractiva. Dudaba que volviera a ver a aquella pobre mujer.

Me senté al otro extremo de la mesa y crucé los brazos. Sabía que estaba irritable. No podía evitarlo. No era así como esperaba que terminara aquel día. Cuando encontré a la mujer, Medra Pendragón, pensé que sería un buen trofeo para mi casa, sin duda. Pero ¿lo de nombrarla mi futura esposa? No. No había previsto los planes de Viktor, aunque debería haberlo sospechado.

—Los dos saben que haría lo que fuera por mantener el dominio de la casa Drakharrow —dijo Viktor inclinándose hacia delante—. Blake, sé que piensas que hoy actué precipitadamente. Tal vez incluso temas que no quiero lo mejor para ti, pero nada más lejos de la realidad. —Hizo una pausa—. Lo que trajiste, lo que encontraste fue el mayor regalo que podías entregarle a tu casa. Tal vez el descubrimiento más importante del último siglo.

Me percaté de que Marcus había hecho una mueca. El cabrón estaba celoso. Bien. Respiré hondo, tratando de controlar la ira.

—Tío, ¿de verdad cree que la chica es importante?

Viktor intercambió una mirada con mi hermano.

—Sabemos que no queremos que caiga en las manos de nuestros enemigos, sin duda alguna. Ya escuchaste lo que dijeron.

Fruncí el ceño.

—Lady Avari se moría por acercarse a la muchacha.

Viktor asintió.

—Igual que lord Mortis. Ya lo escuchaste. Ahora la cuestión es: ¿crees que alguno de los dos decía la verdad?

Me volví hacia mi hermano y luego de nuevo hacia Viktor.

—¿Creen que querían que acabáramos con ella?

—¿Lady Avari? Sí, sin duda. Y estaba convencida de que yo lo haría, pero primero quería plantar en la mente de los demás la idea de que la muchacha era un augurio.

—Para que, cuando usted la matara, se cuestionara su decisión —supuse.

Viktor asintió.

—¿Y lord Mortis?

—Tal vez pensara que yo propondría desposar a la muchacha con uno de sus hijos pequeños a modo de experimento. —Mi tío sonrió—. Dudo que esperara que hiciera lo que hice.

—No —dije atravesándolo con la mirada—. Dudo que esperara que me utilizara como su peón. Pero eso es lo que somos todos para usted, ¿verdad, Viktor?

Viktor arrugó el gesto.

—Todos trabajamos por el bien de la casa.

—Si no quieres a la chica, te la puedo quitar de las manos, hermano —dijo Marcus con una mueca—. Ese pelo. Es bastante inusual. No me importaría entrelazar las manos en él. ¿Crees que se parecerá a las mujeres sangrepútridas en otros aspectos? ¿O todo en ella será diferente? Hasta el...

—¡Es mía! —rugí—. Que ni se te ocurra ponerle una mano encima.

—Vaya, vaya. El leoncito no quiere compartir. —Marcus se rio y levantó las manos.

—Ya basta, los dos —dijo mi tío distraído, frotándose las sienes.

—Podría haberla casado con Marcus. ¿Por qué me eligió a mí? —exigí. Aunque si Pendragón ya me consideraba una mala persona, con Marcus se habría llevado una buena sorpresa.

—No me importaría conocer de cerca esa vagina de jinete —coincidió Marcus—. La habría hecho suplicar por un rato de verga altasangre. Y no habríamos tenido que esperar tanto para sellar el vínculo. Ya me habría encargado personalmente de ello.

—Basta. —Mi tío golpeó la mesa con ambas manos—. Blake, sabes que tengo otros planes para Marcus. Siempre que aprenda a mostrar un poquito de contención, carajo.

Mi hermano y yo nos estremecimos al oír que casi gritaba la última palabra.

Marcus ya había tenido dos consortes, pero había matado a una. Eran hermanas gemelas. Hijas de una casa menor. Marcus se había obsesionado con ellas y se había apareado sin el permiso de mi tío, que lo había castigado... con severidad. Así como a las dos mujeres. La hermana superviviente estaba ya de vuelta en la mansión Drakharrow, la finca principal de la familia. Detestaba a mi hermano, evidentemente, y su vínculo era débil. Ella no le otorgaba ni poder ni honor. Yo dudaba que aquella consorte fuera capaz de defender a mi hermano en un combate. La muchacha había sido un error.

Igual que Medra Pendragón para mí.

Sabía que Viktor tenía la esperanza de emparejar a Marcus con Catherine Mortis o, si eso fallaba, con Lunaya Orphos.

Sin embargo, a medida que Marcus había ido granjeándose la mala fama de ser despiadado y sangriento, pocos querían poner en riesgo a sus hijas aunque lo que recibieran a cambio fuese una poderosa alianza con la casa Drakharrow.

—Lord Mortis jamás permitirá que Catherine sea la consorte de Marcus —señalé—. Es demasiado valiosa.

—Lo más probable es que ocupe el lugar de su padre como líder de la casa Mortis —contestó Viktor dándome la razón—. Pero no hay nada inamovible. Con todo, Lunaya Orphos sería una buena segunda opción.

—A la chica le falta madurar —se quejó Marcus—. No quiero a una idiota como esposa.

—Y yo que pensaba que sería perfecta para ti —dije, y Marcus gruñó.

La verdad era que no me habría gustado nada ver a Lunaya Orphos casada a la fuerza con mi hermano. Siempre me había parecido una muchacha dulce y callada. El tipo de mujer al que Marcus trataría como a un tapete.

—Centrémonos en Pendragón —indicó mi tío—. La atarás en breve, Blake. El ritual de vinculación en la Fortaleza Negra solo fue el primer paso, pero la chica no tiene por qué saberlo.

—Podríamos haber aprendido mucho más sobre ella y más deprisa degustándola nosotros mismos —protestó Marcus—. ¿Por qué no la traemos aquí ahora mismo?

—Mira que llegas a ser imbécil e ignorante, Marcus —dije poniendo los ojos en blanco.

—Marcus, eres mi heredero, pero tu hermano tiene razón —señaló Viktor como si estuviera a punto de volver a perder los estribos—. ¿Tan poco sabes sobre los jinetes y su sangre?

Marcus levantó los hombros con indiferencia.

—No sé de qué me está hablando, tío.

—Solo un altasangre puede saborearla y beneficiarse realmente de ello —dije inclinándome hacia delante—. Y esa persona no serás tú, Marcus.

—Blake tiene razón. No queremos diluir el poder de la muchacha. El potencial es demasiado grande para malgastarlo. Si estamos en lo cierto, claro. Si es de verdad una jinete. —Mi tío desvió la mirada hacia la ventana cercana—. Si lo es... tal vez me ofrezca la oportunidad que he estado esperando.

Miré a mi tío de reojo. Los dragones no existían, y aun así se negaba a dejar de comportarse como si la aparición de la muchacha significara algo.

—Cuando mucho, su sangre nos resultará útil —observé—. No veo qué importancia tiene más allá de eso.

A pesar de todo, también sabía que mi tío guardaba ases bajo la manga que no compartía con nosotros.

—¿Por qué le entrega a Blake una sangre tan poderosa? —exclamó Marcus—. ¿Por qué no a mí, tío?

—Porque es una puta espada de doble filo, pedazo de imbécil —le espeté.

Mi tío se volvió hacia mí.

—Veo que prestaste más atención a las clases de historia que Marcus.

Me puse de pie.

—Pues sí. Y sé lo que acabo de hacer, no se crea que me chupo el dedo. —De repente me invadió la ira—. Y esto no se habría permitido si mi padre estuviera vivo.

Viktor se levantó de su asiento.

—¿Cómo te atreves a decirme eso a la cara? ¡Todo lo que he hecho ha sido intentar mantener unida a esta familia!

—Lo que usted ha hecho es intentar consolidar su poder. ¿Mantener unida a la familia? —Solté una carcajada sarcástica y estridente. No era sensato hablarle así, lo sabía. Y aun así no podía contenerme—. No lo tengo tan claro. A todo esto, ¿cómo le va a mi querida madre, tío? ¿Ha recibido noticias de ella desde que se retiró al Sanctasanctórum? Porque yo no.

—Cuando decida hablar con nosotros, hablará. No ejerzo ningún control sobre eso, Blake —respondió mi tío fríamente.

El Sanctasanctórum de la Doncella Sangrienta. El acceso al templo más sagrado de Sangratha solo se concedía a un puñado de mujeres. Cuando mi padre murió, mi madre anunció sus intenciones de retirarse del mundo durante un tiempo.

No la habíamos visto desde entonces.

Había sido una de las mujeres más poderosas de Sangratha. Ahora, simplemente... no estaba.

—Hablando de lealtades familiares, Blake —continuó mi tío—. A ver si le aprietas la correa a tu cachorrita.

—Se refiere a Aenia —puntualizó Marcus con una sonrisa chueca—. Mete a la perrita en cintura o tendremos que sacrificarla.

Sentí que explotaba. Ni siquiera recordaba haberme movido, pero de súbito estaba al otro lado de la estancia con las manos en torno a la garganta de mi hermano.

—Ni se te ocurra volver a amenazar a nuestra hermana, Marcus. Que ni se te pase por la cabeza.

—Suéltalo, Blake —me ordenó mi tío—. Déjalo ya. Ahora mismo.

Lo solté tal como me había ordenado. Marcus se cayó al suelo, resollando.

—Eres un cabrón —farfulló—. Puto desgraciado.

—Si le tocas aunque sea un pelo a Aenia, las consecuencias para ti serán catastróficas cuando nuestra madre regrese —advertí a Marcus.

—Ya basta, Blake —insistió mi tío—. El responsable de la muchacha eres tú.

—No lo he olvidado —contesté con acritud.

—Me alegro. Pues encárgate de ella antes de que deje en ridículo a la familia. O peor: antes de que se convierta en una amenaza.

Asentí tenso, e hice ademán de darme la vuelta.

—Y en cuanto a Theo... —prosiguió mi tío.

Me paré en seco.

—¿Qué pasa con Theo?

Theo Drakharrow era el hijo de mi tía y mi mejor amigo.

—Me han llegado noticias preocupantes sobre tu primo —explicó Viktor.

Por un momento se me cayó el alma a los pies. ¿Estaría considerando Theo competir conmigo por el liderazgo de la casa? Me imaginaba teniendo que matar a mi primo, aunque la mera idea me producía repulsión y horror.

—He oído que Theo volvió abochornar a la casa Drakharrow al entregarse a aventuras... inquietantes.

—Por todos los dioses, ¿me toma usted el pelo? —exclamé—. ¿Marcus mató a su consorte y lo que le preocupa es que Theo lo deje en ridículo porque a veces le gusta cogerse a otros hombres? Las otras casas no parecen tener un palo metido en el culo con el tema. ¿Por qué usted sí?

—Puede que las otras casas condonen ese tipo de relaciones contra natura. Pero nosotros no somos como las otras casas —respondió Viktor con frialdad.

—No —dije con brusquedad—. Eso está claro.

La casa Orphos dictaba que el líder tomara como consortes a un hombre y a una mujer. Creían que ese tipo de tríadas reforzaban el liderazgo. La casa Mortis dejaba la decisión en manos de cada individuo. Yo sabía que Catherine Mortis prefería a las mujeres, pero sospechaba que se había visto obligada a tomar como mínimo a un consorte masculino, al menos por cuestiones reproductivas. Con todo, eso no significaba que a la gente le sorprendiera su inclinación por desmelenarse con las mujeres.

—Mete a tu primo en cintura. Mucho me temo que acabará buscando encuentros amorosos con mortales —sentenció Viktor.

Respiré hondo, tratando de no señalar la minúscula diferencia entre los sangrepútridas comunes a los que Viktor tan claramente detestaba y la jinete de dragón sangrepútrida con la que me había comprometido sin pensarlo dos veces.

—Repulsivo. Es del todo repulsivo —coincidió Marcus, pero me di cuenta de que se esforzaba por ocultar una sonrisa maliciosa. Intentaba provocarme con la esperanza de que volviera a tener un arrebato que causara la ira de Viktor—. No tiene vergüenza ni gusto alguno.

—La casa Drakharrow está por encima de todas las demás —nos aleccionó Viktor—. No lo olviden. Las aventajamos porque nos moderamos. Porque somos superiores.

—Pues entonces no sé por qué no nos apareamos solo con miembros de la casa Drakharrow —respondí con sequedad—. Como en los viejos tiempos.

—¿Cuando las hermanas se casaban con los hermanos? No creas que no lo he valorado —dijo mi tío observándome con una mirada gélida—. Tal vez en el futuro recuperemos las viejas costumbres, como sugieres.

—Si ya hemos terminado, me gustaría volver a Bloodwing —dije—. Siempre que no necesite nada más de mí.

—Marcus puede encargarse de Theo si haces oídos sordos, Blake —insistió Viktor sin desviar la mirada—. Pero no creo que te gusten sus métodos.

Marcus se hizo crujir los nudillos.

—A lo mejor nuestro primo solo necesita una advertencia. Déjame que lo haga a mi manera.

—No —dije apretando la mandíbula—. Yo me encargo. Me encargaré de los dos, de Aenia y de Theo. Déjenmelos a mí.

Viktor asintió.

—Perfecto. Eres un buen sobrino, Blake. Los dos son buenos sobrinos. Esta familia, unida, ejercerá el liderazgo que este reino necesita. Que no flaquee su lealtad. Observen y aprendan.

Asentí.

—Siempre, tío.

Me fui de la estancia con el corazón a mil. Viktor era el hombre más peligroso que había conocido en mi vida, mientras que Marcus solo era una amenaza. Medra Pendragón no tenía ni idea de la que se había librado. Si pensaba que yo era un monstruo, que se esperara a conocer a mi hermano.

No: mejor que no llegara a tener nunca esa oportunidad.

15

MEDRA

Dos semanas más tarde

La Academia Bloodwing era un bellísimo enigma.

Cuanto más deambulaba por sus laberínticos pasillos, más enamorada estaba del extraño encanto del vetusto castillo. Muchos de mis compañeros eran criaturas crueles, pero también se respiraba cierta serenidad. Mientras recorría un pasillo podía mirar por un alto ventanal y que me saludara una vista del mar, indómito y plateado bajo el cielo de Autumno. De camino a clase, podía pasar por un patio lleno de árboles como torres que no había visto jamás en Aercanum, con ramas retorcidas y antiguas que creaban doseles de dorados y rojos bajo el cielo. Había llegado ya a embelesarme el hecho de pasear entre esos árboles, olfateando el aire fresco que transportaba aromas a tierra mojada, humo de madera quemada y hojas caídas, que crujían con un sonido agradable bajo mis botas. Los rincones y escondrijos del castillo parecían interminables, pero esa era precisamente la cualidad que tanto había llegado a adorar.

Aunque el tamaño de la academia intimidara y me hubiera topado con más de un compañero de primero con los ojos fuera de las órbitas y aspecto de haberse perdido, su naturaleza intrincada empezaba a aportarme un bienestar indescriptible. Era como si el edificio en sí mismo me invitara a desentrañar sus misterios.

Habían pasado dos semanas desde mi llegada a Sangratha. Dos semanas desde que me había convertido en estudiante de Bloodwing.

Había tomado algunas notas para mi trabajo sobre los dragones, pero aún no había comenzado a escribirlo. Con todo, cuanto más aprendía sobre aquellas antiguas bestias, más agradecía que ya no quedara ninguna viva. Los dragones eran conocidos por su brutalidad. Si no se los controlaba, mataban y se alimentaban con la misma voracidad que un altasangre, o más. Su apetito era voraz. Mantener dragones exigía un costo que solo la élite de las casas podía permitirse. La relación entre los dragones y sus jinetes me parecía precaria. Las bestias se mostraban posesivas y apasionadas con sus jinetes, pero también podían volverse contra ellos sin previo aviso. Era mucho más probable que un jinete muriera a manos de su propio dragón que de cualquier otro. Los dragones eran criaturas susceptibles que se ofendían con facilidad, egoístas y exigentes.

La relación entre jinetes, dragones y altasangres era igual de tensa. Los jinetes vinculaban los dragones a los vampiros y eran los únicos que podían mantener a los dragones a raya. Cuando caía un jinete, la lealtad del dragón hacia una casa altasangre no podía garantizarse hasta que la bestia hubiera aceptado el vínculo con un nuevo jinete de la misma casa. Había muchas historias de casas altasangres que habían tenido que luchar con sus propios dragones y matarlos cuando estos habían perdido el juicio. Y también se contaban relatos de casas altasangres que habían caído por completo al ser incapaces de resistir la fuerza de su dragón. Esos eran mis favoritos.

Y en cuanto a las sesiones de guardaesclavos con el profesor Rodríguez, al final resultó que aprender a bloquear el tejesclavos era tan agotador como una clase de combate. O incluso más.

—Se te concedió el derecho a aprender algo que ni siquiera la mayoría de los vampiros llegan a dominar jamás —me había explicado el profesor Rodríguez durante la primera sesión—. La mayor parte de los altasangres dan por sentado que la capacidad de bloquear es innata. Algunos pueden hacerlo; otros, no.

El pelo negro le cayó sobre la frente cuando se inclinó hacia delante con ojos penetrantes, concentrados.

—El arte del guardaesclavos tiene unas raíces muy antiguas. Algunos historiadores afirman que la habilidad se originó entre los mortales, no entre los vampiros. Y esa es, en mi opinión, la explicación más creíble.

Me removí en la silla, invadida por la expectación y los nervios.

—¿A qué se refiere?

—Los mortales siempre han tenido más motivos que nadie para temer a los vampiros, ¿no?

—Supongo —mascullé.

Él esbozó una sonrisa.

—Aunque somos más débiles en muchos sentidos, todos los mortales tienen potencial para la magia, por minúsculo que sea. En algún punto, un mortal desarrolló sus defensas y pudo bloquear el tejesclavos.

—Entiendo que a los vampiros no les hizo ni pizca de gracia —especulé.

—Efectivamente —convino—. El mortal que descubrió cómo bloquear el tejesclavos debió de recibir un buen castigo. Pero no antes de que le transmitiera esa habilidad a otra persona.

—¿Y en algún momento los vampiros se arrogaron todo el mérito? —pregunté.

Él asintió. Sospechaba que aquello era una herejía, algo que Rodríguez no osaría decirle a la cara a un altasangre. Pero allí estaba, atreviéndose a decírmelo a mí.

—Con el tiempo, los vampiros se apropiaron de la habilidad. Los jinetes de dragón eran los únicos mortales a los que se les permitía aprenderla.

—¿Por qué? —pregunté acercándome a él—. ¿Por qué solo a los jinetes?

—Creía que era obvio. Porque tenían en sus manos la clave del arma más valiosa del reino. Un arma que los altasangres no habían podido blandir jamás, para su eterna frustración y furia. Los dragones. Un vampiro jamás podría controlar a un dragón.

—Pero si un vampiro podía controlar a un jinete, en esencia disponían de una vía de acceso —supuse.

—Exacto. Y puede que pienses que es una idea excelente, una forma de controlar un dragón a través de su jinete. Pero hace mucho que las casas viven en una competición sangrienta entre sí, de modo que tener a un jinete vulnerable a la coerción por parte de las otras casas era una flaqueza. Imagínate a un jinete preparado para atacar que de repente se diera la vuelta porque alguien en tierra era lo bastante poderoso para tejesclavizarlo. Por eso, ya hace mucho tiempo que se acordó que a aquellos elegidos para montar se los entrenaría para proteger la mente, a fin de proteger también su montura y su casa. —Rodríguez pasó por delante de mí, observándome—. La mente es algo delicado. Incluso los vampiros, a pesar de su poder y habilidad, son vulnerables al tejesclavos.

—¿Qué tan vulnerables? —pregunté—. ¿Puede matarlos?

—Puede matar a un mortal, sin duda. Es inusual que un altasangre pueda matar a otro altasangre solo mediante el tejesclavos. Pero existen leyendas donde ocurre. Si esas historias son ciertas o no... —Levantó los hombros—. No estamos aquí para practicar el tejesclavos, sino para proteger tu libre albedrío. Perfeccionar el guardaesclavos es una tarea titánica. Habrá momentos en que querrás dejarlo, en que sientas que la mente se te fragmenta de puro agotamiento. Pero aguantarás.

—Aguantaré —repetí apretando los dientes.

Rodríguez parecía divertirse.

—Tienes ganas de aprender. Y es comprensible. A mí me pasaba lo mismo.

De repente, se me ocurrió algo.

—¿Usted también estudió en Bloodwing de joven? ¿Quién le enseñó a usar el guardaesclavos?

El profesor sonrió cordialmente.

—Hoy no estamos aquí para hablar de mí. Aquí la protagonista eres tú, Pendragón.

Y, sin embargo, no pude evitar preguntarme si Rodríguez también había sido víctima de acoso por parte de los altasangres, igual que yo. Eso explicaría por qué se había esforzado tanto por dominar el guardaesclavos.

—A diferencia de una clase de combate, el guardaesclavos no se basa en la fuerza física —continuó Rodríguez—, sino en la resistencia mental, algo que, de hecho, podríamos decir que es incluso más importante. Debo advertirte algo: el proceso puede llegar a ser... invasivo.

Asentí, sintiendo un escalofrío de inquietud.

—Hoy pondré a prueba tus defensas. El proceso no es especialmente delicado. Pero intentaré no forzarte demasiado. —Se levantó y se puso delante de mí—. Empecemos.

Antes de que pudiera formular una respuesta, sentí una presión repentina e intensa en la mente, como si alguien intentara abrir a la fuerza una puerta que yo no sabía que había dejado abierta.

Me invadió el pánico. Regan. Se estaba repitiendo.

Mis pensamientos se dispersaron cuando intenté liberarme por puro instinto. Me agarré a los descansabrazos de la silla y me aparté todo lo que pude, como si esperara que con eso bastara para detener la sensación. Pero Rodríguez no se detuvo. Volvió a empujar y una oleada de energía concentrada me envolvió los recuerdos de ese mismo día: el desayuno en el comedor, caminar por los pasillos de camino a clase.

El corazón se me aceleró cuando caí en cuenta de lo que podría descubrir si hurgaba un poco más. Me revolví en un intento desesperado por levantar alguna barrera, pero su presencia se colaba por las hendiduras como el humo. La presión se volvía más invasiva, más amenazadora, y sentí como me dominaba el pánico. Rodríguez estaba repasando mis recuerdos. Hasta el momento solo había ojeado los más recientes. Lo sentía abriéndose paso a través de mis días en Bloodwing, por el recuerdo de cuando estuve encima del dragón de piedra negra, notando mi miedo, mi terror.

—Me estás dejando entrar sin impedimentos —dijo Rodríguez. Su voz sonaba como si viniera de muy lejos—. Tienes que defenderte. Tu mente es tuya, y de nadie más. Protégela con tu vida.

—Pensaba que me estaba defendiendo —contesté con los dientes apretados.

Él suspiró y noté como disminuía la presión mental, que luego desapareció tan rápido como había empezado.

—Bloquear a quien intenta introducirse en tu cabeza no es como blandir una espada o recurrir a la fuerza bruta. Tiene que ver con el control, un control sutil y preciso de tus propios pensamientos. Imagínatelo como la construcción gradual de una fortaleza, pero en este caso no hablamos de una fortaleza de piedra sólida, sino adaptable, flexible. Con el tiempo, se volverá impenetrable.

Eso era lo que quería; convertirme en una fortaleza.

Fruncí el ceño y apreté los dedos en el regazo.

—Pero ¿cómo? ¿Por dónde empiezo?

Rodríguez suavizó la expresión ligeramente, como si percibiera mi miedo.

—No será rápido. Comenzaremos con la primera táctica que aprendí. Se llama compartimentación mental. Aprenderás a separar la mente en distintas capas, a crear barreras entre tus pensamientos superficiales, los que no te importa que vean los demás...

Torcí el gesto. En el fondo, no tenía nada en la cabeza que tuviera ganas de que viera un desconocido.

Al ver mi gesto, esbozó una sonrisa.

—Ya lo sé. Pero piensa que sería mucho peor si yo fuera otra persona. —Dejó que la insinuación pendiera entre los dos.

Asentí con firmeza.

—Claro. Lo entiendo. No quiero que se limite conmigo.

—Así me gusta —dijo con una media sonrisa—. Bueno, volviendo a la compartimentación mental. Crear una barrera entre los pensamientos, los que no te importar revelar y los que necesitas ocultar. —Levantó los hombros—. Todos tenemos de esos, ¿verdad? Puede que al final te deje ver también lo que desayuné esta mañana, Pendragón.

Rodríguez sonrió y yo le devolví el gesto con timidez. No tenía claro qué me esperaba, pero no había previsto que fuera tan difícil, tan... invasivo. Aún notaba el eco de la presencia de Rodríguez en mi mente, un recordatorio de la facilidad con que había penetrado mis frágiles defensas. Mis inexistentes defensas.

Se me revolvió el estómago. ¿Y si no estuviera en un entrenamiento? ¿Y si estuviera en una situación real? ¿Y si hubiera otra persona intentando hacerme daño o, peor, obligándome a hacerme daño a mí misma o a otras personas, como ya había ocurrido? Pensé en Regan y en lo indefensa y vulnerable que me había sentido.

Una sensación de rencor me atravesó el cuerpo. Sabía que el profesor Rodríguez hacía aquello por mi propio bien, pero el potencial que tenía de desgarrarme la mente, de buscar todo pensamiento vulnerable, me había dejado desnuda y expuesta. No lo soportaba. No soportaba la facilidad con que podían destaparse mis debilidades, por mucho que me esforzara en disimularlas.

Rodríguez me estaba esperando. Cuando asentí para indicarle que estaba lista, me hizo un gesto para que cerrara los ojos.

—Imagínate tu mente como un lugar. Un campo abierto, por ejemplo. Ahora empieza a construir capas. Esas serán las divisiones. En la primera capa no debería haber nada importante; tus pensamientos más recientes, recuerdos triviales. Su cometido es despistar. Con el tiempo, solo percibiré lo que hay detrás si tú me dejas.

Cerré los ojos, tratando de imaginarme mi mente tal como la había descrito. Se me hacía raro, antinatural. Sin embargo, a medida que me concentraba, comencé a levantar un muro mental. Era delgado, como una hoja de papel, algo que difícilmente podía describirse como un muro. Pero era un comienzo.

—Muy bien —declaró Rodríguez tratando de animarme—. Ahora voy a intentar atravesar esa primera capa. Cuando sientas que me acerque, quiero que la refuerces. No me dejes pasar así nada más.

Me tensé. Volvía a notarlo, como un golpecito en el borde de la mente. Su presencia estaba ahí, indagando, pero no con contundencia. Aún no. Era un empujoncito, como si alguien comprobara la resistencia de una puerta.

Me estremecí y quise separarme por inercia, pero en vez de eso me concentré en el muro y añadí otra hoja de pergamino, y luego otra. Me la imaginé ganando grosor, reforzándola con barras de hierro, reafirmándola.

—Continúa así —dijo Rodríguez—. No dejes de construir el muro. Nota la presión. No permitas que se resquebraje.

La presión aumentó ligeramente, pero el muro resistió. El corazón me martilleaba contra el pecho, pero también sentía cierto cosquilleo de orgullo.

Rodríguez habló de nuevo.

—Muy bien. Lo dejaremos aquí por hoy. —Hizo una pausa—. Podría derribar el muro si quisiera, pero no voy a hacerlo.

La sensación de orgullo cayó en picada.

—Está bien. Gracias..., supongo.

Él asintió.

—No voy a llevarte entre algodones. Pero acabamos de empezar, y esto requiere tiempo y práctica. Debes aprender a ocultar esas divisiones. Al fin y al cabo, si alguien percibe un muro, sabrá que hay algo detrás que no quieres que vea.

—Y, entonces, ¿qué hago? —pregunté después de abrir los ojos, sintiendo de nuevo la misma frustración de antes.

—Debes aparentar normalidad. Tus pensamientos deberían parecer un libro abierto, pero solo las páginas que quieres que lean. Todo lo demás debería estar escondido, oculto tras pensamientos falsos. —Hizo una pausa, como si buscara las palabras adecuadas—. La cuestión es construir una nueva realidad. Un nuevo tú. Y que sea creíble. Tendrás que practicar cómo disimular tus verdaderas intenciones. A veces el objetivo no es solo impedir que alguien entre en tu cabeza, sino además hacerle creer que no hay nada que valga la pena buscar.

Aquel era otro aspecto del tejesclavos que ni siquiera se me había pasado por la cabeza. A Regan no le interesaban mis recuerdos; solo quería controlarme. Pero ¿y si le hubiera dado por rebuscar? No habría tenido forma de impedírselo. En aquel momento yo era un libro abierto, como el resto de los estudiantes sangrepútridas. Aunque dudaba que ellos también provinieran de otro mundo.

—Sé lo que estás pensando —dijo Rodríguez observándome—. Trabajaremos también en el aspecto de la compulsión del tejesclavos. Eso es lo que Pansera utilizó contra ti sin miramientos el otro día. Pero empecemos poco a poco. El entrenamiento del guardaesclavos puede llegar a ser..., bueno, intenso.

Se me hizo un nudo en el estómago. Aquello era más complejo de lo que me había imaginado. Pero el engaño era mi fuerte, ¿no? Después de todo, estaba allí. No sabían qué era en realidad, ni quién era, no del todo.

—¿Qué haremos la próxima vez?

—Empezaremos practicando distracciones sencillas. La próxima vez que nos veamos, te presionaré un poco más, y deberás bloquearme el camino con recuerdos y pensamientos falsos. Cualquier cosa que me distraiga. Es como guiar a alguien por el pasillo incorrecto de un laberinto. —Hizo una pausa—. Pero, de momento, trabaja en la construcción de la primera capa. Que sea firme, céntrate en controlar lo que veo.

Asentí y me puse de pie. Me notaba cansada y temblorosa, y eso que Rodríguez se había contenido. Porque tampoco tenía otra opción.

—Esto va a requerir su tiempo —dijo recostándose en la silla—. Pero tienes potencial. No me habría ofrecido a enseñarte si no lo creyera. Cuando domines por completo esta habilidad, nadie podrá volver a ponerte las manos en la mente. A menos que se lo permitas.

No me imaginaba permitiéndole algo así a nadie. Asentí para darle las gracias, pero al salir del aula, la cabeza me bullía y todavía me sentía vulnerable. Cuanto más practicáramos, más probable sería que el profesor Rodríguez viera algunos de mis recuerdos más dolorosos e íntimos.

Y si se acercaba demasiado, él o cualquier otra persona, no tenía claro qué ocurriría.

Las semanas siguientes fueron extenuantes. El profesor Rodríguez no aflojó el ritmo. En cada sesión aumentaba la fuerza de sus ataques y derribaba mi muro una y otra vez. Lo único bueno era que parecía haberse olvidado del trabajo que debería estar escribiendo. Tal vez se hubiera compadecido de mí, aunque estaba convencida de que era algo temporal.

Algunas noches, sobre todo después de una sesión especialmente intensa, me quedaba en vela pensando en la facilidad con que Rodríguez podía entrar en mi mente. O cualquier otro altasangre, para el caso. Me recordaba a mi abuelo. Buscándome, reteniéndome, tomando de mí lo que no le pertenecía. Mis recuerdos. Mi vida.

Al final llegó una noche en que estaba exhausta, pero tampoco podía estar dándole vueltas a aquello eternamente. Me paseé por la sala común de primero, taciturna y melancólica, pasando un dedo por los bordes de las ventanas. En Camelot habría ido a cabalgar con Odessa. Habría galopado con mi caballo y sentido el viento en el pelo. Pero allí no tenía caballo ni lugar adonde ir. Según tenía entendido, todas las salidas de Bloodwing estaban vigiladas. No se nos permitía visitar la ciudad.

Un destello a los pies del castillo captó mi atención. Un fuego, abajo en la playa.

La fiesta de Theo.

Miré al otro lado de la estancia, donde Florence garabateaba sobre un pergamino. Tenía libros abiertos a su alrededor formando un semicírculo y daba la impresión de estar leyendo dos o tres a la vez. Naveen ya se había ido a la cama. Pero yo estaba inquieta. Aquella noche tenía un fuego en la sangre que no parecía ser capaz de sofocar. Volví a observar la fogata y tomé una decisión.

16
MEDRA

—Esto fue una idea terrible —se quejaba Florence mientras caminaba detrás de mí por la arena.

Ignorábamos por completo lo que se ponían los estudiantes para ir a esas fiestas, pero yo me propuse buscar prendas que no estuvieran marcadas con el lema de la escuela. Bastante tenía con llevarlo ya todos los días lectivos.

Había sacado el vestido que llevaba puesto del clóset de mi habitación. Los vestidos y camisones parecían ser las únicas prendas de ropa que no estaban estampadas con el *«Sanguis et Flamma Floreant»*. El corpiño era un corsé ajustado de cuero negro que se sujetaba por la parte delantera con cordones carmesíes. El diseño sin mangas me dejaba los brazos desnudos. La falda me quedaba justo por encima de la rodilla y me caía desde la cintura con pliegues suaves superpuestos de tul negro. Era algo más seductor de lo que estaba acostumbrada a ponerme, pero también era oscuro y lánguido..., lo cual encajaba a la perfección con mi estado de ánimo aquella noche.

Florence, en cambio, había elegido un modelo mucho más parecido a su atuendo cotidiano. Llevaba una camisa blanca abrochada y bordada con el escudo de Bloodwing y una falda gris oscuro. Encima se había puesto una capa azul marino, aunque la noche fuera cálida y no le hiciera falta. Tenía un aspecto académico y, bueno, de bibliotecaria. Pero no se lo dije. Ya había sido muy valiente al acompañarme. Si estaba cómoda, lo demás daba lo mismo. Aunque ninguna de las dos estábamos cómodas, ni mucho menos. Pero mientras nos vestíamos habíamos bebido suficiente vino como para armarnos de una osadía temporal.

La noche era sofocante. La brisa arrastraba el aroma a salitre del mar. En la lejanía se veía una gran fogata que titilaba, proyectaba un fulgor anaranjado sobre la arena y reflejaba su luz en las olas rompientes. Muy por encima de nosotras, la Academia Bloodwing se alzaba imponente y las torres del castillo se recortaban contra el cielo estrellado. Incluso desde lejos conseguía divisar las puntas de las estatuas de piedra que sobresalían en el Atrio de los Dragones.

Tropecé con la arena blanda y dejé escapar un improperio. Me agaché, me quité las botas que llevaba puestas y las dejé en la arena, apuntándome mentalmente el lugar en el que las había dejado en relación con el sitio por donde habíamos venido. Notaba la arena fría entre los dedos de los pies.

—Mucho mejor. —Suspiré con satisfacción.

Florence no dijo nada y se limitó a taparse con la capa.

—¿Tienes frío? —le pregunté, sintiéndome culpable. La había tenido que convencer para que viniera.

—No sé si tendría que haber venido —contestó nerviosa—. Theo Drakharrow te invitó a ti, no a mí. No me espera.

—Eres mi invitada —le aseguré leal—. Si no te quieren allí, nos iremos. Pero creo que no les importará. Theo me lo pintó como si todas las noches organizaran un fiestón en la playa. —Levanté los hombros—. A lo mejor siempre invitan a un montón de sangrepútridas.

Florence negó con la cabeza.

—No sé, Medra. Los altasangres y los sangrepútridas no suelen festejar lo que se dice juntos. Aunque trabajemos codo a codo y seamos compañeros, tampoco es que socialicemos, salvo en ocasiones contadas.

Arqueé las cejas.

—Bueno, pues a lo mejor va siendo hora de que eso cambie. Theo claramente lo cree así.

—Theo es un caso aparte, incluso dentro de su grupo —dijo Florence, verbalizando la impresión que yo ya había tenido de él—. Solo espero... —Se interrumpió.

—¿Qué? —Dejé de caminar—. ¿Esperas que no nos tengan preparada una broma?

Asintió, con gesto inquieto.

—Te entiendo. —Respiré hondo—. Quizá haya sido mala idea. Podemos volver.

El vino que habíamos bebido nos había dejado con un punto agradable, pero los efectos ya se disipaban.

—No. —Florence negó con la cabeza, tozuda—. No me hagas caso. Es una tontería. Deberíamos ir. Y debería sentirme honrada de que hayas pensado en invitarme.

Me reí y la tomé del brazo.

—Ahora sí que dijiste una tontería. Eres amiga mía. ¿A quién voy a invitar? Y habría invitado también a Naveen si no se hubiera dormido. Me alegro de que hayas tenido la valentía necesaria para aceptar.

—Hablando de valentía... —Florence se agachó y se metió la mano debajo de la falda.

—¡Florence! —exclamé de alegría al ver que sacaba una licorera metálica—. Qué mala eres.

—Me la había atado al muslo —dijo riéndose—. Lo leí en un libro; había una chica que hacía lo mismo.

—Pero ¿qué clase de libros lees para pasar el rato, Florence? —Abrí la licorera y le di un sorbo, y luego lo escupí. Ron. Y del fuerte.

Florence recuperó la licorera y bebió un poco de ron. Los ojos le brillaron con malicia.

Mejor. Mucho mejor.

—¿Quién sabe lo que ocurrirá esta noche? —pregunté con picardía—. A lo mejor te encontramos... —Hice una pausa—. ¿Un chico? ¿Una chica? No tengo claro cuáles son tus preferencias. No se me ocurrió preguntarte si ya tenías pareja.

Incluso a la tenue luz de la luna vi que se ponía roja como un tomate.

—No. O sea, que no tengo. Es decir... —Respiró hondo—. No he tenido nunca novio. En serio, no. Pero chicos. O sea, hombres. Creo que prefiero a los hombres. —Me miró con timidez—. Aunque a veces me parezcan tremendamente idiotas.

Las dos nos echamos a reír.

—Desde luego —confirmé—. Pero tienen algo que...

Las dos suspiramos y seguimos andando por la playa, tomadas del brazo.

—A lo mejor te encontramos a un chico lindo en la fiesta —sugerí—. Alguien adorable al que le encanten los libros y estudiar, y cuyo sitio favorito sea la biblioteca.

Florence se rio entre dientes.

—Ya parece que vamos a encontrar a alguien así aquí.

—Oye, que a lo mejor tiene un lado salvaje. Como tú, por lo visto. —Le di un codazo de broma—. No estaría tan mal, ¿no te parece?

Intenté guiñarle un ojo, pero acabé por pestañear con los dos a la vez, y estallamos en carcajadas.

—Oye, ¿tan fuerte era el ron? —conseguí articular finalmente, después de controlar las risotadas.

Florence se había parado y miraba al frente con expresión de duda. Habíamos llegado a la fiesta. La luz de la fogata se reflejaba en la arena. Si dábamos un paso más, entraríamos en el círculo de su fulgor.

—No veo más sangrepútridas —susurró Florence.

Le seguí la mirada. La fiesta parecía estar en su punto álgido. Se oía música y vi a algunos estudiantes altasangres bailando cerca de las llamas. Otros se habían acostado en la arena y bebían de licoreras o botellas de vino. El grupo que se había reunido en torno al fuego estaba formado casi por completo por vampiros. Lo escudriñé deprisa una segunda vez y caí en cuenta de que sí que había otros mortales aparte de Florence y yo. Pero todos parecían ser siervos. Estaban sentados en el regazo de los altasangres o acostados a su lado en la arena, con el cuello echado hacia atrás, exponiendo la garganta a las bocas expectantes de los vampiros que los sostenían con firmeza.

Observé a una muchacha de pelo negro inclinar la cabeza justo antes de que un chico altasangre le hundiera los colmillos en el cuello. La escena era extrañamente seductora y perturbadora. La chica no se resistía. De hecho, parecía estar disfrutando, con los ojos entornados mientras el altasangre se alimentaba de sus venas.

Asqueada y fascinada a partes iguales, contemplé cómo el vampiro se separaba despacio de ella, con los labios manchados de sangre. La sierva ladeó la cabeza con una débil sonrisa en los labios.

El estómago se me revolvió. Al fin y al cabo, eso éramos para los altasangres. Eso y nada más. Comida.

Debía asegurarme de no olvidarlo jamás. Aunque Florence y yo no fuéramos siervas, seguíamos siendo mortales en un mundo dominado por aquellas criaturas. Sentí el peso del peligro. La sensación de ser presa.

Nos habíamos equivocado al ir a aquella fiesta.

De repente pensé en Florence cautivada y embelesada por algún altasangre y me bajó por la columna un escalofrío. ¿Le parecería un halago que la eligieran? ¿Aceptaría de buen grado?

¿Cómo era posible que los siervos siguieran siendo amigos de otros sangrepútridas durante una relación tan parasitaria con un vampiro? ¿No los despreciaban? ¿O acaso los envidiaban? Tenía tantas preguntas que no se me había ocurrido formular, había tantas cosas de aquel mundo que me daba cuenta de que desconocía. Sabía que era un honor estudiar en Bloodwing. ¿Sería también un honor ser siervo?

Florence parecía paralizada a mi lado. Ella también había visto a los siervos.

—Creo que algunos son tratasangres —musitó.

—¿Eso qué es?

—Pues...

—¡Medra! —Se oyó una risotada estridente.

Por un segundo pensé que sería Theo. Deseé que fuera Theo. El corazón me dio un vuelco cuando vi quién se dirigía hacia nosotras por la arena.

—Mierda —mascullé.

Regan Pansera se movía en nuestra dirección con la gracia de una gata. Llevaba un elegante vestido rojo semitransparente que le abrazaba su figura esbelta. Se había recogido el pelo en una pulcra cola de caballo alta. Sin desviar la mirada en ningún momento, se apartó con delicadeza un mechón plateado rebelde. Nos sonreía como la gata que encontró a un ratón.

—No tenía ni idea de que vendrías esta noche —dijo Regan pavoneándose—. Ay, mira, pero si trajiste a otra chiquilla sangrepútrida contigo. ¿Quién es tu amiga?

—Regan, te presento a Florence Shen —contesté tensa—. Florence, te presento a Regan Pansera.

—Sé quién eres —dijo Florence con suavidad—. Encantada de conocerte, Regan.

Notaba la ansiedad de Florence, su inquietud, y me devoraba la culpa por haberla llevado hasta allí. ¿Por qué había pensado que sería divertido? Estaba tan aburrida y nerviosa que había pensado «¿por qué no?».

Regan Pansera era la respuesta a ese «¿por qué no?». El único consuelo era que no había visto a Blake entre la multitud.

—¿Con quién estás, Regan?

Otras tres chicas altasangres se aproximaron hacia nosotras demostrando un equilibrio más bien precario. Saltaba a la vista que ya se habían pasado con la bebida.

Una tenía un reborde de sangre en la boca. Me miró ebria.

—¿Estas son tus nuevas siervas, Regan?

—¿Mis siervas? —Regan soltó una carcajada aguda—. No lo creo. Ya sabes que la casa Drakharrow cuenta con sus propios siervos. La sangre más limpia y refinada que podemos encontrar. No tengo por qué buscármelos yo.

Lo que insinuaba era que, por alguna razón, nuestra sangre estaba contaminada, no era lo bastante pura para que ella se la bebiera. Apreté los dientes, pero no dije nada. No tenía ninguna intención de debatir sobre si mi sangre le resultaría deliciosa o no a un altasangre.

—Pero un siervo también ofrece otras ventajas —apuntó otra de las chicas arrastrando las palabras—. Otros placeres. Es tan fácil cuando tienes a uno vinculado a ti esperándote en tu habitación al final del día...

Regan negó con la cabeza.

—Ya, claro, pero para eso tengo a Blake, ¿no? No necesito a ningún plebeyo para que me caliente la cama.

Sentí una oleada de desprecio inesperada ante la idea de que Blake fuera el que le calentaba la cama. ¿La esperaría en su habitación después de las clases, preparado para arrancarle el vestido?

Cambié el peso del cuerpo y retorcí los dedos de los pies en la arena.

Una de las chicas se llevó de pronto las manos a la boca.

—Por la Doncella Sangrienta. Esa chica tiene el pelo rojo.

—Sí, tiene el pelo rojo —le espetó Regan molesta—. Vaya que eres tonta, Larissa.

—De tonta nada —protestó la muchacha que se llamaba Larissa, y entrecerró los ojos—. Lo que digo es que, si tiene el pelo rojo, esta debe de ser tu otra consorte. Ya la había visto en la escuela. —Larissa continuó dirigiéndose a Regan, no a mí. Por lo visto, ni siquiera me merecía una interacción directa. Le lanzó una sonrisa pícara a Regan—. Qué bendición tenerla a tu lado. Una verdadera jinete de dragón.

—Uy, decir que es una bendición es quedarse corta —coincidió esta, con la voz cargada de desprecio—. No podría haberle pedido más a mi co-consorte.

Las otras chicas me repasaban de pies a cabeza. Me sentía como una vaca en una subasta, pero al menos estaban dejando en paz a Florence.

—Es guapa, Regan. No me había fijado en lo guapa que era —comentó despacio una de las otras dos chicas. Le brillaban los ojos. Me dio la impresión de que ninguna de aquellas altasangres apreciaba en el fondo a Regan aunque formaran parte de su círculo social—. Deslumbrante, de hecho. No me sorprende que lord Drakharrow la haya emparejado con Blake.

La chica alargó el brazo como si pretendiera tocarme el pelo, y yo le di un manotazo. Ella se rio como si fuera lo más gracioso del mundo.

—Uy, veo que la zorra muerde, ¿eh? Bueno, tú la pondrás en su sitio, ¿verdad?

—Aún tiene mucho que aprender sobre su lugar en el mundo, eso es verdad. —Regan me miró con los ojos entrecerrados.

—No puedo creer que los hayan emparejado a Blake y a ti con una sangrepútrida. En serio, ¿qué se le pasó por la cabeza a lord Drakharrow? Juntar a su sobrino con una, una... —La chica miró a su alrededor en plan disimulo y bajó la voz—. Una puta bárbara. Porque, vamos a ver, ¿es que tiene siquiera la sangre limpia? ¿La has saboreado?

—Carajo, Gretchen, ¿a ti qué te parece? —le espetó Regan—. Ya te lo dije. Ni yo ni Blake. Está prohibido. De momento.

Sentí un arrebato de ira. Ni de broma les permitiría saborearme. Jamás. Antes muerta.

—Ni tú ni Blake me saborearán jamás —solté—. Ni en sueños. No pedí que me nombraran su consorte ni que me asociaran con el idiota de tu prometido. Y si crees que las cosas van a ir un paso más allá, entonces puedes esperar sentada.

Las chicas me miraban ojipláticas.

—Por la Sangre Bendita, sí que es ignorante, sí —susurró al fin una de ellas—. ¿Está bien de... ahí? —Se dio unos golpecitos en la sien con el dedo—. No me sorprende que se subiera a un dragón en su primer día.

Todas se rieron, incluso Regan.

—Esta chica es lerda perdida —anunció Regan—. Ya saben que adoro y honro a lord Drakharrow. Al fin y al cabo, es casi familia. —Soltó un largo suspiro—. Pero no puedo evitar pensar que cometió un error garrafal. Medra no está a mi altura, ni mucho menos a la del pobre Blake. —Me miró de arriba abajo—. Es un despojo sangrepútrida, eso es lo que es. Un desecho que Blake salvó de una montaña de basura. No tiene ni idea de lo que hace. Supongo que simplemente agradece la comida gratis.

Las otras chicas se echaron a reír. Abrí la boca hecha una furia, resistiéndome a duras penas a darle en la cara a Regan.

—¡Medra, ahí estás! —Era Theo. Se abrió paso entre las chicas con una sonrisa de oreja a oreja en su atractivo rostro—. No sabía si te presentarías una noche de estas.

—¿La invitaste tú? —le preguntó Regan entre dientes, mirándonos sin dar crédito a Theo y a mí.

Florence se comportaba como si, quedándose lo bastante quieta, pudiera parecer invisible. Y no la culpaba.

—Qué valor tienes, Theo —dijo Regan.

—Pues sí, la verdad —contestó altivo—. Soy Drakharrow, ¿no? —Se volvió hacia mí y me puso una mano en el brazo libre—. Ven conmigo, Medra. Ven conmigo, amiga de Medra. Bienvenidas, bienvenidas.

—Se lo contaré a Blake —lo amenazó Regan cuando Theo comenzó a jalarnos—. Es un despropósito. Esto es una fiesta privada. Fui yo la que inauguró estas noches junto a la fogata. No tenías derecho a invitar a nadie.

—Por favor, cállate la boca, Regan —le dijo Theo con tono de aburrimiento—. ¿Quién crees que me dijo que la invitara?

A pesar de imaginarme que sería una broma, casi me reí cuando Regan se quedó boquiabierta.

—Mientes —se quejó levantando la voz una octava—. Mientes más que hablas, Theo.

—Y tú eres una puta sosa —le espetó Theo—. Compadezco a mi primo por tener que aparearse contigo algún día.

Nos alejó de los aullidos furiosos de Regan y nos llevó a un gran tronco que habían colocado al otro lado del fuego y donde ya estaban sentados dos altasangres.

Theo les hizo un ruido para espantarlos.

—Vamos, fuera de aquí. Busquen otro sitio donde sentarse. Mis amigas necesitan este tronco. Muévanse, gracias.

Me hizo gracia ver que los altasangres lo obedecían y se apresuraban a buscar otro sitio en la arena, desde donde observaron a Theo con nerviosismo.

Theo nos sentó a Florence y a mí en el tronco, y él se colocó en medio.

—Así —dijo satisfecho—. Mucho mejor, ¿no? Hace una noche preciosa. El fuego está precioso. —Nos soltó los brazos y se metió la mano en la camisa—. Una noche preciosa para... —Se sacó una botellita de un líquido que se arremolinaba y relucía—. ¿Un poco de ambrosía? —Nos dedicó una sonrisa malévola.

No tenía ni idea de qué había en la botella, pero vi que Florence contemplaba el contenido con los ojos fuera de las órbitas.

—¿Eso es ambrosía carmesí? —preguntó ella.

—¿Y eso qué es? —me incliné hacia delante, curiosa.

—No la pruebes, Medra —me ordenó Florence de inmediato—. Tiene un efecto completamente diferente en los mortales que en los altasangres.

—Eso no es del todo cierto —replicó Theo—. ¿La has probado alguna vez?

Al ver que Florence no decía nada, él arqueó las cejas.

—Bueno, pues yo sí, y he estado con sangrepútridas que también la han probado. Puede ser muy placentera para ambas especies.

—No tengo que probarla para saber que es muy adictiva —musitó Florence—. A los altasangres les provoca euforia —explicó volviéndose hacia mí—. Pero en los mortales los efectos de la euforia se exacerban. Puede provocar alucinaciones y volverte más susceptible al tejesclavos.

Me estremecí.

—No, gracias. —Miré a mi alrededor—. De hecho, después del desagradable encontronazo que tuvimos, creo que deberíamos irnos. ¿No te parece, Florence?

Florence parecía aliviada.

—Claro. No me importaría que nos fuéramos ya. Se está haciendo tarde.

Theo nos miró con una expresión de incredulidad.

—¿Se puede saber qué dicen? Acaban de llegar. La noche es joven. No pueden irse. —Puso gesto serio—. Miren, las entiendo, ¿de acuerdo? Regan les echó las zarpas encima antes de que yo las viera. No es la persona más hospitalaria del mundo.

Me reí sin humor.

—Es una forma de describirla, sí.

—Pero no puedes huir de ella. Eso es precisamente lo que busca.

Me enervé.

—No huyo de ella.

—Si te ve yéndote justo después de llegar se pondrá muy contenta —contestó Theo—. Además, lo que pasa es que está celosa de ti, Medra.

—¿Celosa? —balbucí—. ¿De qué? Es evidente que me odia.

—Claro que te odia —dijo Theo sonriendo—. Odia a cualquier persona que considere una amenaza. De hecho, odia a casi todo el mundo, así que eso no es del todo verdad. Pero a ti sí te ve como una amenaza. Deberías sentirte halagada.

—Su vida parece bastante perfecta, por eso no veo por qué debería verme como una amenaza. —Levanté los hombros—. Sabe que no quiero a su novio y que él ciertamente no quiere tener nada que ver conmigo.

—Blake tampoco quiere tener nada que ver con Regan, así que me parece que en eso están en el mismo barco —dijo Theo.

Negué con la cabeza.

—Eso no puede ser verdad.

Theo comprobó que no hubiera nadie cerca.

—Mira, Blake y ella están peleados.

Lo miré con escepticismo.

—No lo creo. Los vi en la biblioteca el otro día. Parecían una parejita perfecta y feliz. —Eché la vista hacia el otro lado de la fogata, donde Regan seguía de pie. Estaba rodeada por otro grupo de estudiantes altasangres. Había recuperado la compostura y parecía estar contando animadamente una historia. El grupo entero se reía—. A mí me parecen hechos el uno para el otro.

Los dos eran igual de detestables.

—Sé muy bien lo que verías, pero créeme: es todo una pantomima —dijo Theo—. Blake le sigue el juego porque no le queda otra, porque es lo que espera su tío. Pero es puro teatro. —Bajando la voz, añadió—: Se pasa casi todos los días con el ánimo por los suelos.

Aquello me sorprendió, pero me negaba a demostrarlo. Lo último que quería era que se me notara siquiera un ápice de compasión por Blake Drakharrow. ¿Que su compromiso con la chica altasangre más atractiva y popular de la escuela se desmoronaba? Como si no pudiera librarse de esa situación si quisiera...

—El problema es que Regan no tolera el rechazo. Cree que puede conseguir que Blake la quiera —continuó Theo.

Levanté los hombros.

—A lo mejor le funciona. A mí me parece que tienen mucho en común. Los dos son arrogantes, son unos intolerantes y son crueles. La pareja perfecta.

—No conoces a Blake tanto como crees, Medra. Es mi primo. Crecimos juntos —señaló Theo, y negó con aire de tristeza.

—Y ahora me dirás que no es tan malo —dije, notando como me encendía—. Es un idiota, Theo. Y, sinceramente, tú no me pareces mucho mejor. De verdad que no sé por qué vinimos.

—Vinieron porque soy un encanto —contestó Theo lanzándome una sonrisa adorable—. Y menos mal que vinieron, porque, si no, ¿quién te va a explicar todo lo que necesitas saber? —Echó una ojeada a su alrededor con disimulo—. Mira, Medra: aquí podrían matarte. Y, lo creas o no, no quiero que te maten. Y creo que Blake tampoco.

Sentí una punzada de inquietud.

—¿Qué es lo que necesito saber?

—Pues cómo es en realidad tener a Regan de enemiga —dijo Theo en voz baja—. Lo cambia todo. Se supone que las consortes...

Florence se puso de pie.

—¿Florence? —pregunté.

Dio un paso por la arena, y luego otro. Me levanté y me volví hacia Theo.

—Supongo que nos vamos. Ya hablaremos otro día.

—Medra... —Theo observaba a Florence con una expresión de alarma en la cara.

Volví a mirar a mi amiga. Florence caminaba a un ritmo constante. No había despegado los labios ni me había mirado desde que se había levantado. E iba directo hacia la fogata.

17
MEDRA

—¡Florence! ¡Para! —le grité.

Corrí hacia ella, me coloqué delante y la empujé con suavidad por los hombros, pero era como intentar aguantar un muro. Un muro en movimiento que no dejaba de avanzar.

Florence tenía una fuerza sorprendente. Me tambaleé cuando chocó conmigo. Por un momento, me miró a los ojos y vi la confusión. Acto seguido, se le nublaron y trató de liberarse de mí y rodearme.

—¡Theo! —exclamé—. ¡Necesito ayuda!

Apareció a mi lado en un instante y observó a Florence con los rasgos, normalmente relajados, marcados por la preocupación.

—Carajo —musitó—. Alguien la tiene bajo el tejesclavos.

Miré a mi alrededor. Regan seguía al otro lado del fuego. Se había tapado la boca con la mano y se reía mientras me veía intentando detener a Florence.

—¡Regan, que los dioses me ayuden, porque si esto es cosa tuya te juro que te mato! —bramé.

Ella levantó ambas manos y levantó los hombros, como diciendo: «Esto no es cosa mía».

Algunos de los otros altasangres nos observaban a Florence y a mí con curiosidad, pero la mayoría parecían aburridos. Era evidente que no era la primera vez que veían algo así, pero ninguno parecía estar a punto de confesar.

Apreté los dientes.

—¿Quién es, Theo? ¿Puedes detenerlo?

Theo escudriñaba a la multitud, y yo le seguí la mirada.

Lejos de la hoguera, un grupo de estudiantes estaban acostados en la arena y se reían histéricamente. Uno señaló a Florence y dijo algo. Sus carcajadas se volvieron aún más estridentes.

—¿Quién demonios le está haciendo esto? —pregunté entre dientes—. ¿Cuál de ellos? ¿Puedes pararlo?

Florence era un peso que me empujaba y que intentaba separarse de mí. Dudaba que aquella fuera su fuerza habitual. El tejesclavos debía de estar extenuándola más allá de sus límites. No tenía claro cuánto aguantaría reteniéndola.

Justo cuando me venía ese pensamiento, Florence me agarró de las muñecas, comenzó a hundirme las uñas en la carne y yo solté un aullido. Las tenía afiladas y no se estaba conteniendo.

—Florence —le rogué—. Para, por favor. Esta no eres tú. Me estás lastimando.

Mirarla a la cara era como mirar a un fantasma. Florence no estaba allí. Se había ido. ¿Era aquel mi aspecto cuando Regan me estuvo controlando?

Me notaba fuera de mí e inútil. ¿Cómo podía permitirse algo así? Si soltaba a Florence, sabía que quienquiera que le estuviera haciendo aquello la obligaría a seguir andando hacia la fogata. ¿La haría lanzarse de lleno a las llamas?

—Es alguien de la banda de Kage Tanaka —susurró Theo.

En efecto, en ese momento divisé un rostro familiar. El chico del pelo rubio de punta que había intentado agarrarme en el pasillo cuando estaba con Blake.

—¡Kiernan! —grité, recordando su nombre—. ¡Déjala en paz, puto acosador!

Kiernan sonrió en nuestra dirección y luego les dijo algo a sus amigos que hizo que se rieran aún con más ganas.

Florence me empujó en un momento en que tenía la guardia baja y salió disparada hacia un lado.

—¡Mierda!

Corrí a sujetarla, pero avanzaba deprisa. Se lanzó hacia la fogata y la tomé de la muñeca en el último instante, justo antes de que tocara las llamas. No quería lastimarla, pero la agarré con todas mis fuerzas, temerosa de que volviera a escaparse. Luego, tan rápido como había comenzado, Florence se desplomó sobre la arena.

Levantó la vista hacia mí con los ojos desempañados y una expresión de desconcierto.

—¿Qué pasó?

Me volví hacia Kiernan. Theo estaba frente a él con una mueca de ira en el rostro. Saltaba a la vista que le estaba reclamando, pero Kiernan no parecía arrepentirse lo más mínimo. Aunque al menos había parado.

—Tenemos que sacarte de aquí —dije cortante. No quería contarle lo que había estado a punto de hacer, al menos hasta que nos hubiéramos alejado de aquella gente—. Ahora mismo.

La agarré del brazo con firmeza y comenzamos a caminar por la arena.

—¿Fue... fue real? —me susurró Florence.

La miré de reojo. Se le caían las lágrimas y se mordía el labio.

En ese instante decidí que mataría al imbécil de Kiernan.

—¡Oye, no se vayan tan pronto!

Kiernan, de nuevo. El muchacho de pelo erizado nos impedía el paso.

—Justo cuando empezábamos a divertirnos... La casa Avari quiere que vengan a festejar con nosotros.

Señaló a su grupo de amigos y vi que Kage Tanaka se había reunido con ellos. El chico alto se había quedado en la parte de atrás, con los brazos cruzados, y nos observaba en silencio.

Kiernan se acercó a mí.

—Les traigo una invitación especial del mismísimo Kage. Escuchamos que Blake no te recibió con los brazos abiertos en la casa Drakharrow. Bueno, pues nos gustaría solucionarlo. Bloodwing puede ser un lugar muy acogedor, siempre que conozcas a las personas adecuadas.

Acababa de abrir la boca para responder cuando Florence se soltó de mi brazo. Con un gemido ahogado, se echó a correr por la arena de vuelta al castillo.

—Eres un hijo de puta. —Empujé a Kiernan con todas mis fuerzas.

Temblaba de rabia. No sabía lo que iba a hacer, pero estaba convencida de que debía hacer algo.

Kiernan parecía sorprendido. Luego sonrió.

—Te gusta jugar duro, ¿eh? A mí también.

Hizo ademán de agarrarme de la muñeca, pero fui más rápida que él. Levanté la mano y le di un bofetón con todas mis fuerzas.

Y al instante caí en cuenta de que había metido la pata. Las muñecas aún me sangraban por los arañazos de Florence. Mi mano izquierda le dejó un rastro de sangre a Kiernan por toda la cara. Los ojos se le encendieron con un brillo extraño. Olfateó y luego se tocó la mejilla. Al notar que el dedo se le mojaba, se lo llevó a la boca.

Los ojos le relucían. Contuve el aliento cuando lo vi detenerse y ensanchar las fosas nasales mientras olfateaba mi sangre.

—Para —empecé a decir, levantando ya la mano para agarrarlo de la muñeca y detenerlo.

Una sombra cruzó entre Kiernan y yo y me empujó hacia atrás.

—Creía haberte dicho que no le pusieras una mano encima —gruñó Blake. Ni siquiera lo había visto llegar. Había aparecido de la nada—. No te corresponde a ti saborearla. Es mía.

Me estremecí cuando las palabras me golpearon con una fuerza que no había sentido hasta entonces. El tejesclavos. Blake lo estaba usando con Kiernan.

—¡Límpiatela en la arena! —rugió Blake, con la voz cargada de furia—. Ahora mismo.

Kiernan vaciló, con la mano a medio camino de los labios. Una sombra de miedo le cruzó por los ojos. Poco a poco, bajó la mano con los dedos temblándole ligeramente. Se agachó y se la limpió con la arena, a nuestros pies. El fuego crepitaba a nuestra espalda y lanzaba pavesas al aire nocturno. Los ruidos de la fiesta se habían disipado. Blake seguía sin moverse; su cuerpo era una muralla entre Kiernan y yo, la espalda rígida y tensa.

—Es la segunda vez que te lo advierto. —La voz de Blake cortó el aire de la noche como un cuchillo—. Esta es la segunda vez que te acercas a ella. Hazlo otra vez y no te lo advertiré más.

Kiernan apretó la mandíbula, reprimiendo claramente el impulso de contestarle.

Al final, el chico dio un paso atrás, y Blake se volvió hacia mí. Por un momento, me quedé inmóvil, con el corazón a mil. Notaba la energía peligrosa que irradiaba de él.

—No deberías estar aquí —me espetó con frialdad, pero había algo más. Algo oscuro. Algo posesivo.

Me enderecé al recordar las palabras que había utilizado. Tensé la mandíbula, con una mezcla de ira y confusión en las entrañas.

—No te pedí que me protegieras. Puedo cuidarme solita.

Blake dio un paso hacia mí y el calor de su presencia se me antojó sofocante.

—No te estoy protegiendo, dragoncilla. Te estoy reclamando. —Sus ojos grises se oscurecieron cuando descendieron hasta mi cuello desnudo, un recordatorio tácito que pendía entre nosotros—. Eres mía. Y nadie toca lo que es mío.

La piel se me erizó, de rabia y de algo más. Algo que no podía admitir, ni siquiera para mis adentros.

Noté entonces que me daban unos golpecitos en el hombro y me volví sobresaltada.

Kiernan. El idiota seguía ahí parado.

—Kage quiere que venga con nosotros —dijo con desgana, como si solo fuera para recordarnos que aún estaba ahí—. No soy más que el mensajero.

El aire pareció congelarse. Blake se tensó al instante y su cuerpo ganó rigidez de nuevo. Poco a poco, se volvió hacia el lugar en que Kage Tanaka estaba rodeado por sus altasangres, observando cómo se desarrollaba la escena con una expresión indescifrable, los brazos cruzados con indiferencia, como si todo aquello formara parte de una especie de juego privado cuyas reglas solo conocían Blake y él.

Vi que algo le cruzaba por el rostro a Blake, que entornó sus ojos gris tormenta. El ambiente a nuestro alrededor pareció condensarse. Sin mediar palabra, se movió. En un instante estaba frente a mí y al siguiente me había rodeado y recortado el espacio que lo separaba de Kiernan como un relámpago.

Agarró por la garganta a Kiernan, que abrió los ojos como platos, y su terror se hizo palpable cuando dejó de tocar el suelo con los pies.

Me quedé sin aliento.

—Espera —empecé a decir.

Pero ya era demasiado tarde. Con un movimiento veloz e implacable, Blake arrojó al otro altasangre a la fogata. Los gritos de Kiernan acabaron engullidos por el rugido de las llamas en un instante, su cuerpo envuelto por el calor. De un momento a otro, las llamas crecieron y el olor a carne quemada invadió el aire. Poco después, lo que antes había sido Kiernan se esfumó de un plumazo, convertido en ceniza, consumido por el fuego, como si no hubiera existido jamás.

El corazón me latía desbocado. Me quedé inmóvil, con la mirada clavada en el fuego.

Blake regresó a mi lado y levanté la vista hacia él, pero él no me miraba a mí. Tenía los ojos puestos en Kage, al otro lado del fuego. Vi que al líder de la otra casa no parecía haberle afectado en absoluto la muerte de uno de sus secuaces a manos de Blake. En todo caso, Tanaka parecía impresionado. Arqueó una ceja en un gesto de reconocimiento mudo y luego se dio la vuelta.

Sentía náuseas. Kage disfrutaba del caos que había provocado. La tensión entre los dos hombres era palpable. Allí había una larga rivalidad y yo había acabado atrapada en medio sin saber cómo.

Aquello era peor que lo de Regan.

Blake acababa de matar a una persona por mí.

Y quizá lo peor fuera que, por un momento..., me había gustado. Él había hecho lo que yo deseaba hacer.

Blake seguía clavado al suelo, contemplando el lugar que había ocupado Kage poco antes, hasta que al fin me miró a mí. Me fijé en que tenía los ojos vidriosos. Estaba borracho, o estaba a punto de estarlo. Pasó la mirada despacio de mi cara a mi cuerpo. Una sonrisa lenta y perezosa se le dibujó en el atractivo rostro.

—Te veo bien esta noche, Pendragón. —Hablaba con una voz grave, casi divertida—. Creo que cambié de idea. Deberías quedarte. Disfruta de la fiesta.

El pulso se me aceleró y se me pusieron los pelos de punta ante el tono despreocupado con que hablaba después de lo que había hecho.

Dio otro paso y su alta figura se cernió sobre mí. Movió la mano, como si estuviera a punto de tocarme la muñeca. Los instintos se me despertaron, más rápidos que el pensamiento, y en un momento tenía en la mano un cuchillo que había extraído de mi corsé, de la funda oculta entre mis pechos. El frío acero le rozó la garganta a Blake antes de que pudiera alcanzarme con la mano.

Abrió ligeramente los ojos, con un gesto de sorpresa en la cara. Luego la sonrisa se le ensanchó, y el corazón se me encogió. Con todo, me acerqué a él y le escupí las palabras con una intensidad ponzoñosa.

—No seré nunca tuya, Blake Drakharrow. Jamás. Si buscas a una chica que haga lo que le pidas, aquí no la vas a encontrar. No lo olvides.

Por un instante, el mundo se quedó inmóvil a nuestro alrededor. El fuego crepitaba a lo lejos, proyectando sombras danzantes sobre el rostro pálido de Blake. Me fijé en los remolinos de los tatuajes que le ascendían por debajo del cuello abierto de la camisa blanca y traté de no pensar en el primer día en que los vi, en cómo se movía él, con el cuerpo reluciente por una capa de sudor. En lo que yo habría sentido si le hubiera pasado las manos por encima.

Blake me contemplaba con una expresión indescifrable.

No sabía si prefería que me respondiera o que callara. No sabía lo que quería, y eso empezaba a ser un problema. Un problema al que podía poner fin allí mismo, en ese preciso instante.

Sería pan comido. Por un momento contuve el aliento al pensar en rebanarle el cuello con el puñal.

¿Me matarían de inmediato los demás altasangres por haberme atrevido a tocar a uno de los suyos?

Lo mejor era el silencio, decidí. Aparté el cuchillo y volví a ocultarlo en el corsé. Giré sobre los talones y eché a andar por la arena, lejos del fuego, lejos de los altasangres. Lejos de Blake.

Mientras la oscuridad me engullía entera y él se quedaba allí plantado, no miré atrás. Ni una sola vez.

18
MEDRA

Mientras trastabillaba por la arena en la oscuridad, de vuelta al lugar en el que había dejado mis botas, una sombra emergió de la negrura. Eché mano de mi puñal con el corazón acelerado, esperando a que la luz de la luna iluminara al extraño.

—¿Medra? ¿Eres tú?

Me detuve, y el pulso se me calmó.

—¿Vaughn?

Era Vaughn Sabino, el mortal que casi había estado a mi altura en la primera clase de Combate Básico.

—¿Qué haces aquí? —pregunté sorprendida.

—Pues lo típico —contestó, y vi que levantaba los hombros—. Dando un paseo a la luz de la luna. Es una noche preciosa.

Luego sonrió con malicia, y el corazón me dio un vuelco.

—Vas a la fiesta.

Él asintió.

—Me invitó Theo.

—¿Theo? —Negué con la cabeza. Pero ¿a cuántos sangrepútridas había invitado?—. A mí también me invitó. Florence ya se fue. ¿La viste de camino hacia aquí?

—No, no la vi. Oye, ¿por qué no vuelves conmigo? —sugirió—. No me importaría tener algo de compañía.

Negué enfáticamente con la cabeza.

—No pienso volver a esa fiesta. —Vacilé—. Si te soy sincera, te recomiendo que tú tampoco vayas. Está lleno de altasangres. Los únicos mortales son... —Hice una pausa, tratando de recordar la palabra que había usado Florence—. ¿Vendesangres?

Por un momento le flaqueó la sonrisa, pero luego levantó los hombros.

—Ya, me cuadra. Pero aun así quiero ir. Theo... —Se interrumpió. La luz de la luna no me permitía ver si se había ruborizado, pero por algún motivo sabía que estaba rojo como un tomate.

—Ah —dije al fin—. Ya lo entiendo.

Vaughn levantó los hombros con timidez.

—A ver, es Theo Drakharrow. Es encantador.

—Sí, es verdad —coincidí. Pensé en que Theo al menos había impedido que Florence siguiera bajo el tejesclavos de Kiernan—. Bueno, supongo que si vas a enamorarte de un altasangre, habría opciones peores.

—Gracias —respondió Vaughn con una risita—. Todavía no sé si me enamoré de él. Pero ya iremos viendo. ¿No te importa volver sola?

Pensé en el puñal que tenía entre los pechos. Ladeé la cabeza.

—Después de la paliza que te di en clase, ¿todavía tienes el valor de preguntarme eso?

Vaughn se rio.

—Te veo mañana, Medra.

Lo vi fundirse con la noche. ¿Debería haberle contado lo que Blake le había hecho a Kiernan? ¿Se habría echado para atrás?

Tal vez Theo se lo contara. Confiaba en que supiera lo que estaba haciendo... y en que protegería a Vaughn.

Continué caminando por la playa, cerca del lugar en que las olas rompían contra la orilla. Quería volver con Florence, pero a pesar de todo lo que había sucedido, seguía inquieta.

Prácticamente notaba la sangre palpitándome en las venas, anhelando... ¿qué cosa? ¿Que la liberara? Algo. Algo que no era capaz de identificar.

Metí los pies en el agua y la noté fría y vigorizante en la piel. Le di una patada a una ola que rompía y la espuma me salpicó los brazos y las pantorrillas.

Me paré en seco al oír un sonido más adelante. Miré hacia la playa y vi otra figura aproximándose a mí. En un primer momento pensé que se trataría de otro estudiante que iba camino a la fiesta, pero entonces me di cuenta de que era muy pequeña.

Una niña.

Fruncí el ceño. Incluso arropada por la oscuridad distinguí que se trataba de una chiquilla, menuda y delgada. No debía de tener más de nueve o diez años, y era evidente que su lugar no estaba en la caótica fiesta que yo había dejado atrás.

—¿Estás bien? —exclamé, y mi voz sobrevoló las olas. Apreté un poco el paso.

Aquel no era lugar para una niña, y menos a mitad de la noche.

La chiquilla no respondió. La luna apareció por detrás de una nube que la había estado ocultando parcialmente y respondió por ella: la niña era vampira. La delató el cabello blanco, trenzado en forma de corona. Cuando nos acercamos la una a la otra, conseguí vislumbrar su rostro pálido. Por la barbilla le caía un hilo de sangre, oscura bajo la luz de la luna.

—¿Estás... herida? —pregunté con voz intranquila. Pero ya conocía la respuesta.

La niña no contestó. Se llevó la manita a la cara y se limpió la sangre. Luego se la acercó a la boca y se lamió los dedos con un movimiento experimentado, igual que el que Kiernan había estado a punto de hacer con mi sangre. La niña clavó sus ojos en los míos con una calma inquietante y sonrió. Lo que debería haber sido la sonrisa inocente de una niña parecía algo mucho más siniestro.

Caí en cuenta de que conocía a aquella niña. La había visto el primer día, sentada en el borde del estrado de la Fortaleza Negra, moviendo los pies con aburrimiento. Su presencia en el estrado indicaba que pertenecía a una de las cuatro grandes casas.

Se me puso la piel de gallina, pero me obligué a mantener la compostura. No dejaba de ser una chiquilla, me recordé.

—Deberías volver a casa. ¿Necesitas que te acompañe?

La niña no dijo nada. Siguió caminando con aquella sonrisa tenebrosa en los labios. Yo me quedé inmóvil, indecisa durante un momento, observando la pequeña silueta que se desvanecía en la oscuridad. De haber sido una niña sangrepútrida, no habría dejado que se fuera. Pero aquella niña... parecía saber cuidarse sola. Me di la vuelta.

Solo había dado unos pocos pasos más cuando un quejido lastimero rompió el silencio. Provenía de las sombras, justo al lado de la orilla.

Otro niño.

Me invadió el miedo y mi cuerpo se movió antes de que mi cabeza pudiera seguirle el ritmo. Me eché a correr hacia el sonido y examiné la oscuridad en busca de la figura de un niño. Pero no había nada. Luego, en la penumbra, lo encontré. No era más grande que mis manos. Un cachorrito, con el pelaje manchado de sangre, yacía en la arena. Apenas respiraba. El cuerpo le temblaba débilmente mientras se le escapaban de la garganta unos quejidos frágiles.

Me arrodillé a su lado y levanté el cuerpo inerte con manos temblorosas. Su sangre caliente me manchó las manos, y me horroricé al comprender quién era el responsable de aquello.

La niña.

—Aguanta —le susurré a la pequeña criatura.

Lo apreté contra mi pecho y el cachorro dejó escapar otro gemido tenue, con los ojos dominados por el dolor. El pulso se me aceleró cuando me volví hacia el castillo y me eché a correr.

A la luz de la sala común de primero, me di cuenta de que lo que había rescatado no era un perro, como había creído en un principio. Aquella criatura parecía el resultado de que un zorro se hubiera apareado con una lechuza. Tenía un pelaje de color anaranjado, como el de las últimas hojas de Autumno, salvo por el pecho, de un delicado blanco crema. Los ojos del animal eran grandes y redondos, casi imposibles en una cabeza tan pequeña, y le brillaban como el oro a la luz del fuego del hogar.

Ahora que lo observaba con más detenimiento, me di cuenta de que el cachorro no era más grande que un gatito. Seguía acostado en la cobija donde lo había dejado, sobre un taburete junto al fuego. Tenía la cola roja y tupida enroscada a su alrededor. Cuando Florence se acuclilló a su lado, la criatura dejó escapar un leve chillido.

—Es un peluso —dijo Florence mientras le inspeccionaba las heridas—. Un macho, si no me equivoco.

—¿Qué es exactamente? —Me incliné sobre ella—. ¿Un tipo de perro?

Habíamos tenido suerte y la sala estaba vacía. De lo contrario no sé qué habrían opinado mis compañeros de que hubiera llevado un animal herido. Cuando llegué, Florence ya estaba en su habitación. Una parte de mí se sentía culpable de haber aporreado su puerta para despertarla, pero otra estaba convencida de que lo peor habría sido dejarla dormir sin antes hablar de lo que había ocurrido aquella noche.

—Están emparentados con los perros, sí —respondió como ausente, mientras pasaba los dedos con delicadeza por el diminuto cuerpo del animal—. No es más que una cría. ¿Viste a la madre cerca?

Negué con la cabeza.

—¿Tan joven es, entonces?

—Sí. No tendrá más que unas semanas de vida. Naveen tuvo uno cuando éramos pequeños, pero su cachorro era mayor. Se supone que no debes alejarlos de la camada cuando son tan pequeños.

Naveen y Florence se habían criado juntos. Me había olvidado.

—Entonces, ¿vivía en Veilmar y tenía uno de estos?

—No, fue antes de que mi madre y yo llegáramos a Veilmar, cuando vivíamos cerca de Naveen y su familia en el campo. Su asentamiento enano estaba bajo tierra, claro. De hecho, los pelusos viven en el subsuelo. No es habitual verlos en la superficie.

Claro. Me acordaba de que habían hablado de algún tipo de escalera que daba acceso a la ciudad subterránea en la que había nacido Naveen. La idea de una raza entera de personas que vivían bajo la superficie me resultaba fascinante. Me propuse leer algo sobre la cultura enana, además de documentarme sobre los pelusos. Y los dragones. Y sobre cómo sacarme a mi madre de la cabeza.

—*Y yo que creía que ya te habías olvidado de mí* —me regañó Morcadés—. *Que no es que no esté satisfecha donde estoy.* —Una pausa—. *Ese prometido tuyo es ciertamente un hombre poderoso. Y guapo, también.*

—*No, para* —mascullé en mi interior—. *Me niego a hablar de él. Ahora no. Nunca, supongo.*

—*Está bien, es todo.* —Suspiró—. *Pero sería un fae maravilloso. Tu abuelo lo habría adorado.*

Apreté la mandíbula.

—No creo que esa sea una aprobación tan espléndida como crees, madre.

—Sé que lo mataste, pero Gorlois le Fay también tuvo sus buenos momentos —comenzó.

La interrumpí. Acababa de descubrir una manera de silenciarla. Uno de los beneficios accidentales de todo lo que me había estado enseñando el profesor Rodríguez: la compartimentación.

Mi mente se sosegó y observé el tenue brillo que se extendía desde la mano de Florence hasta envolver a la criatura, centrándose en la herida. Contemplé fascinada cómo se iba cerrando el corte, aunque solo un poco.

—Esto es obra de un altasangre. —Alzó la vista hacia mí.

Hice un gesto de confirmación con la cabeza.

—Eso creo. ¿Puedes saberlo a ciencia cierta solo examinándole las heridas?

—Alguien se alimentó de él. Perdió mucha sangre. Eso está claro. —Le acarició el pelaje a la criatura, que tenía los ojos entrecerrados—. Pero también le hicieron esto. —Señaló el largo tajo en el costado del cachorro—. ¿Por qué?

—No lo sé, Florence. —Me removí incómoda en el suelo—. Tenía la esperanza de que a ti se te ocurriera algo.

Negó con la cabeza en silencio.

—Tanta crueldad para nada. ¿Por qué alimentarse de un cachorro? Los altasangres no suelen aprovecharse de los animales, se considera que están por encima de eso.

Guardé silencio mientras ella recogía el botiquín que había bajado de su habitación y sacaba unas vendas limpias y un frasco de bálsamo. Con cuidado, aplicó el bálsamo sobre la herida. El cachorro gimoteaba, y volvió a abrir los ojos.

—Lo siento, pequeñín —susurró Florence—. Seré lo más delicada posible. —Alzó la vista hacia mí—. No se le cerrará del todo. No tengo tanta habilidad. Lo único que puedo hacer es cosérsela y cruzar los dedos.

La observé suturar el tajo mientras la terrible herida supuraba sangre que se mezclaba con el bálsamo. El cachorro se estremecía y dejaba escapar algún que otro quejido, con los ojos grandes como de lechuza abriéndose y cerrándose.

—Es tan pequeño, tan frágil... —dijo Florence con pesadumbre mientras le ajustaba la venda—. Hice todo lo posible, pero sigue con fiebre. Quienquiera que lo haya atacado le hizo más daño del que soy capaz de sanar. Puede que la fiebre baje sola. Pero... también puede que no.

Me puse de cuclillas al lado del cachorro de peluso y vi que respiraba entrecortadamente. Debía de estar quedándose dormido.

—¿Qué hacemos ahora?

Confiaba en que Florence tuviera los conocimientos que a mí me faltaban. La solución mágica. Algo que lo arreglara todo. Pero cuando la miré a los ojos oscuros, la noté tan perdida como yo.

Se sentó sobre los talones.

—Vamos a dejarlo descansar esta noche, pero mañana puede que necesitemos ayuda, ayuda de verdad. —Vaciló—. Lo ideal sería uno de los sanadores de la casa, alguien con más habilidades o una magia más poderosa. Si la fiebre no remite o si la herida se infecta, podría empeorar.

El cachorro de peluso estaba tranquilo, y el pecho le subía y le bajaba despacio. Lo cubrí con la cobija y lo arropé. Volví a pensar en la niña de la playa. No quería contárselo a Florence; aún no. Bastante había tenido ya aquella noche.

—Mañana por la mañana decidimos —murmuré.

Examiné a mi amiga y la vi exhausta y hundida. Florence levantó la cabeza despacio y me miró a los ojos.

—Lo siento.

—¿Por qué? No tienes nada de que disculparte, Florence. Entiendo por qué te fuiste.

—Sí, pero tendría que haberte esperado...

—No sigas. —Levanté una mano—. Por favor. Soy yo la que debería pedirte perdón. No tendría que haberte arrastrado hasta allí. Fue una estupidez. Pasó precisamente lo que más temía: que alguien te lastimara por mi culpa.

Pensé en la madre de Florence, Jia, y en cómo la maltrataron los estudiantes Drakharrow aquel día en la biblioteca. Me vino todo de golpe.

—A lo mejor tenías razón después de todo —dijo Florence con la vista pegada al suelo.

Respiré hondo.

—¿En qué sentido?

Me miró fijamente.

—Pues que... a lo mejor sí son monstruos.

Aquello me tomó por sorpresa.

—¿Los altasangres?

Ella asintió.

—Me he pasado la vida... —Levantó la barbilla y dejó escapar una risa frágil—. ¿Puedo confesarte algo, Medra? Me he pasado la vida deseando serlo.

—¿Altasangre?

Asintió de nuevo.

—Son fuertes, hermosos. Tienen clara su identidad. Los sangrepútridas... no somos así. ¿Sabes a qué me refiero?

No estaba segura de qué responder, así que no dije nada.

—Nuestra identidad se supedita a nuestra relación con ellos. Y antes eso me hacía sentir segura. Venir aquí me hacía sentir segura. Me querían. Nuestros protectores me querían. Percibían algo valioso en mí. Algún día podía ser que incluso me necesitaran. —Soltó una carcajada hueca—. Pero esta noche...

La visión que tenía Florence sobre el mundo estaba cambiando, y tal vez fuera algo positivo. Aunque tampoco quería que se fuera al otro extremo, porque su madre tenía razón: los ideales de Florence, por muy ingenuos que me parecieran, la protegían. Eran un consuelo. Y no quería despojarla de todo eso en una sola noche. Y por mi culpa.

—El chico, Kiernan, el que te hizo eso... está muerto —dije en voz baja—. Pensé que deberías saberlo.

Florence abrió los ojos como platos.

—¿Qué? Medra, ¿qué hiciste?

—Yo nada. Fue Blake Drakharrow.

Se quedó de piedra.

—¿Por mí?

—No solo por ti —la tranquilicé. Dudaba siquiera que Blake supiera lo que le había ocurrido a Florence, o si le habría afectado lo más mínimo. No: lo que le había hecho a Kiernan se debía a que alguien me había amenazado a mí, a su propiedad. No porque se preocupara por el bienestar de Florence o el mío—. Kiernan me amenazó cuando te fuiste. Blake... lo lanzó al fuego.

Florence se cubrió la boca.

—¿Es algo habitual? —Seguía sin tener ni idea—. ¿Los altasangres suelen matarse entre ellos?

—Sus reglas no son como las nuestras —contestó Florence despacio—. Sinceramente, empiezo a cuestionarme que tengan alguna. Pero si Kiernan hizo algo para amenazarte supongo que Blake podría argüir que fue un insulto para el honor de la casa Drakharrow y que estaba en su derecho.

—Kage Tanaka también estaba presente. Creo que tenía algo que ver con él.

Florence asintió.

—Existe una rivalidad muy virulenta entre los dos. Pero parecen mantenerla a raya, al menos hasta ahora.

Decidí no apuntar que apenas habían pasado unas semanas desde el inicio del trimestre. Todavía había tiempo para que todo se fuera al traste.

—Lo que te hicieron estuvo mal, Florence. Muy mal. Siento muchísimo lo que pasó esta noche. Pensaba que la fiesta sería divertida. Metí la pata hasta el fondo. —Para mi sorpresa, me di cuenta de que estaba a punto de echarme a llorar—. Podrías haber muerto.

Florence rodeó el taburete procurando no despertar al cachorro.

—Oye, Medra. No pasa nada. —Me abrazó y, al apoyarme en ella, me llegó el aroma a lavanda del bálsamo que había usado. El olor me calmaba y reconfortaba. Me transmitía paz. Respondí a su abrazo estrechándole la espalda, agradecida.

Cuando se apartó, tenía una expresión solemne en la cara.

—Además, a ti te pasó lo mismo. Ya sabes cómo es el tejesclavos. Que alguien se te meta así en la cabeza... es como una violación. Cuando volví al dormitorio, lo primero que hice fue vomitar.

—Y no te culpo —dije mirándola con empatía—. Y tienes razón. Es una violación horrible.

—Me alegro de que Kiernan esté muerto —musitó—. ¿No es terrible? Tengo que estar muy podrida por dentro.

—No te pasa nada malo, Florence —contesté con firmeza—. Yo también me alegro. No fue el primer encontronazo que tuve con él. Parecía un imbécil de cuidado.

—Pero es tan definitivo... Se fue, para siempre. Ni siquiera él se merecía algo así. ¿O sí? —Sollozó y me di cuenta de que estaba conteniendo el llanto.

La rodeé con el brazo.

—No fuiste tú. Tú no lo lastimaste, y yo tampoco. Estaba fuera de nuestro control.

¿Sí? ¿Seguro? Yo quería matar a Kiernan, sí, pero no lo había hecho. Blake se me había adelantado, y yo dudaba que estuviera sentado junto a la hoguera llorando, destrozado por la culpa. No, seguramente estaría bebiendo con Regan. O haciendo otras cosas.

—Tú no tienes la culpa de nada —repetí—. De nada, ¿de acuerdo? Kiernan conocía el sistema mejor que nosotras. Era un altasangre. Sabía lo que podía pasar. Se portó como un cabrón... y pagó las consecuencias.

—A lo mejor pagó las consecuencias que debería haber pagado Kage Tanaka —apuntó Florence, diciendo justo lo que yo había estado pensando—. ¿No dijo que lo había enviado Kage?

—¿Crees que era prescindible? ¿Que Kage sabía lo que le ocurriría? ¿Que era algún tipo de prueba?

Florence levantó los hombros.

—Puede ser. No sé cómo piensan los altasangres, y cada día soy más consciente de ello.

—Pero creciste entre ellos. En una casa altasangre, quiero decir...

—Crecí idolatrándolos. Idealizándolos. Adorándolos. Pero siempre en la distancia. No tenía demasiada ocasión de observarlos de cerca. Tenían hijos de mi edad, pero no éramos amigos. La familia a la que servía mi madre vivía, bueno, básicamente en un palacio. Nosotras nos alojábamos en una casita de la finca con otros sirvientes. Veía a la familia altasangre de vez en cuando, y era deslumbrante. Tanta nobleza... Y luego había días festivos y rituales en los templos. Todos los adoramos, Medra. Creo que no acabas de entenderlo del todo. —Negó con la cabeza—. Un día iremos a Veilmar, y entonces quizá lo asimiles.

—Me encantaría —dije—. Quiero entenderlo, de verdad. Como lo de los tratasangres. Me dijiste que había algunos en la fiesta. ¿Eran las personas de las que se estaban alimentando?

Florence asintió.

—¿Qué son exactamente?

Se puso colorada.

—Trabajan en burdeles, pero no como los que te estás imaginando —se apresuró a decir—. Burdeles de sangre. Venden su sangre.

Me quedé atónita.

—¿Como los siervos? —No veía la diferencia.

—No, no son siervos. No están bajo el influjo de ningún tipo de sometimiento. Y tampoco pertenecen a ningún altasangre ni casa concretos. Parece que pueden sentir cierto placer del acto en sí mismo. No lo tengo claro. Sentir cómo te chupan la sangre... Bueno, nadie afirma que sea doloroso, por lo que he oído.

No quería pensar en lo placentero que podía llegar a ser que Blake Drakharrow me chupara la sangre.

—O sea, ¿hay gente que se gana así la vida? —pregunté—. ¿Vendiendo la sangre?

—Sí. Así deciden vivir algunos sangrepútridas. Pero suelen desdeñarlos justo por eso.

—Vaya sorpresa —dije con ironía—. Parece ser la realidad de las personas que trabajan en los burdeles. Sean del tipo que sean.

—Algunos tratasangres se dedican a ambas cosas —contestó dudosa—. Venden su sangre y su cuerpo, quiero decir. Hay algunos burdeles que ofrecen ese tipo de servicios.

Ladeé la cabeza, pensativa.

—Si se venden a los altasangres no entiendo por qué se les desdeña. Pensaba que servir a un vampiro era el mayor de los honores, independientemente de cómo lo hagas.

—Y no te falta razón, pero... así son las cosas —señaló Florence sin convicción—. Se les suele despreciar. Ocupan el lugar más bajo. Los sangrepútridas los tratan mal y los altasangres tampoco es que los traten mucho mejor. Su trabajo puede ser peligroso. Son más vulnerables.

Me miró y negó con brusquedad.

—¿Cómo puedes ser tan fuerte, Medra?

—¿A qué te refieres? —pregunté sorprendida.

—Lo de esta noche, todo lo que pasó. Viste como mataban a Kiernan. Viste lo que me hizo y no te quedaste de brazos cruzados, reaccionaste. Que ya es más de lo que hice yo cuando Regan te tejesclavizó en el Atrio de los Dragones. Ya has aguantado mucho y mírate, no parece que te haya afectado en absoluto.

—Créeme, me afecta. Pero por dentro. —Sabía lo que quería decir Florence. Intenté pensar en una manera de explicárselo—. Seguro que no querrías ser como yo. Hazme caso.

Ella frunció el ceño.

—¿Qué quieres decir?

—O sea, que si soy así es por una razón. Preferiría ser como tú.

Me sonrió asombrada.

—Es verdad —insistí—. Eres tan... —Busqué la palabra exacta, aunque podría haber usado muchas. *Honorable. Amable. Ingenua. Idealista*—. Buena —resolví—. Tienes buen corazón.

—Y tú también —contestó de inmediato—. Lo he visto. Conmigo has sido buena, y con Naveen también.

—No soy buena ni simpática. Sabes que no. No lo he sido jamás, ni siquiera de niña. El mundo nunca me ha parecido un buen lugar. En el fondo jamás he creído que el bien reinará sobre el mal ni que la gente sea buena por naturaleza. —Y me costaba muchísimo más creer esas cosas allí, en Sangratha—. Supongo que soy pesimista —terminé incómoda—. Siempre me inclino a esperar lo peor de la gente, no lo mejor.

Florence me miraba fijamente. Yo quería apartar la vista de aquellos ojos dulces y delicados, pero no podía.

—Medra, a veces el problema es que no nos vemos a nosotros mismos como nos ven los demás. Mira lo que hiciste esta noche.

Arrugué el gesto.

—¿A qué te refieres?

—Pues al peluso. Lo encontraste en la playa, podrías haberlo dejado allí, abandonado a su suerte. ¿Por qué lo trajiste? Porque, contra toda esperanza, confiabas en que sobreviviera. ¿Y por qué? Porque tienes buen corazón. Porque eres buena persona.

No quería discutírselo; sabía que no había nada bueno en mí. Intenté sonreír.

—Puede ser. A lo mejor todavía hay esperanzas para mí.

—Yo sé que sí —contestó con firmeza—. Al fin y al cabo, eres mi amiga. Y mis amigos son los mejores. Naveen y tú.

Aquella noche, cuando me fui a dormir no soñé con Florence, Naveen o el cachorro de peluso.

Lo único que veía era a un hombre con unos penetrantes ojos grises, de pie frente a una fogata abrasadora.

19
MEDRA

Al día siguiente, Vaughn no estaba en Combate Básico con Naveen y conmigo. Me planteé qué le habría pasado, pero decidí que seguramente había trasnochado mucho más que yo. Me pregunté si habría probado la ambrosía de Theo.

Cuando Naveen y yo salimos de nuestra última clase, Florence nos esperaba en el pasillo. Parecía alterada.

—¿Qué pasa? —pregunté alarmada.

—El cachorro —susurró—. Le subió la fiebre. Empeoró. No se me ocurre qué más puedo hacer.

—¿Tu madre sería capaz de...?

Pero Florence ya negaba con la cabeza.

—No domina este campo. Lo único que podría hacer sería indicarnos otros recursos, pero no tenemos tiempo de sentarnos a leer.

—¿Insinúas que el cachorro se va a morir? —pregunté despacio.

Ella exhaló un largo suspiro.

—Lo que insinúo es que tenemos que llevarlo a un sanador de verdad. Si lo llevamos a la enfermería de primero, nos buscaremos un buen problema.

—¿Y los sanadores de las casas? —preguntó Naveen volviéndose hacia mí—. Tú ya fuiste a uno.

Entendí lo que estaba sugiriendo.

—Quieres que lleve el peluso al sanador de la casa Drakharrow.

Florence negó con la cabeza. Tenía muy mala cara.

—No, ni se te ocurra. No se te permite entrar en la torre de la casa Drakharrow sin Blake, aún no. Tendrás que buscar a Blake y pedírselo a él.

—¿Suplicárselo, dices? ¿Pedirle un favor?

Apreté la mandíbula y me entraron ganas de gritar. El cachorro de peluso estaba pasando un calvario por la crueldad de una niña altasangre, y ahora Florence y Naveen esperaban que acudiera a otro altasangre y le pidiera ayuda.

La noche anterior habíamos dejado al cachorro en la habitación de Florence. Pensé en lo minúsculo que parecía acurrucado en su camita improvisada, poco más que una bola de pelo rojo. ¿Soñaría con su madre? ¿Con sus hermanos y hermanas? Lo más probable era que no volviera a verlos jamás.

—No tienes por qué hacerlo, Medra. Sé que no quieres estar en deuda con él —opinó Florence en voz baja.

Ella y Naveen me miraban fijamente. Le habíamos contado a Naveen lo que había ocurrido la noche anterior. Se había quedado de piedra y se había arrepentido de no haber ido con nosotras. Creo que se sentía culpable por no haber estado allí para proteger a Florence. Aunque tampoco hubiera podido hacer nada al respecto.

Suspiré.

—No, si tienen razón. Soy idiota. Lo haré. Iré a hablar con él. —Levanté la mochila de cuero en la que guardaba los libros y me la eché al hombro—. Eso si lo encuentro, claro. Hasta pasado mañana no tengo otra clase de Armamento Avanzado.

—A lo mejor nos cruzamos con él en el comedor —dijo Florence—. Pero ahora no puedo ir a mirar, tengo otra clase.

—Yo podría acompañarte dentro de una hora, pero primero tengo que entregar un trabajo —dijo Naveen—. La clase está en la otra punta del campus.

Negué con la cabeza.

—No se preocupen. Iré a buscarlo ahora mismo, esta era mi última clase del día. Si no está en el comedor, miraré en la biblioteca.

No era así como quería pasarme la tarde, dando caza a Blake Drakharrow. Ni siquiera podía pedirles ayuda a sus amigos. Sabía exactamente cómo reaccionarían: se reirían en mi cara. Bueno, salvo Coregon o Theo, quizá.

Se suponía que debía estar con el trabajo sobre los dragones y revisando los libros sobre magia de sangre y almas que me había encontrado la madre de Florence. Apenas había leído nada acerca de los dragones, y menos mal que el profesor Rodríguez tampoco me había preguntado al respecto. Estábamos demasiado concentrados en mi entrenamiento del guardaesclavos. Sabía que la historia era fascinante, pero también parecía mucho menos apremiante que sacarme a Morcadés de la cabeza. En ese momento ambas cosas tendrían que volver a esperar.

Atravesé los pasillos, dejando atrás a grupos de estudiantes que charlaban y reían. Se acercaba el final del día y un flujo constante de gente se dirigía ya al comedor. El vasto salón de piedra era el lugar favorito de los estudiantes para pasar el rato hasta la cena. Siempre quedaban aperitivos y refrigerios en una larga mesa de bufé a un lado de la sala.

Cuando llegué al comedor, me paré en el pasillo, cerca de un arco de piedra, y escudriñé el lugar. Divisé a Quinn y Coregon en la mesa de la casa Drakharrow, acompañados de otros estudiantes de la casa, pero no vi a Blake ni a Theo por ningún lado. Había decidido pedírselo a Theo si lo veía primero. Era más afable que Blake. Si tenía que deberle un favor a alguien, prefería por mucho que fuera a él.

Suspirando, decidí echar un vistazo en la biblioteca. Tomé mi ruta favorita a través del descomunal castillo, la que cruzaba el Atrio de los Dragones. Estábamos a finales de Autumno y ya apenas quedaban hojas en los árboles, pero me reconfortaba salir al exterior y atravesar la arboleda que rodeaba las estatuas de piedra de los dragones.

Naveen, Florence y yo nos habíamos acostumbrado a sentarnos bajo los árboles a estudiar. A pesar de la belleza del lugar, solía estar desierto. A medida que se acercara Hiemal, ya haría demasiado frío como para estar allí fuera.

Cuando estaba a punto de llegar al patio, alguien se incorporó al pasillo justo delante de mí. El corazón se me aceleró.

Blake.

No le había visto la cara, ni falta que hacía. Reconocía sus andares. Ese balanceo ridículamente arrogante. No dije nada, y me limité a seguirlo pasillo abajo. ¿Adónde iría? Por lo visto, los dos nos dirigíamos al Atrio de los Dragones. Dejaría que coincidiéramos allí y luego lo abordaría.

Sin embargo, al llegar, me rezagué y esperé en las sombras del claustro mientras él entraba en el patio y se quedaba inmóvil entre las cuatro estatuas de piedra. Permaneció allí un instante con la cabeza baja. Por un segundo me pregunté si estaría rezando, pero ¿a qué? Los altasangres adoraban a esa supuesta Doncella Sangrienta, aunque yo no tenía demasiado claro qué era. Algún tipo de deidad, supuse.

Blake alzó la vista y miró alrededor del patio. Se suponía que debía hablar con él, y, en cambio, lo estaba evitando. Al ponerme en cuclillas, golpeé con el pie una piedrecita que provocó un ligero repiqueteo.

Contuve el aliento.

—¡Sal, Pendragón! —exclamó Blake—. Sé que estás ahí.

Suspiré y me puse de pie despacio, limpiándome el polvo de los pantalones negros ajustados y bajándome el suéter gris con el escudo de la escuela que llevaba puesto. Caminé hasta el centro del patio, donde me esperaba Blake. Sentía un nudo en la garganta. Él ni siquiera me miraba; tenía los ojos clavados en uno de los dragones.

Blake era todo ángulos, afilados, tensos. En ese momento tenía los músculos de la mandíbula apretados, como si estuviera a punto de atacar. Un depredador listo para abalanzarse sobre su presa. Entonces giró la cabeza y me miró por encima de su nariz aguileña, inclinando la cabeza hacia arriba de esa forma tan soberbia a la que ya me había acostumbrado, y el nudo de la garganta se me convirtió en una piedra. No era perfecto, pero tenía algo que hacía que me resultara insoportable mirarlo, a pesar de lo cual era incapaz de apartar los ojos de él.

Me invadió la necesidad apremiante de tocar esa mandíbula, de acariciar los ángulos de aquellos pómulos aristocráticos y detenerme justo ahí, en el centro, con un dedo apretado contra aquellos hermosos labios. Lo único delicado que había en él.

¿Cómo sería su boca? ¿Áspera o tierna, suave o firme?

Él torció los labios con arrogancia.

—¿Ahora ya te rebajas a acecharme, Pendragón?

Me aclaré la garganta.

—Ya quisieras. —Necesitaba trabajar en las réplicas. Me había atrapado con la guardia baja.

—Entiendo que vienes a darme las gracias por lo de anoche. No hace falta que te humilles, pero lo aceptaré si no hay otra opción. —Señaló el suelo de piedra frente a él—. Puedes arrodillarte, si tantas ganas tienes.

Durante un brevísimo instante, me quedé paralizada al imaginarme de rodillas frente a Blake Drakharrow, acercándole las manos al pantalón y desabrochándole los botones uno por uno al mismo tiempo que él me observaba desde arriba, entrelazando los dedos en los rizos de mi pelo mientras yo le sacaba el miembro y se lo acariciaba.

La entrepierna se me llenó de un calor húmedo. Tragué saliva para deshacer el nudo de la garganta y me obligué a reír.

—En tus sueños, Drakharrow. A lo mejor eso es lo que hacen contigo todas las chicas buenas altasangres, pero yo no soy como ellas. ¿O es que acaso lo olvidaste?

Me repasó de arriba abajo y sentí como se me encendían las mejillas.

—No, no lo he olvidado.

Dio un paso hacia mí y yo retrocedí por inercia. Él sonrió.

—No voy a hacerte daño, Pendragón. Creía que con lo de anoche te habría quedado claro.

—¿Porque mataste a otra persona? —repuse frunciendo el ceño—. No lo hiciste por mí.

Él arqueó una ceja.

—¿Ah, no?

Negué con la cabeza.

—Lo hiciste por ti. Por ese retorcido sentido del honor que tienes. Por lo que sea que te traigas con Kage Tanaka.

—Claro —dijo con sequedad—. No tuvo nada que ver con protegerte. En absoluto. —Puso los ojos en blanco—. Engáñate todo lo que quieras, sangrepútrida, pero ayer te hice un favor.

Aquello no estaba yendo como esperaba. Sentí una punzada de culpa. ¿Qué diría Florence? ¿Qué querría que dijera a continuación?

—De acuerdo —balbucí—. Gracias. ¿Está bien? ¿Satisfecho?

Él paseó los ojos por mi cuerpo.

—Nunca.

Fui yo la que en esa ocasión puso los ojos en blanco.

—En fin. No venía por eso.

—¿No? Bueno, supongo que esperas que adivine lo que te traes de verdad entre manos, dado que no reconocerás que me estabas siguiendo. A lo mejor viniste a admirar a los dragones.

—Son increíbles —admití alzando la vista hacia las enormes estatuas de piedra—. Parecen de verdad.

Me miró de reojo, como si no creyera que le hubiera dado la razón.

—Sí. —Dio un paso hacia el dragón dorado—. Representan a dragones reales, no sé si lo sabías.

—¿Dragones concretos, quieres decir?

Él asintió.

—Esta era Molindra, una luminaria. Luchaba para la casa Orphos.

—¿Una luminaria? ¿Es una especie?

Blake se volvió hacia mí.

—¿No se supone que deberías saberlo? Pensaba que te habían encargado un trabajo sobre este tema.

Me crucé de brazos.

—¿Y tú cómo sabes eso?

Él curvó los labios con sorna.

—Tengo mis métodos. Sacaste de sus casillas al profesor Rodríguez, ¿no? —Negó con la cabeza—. Rodríguez. Qué mal carácter tiene. Total, que sí; era una especie. Cada una de las cuatro casas estaba especializada en criar a un tipo específico de dragón. La casa Orphos optó por los dracos luminarios, que extraían su fuerza del sol y eran conocidos por sus ataques aurales. Podían sembrar el miedo entre sus enemigos o inspirar a sus aliados. En el caso de los Mortis, eran los dracos silverinos. Esa era Alabryss. —Señaló el dragón esculpido en alabastro blanco y pulido—. Podía escupir hielo.

—¿Y el dragón negro? —pregunté.

Cuanto más tiempo pasara allí, más peligro correría. Y, sin embargo..., a Blake se le animaba tanto el rostro al hablar que saltaba a la vista que aquel tema lo apasionaba.

Soltó una carcajada.

—¿En el que te montaste, dices?

Me ruboricé.

—No hace falta que lo digas como si...

Hizo un gesto con la mano.

—Sí, está bien. Pero si lo hubieras hecho en la vida real, te habría calcinado. Se llamaba Nyxaris. Volaba para la casa Avari. Era un draco crepuscular. Feroz en combate.

Levanté los ojos hacia los dientes serrados y los ojos amenazadores del dragón negro y me estremecí.

—Entiendo que el rojo era el de la casa Drakharrow.

Blake se acercó al dragón de piedra roja y posó una mano sobre la arenisca áspera y sin pulir.

—Vorago. Era un infernal. Los dracos infernales volaban para la casa Drakharrow, sí.

—¿Y qué tenían de especial?

Blake levantó los hombros.

—Eran indestructibles. Al menos ante los ataques de otros dragones.

—¿Qué quieres decir?

—Pues que su debilidad residía en ellos mismos. Eran volátiles, inestables. Criarlos era un peligro en sí. La casa Drakharrow perdió más dragones y jinetes que cualquiera de las otras casas. —Se volvió hacia mí—. Eran orgullosos, tozudos e incontrolables. ¿Te suena?

Me puse roja.

—Me sorprende que la casa Drakharrow los quisiera.

—Los queríamos porque eran los mejores, los más rápidos de las cuatro especies. Cuando los montaba un jinete experimentado, sus ataques podían ser los más poderosos de todas las razas. Cuando un jinete se vinculaba correctamente con un infernal, podía absorber la fuerza e incluso el coraje de su montura. O eso dicen.

—Eso dicen —repetí.

Contemplé las cuatro estatuas, tratando de imaginarme un tiempo en que aquellas bestias cruzaban los cielos.

—Debían de tener un apetito voraz.

Él asintió.

—Por eso solo podían poseerlos las cuatro grandes casas.

—Poseerlos —repetí con amargura—. ¿Por qué tienen que intentar poseerlo todo?

Me miró fijamente, pero no dijo nada. Me di la vuelta y alcé la vista hacia el dragón de piedra roja. Vorago. Sus ojos eran los más agresivos de los cuatro. Quienquiera que lo hubiera tallado había capturado a la perfección la sensación de pasión y rabia ardientes.

—No quiere estar aquí —musité.

—Quiere volar —coincidió Blake—. Y está furioso por no poder alzar el vuelo. Estará aquí atrapado durante otros tantos siglos, hasta que la piedra con la que lo tallaron se desmorone al fin y se convierta en polvo.

Se colocó detrás de mí y contempló el dragón rojo, pero no hizo ademán de tocarme. Y, a pesar de todo, lo notaba a mi espalda, a pocos centímetros de mis hombros. Me quedé muy muy quieta.

—¿A qué viniste en realidad, Pendragón? Está claro que quieres algo. ¿Qué te pasa?

Vacilé, y entonces me arranqué.

—Cuando me fui de la fiesta anoche, vi a una niña en la playa. Una niñita altasangre.

Lo tenía lo bastante cerca como para notar que se había puesto rígido.

—Era evidente que se acababa de alimentar —continué.

Él resopló.

—¿Ya eres capaz de percibir cuándo nos alimentamos, Pendragón?

—Tenía sangre en los labios —contesté a la defensiva—. Y la cosa no acaba ahí. Cuando se fue, oí un chillido.

Blake me miró fijamente.

—¿Había alguna persona herida?

Me sorprendió que me lo preguntara.

—No era una persona, sino un animal. ¿Sabes lo que es un peluso?

Él se rio.

—Todo el mundo sabe lo que es un peluso. Seguro que tuve un peluche de peluso de pequeño.

Intenté que no se me notara la sorpresa.

—De acuerdo. Pues había un cachorro de peluso en la arena. Se estaba desangrando.

—El proceso de la alimentación no suele matar, si es eso lo que te preocupa, Pendragón. —Intentaba aparentar indiferencia, pero no lo estaba consiguiendo.

—No solo se habían alimentado de él —le espeté—. Alguien lo había dejado desangrándose con una herida enorme en un costado. Lo habían dejado allí a su suerte, en la oscuridad. Un cachorrito. —Observé su perfil, los ángulos de su rostro pálido brillando a la luz de la tarde—. Creo que fue la niña. No era más que una chiquilla, no debía de tener más de nueve o diez años.

—Seguramente pensaste que viste a una niña altasangre, pero en realidad no sería más que una mocosa sangrepútrida que se habría escapado de la ciudad —dijo él agitando la mano.

—No era una desconocida. Y se trataba sin duda de una altasangre. La conocía —insistí—. La vi el primer día, cuando me llevaste ante tu tío. Estaba allí, sentada en el estrado.

Blake se quedó de piedra.

—Sabes de quién te estoy hablando, ¿verdad? —Lo atravesé con la mirada—. ¿Quién es?

Él se volvió poco a poco hacia mí.

—¿Qué más da?

—¿Que qué más da? Lastimó a un animal, a una criatura inocente, a un bebé. —Negué con la cabeza—. Pero sí, supongo que da igual. Debería haber previsto que te importaría un comino. Para ti no es más que un animal, ¿verdad? Al fin y al cabo, para ti son insignificantes hasta las vidas altasangres.

Se inclinó hacia mí.

—A los altasangres de los que hablas nada les habría gustado más que hincarte los colmillos en ese precioso cuello. ¿Y crees que se habrían contenido una vez que hubieran comenzado?

Me negaba a ceder ni un centímetro.

—¿Quién era la niña? —le exigí otra vez—. Es evidente que la conoces. ¿Por qué no me lo dices?

Blake volvió la cabeza.

—Es mi hermana pequeña. Aenia.

—¿Tu... hermana? —No daba crédito—. No sabía que tuvieras una hermana.

—Bueno, es que en el fondo no sabes una mierda sobre mí, ¿verdad, Pendragón? Sabes que me odias, eso sí.

—Estoy bastante segura de que el sentimiento es mutuo, Drakharrow.

Me di cuenta de que me costaba respirar. ¿Su hermana?

Él se pasó las manos por el pelo.

—Aenia no debía estar sola ahí fuera. Se podría haber lastimado. Es peligroso. Vamos a intercambiar unas cuantas palabras.

Lo miré atónita.

—¿Y eso es todo? ¿Te preocupas más por ella?

Blake me atravesó con la mirada.

—Por supuesto que me preocupo por ella. No es más que una niña, aún está aprendiendo nuestras costumbres. No sabe lo que hace.

Aquello no encajaba con la niña que había visto. Era pequeña, sí, pero no tenía ni pizca de inocencia. Había algo más predatorio en Aenia Drakharrow que en su hermano mayor, que ya era decir.

—De acuerdo, es tu hermana. Entiendo que te preocupes por ella. Si te sirve de consuelo, le pregunté si estaba bien, pero no me respondió. Se limitó a seguir caminando y... no sé si debería haber intentado detenerla. —Respiré hondo—. Pero Aenia no fue la que acabó herida. Fue el peluso.

Él frunció el ceño.

—Doy por hecho que murió después de que lo encontraras.

—No, no murió. Me lo llevé conmigo a la sala común de primero.

Blake negó con la cabeza.

—Cómo no, Pendragón. No esperaba menos de ti. —A pesar de su tono jocoso, había un brillo en su mirada que casi parecía de admiración, como si no estuviera riéndose del todo de mí.

—Bueno, no todos creemos que los animales son insignificantes —le espeté—. En fin, necesito tu ayuda.

—Qué manera tan extraña de pedírmelo —respondió.

Me mordí la lengua.

—Tenía la esperanza de toparme con Theo primero.

Él dejó escapar una sonora carcajada.

—¿Así es como pides ayuda? ¿Diciéndome que desearías que fuera mi primo?

—Solo digo que dudo que a Theo le hiciera falta que se lo pidiera. Seguramente se ofrecería él.

—¿Ofrecerse a qué? Sigo sin saber adónde pretendes llegar. —Pero las comisuras de la boca se le curvaron hacia arriba. Lo sabía.

—Por los putos dioses —farfullé entre dientes—. ¿Me haces el favor de llevar al peluso a uno de los sanadores de la casa o no?

Me examinó largo rato mientras le temblaban las comisuras de la boca, como si estuviera a punto de echarse a reír de nuevo. Decidí que, si se burlaba otra vez de mí, le daría un puñetazo en la cara. Valdría la pena aunque no supiera cómo reaccionaría.

—Está bien —dijo.

—¿Qué?

—Dije que está bien. Lo llevaré al sanador. ¿Dónde está? —Miró a su alrededor, como si pensara que había traído al peluso hasta allí.

—Está... está en el ala de dormitorios de primero —balbucí—. En la habitación de Florence Shen. Ella fue la que le cosió la herida anoche, pero ahora tiene fiebre y está empeorando. Cree que no va a sobrevivir.

—Es macho, entiendo —dijo Blake, de nuevo con una expresión jocosa.

—Sí. Un cachorro macho.

—La próxima vez me dirás que le pusiste un nombre. —Negó con la cabeza.

—No, no le puse nombre. Pero te animo a que pienses uno. Considéralo tu recompensa por ayudarme —mascullé.

—Iré al dormitorio dentro de una hora para recogerlo. Llevaré una cesta para transportarlo.

—¿En serio? —Lo miré sin dar crédito, y luego intenté recomponerme—. ¿Y hablarás con tu hermana? Me preocupa. Podría acabar lastimando a alguien. ¿Y si hubiera sido un niño?

—Aenia no haría algo así —me espetó con una ferocidad sorprendente—. Jamás lastimaría a un niño. Y ya te dije que hablaré con ella.

—Está bien.

Blake separó los pies.

—¿Qué? ¿Qué esperas? Ya tienes lo que venías a buscar. Andando.

Negué con la cabeza, asombrada. Qué soberbio era el muy imbécil. Pero no me atreví a decírselo a la cara. Si quería tener el Atrio de los Dragones para él solito, que le aprovechara. Le di la espalda sin mediar otra palabra y me fui del patio a través del claustro que lo rodeaba, de vuelta al pasillo que conducía a una hilera de aulas. Iría a la biblioteca por otra ruta. Sin embargo, al llegar al corredor vacío, cambié de idea. Me detuve y di media vuelta.

Sin despegarme de la pared, regresé al Atrio de los Dragones con el mayor disimulo posible. Blake seguía allí de pie. Miró a su alrededor para comprobar que estaba solo. Por un momento, examinó el lugar donde me escondía, detrás de una columna del claustro, y pensaba que volvería a llamarme a gritos. Pero no me había visto. Se dirigió al dragón rojo y rodeó uno de sus descomunales costados. Lo perdí de vista unos instantes. Me quedé donde estaba, esperando a que regresara. Pasó un momento. Y luego otro. Cambié de posición y me moví hasta otra columna para ver mejor.

Pero allí no había nadie.

Debía de haberse ido por detrás. Continué con cuidado por la hilera de ventanas en forma de arco, esperando ver en cualquier momento a Blake en la arboleda, contemplando el mar. La arboleda estaba vacía.

No había más salidas del Atrio de los Dragones que por donde yo había llegado y por el camino que había justo delante de mí, y tenía una buena perspectiva de las dos.

Había desaparecido.

20
BLAKE

Tuve un peluso de niño, pero no era un peluche. Era de verdad. Una cosita que no dejaba de husmear, con una cola más grande que el cuerpo. Mi padre me lo trajo de un viaje a una ciudad enana. Yo no debía de tener más de ocho años. Me encantaba aquella criatura; me la llevaba a todas partes.

Era una hembra. Ortiga. La llamé Ortiga. Era una dulzura. Leal hasta decir basta. Dormía conmigo todas las noches. Marcus se reía de mí por eso. Siempre ha sido un idiota, ya lo era entonces. Mi madre lo regañaba, pero él no paraba. Nunca paraba hasta que alguien lo detenía. Alguien a quien le tuviera miedo.

Me cambié la cesta a la otra mano tratando de no molestar a la criaturita que dormía dentro. Le había echado un vistazo al recogerla de la sala común de primero. Pendragón no estaba, pero su amiga Florence me había dado las gracias una y otra vez por la ayuda. Me había sentido muy incómodo, la verdad. No supe qué decir. Cualquiera pensaría que a esas alturas ya estaría acostumbrado a aceptar los agradecimientos y elogios de los sangrepútridas.

Lo cierto era que me había llevado una decepción al no verla allí. Pensaba que me estaría esperando, quizá con una expresión de gratitud en su cara pecosa, por lo común tan hostil. Eso sí habría sido un cambio bien recibido, verla mirándome con algo que no fuera puro odio, para variar. Aunque la verdad era que me había acostumbrado a esa posición tozuda de su mandíbula; a verla apuntándome con la barbilla, como si pudiera herirme con ella. Sabía que era lo que quería hacerme.

Hasta le había empezado a tomar cariño a ese ridículo pelo. A esos rizos rojos que parecía llevar siempre enmarañados, como si tuvieran voluntad propia. Indómitos, como ella. Salvaje y rebelde, reacia a escuchar a los demás. Siempre decidida a tener la última palabra. Pero cuando el sol incidía sobre ese cabello anaranjado de cierta manera, como en el Atrio de los Dragones hacía un rato, podía convertirlo en pura llama. Me había quedado con la mirada fija en él. Y me fastidió bastante. Los Drakharrow no contemplan. Los Drakharrow no se embelesan. Los Drakharrow...

Daba igual. Era insufrible, total y absolutamente insoportable. Y luego estaba esa forma que tenía de comportarse, como si tuviera algo que demostrar. No, peor: como si no le cupiera duda alguna de que pisaba terreno firme. No se acobardaba, no se humillaba. No nos doraba la píldora como la mayoría de los sangrepútridas. Simplemente... le daba igual. Le importaba una mierda, y eso me molestaba. Me sacaba de quicio.

Cada día la aguantaba menos. Esa posición desafiante y obstinada de la mandíbula cuando discutía conmigo. Eran incontables las veces que había deseado quitarle esa expresión engreída de la cara. Me ponía enfermo. Y, aun así, había algo en el brillo de sus ojos verdes que hacía que fuera imposible ignorarla. Me hacía frente, lo que nadie más se atrevía a hacer. Y cómo me fastidiaba, por la Doncella Sangrienta. Pero, al mismo tiempo, era... impresionante. E irritantemente atractiva.

Está bien, lo confieso: estaba para perder la cabeza.

El peluso dejó escapar un quejido y me paré y levanté la cesta para poder mirar dentro. El cachorro no estaba bien, pero aún respiraba. Si conseguía llevarlo a un sanador de la casa, se recuperaría. Aceleré el paso. Si alguien me veía con aquella cosa, sería una humillación para mí. Formé una línea dura con los labios y cuando una alumna de primero dobló la esquina, la miré fijamente hasta que vi una lágrima cayéndole por la mejilla. Se fue corriendo entre gimoteos.

Sonreí. Ojalá fuera siempre igual de fácil con otros altasangres. Si me cruzara con Kage Tanaka, firmaría mi sentencia de muerte. ¿Cargar con un cachorrito por Bloodwing? Se reiría de mí hasta el fin de los días.

Y si me cruzaba con Regan... Carajo, sería incluso peor. Me preguntaría si era para ella. ¿Y qué le diría? Me negaba a entregarle el peluso. La última mascota que había tenido se le había olvidado y se había muerto de hambre. Solo sabía cuidarse a sí misma.

Bajé por otro pasillo. Ya estaba cerca de la torre de la casa Drakharrow. Eché un vistazo a mi alrededor para asegurarme de que no hubiera nadie más, me quité la capa y cubrí la cesta, rezando por que no me vieran. Al doblar la esquina siguiente, aceleré el paso y me dirigí a la escalera de caracol que conducía a los niveles superiores de la casa Drakharrow. Al menos ya no podría toparme con ningún miembro de la casa Avari; las casas no tenían permitido visitar las torres de sus rivales. Cuando llegué a las puertas de la enfermería de los Drakharrow, me detuve y agucé el oído. No se oía nada. Con un poco de suerte, no habría pacientes, a menos que Theo hubiera cometido alguna estupidez y se hubiera vuelto a caer de una mesa del comedor.

Abrí la pesada puerta y entré. Una de las sanadoras ordenaba hierbas secas y frascos de cristal sobre una mesa de madera. Bien; era la misma que me había ayudado con Pendragón cuando la hirieron hacía unas semanas. La conocía. La mujer levantó la cabeza cuando me oyó entrar, y frunció el ceño al ver la capa bajo la que se intuía la silueta de una cesta. Carraspeé y avancé, levantando la capa.

—Traigo un peluso herido —dije sucintamente, y alcé el cesto para que la sanadora pudiera ver el interior—. Quiero que lo trates.

La sanadora me miró sin dar crédito, como si no entendiera la situación.

—¿Un animal? —Paseaba la mirada entre la cesta y yo.

—Un peluso es un animal, sí —gruñí—. Creo que te lo acabo de decir. ¿Puedes sanarlo? ¿Sí o no?

No pensaba explicarle quién era el causante de sus heridas. Si creía que era cosa mía, no había problema.

—Pues... —Se aclaró la garganta y se alisó la parte delantera del mandil—. Sí, por supuesto, mi príncipe.

Solo los sirvientes de la casa Drakharrow se molestaban en dirigirse a mí así en la escuela. Pero el hecho de que la sanadora me mostrara deferencia a pesar de haberle llevado un animal a la enfermería era buena señal.

Dejé el cesto sobre la mesa. El cachorro de peluso se removió y abrió por completo los ojos un instante. El pobrecillo estaba tan débil que no parecía capaz de mucho más.

—Sanadora Ailith, si no me equivoco.

Ella asintió.

—Ailith, quiero que esto quede entre nosotros —le ordené—. Nadie más puede enterarse. Te encargarás del peluso en tus aposentos para que nadie más lo vea. ¿Entendido?

La sanadora parecía desconcertada, pero se apresuró a asentir con la cabeza.

Bien. No se atrevería a desafiarme una sanadora sangrepútrida como ella. Estaba acostumbrado a que los sangrepútridas que servían a nuestra casa me obedecieran. Aquella no sería una excepción.

Apreté la mandíbula y observé al cachorro de peluso en silencio. Luego, sin pensarlo dos veces, me agaché y susurré a través de las barras de mimbre de la cesta:

—Sé fuerte, ¿de acuerdo? Volveré pronto.

Me erguí y vi que la sanadora había arqueado una ceja, pero se recompuso deprisa y adoptó una expresión neutra.

Recuperada ya mi actitud fría, le hice un gesto de cabeza.

—Espero que este animal reciba el mejor de los cuidados y se recupere bajo tu vigilancia. Y recuerda que esto queda entre nosotros.

La sanadora me calibró con la mirada. Aquella sangrepútrida no era tonta, y mejor, porque, a fin de cuentas, quería que salvara al animal. No me imaginaba lo que diría Pendragón si ni siquiera consiguiera eso.

—Por supuesto, mi señor —murmuró la sanadora Ailith—. Así se hará.

Sin decir otra palabra, me di la vuelta y me fui, resistiendo el impulso de abrir la cesta y tomar al peluso. Decidí que iría a verlo al día siguiente, solo para asegurarme de que seguía vivo. No porque me importara lo más mínimo, evidentemente, sino porque la casa Drakharrow debía mantener unos estándares. Nos debían obediencia en todo, por muy trivial que fuera la cuestión.

21

MEDRA

—Y así dio comienzo la Era de los Aspirantes.

Cortaba el aire la voz estridente de la profesora Hassan, que acentuaba sus palabras con los golpes del bastón al tiempo que deambulaba por la tarima del aula. Se detuvo para mirar hacia donde nos sentábamos, apiñados en las sillas. Hacía tiempo que habíamos aprendido que prefería que nadie la interrumpiera durante sus lecciones.

—La monarquía, como ya saben, se abolió cuando se depuso al último rey. Todas y cada una de las grandes casas altasangres, Avari, Drakharrow, Mortis y Orphos, creían que tenían derecho a gobernar el reino. Sin embargo, ninguna podía imponer su autoridad sobre las demás. Y así fue como cada casa fundó su propia corte real, con sus propios príncipes y princesas de la Sangre Bendita.

Mantuve la cabeza agachada mientras tomaba apuntes en el pergamino. La anciana no tenía paciencia para holgazanes ni despistados, y se deleitaba avasallando a los estudiantes que consideraba indignos, como a mí el primer día.

—Durante un siglo —continuó Hassan—, el reino fue gobernado por una regencia: cuatro regentes, uno por casa, elegidos para liderar Sangratha. Este acuerdo duró cien años. La Era de los Aspirantes fue un periodo de una paz relativa, pero no era más que pura fachada. Cada casa continuaba albergando la ambición de una soberanía plena.

La profesora Hassan hizo una pausa y dejó que sus palabras calaran. Me incliné hacia delante en la silla. Mis compañeros debían de haber oído aquella historia innumerables veces, sobre todo los altasangres. Pero para mí era todo nuevo y me di cuenta de que me interesaba.

—Luego todo se vino abajo. A la Era de los Aspirantes le siguieron diez años de guerra civil: las Guerras Dracónidas, un conflicto sangriento que diezmó a la población. —Su voz se endureció—. Hablaremos de las alianzas que se formaron entre las casas en otra sesión. Al principio, cada casa combatía contra las demás, pero, hacia el final de la contienda, la casa Orphos dio su apoyo a la casa Drakharrow, mientras que la casa Mortis se alió con la casa Avari. Como ya saben, fue durante esta guerra cuando pereció el último de los dragones. Las Guerras Dracónidas fueron tan catastróficas como inevitables.

La mano me titubeó un instante y dejé de escribir. La profesora Hassan no había disimulado nunca la lealtad que les profesaba a los altasangres, pero hoy parecía estar especialmente patriótica.

—Cuando terminó la guerra y cayó el último dragón, el reino se dividió en cuatro territorios. Cada casa ocupó su porción del reino, olvidadas ya las alianzas, limitándose a coexistir.

»Y fue entonces cuando llegó el Pacificador. —La profesora Hassan suavizó ligeramente el tono—. El Pacificador, un príncipe altasangre de la casa Drakharrow, tenía la gran ambición de reunificar el reino. No solo era un diplomático experimentado, sino que además contaba con las hechuras de los mejores líderes. Reunió a las cuatro casas y restableció la regencia, restauró el orden en el reino y devolvió Sangratha a una posición de fuerza y poder.

La profesora Hassan se apoyó en el bastón.

—Su muerte... llegó antes de tiempo y fue una tragedia monumental.

Me pregunté quién había sido ese hombre. Alguien de la casa Drakharrow... ¿Estaría emparentado con Blake?

—Cuando el Pacificador falleció —prosiguió Hassan—, su hermano lo sustituyó como regente de la casa Drakharrow, y así fue como el reino recuperó la regencia, la tetrarquía.

El corazón me latía con fuerza. ¿Su hermano? Tenía que hablar de Viktor Drakharrow.

Recordé lo que había visto aquel primer día en la Fortaleza Negra. ¿Había cuatro regentes en el estrado? Habían hablado una mujer de la casa Avari y un noble de la casa Mortis. No recordaba a nadie de la casa Orphos, pero eso no significaba que no estuvieran presentes. Sea como sea, solo un hombre parecía ostentar verdadero poder en aquel vasto salón: Viktor Drakharrow.

Si existía una tetrarquía, no parecía equitativa. La casa Drakharrow era claramente la que tenía más poder.

Tañeron las campanas, indicando el final de la clase. La profesora Hassan se enderezó y su voz se aceleró.

—Continuaremos la próxima semana. Lean el siguiente capítulo de *Crónicas de Sangratha: historia oficial.* Prepárense para debatir sobre las reformas del Pacificador y cómo aún hoy siguen forjando el reino.

A mi alrededor, Florence y Naveen se levantaron y empezaron a recoger sus útiles. Yo me quedé sentada, con la cabeza hecha un mar de dudas. Se me había ocurrido algo. Aquel Pacificador... ¿sería el padre de Blake?

Guardé mis cosas despacio y seguí a Florence y Naveen fuera del aula. Cuando los alcancé ya estaban charlando.

—¿Quién era el Pacificador? —los interrumpí sin miramientos, con la cabeza aún en el aula—. ¿Era el padre de Blake?

Florence asintió, y yo solté una risotada sarcástica.

—¿Qué pasa? —preguntó Naveen.

—Pues que me parece ridículo que alguien como Blake tuviera un padre al que apodaran «Pacificador». —Fruncí el ceño—. Además, no tenía ni idea de que Sangratha estaba gobernada por cuatro regentes. Aquel primer día, en la Fortaleza Negra, me dio la impresión de que solo había una persona al mando: Viktor Drakharrow.

Florence intercambió una mirada con Naveen.

—Y no eres la primera que lo piensa.

—Algo está pasando —coincidió Naveen—. Escuché que las otras casas están inquietas. Viktor ocupó el lugar de su hermano, pero su presencia es desmesurada. Por lo visto, las otras casas no tienen buena opinión de él.

—La última vez que lo vi se comportaba más como un rey que como un regente —dije—. Pero las otras casas se lo permiten, así que quizá exista cierto equilibrio, por frágil que sea.

Naveen levantó los hombros.

—Eso espero, la verdad. Nadie quiere otras Guerras Dracónidas.

Florence le dio un codazo.

—Los dragones ya no existen, tonto. Tendrían que bautizarla de otra manera.

—La Guerra sin Dracónidos —contestó Naveen muy serio, y las dos nos reímos.

Pensé en una guerra civil entre las cuatro casas. ¿Qué ocurriría con nosotros tres si llegara a estallar un conflicto así?

—¿Cómo murió el padre de Blake? ¿Cómo se llamaba?

—Alexander Drakharrow —contestó Florence—. Y eso es lo curioso: nadie sabe cómo murió. O al menos ningún sangrepútrida.

—¿Cómo es posible que no se sepa cómo murió el Pacificador? —pregunté sin dar crédito—. ¿No era el dirigente más famoso del reino? ¿No se investigó su muerte?

—Sería lo lógico —dijo ella pensativa—. Pero murió cuando estaba en casa con su familia. Siempre he pensado que se debió a algún tipo de enfermedad, o algo tan ridículo que no quisieron que saliera a la luz, como un accidente patético. —Alzó la vista al reloj de la pared—. Ahora tienes una hora libre, ¿verdad? ¿Todavía te animas a acompañarme a mi clase de Fundamentos Mágicos?

Asentí. Seguía resultándome extraño lo diferente que era la magia en aquel mundo. En Aercanum, mis habilidades fae no me suponían ningún esfuerzo. Los conjuros no exigían un trabajo real. Nací fae y por ende con unas habilidades determinadas. De hecho, ni siquiera podrían considerarse magia como tal. Formaban parte de mi ser. Pero en Sangratha la magia funcionaba de otra forma. Los mortales tenían la posibilidad de usarla, por ejemplo, pero pocos contaban con la disciplina o el talento innatos para ello. La magia en Sangratha requería precisión y rigor. Los mejores hechiceros, alquimistas y arcanistas no eran buenos solo por un supuesto talento intrínseco, sino también por el esfuerzo que le dedicaban. Los hechizos eran complejos y resultaba imprescindible una cadencia perfecta y unos ensalmos específicos. Los errores podían provocar fracasos bochornosos o resultados catastróficos. Hacer magia era un proceso física y mentalmente agotador, y por eso eran muy pocos los estudiantes de Bloodwing que terminaban siendo arcanistas, por mucho que se les valorara. Sobre todo los que podían hacer magia elemental.

A Florence le interesaban muchas disciplinas, claro. Yo había perdido la cuenta de todas las clases a las que asistía y las posibles opciones de futuro que le aguardaban. Pero era evidente que, de querer ser arcanista, tenía el camino abierto ante ella.

Cuando llegué a Sangratha, renací como un lienzo en blanco. Al principio notaba la ausencia de mis poderes como un vacío palpable, pero ya apenas lo percibía. Sabía que si quería volver a utilizar la magia, debía empezar de cero. Por eso el profesor Rodríguez, quien se había convertido en algo así como un asesor académico, me había sugerido asistir a una clase con Florence y que la profesora me evaluara después. Tal vez tuviera la aptitud suficiente para que valiera la pena darme algunas clases de hechicería; o tal vez no.

Y tenía mis propios motivos para querer ir a esa clase.

Cuando entramos en Fundamentos Mágicos y ocupamos nuestros asientos, vi por primera vez a la profesora Elowyn Leñofatuo. La observé con curiosidad mientras dejaba unos libros sobre la mesa. Florence me había contado que la profesora era mestiza, algo inusual, la hija híbrida de una mortal y un altasangre. Cuando una mujer mortal quedaba embarazada de un altasangre, por lo general la criatura no sobrevivía al parto, y cuando sí sobrevivía, carecía de los poderes vampíricos que poseían los altasangres. No necesitaban sangre para vivir, pero tampoco vivían tanto.

La profesora Leñofatuo era una mujer espigada de cabello rubio pálido que llevaba recogido en un chongo uniforme. Pero en el pelo terminaba su parecido con un altasangre, hasta donde yo veía. Florence me había dicho que Leñofatuo estaba completamente obsesionada con la magia, y que solía ensimismarse durante las clases, pero eso no impedía que fuera una mujer agudísima e increíblemente astuta cuando evaluaba a los estudiantes. Se notaba que era una de las profesoras favoritas de Florence. Observé a la profesora Leñofatuo mientras escribía en el pizarrón con una caligrafía pulcra y pequeña. Qué extraño debía de ser vivir entre dos mundos, parecer altasangre y no serlo. Florence me había explicado que no era habitual que los mestizos asistieran a Bloodwing, y que era aún más raro que llegaran a ser profesores. Igual que ocurría con los tratasangres, ocupaban un lugar precario en la sociedad sangrathana; los altasangres preferían que esas uniones entre vampiros y mortales no tuvieran lugar. ¿El padre vampiro de la profesora Leñofatuo la habría aceptado y querido? ¿O habría abandonado a la madre y a la hija?

Dio comienzo la clase. La profesora Leñofatuo se movía grácil por la tarima mientras hablaba, con una falda arcoíris en tonos pastel ondeándole alrededor de las largas piernas. Su voz era melódica, dulce pero firme. A los pocos minutos de comenzar, me di cuenta de que era una mujer brillante. Hablaba sin esfuerzo, con pasión y sin ayudarse de notas, gesticulando todo el tiempo con las manos.

Florence me había contado que la clase trataría sobre los conductos mágicos. No lo había pensado dos veces, y no tuve que esperar demasiado para que me llegara la oportunidad.

—... y, por supuesto, como ya comentamos, los conductos pueden hallarse en la naturaleza, en los objetos o incluso en los seres vivos. —La profesora Leñofatuo señaló un diagrama que había trazado en el pizarrón y nos indicó que lo copiáramos—. En contadas ocasiones, un conducto mágico puede llegar a ser algo tan intangible como un alma.

El corazón se me aceleró. Se había acercado mucho más de lo que esperaba.

La profesora Leñofatuo prosiguió.

—Claro que las almas son uno de los conductos más peligrosos de manipular. La magia vinculaalmas es increíblemente volátil. No solo corre riesgo la integridad del alma que se traslada, sino también el hechicero.

Se me hizo un nudo en el estómago y miré a Florence, que tomaba notas sin descanso. Tras una pausa, me obligué a levantar la mano.

La profesora Leñofatuo volvió la vista hacia mí.

—¿Sí? —Al menos su tono era motivador.

Vacilé un momento.

—¿Y qué pasa con la magia que vincula almas? Me refiero a cuando dos almas existen en un solo cuerpo. ¿Eso es... posible?

Florence me lanzó una mirada curiosa, pero la ignoré. La profesora Leñofatuo arrugó el gesto, pensativa. Se apoyó en la mesa y cruzó las piernas.

—Ah, la vinculación de almas. Hablamos de un ámbito mágico muy concreto e igual de peligroso.

Tamborileaba sobre la mesa con el gis y nos observaba con reservas.

—Es un campo bastante avanzado, pero como Pendragón me hizo esa pregunta y lo considero un tema fascinante, dedicaré unos minutos a responder.

Se me aceleró el pulso. Por fin alguien que sabía algo.

—La vinculación de almas es peligrosa porque el mero acto de invitar a otra alma a que entre en nuestro cuerpo supone un gran riesgo para el receptor —continuó.

«¿Y si el alma entró sin invitación?», pensé.

—*Te oigo* —me dijo mi madre con dulzura—. *Hoy te olvidaste de silenciarme.*

Últimamente recurría más a mi limitada habilidad con el guardaesclavos para silenciar nuestro vínculo. Intentaba no pasarme de la raya porque empatizaba con su situación: estar encerrada en mi cabeza sin tener adonde ir y nadie con quien hablar salvo yo. De ser yo la encerrada, supongo que me pondría de mucho peor humor que Morcadés.

—*Con suerte aprenderemos algo útil que nos ayude a las dos* —murmuré en mi interior—. *Seguro que preferirías ser libre.*

No respondió.

Me pregunté, tarde, si tendría miedo. ¿Sería posible que simplemente desapareciera en el éter si conseguíamos expulsarla? ¿Sería el final para ella, el verdadero final?

Enseguida volví a concentrarme en lo que estaba explicando la profesora Leñofatuo.

—Cuando dos almas ocupan un cuerpo, las fronteras entre cada una pueden difuminarse, y a veces el anfitrión corre el riesgo de perder por completo su identidad. Es por eso por lo que esta magia se practica solo en contadas ocasiones, y con razón.

Se me cayó el alma a los pies. Aquello no sonaba prometedor.

La profesora Leñofatuo hizo una pausa, como si estuviera sopesando sus siguientes palabras.

—Desde un punto de vista histórico, conocemos casos de usos de esta magia, tiempo atrás. Se habla poco de ello, pero en el pasado algunos vampiros altasangres recurrían a la vinculación de almas para alargar su vida mediante procedimientos poco convencionales. Desesperados por vivir más allá de las limitaciones de su cuerpo, algunos altasangres llevaban a cabo un ritual de vinculación con un sangrepútrida. El sangrepútrida aceptaba de buen grado el alma del vampiro, y permitía que viviera a través de él. Una forma de engañar a la muerte, por así decirlo.

Un murmullo se propagó por la clase. Miré a mi alrededor. El grupo de Fundamentos Mágicos de Florence estaba formado solo por estudiantes sangrepútridas de primero. Se me hizo un nudo en el estómago a medida que procesaba las palabras de la profesora Leñofatuo. Agarré con fuerza mi pluma.

—Pero no siempre existía un consentimiento explícito —continuó la profesora—. A veces estos rituales se llevaban a cabo en contra de la voluntad del receptor. Existen incluso crónicas que hablan del uso de esta magia con jinetes de dragón.

El corazón se me aceleró. Esperaba que la profesora me mirara fijamente a los ojos, pero estaba ensimismada en sus procesos mentales. Si había recordado que yo tenía sangre de dragón, no lo demostró. O tal vez le pareciera irrelevante. Fuera como fuera, otro murmullo recorrió el aula.

—Sí, jinetes de dragón —repitió asintiendo con la cabeza—. Piénsenlo un momento: al vincular su alma a un jinete, el altasangre confiaba en poder controlar directamente a un dragón. No había otra forma de hacerlo. La estirpe del jinete y su conexión con el dragón no se perderían, pero sería el alma del vampiro quien tuviera el control. O esa era su esperanza.

Un escalofrío me recorrió la columna. Lo que describía no era otra cosa que un asesinato. Si se leía entre líneas, resultaba obvio que el alma del vampiro sustituía a todos los efectos la del anfitrión.

—El proceso no era ni mucho menos perfecto —prosiguió la profesora Leñofatuo—. Si el jinete no estaba del todo vinculado a su dragón cuando se realizaba el ritual, y si además era la parte dominante de una relación muy frágil y complicada, el vínculo se rompía. El jinete moría. Y, a veces, el dragón también. Era una apuesta peligrosa que pocos vampiros eran capaces de culminar con éxito. Con todo, para algunos el riesgo superaba con creces la recompensa.

El riesgo de poder controlar a un dragón sin perder el poder que le ofrecía el hecho de ser altasangre. Mis pensamientos iban a toda velocidad. No había aprendido cómo liberarme del alma de mi madre, pero había descubierto otra cosa, algo mucho más aterrador. Cuanto más tiempo permaneciera el alma de Morcadés dentro de mí, más riesgo corría de perder el control.

La profesora Leñofatuo trataba de volver al tema inicial de los conductos, pero no pude contenerme. Levanté otra vez la mano, incapaz de callarme la pregunta.

—¿Existía alguna forma de que el jinete de dragón se resistiera? ¿De que expulsara el alma del altasangre? Al fin y al cabo, dijo que muchas veces no era algo a lo que se prestaran de buena gana.

De inmediato, una oleada de susurros de sorpresa se propagó entre los estudiantes. Florence me miró alarmada, con los ojos como platos. De todas formas, la profesora Leñofatuo no dio muestra alguna de que la pregunta le pareciera que rayara en la traición. Se limitó a ladear la cabeza, pensativa, con un brillo de curiosidad en los ojos.

Levantó una mano para silenciar los cuchicheos del aula.

—Es una pregunta interesante —contestó con voz calmada—. Si existía alguna manera, debía de incluir la magia de sangre. La magia de sangre es poderosa porque puede romper vínculos para los que otras magias no serían efectivas. Como bien saben, la hematomancia es el dominio de la casa Drakharrow. Pero no tengo constancia de que hoy día la magia de sangre y la vinculación de almas se practiquen con asiduidad. Yo no he visto jamás ese tipo de encantamientos en persona. Aunque eso no significa que no existan, claro está.

Qué decepción. Aquello era lo que ya sabía. No me había dado una respuesta directa. Para el caso, era como si no me hubiera contestado.

La profesora Leñofatuo se apresuró a regresar al pizarrón, decidida sin duda a volver a un terreno menos resbaladizo.

—Volvamos al tema de los conductos mágicos. Infundir poder en objetos inanimados es otra de las aplicaciones de la magia de conductos. Armas, joyas e incluso utensilios del día a día pueden servir de receptáculos de energía mágica, siempre que el encantamiento sea preciso y...

Apenas atendí al resto de la clase. Tenía la cabeza hecha un hervidero de pensamientos, desconcertada por las implicaciones de lo que acababa de oír. Magia de sangre. Vinculación de almas. Los altasangres utilizaban a los mortales para alcanzar una inmortalidad retorcida. Cosechaban jinetes de dragón por su cuerpo, y los utilizaban como receptáculos de la conciencia de otra persona...

—*Respira hondo, porque si no vas a acabar perdiendo el conocimiento* —me recomendó Morcadés con suavidad.

Por una vez la obedecí, y me obligué a inspirar y espirar. Florence me miraba con extrañeza, pero tuvo la sensibilidad de no participar en los susurros.

Cuando terminó la clase yo estaba como en una nebulosa. Los otros estudiantes guardaron sus cosas y salieron del aula. Yo eché a andar hacia la puerta, pero entonces la profesora Leñofatuo, con una voz firme pero no antipática, exclamó:

—Disculpa, Pendragón. Creo que tenemos una evaluación pendiente.

Florence me jaló del suéter y me paré en seco. Luego me hizo un gesto de cabeza para darme ánimos.

—Te espero en el pasillo. Buena suerte —me susurró antes de dirigirse a la puerta con el resto de la clase.

Cuando nos quedamos las dos solas, la profesora Leñofatuo me hizo un gesto para que me acercara.

—Si te parece, vamos a empezar.

Me dirigí despacio a la parte delantera del aula y observé a la profesora extraer una cajita de una gaveta de su mesa. La colocó con delicadeza sobre el escritorio y la abrió. Me incliné hacia delante y eché un vistazo dentro. Había varios objetos: una piedra pulida, un pequeño cuenco de madera y lo que parecía ser un fragmento de cristal.

—La magia no se basa en un talento innato, como ya debes de saber. Es una destreza, una habilidad que requiere práctica, como cualquier otra. Pero antes de empezar a enseñar a alguien, hay que evaluar su potencial, comprobar qué clase de magia responde ante esa persona.

Recogió la piedra pulida y me la entregó.

—Sostén esto y concéntrate. Trata de canalizar tu voluntad hacia la piedra. Esta reaccionará según tu afinidad a la magia elemental, si es que tienes alguna.

Hice lo que me indicó y cerré los dedos en torno a la fría superficie de la piedra. Me concentré, intentando bloquear mis pensamientos acelerados, poniendo toda mi atención en el peso de la piedra sobre mi mano. Tras un largo rato, no sentí... nada.

La profesora Leñofatuo frunció ligeramente el ceño. Me quitó la piedra y la devolvió a la caja.

—No hay afinidad elemental, pues. Probemos con otra cosa.

Ahora le tocaba al cuenco. La profesora lo llenó con agua de un frasco.

—Esta prueba revelará aptitudes para la manipulación energética. Coloca las manos sobre el agua e intenta moverla. Concentra tu energía y tu voluntad.

Vacilé un instante y luego puse las manos sobre el agua y traté de concentrarme, pero me venían demasiadas cosas a la cabeza. El alma de mi madre. Los jinetes de dragón. Lo que había dicho la profesora sobre que a veces los utilizaban y los desechaban. La idea de que pudieran controlar mi alma...

—Suficiente.

Bajé la vista; el agua seguía inmóvil.

La profesora Leñofatuo frunció el ceño.

—Muy bien. Una última prueba. —Me ofreció el cristal—. Este fragmento refleja energía mágica. A veces muestra colores, y otras imágenes o destellos de luz. Concéntrate y veamos qué nos revela.

Clavé la mirada en el cristal y mi propio reflejo me devolvió la mirada, un tanto distorsionada por los bordes irregulares del fragmento.

—*Si no te concentras, no superarás nunca la prueba* —me reprendió la voz de mi madre—. *Tu profesora me recuerda a una maestra que tuve. Yo era su pupila favorita. Parece que pasó una eternidad.*

—*Es que probablemente pasó una eternidad* —gruñí—. *Cientos de años como mínimo. Y no es profesora mía, es de Florence. Solo vine a hacer la prueba.*

—Peculiar, muy peculiar —murmuró Leñofatuo interrumpiendo mi conversación paralela.

Me quitó el fragmento y lo dejó con cuidado sobre la mesa. Tamborileó sobre la madera con los dedos mientras observaba los tres objetos.

—Deberías haber mostrado algún tipo de reacción a alguno de estos elementos.

Tragué saliva.

—¿Y eso qué significa?

La profesora levantó el fragmento y lo examinó.

—Es evidente que tienes algún tipo de magia corriéndote por las venas. Como todo el mundo. Pero las pruebas habituales no muestran nada concluyente. —Ladeó la cabeza pensativa y me escudriñó el rostro—. Tienes sangre de jinete.

—Eso me han dicho. —Forcé una sonrisa débil.

—Puede que eso sea parte del problema —musitó la profesora Leñofatuo—. Es posible que esté bloqueando las pruebas o interfiriendo en ellas. No puedo afirmar con rotundidad cuáles son tus habilidades, o si tienes alguna. Lo que es indiscutible es que no muestras ninguna aptitud clara. Habrá que hacerte pruebas más avanzadas para comprender todo tu potencial. De momento, tendré que marcar tu evaluación como no concluyente. Quizá podamos intentarlo otra vez el año que viene.

Sentí como me invadía el desánimo. Confiaba en encontrar alguna respuesta, alguna indicación, y aquello parecía más bien un paso atrás. ¿Cómo iba siquiera a hacer un ritual para deshacer una vinculación de almas sin magia que me guiara?

Justo cuando me di la vuelta para irme, la profesora Leñofatuo, esta vez con un tono más comedido, añadió:

—Me vino a la cabeza un caso histórico sobre la pregunta que me hiciste antes, sobre expulsar un alma.

Aquello me levantó el ánimo.

—¿Sí?

—Hace siglos, un altasangre vinculó su alma por la fuerza con una maga mortal. La maga, una arcanista experta, encontró la manera de separar sus almas mediante un ritual prohibido. Funcionó, pero pagó un alto precio. El alma del vampiro se desintegró. La mortal sobrevivió, pero su mente quedó hecha añicos. Vivió el resto de sus días sumida en la locura.

La profesora Leñofatuo me miró a los ojos con una expresión penetrante y perspicaz, pero también afable.

—La magia de sangre no es un camino que uno deba recorrer a la ligera. Somos afortunados de contar con las cuatro casas para que nos guíen. Si tienes más dudas sobre el tema, tal vez podrías consultarlo con algún miembro de la casa Drakharrow. Si quieres orientación, hay estudiantes excelentes que podrían estar dispuestos a acompañarte. —Se llevó un dedo a los labios—. Teniendo en cuenta tu evaluación, no podrás ayudarlos con el lanzamiento de los hechizos, pero puedes aprender muchísimo tan solo observándolos, y seguro que no les iría mal otra escriba.

—Gracias, lo tendré en cuenta, profesora —contesté en voz baja, y me fui del aula.

—*Muy callada te veo teniendo en cuenta las circunstancias* —dije mentalmente mientras andaba por el pasillo.

Morcadés guardó silencio un instante.

—*Bueno, supongo que lo que pasa es que no tengo ningún deseo de robarle el alma a mi hija.*

Me quedé paralizada. Y luego me embargó una sensación de alivio abrumadora. Una parte de mí sufría en secreto. A fin de cuentas, mi madre había sido una poderosa princesa fae casi inmortal. Incluso en la muerte se las había arreglado para sobrevivir y entrelazar nuestros destinos. Si hubiera querido apoderarse de mi cuerpo, ¿habría podido?

—*Eres mi hija* —continuó—. *El amor que siento por ti no tiene límites. Estoy de acuerdo en que esta situación empieza a ser tediosa. Ningún hijo debería verse constreñido por un progenitor. De haberme encontrado en tu misma situación, sin duda me habría rebelado igual que tú.*

Noté un nudo en la garganta.

—*Veo que lo entiendes.*

Ella suspiró.

—*Sé que no eres una desagradecida, cariño. Ojalá nos hubiéramos conocido en otras circunstancias. Cara a cara, de ser posible. Pero dudo que eso llegue a pasar alguna vez. Después de esto, sospecho que abandonaré este plano, una vez que ya no esté vinculada a tu receptáculo. Al final, tal vez sea lo mejor.*

Hablaba con demasiada calma sobre el carácter definitivo de su propia desaparición. Pero yo no quería perderla. No del todo. Existía una diferencia entre no querer compartir mi mente con mi madre y querer expulsarla por completo de mi vida.

—*Sin ti estaría sola* —dije, y me recordé a una niña llorona.

—*No estarás sola* —contestó con ternura—. *Ya hiciste amigos. Medrarás como una rosa, incluso en un lugar tan oscuro.* —Casi oía la sonrisa en su voz—. *Les darás guerra a estos altasangres, de eso no me cabe la menor duda.*

Una pausa.

—*Quería comentarte una cosa* —dijo.

Se me aceleró el corazón.

—*Dime.*

—*Es posible que, sin darme cuenta, ya haya hecho algunos... cambios.*

—*¿Cómo? ¿Qué cambios?* —Apreté la mandíbula—. *¿Cambios en mí?*

—¿Cómo te atreves a aparecer por estos pasillos, maldita sangrepútrida?

Un par de manos me empujaron sin miramientos contra la pared. Solté un aullido cuando me di un doloroso golpe en el hombro contra la piedra.

—¿Qué demonios...? —exclamé tratando de volver la cabeza.

Vi una túnica ondeando en una nube negra, oí una carcajada, y quienquiera que me hubiera empujado se esfumó.

La voz era de una chica, pero no era Regan. ¿Quinn? Podía ser.

Empecé a levantarme del suelo. Se me había caído la mochila con los libros y algunos de los volúmenes se habían desparramado por el suelo. Una mano fuerte y fina recogió uno de los libros. Levanté la vista y me topé con Blake y una expresión de aburrimiento en su atractivo rostro. Me tendió el libro, pero no hizo ademán de recoger los demás.

Con una mueca, me incorporé y me alisé la ropa.

—Gracias —dije sucintamente, y le acepté el libro y lo eché en la mochila.

—Tienes una actitud de ganadora que deslumbra, Pendragón —se burló—. No me sorprende que hayas hecho tantos amigos.

Le dediqué una sonrisa falsa y empecé a darme la vuelta, pero él me agarró del hombro. Solo un instante. Lo justo para que me detuviera. Lo justo para que sintiera el calor de su piel a través del tejido de mi suéter.

—¿Qué pasa? —quise saber—. ¿Tú también vas a empotrarme contra la pared?

—No sería la primera vez. Demasiado fácil —contestó con una mueca.

Miró a su alrededor con detenimiento. El pasillo se había quedado vacío.

—Vine a decirte que el peluso está con la sanadora —dijo bajando la voz.

El peluso. Casi me había olvidado del pequeñín.

—Bien. Me... alegro. Gracias por decírmelo. —Fruncí el ceño. ¿Me había estado buscando solo para eso?

—Recibirá el mejor tratamiento posible. Los sanadores de nuestra torre son los mejores.

—Pues qué alivio —repliqué con recelo.

Seguía sorprendida de que hubiera accedido, de que estuviera haciendo todo aquello por mí. Por no mencionar que me hubiera estado buscando solo para ponerme al día sobre el estado del peluso al día siguiente.

—¿Qué vas a hacer con él? Cuando se cure, quiero decir —me preguntó.

Me quedé mirándolo y él me devolvió el gesto con una expresión fría e indiferente. Quizá se estaba esforzando demasiado por aparentar indiferencia. ¿Qué se traería entre manos?

—Creo que Florence y yo no nos hemos anticipado tanto —respondí despacio—. A lo mejor podríamos intentar devolverlo...

—No —me interrumpió—. Su familia ya se habrá trasladado. Además, no tenemos idea alguna de cómo llegó a la superficie. A lo mejor huía de un depredador...

—¿Cómo que «no tenemos»? No te incluyas —le espeté, cada vez más encendida—. Y sí sabemos cómo llegó a la superficie. En efecto, huía de una depredadora. De la que no pudo escapar, por cierto. Hasta donde sabemos, tu hermana lo sacó a la superficie. ¿Por qué no podemos devolverlo?

Blake arrugó el gesto.

—¿Aenia?

Volvió a mirar a nuestro alrededor, pero seguíamos solos. Negó con la cabeza.

—Jamás se le ocurriría bajar al subsuelo. Hay un pasaje en la isla, pero lleva años derrumbado. —Se pasó las manos por el pelo—. A lo mejor el peluso se coló por una hendidura en la roca, vete a saber cómo, pero dudo que ella fuera capaz de entrar. —Con todo, no parecía estar muy seguro de lo que decía.

—Para empezar, ¿se puede saber qué hacía en esta isla? ¿No vive en la Fortaleza?

Blake pareció incomodarse, y yo también negué con la cabeza, sin dar crédito.

—Ni siquiera sabes cómo llegó hasta aquí, ¿verdad? Es una niña. ¿Se le permite corretear por donde le dé la gana? ¿Dónde está su madre?

En cuanto pronuncié esas palabras, supe que no debería haber dicho nada.

—Eso no te incumbe —contestó con frialdad—. Es mi hermana, no la tuya.

—Tienes razón. Si fuera mi hermana la cuidaría mucho mejor —le espeté. Y me aseguraría de que no se alimentara de animales indefensos, pero eso me lo callé.

Él me lanzó una mirada gélida.

—Es una altasangre —sentenció, como si eso lo explicara todo.

Acto seguido dio media vuelta y se fue.

22
MEDRA

Jugueteaba con el puré de papas, con la cabeza muy lejos del comedor donde estaba sentada con Florence y Naveen.

—Te veo desanimada, Medra. ¿Qué te pasa? ¿Te falta mantequilla en el puré? —bromeó Naveen.

Yo le saqué la lengua.

—Nada, una tontería. Estaba pensando en lo ignorante que soy.

—¿Ignorante? —Florence parecía desconcertada—. No eres ignorante. No eres idiota, Medra.

—No, idiota no —coincidí—. Pero ignorante sí. —Paseé la mirada entre los dos—. Hay tantísimas cosas que no sé y que ustedes sí por el simple hecho de haber crecido aquí...

No me habían presionado nunca para descubrir de dónde venía yo. Cuando les expliqué que había perdido la memoria, pareció bastarles. Lo habían aceptado. Demostraban su comprensión al no preguntarme jamás por mi pasado. No se entrometían. ¿Era eso la amistad? Eran los primeros amigos de mi edad que había tenido en mi vida. Me sentía profundamente agradecida de poder contar con ellos.

—Bueno, si hubieras estado escuchando en vez de asesinando el puré de papas... —comenzó Naveen. Bajé la vista al plato y vi que había sacado la mitad del puré a la mesa, distraída como estaba—. Te habrías enterado de que estábamos hablando de algo que podría interesarte.

Me animé.

—¿En serio? ¿De qué?

Florence miró a su alrededor y bajó la voz.

—Se acerca la Ceremonia del Liderazgo de las Casas.

—Qué manía tiene la gente últimamente con mirar a su alrededor antes de hablar —gruñí, pero habían captado mi atención—. ¿Y eso del liderazgo? ¿Es que es un secreto? Pensaba que la selección estaba abierta y cerrada. Blake será el próximo líder de la casa Drakharrow, ¿no?

—A ver, seguramente sí —respondió Florence despacio—. Pero hay varias ceremonias a lo largo del año, no solo la del liderazgo.

—¿Y cuándo se hará la selección de los líderes? —pregunté.

—No lo sabemos. A los de primero apenas nos dicen nada —reconoció Florence—. Siempre nos toma de improviso.

—Pensaba que tu madre lo sabría —dije algo sorprendida.

Florence negó con la cabeza.

—No tiene permiso para contarme nada al respecto. Aunque es un secreto a voces entre la mayoría de los estudiantes altasangres... Tendrán una idea mejor formada que nosotros.

—Hay dos grandes acontecimientos en cada año académico —explicó Naveen—. Uno ocurre todos los años, y el otro solo si hay alguna vacante en el liderazgo de una casa.

—El de la selección de los líderes de las casas ya lo conocía. ¿Cuál es el otro? —pregunté curiosa.

Naveen intercambió una mirada con Florence.

—Es un juego para consortes.

Arrugué la nariz.

—¿Un juego? ¿En serio? ¿Y tengo que participar?

—Estás inscrita quieras o no, Medra —dijo Florence en voz baja—. Y Regan también.

—De hecho, teníamos la duda de si te lo habría dicho alguien. ¿Un profesor? ¿Rodríguez, a lo mejor? —Naveen me miró inquisitivo.

Negué con la cabeza.

—No, nada. No me lo ha comentado nadie. Hasta ahora.

—A lo mejor te preguntas por qué no te lo habíamos contado antes —dijo Florence—. Pero es que los consortes mortales son tan inusuales... Sinceramente, siempre me olvido de que por eso estás aquí. Es una situación extrañísima.

—Dímelo a mí. —Suspiré con amargura—. Bueno, ¿y de qué tratan esos juegos de consortes?

—Aunque lo llamen juego, no tiene nada de infantil. Los Juegos de los Consortes son básicamente una prueba para descartar a los débiles —explicó Naveen.

Teniendo en cuenta que era la única consorte mortal, aquello no pintaba bien.

—En teoría los consortes deben trabajar en equipo para salir victoriosos y sobrevivir —añadió Florence—. Para ser consorte oficial, debes superar los Juegos.

Por un momento, valoré la posibilidad de fracasar adrede en los Juegos. No quería ser consorte oficial; sonaba peor de lo que sea que ya fuera.

Luego planté las manos en la mesa.

—Un momento. ¿Me están diciendo que voy a tener que colaborar con Regan? O sea, ¿estos Juegos son peligrosos?

Florence se mordió el labio y asintió nerviosa.

—Me temo que sí. Fracasar no es una opción. Por eso tenía la esperanza de que Regan ya hubiera hablado contigo. —Se le veía abatida—. Se supone que es tu compañera de equipo.

—No me ha dicho nada. —Reflexioné un momento—. O sea, que tendremos que colaborar. Regan y yo. ¿No hay otra opción?

—Apenas sabemos nada. De hecho, eso es básicamente lo único que me contó mi madre cuando volví a preguntarle hace poco —se defendió Florence—. Pero sí, se espera que formen un equipo y que demuestren que pueden cooperar. Lo más importante en una tríada es la fuerza. Los consortes deben poder cooperar para proteger a su arconte.

—¿Arconte? —Enarqué las cejas—. ¿Blake, dices?

—Sí, Blake. O Catherine, que es la arconte de su tríada. O lo será. El arconte puede ser hombre o mujer —me explicó Florence.

—Esto es ridículo —me quejé apoyando la barbilla en las manos—. Es imposible que pueda llegar a... —Miré a Naveen de reojo y vi que se estaba ruborizando—. Ya me entienden. No pienso tolerar nada de esto, ¿qué sentido tiene?

—Medra, sé que odias a Blake. Y a Regan ni se diga. Pero esto no es solo una cuestión de preferencias —dijo Florence con desánimo—. No veo cómo podrías desafiar a Viktor Drakharrow ni aunque quisieras. Si te sirve de consuelo, y aunque sé que no te va a gustar oír esto, estás en un matrimonio concertado extremadamente poderoso y privilegiado en muchos sentidos. La mayoría de los sangrepútridas te envidiarían. Pero como sé que a ti no te importa el estatus, ten en cuenta que aquí estamos hablando de tu propia supervivencia.

Naveen asintió.

—Eso es lo que nos preocupa a Florence y a mí. Pase lo que pase con Blake, estás en primero. Ya viste cómo nos tratan. Vas a tener que sobrevivir a los Juegos de los Consortes. Sea como sea.

Recordé mi primer día en la Fortaleza Negra. Levanté despacio la muñeca izquierda y jalé la manga del suéter gris lo justo para que quedara a la vista una marca.

—¿Esa es la marca de la ceremonia del vínculo? —preguntó Florence en voz baja, examinando la lágrima roja.

—La marca de sometimiento, más bien —contesté con amargura—. Ojalá pudiera quitármela, limpiármela como si fuera tinta.

Naveen parecía atribulado.

—Pero es que no es tinta, Medra. Ahora formas parte de la tríada, quieras o no.

—¿Creen que Regan tiene la misma marca? —pregunté curiosa. No se me había ocurrido hasta entonces.

Florence negó con la cabeza.

—No. Lo que tú tienes es diferente. No lo había visto en mi vida. ¿Dices que te lo hizo Viktor?

Asentí.

—Y también marcó a Blake mientras pronunciaba unas palabras. Casi parecía un hechizo. Y también me recordó a una boda.

«Lo que aquí se pronunció jamás podrá quebrantarse».

Me estremecí, preguntándome qué clase de magia había utilizado. Debía de haber alguna forma de deshacerla. Era un compromiso, me recordé. No estábamos casados... aún. Viktor Drakharrow había dicho que aquello era solo el principio. Bueno, pues me negaba a aceptar, me negaba a creer que tuviera que estar vinculada a Blake o a Regan de ninguna manera.

«Tal vez matando a Blake se rompería el vínculo», me dije a mí misma. A lo mejor no era una idea tan terrible. Y puede que terminara siendo la única opción.

Pensé en el peluso, en la disposición de Blake a llevarlo con un sanador. Está bien, el hombre tenía una minúscula cualidad que lo redimía: no detestaba a los animales. Sobre todo a los más diminutos y adorables. Pero eso no bastaba para que me resultara más tolerable. Ni para no matarlo. ¿O sí?

—Deberías preguntarle a Rodríguez sobre todo esto —me recomendó Naveen.

—¿Al profesor Rodríguez? —Fruncí el ceño—. Si ni siquiera tomas clase con él. No sabía que lo conocías.

—Todo el mundo conoce a Rodríguez. Es la persona más resentida con los altasangres y, aun así, un pilar fundamental de Bloodwing —dijo Naveen sonriendo.

—Y además le caes bien, Medra —añadió Florence para animarme.

—No lo tengo yo muy claro —contesté con una mueca—. Me tolera.

—¿No te estaba dando clases particulares? —susurró Florence para que no la oyera nadie—. Eso está muy por encima de sus responsabilidades. No tenía ninguna obligación.

Eso era verdad. Yo había sido una idiota en su clase, pero él parecía haberme perdonado. Había insistido en entrenarme con el guardaesclavos y se mostraba paciente en las lecciones, aunque no del todo agradable.

—A lo mejor puede contarte si ha habido otros consortes sangrepútridas. Y qué hicieron para sobrevivir —dijo Naveen—. No pierdes nada con preguntárselo.

—A lo mejor le tenían cariño al otro consorte y trabajaron codo a codo —sugerí. En lo más hondo de mi ser sabía que eso no me pasaría con Regan.

—La persona que más podría ayudarte sería la profesora Hassan, pero creo que no deberías abordarla. No te soporta —se lamentó Florence.

—Yo tampoco soy muy fan de la profesora Hassan. Aunque es evidente que sabe lo que hace —reconocí.

—Creo que sería más probable que te acusara de hacer trampas que de ofrecerte algún dato útil —dijo Naveen—. No te molestes.

Asentí y aparté mi plato.

—Bueno, no tiene sentido que me entretenga más. —Me levanté de la mesa.

—¿Ahora? —Florence parecía sorprendida—. ¿Vas ahora?

Levanté los hombros.

—No pierdo nada con ver si está en su despacho.

Cuando llegué al despacho de Rodríguez, la puerta estaba entreabierta. Normalmente esperaba en el pasillo si me adelantaba un poco a la hora de nuestra lección y él siempre acudía a la puerta y me invitaba a entrar. Pero ese día, cuando eché un vistazo por el quicio de la puerta, parecía que el despacho estaba vacío. Me fijé en los altos estantes llenos de libros. Vaya colección tenía. Sabía que sus intereses iban más allá de la magia restaurativa. Tenía grandes conocimientos sobre los dragones. ¿Qué otras cosas le interesarían?

Ignorando la ligera punzada de culpa, abrí la puerta del todo y la cerré hasta dejarla tal como la había encontrado, entreabierta. Solo estaba esperándolo en su despacho, me dije. No iba a tocar nada. Sabía que no debía estar allí sin permiso, pero la desesperación me rebasó. Eché un vistazo por la estancia, examinando los estantes de madera negra que ocupaban las paredes del suelo al techo. Clavé la vista en una hilera de libros que parecían más viejos que los demás, colocados en la parte de arriba de una de los estantes del fondo. Yo era alta, pero no tanto. Necesitaba una escalera corrediza para alcanzarlos. Por suerte, el profesor Rodríguez había hecho que le montaran una junto con los estantes.

Me apresuré a agarrarla y la deslicé hasta el librero. Subí y examiné los libros deprisa, aguzando el oído ante cualquier ruido que proviniera del pasillo. Algunos volúmenes trataban sobre los dragones. Otros, sobre la magia de sangre. Me atrajo un libro titulado *Magia de sangre y serpientes de llamas*, pero seguí buscando con la esperanza de encontrar algo más relevante para mi situación más inmediata. Estaba a punto de llegar al final del estante y de quedarme sin títulos que leer cuando lo vi: *El arte oscuro de los vínculos eternos.*

Rocé los cantos de la cubierta con los dedos. Sentí un cosquilleo frío en la mano, como si el libro fuera consciente de mis intenciones. Me quedé inmóvil un instante, atenta a cualquier ruido en el pasillo, pero no se oía nada.

Con cuidado, extraje el volumen del estante y abrí la cubierta. El pergamino estaba quebradizo. En un primer momento, mientras pasaba las páginas, las palabras no tenían ningún sentido. No eran más que un galimatías que se movía y cambiaba como el humo. Pestañeé varias veces, invadida por una sensación creciente de pánico, pero entonces el texto se aclaró de pronto y se volvió legible. Aquel era el libro correcto. Lo sentía.

Mis dedos volaron hacia el índice y examiné la página. Allí estaba: «Ritual para deshacer la vinculación de almas». Las palabras me hicieron señales como un faro en la oscuridad. Pasé la mano por encima de la página, dividida entre arrancarla o guardarme el volumen entero en la bolsa.

—¿Encontraste algo que te interese?

El corazón me dio un salto y estuve a punto de tirar el libro. Me agarré a la escalera para no caer de espaldas y volví la cabeza.

El profesor Rodríguez estaba en la puerta con las manos metidas en los bolsillos de unos pantalones ajados de color café.

—Lo siento —dije automáticamente—. No quería entrometerme. Solo estaba esperando a que volviera.

—Veo que tienes buen ojo para los libros únicos. —Rodríguez entró en su despacho y me observó con detenimiento, como si dudara que yo fuera consciente de lo que había encontrado—. Hay muy pocos estudiantes capaces de leer sangrathano clásico.

—No sé —balbucí—. Leerlo, digo. Pero la cubierta me pareció hermosa.

Bajé la vista a la cubierta, rezando por que fuera excepcional. Ni siquiera me había parado todavía a mirarla. Por suerte, el libro no era el más aburrido que había visto. Estaba encuadernado con un cuero negro agrietado por los años, pero conservaba la sofisticación y estaba bien pulido, como si lo hubieran cuidado a lo largo de los siglos. Los bordes estaban adornados con una filigrana plateada que trazaba patrones que recordaban a volutas de humo. En el centro de la cubierta habían grabado un dragón serpentino plateado. Pasé un dedo por encima y noté la silueta.

—Sí, es un libro hermoso. Y muy único. Devuélvelo a su sitio —me ordenó Rodríguez con voz suave, pero tenía una mirada dura.

Lo obedecí sin pensarlo dos veces y bajé de la escalera.

—En fin, ¿necesitabas algo, Pendragón? No recuerdo que hubiéramos quedado de vernos. ¿O solo estabas husmeando? —Dejó caer un montón de papeles sobre su escritorio con un golpe seco y yo di un salto.

Estaba claro que a Rodríguez le pasaba algo. Solía estar siempre inquieto, pero en ese momento estaba prácticamente a la defensiva. ¿A qué venía tanta suspicacia? ¿O se debía a que había tocado el libro?

Una parte de mí quería preguntarle por el ritual, pero con esa actitud recelosa decidí que lo mejor era no correr riesgos innecesarios.

—Necesito algo —contesté caminando hacia su mesa.

—¿Y ese algo es...? —Se sentó pesadamente en la silla de madera que había detrás del escritorio y se reclinó.

Incluso con su mal gusto para la moda, Rodríguez era un hombre atractivo, y no era la primera vez que lo pensaba. Era justo mi tipo: pelo negro y piernas largas. O lo habría sido si no estuviera bastante convencida de que estaba enamorado del profesor Sankara. O el tipo que creía que era mi tipo antes de que cierta nariz chueca y aristocrática se abriera paso entre mis sueños... Me quité la idea de la cabeza.

—Necesito ayuda para sobrevivir a los Juegos de los Consortes —dije sin rodeos—. ¿Por qué no me ha hablado nunca de los Juegos?

Rodríguez me miró con sus ojos oscuros y una expresión reflexiva.

—Los profesores tenemos prohibido hablarles a los estudiantes sobre los rituales de Bloodwing. Y sobre todo de ese.

—Bueno, pero ya sé que existen, así que ya tampoco son un gran misterio. Sé incluso cuándo tendrán lugar —mentí.

Él arqueó las cejas.

—¿Ah, sí? Interesante, porque yo no lo sé.

—Siempre se celebran justo después del festival del Fuego Gélido, ¿no? —supuse.

El ritual del liderazgo de las casas era el primero, o eso creían Florence y Naveen. Estábamos demasiado cerca de la mitad de Hiemal como para que lo encajaran justo antes de las vacaciones. Tendrían que organizarlo después, con toda probabilidad en Prímula.

—Es lo habitual, sí. Pero ¿quién sabe lo que ocurrirá este año? —Me miró fijamente a los ojos—. Las cosas cambian. A veces hay acontecimientos inesperados. Como tú, por ejemplo.

—Y hablando de acontecimientos inesperados, entiendo que se espera que las consortes colaboren. —Miré la puerta de reojo. Rodríguez la había cerrado del todo al entrar—. ¿Cómo voy a sobrevivir a los Juegos si Regan Pansera me odia? —susurré.

—Pues es un problema, sin duda —coincidió—. Para ti, no para mí.

Gruñí y me senté pesadamente en la silla de madera que siempre dejaba para los estudiantes. Ya lo conocía bastante como para saber que no podía tomarme al pie de la letra lo que me dijera.

Rodríguez era arisco, sí, pero no me detestaba. Tal vez no le cayera tan bien como Florence pensaba, pero tampoco creía que me deseara la muerte. O eso esperaba.

—Profesor —insistí—. Por favor.

Él se rio.

—Lloriqueándole a la gente no vas a llegar a ningún sitio, Pendragón.

Suspiré.

—¿Podría decirme al menos si ha habido otras situaciones parecidas? ¿Precedentes de consortes que no hayan podido o no hayan querido cooperar?

—Uy, por supuesto que ha habido situaciones así —dijo Rodríguez—. Pero no te interesa conocerlas.

El corazón se me encogió.

—¿Por qué?

—Porque, en esos casos, normalmente los consortes mueren. Hombre y hombre, mujer y mujer, hombre y mujer. Sea cual sea la configuración.

—Pero no es justo —protesté cada vez más enojada—. No tengo alternativa. Regan no cooperará conmigo ni aunque yo quisiera cooperar con ella.

—¿Intentaste preguntárselo? ¿Hablar con ella del tema? —Rodríguez tomó una pluma y comenzó a darle vueltas.

—No mucho —gruñí.

—Pues empieza por ahí. A lo mejor te llevas una sorpresa. —Lanzó la pluma al aire.

—Está bien, se lo preguntaré —respondí—. Pero seamos realistas: no aceptará ni aunque se lo suplique, y eso que yo estaría dispuesta a suplicarle. ¿De verdad Viktor Drakharrow permitiría que las dos muriéramos en un juego solo porque no podemos colaborar?

—Viktor Drakharrow es un hombre tan importante y ocupado que dudo que esté al tanto de que Regan te odia —dijo Rodríguez—. ¿Y quién va a contárselo? —Ladeó la cabeza—. ¿Tú?

—A lo mejor usted podría hacerle llegar un mensaje —sugerí desesperada—. O mandarle una carta. No lo sé, algo.

—O podrías armarte de valor y resolverlo tú solita.

—Qué fácil es decirlo, a salvo detrás de su mesa de profesor —repliqué.

Rodríguez endureció el gesto.

—No estoy tan a salvo como crees. Al fin y al cabo, somos sangrepútridas, Pendragón.

—Y ahora que sale el tema, ¿hay algún precedente de eso? Que una consorte sangrepútrida salga victoriosa en los Juegos, digo —pregunté inclinándome hacia delante.

—Sí, pero según recuerdo, en esos casos los consortes trabajaron codo con codo. —Me ofreció una mirada que casi parecía empática—. Mira, yo solo tengo una forma de ayudarte a sobrevivir a los Juegos, y ya sabes cuál es.

—Practicar el guardaesclavos.

Rodríguez asintió.

—Exacto. Si Regan te odia tanto como crees, intentará manipularte. Si consigue sobrevivir y tú no...

—Conseguirá justamente lo que quiere —terminé sin emoción alguna.

Y lo que yo despreciaba: a Blake Drakharrow.

—No ha vuelto a intentar tejesclavizarte, ¿verdad?

Negué con la cabeza. Y ahora que lo pensaba, no entendía por qué no.

—Bien. Blake le habrá dado un toque de atención.

Me reí.

—Lo dudo mucho, la verdad.

Rodríguez levantó los hombros.

—Vete a saber. No creo que quiera que su tío se entere de que existe un conflicto entre las dos. No lo dejaría en muy buen lugar.

—Eso sí podría creerlo. —Suspiré—. Bueno, pues gracias. ¿Podríamos hacer otra sesión pronto, por favor? ¿Y doblarlas?

—No sé si tendré tanto tiempo, pero... —Debió de fijarse en mi expresión de congoja—. De acuerdo. Las doblaremos algunos días. Tendré más tiempo durante las vacaciones de Hiemal. ¿Te quedarás en Bloodwing durante las fiestas? Supongo que sí. No tienes familia en Sangratha, ¿verdad?

Negué con la cabeza. No lo había pensado. Suponía que la escuela se quedaría prácticamente vacía durante las vacaciones, pero no me importaba. Me gustaba el silencio.

—Me quedaré en Bloodwing, sí. Y sería fantástico —dije aliviada—. Gracias, profesor.

Cuando salí al pasillo, solo me quedaba una cosa pendiente.

—*Bueno, ¿qué querías decirme?* —le pregunté a mi madre.

Ella suspiró.

—*Intenté explicártelo.*

—*No es verdad* —repliqué, e hice memoria—. *¿Cuándo?*

—*El otro día* —me recordó—. *En el pasillo, justo antes de que nos interrumpieran de malas maneras.*

Intenté acordarme.

—*Me dijiste que habías hecho cambios.* —El corazón se me aceleró—. *¿Qué clase de cambios?*

—*Bueno, lo del sangrathano clásico, por ejemplo. Sabes leerlo.*

—*Es la lengua antigua, nada más* —respondí de inmediato—. *El idioma ancestral de Aercanum.*

—*Recibiste lecciones de lengua antigua, ¿verdad?* —me preguntó con sarcasmo.

—*A ver, no* —reconocí—. *No que yo recuerde.*

—*Yo sí. Crecí hablándola, leyéndola. El sangrathano clásico es la lengua ancestral, con algunas variaciones sutiles. El texto que encontraste en el despacho de tu profesor era muy antiguo, anterior a los lemas de la escuela.*

—*Por eso tardé un poco en ser capaz de entenderlo* —contesté.

—*Sí. Las dos estábamos... procesando lo que veías.*

—*¿Seguiré siendo capaz de leer en sangrathano clásico cuando... te vayas?* —pregunté.

—*No tengo la menor idea. Es una pregunta excelente.*

—*¿Qué otras cosas me hiciste?* —inquirí—. *¿Qué más cambiaste?*

—*Yo no hice nada adrede. Considéralo más bien como una... filtración* —dijo.

—*¿Una filtración?* —Me tensé—. *No me gusta cómo suena.*

—*Me estoy filtrando en ti* —explicó. Casi parecía cansada—. *Intento evitarlo, pero siento que es lo que está pasando. Un poco más cada día.*

Lo sopesé un instante.

—*¿Duele? ¿Te está pasando lo mismo? Si me estoy filtrando en ti, digo.*

—*No duele, no. Gracias por preocuparte.* —Su voz era dulce—. *No lo tengo claro, es difícil saberlo. Tienes muchas menos vivencias que yo. Y muchas menos habilidades.*

—*Oye, gracias* —respondí sarcástica—. *No hace falta que me lo recuerdes.*

—*Esto podría ser algo positivo* —señaló—. *Quizá haya alguna parte de mí que te resulte útil, como el sangrathano clásico.*

En eso no le faltaba razón, reconocí.

—*Creo que encontré el ritual preciso* —le dije, recuperando poco a poco el entusiasmo de antes—. *¿Viste el texto?*

—*Sí. Gracias por permitirme que lo viera. Pero creo que te olvidas de que está guardado en un estante del despacho de tu profesor. Ahora mismo no lo tienes a mano que digamos.*

—*Ahora mismo* —repetí—. *Pero ya sé dónde está y puedo conseguirlo. Ya se me ocurrirá algo.*

Las cosas iban progresando. Ya no me sentía completamente perdida. Conseguiría el libro aunque tuviera que meterme a mitad de la noche y robarlo. Aunque dudaba que tuviera que llegar tan lejos. El profesor Rodríguez me había prometido más lecciones del guardaesclavos. Seguro que algún día en que llegara temprano, la puerta volvería a estar abierta. La siguiente vez iría directo por el libro, me lo guardaría en la bolsa y esperaría fuera. Ni siquiera tenía por qué enterarse. Ya se lo devolvería después de completar el ritual.

23

MEDRA

Vaughn se presentó en clase al día siguiente. No en Combate Básico para Sangrepútridas, que era a la que había estado faltando toda la semana, sino en Historia de Sangratha, una asignatura que teníamos todas las mañanas.

Entró en el aula en silencio, evitando el contacto visual con los demás alumnos. Pero Naveen se puso en pie de un salto.

—¡Vaughn! —exclamó agitando los brazos—. ¡Aquí, siéntate con nosotros!

El muchacho alto y espigado iba encorvado. Echó a andar despacio hacia nosotros con la cabeza baja. Cuando se acercó, entendí el porqué, y el corazón se me encogió.

El aspecto de Vaughn era impactante. Tenía el ojo izquierdo morado, ya con tonos amarillentos. Llevaba el brazo izquierdo en cabestrillo; era evidente que se lo había roto.

—Vaughn —susurró Florence horrorizada cuando el chico se sentó a su lado—. ¿Qué te pasó?

Vaughn clavó la mirada en el pupitre. La cara, por lo general tan alegre, se le veía macilenta. Se toqueteaba la manga con la mano izquierda.

—No es nada. Tuve un accidente.

—¿Un accidente? —Naveen abrió los ojos como platos mientras examinaba el aspecto maltrecho de Vaughn—. ¿Un accidente? —repitió, con una mezcla de preocupación e incredulidad en la voz—. Eso no explica ni el ojo morado ni el brazo roto. ¿Qué clase de accidente, exactamente?

El corazón me martilleaba contra el pecho. Pensé en la última noche que había visto a Vaughn, en la playa, cerca de la fiesta de la hoguera. Theo lo había invitado, me dijo. Yo no se lo había contado a Florence; consideré que no había necesidad.

Vaughn se removió incómodo, aún esquivándonos la mirada.

—Me caí. Es peor de lo que parece —confesó en voz baja—. Los sanadores... pudieron arreglarme casi todo.

Yo sabía mejor que la mayoría lo mucho que podían arreglarte los sanadores, y a qué velocidad. Si así era como estaba Vaughn después de haber pasado por sus manos, debía de estar diez veces peor cuando había acudido a ellos.

—Pero me quedaron daños permanentes. —Contrajo el rostro y me di cuenta de lo mucho que le estaba costando mantener la compostura—. No saben... —Se aclaró la garganta—. No saben si ahora podré ser explorador. Si no me dejan cambiarme a un itinerario de formación para ser estratega, quizá me expulsen de Bloodwing.

Sentí un rapto de ira. No era la primera vez que veía cómo trataban los altasangres a los sangrepútridas que se atrevían a pasarse de la raya. Era lo mismo que me había pasado a mí, o a Florence. Vaughn no se había caído; lo habían atacado. Lo tenía escrito en la cara, en la necesidad de esquivarnos la mirada.

Intenté mantener la voz calmada y firme, pero apenas era capaz de contener la rabia.

—Esto no fue un accidente, ¿verdad, Vaughn? ¿Quién te hizo esto?

Vaughn torció el gesto y se tensó, como avergonzado. Abrió la boca y luego volvió a cerrarla. Pero su silencio era toda la respuesta que necesitaba.

—¿Quién fue? —insistí. Vi que Florence me lanzaba una mirada disuasoria, pero hice caso omiso—. ¿Fueron altasangres? ¿Cuál de ellos?

—¿Altasangres? —Florence dejó escapar una exclamación. Nos miraba mientras su desconcierto parecía intensificarse—. Vaughn, si... si fueron ellos, tienes que contárselo a alguien. Ve con el director. Se supone que aquí no deberíamos correr peligro.

La ignoré. Cualquier cosa que le hubiera dicho en aquel momento la habría ofendido. Nadie movería un dedo. A nadie le importaba. A nadie salvo a nosotros.

Se me revolvía el estómago. Solo se me ocurría una persona con la influencia y la crueldad necesarias para atacar al chico al que le gustaba Theo Drakharrow.

—¿Fue Blake? —pregunté con frialdad—. ¿Esto te lo hizo Blake Drakharrow? ¿Por lo de Theo?

Vaughn arrugó la cara y, aunque no pronunciara las palabras, la culpabilidad que denotaba su expresión era toda la confirmación que me hacía falta.

Antes de que pudiera decir nada más, se abrió de par en par la puerta del aula y entró la profesora Hassan golpeando con fuerza los adoquines. Su expresión severa puso fin a todas las conversaciones, y yo apreté los puños bajo el pupitre con la cabeza hecha un hervidero.

Blake todavía tenía al peluso. Eso fue lo único que me hizo pararme a valorar un momento la sensatez de mis siguientes acciones. Pero, en última instancia, el cachorro no bastaba para detenerme. Florence y yo podíamos meternos en la torre Drakharrow más tarde y recuperarlo, racionalicé. Ya se nos ocurriría algo.

Llegué a Armamento Avanzado hecha una furia y me detuve en la entrada para examinar la estancia. Allí. En la esquina. Y otra vez sin la maldita camisa puesta. Cómo no. Vaya imbécil creído y egocéntrico.

Estaba de espaldas a mí. La imagen de tanta piel y músculo expuestos hizo que se me oprimiera el pecho, pero no de miedo. Sus estrechos hombros se tensaban mientras golpeaba el costal de entrenamiento; los músculos se le contraían bajo los tatuajes negros que le cubrían la piel pálida como escrituras arcanas y prohibidas. De acuerdo, era impresionante. Y también ignoraba el sufrimiento de Vaughn y era el principal culpable.

Me hervía la sangre, pero debajo de la rabia había algo más. Algo mucho más desquiciante y mucho mucho más vergonzoso. Sentía atracción cuando miraba a Blake Drakharrow. Era hermoso como el fuego, primario y abrasador. No lo soportaba. No soportaba quedarme sin aliento cuando lo veía así. No soportaba que se me acelerara el corazón, y no solo de ira, sino de algo que me había prometido no definir jamás.

Pensé en Vaughn. En el ojo morado, el brazo roto. Pensé en su expresión dulce y esperanzada de sus ojos cuando me crucé con él aquella noche en la playa, cuando iba camino de encontrarse con Theo. Blake le había dado una paliza porque era sangrepútrida. Porque consideraba que Theo se merecía algo mejor que Vaughn. Igual que consideraba que se merecía algo mejor que yo.

Había llegado el momento de ponerle fin a todo aquello.

Miré a mi alrededor. Todavía era temprano. La estancia estaba vacía, salvo por un puñado de estudiantes altasangres desperdigados que charlaban o practicaban movimientos de calentamiento. El profesor Sankara todavía no había llegado. Era mi oportunidad. Cuadré los hombros y me dispuse a cruzar la estancia con la sangre palpitándome en los oídos.

Cuando me acerqué a él, grité su nombre.

—¡Blake!

Se quedó inmóvil a mitad de un puñetazo, aún de espaldas a mí, y luego bajó poco a poco el puño. Acto seguido se dio la vuelta, con calma pero alerta, y la sombra de una sonrisa en los labios.

Entornó los ojos grises y me observó con esa arrogancia parsimoniosa que tanto me había llegado a repugnar.

—¿Qué quieres, Pen...? —comenzó a decir.

No le di tiempo a acabar. Antes de que las palabras estuvieran formadas del todo, mi puño ya cortaba el aire. Mis nudillos entraron en contacto con la silueta afilada de su mandíbula. El impacto me reverberó por todo el brazo. Me dolió, pero también me sentó de maravilla.

Blake retrocedió con una mueca de sorpresa cruzándole el atractivo rostro mientras se llevaba una mano a la cara y se frotaba justo donde lo había golpeado.

—¡¿Se puede saber qué diablos te pasa?! —rugió Blake.

Desaparecieron su arrogancia pueril y su soberbia habitual y dieron paso a algo mucho más peligroso. Antes de que pudiera responder, una figura alta se me acercó corriendo, y al volverme vi a Coregon. El muchacho alto y de piel oscura me miraba con preocupación.

—No puedes con él, Medra —me advirtió con una voz sorprendentemente considerada—. Vete de aquí. Es más fuerte que tú. No te conviene continuar con esto.

Pero las palabras de Coregon me incitaron todavía más. Mi furia ardía con demasiada virulencia y no podía extinguirse. Rodeé a Coregon, que retrocedió unos pasos y no me lo impidió.

—Ya sabes lo que me pasa —le solté a Blake. Levanté los puños mientras caminaba hacia él, adoptando una postura de combate—. Vamos. Tú y yo, ahora mismo. Nadie va a detenernos. Sabes que lo ansías tanto como yo.

Blake arqueó una ceja.

—¿Luchar contigo? —dijo con sorna—. No pienso enfrentarme a ti, dragonci...

Le solté un puñetazo antes de que pudiera terminar la frase, pero esta vez lo tomé prevenido. Era rápido. Inhumanamente rápido. Esquivó mi golpe sin dificultad, y antes de que pudiera recuperar el equilibrio, me agarró de la muñeca y me retorció el brazo. No me apretó lo suficiente para lastimarme, pero sí para que no pudiera recuperarme. Notaba su fuerza, dura como el hierro, y por mucho que forcejeara no conseguía desasirme. Pero ya estaba desenfrenada. El acceso de ira me dio una fuerza más allá de toda razón. ¿Estarían activándose por fin mis instintos de jinete de dragón? Tal vez. Y tal vez hubiera algo más, pero no tenía tiempo para cuestionármelo.

Volví a arremeter contra él con la mano libre, y aunque Blake también lo esquivó, saltaba a la vista que no estaba acostumbrado a luchar contra nadie en aquel estado de desesperación imprudente. Mi cuerpo chocó con el suyo y de repente estuvimos más cerca que nunca. Su pecho apretado contra el mío. Incluso a través de la tela fina de mi túnica de entrenamiento, el contacto fue eléctrico.

No soportaba el salto que me dio el corazón ante aquella sensación. Como si me hubiera bañado en agua helada. Blake gruñó. Le costaba controlarme, y yo no quería que me controlara. Quería que contratacara.

Me retorcí en un intento por desestabilizarlo, pero era demasiado fuerte. Consiguió empujarme hacia el suelo y retenerme, con su cuerpo cerniéndose sobre mí. Me quedé sin respiración cuando mi espalda tocó el lodo. Se estaba repitiendo lo del combate contra Visha, pero esta vez... era diferente.

Su cara estaba a pocos centímetros de la mía. Yo respiraba con violencia. Blake tenía los labios entreabiertos mientras me escudriñaba el rostro con una intensidad extraña. Sentí como su peso me presionaba contra el suelo, el calor de su piel. El pulso me martilleaba en los oídos, no solo por la pelea, sino también por su proximidad. Mi cuerpo trataba de traicionar a mi mente.

Me sacudí debajo de él y levanté las caderas para intentar empujarlo, y entonces lo vi estremecerse.

—Eres un puto cobarde. Eres un monstruo, Blake Drakharrow. ¿Pensabas que podías hacerle daño y salirte con la tuya? Ni de broma estando yo aquí.

Me atravesó con la mirada.

—¿Se puede saber de qué carajos hablas?

—¡Hablo de Vaughn Sabino! —rugí—. Hablo de lo que le hiciste a mi amigo. No tienes ni puta idea de lo que es la amistad, ¿verdad? ¿Y la lealtad? Si pretendes lastimar a alguna de las personas que me importan, vas a tener que pasar primero por encima de mí. Vas a pagar por lo que le hiciste.

A Blake se le encendieron los ojos con algo que no supe identificar. Ira, culpa, quizá incluso remordimientos. Se limpió el hilillo de sangre que le caía de los labios, sin apartar en ningún momento los ojos de mí.

Me di cuenta de que yo no estaba sangrando. Aún no. Blake se había asegurado de ello. Pero era lo que yo ansiaba. Quería sentir dolor. Quería que me hiciera sangrar, igual que había hecho sangrar a Vaughn. Quería que Blake se quitara la máscara de una vez por todas, que mostrara al monstruo que yo sabía que acechaba debajo.

El claustro se me antojaba demasiado pequeño. El aire que nos separaba estaba cargado de tensión. Su rostro estaba suspendido sobre el mío, y notaba el calor de su aliento en la piel. Dioses, notaba cada centímetro de su cuerpo.

Blake me miraba con una expresión oscura, confusa incluso. Nos quedamos inmóviles un instante. Sus ojos descendieron hasta mis labios y luego volvieron a subir, como si no supiera qué hacer a continuación, si besarme o matarme. El momento se alargó. Hacía mucho que el mundo que nos rodeaba se había acallado.

Estaba mareada y el cuerpo me temblaba de rabia y de una sensación desenfrenada de deseo. Rodé a un lado para liberarme y me puse de pie. Le solté otro puñetazo justo cuando él se levantó a mi lado. Lo esquivó, y me agarró la muñeca a mitad del movimiento.

—¿De verdad quieres que te lastime? —me preguntó con una voz mucho más severa que antes. La frustración se colaba por las grietas de su contención.

—¡Sí! —aullé—. Pelea conmigo, puto cobarde. Elige por una vez en tu vida a alguien que no sea más débil que tú.

Me liberé la mano y volví a irme contra él, y esa vez le acerté en las costillas. Sin embargo, antes de que pudiera continuar, él me sujetó los brazos, me los retorció hasta colocármelos en la espalda, y me retuvo firmemente contra él. Forcejeé, me retorcí contra su cuerpo.

—Pero si tú eres más débil que yo, Pendragón —me susurró al oído—. Y lo sabes. Mírate: eres patética.

—Calla la boca y lucha contra mí. ¿Por qué te niegas a pelear? —le exigí, con la voz temblorosa por la rabia. El cuerpo me ardía y me dolían los músculos por el esfuerzo de intentar alcanzarlo. Me estaba agotando y él lo sabía.

—A lo mejor no vales la pena —murmuró—. ¿Se te pasó por la cabeza esa posibilidad?

Rugí y me sacudí en sus brazos. Me sostenía con fuerza, la mandíbula apretada, pero notaba como le aumentaba la frustración. Él me estaba agotando, sí, pero yo a él también. Yo no quería reconocer la verdad: Blake no era como Visha. Yo llevaba meses entrenando. Si la persona que tenía delante hubiera sido Visha, esa vez habríamos estado bastante igualadas. Pero Blake era más fuerte que yo. Mucho más. Y, a pesar de todo, no pensaba rendirme. Quizá perdiera ese día, pero me esforzaría por llegar a ser tan fuerte como él, costara lo que costara. No dejaría jamás de enfrentarme a él. Jamás.

Conseguí soltarme de un brazo y me volví, tratando de lanzar un golpe hacia atrás, pero él me agarró de la muñeca.

—Tus amigos y tú —resollé— son todos unos acosadores. Y tienes el valor de llamarme patética. Mírate en un espejo, maldita sea.

—¡Basta!

La palabra resonó por la pista de entrenamiento. Blake me soltó sin pensarlo dos veces y se apartó de mí. Yo parpadeé varias veces, de pronto desorientada. El profesor Sankara estaba en la entrada del patio, con los ojos encendidos de ira mientras caminaba hacia nosotros.

Solo entonces tomé conciencia de que estábamos rodeados por una multitud de estudiantes, altasangres y sangrepútridas; debía de haber más de un centenar. Habían acudido desde los pasillos y ahora cuchicheaban con los ojos llenos de sorpresa o fascinación mientras nos observaban a Blake y a mí.

Identifiqué un rostro familiar en la primera fila de la multitud. Vaughn. Esperaba verlo aliviado, pero parecía horrorizado. ¿Temería que hubiera represalias? Ya lo tranquilizaría más tarde. Con todo, sentí una punzada de culpa. ¿Había hecho lo correcto? Y, sobre todo, ¿lo había hecho de verdad por Vaughn?

—¡Todo el mundo a la arena! —bramó el profesor Sankara—. Está a punto de comenzar la Ceremonia del Liderazgo de las Casas y la asistencia es obligatoria.

La multitud comenzó a dispersarse y los estudiantes alzaron la voz de nuevo hasta que un murmullo aún más alto volvió a llenar la pista.

El profesor Sankara caminó hacia nosotros.

—Infringieron las leyes sangrathanas —declaró con una voz dura como la piedra. Lo miré fijamente. ¿De qué estaba hablando?—. Pero se te necesita en la arena, Drakharrow. Ya abordaremos lo que sea que haya ocurrido más tarde.

Blake hizo ademán de pasar de largo, pero se detuvo y se volvió hacia mí. Nuestras miradas se encontraron, y yo se la sostuve, sin perder de vista aquellos ojos gélidos. Luego dio media vuelta y se fue. Me quedé sola en el patio, con los puños aún apretados, tratando de comprender lo que acababa de suceder.

Un tenue olfateo me arrancó de mi ensimismamiento. Le siguió un quejido suave, y luego un gañido diminuto. Giré la cabeza en todas direcciones hasta posar la vista en la gran mochila que descansaba en la esquina donde Blake había estado entrenando antes de que lo interrumpiera. Estaba medio oculta por unos estantes de armas de práctica, por eso no la había visto hasta ese momento.

Me acerqué, con el pulso recuperando su ritmo normal después de la pelea. La mochila estaba hecha de una tela negra vieja, el tipo de tejido que se funde con las sombras. Era lo bastante grande para transportar equipo de entrenamiento pesado, de esas en las que los estudiantes altasangres solían guardar sus objetos personales. Pero esta tenía mallas a los lados para que el equipo o la ropa sudada del entrenamiento pudieran respirar.

Me arrodillé, abrí la parte superior de la bolsa y allí, acurrucado entre un par de prendas y toallas dobladas, estaba el peluso. Sus ojos grandes de lechuza me miraron con desconcierto. Luego volvió a gañir, esta vez con más fuerza, y dio un saltito para lamerme la mano.

Confusa, sentí un nudo en el estómago. Blake había llevado el peluso a Armamento Avanzado. ¿Por qué? Contemplé a la criatura. Parecía haberse recuperado por completo.

Blake había traído el peluso para devolvérmelo. Había hecho lo que le había pedido y además planeaba entregármelo. Entonces yo lo había atacado y cuando lo habían convocado a la arena se había olvidado de todo lo demás.

—¡Medra! —Me volví al oír mi nombre; Vaughn me esperaba en la entrada.

Recogí la mochila negra y, después de empujarle con delicadeza la cabeza al peluso, eché a andar hacia él.

—Vaughn, ¿qué haces aquí?

—¿Por qué atacaste a Blake Drakharrow? —Se mordía el labio con nerviosismo.

—Ya sabes por qué —contesté despacio—. Te golpeó.

Él negó con la cabeza lentamente.

—Yo no te dije eso.

El corazón se me aceleró.

—Ni falta que hacía. Te lo vi escrito en la cara. Esto fue cosa de alguien de la casa de Theo. ¿Quién si no Blake?

Vaughn parecía estar desolado.

—No fue él.

Sus palabras me cayeron como una cubeta de agua fría.

—¿Qué? ¿Cómo que no fue él?

—Tenemos que irnos, Medra. La asistencia a la Ceremonia del Liderazgo de las Casas es obligatoria. Muy obligatoria. —Me agarró del brazo y me di cuenta de lo asustado que estaba—. Vámonos.

Arrastrándome, Vaughn me jaló hacia el pasillo, que estaba vacío. Nunca había visto Bloodwing tan tranquilo.

Me solté de él.

—No pienso ir a ningún sitio hasta que me digas quién te hizo esto.

Vaughn se tapó la cara con las manos.

—Yo no quería que pasara esto.

—Ya lo sé —dije—. Lo siento.

Se quitó las manos de la cara y me miró fijamente a los ojos.

—Fue Coregon Phiri.

—¿Cómo? —La cabeza empezó a darme vueltas—. ¿Me estás diciendo la verdad, Vaughn?

—No fue Blake —afirmó—. Fue Coregon. De hecho... —Vaciló.

—¿Qué?

—Tenemos que irnos, Medra. Al menos vamos caminando mientras hablamos.

Echó a andar pasillo abajo, casi corriendo, y me fui detrás de él.

—Podría haber sido peor —me explicó, lanzándome las palabras por encima del hombro mientras giraba deprisa hacia el siguiente pasillo. Nos adentrábamos en una zona de la escuela que yo no había pisado hasta ese momento—. Alguien me encontró en la playa. Estaba sangrando. Supongo que me desmayé. Me llevó a la escuela y me dejó delante de la enfermería de primero. La sanadora me encontró poco después, se ve que alguien estuvo aporreando la puerta.

—¿Theo? —deduje.

Pero Vaughn negó con la cabeza.

—No lo sé.

Me estaba mareando. Que Blake no lo hubiera atacado directamente no significaba que no hubiera sido cómplice de alguna manera. Bien podría haberle ordenado a Coregon que le diera la paliza. Pero las palabras de Vaughn arrojaban dudas sobre todo lo que creía saber.

Con todos los estudiantes en la arena, los pasillos estaban sumidos en un silencio inquietante. Nuestros pasos retumbaban mientras Vaughn me guiaba hacia las profundidades de la academia, adonde no me había aventurado hasta entonces. Las piedras de las paredes comenzaron a ennegrecerse. Al doblar una esquina, contuve el aliento. Un amplio trío de arcos conducía a la arena, un espacio descomunal a cielo abierto, tallado a partir de enormes bloques de roca de un rojo intenso y con unas gradas que rodeaban la pista de abajo. La mayoría de los asientos estaban ya ocupados.

Al atravesar los arcos, alguien se me acercó y me tomó del brazo.

—¿Dónde diantres estabas? —me espetó el profesor Rodríguez, y negó con la cabeza—. Mira, ahora mismo da igual. Llegas tarde. Vaughn, ve a sentarte. Pendragón, acompáñame. Te estábamos esperando.

24
BLAKE

Vi a Rodríguez acompañar a Pendragón por las gradas de piedra hasta su asiento mientras yo esperaba en el centro de la pista de la arena. En el suelo había unas plataformas de piedra móviles que podían elevarse durante los combates y añadir otra capa de complejidad a una pelea al girar y moverse sin un patrón definido. Pero ese día las plataformas estaban inmóviles y calladas. No tendría que preocuparme por mantener el equilibrio.

Los estudiantes más prestigiosos de mi casa estaban sentados juntos en primera fila, y en un extremo estaban los dos sitios reservados para mis consortes: Regan Pansera y Medra Pendragón.

Se suponía que era un lugar de honor, pero Pendragón no parecía honrada.

Regan había ocupado su asiento hacía un buen rato. Allí estaba sentada, el epítome de la gracia y el control, con la espalda recta, el pelo rubio platino arreglado meticulosamente. Se enderezó un poco cuando Pendragón se sentó a su lado y se apartó de ella, como si tocar a la muchacha sangrepútrida pudiera corromperla. Regan era la chica altasangre perfecta. Popular, atractiva. Con ansias de poder. Tenía la vista puesta al frente, indiferente, aburrida, esperando a que el ritual terminara. Yo sabía que a Regan no le cabía ninguna duda de que hoy me convertiría en el líder de la casa. Pero la confianza que ella tenía en mí no me importaba lo más mínimo.

Y luego estaba Pendragón, con cara de que lo que más le habría gustado en ese momento habría sido fulminarnos a todos con la mirada. Estaba ligeramente hundida en el asiento, y saltaba a la vista que habría dado lo que fuera por encontrarse en cualquier otro sitio. Su maraña de rizos fieros se le había descontrolado aún más después de nuestra pelea, con bucles y espirales escapándosele de la cinta de cuero que usaba para sujetarse el pelo. Las pecas de sus mejillas le resaltaban aún más cuando estaba enojada. Y así era como estaba: enojada e incómoda, atravesándome con la mirada desde el otro lado de la arena, con un brillo tozudo e intrépido en los ojos.

Sentí una opresión en el pecho. Me había atacado con intención de matarme, y aun así, idiota de mí, no podía quitarle los ojos de encima. Era todo lo que no era Regan. Burda, impredecible. Le ardía un fuego dentro que no podía más que admirar. Aunque ella me odiara con toda su alma.

Regan me quería por lo que representaba, no por lo que era. Poder. Prestigio. Estatus. Control. Todo lo que ofrecía la casa Drakharrow. De eso se alimentaba Regan. Su hermosura era innegable. Tenía la belleza del hielo. Regan sería una consorte obediente. La madre perfecta. Siempre leal. La habían criado para cumplir con esa función y la interpretaba a la perfección. Desde niños nos habían dicho que algún día seríamos pareja. Y, aun así, la odiaba. La odiaba por todo aquello en lo que se había convertido sin nunca oponerse. Aunque no fuera ni más ni menos que lo que le habían enseñado.

Mientras que Pendragón no podía quererme menos. Era terca, obstinada y probablemente acabaría consiguiendo que la mataran cualquier día. Y, sin embargo, cuando estaba acostado en la cama por las noches después de haber rechazado las patéticas insinuaciones de Regan por centésima vez, el rostro que no me podía quitar de la cabeza era el de Pendragón. Era una paradoja retorcida. Cuanto más se rebelaba contra mí, más crecía esa jodida atracción que sentía por ella.

Luchar contra Pendragón en el patio de entrenamiento había sido casi tan satisfactorio como el sexo. Y era muy posible que fuera lo más cerca que estaríamos de practicarlo si ella se salía con la suya.

Sabía que aquella noche me la pasaría en vela recordando sus movimientos mientras forcejeábamos. Al retenerla y apretar mi cuerpo contra el suyo, al notar su aliento cálido en la piel, había tomado conciencia de que eso sería lo más cerca que estaría de ella. Cómo se había retorcido debajo de mí, con las delicadas curvas de su cuerpo contrarrestando mi peso, los labios ligeramente separados mientras resollaba..., carajo. Había estado a punto de superarme. Me habría quedado así todo el tiempo que me hubiera atrevido, suspendido encima de ella, incapaz de apartar los ojos de la curva suave y tentadora de sus labios. Apenas había contenido el impulso de agacharme y besarla allí mismo, delante de todos. Me habría dado un cachetadón. Y seguramente me habría odiado aún más. Pero no podía evitar preguntarme si la humillación habría valido la pena.

¿Sabría con qué esmero había procurado yo que no sangrara? ¿Lo que me había esforzado por no mancillar la perfección de su piel blanca por mucho que ella me detestara? Estaba tan excitado que estaba seguro de que, si hubiera olfateado una sola gota de su sangre mientras nos peleábamos, no habría sido capaz de controlarme.

Dejé escapar un leve gruñido al recordar la delicadeza de su cuerpo, la silueta de sus pechos. Apenas había sido capaz de contenerme para no tocarle uno con la mano a través de la túnica. Sabía que aquella noche, a solas, me tocaría mientras me imaginaba desabrochándole los pantalones y deslizándome por ese lugar húmedo y caliente entre sus muslos. La diferencia era que, en mis fantasías, Pendragón siempre participaba de buena gana. Gemía de deseo, arqueaba las caderas con impaciencia, me jalaba de los pantalones, me acariciaba, subía y bajaba los dedos por mi erección. En mis sueños, me deseaba tanto como yo a ella. Ya podía esperar sentado a que eso ocurriera también en la vida real.

Tardé en darme cuenta de que el director Kim se había puesto de pie y estaba hablando. Sabía que esperaba que le hiciera una visita más tarde, seguramente acompañado de Pendragón. ¿Sería siquiera consciente de la grave infracción que había cometido al pelearse así conmigo? Se había expulsado e incluso decapitado a consortes por mucho menos. No se atacaba al arconte. Jamás. Era una regla tácita, quizá incluso no escrita. Si no estaba escrita, si no aparecía en ningún libro, tal vez pudiéramos alegarlo en favor de Pendragón. Podía hablar con Rodríguez cuando terminara todo aquello para asegurarme de que se lo mencionara a Kim.

Me notaba inquieto, como si algo me carcomiera la conciencia. ¿Cómo demonios podía estar pensando en formas de impedir que echaran a Pendragón de Bloodwing o algo peor? Debería limitarme a mantenerme al margen. Porque, como me dijo una vocecilla interna, sabía exactamente lo que le ocurriría si la expulsaran: no sería libre. Mi tío jamás se desprendería de ella. No, Pendragón estaría encadenada de por vida. Si no era conmigo, entonces...

La voz fría de Kim penetró en mis pensamientos.

—Durante milenios, los liderazgos de nuestras casas se han basado en la fuerza, la astucia y la voluntad de dominar. Solo los poderosos pueden gobernar. Solo los válidos pueden sobrevivir.

«*Sanguis et Flamma Floreant*» es nuestro lema. Solo la sangre y la llama pueden florecer en estos salones. De la sangre, la unidad. De la sangre, la fuerza. De la sangre, el legado. De la sangre, el poder.

Suspiré y crucé los brazos, tratando de que no se me notara el aburrimiento. Era básicamente el mismo discurso tedioso que había pronunciado en cada Ceremonia del Liderazgo de las Casas. Ese año sería todavía más tedioso para el público, pues yo ganaría el puesto de líder de la casa sin competición de por medio.

Al director Kim no parecía hacerle demasiada gracia.

—En un momento histórico casi sin precedentes en Bloodwing, hoy nos reunimos aquí sin que haya un segundo contendiente. No hay ni una sola alma lo bastante valiente para poner a prueba su fuerza contra el hijo predilecto de la casa Drakharrow.

Mi derecho al liderazgo de la casa era casi de nacimiento. Nadie había tenido las agallas de desafiarme. Y tampoco lo esperaba. Con todo, debía reconocer que así era demasiado fácil.

Catherine Mortis había tenido que derrotar a otros tres contendientes para ganarse el puesto aunque todos supiéramos que sería ella quien saldría victoriosa. Uno fue incluso un primo suyo. Catherine era una mujer despiadada, capaz de cualquier cosa con tal de ganar. Se había mostrado inclemente al matarlos. E incluso más inmisericorde con su primo.

Lysander Orphos había tenido que someter a dos competidores antes de asumir el mando de la casa Orphos. No lo creía capaz de algo así, sinceramente. Él y su hermana parecían tan, bueno, frágiles, sensibles... Pero aquel día nos había demostrado a mí y a sus detractores que nos equivocábamos. Había matado a los otros contendientes con elegancia.

Y en cuanto a Kage Tanaka, solo había habido un altasangre en la casa Avari lo bastante estúpido como para desafiarlo. A aquel necio Kage lo eliminó deprisa y de la forma más estética que yo había visto en mi vida. Era un combatiente formidable y un líder fuerte; más astuto que Catherine, con su fuerza bruta, o que Lysander, con su actitud soñadora. Tanaka sería un líder poderoso algún día. Pero, mientras tanto, manteníamos una rivalidad amistosa. Las cosas eran mucho menos aburridas con Tanaka cerca. Sabía mantenerme alerta, como con aquel numerito en la hoguera de la otra noche. Era evidente que Tanaka había perdido la paciencia con Kiernan; matar a aquel lacayo había sido casi como hacerle un favor.

—¿En esto nos hemos convertido? —La voz del director Kim se había vuelto más incisiva, casi burlona—. ¿Tan débiles somos, tan cobardes, que nadie se atreve a asumir este reto? ¿Qué pasó con nuestro legado? ¿Con la sangre que exige que luchemos por nuestro lugar?

Fruncí los labios en una media sonrisa, pero el estómago se me revolvió un poco al oír las palabras de Kim. Eran una indirecta. La falta de contendientes proyectaba una sombra muy alargada sobre mi ascensión. Hacía que la victoria resultara vacía. Sobraba decir que, a aquellas alturas, enfrentarme a alguien me habría resultado... tedioso. Lo que a Pendragón le faltaba de potencia y velocidad lo compensaba con una fuerza cruda y caótica. Nuestra pelea me había agotado más de lo que estaba dispuesto a admitir, aunque ahora tuviera que estar allí de pie y fingir que no me había afectado en absoluto. Me había llevado al límite. No estaba exhausto, pero tampoco como me habría gustado encontrarme para enfrentarme a un contendiente. Por fortuna, no sería necesario.

El problema era que no me había estado alimentando lo suficiente. Tendría que solucionarlo pronto. Me lo quité de la cabeza y traté de concentrarme en lo que estaba diciendo Kim.

—Blake Drakharrow se presenta hoy ante nosotros sin rival —continuó el director. El hombre me estaba poniendo nervioso. A ver si terminaba ya de una vez—. No porque no lo merezca, sino porque no hay nadie en su casa con el coraje de enfrentarse a él.

Fulminé al director con la mirada. Kim se estaba pasando de la raya. No toleraría que dejara en ridículo a mi casa, y eso era exactamente lo que parecía estar intentando: dejarnos como a un hatajo de cobardes. La realidad era que nadie se atrevía a desafiarme porque era fútil. Moriría. Acabaría con él sin contemplaciones. Era mejor rendirme pleitesía que malgastar la vida sin necesidad. Mi casa de altasangres sabía que yo era el alfa, igual que en una manada de lobos. Lo había dejado claro desde el principio. Había cumplido con mi deber al servir a mi hermano Marcus como su mano derecha. Había sido leal, aunque a veces me sacara de quicio. Luego, cuando Marcus se graduó, dejé claro que todos debían someterse a mí. Y así había sido. Debía reconocer que en aquel momento Regan me fue útil, aunque solo me quisiera al mando porque así también mejoraba su estatus, claro está. Había tenido que poner los puntos sobre las íes a algunas personas, pero luego habíamos vivido un periodo de relativa paz. La lealtad entre nuestras filas era absoluta. No habría aceptado nada menos que eso.

La única excepción era Pendragón, claro. Pero estaba en primero; cuando llegara a la torre Drakharrow al año siguiente, tendría que adaptarse, con el riesgo de avergonzarme incluso más de lo que ya había hecho.

Reprimí un bostezo mientras continuaba divagando, aislándome del discurso. Ya había ganado, ¿no? Estaba a punto de recibir el broche de oro. Aquello era una mera formalidad, una recompensa por un puesto que jamás había dudado que me ganaría. No veía el momento de que terminara la ceremonia.

Desvié la mirada hacia Pendragón, y entonces lo oí. Un gruñido. Tan tenue que dudaba que nadie más se hubiera percatado. Tensé el cuerpo de inmediato al reconocer el sonido. Bajé la vista hacia las piernas de Pendragón, donde mi mochila de tela negra descansaba en el suelo, entre sus pies. Neville —un nombre patético, pero era como me había acostumbrado a llamar al peluso— estaba asomando la cabeza. Me miró y gruñó, mostrándome sus diminutos colmillos.

Me quedé conmocionado un instante, hasta que me di cuenta de que no me estaba gruñendo a mí. Neville miraba detrás de mí.

Los reflejos se me activaron justo a tiempo, y me puse de lado. Una mancha. Una ráfaga de viento. Un destello plateado. Noté un estallido de dolor en el costado cuando salí despedido y caí de bruces sobre el suelo de piedra. Estuve unos segundos desorientado, los oídos me zumbaban y mi mente no acababa de procesar el ataque repentino.

¿Quién demonios se atrevía a...?

Me arrancaron el puñal del costado sin miramientos. Gruñí, pero reprimí el dolor, aprovechando el mismo instante para ponerme de espaldas tras la descarga de adrenalina, y entonces vi a mi oponente. Por un momento, el tiempo se detuvo.

Coregon.

No di crédito, y se me debía de notar en la cara, porque Coregon sonrió. Fue una expresión extraña en alguien a quien había considerado un seguidor leal. No: un amigo. Algo en mí se rompió. Aquello era real; no me lo estaba imaginando. La amistad que creía que nos unía a Coregon y a mí no había sido más que una farsa. Y yo había sido un necio por no darme cuenta.

La conmoción no tardó en dar paso a una oleada de ira. Por mí, por él. Intenté incorporarme, pero Coregon se me puso encima en un abrir y cerrar de ojos con el puñal aún en la mano. Técnicamente las armas estaban prohibidas en los desafíos, pero no era la primera vez que un estudiante metía alguna. Por lo general, si vencías, no tenías que dar cuentas de lo que hubieras hecho para ganar. A nadie le importaba que hubieras hecho trampa cuando los demás contendientes estaban muertos. De hecho, quedabas como una persona astuta. Con todo, siempre me había parecido algo propio de cobardes, y así se lo había hecho saber a mi grupo de amigos más de una vez. Aquel pensamiento se me debió de dibujar en la cara.

—No me mires así —susurró Coregon—. Ni se te ocurra. No me quedaba otra opción, Blake. Alguien tenía que derrocarte.

Solo encontré dos palabras.

—¿Por qué?

—Porque eres débil.

El sonido de la palabra me escoció más que la puñalada del costado.

—¿Débil? ¿Por qué carajos crees que soy débil?

—Por ella —soltó Coregon con una voz que rezumaba asco—. La sangrepútrida. Pendragón se rebela, te hace frente. Mierda, si hoy hasta te atacó. ¿Y tú qué haces? Se lo permites. Ni siquiera la castigas. Se supone que vas a ser el líder de esta casa y ni siquiera eres capaz de controlar a una simple mortal.

El estómago se me revolvió cuando me salpicó el veneno de las palabras de Coregon. ¿Cómo se atrevía? ¿Cómo demonios se atrevía?

No debería haberlo hecho, pero lo hice. Eché la vista hacia el otro lado de la arena, donde estaba sentada Pendragón. Se había inclinado hacia delante con los ojos verdes abiertos como platos, perdido ya cualquier rastro de aburrimiento. Neville le había saltado a los brazos y ella lo acariciaba.

¿Esperaba que Coregon me matara? Probablemente. Pero ¿qué le haría Coregon si yo muriera hoy? Aquel fue todo el ímpetu que necesitaba. La decisión sobre el futuro de Pendragón me correspondía a mí. Nuestro destino estaba entrelazado, le gustara o no.

La daga destelló trazando un arco hasta mi pecho, pero yo fui más rápido. Sujeté a Coregon por la muñeca con todas mis fuerzas, tensando los músculos. Mientras trataba de alejar la daga de mi cuerpo, Coregon no se amilanó. Caímos al suelo, agarrados, sin que ninguno de los dos estuviera dispuesto a ceder un solo milímetro. A nuestro alrededor, la arena cobraba vida, alentada por la aparición de Coregon. Las plataformas de piedra que antes estaban inmóviles en su sitio habían comenzado a moverse y a girar amenazadoramente en torno a nosotros. Oí los arañazos de las piedras que se colocaban en posición y luego volvían a moverse, convirtiendo la arena en un laberinto mortal.

Examiné el terreno para situarme lo más deprisa posible y salté a una plataforma que acababa de elevarse a mi espalda. Coregon me siguió y se colocó detrás de mí justo cuando la plataforma que tenía bajo los pies descendió. Esquivé el golpe y luego lo agarré del brazo y se lo retorcí con una fuerza brutal. El puñal repiqueteó contra la piedra y percibí el pánico en sus ojos en el momento en que le di una patada para lanzarlo al foso de abajo. Podría haberlo recuperado y utilizado contra él, pero no era mi estilo. No habría sido satisfactorio.

Estaba cansado. Me dolían los músculos. El corazón me latía muy fuerte. A pesar de todo, sabía que iba a ganar. Lo último que haría sería permitir que Coregon Phiri asumiera el mando de la casa Drakharrow, aunque solo fuera en Bloodwing. Y ni mucho menos iba a dejar a Pendragón con él.

—Me llamaste cobarde —resollé—, y aun así trajiste un puñal a una pelea cuerpo a cuerpo, Phiri, y todo por el miedo que te daba enfrentarte a mí. ¿Quién es el puto cobarde aquí?

Otra plataforma se elevó sobre nosotros, más grande que la que pisábamos, y su sombra cubrió el suelo de la arena. Coregon se abalanzó de nuevo hacia mí y me soltó un puñetazo violento que conseguí esquivar por un pelo. El costado me dolía ya como si me hundieran un hierro candente, pero lo ignoré. Se me curaría y sobreviviría. No podía decirse lo mismo de Coregon. Había metido la pata hasta el fondo; solo era cuestión de tiempo para que se diera cuenta.

—Podrías haber sido mi mano derecha, haber estado a mi lado durante los próximos acontecimientos. Eres un idiota redomado. ¿Cómo pudiste ser tan obtuso? Y yo que siempre había creído que eras más listo que yo. —Dejé escapar una carcajada burlona.

—Theo siempre habría sido tu segundo —gruñó Coregon, pero percibí la duda en su voz.

—Theo es un romántico empedernido con tendencia al drama. No quiere ser el segundo de nadie. Pero tienes razón: me quedé sin opciones. Tendrá que ascender cuando tú hayas muerto —repliqué.

Levanté la vista de golpe hacia las plataformas que se nos acercaban; el roce de la piedra sobre la piedra resonaba por el descomunal espacio. Y entonces vi mi oportunidad. Me agaché justo en el momento en que Coregon volvió a atacarme, esquivé el golpe y aproveché el impulso para empujarlo hacia la trayectoria de la plataforma que descendía. Coregon dio un traspié y abrió los ojos como platos cuando la sombra de la losa se cernió sobre él. Forcejeó, tratando de escapar, pero yo fui más rápido. Lo agarré de la garganta y lo obligué a retroceder.

—Entrenamos juntos casi todos los días —mascullé—. Y en ningún momento te diste cuenta de que siempre me contuve.

Era una estrategia que mi padre me había enseñado hacía mucho tiempo. No le muestres a tu oponente de lo que eres capaz, ni aunque sea uno de tus mejores amigos. Y ni siquiera aquello había bastado para salvarlo.

Las manos de Coregon eran como garras, y me arañó los brazos con la desesperación de un animal que se ahoga. La plataforma de piedra seguía su descenso tan lento como inevitable.

—¿Me consideras débil? —le pregunté con la voz cargada de una ira gélida—. No tienes ni idea de lo que soy capaz, Coregon. Y ahora no lo sabrás jamás. Ya no estarás presente.

Me acerqué un poco más a él.

—Pero tienes razón: soy débil. Aunque no con Pendragón.

A Coregon le temblaban los ojos de pánico a medida que la plataforma bajaba, ya muy cerca de nuestras cabezas. Lo sujetaba con firmeza, recurriendo a toda mi fuerza para retenerlo contra la piedra.

—Fui débil contigo —proseguí—. Actuaste a mis espaldas cuando le diste una paliza a Vaughn Sabino. Ahí fue cuando debería haber acabado contigo.

—Theo es una amenaza, carajo. Un cobarde. Es la vergüenza de la casa —consiguió balbucir Coregon—. Marcus acudió a mí. Hice lo que debía hacer.

¿Marcus había acudido a Coregon? Otra traición de la que tendría que encargarme en otro momento.

Me incliné hacia él.

—Theo es mi primo. Y mi amigo. Y eso es todo lo que importa. Se llama lealtad, Coregon. Tal vez si me hubieras demostrado un poco no te verías en esta situación.

—Sé lo que eres en realidad. Si no soy yo —farfulló Coregon, con mis manos apretándole la garganta—, será otra persona. Alguien acabará contigo.

—Que lo intenten. —Levanté la vista hacia la plataforma que descendía—. A ti te queda poco tiempo.

Coregon abrió los ojos con espanto, mientras el rechinido de la piedra nos inundaba los oídos.

—¡Blake..., espera! —exclamó con voz estrangulada—. Perdóname, por favor. No...

Pero ya era demasiado tarde. La plataforma continuaba su descenso lento y deliberado. Le sostuve la mirada a Coregon; sabía que no había escapatoria.

Todo terminó en apenas unos segundos. La plataforma cayó con un crujido repulsivo. Di un paso atrás, respirando con dificultad, y observé cómo rechinaban una vez más las plataformas de piedra hasta detenerse. La arena se había sumido en el silencio. Estaba temblando. Apreté con fuerza las manos para dejar de temblar. Todavía no había procesado lo que acababa de hacer.

Luego el silencio se quebró. La multitud estalló en vítores. Una oleada de gritos y aplausos frenéticos recorrió las gradas. Me limpié una gota de sangre de la cara y me enderecé, tratando de aparentar satisfacción por mi victoria mientras escudriñaba al público.

Todo el mundo se había puesto de pie para celebrarme. Pocas cosas le gustaban más a un altasangre que un buen baño de sangre. Les encantaban los triunfos brutales. Me había encargado de animar lo que esperaban que fuera un muermo de reunión académica. Hasta los estudiantes sangrepútridas se habían dejado llevar por el frenesí.

Solo había una persona en la arena que no aplaudía ni vitoreaba: Pendragón. Destacaba como una llama, abrazada a Neville, con la vista puesta en mí.

Nuestras miradas se encontraron. ¿En qué estaría pensando? ¿Estaba disgustada? Sabía que era imposible que estuviera orgullosa. ¿Le importaría siquiera lo que acababa de hacer? ¿Sabía lo mucho que Coregon la detestaba en el fondo?

Me devanaba los sesos intentando descifrarle la mirada. Pero no me dejó vislumbrar nada. Se limitó a no apartar la vista de mí mientras el alboroto de la arena nos arrollaba como una ola.

25
BLAKE

Noté como se me partía el labio cuando me estamparon la cabeza contra la pared. El placer que podía haber sentido al sobrevivir a la Ceremonia del Liderazgo de las Casas y a la traición de Coregon había durado poco, si es que había llegado a producirme algún tipo de placer. Acababa de salir de una reunión a solas con el director cuando me convocó mi tío.

Me lamí la sangre de los labios, reprimiendo el instinto de defenderme, de resistirme. En cambio, me quedé inmóvil, apretando la mandíbula. Aún me palpitaba la herida que me había hecho Coregon en el costado con el puñal. Tardaría unos días en cerrarse del todo. Me la había vendado tan bien como había podido antes de ir hasta allí.

Viktor era varios centímetros más bajo que yo, y sin embargo parecía alzarse por encima de mí cuando me apoyé en la pared, tratando de aparentar la humildad que me correspondía. Me sacaba varios siglos de edad, lo que le otorgaba un poder con el que no podía competir ni en sueños. Sí, mi tío parecía un sesentón sangrepútrida, pero precisamente el hecho de que mostrara signos de envejecimiento lo decía todo. Era uno de los vampiros más ancianos que existían, y con toda probabilidad el más poderoso.

Escupí un montón de sangre en el suelo de piedra y, por un instante, me planteé la posibilidad de rebelarme. Pero no era un necio; no tenía ninguna oportunidad contra Viktor. Llegó otro golpe, esta vez directo al estómago. Me doblé por la mitad, jadeante.

—Me dejaste en ridículo —gruñó, y dio un paso hacia mí—. Dejaste en ridículo a esta casa.

—Parece que hoy no he hecho otra cosa —repliqué, y me arrepentí en cuanto el puño de Viktor volvió a encontrarse con mi mandíbula.

Me esforcé por no perder el equilibrio y reprimir las náuseas y el mareo. Pero las palabras de mi tío me habían calado hondo.

—Te pusiste en ridículo —me espetó con una voz fría y mordiente—. Pelearte con tu prometida delante de toda la academia...

Le había dicho al director Kim que la pelea la había empezado yo. Seguramente Coregon Phiri era el único que estaba lo bastante cerca como para haber sido testigo de lo que había ocurrido en realidad. Y, por suerte, estaba muerto. Había sentido la tentación de contarle a Kim la verdad; que solo me estaba defendiendo, que incluso me había contenido. Pendragón debía de haberse ido del patio de entrenamiento con alguno que otro moretón, pero ni un solo rasguño. Sin embargo, la idea de que ella tuviera que enfrentarse a la ira de mi tío hizo que se me encogiera el corazón. No la sometería a algo así, por mucho que se lo mereciera. Sabía de lo que era capaz Viktor. No permitiría que ella tuviera que soportarlo. Así que había mentido. Suponía que mi tío me convocaría a mí, aunque no esperaba que tan pronto.

—La estaba poniendo en su sitio —dije—. Me faltó al respeto y le di una lección.

A Viktor se le descompuso el rostro de ira.

—¿Que le diste una lección? Lo único que hiciste fue meter aún más la pata. Una cosa habría sido que la hubieras calentado en privado. —Cómo no: esa era la norma en la familia. Al menos desde que Viktor había tomado el mando—. Eso te lo podría haber perdonado. Pero se pelearon en público. La escuela entera te considera incapaz de controlar a tu prometida. Y para colmo es una mujer sangrepútrida. —Escupió las palabras como si fueran venenosas. Yo sabía que él valoraba la sangre de Pendragón, pero eso no le impedía despreciarla.

Apreté con fuerza los puños. Sabía lo que esperaba oír él: que le había fallado, que lo sentía. No era capaz de rebajarme tanto.

—Podrían haberla expulsado por esa pelea —continuó Viktor, cada vez más furioso—. Los Drakharrow le han entregado oro a manos llenas a esa puta escuela, pero Kim la dirige como le place. Podría haberla mandado ejecutar, y ni siquiera yo podría haberlo impedido. No me habría enterado a tiempo.

—Pero no le pasó nada —me defendí—. Habría tenido que consultarlo con la junta antes. Además, le dije a Kim que la culpa había sido mía. Pendragón está a salvo. —Y luego no pude evitar añadir con desgana—: Sabe que yo no pedí esto, tío. No pedí a Pendragón.

Viktor me dio un cachetadón sin mediar palabra, y luego esperó pacientemente a que me limpiara la sangre de la cara antes de hablar.

—Hoy me estoy conteniendo, y debes de estar preguntándote por qué —dijo—. La única razón por la que no te estoy estampando la cabeza contra el suelo es porque me enteré de que hay cierto chico sangrepútrida paseándose con lesiones graves. —Percibí un brillo de satisfacción en sus ojos—. Te ordené que le dieras una lección a tu primo, pero optaste por la segunda opción. Escuché que lo dejaste hecho un desastre.

Me quedé inmóvil, con un nudo en el estómago. Yo no había tocado a Vaughn Sabino. El responsable había sido Coregon, pero estaba muerto. Si me había dicho la verdad, la orden de atacar a Vaughn se la había dado Marcus, pero era evidente que mi hermano había actuado a espaldas de mi tío al hablar con Coregon. Cualquier cosa para dejarme a mí como el débil.

—Sí —mascullé—. Te dije que me encargaría de él.

Viktor asintió satisfecho.

—Y lo celebro. No permitiré que tu primo avergüence a esta familia. Le hiciste un favor a Theo. Lo único que no entiendo es por qué no lo incluiste en el castigo. O por qué dejaste vivo al muchacho mortal.

Levanté los hombros.

—Sabino quedó desfigurado, y puede que incluso pierda el uso del brazo. Decidí que sirviera de ejemplo para cualquier otra persona a la que Theo intentara... seducir —mentí, y sentí náuseas.

Viktor asintió.

—Bien. Probaremos a hacerlo a tu manera, pero otro paso en falso y Theo acabará frente a mí. Te animo a que se lo comuniques.

Cerré con firmeza los puños hasta hundirme las uñas en las palmas. No soportaba la facilidad con que hablaba de Theo y Vaughn como si fueran prescindibles. Pero tampoco podía permitirme mostrar mis verdaderas emociones en ese momento. Theo era responsabilidad mía y debía protegerlo.

—Luego, claro, tenemos el asunto de Kiernan O'Rourke —dijo mi tío. Su rostro se ensombreció de nuevo y sabía que me esperaba otro regaño.

—¿Kiernan? ¿Y qué demonios tiene de malo lo que le hice a Kiernan? —pregunté sin dar crédito—. Pensaba que le satisfaría.

—¡¿Que me satisfaría?! —rugió Viktor—. Su padre era un aliado valioso, y tú arruinaste esa relación por tu impulsividad.

Lo atravesé con la mirada.

—Los O'Rourke están con la casa Avari...

—Las alianzas cambian —replicó Viktor. En otras palabras, lord O'Rourke era un espía de Viktor. O lo había sido—. No tienes ni idea de las relaciones que he estado cultivando, de los vínculos que he estado forjando. Y todo para reforzar esta casa, para proteger a esta familia.

Para reforzarse a sí mismo. Para atesorar todavía más poder. Viktor Drakharrow solo se preocupaba por una persona: él. No se parecía en nada a mi padre, y aun así su poder descansaba sobre su legado. Probablemente tenía espías también en las otras tres casas. Me pregunté cuántos habría en Bloodwing acechando, esperando el momento de ir corriendo a él para hablarle de mí.

—Kiernan amenazaba con beber de Pendragón. Me faltó al respeto. Debía reaccionar —dije sosteniéndole la mirada.

Lo cierto era que aquella noche había perdido el control. Cuando le tocó la sangre a Pendragón, perdí la cabeza. Kiernan estaba condenado desde ese preciso instante. Kage Tanaka lo entendió. Por eso no intervino. Kiernan había dejado en ridículo a la casa Avari. O tal vez los Avari hubieran descubierto la traición de los O'Rourke. ¿Había castigado yo a Kiernan para que Kage no tuviera que ensuciarse las manos? Aquello supondría todo un giro de los acontecimientos. Hice una mueca.

—¿Tú crees? —dijo Viktor—. ¿O simplemente necesitabas pavonearte? Ahora me toca a mí limpiar el desastre que tú hiciste. No piensas, Blake. Actúas sin valorar las consecuencias. Deberías darme las gracias por haberte entregado a la puta jinete. Cualquier otra persona mostraría más gratitud. ¿Sabes la fuerza que reside en su sangre?

Hubo algo en la voz de Viktor que me desconcertó. Algo no encajaba, pero no era capaz de identificarlo. Y entonces lo reconocí. Hambre. Mi tío ansiaba a Pendragón. Tenía celos. Celos de mí. Y eso... no era bueno.

Mantuve la voz firme.

—Yo no se la pedí. Entréguesela a otra persona si es tan valiosa —mentí.

Ahora que había captado ese atisbo de la sed que Viktor sentía por Pendragón, sabía lo que ocurriría si yo demostraba demasiado entusiasmo por conservar el trofeo que me había otorgado.

—No —contestó Viktor frunciendo un labio—. Ahora es tuya. Pero en el futuro la meterás en cintura con un poquito más de disimulo, o me veré obligado a encargarme de ella yo mismo.

Me entraban ganas de vomitar solo de pensar en que mi tío se «encargara» de Pendragón. Apreté la mandíbula. La ira me hervía justo debajo de la superficie, amenazando con explotar.

Viktor cambió de tema sin previo aviso, y me salvó de mí mismo.

—Se respira cierto malestar en las ciudades. La plebe está inquieta. Nos han llegado rumores de una rebelión, tenues, sí, pero a veces me preocupa que nuestro control sobre el pueblo se esté debilitando.

Guardé silencio, pero el estómago se me revolvió. Sabía lo que significaba el «control» de Viktor: una magia sutil e insidiosa, una variedad inferior del tejesclavos que hacía que los mortales nos obedecieran y veneraran. La mayoría de los sangrepútridas morían sin saber que los habían estado manipulando, sin llegar a darse cuenta de que los altasangres éramos quienes les movíamos los hilos.

En Bloodwing, esa magia era menos poderosa. Los custodios repartidos por la escuela protegían a los estudiantes, pero esa labor entraba en conflicto con la magia que se utilizaba en la ciudad de Veilmar, entre otras. Las casas lo justificaban diciéndose que no había ninguna necesidad de manipular a los estudiantes sangrepútridas que asistían a Bloodwing, o no tanto. Estaban allí de buena gana. Y nos veneraban.

En general, a mí me parecía correcto.

—No podemos permitirnos mostrar flaqueza, Blake —dijo Viktor mirándome con ojos penetrantes y calculadores—. Y menos ahora, con la tensión que reina en la ciudad. Si se corre la voz y en Veilmar descubren que tenemos a una jinete de dragón..., bueno, me he estado preparando para esa eventualidad, pero quiero controlarla del todo antes de que suceda.

El corazón me dio un vuelco. ¿Insinuaba mi tío que aceleráramos el proceso de vinculación? No había ninguna manera de conseguirlo sin que Pendragón cooperara.

Viktor comenzó a deambular por la estancia.

—No eres consciente del peligro que supone. Lo de mantenerla con vida... No nos quedaba otra opción aquel día en la Fortaleza. Pero si se descubre que regresó una jinete de dragón, podría convertirse en un símbolo peligroso. Una chispa que podría encender una revolución. —Se detuvo frente a mí y me fulminó con la mirada—. Por eso debes tenerla controladita. Que no salga de la escuela. Que esté a salvo, bajo nuestro poder. La vigilaremos y guiaremos durante el resto de su vida. —Los labios se le torcieron en una sonrisa cruel—. Nunca será nada más de lo que nosotros le permitamos ser.

Lo miré fijamente, tratando de ocultar la sorpresa. Viktor no lo sabía. No tenía ni puta idea. Rodríguez me había dicho que le estaba enseñando el guardaesclavos a Pendragón. Carajo, el mismísimo director Kim lo había aprobado. Y, sin embargo, Viktor no lo sabía. Era evidente que no. Y yo no pensaba decírselo.

Los pensamientos me bullían. ¿Cómo le iría el entrenamiento a Pendragón? Seguramente no sería suficiente si Viktor utilizara el tejesclavos con ella.

—¿Es eso todo lo que queremos de ella? —me arriesgué a preguntar—. ¿Que no sea más que un peón? En mi opinión, es un peón bastante inútil. ¿Qué clase de símbolo podría ser para los sangrepútridas si no hay dragones? Lo único poderoso aquí es su sangre.

—Ya es un símbolo —sentenció Viktor—. Un símbolo del poder de los Drakharrow. Un símbolo de nuestro dominio sobre las demás casas. ¿Es que no lo ves? Todo hombre y mujer presentes en la Fortaleza aquel día ansiaban su sangre. Podríamos haberla vaciado en el Sanctasanctórum y haberla compartido. Un banquete comunal. Pero se la entregué a un hombre. A ti.

Un escalofrío me recorrió la columna.

—Y fue un regalo más que generoso —dije despacio—. Me honró, tío. Ahora lo entiendo.

—Podría habérsela dado a Marcus —contestó estudiándome con detenimiento—. Pero tu hermano ha demostrado muy poca mesura con sus juguetes. Y ella es demasiado valiosa. Por no mencionar que... —Vaciló. Yo esperé, todo oídos—. Por no mencionar que seguimos sin tener ni idea de su procedencia.

—¿Cree que podría ser una espía?

—La ignorancia de la muchacha parece sincera en muchos sentidos —contestó Viktor pensativo—. Aunque fuera una espía. ¿de dónde podría haber salido? ¿Quién podría haber ocultado a una chica con ese aspecto? Parece del todo imposible. Pero eso no significa que ella no sepa más de lo que deja entrever. No tiene motivos para confiar en nosotros, y muchos para intentar huir. —Me miró a los ojos—. No podemos permitir que se vaya, Blake. Jamás.

Asentí.

—Lo entiendo. La vigilaré. La mantendré a salvo. —Dudé un instante, y luego le pregunté—: Usted dijo que hay cierto malestar en Veilmar. Entiendo que han aumentado las muertes.

Viktor agitó una mano, como quitándole importancia.

—Muertes de sangrepútridas. Es fácil lidiar con ellas.

«Es fácil ignorarlas», quería decir.

—Sangrepútridas que murieron claramente a manos de altasangres —dije tratando de conservar la paciencia—. Si queremos mantener el control...

—Es un equilibrio —me interrumpió Viktor malhumorado—. Debemos continuar promoviendo la moderación. Y todo se lo debemos a tu padre. Un nuevo camino, decía. Bueno, pues tu generación ha crecido por ese «nuevo camino». Y por ello son más débiles.

Aquello no era lo que mi padre tenía en mente, pero no dije nada.

—La realidad es que un vampiro siempre será un vampiro —añadió Viktor—. Solo podemos practicar la moderación durante un tiempo, antes de que todo el deseo contenido estalle.

Asentí y eché a andar hacia la puerta, con la esperanza de que el interrogatorio hubiera terminado.

—Blake.

Me paré en seco.

—Sobre lo de Aenia...

Respiré hondo, preparándome para lo peor. El silencio se alargó.

—Visité el Sanctasanctórum. Dile que tu madre le envía recuerdos.

Asentí y abrí la puerta.

LIBRO TERCERO

26
MEDRA

Unos días después de la Ceremonia del Liderazgo de las Casas me puse en camino para ir a mi sesión de guardaesclavos con la esperanza de echarle otro vistazo al libro de hechizos. Desde el día de la arena no veía a Blake, que había faltado a las clases de Armamento Avanzado; aunque tampoco parecía que le hicieran falta. Había terminado con Coregon delante de toda la escuela. Era la segunda vez que mataba a alguien delante de mí.

Se le daba... bien.

Una parte de mí seguía sin procesarlo. Coregon Phiri estaba muerto, y había sido él quien le había hecho daño a Vaughn. No Blake. Me había precipitado a asumir la respuesta más obvia como una necia estúpida e irresponsable. A veces intentaba justificar lo que había hecho. Solo porque Coregon fuera el ejecutor no significaba que Blake no fuera en última instancia el responsable. Seguramente le había ordenado a Coregon que fuera por Vaughn. Era imposible que todo aquello hubiera sucedido a sus espaldas. Ya conocía bastante cómo funcionaba la cadena de mando de los altasangres, incluso ahí en la escuela, como para entenderlo.

Después de la Ceremonia del Liderazgo de las Casas de aquel día en la arena, Rodríguez me había dicho que me convocarían en el despacho del director Kim para hablar de lo que había ocurrido en la clase de Sankara. Por lo visto, Sankara ya se lo había contado todo, y Rodríguez casi parecía asustado cuando me lo comunicó. Pero no se me llegó a convocar nunca. Allí seguía yo, en Bloodwing. Continuaba yendo a mis clases, comiendo en el comedor, durmiendo en mi habitación del ala de primero. No había cambiado nada. En teoría había quebrantado una ley al atacar a Blake, pero todavía no me habían castigado. Ni siquiera me habían recluido. Tal vez el director estuviera esperando el momento oportuno.

Crucé el pasillo, tan conocido ya, que conducía al despacho del profesor Rodríguez. Por extraño que pareciera, las lecciones del guardaesclavos se habían convertido en el momento del día que esperaba con más ganas. Rodríguez era duro pero justo, y nunca me forzaba más allá de lo que pudiera soportar. Había ido aprendiendo, sin prisa pero sin pausa, a compartimentar, a levantar muros mentales que pudieran soportar los poderes coercitivos.

Y Rodríguez... Bueno, era impresionante. Sabía muchísimo, más de lo que parecía. Guardaba secretos, y cuanto más tiempo pasaba con él, más curiosidad me daba descubrirlos.

Toqué una vez la puerta, y luego la abrí y entré. Contuve el aliento. Blake estaba sentado detrás del escritorio de Rodríguez con los pies encima de la superficie de madera como si fuera el amo y señor del lugar. Lanzaba al aire el abrecartas de Rodríguez, una pequeña daga con la manija en forma de cabeza de dragón. El pelo rubio platino le caía perezoso sobre la frente. Llevaba la camisa desabrochada lo justo para que se le viera la parte superior de los tatuajes negros que le rodeaban el pecho. Esbozó una sonrisa cuando entré en el despacho.

—¿Se puede saber qué demonios haces aquí? —exigí saber.

—Rodríguez no pudo venir. Me pidió que lo sustituyera. —Ladeó la cabeza, claramente disfrutando al máximo de la situación, con un brillo burlón en los ojos.

De repente lo comprendí. Blake era otro de los pupilos de Rodríguez, uno de los altasangres a los que enseñaba el guardaesclavos.

—Me lleva el carajo —masculllé dando ya media vuelta—. No, gracias. Dile a Rodríguez que ya nos veremos en nuestra próxima sesión.

Antes de que pudiera llegar a la puerta, Blake se había movido a la velocidad del rayo para bloquear la salida con su cuerpo. Cerró la puerta de golpe y se apoyó en la madera.

—¿Adónde crees que vas?

El pulso se me aceleró, pero me negaba a mostrarle lo nerviosa que estaba.

—Apártate. No eres profesor. No tengo por qué hacerte caso.

—De hecho... —Blake cruzó los brazos detrás de la cabeza—. Sí tienes que obedecerme. No soy profesor, pero soy lo siguiente en la jerarquía: tu arconte. Y ahora, además, el futuro líder de tu casa. Oficialmente.

Le lancé una mirada asesina. Si pretendía que lo felicitara, se podía esperar sentado.

Se inclinó un poco hacia mí y noté en la oreja la calidez de su aliento con olor a menta.

—Además, los dos sabemos que no podrás pasar de aquí a menos que yo te lo permita.

Bajó la voz y un escalofrío me recorrió la espalda.

—Hoy no me siento generoso, Pendragón. Incluso podría decirse que estoy un poco molesto.

Hasta ese momento no me había dado cuenta de que tenía varios moretones tenues en la mandíbula. No había visto que

Coregon le pegara ahí. Me preguntaba cómo se los habría hecho, pero ¿acaso importaba? ¿Qué más daba que Blake Drakharrow estuviera herido? Se merecía todo lo que le pasara. Todo lo malo, claro está.

Entorné los ojos.

—Apártate.

Él se rio entre dientes.

—Tú siempre tan peleonera. Pero no, lo siento, dragoncilla. Tenemos una lección pendiente y pienso impartírtela. —Alargó el brazo a una velocidad imperceptible y me retiró un mechón de pelo de la cara—. Me muero de ganas de demostrarte cómo utiliza el tejesclavos un verdadero altasangre.

Le aparté la mano de un golpe, hecha una furia. Pero no se me había escapado la sutil burla dirigida a Regan.

—Que ni se te ocurra volver a tocarme.

A Blake se le encendieron los ojos. Se estaba divirtiendo, el muy cabrón.

—No necesito tocarte para conseguir lo que quiero. Y ahora lo que quiero es que nos conozcamos mejor.

Sin previo aviso, se me metió en la mente. La presión me aplastó como un mazo. Blake no se contuvo; no era Rodríguez. Me avasalló la mente con un ímpetu descomunal, derribando mis defensas con una fuerza bruta a la que no estaba acostumbrada, y para la que tampoco estaba preparada del todo. Apreté los dientes y me obligué a concentrarme, tal como había practicado. ¿Qué sentido tenían las sesiones con Rodríguez si no era capaz de protegerme de un verdadero altasangre? Erigiría los muros. Bloquearía mis pensamientos. Podía hacerlo.

Pero Blake era fuerte. Cada arremetida mental resquebrajaba un poco más mis defensas. Los muros que llevaba semanas construyendo comenzaron a fracturarse. Me esforcé al máximo por expulsarlo, pero era como tratar de contener una tormenta con una hoja de papel. Blake estaba por todas partes y me arrollaba con sus ataques. Apreté los puños y el sudor me perló la frente mientras resistía con todas mis fuerzas.

—Sal de ahí —jadeé, con la esperanza de que la tensión de mi voz no delatara lo cerca que estaba de venirme abajo.

El aire que nos separaba parecía estar cargado de energía. Su proximidad me asfixiaba. Respiraba entre resuellos. El cuerpo entero me temblaba del esfuerzo que me estaba costando resistirme a él. No soportaba la expresión de sus ojos. Blake sabía que iba a ganar.

Otra embestida, y mis muros cedieron por completo.

27
BLAKE

Hasta cierto punto, sabía que lo que estaba haciendo no estaba bien. Vaya, estaba convencido. Me sentía algo culpable, pero no lo suficiente para detenerme. Pendragón me había atacado. La culpa no era mía. Y a pesar de que yo hubiera ganado la pelea, ella se las había arreglado para humillarme por el mero hecho de haberme desafiado. Si no me hubiera dejado mal, ¿se habría enfrentado Coregon a mí en la arena aquel día? ¿Me habría convocado mi tío y me habría dado una paliza? Bueno, lo segundo probablemente sí. Era una tradición Drakharrow que los dos seguíamos a rajatabla. Había algo en mí que Viktor detestaba. Algo que le recordaba a mi padre. Sabía que no trataba a Marcus de la misma manera aunque mi hermano mayor perdiera por completo el control.

Había mentido para salvar a Pendragón. La había encubierto ante Kim, y ella ni siquiera lo sabía porque el director no se había molestado en convocarla a ella también.

Pendragón no tenía ni idea de lo que yo había hecho por ella, y esa feliz ignorancia me sacaba de mis casillas. A lo mejor estaba empezando a perder los nervios de verdad.

La rabia me bullía por debajo de la piel. El recuerdo del puño de Viktor golpeándome la cara. Yo sosteniendo a Coregon mientras la piedra lo hacía papilla. Me dolía el cuerpo entero con el peso de esa rabia. Se me estaba yendo todo de las manos. Y allí estaba, desquitándome con Pendragón.

Así que sí, fui un cabrón. Aunque de verdad me sentí culpable al meterme en la mente de Pendragón..., pero también me sentí bien. Me produjo cierto placer. Experimenté un poder oscuro. La sentí a ella. A su verdadero ser. Era dulce, e intensa. Me sentó casi tan bien como si saboreara su sangre. Pero no había imaginado que se resistiría con tanta ferocidad. Se notaba que Rodríguez había hecho un trabajo fantástico enseñándole. Y, sin embargo, no estaba suficientemente preparada para enfrentarse a alguien como mi tío. Viktor no se andaría con rodeos. Entraría en su mente como una tormenta devastadora y no dejaría más que ruina a su paso. Una parte de mí se preguntaba con inquietud por qué no lo habría hecho todavía. Si la consideraba una posible espía, ¿por qué no escudriñarla?

Y luego se me ocurrió algo mucho peor: tal vez ya la hubiera examinado. Tal vez ya hubiera visto todo lo que yo estaba a punto de ver y simplemente nos lo hubiera ocultado a todos. A mí.

Aquel día, poco antes, me había convencido a mí mismo de que haría aquello por Pendragón. La llevaría hasta el límite para asegurarme de que era lo bastante fuerte para sobrevivir. Pero ella no lo sabría; ni siquiera me habría creído si se lo hubiera dicho. Sin embargo, allí, en el despacho de Rodríguez, supe que también lo hacía por mí. La euforia me colmó cuando comencé a derribar sus defensas. Se resistía y a mí me resultaba excitante. Por debajo de aquella euforia, la culpa y los remordimientos volvieron a carcomerme. Ella no era como los demás. No se lo merecía. No del todo.

Ignoré la culpa y me afané aún con más ahínco. Estaba dentro. Los primeros recuerdos eran extraños y no parecían guardar relación alguna. No había nada que me resultara familiar. Vi ramalazos de lugares que no se parecían a nada que hubiera visto en Sangratha. Dejé atrás escenas de una ciudad misteriosa y bella, atravesada por un río, y un bosque en llamas. Capté un recuerdo que parecía importante para ella. Y además era reciente. El pulso se me aceleró cuando lo examiné. Desde el punto de vista de Pendragón, observé a una mujer de pelo entrecano librando un duelo. Se enfrentaba a un hombre; no, no era un hombre normal y corriente; era casi un altasangre, pero diferente. Irradiaba poder. Su mismo ser estaba cargado de una energía que yo no era capaz de comprender. La mujer del pelo cano luchaba contra él con una energía propia, apasionada. Era un ser salvaje, fiero, indómito. Un escalofrío me recorrió la columna. Me recordaba a alguien. A Pendragón. Y sin embargo aquella mujer luchaba de una forma que no había visto en mi vida. Mientras presenciaba el combate, me llamó la atención otra figura. Un hombre de pelo negro y el rostro cubierto de sangre observaba también la pelea. Luego se volvió y se percató de la presencia de Pendragón. Su expresión cobró una intensidad que hizo que se me revolviera el estómago. La miraba como... como si ella fuera su mundo entero. Vi el amor en sus ojos.

Apreté las manos cuando me dominaron unos celos ardientes, penetrantes y dolorosos. ¿Quién demonios sería? Tenía que descubrirlo. Tenía que seguir hurgando. Tenía que saber quién era aquel hombre y por qué miraba así a Pendragón.

Pero entonces, de la nada, resonó una voz en mi mente. La voz de una mujer. Mayor y autoritaria. Hablaba con tono jocoso, pero también percibí cierta acritud.

—*Vaya, vaya* —susurró—. *No deberías estar aquí, vampirito.*

Me quedé paralizado. No era la voz de Pendragón, sino de otra persona. Alguien que estaba dentro de mi cabeza. Antes de que pudiera reaccionar, sentí un violento empujón, como si una fuerza invisible me hubiera asido de los hombros y me hubiera impulsado hacia atrás. Me tambaleé, parpadeé varias veces y choqué contra la puerta. Pero antes de que pudiera recuperar la compostura, me di cuenta de algo más, de algo aterrador. Pendragón no se había movido. Tenía los ojos cerrados y la frente arrugada por la concentración.

Y entonces lo sentí. Ella estaba dentro de mi mente.

El corazón me martilleaba contra las costillas cuando noté una presencia que se arrastraba por los límites de mi conciencia. No debería haber sido posible. Pendragón no sabía tejesclavizar. Se suponía que los mortales no eran capaces de utilizarlo.

Pero allí estaba, deslizándose por lugares que no le incumbían.

28
MEDRA

—*¿Se puede saber qué estás haciendo?* —le espeté a mi madre.

—*Pagarle con la misma moneda. Por favor, no me digas que no te gusta. Se lo merece.*

—*Pero ¿cómo lo estás haciendo? No sabía que eras capaz de algo así.*

—*Yo tampoco* —respondió, y parecía divertirse—. *Aquí no, vaya. Y menos con ellos. Ni desde esta posición... inusual.*

Me estaba utilizando, blandiéndome como un arma para atacar a Blake. Debería haber sentido horror, terror, desconcierto. Y así era, pero también se lo estaba permitiendo.

—*Si eras capaz de esto, ¿por qué no me ayudaste cuando estaba intentando expulsarlo?* —protesté, pero mi madre me ignoró.

—*Interesante* —musitó poco después—. *Muy interesante.*

—*¿Qué cosa? ¿Qué es interesante?* —insistí.

—*Mira, échale un vistazo.*

Me lo arrojó y me arrastró a su mente con ella. El mundo se ladeó. Sentí a mi madre abrirse paso por la mente de Blake como una mano descuidada que revuelve los arcones de una buhardilla. No estaba siendo sutil. No estaba siendo cuidadosa. Tan solo levantaba tapas y se lanzaba al interior. Imágenes, pensamientos y emociones se arremolinaban a mi alrededor. Morcadés me lanzó una oleada alegremente. Emociones, un torrente de una rabia tan ardiente y fiera que casi me derribó. Pero no era solo ira, sino algo más profundo. Sentí la tristeza de Blake, el dolor de haber tenido que matar a Coregon. Sentí una mezcla repulsiva de furia y traición. Y debajo de todo acechaba otra cosa.

La ira que Blake sentía hacia mí. Era fuerte, tan intensa...

Las emociones se disiparon y se me escaparon como arena entre los dedos, y entonces surgió otro recuerdo. El mundo se suavizó. La mente de Blake se acalló como el mar tras una tormenta. Parpadeé y de repente me encontraba con él en una playa. Era más joven. Debía de tener unos dieciocho años. Su cara era más transparente, más aniñada. No había ni rastro de los ángulos afilados que yo asociaba con él. No tenía la nariz tan chueca; todavía no se la habían roto. Sonreía, sonreía de verdad, mientras perseguía a una niña entre las olas de la orilla. Su hermana Aenia. No debía de tener más de tres o cuatro años. Sus risitas resonaban por el aire cuando Blake la salpicaba con el agua. Ella intentó huir de él, pero este la levantó en brazos y le dio vueltas mientras ella gritaba de júbilo, con los rizos pálidos rebotándole por la cara. Sentí la alegría de Blake, su carácter protector. Derrochaba amor por aquella niña.

Aquello fue como un golpe en el estómago. No lo creía capaz de amar, y menos de verdad. Pero allí estaba, y era innegable. Lo atravesaba como una corriente. Antes de que pudiera comenzar a procesar lo que había visto, la voz de Morcadés se abrió paso por la calidez del recuerdo.

—Encontré algo mejor, cariño. Ven a ver esto.

Blake estaba en el despacho del director, justo delante de la mesa de Kim. Acababa de volver de la arena. Debía de haberlo convocado justo después de que terminara la ceremonia. Le sangraba el costado donde lo había apuñalado Coregon, pero trataba de ignorar el dolor. Hablaba con calma, pero había tensión en su voz. Le estaba contando al director que él había iniciado nuestra pelea, que me había provocado e incitado a que lo atacara. Estaba mintiendo.

—Si tiene que castigar a alguien —dijo con voz firme pero cansada—, castígueme a mí, director Kim. Fue culpa mía, no de Pendragón.

—No tienes buena relación con tu consorte —contestó Kim con ojos vigilantes.

—No, señor. No tenemos buena relación. No es altasangre, y tampoco me muestra la deferencia oportuna. Pero eso no significa que considere adecuado lo que propone.

—Una consorte que ataca a su arconte es un asunto muy serio, jovencito —declaró Kim—. Se ha ejecutado a consortes por mucho menos.

El corazón me dio un vuelco. ¿Kim se había planteado ejecutarme?

—No me atacó. Fue al revés —insistió Blake—. Perdí el control de una forma del todo inapropiada. Le aseguro que no se repetirá.

El director agitó la mano, como quitándole importancia.

—Puedes castigar a tus consortes por sus faltas de respeto como consideres. Estás en tu derecho. Pero procura que no sea en público. Los estudiantes sangrepútridas se alteran. Seguro que lo entiendes.

—Lo entiendo, señor —dijo Blake.

—Muy bien, Drakharrow. Si lo tienes tan claro...

No conseguí oír el resto de lo que decía Kim. Mi madre continuó rebuscando y me empujó hacia otro recuerdo. Estábamos de vuelta en la arena. Blake estaba en el centro de la pista, observando a la multitud. Me vi a mí misma, sentada al lado de Regan. Blake posó la mirada en mí. El pulso se me aceleró al sentir lo que él sintió al mirarme. Sentí su hambre, que iba mucho más allá del ansia de saborear mi sangre, aunque también sentí su sed, mezclada con algo más hondo, más primario. Me quería a mí. No solo mi sangre, sino a mí. El ansia... se confundía con algo más. Algo descorazonador, algo vacío.

Y entonces, antes de que pudiera empezar a comprenderlo todo, la conexión se rompió.

Abrí los ojos. El despacho del profesor Rodríguez se aclaraba ante mis ojos. Blake estaba delante de mí, jadeando. Tenía los ojos muy abiertos, dominados por la ira y el desconcierto. Por un momento, nos miramos fijamente sin hablar.

—Aenia —soltó al fin—. ¿Qué viste?

Le sostuve la mirada. No era lo que esperaba que me preguntara.

—Los vi en la playa —contesté despacio, sin tener claro por qué le estaba contestando. No se lo debía. No le debía nada, y menos después de lo que acababa de hacer—. Estaban jugando. Ella se reía.

Me estudió el rostro como si buscara alguna señal de que pudiera estar mintiendo.

Luego se fue azotando la puerta.

Estaba en el despacho de Rodríguez. Y estaba sola.

29

MEDRA

Me recosté sobre las almohadas de mi cama con *El arte oscuro de los vínculos eternos* entre las manos y examiné la página del hechizo por enésima vez.

Florence estaba en la biblioteca estudiando. Me había dejado con las instrucciones claras de ir a su habitación a las siete en punto a alimentar al peluso. El animalillo estaba instalado en el cuarto de Florence desde el día de la arena. Blake se había presentado para recoger su mochila, pero Florence se la había llevado ella misma. Yo ni siquiera había tenido que hablar con él, cosa que agradecí. Al menos el peluso estaba más o menos a salvo. El cachorro había desarrollado la mala costumbre de salir disparado por la puerta siempre que se quedaba abierta. Se pasaba horas desaparecido, incluso noches enteras, y luego reaparecía delante de la habitación de Florence con un ladrido animado. Daba la impresión de que el cachorro se sentía cómodo deambulando por la escuela y era capaz de encontrar luego el camino de vuelta.

Mientras tanto, Florence se debatía desesperada con su conciencia. En teoría no podíamos tener mascotas, de modo que estaba infringiendo las normas de la escuela. Pero como también era custodia, de momento se estaba saliendo con la suya. Algunos estudiantes habían visto al peluso, y se habían comprometido muy amablemente a guardar silencio... a cambio de darle algún que otro apapacho a la adorable criatura. En resumen, Florence estaba ofreciendo los mimos al peluso como una forma de soborno, pero no iba a ser yo quien se lo hiciera ver.

Cuando Florence se fue a la biblioteca, Naveen se fue a practicar en una pista de entrenamiento, pero por si a alguno de los dos les daba por volver, había atrancado mi puerta con un arcón pesado. El ritual debía llevarse a cabo de noche, a cielo abierto, y en un lugar de poder antiguo. Y ya se me había ocurrido dónde lo haría: en el Atrio de los Dragones. Se trataba sin duda de un lugar de poder. Las esculturas parecían llevar siglos de pie, por no mencionar que había una arboleda y que una parte del ritual requería el uso de la tierra. El Atrio de los Dragones solía estar vacío durante el día. Estaba convencida de que por la noche no habría nadie ni nada que me interrumpiera.

Y luego estaba la cuestión de los ingredientes. Uno era sencillo: debía usar un poco de mi sangre. La sangre era la esencia del alma viva, y servía como conducto básico para romper el vínculo de mi interior. El siguiente era algo más delicado: necesitaba la sangre de alguien a quien quisiera u odiara. Debía ser una emoción intensa. Solo me hacían falta unas gotas, pero por lo visto la conexión era fundamental.

«El amor y el odio son las únicas emociones lo bastante potentes para alimentar un hechizo tan peligroso como el que nos ocupa —rezaba el texto del ritual—. Son las emociones que vinculan las almas, y por tanto las únicas lo bastante fuertes para deshacer dichos vínculos».

Ya sabía cuál debía usar. Solo había una opción evidente: Blake Drakharrow. Lo detestaba con todas mis fuerzas. Podría haber intentado usar la de Florence, pero nuestra amistad era bastante reciente. No tenía claro que lo que sentía por ella como amiga pudiera considerarse una emoción lo bastante intensa. Y tampoco quería involucrarla en aquello de ninguna manera, así que Florence quedaba descartada. Conseguir la sangre de Blake sería un problema, pero ya se me ocurriría alguna solución.

Y, por último, el ritual podía realizarse de dos maneras. Una implicaba el uso de un objeto o ancla. El alma se introducía en un objeto inanimado y permanecía vinculada a él hasta su eventual destrucción. Morcadés podría vivir cientos o incluso miles de años si quedaba anclada a algún objeto. La desventaja de ese método era que la persona que pronunciaba el hechizo podía terminar accidentalmente consumida por la emoción de la sangre del segundo conducto y no solo transferir el alma que deseaba expulsar, sino también convertirse en parte de la esencia del ancla. El otro método no implicaba un ancla. Y, además, era más seguro para el conjurador. Yo pensaba que mi madre preferiría la opción del ancla, pero para mi sorpresa escogió la segunda.

Solo faltaba conseguir algunas gotas de la sangre de Blake. Ah, y estaba también el detallito insignificante de que técnicamente yo no fuera capaz de hacer magia.

El hecho de haber fallado en todas las pruebas de la profesora Leñofatuo habría bastado para desalentar a cualquiera de intentar lo que con casi total seguridad era uno de los hechizos más difíciles que existían. Sí, los ingredientes eran básicos, pero el poder necesario para que todo funcionara, no. Si metía la pata, los resultados podían ser desastrosos. Según el libro, podían ocurrir varias cosas en caso de no pronunciar el hechizo de forma apropiada...

Podía morir. Sin más. O mi alma podía extinguirse. Esa era una muerte distinta. Mi cuerpo seguiría viviendo, pero mi madre tomaría el control. Básicamente, ella gozaría de una segunda oportunidad para vivir. Supuse que era el resultado que la mayoría de los altasangres habrían deseado. A pesar de todo, estaba bastante convencida de que el conjuro saldría bien. Tal vez pecaba de arrogancia al confiar tanto en el alma misma que me había invadido, pero tampoco creía que me quedara otra opción. Aunque yo no tuviera la magia, Morcadés sí. Ella había sido un ser muy poderoso. Y me prometió que haría todo lo que estuviera en su mano para poder completar el ritual.

Al cabo de unas horas, me escabullí del ala de los dormitorios de primero y me dirigí a la arena. De noche, la escuela estaba tranquila, bañada por la luz de las antorchas. Cuando llegué a la arena, no había ninguna antorcha que iluminara el resto del camino. La luz de la luna proyectaba un fulgor inquietante sobre el descomunal coliseo y le otorgaba un aspecto silencioso y amenazante. Bajé despacio por las gradas de piedra, examinando el centro en busca de cualquier atisbo de luz. Cuando llegué abajo, me agazapé y fui avanzando entre las plataformas, rebuscando entre las rendijas anchas de las piedras con la esperanza de encontrar el ansiado trofeo.

Al cabo de una hora, sudorosa y alterada, por fin lo hallé: el puñal de Coregon, el que había usado para atacar a Blake. Estaba encajado entre dos plataformas de piedra, mucho más lejos del centro, que era donde había tenido lugar la pelea, de lo que esperaba. Había conseguido recordar que Blake le había dado una patada y que lo había visto volar por el aire aquel día, pero no dónde había aterrizado. Seguía sin creer que Blake hubiera renunciado al puñal. Había corrido un riesgo innecesario al enfrentarse a Coregon sin el arma.

Recogí el puñal con cuidado. La empuñadura estaba manchada de sangre seca. La sangre de Blake. Me pregunté por qué

Coregon habría escogido el puñal. Se veía a leguas que no era un arma exquisita. La mayor parte de la hoja estaba cubierta por una pátina cenicienta. Se vislumbraba una inscripción a lo largo de la hoja, pero no conseguía distinguir más que unas pocas letras debajo de tanta decoloración.

Contemplé la arena. Durante un breve instante, me planteé hacer el ritual allí mismo. Me encontraba sin duda en un lugar de poder. Sentía la presencia duradera de la violencia a mi alrededor. Pero había algo en la arena que me parecía inadecuado para aquel tipo de magia.

Me guardé el puñal debajo de la capa y me fui de allí, de camino al Atrio de los Dragones. Los colosales dragones de piedra cobraban forma en la distancia, con las siluetas recortadas contra el cielo iluminado por la luz de la luna. Tal como esperaba, cuando llegué al patio lo encontré vacío. Allí me sentía más cómoda. La arboleda que había detrás del dragón rojo parecía el lugar perfecto, poderoso y primitivo.

Me coloqué entre los árboles respirando con normalidad aunque ya estuviera hecha un manojo de nervios. Me agaché, saqué el puñal y, luego, dos libros: el que le había robado a Rodríguez y otro que había tomado prestado de la biblioteca de Bloodwing. Contenía un hechizo simple para convertir la materia sólida en líquida. Lo abrí y susurré el breve conjuro. Notaba la presencia de Morcadés inundándome, prestándome su ayuda.

—*Estamos muy cerca, cielo. Lo estás haciendo muy bien* —me susurró, y su voz me recorrió la mente como una caricia con la punta de los dedos.

En ese momento me arrolló una repentina oleada de pérdida. ¿De verdad era aquello lo que quería? No había conocido a Morcadés en vida. No nos habíamos visto nunca cara a cara. En cambio, desde mi llegada a aquel mundo nuevo, mi madre estaba presente todos los días, dentro de mí. Era una fuente de poder, por no mencionar que también poseía una cantidad sorprendente de sabiduría.

—*No sé si estamos haciendo lo correcto* —le respondí con un nudo en la garganta—. *A lo mejor deberíamos posponerlo un tiempo. Ya tenemos el libro. ¿Para qué tanta prisa?*

—*No* —dijo con una voz sorprendentemente firme—. *Estamos haciendo lo que debemos hacer.* —Una pausa—. *Por favor, no me malinterpretes, mi amor. No tengo ningún deseo de abandonarte. Pero esta unión de almas... no está bien. Ahora lo veo. Te he puesto en peligro, y eso es lo último que querría, Medra. Mereces vivir una vida larga y feliz. Y yo jamás podría ser feliz viviendo con el miedo de estar poniéndote en peligro de algún modo, mi niña.*

No respondí.

—*Cuanto más tiempo pase dentro de ti, más peligro correrás* —insistió—. *Mi intención nunca ha sido vivir para siempre. Ese deseo desapareció en cuanto naciste. Haría lo que fuera por protegerte. Ahora, déjame ir.*

Se me saltaron las lágrimas, pero las ignoré y bajé la vista hacia el puñal. La sangre seca se había licuado. El hechizo había funcionado. La sangre de Blake relucía a la luz de la luna. Incliné el cuchillo y la sangre se deslizó por la hoja hasta acumularse en la punta. Debía hacerlo en ese momento, porque de lo contrario no conseguiría encontrar jamás el coraje necesario. Apreté el puñal contra mi palma y torcí el gesto cuando me atravesó la piel y me brotó la sangre, que extendí por la hoja, dejando que se mezclara con la de Blake. Una punzada de dolor me sacudió la mano, pero apenas me di cuenta; tenía la cabeza puesta en el paso siguiente del hechizo.

Sostuve el puñal sobre la tierra y dejé que la sangre cayera al suelo. Entonces comencé a recitar las palabras del ritual:

Por la sangre y el hálito, por la noche y el cielo,
las almas unidas yo cerceno.
Que, roto ya el vínculo eterno,
lo atrapado se libere y alce el vuelo.
Del corazón al alma, de la sangre al hueso,
donde surgió piedra, que resurja vida.
Que ascienda esta noche lo encadenado.
Que el alma despierte ya de su letargo.

Las palabras quedaron suspendidas en el frío aire de la noche cuando terminé. Esperé a que ocurriera algo.

—*¿Funcionó?*

Se me cayó el alma a los pies. Habíamos fracasado.

—*Aún te oigo* —dije con sarcasmo—. *Así que no: no funcionó. Mierda. ¿Qué hacemos ahora?*

—*Para empezar, no decimos palabrotas* —me regañó mi madre.

—*¿En serio vas a regañarme ahora por eso? ¿Te parece un buen momento?* —exclamé—. *Pensaba que te preocuparía más el hecho de que, ay, yo qué sé, de que aún sigas aquí.*

—*Es extraño* —dijo Morcadés pensativa—. *Me siento diferente y, sin embargo, como bien dices, seguimos ligadas.*

Contuve el aliento un instante. La realidad me cayó encima como una losa. Contemplé la daga que tenía en la mano.

—Ay, mierda —susurré en voz alta.

—*Bueno, fue el primer intento* —continuó mi madre, todavía ajena a lo que había ocurrido—. *Mañana por la noche volveremos a intentarlo. Y si no funciona, seguro que hay otros libros. Medra, encontraremos la solución de una manera u otra. Supongo que pequé de ambiciosa al pensar que podía irme así nada más. Quizá la opción del ancla habría sido más sencilla.*

—*Creo que tienes razón* —contesté despacio—. *Habría sido más fácil.*

Una pausa.

—*Te noto muy segura, cielo.*

—*Es que estoy segura* —respondí entre dientes—. *Porque es lo que pasó. Ya no te tengo en la cabeza, madre. Ahora estás en la daga.*

Otra pausa, esta vez más larga.

—*Por los dioses, creo que tienes razón. No, no, no. De todas las pifias posibles... Debería haberlo previsto. Tenías el objeto en la mano cuando cayó la sangre.*

Me mordí la lengua para no reírme histéricamente.

—*Pero usamos las palabras correctas* —le recordé—. *Hicimos el conjuro que debía liberarte, no el hechizo del ancla. ¿Por qué no funcionó?*

Morcadés suspiró.

—*Así es la magia, cielo. Un jodido desastre.*

—*Ah, que ahora sí que podemos decir palabrotas...* —bromeé, pero las palabras se me atascaron en la garganta cuando el suelo bajo mis pies comenzó a sacudirse de pronto. Un temblor recorrió el Atrio de los Dragones al tiempo que los muros del castillo empezaban a agitarse. Me tambaleé hacia atrás y me golpeé contra el tronco áspero de un árbol, con el puñal aún en la mano. Los árboles se mecían ligeramente y las hojas crujían bajo un viento antinatural. Luego el viento se acalló. El suelo dejó de temblar.

Suspiré de alivio.

—*¿Qué demonios fue eso?*

—*Parecía un terremoto menor* —contestó Morcadés pensativa—. *Tal vez este lugar esté construido encima de algún tipo de placa terrestre. Como las de la arena. Se mueven de vez en cuando, ¿sabes?*

Fruncí el ceño. Estaba a punto de decirle que me recordaba a una teoría tan absurda como la que, según leí una vez, afirmaba que el mundo entero de Aercanum se movía a lomos de cuatro unicornios al galope cuando, de repente, detecté un movimiento al otro lado del patio. Me agazapé aún más y apoyé la cabeza en el tronco del árbol.

Blake Drakharrow irrumpió en el Atrio de los Dragones. Examinó el lugar, claramente comprobando que no lo hubiera seguido nadie. Yo sabía que, como vampiro, gozaba de unos sentidos agudizados, y me pregunté si también le permitirían ver en la oscuridad. Nerviosa, me agaché todo lo que pude hasta fundirme con las sombras. Blake se apresuró a dirigirse a la arboleda y el corazón se me aceleró. Si se acercaba más, me descubriría. Sentí alivio al ver que rodeaba la escultura del dragón rojo y, tras agacharse, tocaba algo en el suelo. Un adoquín. Oí un rechinar de piedra contra piedra y me arriesgué a levantar un poco la cabeza.

Allí, en el suelo, entre los adoquines, vislumbré una pequeña zona de un negro impenetrable. Había aparecido algún tipo de abertura. Blake miró a su alrededor una vez más. Luego desapareció por la abertura. Era una escalera oculta.

—*Síguelo* —me sugirió mi madre—. *Sabes que es lo que quieres. Ya nos encargaremos de esta situación más tarde.*

Asentí, limpié el puñal en la hierba con un movimiento ágil y me lo guardé en la bota. Salí de mi escondrijo y me dirigí a la escalera secreta.

30
MEDRA

La abertura era negra como el carbón. Distinguía los dos primeros escalones, pero a partir de ahí no había más que oscuridad. El corazón me palpitaba con fuerza. ¿Qué estaba haciendo? No tenía ni idea de adónde había ido Blake. Lo que sí sabía era que no le haría ni pizca de gracia que lo siguiera. Sobre todo si me descubría. No había duda de que se traía algo entre manos. Algo que no quería que se supiera. Yo todavía tenía el orgullo a flor de piel después de nuestro encuentro en el despacho del profesor Rodríguez. Me había utilizado. Había hurgado en mi mente como si creyera que tenía derecho. Daba lo mismo que al cabo de un rato yo también le hubiera hecho lo mismo. ¡Había empezado él! Necesitaba tener algún tipo de ventaja sobre él, y algo me decía que ese era el momento oportuno.

Oí el roce de la piedra. No había tiempo que perder; la abertura había empezado a cerrarse. Puse un pie en el primer escalón y recé en silencio para que la losa no me decapitara mientras bajaba. La estrecha escalera era muy empinada. Unos segundos después de apartar la cabeza de la abertura, se cerró por completo. Allí dentro el aire cambió del todo; estaba viciado y olía a tierra húmeda y moho. La oscuridad era absoluta. Tropecé varias veces mientras bajaba y apoyé la mano en la fría piedra para no perder el equilibrio. ¿Cómo diablos se orientaría Blake allí?

Estaba acostumbrado a la oscuridad, pensé. No sería la primera vez que bajaba por aquella escalera; conocía cada escalón. Ni siquiera necesitaba una fuente de luz.

Los escalones parecían no tener fin. Cada paso que daba resonaba tenuemente en el silencio sepulcral. Justo cuando pensaba que la oscuridad me engulliría entera, pisé suelo firme. Con cuidado, di un par de pasos al frente. Y luego otros cuantos más. Tropecé, maldije y a punto estuve de bajar el siguiente tramo de escalera de cabeza. Palpé la pared y descendí con cuidado. El corazón se me aceleró cuando al fin vislumbré una luz tenue al pie de la escalera. Una antorcha en la pared. La luz era mi faro, y caminé despacio hacia ella. Cuando por fin la alcancé, distinguí la silueta difusa de un largo y estrecho pasillo que se extendía ante mí. A lo lejos divisé otra antorcha, apenas visible. Crucé los dedos para que hubiera más a lo largo del camino.

El silencio inquietante magnificaba cualquier sonido. El roce de mis botas sobre la piedra. El roce de la capa. El silencio me oprimía. Me pregunté si habría ratas allí abajo. ¿Qué haría Blake allí, tan por debajo de la escuela? ¿Cómo conocía siquiera ese sitio? De súbito, el pasillo se abrió y me adentré en una cámara amplia con techos abovedados. Una antorcha titilaba en la pared del fondo. Di unos pasos, y luego otros más, hasta topar de frente con un cráneo descomunal que emergía de la oscuridad.

Las cuencas vacías me atravesaban con la mirada. El cráneo de un dragón. Era enorme.

Creo que hasta ese momento no había sido consciente de lo gigantescos que eran los dragones. Las esculturas del atrio eran grandes, sí, pero había dado por hecho que se debía más bien a una licencia artística. Empezaba a comprender la envergadura de las bestias que un día sobrevolaron Sangratha. No me sorprendía que los vampiros los adoraran. Mierda, daba miedo solo de mirar aquel, incluso muerto. No me imaginaba lo aterradores que habrían sido en carne y hueso.

La estructura ósea del dragón era angulosa, con aristas que recorrían el blanco cráneo y se alzaban hasta formar una cresta de cuernos. La boca abierta estaba llena de dientes afilados y aserrados, algunos agrietados y con aspecto quebradizo por los años, pero la mayoría seguían siendo puntiagudos y fieros. A simple vista, daba la impresión de que aún podrían haberme desgarrado la carne.

Con cuidado, toqué uno. Estaba afilado. Retiré la mano como si hubiera infringido la norma no escrita que prohibía tocar los huesos de los muertos.

—*¿Estás viendo esto?* —pregunté curiosa—. *¿Puedes ver? ¿Sigues oyéndome?*

—*Sí puedo. Es extraño. Estoy lo bastante cerca de tu piel como para percibir imágenes, pero se me representan algo borrosas y un poco difuminadas, como si fueran un eco de lo que tú estás viendo.* —Guardó silencio un instante—. *Estas criaturas... eran realmente impresionantes, ¿no te parece?*

—*Me alegro de que ya no existan* —respondí—. *¿Me imaginas intentando montar en una de estas cosas? Si la cabeza es así, no quiero pensar en cómo sería el cuerpo. Y esos cuernos... ¿Los tendrían por todo el cuerpo o solo en la cabeza?*

—*Puede que los jinetes usaran sillas* —caviló Morcadés—. *Sería mucho más seguro, sin ninguna duda.*

—*No creo que hubiera ningún tipo de seguridad al montarte en un dragón* —contesté.

A medida que los ojos se me adaptaban a la penumbra, fui percatándome de que había otros pasillos que salían de la cámara en la que me encontraba. Encima de cada arco habían grabado un nombre en la piedra. Orphos, Mortis, Avari y... Drakharrow. La casa de Blake. Era evidente que tendría que escoger uno de los cuatro. Más vale malo por conocido que bueno por conocer. Respiré hondo y entré en el pasillo de los Drakharrow.

Paseé la mirada por las paredes, donde unos nichos enormes alojaban cráneos de dragón que variaban ligeramente en forma y tamaño. Todos debían de ser de dracos infernales, los dragones rojos que volaban por la casa Drakharrow. Recordaba lo que Blake me había contado; que los infernales eran una raza volátil e inestable. Si aún hubieran existido dragones, me habría tocado montar en uno rojo. Habría volado en un draco infernal en nombre de la casa Drakharrow. Pensé en la estatua de dragón que había escalado. Se llamaba Nyxaris, y era un draco crepuscular, de los que volaban para la casa Avari. Me pregunté si tendrían mejor carácter que los infernales. Por el bien de los jinetes, eso esperaba.

Recorrí despacio el pasillo. Incluso muertas, aquellas criaturas parecían indomables. Sentía como si me estuvieran observando, clavando en mí sus cuencas vacías mientras yo avanzaba por aquellas catacumbas, profanando sus sepulcros. ¿Dónde estarían enterrados el resto de sus huesos? ¿O acaso los habrían quemado? ¿Qué sería necesario para quemar a un dragón? ¿Sería siquiera posible?

Un susurro me sobresaltó. Bajé la vista justo a tiempo de ver una rata que se escabullía por el suelo. Apreté los labios para reprimir un grito, con el corazón martilleándome contra las costillas.

—*No es más que una rata* —me dijo mi madre con delicadeza.

—*Sí, y tú has tenido mucho contacto con ratas en tu vida, ¿verdad?* —Me estremecí—. *Ratas. Odio las ratas.*

El pasillo comenzó a ensancharse a medida que avanzaba. No tardé en divisar la luz de la luna que se derramaba desde el exterior. Corrí hacia ella. El pasadizo se abrió hacia un lugar con vistas al mar. Mientras lo recorría, empecé a fijarme en las cuevas y aberturas que salpicaban los acantilados de más adelante. En el pasado habrían sido seguramente cubiles de dragón. O nidos. Aquel descubrimiento me sacudió con fuerza por dentro. Los dragones habían existido. Habían vivido de verdad. Se habían apareado y tenido a sus crías en aquel lugar. En aquella época, la Academia Bloodwing no solo estaba dominada por los altasangres. También era una escuela a la que acudían los jinetes a aprender y estudiar. Y se llevaban a sus dragones con ellos.

Me invadió una extraña sensación de tristeza, una soledad que no había previsto. Unos pocos siglos atrás podría haber asistido a Bloodwing con otros jinetes, con mis iguales. Gente como yo. Pero allí estaba, sola. Tenía amigos, me recordé. Florence y Naveen, e incluso Vaughn, si aún podía considerarlo así. Sin embargo, había una diferencia entre ellos y yo, casi tanta como entre los sangrepútridas y los altasangres.

Sacudí la cabeza tratando de despejar la mente. Blake llevaba la delantera y ni siquiera tenía claro que hubiera ido por allí. Con todo, continué caminando y seguí el camino hasta que llegué a otra escalera, que conducía de nuevo bajo tierra. Vacilé un instante, y luego comencé a descender. Esa escalera era incluso más estrecha que las anteriores. Hacía más frío, y las paredes estaban mojadas por la humedad.

Mientras caminaba, el pasadizo se fue angostando, el techo perdía altura y la oscuridad me parecía más opresiva. Tenía las manos llenas de moho de arrastrarlas por las paredes. Me las limpié en la capa. Llegué al fondo de la escalera y seguí caminando por un túnel sinuoso. Estábamos debajo del mar. La angostura del espacio me agobiaba, pero perseveré.

Después de un tiempo que se me antojó horas, llegué por fin a otro tramo de escalones. Esos, por suerte, llevaban hacia arriba. Los subí agradecida, aunque las piernas acusaban el esfuerzo.

El aire rancio del túnel empezaba a mezclarse con otro más fresco. Llegué a un descanso donde una escala de madera conducía a una compuerta encima de mi cabeza, como la que se podría encontrar en una bodega. Subí los peldaños y apoyé la oreja en la portezuela, aguzando el oído. Me llegaba un murmullo de voces y una música ligera, alegre. Al abrir la compuerta me recibió una oleada de intensos aromas. Cerveza y hierbas. Ajo y romero. Era una despensa. En las esquinas se amontonaban barriles de cerveza y cajas de licores, y de las vigas colgaban manojos de hierbas. También había tubérculos guardados en costales y almacenados en cajas de madera en estantes altos. Las voces y las risas cobraron intensidad cuando entré en la estancia y cerré la compuerta con cuidado.

Despacio, entreabrí la puerta de la despensa y eché un vistazo fuera. Parpadeé para acostumbrarme a la luz cálida que entraba por la rendija. Era una taberna, y mucho más grande de lo que me esperaba. Bulliciosa y bien iluminada. Acogedora dentro del desorden. Percibí olores a cerveza derramada, pollo asado y pan recién hecho, que se mezclaban con notas tenues de humo de pipa. El ruido de las risas y las conversaciones llegaba flotando hasta mí. Alguien tocaba un arpa en el rincón. Una cancioncilla animada que invitaba a bailar.

Paseé la mirada por la estancia. Además de la barra con sus taburetes, la taberna estaba llena de mesas redondas y sillas, casi todas ocupadas. Las paredes estaban cubiertas de estantes repletos de libros. Algunos de los parroquianos sostenían volúmenes entre las manos o rebuscaban en los libreros. Observé a un hombre con un sombrero rojo puntiagudo acercarse a la barra y pedir una habitación. O sea, que el establecimiento, además de taberna, hacía también las veces de posada, así como de librería.

Escudriñé la multitud, pero no había ni rastro de Blake, aunque sí vi a algunas personas que parecían altasangres. Quizá se había metido en una de las habitaciones anexas o desaparecido por la escalera que subía a los cuartos de los huéspedes. Me mordí el labio. Tal vez debería haberme sentido frustrada, pero lo cierto era que notaba una sorprendente sensación de libertad. Ya que estaba allí, ¿por qué no explorar un poco?

Supuse que había llegado a Veilmar, aunque no había visto nunca la ciudad. El día que Blake me encontró, rodeamos el perímetro. Solo había un problema: mi pelo.

Me apresuré a cerrar la puerta de la despensa, me recogí el pelo en un chongo apretado y me rodeé la cabeza con una cinta negra, asegurándome de que no me cayera ningún mechón delator por la cara. Luego me calé la capucha de la capa. Esperé a que no hubiera nadie cerca, salí de la despensa y cerré la puerta. El suelo de madera crujía bajo mis pies, pero el sonido se perdía entre el barullo de la taberna. Avancé por el lugar y entonces me detuve. Un grupo de estudiantes, todos altasangres, estaban sentados a una mesa riendo y bromeando. Era más de medianoche de un día lectivo. Tal vez fueran alumnos de tercero o cuarto a los que el director Kim les hubiera concedido privilegios especiales. O tal vez simplemente se habían escapado, como yo.

Sonreí para mis adentros y me dirigí a la puerta. Estaba deseando ver la ciudad, la verdadera Sangratha. Un lugar que no estuviera lleno de altasangres.

Debería haber sabido que las cosas no siempre eran como se espera.

Al salir de la taberna, lo primero que me llamó la atención fueron los niños. Estaban acurrucados contra las paredes de los edificios de la calle, sucios, con la ropa andrajosa y raída. El estómago se me revolvió al ver los carteles que sostenían.

¿NECESITAS SANGRE?

ALIMÉNTATE DE MÍ, POR FAVOR.

SANGRE A LA VENTA. BARATA.

Estaban mal escritos, garabateados con una caligrafía desordenada y en algunos casos hasta ilegible. Contuve el aliento al ver lo pequeños que eran algunos de los niños. La más pequeña no debía de tener más de cinco años. Con la cara llena de mugre y de rastros de lágrimas, estaba hecha una bola junto a una niña mayor que ella. Percibí un movimiento a mi derecha. Observé perpleja y en silencio a un altasangre que emergía de las sombras de un callejón. Se acercó al mayor de los niños, que tendría unos doce años. El chico se puso de pie de un salto sin pensárselo dos veces y dejó caer el cartel al suelo para limpiarse la nariz con la manga. Tomó con entusiasmo la mano que le ofrecía el altasangre. Juntos, desaparecieron calle abajo.

Me entraron náuseas. El mundo estaba enfermo.

—Qué triste.

Me volví de golpe. Una mujer había salido de la taberna detrás de mí. Estaba apoyada en un poste de madera del porche de la posada, con una jarra medio vacía colgándole de la mano.

Hipó y se tapó la boca.

Miré de reojo a los niños, incapaz de ocultar el horror de mi voz.

—¿Qué hacen aquí fuera? ¿No deberían estar en casa?

—Las criaturitas no tienen adonde ir. Lo más probable es que sus padres estén muertos. —Echó un vistazo furtivo a su alrededor—. Los habrán matado. Últimamente está habiendo más muertes.

El corazón se me aceleró.

—¿Qué quieres decir? ¿Qué clase de muertes?

La mujer estaba demasiado borracha para preocuparse por mi ignorancia.

—Asesinatos —dijo arrastrando la palabra, deleitándose en ella—. Los cuerpos no tenían ni una sola pizca de sangre.

—¿Los mataron altasangres? —Por supuesto. ¿Por qué no me sorprendía?

—¿Altasangres? —La mujer abrió los ojos como platos—. ¿Quién dijo algo de altasangres? ¡Claro que no! Qué cosas tan raras dices.

Me quedé boquiabierta.

—Pero si me dijiste que no tenían ni una gota de sangre. ¿Quién haría algo así aparte de un altasangre?

La mujer se rio con nerviosismo.

—Mujer, pues un loco. O una loca, vaya. Un asesino o asesina. ¿Quién sabe por qué cometen esos actos tan atroces? Matan por diversión. Es horrible, ¿no te parece?

—Me estás diciendo que ha habido una serie de asesinatos en los que exanguinaron a las víctimas...

La mujer me miraba con desconcierto.

Puse los ojos en blanco.

—Significa que las desagraron —expliqué—. ¿Las víctimas aparecieron exanguinadas y a nadie se le pasó por la cabeza que haya sido un altasangre?

El rostro de la mujer adoptó una expresión de temor.

—Los altasangres no harían algo tan horroroso. Son nuestros protectores. —Señaló con el dedo—. Yo rezo en el templo de la Santa Doncella Sangrienta todos los días. Y te recomiendo que hagas lo mismo. —Me miró por encima del hombro—. Si vas por ahí diciendo esas cosas te vas a meter en problemas. No hablamos así de los altasangres, no señor. —Negó con la cabeza y dejó escapar otro eructo.

—¿Todos los sangrepútridas opinan lo mismo de los altasangres? —le pregunté sin dejar de mirarla fijamente. Dicho con otras palabras, ¿eran todos igual de idiotas, o aquella pobre mujer era una excepción?

Puso cara de sorpresa, como si no se creyera lo que le estaba preguntando.

—Hombre, por supuesto que sí. —Cerró los ojos, respiró hondo y recitó—: *A la sangre servimos. A la estirpe nos debemos. Los altasangres gobiernan por derecho divino. Confiamos en la sangre, por su gracia nos elevamos. Los altasangres nos guían y nos llevan de la mano.*

Debí de quedarme boquiabierta, porque cuando la mujer abrió los ojos me dirigió una mueca de desaprobación.

—Todos aprendemos los versos de niños. ¿Te olvidaste de los Credos de la Fe?

Me humedecí los labios.

—Mis padres no eran especialmente religiosos.

—¿Que no eran religiosos? —Parecía horrorizada—. No sé ni qué significa eso. ¿Insinúas que no iban al templo? ¿No llevaban una ofrenda de sangre todos los días del nombre? —Comenzó a retroceder—. Qué chica tan rara —dijo inquieta.

—En fin, buenas noches a ti también —le contesté con sarcasmo antes de que se refugiara en la taberna.

Alcé la vista y vi el cartel que crujía con la brisa nocturna encima de la puerta: EL PERGAMINO ERRANTE.

¿Sería uno de los lugares habituales de Blake? ¿Había pasado siquiera por allí? Hasta donde yo sabía, había varias formas de salir de la isla. Tal vez cada casa contara con un pasadizo propio. ¿Estaría a punto de toparme con Catherine Mortis o Kage Tanaka? El corazón se me encogió cuando se me ocurrió algo mucho peor. ¿Habría ido Blake hasta allí para alimentarse? ¿Habría salido del Pergamino Errante y se habría llevado a un niño como el altasangre que acababa de ver?

No. Blake Drakharrow podía ser un tipo despreciable, pero jamás le haría daño a un niño. No podía creer otra cosa. ¿Verdad?

—*La cuestión es que necesita alimentarse* —apuntó la voz de mi madre desde la bota.

—*Ah, que sigues ahí.*

—*¿Sabes que te pones sarcástica cuando te preocupa algo?*

—*No tenía ni idea. Gracias por decírmelo.*

—*De nada, cielo. A lo mejor esta noche te sirvo de algo. No está de más llevar un objeto punzante cuando te paseas de noche por callejones oscuros.*

Tenía razón, pero eso no significaba que, en adelante, me la fuera a llevar conmigo a todas partes.

—*Considéralo una ocasión especial* —le dije, y sentí una punzada de culpa—. *Pronto encontraremos la forma de liberarte del todo. Te lo prometo.*

—*Seguro que sí* —contestó con una alegría falsa—. *No me cabe la menor duda.*

Miré a mi alrededor. Se hacía tarde y no tenía ni idea de adónde ir a continuación. Mis ganas de explorar Veilmar se habían disipado. Volví a observar a los niños. Sentía el impulso de hacer algo por ayudarlos, pero ¿qué? Tampoco es que pudiera llevármelos a escondidas a mi dormitorio. ¿Florence sabría de su existencia? ¿Había crecido viendo a mendigos como aquellos y simplemente se había insensibilizado ante la idea de niños que vendían su sangre?

Algo me rozó la pierna y di un salto. Bajé la vista esperando encontrarme con otra rata.

—Pero ¡vaya!

Era el peluso.

—¿Me seguiste? —le pregunté, y entorné los ojos—. Eres un granujilla escurridizo, ¿lo sabías?

El peluso soltó un ladrido alegre, comenzó a mover la cola y se echó a correr delante de mí antes de ladrar otra vez.

—¿Quieres que te siga? —Puse los brazos en la cintura—. ¿Aquí es adonde has estado viniendo últimamente? A Florence le va a dar algo cuando se entere.

—¿De verdad vamos a seguir a este perro? —preguntó mi madre con una mezcla de burla y curiosidad en la voz.

—A menos que tengas una idea mejor, en efecto: vamos a seguir a este perro —contesté con un suspiro, y empecé a caminar tras el peluso calle abajo—. *Y se llaman pelusos. Ya lo sabes.*

—Sí, pero me niego a usar un nombre tan patético —replicó Morcadés con un resoplido—. *Parece un perro, y perro lo llamaré.*

Suspiré.

—Creo que es más bien un cruce entre un zorro y una lechuza. Lo mejor es que nos resignemos a lo absurdo de la situación y la aprovechemos al máximo.

Me eché a correr detrás del peluso. Las calles adoquinadas de la ciudad comenzaron a brillar cuando la luna se alzó en el cielo. Las piedras resbalaban por la humedad que llegaba del mar cercano. Seguí a la criaturilla, que serpenteaba entre callejones y callejuelas mientras el ruido del Pergamino Errante se iba apagando a nuestra espalda.

Al cabo de un rato entramos en otra zona de la ciudad. Una zona más sórdida. Allí las farolas eran más escasas y la luz que ofrecían era más bien pobre.

Cuanto más nos adentrábamos, más parecía deteriorarse la ciudad. Los edificios eran más antiguos, la piedra de las fachadas se desmoronaba y la pintura de la madera estaba agrietada. En la penumbra de los portales distinguía siluetas encogidas, ojos que me seguían con expresión de sospecha o indiferencia.

El peluso trotaba sin titubeos, una diminuta chispa de color que contrastaba con la oscuridad del lugar. Los sentidos se me aguzaron por la inquietud. Podría haber recogido al peluso y habernos ido por donde había venido, regresar a Bloodwing. ¿De verdad? No tenía claro que supiera encontrar el camino de vuelta.

El peluso terminó deteniéndose y sentándose sobre las patas traseras delante de un edificio que destacaba entre los demás. Las ventanas estaban iluminadas por la luz danzarina de velas rojas. Sobre la puerta colgaba un cartel de madera con una pintura roja desgastada pero aún legible: LA ROSA SECA. Debajo de las palabras habían dibujado una flor, supuestamente una rosa. Las velas rojas, el nombre...

Fuera, varios sangrepútridas estaban acostados con despreocupación, sosteniendo con dejadez copas y cálices. La mayoría estaban apoyados en altasangres, todos hermosos y a simple vista impasibles ante la sordidez del entorno. Uno de los sangrepútridas, un joven de mi edad, se reía con la risa del alcohol y acariciaba el brazo de una mujer altasangre que le susurraba algo al oído. Otra muchacha sangrepútrida, de unos veintitantos años, permanecía en silencio junto a la puerta con la mirada perdida mientras un hombre altasangre le deslizaba los dedos por el cuello, observándola con avidez.

Sentí náuseas. Aquello era un burdel de sangre.

Contemplé a los sangrepútridas con una curiosidad morbosa. ¿Estarían allí por decisión propia? ¿O por la misma desesperación que los niños que había visto?

El peluso se había sentado pacientemente junto a mis pies. Se incorporó y dejó escapar un aullido.

—Shhh —le susurré, pero seguí con los ojos la mirada del peluso.

Blake Drakharrow apareció por la calle que conducía al burdel, pero desde la dirección contraria. Y no iba solo. El profesor

Rodríguez caminaba junto a él. Los dos hombres estaban enfrascados en una conversación. Parecían estar discutiendo. Me recluí en las sombras del edificio para que no me vieran. No podía oírlos desde la distancia, pero la tensión en el rostro de Rodríguez era inequívoca. Gesticulaba violentamente, en voz baja pero intensa.

Los pensamientos se me agolpaban. ¿De qué estarían discutiendo? Rodríguez estaba entrenando a Blake con el guardaesclavos. Confiaba lo bastante en él como para haberlo dejado de sustituto en una de nuestras sesiones. Pero aquel no era lugar para dar una lección de guardaesclavos. ¿Qué estarían haciendo allí?

Me incliné hacia delante, y estaba valorando la posibilidad de salir y abordarlos cuando Rodríguez se separó de Blake sin previo aviso y echó a andar calle abajo a paso acelerado. Blake se quedó donde estaba. Observó a Rodríguez irse, pero no parecía alterado. Al cabo de un momento, estiró los hombros, se ajustó los puños del saco negro y se dirigió a la entrada de La Rosa Seca.

Bajé la vista hacia el peluso. La cabeza me gritaba que diera media vuelta, pero algo más fuerte me jalaba hacia delante. Había llegado hasta allí. Me resistía a rendirme a estas alturas.

—Espérame aquí —le ordené al peluso—. ¿Te crees capaz?

El peluso me miró con sus grandes ojos de lechuza y soltó un pequeño ladrido.

—¿Eso es un sí? No voy a saber volver sin ti, tenlo en cuenta —le susurré.

—¿De verdad esperas que el animal te responda? —me preguntó mi madre, sin dar crédito.

La ignoré. Con la sangre palpitándome en los oídos, eché a andar hacia la puerta de La Rosa Seca.

31

MEDRA

La pesada puerta de roble crujió cuando la abrí. Me recibió al instante la estridencia del burdel. El local estaba decorado con tonos carmesíes y dorados, gruesas cortinas de terciopelo y sillas cubiertas de brocados junto a las paredes. De los techos colgaban intricados candelabros de latón. Se respiraba cierta opulencia sin la más mínima elegancia.

Algo me rozó los pies y al bajar la vista vi al peluso. Maldije para mis adentros y salí disparada tras él, pero ya era demasiado tarde. El animal se había metido al recibidor. Me ajusté la capa sobre la cabeza para ocultar mi pelo y seguí al cachorro al interior de la estancia. Era tarde, pero por el ambiente parecía que La Rosa Seca seguía en plena actividad. Llenaban el aire voces y risas, mezcladas con aromas de perfume, vino y sudor. Y unas notas sutiles por debajo de todo lo demás: el olor delicado de la sangre.

A mitad del recibidor había un mostrador de madera sobre el que descansaba un cartel: MADAME ILLUSTRA REGRESARÁ PRONTO. ESPERE AQUÍ.

Detrás del mostrador, se curvaba hacia ambos lados una espléndida escalera doble que se unía en el descanso antes de continuar hasta la primera planta, provista de una galería con vistas a la sala de abajo. Di unos pasos más y vi a Blake, que se acercaba a la parte superior de la escalera. Mientras lo observaba, desapareció por el pasillo.

Antes de que pudiera reaccionar, el peluso comenzó a subir los peldaños.

—Carajo —mascullé, y volví a ajustarme la capa.

Corrí escalera arriba detrás del peluso, tratando de no perderlo de vista. Al llegar a la primera planta me detuve. Blake había desaparecido.

Luego avisté al pequeño peluso. Iba trotando por el pasillo sin miedo, golpeteando la alfombra roja gastada con las patitas. Lo seguí, procurando mantener la cabeza baja y esquivar las miradas de los clientes que deambulaban por el corredor. Pero uno de ellos, un altasangre lascivo de pelo blanco y grasiento y la camisa a medio abrochar salpicada de sangre, me tomó del brazo cuando pasó a mi lado.

—¿Qué ocultas debajo de la capa, cariño? —se burló jalando la prenda.

Me aparté de golpe y apreté el paso, cruzando los dedos para que no me siguiera. Me llegaron unas carcajadas, pero no oía pasos a mi espalda. Miré hacia atrás al cabo de un momento y, al ver el pasillo vacío, dejé escapar el aire que había estado conteniendo.

El peluso se había parado delante de una puerta al final del corredor. Me esperaba rascando la madera. Pensé en tocar, pero luego cambié de idea. Abrí la puerta y entré. La habitación estaba vacía. En el centro había una cama con dosel, hecha con unas sábanas de raso escarlata. Un perfume dulzón flotaba en el aire.

Blake no estaba por ninguna parte. Y entonces lo oí. Su voz, tan nítida.

Miré a mi alrededor. El peluso dio un ladrido entusiasmado y se dirigió al clóset alto del rincón. Fruncí el ceño y lo seguí. Tras abrir la puerta, eché un vistazo dentro.

—Eres asombroso, granujilla —murmuré mirando al peluso, que daba saltitos con alegría.

Alguien había perforado en el clóset un agujero que atravesaba la pared y conectaba esa habitación con la contigua. Dudé un instante, y luego entré. El olor a naftalina me llenó las fosas nasales. Eché un vistazo por el agujero. Allí estaba Blake. Parecía que acababa de entrar en la habitación. Lo vi quitarse el saco y lanzarlo sin miramientos sobre una silla. Llevaba una camisa de lino negro debajo, con el cuello abierto. Se había arremangado y dejado a la vista los tatuajes negros, que le reptaban por los musculosos antebrazos. Cada línea de su cuerpo parecía tallada con precisión. Me sorprendí conteniendo el aliento mientras lo observaba. ¿Por qué los malos tenían que estar tan buenos?

Blake se llevó una mano a la cara y se apartó un mechón de pelo pálido, y luego miró al otro lado de la habitación.

Se me hizo un nudo en la garganta.

En la cama, una muchacha sangrepútrida estaba apoyada contra la cabecera. El pelo negro le caía sobre los hombros. Iba apenas tapada por un vestido de encaje rojo, y la luz de las velas se reflejaba a la perfección en su piel tostada. Era hermosa, y contemplaba a Blake con una admiración palpable, recorriendo con la mirada su cuerpo como si fuera un trofeo.

Curvó los labios en una sonrisa seductora cuando él comenzó a caminar hacia la cama. Un escalofrío me recorrió la columna. ¿En serio iba a ver eso?

Sí. Carajo, por supuesto que sí.

El corazón me latía con fuerza cuando Blake se lanzó con un movimiento repentino hacia el cuello de la muchacha sangrepútrida. Ella inclinó la cabeza y jadeó en el momento en que Blake le hundió los colmillos en la piel. Debería haber sido una imagen grotesca. La perforación de la carne, el hilo de sangre.

Pero nada más lejos de la realidad. La chica sangrepútrida no se retorcía de dolor. Cerró los ojos antes de inclinar un poco más la cabeza para que Blake pudiera acceder mejor a su cuello. Arqueó el cuerpo hacia él y lo agarró de las mangas de la camisa, como si ansiara la sensación que él le estaba proporcionando.

Se me revolvió el estómago, dividido entre la repulsión y el calor vergonzoso que me crecía entre los muslos.

Ver a Blake alimentándose me parecía algo inquietantemente íntimo. Sujetó a la chica por la cintura con firmeza, pero no de una manera posesiva, y la aguantó mientras bebía. A pesar de todo, sus actos desprendían frialdad, como si su mente estuviera en otro lado, lejos de aquel ritual. No la acariciaba, no la abrazaba. Simplemente tomaba lo que necesitaba. Al menos eso fue lo que me dije cuando los delicados gemidos eróticos de la muchacha llenaron la habitación, una reacción que no parecía afectar a Blake. Debía de estar acostumbrado. Su único interés parecía ser la sangre que estaba absorbiendo. Observé los movimientos de su garganta mientras tragaba del cuerpo inerte de la joven. Podría haber apartado la mirada en cualquier momento. Pero no lo hice.

Al final, después de lo que me pareció una eternidad, Blake retrocedió. El pecho se le agitaba y tenía la boca manchada con la sangre de la muchacha.

Sentí como me crecía por dentro la ira al ver el líquido rojo en sus labios. Como si la chica lo hubiera marcado de alguna manera sin tener ningún derecho.

Antes de que Blake retrajera los colmillos, le brillaron brevemente. Se pasó el dorso de la mano por la boca y se limpió las gotas de sangre. La chica se incorporó en la cama con los ojos entornados y la piel enrojecida. Hizo pucheros.

—¿Eso es todo lo que quieres de mí?

Blake no respondió. Impasible, metió la mano en el bolsillo de los pantalones y sacó una bolsita de cuero. La dejó sobre el buró y la muchacha la tomó y volcó el contenido en la colcha.

Dejó escapar un silbido, pasando los dedos por encima de las monedas de oro.

—Es demasiado —murmuró con desánimo—. Siempre me pagas más de la cuenta.

Se levantó de la cama y caminó hacia él, buscándole el cuello de la camisa con los dedos. Se me hizo un nudo en el estómago. Lo deseaba. Quería más de él. ¿La habría tejesclavizado o embelesado de alguna manera? Creo que no le había hecho falta. Se notaba que el deseo era genuino. Aunque para eso la habían educado desde pequeña, me recordé; para idolatrar a personas como Blake. Para verlas como seres más puros que ella, mejores que ella. ¿Cómo no iba a desearlo?

Con todo, confiaba en que él la rechazara.

No tenía de qué preocuparme. Blake frunció el ceño y le apartó las manos.

—A lo mejor la próxima vez que me busques, no estaré —le espetó ella con petulancia—. O a lo mejor me encontraré con otra persona. Con otro altasangre. Lo tendrás bien merecido. ¿Qué harás entonces, eh?

—Le pagaré a la siguiente —contestó Blake con frialdad, recogiendo el saco de la silla y poniéndoselo.

Reprimí una carcajada. Era un cabrón sin corazón. Debería haberme compadecido de la chica, pero había algo en la posesividad que mostraba hacia él que no me hacía ninguna gracia.

Observé cómo se le deslizaba sobre los hombros el saco. Estaba a punto de irse. Sentí que se apoderaba de mí cierta satisfacción vanidosa, al menos hasta que una mano fría me tapó la boca con firmeza.

Alguien me sacó del clóset a la fuerza; un hombre me había rodeado la cintura con la mano.

—Bueno, bueno —me susurró una voz grave al oído—. ¿Qué tenemos aquí? ¿Una mirona?

El corazón se me aceleró. Respiraba entrecortadamente contra la palma del altasangre.

—Una chica nueva —masculló el hombre—. Hoy ya bebí lo mío, pero nunca le digo que no a probar a una chica nueva.

Sentí como me bajaba la capucha y me arrancaba el listón del pelo. Los rizos me cayeron sobre los hombros. Se produjo un silencio repentino mientras el hombre asimilaba mi aspecto. Luego noté que unos dedos se movían por mi cabello. Intenté apartar la cabeza, pero me sujetaba con fuerza.

—¿Qué tenemos aquí? —murmuró el hombre—. Qué pelo tan precioso. —Me lo olfateó—. Y hasta hueles distinto. Es algo único. No he saboreado jamás a nadie como tú.

Me invadió el pánico ante la idea de que aquel hombre me acercara los colmillos. Me retorcí y conseguí zafarme, y acto seguido me agaché y me saqué el puñal de Coregon de la bota. Me di la vuelta y, con un movimiento rápido de la mano, hundí la hoja en la parte del altasangre que tenía más cerca: el muslo. El vampiro aulló de dolor, se tambaleó hacia atrás y tumbó una silla de madera.

Lo examiné de un vistazo. Esperaba encontrarme con el hombre con el que me había topado en el pasillo, pero era un altasangre diferente. Llevaba antifaz y una capa carmesí. Tenía los labios llenos de sangre y ni siquiera se había molestado en limpiársela, como si le gustara tener ese aspecto.

Le miré las manos. Las tenía también cubiertas de sangre. El corazón me dio un vuelco. Aquel vampiro no solo se había alimentado esa noche.

Y tampoco había terminado conmigo. Con una velocidad superior a la de cualquier mortal y el rostro descompuesto con una mueca de furia, volvió a abalanzarse sobre mí, me agarró de la muñeca y me retorció el brazo hasta la espalda. Grité de dolor, pero no tiré la daga. Desesperada, paseé la vista por la habitación.

En el suelo, el peluso estaba inmóvil. El altasangre debía de haberle dado una patada. La imagen me colmó de una rabia repentina y cegadora.

—*Apuñálalo otra vez* —me ordenó mi madre—. *Usa el cuchillo, corre. No va a dejarte salir de esta habitación aunque diga lo contrario.*

Por más que forcejeara, no conseguía liberarme de él. Era demasiado fuerte.

En ese momento recordé algo que había aprendido en Historia de Sangratha: los altasangres se volvían más fuertes con el tiempo. Hasta ese momento solo me había enfrentado a altasangres de mi edad: Visha, Blake. Tal vez me faltaba poco para estar a la altura de ellos..., pero no era rival para aquel vampiro.

—Debería llevarte al Sanctasanctórum y entregarte —masculló mientras me sujetaba—. Te estás escondiendo de ellos, ¿verdad? Eres una chica mala. Y muy especial. Ese pelo... Pero qué bien hueles. Creo que me quedaré contigo. ¿Gritarás como mis otras chicas? No me gusta que mis chicas estén dañadas. Al menos hasta que me apetezca a mí dañarlas. Suelta el cuchillo, niña. No me obligues a partirte la puta muñeca.

Le faltaba poco para rompérmela. Notaba como los huesos se acercaban peligrosamente al límite. Los ojos me ardían de dolor.

En ese instante se abrió la puerta de la habitación con un crujido de astillas.

32

BLAKE

Llevaba acudiendo a La Rosa Seca el tiempo suficiente para saber que la mayor parte de las veces simplemente tenías que mirar para otro lado. Madame Illustra quería que miraras para otro lado. A veces sus chicas, y sus chicos, tenían clientes violentos, y por lo general no era algo con lo que no supieran lidiar. Mierda, si a algunos hasta les gustaba.

Casi todos los trabajadores de la madame disfrutaban de su oficio. La coerción mínima que los altasangres ejercíamos en los sangrepútridas de Veilmar y el resto de Sangratha hacía que los mortales fueran mucho más proclives a aceptar sugerencias, pero seguían conservando parte de su libre albedrío. Si querías alimentarte, debías encontrar a un sangrepútrida que estuviera dispuesto a ello, o bien someterlo o tejesclavizarlo, algo para lo que tampoco tenían reparos la mayoría de los altasangres.

En fin, estaba acostumbrado a oír los ruidos de una alimentación medianamente violenta e incluso de relaciones sexuales aún más subidas de tono. Pero aquello era diferente. Los sonidos eran distintos.

Y entonces oí gritar a Pendragón.

Contemplé la escena con el corazón en la boca. Pendragón con la capa desgarrada, el pelo enmarañado cayéndole por la espalda. El vestido, roto. Lo tenía roto. Vi rojo.

Aquel altasangre violento apenas había reparado en mi presencia. Seguía manoseándola, agarrándola, sobándola, con unas intenciones repulsivamente evidentes.

—Ve a buscarte otra chica, amigo —exclamó el altasangre sin volverse—. Yo encontré a una muchacha nueva y es mía.

Mía.

Mía.

Mía.

La palabra resonó en mi cabeza y las venas se me inundaron de fuego.

—No somos amigos, hijo de puta.

Me arrojé hacia él a la mayor velocidad de mi vida.

El altasangre pasó en un instante de estar pegado a Pendragón como una sanguijuela a que lo arrancara de ella, lo sujetara por el cuello y lo lanzara contra la pared con todas mis fuerzas. Era mayor que yo, y con toda probabilidad más fuerte. Pero esa noche iba a dar igual.

El ruido repulsivo de huesos fracturados resonó por la habitación. Sin embargo, no era suficiente. Ni de lejos. La sangre me bullía en los oídos cuando el hombre se desplomó en el suelo, aturdido pero vivo. No me bastaba.

«Mía», había dicho. «Mía».

No sabía por qué tenía tanta certeza, pero así era. La palabra me palpitaba por las venas. Se me extendía por los huesos. *Mía.*

Medra Pendragón era mía. Y estaba dispuesto a morir para protegerla. Poco importaba que ella me creyera o no. O que lo aceptara. Me daba lo mismo que me odiara. Yo creería por los dos. Era mía y siempre lo sería. Por muy negro que tuviera yo el corazón y por muy oscuros que fueran mis actos, era mía y debía protegerla, debía mantenerla a salvo, debía entregarme a ella por completo. ¿Pensaba ella que estaba atrapada? El que estaba atrapado era yo. Atrapado en ese sentimiento del que no conseguía huir. La necesidad de poseerla, de dominarla hasta que me aceptara.

Tomé al hombre del cuello y lo levanté sin dificultad. El altasangre sofocó un grito y me agarró del brazo con desesperación, pero yo lo retenía con mano de hierro.

—No es tuya —dije entre dientes—. Quiero que lo digas.

No había misericordia en mis ojos cuando lo miré, sosteniéndolo a varios centímetros del suelo. Le aplasté la cabeza contra la pared con fuerza suficiente como para agrietar el yeso, y dejó allí un rastro de sangre.

—Es... —El hombre se asfixiaba—. Es tuya.

—Mía —gruñí, con la voz cargada de una rabia celosa—. No vas a tocarla nunca más.

La voz del hombre era poco más que un gorjeo. Oía la sangre borboteándole en la garganta.

—Pe-perdóname...

Pero no habría perdón. Ni esa noche ni ningún otro día. Apreté hasta partirle el cuello al altasangre con un crujido ominoso que reverberó por toda la habitación. El hombre se quedó inerte en mi mano. Lo lancé al suelo y el cuerpo cayó desmadejado como el de una marioneta.

Me volví hacia Pendragón jadeando. Ella seguía allí, paralizada, tapándose el pecho con la capa como si tratara de ocultar el vestido roto. Tenía los ojos fuera de las órbitas. Nuestras miradas se encontraron. Hice ademán de tomarla del brazo, esperando que me diera un manotazo. Pero, ante mi sorpresa, se dejó, y la conduje hasta la puerta.

—Espera —dijo con voz ronca. Señaló la alfombra.

Neville. El peluso yacía sobre la vulgar alfombra roja. El diminuto pecho le subía y le bajaba despacio.

—Carajo —gruñí—. ¿Esto es cosa suya? —pregunté señalando al altasangre.

Ella asintió con firmeza. De repente sentí la necesidad de volver a matar a aquel hombre. Solté el brazo de Pendragón y recogí al cachorro.

—Vamos —dije, con la esperanza de que no se resistiera por una vez en su tozuda vida—. Los llevaré a Neville y a ti de vuelta a la escuela.

33
MEDRA

Estaba siguiendo a un vampiro. Porque no tenía otra opción, me dije. De no ser por el peluso —que, por lo visto, se llamaba Neville; vaya nombre ridículo— no habría sabido volver a casa. Y Blake sabía adónde íbamos. Con todo, esperé hasta llegar al túnel que discurría por debajo del Pergamino Errante antes de hablar.

—¿Se puede saber qué diablos pasó antes?

Tomó una lámpara de un estante de la despensa y la sostuvo con la mano con la que no cargaba el cuerpo inerte del peluso.

—¿A qué te refieres? —preguntó sin dignarse a mirarme a la cara.

—Pues a...

—A que me seguiste —me interrumpió—. Me seguiste hasta un sitio en el que no se te había perdido nada y donde no tenías ninguna posibilidad de cuidarte solita.

No podía negarlo, y, sin embargo, repliqué:

—¿Me estás diciendo que tú sí tenías derecho a estar allí? Te escapaste de la escuela. No te habrías escapado si tuvieras permiso para irte.

—Nadie me habría detenido.

—Entonces te escapaste porque no querías que nadie viera adónde ibas. ¿Por qué? —Pensé en la chica—. ¿Por qué recurrir a una tratasangre? Pensaba que la casa Drakharrow contaba con sus propios siervos.

Una pausa.

—Y así es.

—¿Por qué no te alimentas de ellos? —pregunté—. ¿O es que te prende visitar burdeles?

—¿Por qué no dejas de meter las narices donde no te llaman? —se defendió—. Ah, espera. Que no puedes. Es evidente que estás obsesionada conmigo.

—¿Disculpa? —le solté—. No te lo crees ni tú.

—¿De verdad? ¿Y por qué me seguiste? No, no solo me seguiste. Te metiste en La Rosa Seca. Podrías haber ido a cualquier otro lugar de Veilmar, pero decidiste meterte en la habitación de al lado. ¿Me espiaste mientras me alimentaba, Pendragón?

Se paró en seco y se dio la vuelta, alzando un poco más la luz para poder verme la cara. Sentí como me ruborizaba. Mierda.

Él torció el gesto.

—Me espiaste. Me estuviste mirando. Y encima te gustó, carajo.

Dio un paso hacia mí y yo retrocedí.

—Para —exclamé automáticamente—. No sigas.

—¿Con qué? ¿Que no me acerque a ti? ¿Por qué? Está clarísimo que me deseas. ¿No eres capaz de reconocértelo ni a ti misma?

Me puse todavía más roja. Estaba furiosa conmigo misma.

—Ni en sueños, Drakharrow. No todas las mujeres de la tierra te desean.

—Todas las mujeres no, pero tú sí. —Sonrió—. ¿Estuviste mirando todo el tiempo mientras me alimentaba? ¿O apartaste la mirada? ¿Te pareció excesivo?

No respondí. Él bajó la voz, observándome el cuello.

—Puedo ofrecerte el mismo placer que a ella. Cuando tengas ganas. Solo tienes que decírmelo. Solo dos palabritas: «Por favor».

—Ni de broma —le espeté—. No quiero que me acerques ni las manos ni los colmillos. Además, no puedes alimentarte de mí. Tú mismo me lo dijiste.

Su sonrisa se ensanchó.

—No tienes ni idea de cómo funciona.

—Pues explícamelo —le exigí.

Él negó con la cabeza.

—No. Así es más divertido. A lo mejor algún día lo descubres.

Me negaba a suplicarle por la información.

—Que te cojan, Blake.

—¿Ahora quién sueña, Pendragón? —Se rio.

—Vamos a dejar una cosa muy clara —dije clavándole el dedo en el pecho—. No soy tuya. No sé cómo hacer para que se te meta en esa cabeza dura que tienes...

—Ah, o sea que admites que soy duro. —Volvió a sonreír con suficiencia.

Levanté las manos.

—No soy tuya. Deja de decirlo cuando me tienes delante. Me da mala espina. Tú y esa estúpida palabrita. *Mía*. No soy tuya y no lo seré jamás.

Blake bostezó escandalosamente.

—Lo que tú digas, Pendragón. Me fijé en que no había ni un solo «gracias, Blake» en lo que dijiste. Y eso que sabes que hoy te salvé la vida. Otra vez. Para alguien que no quiere pertenecer a otra persona, es increíble lo mal que te estás cuidando.

Apreté los dientes.

—A lo mejor si los altasangres no fueran unos animales no tendría que preocuparme de protegerme.

—No todos somos unos animales —dijo repasándome el cuerpo con la mirada—. Algunos estamos muy a favor del control.

—Tú repítete eso —repliqué—. Eres igual de indeseable que el altasangre que me atacó.

Para mi sorpresa, los ojos se le cargaron de furia. Había metido el dedo en la llaga.

—No somos todos iguales —me espetó.

—Está claro que ese hombre había estado matando a chicas sangrepútridas. Vi a niños en las calles suplicando para que alguien les pagara por su sangre. Mataron a sus padres, los desangraron. ¿Quién sino un altasangre puede haber sido capaz de algo así? Dime, Blake, ¿por qué todos fingen ser tan civilizados, tan contenidos? Saben que en el fondo no son más que monstruos.

Se movió a tal velocidad que apenas percibí la mancha de su cuerpo antes de tenerlo justo delante, con su cara a unos pocos centímetros de la mía, notando su aliento cálido en la piel.

—¡¿Crees que soy como él?! —rugió—. ¿Crees que esto me gusta? ¿Crees que quiero estar vinculado a una mortal, a una sangrepútrida que me desprecia?

Lo atravesé con la mirada con una opresión en el pecho.

—Pero tienes razón en algo, Pendragón. ¿Por qué esforzarme tanto por contener al monstruo de mis entrañas cuando estás tan decidida a que salga a la luz?

Antes de que pudiera responder, sus labios se apretaron contra los míos. Blake me sujetó por la nuca y entrelazó los dedos con mi pelo al tiempo que intensificaba el beso y me metía la lengua posesivamente. Por un momento, me quedé paralizada, incapaz de reaccionar, sorprendida por el calor repentino que me recorría el cuerpo. Entonces, para vergüenza mía, le devolví el beso. Su sabor me embotó todos los sentidos. Lo odiaba.

Lo odiaba a él, odiaba lo que estaba pasando. Odiaba lo mucho que me gustaba. El corazón se me aceleró. La piel me hormigueaba. Apreté los puños, tratando desesperadamente de controlar la tormenta de emociones que me asolaba.

Y entonces terminó tan rápido como había comenzado.

Blake se apartó, resollando, con los ojos grises dominados por una mezcla de triunfo y... confusión. Me dio la espalda y echó a andar por el túnel.

Yo me quedé de piedra, inmóvil durante un momento. Me temblaban las manos. Luego lo seguí.

—Bueno, al menos ahora sabemos adónde iba Neville —terminé, dejándome caer sobre la cama de Florence.

—¿Neville? —Florence abrió mucho los ojos. La había despertado al llevarle de vuelta al peluso.

Blake no me había dirigido la palabra hasta que llegamos al Atrio de los Dragones. Luego se limitó a arrojarme al peluso y decirme que se lo llevara si el cachorro no se había recuperado al día siguiente. Habría querido preguntarle por qué no se llevaba directamente al peluso, pero al final no lo hice. No me atreví.

Florence me observaba con curiosidad. Me puse roja.

—Mmm, se ve que Blake Drakharrow lo bautizó como Neville —le confesé.

Nos miramos fijamente y luego nos echamos a reír.

—¿Neville? —balbució Florence—. ¿Neville? ¿De dónde sale Neville? —Me miró sin dar crédito—. ¿Me estás diciendo de verdad que el peluso, o sea, que Neville se ha estado escapando para visitar a tu...? —Se interrumpió justo a tiempo—. ¿Para visitar a Blake Drakharrow?

Se acostó de espaldas en la cama y volvió a reírse.

—Creo que es lo más absurdo que he oído en mi vida.

—Oye, que tú eres la que adora a los altasangres. ¿Es que un altasangre no puede querer a un peluso? —La pregunta sonaba tan ridícula que las dos volvimos a partirnos de risa.

—Supongo que un altasangre puede hacer lo que le plazca —contestó Florence al fin—. Pero ¿Blake? Quiero decir... Nunca habría imaginado que fuera un amante de los pelusos.

—Florence, por favor. Si no dejamos de meter a Blake en la misma frase que un peluso, no voy a poder dejar de reírme en toda la noche —gemí.

—Lo que no entiendo es por qué Neville sigue regresando aquí —dijo Florence asomándose para acariciarle la cabecita peluda al cachorro.

Neville se despertó un momento y volvió a dormirse. Parecía estar recuperándose del desagradable encuentro con el altasangre.

—A lo mejor en la torre Drakharrow tampoco se permiten las mascotas —pensé en voz alta.

Ella negó con la cabeza.

—Estoy bastante segura de que los altasangres pueden hacer lo que les dé la gana cuando están en sus torres. Y más si eres el líder de la casa.

—A lo mejor Neville... —Reprimí una risita—. A lo mejor intenta regresar siempre con Blake y él lo manda de vuelta aquí.

—Tendría sentido, pero también me parece triste. ¿Por qué no se lo queda y ya?

—A ver, supongo que es un poco ridículo que el imponente líder de la casa tenga un peluso —dije resoplando de risa—. Pobre Neville. Se merece a alguien mejor que Blake.

Florence me observó pensativa.

—Y tú también, supongo.

Me sonrojé.

—A ver, me salvó del altasangre. ¿Crees que debería haberle dado las gracias?

—¿Y tú qué crees? Dices que el altasangre seguramente te habría matado.

Aparté la mirada.

—No lo sé. Blake no se parece a nadie que haya conocido hasta ahora. Supongo que no es del todo... malvado. Pero está claro que tampoco es bueno. Es un hombre egoísta y controlador. Se comporta como si yo fuera una posesión más. Pero no quiere que me lastimen. Es desconcertante.

No le había contado que Blake me había besado. Me resultaba demasiado humillante. Solo le había dicho que había matado a otro altasangre por mí, lo cual me parecía un poco mejor. No tenía claro por qué.

—¿Qué te parece que se alimente de tratasangres? —me preguntó Florence mirándome con curiosidad.

—Iba a preguntarte lo mismo —contesté.

Ella ladeó la cabeza, con una expresión pensativa en los ojos oscuros.

—Creo que dice mucho de él. Algo que ninguno de los dos está dispuesto a reconocer.

—¿Algo malo?

—No, para nada. Prefiere alimentarse de alguien que acceda de buen grado. No la lastimó, ¿verdad? A la tratasangre.

Negué con la cabeza. No soportaba pensar en ella.

—No. De hecho, parecía estar pasándoselo bastante bien.

—No puedo creer que los hayas espiado —me dijo Florence con una nota de admiración en la voz—. Qué atrevido de tu parte.

—Por lo que a mí respecta, Blake Drakharrow no tiene derecho a la intimidad —repliqué—. No me parece que haya sido cuestión de valentía. Simplemente quería saber qué se traía entre manos.

Pensé en el profesor Rodríguez y en su encuentro con Blake delante de La Rosa Seca. Saltaba a la vista que no era la primera vez.

—Hablando de atrevimiento —dije despacio—. Quiero proponerte una cosa...

De vuelta en mi habitación un poco más tarde, estaba acostada bajo las sábanas sin poder pegar ojo, por mucho que fuera consciente de que me quedaban pocas horas antes de tener que levantarme para ir a clase. La cabeza me daba vueltas y no conseguía relajarme.

«Mía».

No era la primera vez que lo decía, pero sí la primera en que yo lo estaba escuchando de verdad. Y, en ese momento, el corazón se me había acelerado. Mi corazón inútil y traicionero. Me obligué a pensar en otra cosa.

El libro del profesor Rodríguez seguía en mi buró. No podía arriesgarme a quedármelo mucho más tiempo. Florence me había prometido que me ayudaría a devolverlo a su despacho al día siguiente. Lo distraería mientras yo me metía y lo dejaba en su sitio.

Había puesto el puñal de Coregon en la parte alta de unos estantes. Me lo había guardado de nuevo en la bota antes de que Blake se diera cuenta de que lo llevaba encima. Tendría que buscarle una funda, y luego quizá pudiera llevarlo encima sin que Morcadés estuviera expuesta a todo lo que yo viera o hiciera.

Una parte de mí se alegraba de que continuara conmigo, aunque supiera que no era lo que ella esperaba.

Al día siguiente empezaba el trimestre de Hiemal. En pocas semanas habría celebraciones, vacaciones e incluso un baile. Sabía que Florence y Naveen no veían el momento de disfrutar de las primeras vacaciones como tales del curso. Por lo visto, Naveen tocaba la flauta y tenía pensado presentarse a la prueba para entrar en la banda de la academia.

Hacía días que habían caído las últimas hojas de Autumno. El aire se había vuelto frío y seco. Me quedé dormida y soñé con nieve y dragones.

LIBRO CUARTO

34
MEDRA

Hiemal

Los intensos colores del otoño se habían ido disipando a lo largo de las últimas semanas. Las hojas caídas se arremolinaban entre nuestros pies mientras cruzábamos los patios de camino a clase, y luego desaparecían como ascuas extinguidas durante la noche, recogidas por el personal de la escuela, omnipresente pero siempre sutil. Los árboles estaban ya todos desnudos, con ramas como esqueletos.

Las mañanas en Bloodwing nos daban la bienvenida con una fina capa de escarcha que pintaba de plata durante algunas horas las ventanas, los adoquines de los patios y los pasillos abiertos. Todos los días, antes de salir de la habitación, me abrigaba con una capa o un suéter grueso y una bufanda. Como si quisieran compensar la ausencia de las hojas, los colores de las casas eran más evidentes con el cambio de estación. Los de primero llevábamos capas de lana azul medianoche o gris plateado, cosidas como siempre con el escudo de la escuela, y las capuchas picudas caladas para protegernos de los vientos cortantes que habían comenzado a soplar por los corredores. Las aulas tenían calefacción, no así los pasillos, y muchos contaban con ventanas abiertas con vistas al mar, cuyos postigos solo se cerraban de noche.

Los estudiantes de la casa Drakharrow se paseaban por los pasillos de Bloodwing vestidos con tonos negros y carmesíes oscuros y bufandas de lana con detalles en rojo anudadas al cuello. Los de la casa Avari vestían capas negras con capuchas ribeteadas de plata y botas de cuero pulido con cordones plateados a la altura de las pantorrillas. Los de la casa Mortis cruzaban los pasillos con bufandas de lana blanca y capas rojas, mientras que los de la casa Orphos destacaban como pavos reales con sus bufandas doradas oscuras y sus capas lilas forradas de seda.

El aire se había enfriado y nos convertía el aliento en nubes de vapor todas las mañanas. Al mediodía, la escarcha se derretía y nos echábamos las capas sobre el brazo o volvíamos corriendo al ala de los dormitorios para guardarlas en nuestra habitación. Pero pronto, según me contó Florence, el sol se escondería cada vez más temprano, el viento comenzaría a aullar y un manto de nieve cubriría la escuela.

Sin embargo, no todo era malo. Faltaban escasas semanas para la primera pausa verdadera de las clases. Durante catorce maravillosos días estaríamos libres de la servidumbre de los libros y el pergamino. Incluso se celebraría un festival especial de mediados de Hiemal, el Fuego Gélido.

Algunos estudiantes volvían a casa durante las vacaciones de Hiemal, pero la mayoría solían quedarse. Según decían, las festividades del Fuego Gélido valían la pena. Algunos años asistían incluso delegaciones de otras escuelas de Sangratha, y Bloodwing mandaba a sus delegaciones a cambio. Pero ese año solo habría estudiantes de Bloodwing; no tenía claro por qué.

La escarcha seguía aferrándose tozuda a los caminos de piedra una tarde en que yo iba de camino al comedor. El enorme salón estaba iluminado por el fulgor de las antorchas y el fuego que ardía en los dos monumentales hogares. La cena se serviría en una hora y los estudiantes comenzaban a llegar poco a poco. Olía a sidra caliente y a manzanas y rollitos de canela.

El espacio, por lo común tan austero, se transformaba poco a poco para el inminente festival del Fuego Gélido. De los muros colgaban guirnaldas de hojas perennes verde oscuro, salpicadas de bayas de un rojo intenso. Arreglos de pino y hiedra hechos con gracia servían como centros de mesa, y entre los adornos vegetales se escondían pequeñas figurillas de madera tallada, pájaros rojos, zorros naranjas y otros animales del invierno, cuyos vívidos tonos destacaban con explosiones de color entre los verdes más oscuros. El efecto era acogedor y festivo.

Al otro lado del comedor, en un espacio que solía estar vacío, habían colocado un escenario. La banda de Bloodwing, la orquesta y el coro de la escuela se encontraban ensayando para el festival.

Me senté en el banco de una mesa vacía mientras la música inundaba el salón. En la primera fila de la orquesta vi a Naveen con una flauta en las manos. En ese momento, se llevó el instrumento a los labios y empezó a interpretar un solo delicado que me recordó a un pájaro meciéndose con los vientos del invierno. A pesar de su modesto tamaño, Naveen era una persona muy segura de sí misma. Tenía una postura recta y movía los dedos con agilidad por los orificios de la flauta. Su melodía se amortiguó cuando entró el resto de la orquesta y armonizó con él para sacar la canción adelante.

Me quité la capa y la dejé doblada a mi lado antes de echar un vistazo por el comedor. Una de las mesas de la casa Drakharrow estaba casi llena. Vi a Blake, Regan, Quinn, Theo y Visha. Se reían y charlaban. Bueno, todos excepto Blake, que tenía la vista fija en la mesa con gesto mohíno y las manos entrecruzadas delante. No había dado señal alguna de que se hubiera percatado de mi presencia. Visha alzó la vista, me miró con los ojos entrecerrados y luego se volvió y le dijo algo a Regan.

Aparté la mirada lo más rápido que pude. Blake y yo nos habíamos estado ignorando desde aquella noche en que regresamos de Veilmar. Y prefería que siguiéramos sin hablarnos.

Y en cuanto a Regan, sabía que necesitaba tener una conversación con ella algún día, pero llevaba semanas postergándolo.

Localicé a Catherine Mortis en un extremo de la sala. La líder de la casa parecía estar pasándoselo en grande con una sierva sentada a cada lado. Los cuerpos de las tres mujeres se fundían en uno solo mientras se besaban y abrazaban, ajenas a lo que las rodeaba.

Me vi incapaz de apartar la mirada durante un instante. Me recordaban a una espiral de serpientes que se retorcían y ondulaban, una intimidad que exhibían sin preocuparse lo más mínimo de quién las estuviera mirando.

Solo alguien con un privilegio como el de Catherine se sentiría tan cómoda besuqueándose en el comedor de la escuela. Había visto a profesores regañar a estudiantes por mucho menos, pero dudaba seriamente que ninguno de ellos estuviera dispuesto a reprender a Catherine.

Además, también dudaba que Catherine estuviera haciéndolo para alguien más que para ella. Aquello no era exhibicionismo. Simplemente era su derecho.

Catherine me recordaba un poco a Regan, pero la líder de la casa Mortis me asustaba más. Cuando me cruzaba con ella por los pasillos, se comportaba como si nadie mereciera siquiera su atención. Y aquello no era más que otro ejemplo de su carácter.

Desvié la mirada de Catherine a una de las mesas reservadas a los estudiantes de la casa Orphos. Había un joven que estaba sentado solo, observando a la orquesta. Lysander Orphos. Naveen me lo había señalado un día brevemente en los pasillos, pero no había llegado a conocerlo de manera oficial. El líder de la casa Orphos poseía cierta cualidad etérea. Sus rasgos estaban tallados con precisión, incluso con delicadeza. Tenía el largo cabello rubio platino recogido en un chongo suelto, con algunos mechones sueltos que le caían sobre los hombros.

Lysander estaba absorto contemplando a una chica de la orquesta que tocaba el violín. La muchacha tenía los ojos cerrados mientras el arco se deslizaba por las cuerdas. Ella también llevaba los colores de la casa Orphos. Se parecía en gran medida a Lysander, aunque los rasgos de ella eran más suaves, más delicados. Concluí que sería Lunaya Orphos, la hermana pequeña de Lysander.

Mientras los observaba, Lysander desvió la mirada y nuestros ojos se encontraron. Los suyos eran de un azul pálido. Los clavó en mí sin ningún tipo de disimulo, pero no había nada amenazador en su expresión. Tras unos instantes, inclinó la cabeza y yo le devolví el saludo.

Era un gesto de respeto, y nada más, pero en ese momento reconsideré la reputación de la casa Orphos. Lysander tenía algo especial. Aunque fuera un chico callado, incluso soñador, no me parecía que aquello fuera una muestra de debilidad.

Cuando la música alcanzó su clímax, el ensayo pareció llegar a su fin. Naveen recogió la flauta y se despidió de sus compañeros de la banda; luego saltó del escenario y se dirigió hacia mí con una sonrisa de oreja a oreja.

—¿Qué? —me preguntó sentándose enfrente de mí—. ¿Qué te pareció? Insufrible, ¿no?

—Creo que nos hiciste quedar fatal a los demás estudiantes de primero —bromeé—. Me pareció increíble, Naveen. ¿Cómo es que no nos habías dicho que te habían dado un solo?

Levantó los hombros con modestia, pero yo sabía que se alegraba de que me hubiera fijado.

—Pura suerte, supongo. El director me dijo que tenía buen oído para esa pieza. Espero no haber metido demasiado la pata.

—Fue precioso —dije muy seria—. ¿Florence lo sabe?

Él negó con la cabeza, algo sonrojado.

—Todavía no. Pretendía darle una sorpresa. Ya sabes que siempre está en la biblioteca o se queda más rato estudiando después de las clases cuando yo tengo ensayo.

Florence, incapaz de decidirse todavía por un itinerario de asignaturas, había hecho lo impensable y se había comprometido a asistir a los dos. Al menos por el momento. En vez de elegir el itinerario de estratega o de sanadora para los trimestres de Hiemal y Prímula, se había resistido a dejar asignaturas. De hecho, le habían dado permiso para añadir más clases a su horario.

Por eso parecía tener un trabajo que entregar prácticamente todos los días y solía quedarse hasta tarde para recibir clases particulares de los profesores. Y todos parecían adorarla, por supuesto. ¿Cómo no iban a quererla? Florence era una persona seria, estudiosa, trabajadora y brillante.

Mientras, Naveen y yo estábamos, bueno, más tranquilos. Todavía no habíamos faltado a ninguna asignatura. Pronto tendríamos los exámenes de mediados de Hiemal, pero no nos preocupaban demasiado. Por lo visto, los que debían darnos pánico eran los del final del trimestre de Prímula, justo antes de las vacaciones de Estío. Ahí era cuando se producía la verdadera masacre. Florence me había confesado, casi como si fuera una conspiración, que una tercera parte de los estudiantes de primero no pasarían de curso. Si le preocupaba, no se le notaba.

Y yo, si no había terminado muerta o expulsada después de pelearme con Blake, dudaba que reprobar una asignatura acabara conmigo. Sin embargo, quería sacar la mejor nota posible. A lo mejor no era una estudiante tan perfecta como Florence, pero, para sorpresa mía, me quemaba las pestañas y me esforzaba mucho más que con mis maestros de Camelot. Con todos menos con Odessa, claro está.

Mientras estudiaba el rostro radiante de Naveen, empecé a darle forma a una idea, aunque no tenía claro que el riesgo de verbalizarla valiera la pena.

Arqueé una ceja.

—Me parece una idea fantástica. —Hice una pausa y luego añadí—: No va a caber en sí de orgullo cuando se entere. La vas a dejar sin palabras con ese solo.

A Naveen se le extendió el rubor desde el cuello, y yo sonreí.

—Florence ya me dijo que eras el único estudiante de primero que había conseguido entrar en la banda, y encima te dan un solo.

Naveen se tapó la cara con las manos y gimió de forma exagerada.

—Y ahora empieza la presión de verdad. El festival del Fuego Gélido está a la vuelta de la esquina. Pronto habrá mucha más gente escuchándonos.

—Y una persona especial en particular —insistí haciéndole ojitos.

Él me miró con expresión de culpa.

—Ya te diste cuenta, ¿no?

—Me costó, pero sí, eso creo. —Lo observé pensativa—. Oye, ¿cuánto tiempo llevas así? Me dijiste que tenías novia antes de venir a Bloodwing.

—¿Cuánto tiempo? Conocí a Florence cuando tenía ocho años.

Me atraganté.

—¿Te gusta desde que tenían ocho años?

Él levantó los hombros, y volvió a ruborizarse.

—Más o menos.

—Y no se te pasó nunca por la cabeza, yo qué sé..., ¿decírselo?

Él negó con la cabeza con vigor.

—No, ni hablar. Olvídalo.

Lo miré muy fijamente.

—Vamos a ver si lo entiendo. ¿Prefieres salir con otras chicas antes de arriesgarte a confesarle lo que sientes a la que te gusta de verdad?

Él asintió con seriedad.

—Es más seguro.

Puse los ojos en blanco.

—Supongo que tu última novia no te rompió precisamente el corazón.

Él sonrió.

—Para nada. En todo caso, se lo rompí yo. Ella tenía la esperanza de que yo rechazara la invitación a Bloodwing y me quedara con ella. Mis padres, igual. Siempre confiaron en que me quedaría en casa y terminaría con una buena enana.

—Pero tú querías ir adonde fuera Florence —dije en voz baja.

Él asintió.

—No podía dejarla ir sola. —Hizo una pausa—. Y no pondré en riesgo nuestra amistad por una estupidez así.

—A mí no me parece una estupidez, Naveen. Y menos si la quieres de verdad.

Por los dioses, ¿qué hacía dándole consejos sobre relaciones como si tuviera alguna idea de lo que estaba hablando?

—¿Has estado alguna vez en una situación similar? —me preguntó Naveen curioso.

Negué con la cabeza.

—Ni mucho menos. O sea, ha habido... personas. Hombres. Pero eran básicamente relaciones pasajeras. Nunca me he enamorado.

Naveen se sonrojó aún más.

—Tampoco tengo claro que sea eso.

—Y no lo descubrirás jamás si no te arriesgas a decírselo.

Él apartó la mirada.

—Había pensado decírselo en el festival del Fuego Gélido. En el baile. Estaré con la banda. Sé que a Florence le darán permiso para ir, con las calificaciones que tiene. Pensaba pedirle que fuéramos juntos.

—Pídeselo —contesté de inmediato—. Seguro que te dice que sí. —O eso esperaba. ¿Y si a Florence le gustaba otra persona? Decidí intentar preguntárselo más tarde.

—No le digas nada de lo que hablamos, Medra —me pidió Naveen como si me estuviera leyendo la mente—. Prométemelo.

Asentí despacio.

—Está bien, te lo prometo. No, te lo juro, Naveen. Pero la vida es demasiado corta como para no arriesgar. Llevas esperando desde los ocho años. ¿Por qué no se lo confiesas y a ver qué ocurre? ¿Qué es lo peor que podría pasar?

—Lo peor que podría pasar es que arruinara la amistad más increíble y larga que he tenido —respondió.

Me reí, pero entendía por qué le daba miedo.

—No creo que Florence le ponga fin a una relación por algo así, ¿no te parece?

—Si supiera cómo iba a reaccionar, hace mucho que se lo habría dicho —respondió Naveen taciturno—. Pero no lo sé. Es un gran riesgo. —Pasó la vista por el comedor y suspiró—. Al menos este año estamos juntos, pero el que viene...

—El que viene estaremos todos en casas distintas —terminé por él—. Te entiendo. —No nos veríamos tan a menudo, a menos que tuviéramos la suerte de acabar en la misma casa—. ¿Y no es precisamente por eso por lo que ahora es el momento perfecto para decírselo?

—Tiene muchas cosas en la cabeza. Lleva muchísimas asignaturas. —Se pasó las manos por el pelo y se dejó la mitad de las puntas levantadas.

Reprimí una sonrisa.

Una sombra se precipitó sobre nuestra mesa. Alcé la vista y vi a Regan ante mí. La acompañaban dos chicas altasangres. Recordaba sus caras de la noche de la hoguera: Larissa y Gretchen. Ninguna de las dos había sido nada agradable.

—¿De qué te ríes? —me preguntó Regan con falsa afabilidad—. ¿Por qué no nos lo cuentas?

Me tensé, perdido ya mi buen humor.

Naveen bajó la vista a las manos para no tener que interactuar con las chicas altasangres. Pero Regan y sus amigas no estaban dispuestas a dejarlo pasar.

—¿Sabes qué, Larissa? —dijo Regan en tono burlón—. Me parece que el enanito se cree capaz de impresionar a alguien con su solo de flauta. Si fuera un espectáculo para niños...

Ella y las otras dos chicas se rieron como si les pareciera lo más gracioso del mundo. Larissa se inclinó. Los fríos rizos rubios le enmarcaban un rostro bonito pero cruel.

—Ay, Naveen —cacareó—. ¿En serio te planteas ponerte en ridículo con ese solo horrendo delante de toda la escuela en el festival del Fuego Gélido? Porque, a ver, he oído gatos agonizando que sonaban mejor. —Se rio a mandíbula batiente.

De repente, me acordé de haber visto a Larissa en la banda. Estaba de pie en la segunda fila, también con una flauta en las manos.

—Naveen está más que preparado para el Fuego Gélido —contesté con firmeza, mirándola con desprecio—. A diferencia de otras personas, él se ganó su sitio en la orquesta a base de técnica.

Me llevé la satisfacción de ver que mi burla había surtido efecto cuando Larissa se puso roja de ira.

Gretchen me miró con desdén y frunció los labios.

—Vaya que defiendes al enano. ¿Por qué? ¿Te lo estás cogiendo? A Blake no le hará ninguna gracia saber que te comparte con un enano, ¿verdad, Regan? —Se rio, pero me fijé en que a Regan no le había hecho ninguna gracia—. Aunque, claro, estarás acostumbrada a defender a los bichos raros de tus amigos. Sobre todo porque aquí no van a encajar en la vida.

Gretchen me miró de arriba abajo con desagrado, como diciendo que no había nada en mí que mereciera estar en el mismo lugar que ellas. Luego se volvió hacia Naveen.

—Reza para que no acabes en la casa Drakharrow el año que viene, enano. Aquí no toleramos a los perdedores como tú.

La ignoré y levanté la vista hacia Regan.

—Me gustabas más el primer día de clase, cuando fingías ser buena persona. Los celos no te quedan, Regan. A lo mejor tus amigas y tú deberían centrarse más en vivir sus vidas que en intentar destrozar las de los demás. Aquí no nos queda otra que cooperar, lo sabes bien.

Larissa y Gretchen se quedaron boquiabiertas, mientras que en el rostro de Regan la confusión se mezclaba con la rabia que le había producido el comentario de los «celos».

—Ay, qué niñita tan ingenua —dijo al fin Gretchen—. Vámonos, Regan. No quiero que me vean cerca de la mesa de los perdedores más de lo necesario.

—Nos vemos, sangrepútrida de mierda —me soltó Larissa con voz cantarina.

Las dos chicas se alejaron y Regan comenzó a seguirlas. Me sorprendió que no encabezara a su humilde manada. Tal vez por eso consideré que aquella era mi oportunidad. Me deslicé por el banco y me levanté deprisa.

—Regan, ¿podemos hablar un momento?

Me volví hacia Naveen.

—Ahora vuelvo —le dije gesticulando con la boca, sin levantar la voz. Y él asintió.

Regan no parecía haber oído mi petición, pero tampoco se fue. Me esperó hasta que llegué al pasillo y luego comencé a caminar a su lado.

—¿Qué quieres? —me espetó—. Ve al grano.

Puse los ojos en blanco.

—De acuerdo. Falta poco para los Juegos de los Consortes.

Ella me miró de reojo.

—Ah, ¿ya te enteraste? ¿Y qué más sabes al respecto?

—Sé que en teoría debemos cooperar —contesté con la mayor tranquilidad posible—. Y sobrevivir. A mí me parece bastante importante, ¿no? Sobrevivir.

Ella negó con la cabeza.

—Sobreviviré con o sin tu ayuda.

—Sí, pero no tiene por qué ser sin mí. Podemos ayudarnos y trabajar en equipo.

Regan entornó los ojos.

—Pensaba que no querías formar parte de esto.

—Si con «esto» te refieres a la tríada con Blake, sigo sin querer. Pero lo que sí quiero es vivir. ¿Tú no? ¿No seríamos más fuertes si nos ayudáramos mutuamente?

Ella no respondió. Le escudriñé el rostro. ¿Estaría considerando lo que le acababa de proponer?

—No conozco todos los detalles de los Juegos, pero está claro que tenemos que demostrar nuestra valía. ¿No quedarías mejor si consiguiéramos trabajar en equipo? ¿No es lo que Blake querría?

Al instante supe que había metido la pata.

Regan me lanzó una mirada de desprecio.

—Lo que no entiendo es qué haces todavía aquí, cerda. Te crees una de nosotros. Siempre tratando de captar la atención de Blake. Eres patética. Las cosas iban mejor sin ti.

Respiré profundamente y me obligué a controlar mi temperamento.

—De acuerdo. Me lo tomo como un «no». Pero todavía estamos a tiempo de que cambies de opinión. Dale un par de vueltas. No tenemos por qué caernos bien para trabajar en equipo.

Me di la vuelta y regresé a la mesa antes de que pudiera decirme nada más. Me dejé caer en el banco al lado de Naveen.

—¿Sabes una cosa? —dije despacio—. A veces pienso que estoy empezando a tomarle cariño a este sitio.

Él me dedicó una sonrisa empática.

—¿Y luego...?

—Pues luego me toca hablar con los altasangres.

Paseé la vista por el comedor, el fuego que ardía con viveza en los hogares, la decoración vegetal de las paredes, los estudiantes que charlaban.

—Si te soy sincera... Bloodwing me gusta mucho más de lo que creía posible. Pero estar cerca de los vampiros... —Negué con la cabeza, recordando el terrorífico encuentro que había tenido con aquel altasangre en el burdel. Y el momento en que Visha me había tirado lodo a la cara y me había amenazado con su puñal—. No lo sé. ¿No te sientes débil a veces? ¿Impotente? Gretchen tiene razón. No vamos a encajar jamás. No es lo que se espera de nosotros.

Confiaba en que Naveen enarbolara la bandera de la lealtad como solía hacer Florence. Pero se limitó a asentir.

—Constantemente. A veces creo que cometí un error al venir aquí. Aunque tuviera un buen motivo...

—¿Fue solo por Florence? —pregunté con curiosidad—. ¿O es verdad que quieres ser explorador?

—Fue sobre todo por Florence —reconoció—. Podría haberme quedado en casa y haber sido explorador para mi pueblo. Los enanos somos sangrepútridas, sí, pero los altasangres suelen dejarnos en paz.

—Todavía estás a tiempo de irte —le dije—. No te juzgaría nadie. Yo no, al menos. Y seguro que Florence tampoco.

Él negó con la cabeza.

—Una vez que te aceptan, ya no puedes irte. O sea, tampoco es que tuviera alternativa cuando recibí la carta, aunque mi novia creyera que sí. Seguramente habrían acabado yendo a buscarme, por mucho que hubiera intentado negarme.

—Pues eso es que vieron mucho potencial en ti —contesté, tratando de ser optimista—. Si les interesabas tanto...

Él levantó los hombros.

—Puede ser, pero en algunas ocasiones también se equivocan. Por eso expulsan a tantos estudiantes de primero. El primer año aquí es una cuestión de resistencia. Y a veces no sé si seré capaz de aguantar.

Lo observé sorprendida, deseando de repente no haber sacado el tema.

—Claro que sí, Naveen. Mírate: te va de maravilla. Tienes un solo en la banda. Una altasangre está celosa de ti. ¡Está celosa de un sangrepútrida!

—Y a lo mejor tendría que estar muy feliz. Pero, sinceramente, en parte habría preferido que le hubieran dado el solo a Larissa —dijo ceñudo.

—No lo dices en serio —repliqué desconcertada—. ¿Qué pensaría Florence?

—Florence terminará la academia con honores y será un magnífico trofeo para los altasangres. Siempre luchará por ellos, Medra, diga lo que diga a veces. Los admiraba, los admira y los admirará. —Naveen bajó la voz y se me acercó—. No sabes lo encantada que se sentiría si estuviera en tu situación.

—¿Qué quieres decir? —pregunté, y me removí en mi asiento, incómoda de repente.

—Pues que le encantaría ser consorte —respondió con tristeza—. Estoy convencido. Jamás querrá estar con alguien como yo; es demasiado ambiciosa.

—Podrías llegar a ser un explorador brillante —lo animé mostrándole mi lealtad—. Como la profesora Puño de Piedra. No me sorprendería estar delante del próximo Hojasombría.

Naveen torció el gesto.

—Puede ser. Pero lo dudo.

—No lo dudes tanto, Naveen. Seguro que no te creías capaz de entrar en la banda de Bloodwing. Ni de conseguir el solo de flauta —le dije perdiendo un poco la paciencia—. Y mírate. Tienes que creer más en ti. Si quieres ganarte el corazón de Florence, te prometo que eso es lo que más te ayudará.

Me estudió con detenimiento.

—A lo mejor tienes razón.

—Tengo razón —contesté decidida.

Sabía que tenía razón. Patética y deplorablemente. Lo sabía por experiencia propia. La seguridad en uno mismo era atractiva. ¿Y la arrogancia? Bueno, pues a veces era incluso mejor.

Odiar a alguien no significaba que pudieras quitarle los ojos de encima. Yo era incapaz de quitarle los ojos de encima a Blake Drakharrow por mucho que supiera que era un cabrón. Él era la viva imagen de la soberbia altasangre, y yo la chica patética que había estado lanzándole miradas furtivas todo aquel tiempo, sin que él me hubiera mirado ni una sola vez.

Incapaz de contenerme, volví la cabeza hacia la mesa de los Drakharrow. Ya estaba prácticamente vacía, pero Blake y Visha seguían allí, charlando. ¿Acaso importaba sobre qué?

Suspiré.

—Bueno, háblame del festival del Fuego Gélido.

—¿Qué quieres saber?

—No sé casi nada, aparte de que tocarás un solo.

—Eso será el plato fuerte del festival —bromeó.

—Seguro que sí —dije, con una sonrisa alentadora—. ¿Qué más habrá?

—Lo mejor es que se lo preguntes a Florence... —empezó a decir.

—Siempre me dices lo mismo —lo interrumpí con un gruñido.

Él sonrió con timidez.

—Está bien. Pero es que yo no he asistido nunca.

—Pensaba que el Fuego Gélido se celebraba por toda Sangratha.

—Sí, pero seguro que las tradiciones de Bloodwing serán diferentes. —Parecía pensativo—. Sé que hay un banquete, el Festín de la Primera Llama. Todo el mundo vendrá al comedor a disfrutar del banquete la primera noche del festival. Si se parece a lo que se organizaba en mi hogar, habrá visitantes y espectáculos. Yo actuaré con la banda esa noche.

—¿Y qué más? —pregunté. Lo del banquete no sonaba tan mal.

—Hay algunas tradiciones que parecen mantenerse en todas partes, como los concursos de talla de hielo. Cosas que forman parte de Hiemal. Pero seguro que en Bloodwing lo exageran todo mucho más. —Pensó un instante—. Y luego está el baile.

Fruncí el ceño.

—Un baile...

Él asintió.

—Por cierto, se esperará que asistas, lo quieras o no. En tu caso, siendo consorte, seguro que es obligatorio. El resto de los mortales no tenemos por qué ir, pero se nos puede conceder ese privilegio. Aunque los de primero solo pueden asistir si van acompañados de una pareja de baile.

—Y tú se lo pedirás a Florence —me apresuré a decir—. Perfecto.

Él torció el gesto.

—Ya veremos.

—¿El baile tiene alguna temática?

Él asintió.

—Se llama el Baile de la Larga Noche. Se celebra durante el solsticio de invierno.

—Un baile, un banquete, esculturas de hielo. —Fui contando con los dedos—. No me parece que haya nada especialmente vampírico.

Naveen se rio.

—Por eso deberías preguntarle a Florence por todo lo demás. —Puso cara seria—. Acabo de caer en que hay una parte que es probable que no te haga ninguna gracia. Pero se espera que todos participemos. Es algo que hacíamos incluso en mi hogar.

Se me encogió el corazón.

—¿Ah, sí? ¿Y qué es?

Cuando regresé a mi habitación aquella noche, descubrí que alguien me había deslizado una nota por debajo de la puerta.

La desplegué y leí:

Queridísima zorra sangrepútrida:

Vete al infierno. Yo trabajo sola. Espero que sufras una muerte lenta y dolorosa en los Juegos. No veo el momento de ser testigo de ello.

Con cariño,

Regan

35
BLAKE

Gracias a la Doncella Sangrienta por los reflejos de los vampiros. Me pasé todo el rato contemplando boquiabierto a Pendragón como un idiota, pero cada vez que presentía que estaba a punto de volver la cabeza en mi dirección, apartaba los ojos para que no se diera cuenta.

Me pareció que Regan me lanzaba alguna que otra mirada extraña, pero dudaba que hubiera visto nada. Seguía fulminándola con la mirada para ponerla en su sitio. Yo era su puto arconte y ella lo sabía. Estábamos pasando por un mal momento. Es decir, era algo que venía ocurriendo desde el año anterior, si no antes. Pero con Pendragón en la ecuación, estábamos peor. Regan siempre había sido una chica insegura. Creo que pensaba que lo que sentía por mí era verdadero.

Era consciente de que, en mi caso, no era recíproco. Sinceramente, me costaba tomarme en serio sus «sentimientos» por mí. Sabía que no se basaban en nada más que en sus ansias de poder y estatus, y estar conmigo le proporcionaba las dos cosas. Por lo visto, creía que el «amor» formaba parte del trato, pero no funcionaba de este modo. Yo no tenía ninguna obligación de quererla.

Nos habían emparejado por motivos políticos. Mi tío necesitaba acumular poder y lord Pansera le había ofrecido a su hija en el momento más oportuno. No tenía ni idea de si mi padre habría aprobado nuestro matrimonio, y menos viendo cómo había resultado ser Regan. A pesar de que nuestras familias hubieran estado siempre muy próximas y hubieran empujado a Regan hacia mí, yo tenía la esperanza de que mi padre me dejara elegir. Al fin y al cabo, él solo se había esposado con mi madre. Lo decidieron así, decidieron no formar una tríada, aun a sabiendas de que habrían sido mucho más poderosos con una tercera persona.

A veces me preguntaba si mi padre seguiría vivo de haber formado una tríada. Quién sabe.

Yo no era el único del comedor con la cabeza en las nubes. Theo ni siquiera fingía estar escuchando a Regan y Quinn mientras charlaban sobre lo que se pondrían para el Baile de la Larga Noche y lo que comerían o con quién hablarían... y con quién no, desde luego. Estaba demasiado ocupado observando a Vaughn Sabino en el otro extremo del comedor, sin preocuparle que alguien se diera cuenta.

Miré de reojo al chico sangrepútrida. Sabino ya no llevaba el brazo en cabestrillo. Lo tenía encima de la mesa y sostenía una pluma mientras escribía algo en un pergamino. Buena señal. Sabía que Sabino quería ser explorador. Coregon se había jactado de que el sangrepútrida tendría que olvidarse de su sueño gracias a lo que le había hecho en el brazo. Tal vez Coregon no le hizo tanto daño como pensaba.

Torcí el gesto al recordar a Coregon. A veces seguía sin creer que ya no estuviera. En lo más profundo de su ser, era un cabrón con más sangre fría que yo. Pero lo disimulaba bien. Había momentos en los que habría sido agradable contar con él. O al menos útil. Se le daba bien cerrarle la boca a Regan, ponerla en su sitio. Me ayudaba a meter en cintura a todo el mundo. No me cabía duda de que habría sido una mano derecha magnífica. Pero, al fin, me había enterado de lo que opinaba de verdad: que yo no era capaz de liderar la casa por mi cuenta.

Le di a Theo un puñetazo juguetón en el brazo.

—Oye, deja de mirarlo —le susurré para que solo me oyera él.

Él levantó la cabeza y me atravesó con la mirada.

—¿Por qué me miras así? —pregunté frunciendo el ceño. Volví a bajar la voz—. Sabes que eso no se lo hice yo.

Él negó con la cabeza.

—Claro. Y esperas que te crea.

Sentí como se me encendía la cara.

—Por supuesto que espero que me creas. Porque es verdad.

Se volvió hacia mí.

—Y ahora me dirás que el tío Viktor tampoco te mandó que me trajeras cortito e impidieras que humillara a nuestra familia con mis «deslices».

Me incliné hacia él.

—Sabes que a mí me la pelan tus deslices.

Me negaba a decirle lo poco que le importaba su bienestar a Viktor. O a Marcus. Le rodeé los hombros con el brazo.

—Theo, ahora eres mi mano derecha. Debemos confiar el uno en el otro.

Él se sacudió para quitarse mi brazo de encima y se levantó.

—Pues a lo mejor deberías elegir a otra persona.

Se fue del comedor antes de que se me ocurriera qué podía decirle.

—Mierda —mascullé.

Las chicas seguían chismeando sobre alguna tontería. No volví a la conversación hasta que oí que Quinn mencionaba los Juegos de los Consortes.

—No me imagino las ganas que tendrás de poner en su sitio a la zorra de Pendragón, Regan —exclamó Quinn con entusiasmo.

Cómo se podía ser tan lameculos... Quinn se había pegado tanto al culo de Regan que tenía serias dudas de que alguna vez pudiera volver a despegarse. Y cómo le gustaba eso a Regan. Solo quería tener cerca a chicas capaces de adorarla.

—Uy, no sabes cuánto —empezó a decir Regan.

Planté las manos sobre la mesa con un estruendo.

—¿Qué dijiste?

Regan se quedó callada. Me deslicé por el banco y me coloqué delante de las tres chicas: Regan, Quinn y Visha.

Visha fue la única que me miró a los ojos.

—Regan, sabes cuál es mi posición en los Juegos de los Consortes —le dije con firmeza—. Y más te vale que cumplas las normas, carajo. ¿Me entendiste?

Regan se retorció un mechón de pelo entre los dedos y suspiró.

—Regan, mírame, maldita sea.

Alzó la vista a regañadientes.

—Sí, está bien. Ya sabes que sí. Pero tendré derecho a soñar, ¿no?

Puse los ojos en blanco. Solo Regan sería capaz de soñar con asesinar a una consorte. Bueno, quizá no solo Regan. Era algo que ocurría de vez en cuando. Pero no era lo esperable.

—No querrás hacer enojar al tío Viktor, ¿verdad? —le recordé. Me odiaba por lo que estaba a punto de hacer, pero alargué el brazo y le acaricié suavemente la mejilla—. Ni a mí, cariño, ¿verdad que no?

Su mirada se suavizó.

—Claro que no. Sabes que soy una buena chica.

—La mejor —dije arrastrando un poco la palabra—. Una chica estupenda para mí.

Se mordió el labio.

—Blake...

Sabía exactamente lo que iba a pedirme más tarde: querría subir a mi habitación aquella noche. Quería subir a mi habitación todas las malditas noches. Pero hacía meses que había empezado a rechazarla. Se había puesto como loca. Ni siquiera le había dejado que me la chupara, por muy necesitado de sexo que hubiera estado en ocasiones. Y había habido días muy complicados. No tenía claro qué me pasaba, pero Regan había perdido todo su atractivo. Incluso en la cama. Y tenía buen cuerpo, eso era innegable. Era una mujer excepcionalmente... flexible.

Todo era culpa de Pendragón; desde el día que la había encontrado. Incluso cubierta con la sangre del idiota de Barnabás, me había dejado sin aliento.

No dejaba de pensar en aquel día.

Medra Pendragón era seguramente la chica más insoportable que había conocido en mi vida. Estaba claro que despertaba lo peor de mí y, sin embargo, era incapaz de quitarme aquella imagen de la cabeza; estaba desnuda y aun así me miraba por encima del hombro. Los pechos salpicados de sangre y, con todo, erguida y firme como una reina.

Era sangrepútrida. No debería haber tenido ese efecto en mí, pero parecía que ni siquiera ella comprendía lo que ocurría. Distaba mucho de ser como las chicas que me adulaban y se doblegaban a mi voluntad. Ya había probado con unas cuantas durante mi primer año en Bloodwing; incluso Regan había acabado pasando a esa categoría con el tiempo, aunque al principio hubiera fingido tener agallas y personalidad propia. Todo había sido un numerito, lo único que había pretendido era atraer mi atención, y le había funcionado durante un tiempo.

Pendragón me recibía con palabras bruscas y miradas gélidas. Había dejado claro que no tenía intención alguna de postrarse ante mí. Y, a pesar de eso... No, carajo, precisamente por eso, no podía dejar de pensar en ella. Había algo en esa actitud retadora que se me hacía irresistible. El brillo rebelde de sus ojos era como una luz que prometía no apagarse jamás. La forma de resistirse a lo que otras habrían anhelado... No lograba quitármela de la cabeza. Si al menos hubiera podido saborearla, tal vez habría podido pensar en otra cosa. Pero hasta eso era imposible, porque habría echado a perder lo que mi tío afirmaba que pretendía conseguir.

Mierda, una parte de mí sospechaba que mi tío no quería que saboreara a Pendragón porque su intención era quedársela para él solo.

Y ese pensamiento me sacaba de mis casillas. No ocurriría jamás mientras yo viviera. No quería enfrentarme a Viktor. Lo odiaba con todas mis fuerzas, pero no era imbécil; sabía que era más fuerte que yo. Y, a pesar de todo, y por mucho que reconociera que sería un suicidio, me planteaba hacerlo si con ello tenía alguna oportunidad de alejar a Pendragón de esas manos viejas y mugrientas.

En un mundo donde todos se rendían ante nosotros, ella mantenía la cabeza bien alta. Rebelde e inquebrantable. Por eso Regan la odiaba. Y por eso a mí me atraía.

Cerré los ojos un instante. Recordé sus pechos perfectos. El matojo de rizos pelirrojos entre los muslos pálidos. Todas las noches me tocaba pensando en lo mismo, con unas pocas variaciones.

Esa semana, mi fantasía favorita era imaginar mi cara entre sus piernas. Ella me apartaba y me ordenaba que me fuera de la habitación, pero luego cambiaba de idea y me agarraba del pelo para acercarme. Yo lamía con ímpetu, saboreando su dulzura salada mientras ella gemía. Medra no quería hacerlo, pero tampoco podía evitarlo. Por eso era lo mejor del puto mundo. Saber que no nos soportábamos y que, a pesar de todo, tampoco podíamos dejar de tocarnos. Yo le acariciaba un pecho, le frotaba el pezón con el dedo hasta que se le ponía duro mientras con la lengua le trazaba círculos en el clítoris y ella arqueaba las caderas. La llevaba a un clímax rápido e intenso, y luego me montaba encima de ella y dejaba que me mirara bien. Le decía que aquello era culpa suya. Medra se mordía el labio y confesaba que me necesitaba dentro de ella, que no podía esperar más.

Me agachaba y le besaba los labios, dulcísimos, mientras hundía las manos en aquella hermosa cabellera de rizos rojos, extendidos en torno a su cabeza como un halo de llamas, y luego me deslizaba en su interior. Intentaba ir despacio, con cuidado, pero no tardaba en perder el control. Ella me arañaba la espalda y me suplicaba que la embistiera con más fuerza, más rápido...

Visha carraspeó y me arrancó de mi ensueño, y recordé de súbito dónde estaba.

Suspiré y me pasé las manos por la cara, removiéndome en el banco para ponerme más cómodo. Qué humillación, carajo. Y también tenía un punto paradójico. Me habían entregado a Pendragón como trofeo y ni siquiera podía disfrutarla. Era intocable. No podía ni alimentarme de ella hasta que nuestro vínculo fuera más fuerte. Aunque ella eso no lo sabía, porque de lo contrario no me habría permitido que volviera a acercarme a ella nunca más.

Regan y Quinn se pusieron de pie para irse. Se dieron un beso en la mejilla, como si se tuvieran algún tipo de afecto. Era una escena tierna, pero de las que provocan náuseas.

—¿Tú no vienes, Visha? —preguntó Regan mirando a la muchacha de piel tostada.

Visha negó con la cabeza.

—Me quedo aquí hasta la cena. Nos vemos en la torre.

Regan se volvió hacia mí con una expresión interrogativa en los ojos.

—Blake...

Negué con la cabeza.

—Te veo luego en la torre. —Y aparté la mirada.

Regan se quedó inmóvil unos instantes, y luego se fue. La oí ponerse a cotorrear otra vez en cuanto se topó con Larissa y Gretchen, la tercera y la cuarta chicas más malas de Bloodwing, después de Regan y Quinn.

Vi como se aproximaban las tres a la mesa de Pendragón. Su amigo, Sharma, parecía incómodo. Le estaban haciendo pasar un mal rato, sin duda. Pendragón se iba enojando cada vez más. Y luego les espetó algo. Vi que Larissa se ponía roja como un tomate de la vergüenza y tuve que contenerme para no reírme allí mismo.

Luego la conversación pareció llegar a su fin. Para mi sorpresa, Regan se rezagó. Pendragón se puso de pie y la siguió. Estuvieron charlando un minuto. No sé de qué, pero Pendragón no parecía muy contenta. Me hacía una idea de qué se trataba.

Me volví hacia Visha, que se pasó la mano por el pelo blanco, muy corto. Le gustaba cambiar de estilo. La semana anterior se lo había rapado prácticamente por completo. Le daba un aspecto bastante imponente. A diferencia de las otras amigas de Regan, Visha pensaba por sí misma. Me había llevado un tiempo darme cuenta de eso, y creía que Regan aún no se había enterado.

—¿Sigues enojado conmigo por lo que pasó con Pendragón? —me preguntó con la típica franqueza de los Vaidya.

La miré fijamente a los ojos violetas.

—Estuve un tiempo enojado. Te dije que la pusieras a prueba, no que le dieras una paliza e intentaras apuñalarla.

Ella levantó los hombros.

—Era demasiado tentador como para resistirme.

Asentí.

—De acuerdo. Pasemos la página. Ya la pusiste a prueba, pero no toleraré que lo hagas una segunda vez. ¿Me entendiste?

Hizo un gesto de aprobación lento con la cabeza. A diferencia de Coregon, Visha era consciente de lo que yo era capaz realmente. Sabía que me obedecería.

—Los Juegos de los Consortes están a la vuelta de la esquina —le dije—. ¿Ya te decidiste?

Ella suspiró.

—Mierda, Blake. No es una decisión que pueda tomar a la ligera.

—Ya lo sé —contesté con delicadeza—. Es la más importante de tu vida. No acabes como yo.

Ella puso los ojos en blanco.

—Me preocupa más acabar como Regan, si te soy sincera.

—No creo que tengas que preocuparte jamás por eso —dije en voz baja.

Ella me estudió.

—¿De verdad piensas que no te hará caso?

Negué con la cabeza.

—Lo dudo. No suele asumir riesgos, pero creo que la conozco lo suficiente para saber que considerará que vale la pena correr este.

Visha asintió.

—Yo también lo creo.

—Me alegro de tenerte a mi lado —bromeé.

Ella sonrió con sequedad.

—Solo espero que Regan no se lleve la impresión equivocada.

—Hablaremos rápido —coincidí—. Creo que ya sabes lo que tienes que hacer.

36
MEDRA

Era el mismo sueño que había tenido las últimas siete noches. ¿No era el siete un número de la suerte? Estaba acostada entre las sábanas, con el cuerpo en tensión. Me encontraba en el patio de entrenamiento, forcejeando con Blake. El corazón desbocado. La adrenalina me corría por las venas. Sentada a horcajadas encima de él, presionándole el cuerpo con el mío. Pero esa vez yo sostenía un puñal en la mano y se lo apretaba contra la garganta. Respiraba entrecortadamente, y él también. Notaba el pulso de su vida bajo mis dedos temblorosos. Por primera vez desde que me habían obligado a entregarme a aquel vínculo desquiciado, me sentía poderosa de verdad. Tenía el control. Podía ponerle fin a todo en un instante. Acabar con el odio, con la confusión. Me embargaba una emoción intensa: el júbilo.

¿O era otra cosa? ¿Por qué vacilaba?

Blake me miraba fijamente con una sombra de furia y odio en los ojos grises. Pero por debajo yo vislumbraba un asomo de miedo. Me deleitaba con el peso de la hoja, concentrándome en la piel pálida de su garganta. Estaba a mi merced. No tenía más que hundir el puñal. Me henchía el pecho una sensación de poder. Me liberaría de él. Entonces, yo titubeaba. Nuestras miradas se encontraban y durante un brevísimo instante veía algo más en sus ojos.

Un deseo desenfrenado.

Era como mirarse en un espejo. La verdad me caía encima como una losa y me arrancaba el aire de los pulmones.

Él torcía los labios en una media sonrisa. Despacio, levantaba la mano y me agarraba de la muñeca. Y yo se lo permitía.

—Hazlo —me susurraba con una voz áspera y provocadora—. Es lo que quieres, ¿no? Termina lo que empezaste. —Me apretaba aún más—. Pero no será suficiente, Pendragón. ¿Has matado alguna vez a un altasangre? —Me bajaba la mano hasta colocarla justo encima de su corazón—. Si de verdad quieres ponerle fin, tendrás que atravesarme el corazón.

Yo apretaba los dientes con cada fibra de mi cuerpo exhortándome a que lo hiciera. Pero no me movía.

Y esa pausa era todo lo que él necesitaba. En un abrir y cerrar de ojos, Blake entraba en acción. Con una fuerza sorprendente, me daba la vuelta y, de repente, era yo la que estaba atrapada debajo de él. Me había quitado el puñal sin soltarme la muñeca, y me lo presionaba contra la garganta. Su rostro flotaba a apenas unos centímetros del mío. Tenía los ojos fuera de las órbitas. Cargados de odio. Sabía que utilizaría el cuchillo.

Yo cerraba los ojos y la presión de la hoja sobre mi piel se intensificaba. Así era como terminaría mi vida, y todo por haber sido demasiado débil o estúpida para no haberlo matado cuando había tenido la oportunidad. Me preparaba para el corte. ¿Se alimentaría de mí a medida que se derramara mi sangre?

Luego sus labios me rozaban la oreja.

—Podría matarte aquí y ahora, dragoncilla.

Las palabras me provocaban un escalofrío que me bajaba por la columna. Entonces la presión que notaba en la garganta desaparecía. Oía un repiqueteo cuando Blake lanzaba el puñal lejos de nosotros.

—Tuviste la oportunidad de ponerle fin a esto —gruñía, y yo sentía el calor de su aliento en la piel—. Fracasaste. Y ahora... eres mía.

A continuación apretaba los labios contra los míos. El beso era violento, apremiante, posesivo. Todo lo que yo había negado que deseara.

Durante un instante me quedaba inmóvil. Mi primer instinto era apartarlo, pero luego sentía que las manos me traicionaban. Lo agarraba de la camisa y lo jalaba.

Estaba furiosa conmigo misma. En mi cabeza, era consciente de que no me convenía. Pero mi cuerpo sabía lo que quería y se negaba a rechazarlo un segundo más. El estómago me ardía y la necesidad que tanto tiempo llevaba refrenando salía a la superficie. Me perdía en el beso, en él. Me besaba de una forma dominante, una tormenta de rabia y deseo. No había fibra en mi cuerpo que no aullara de ansia, y la cabeza me daba vueltas por la intensidad del acto. No podía pensar, no podía respirar. No podía resistirme a él.

Las manos de Blake se deslizaban por mi cuerpo y acariciaban la piel expuesta de mi cintura, dejando tras de sí un rastro de fuego. Yo hundía las manos en su pelo y lo atraía hacia mí mientras la cabeza me ordenaba que parara. Él metía la lengua en mi boca y me provocaba una descarga eléctrica por todo el cuerpo, y yo gemía. Sus dedos se paseaban por mi cuerpo y encontraban la forma de meterse debajo de mi ropa. Me rodeaba los pechos con las manos y yo me estremecía y arqueaba, suplicándole, sin despegar los labios, que continuara.

—Eres mía —gruñía junto a mis labios.

Yo me odiaba por lo mucho que deseaba que fuera verdad.

—Te odio —le susurraba yo mientras mi cuerpo se fundía bajo su tacto.

Él me rozaba el labio inferior con los dedos y yo notaba sus colmillos, un recordatorio de lo peligroso que era en realidad. Su voz oscura sonaba plena de satisfacción, cruel.

—Nunca podrás odiarme más de lo que me deseas.

Y luego sus manos me bajaban los pantalones y sus dedos aparecían entre mis piernas, deslizándose hacia el espacio húmedo entre mis muslos. Yo me sacudía contra él mientras él entraba y salía de mi interior y me acercaba cada vez más al límite.

El sueño se transformaba violentamente. El patio de entrenamiento empezaba a temblar y yo observaba aterrorizada cómo comenzaban a agrietarse y derrumbarse los muros de piedra, cómo se partían y caían al suelo fragmentos de piedra.

—¿Qué es esto? ¿Qué está pasando? —exclamaba yo.

Blake me miraba desde arriba con una expresión firme y decidida en los ojos grises.

—Ya vienen los dragones.

El corazón me martilleaba contra el pecho a medida que los muros se venían abajo y revelaban una sima oscura. Una sombra se movía, descomunal, terrorífica. Un dragón gigantesco y anciano, cargado de un poder indecible, se alzaba de entre los escombros y desplegaba las alas antes de posar en mí sus relucientes ojos amarillos. La bestia dejaba escapar un rugido ensordecedor. Yo abría la boca para gritar y el sonido de mi propia voz me arrancaba del sueño con un sobresalto.

Abrí los ojos de golpe. Moví las piernas para liberarme de la maraña de mis sábanas con el corazón todavía acelerado por la pesadilla. Algo no estaba bien. La habitación se estaba sacudiendo. La torre de primero temblaba como si estuviera a punto de venirse abajo, igual que en mi sueño. Salté de la cama y toqué el frío suelo con los pies; luego me tambaleé hasta la puerta y corrí por el pasillo a la habitación de Florence. Naveen ya estaba allí. Tenía una mano apoyada en la pared para no perder el equilibrio.

—¡¿Qué demonios está pasando?! —grité.

Los temblores cesaron y Florence abrió la puerta de pronto vestida con un camisón blanco; el pelo suelto le caía por los hombros. Tenía los ojos muy abiertos, dominados por el pánico. Otros estudiantes habían salido también al corredor, que se había llenado del sonido de voces desconcertadas. Vi a Vaughn Sabino acercándose a Naveen. Llevaba ya una semana sin el brazo en cabestrillo.

—¡Silencio todo el mundo! —exclamó Florence levantando la voz para que la oyeran por encima del alboroto—. Silencio, por favor.

Despacio, todos los estudiantes de primero se volvieron hacia ella.

—No tengo claro dónde está el otro custodio de primero —dijo Florence con voz calmada. Miré de reojo a Naveen, consciente de que éramos los únicos que sabíamos lo nerviosa que estaría en el fondo—. Pero necesito que mantengan la calma y me escuchen.

—Estará borracho o dejando que se la chupen —oí que le susurraba Naveen a Vaughn.

El otro custodio, Thomas, no se tomaba sus deberes con tanta seriedad como Florence. No sabía ni por qué lo habían seleccionado, la verdad. Luego descubrí que era siervo de uno de los estudiantes de la casa Avari, y que probablemente fuera por eso. Tal vez en ese momento estuviera ocupado con su altasangre.

Los de primero se volvieron hacia Florence.

—Gracias. Atiéndanme, por favor. La torre no se va a caer —les aseguró con voz firme—. Este castillo se levantó hace siglos y lo encantaron para que resistiera prácticamente a todo. Incluso a ataques de dragón. —Los labios se le curvaron un tanto—. Y creo que todos sabemos que no hay necesidad de preocuparse por eso.

Se oyó un rumor de risillas nerviosas.

—Ya hablé con la profesora Leñofatuo sobre el último terremoto que vivimos hace unas semanas —continuó. Aquello me tomó por sorpresa, pero sabía que Florence pasaba mucho tiempo después de clase con la profesora Leñofatuo—. Me dijo que no teníamos nada de que preocuparnos. Las islas como esta sobre la que se alza Bloodwing suelen sufrir temblores oceánicos. A veces pasan décadas sin que se note ninguno, y luego hay periodos en que se producen varios en pocas semanas o días. Es muy habitual.

Sus palabras comenzaron a calar en el pasillo y casi pude sentir el alivio que desprendían mis compañeros de primero.

—Incluso aunque nos golpeara un maremoto provocado por uno de los temblores —prosiguió Florence—, Bloodwing se construyó lo bastante alto por encima del nivel del mar para que no corramos ningún peligro. Aquí no nos podría alcanzar nada.

Algunos estudiantes comenzaron a hablar de nuevo, pero sus voces ya eran más tranquilas, menos espantadas. Parecían convencidos.

Florence dio una palmada rápida.

—Ahora necesito que regresen a sus habitaciones. Los temblores terminaron. Vuelvan a dormir. No sucede nada. Mañana iré a ver a la profesora Leñofatuo y al director, y les prometo que les informaré si hay algún motivo para que nos preocupemos.

La gente empezó a moverse y el pasillo se fue vaciando a medida que los estudiantes regresaban a sus cuartos.

Me volví hacia Florence.

—Fue impresionante.

Ella levantó los hombros con modestia, pero la vi satisfecha.

—Solo hago mi trabajo.

—No como Thomas —señaló Vaughn.

Ella suspiró.

—Se habrá vuelto a escapar. ¿Se puede decir que se escapó si fue a alimentar a un estudiante altasangre? Nunca lo he tenido claro.

—No sabía que podían utilizarse alumnos de primero como siervos —dije.

—Sí. Bueno, se ve que Thomas ya pertenecía a ese altasangre antes de llegar a Bloodwing. Llegaron juntos desde la finca familiar del estudiante. Es inusual, pero aceptable. Lo que no es tan normal es que lo nombraran custodio. —Florence parecía frustrada—. No le veo ningún sentido. Apenas ayuda a los estudiantes de primero.

—El nepotismo de los altasangres no conoce límites. —Miré dentro de su habitación—. ¿Dónde está Neville?

—Se volvió a ir —contestó Florence apartándose un mechón de pelo negro de la cara—. Se habrá ido con Blake. Espero que esté bien.

Asentí, pero una parte de mí se preguntó si Neville dormía en la cama de Blake. Seguía teniendo fresco el recuerdo del sueño. De repente mi cama se me antojó muy vacía y muy fría.

—¿Dormimos en mi habitación esta noche? —sugirió Florence.

—Me parece una idea genial —saltó Naveen—. ¿Fiesta de pijamas, Vaughn?

Vaughn sonrió. Era la primera vez que lo veía sonreír en mucho tiempo.

Florence le dio un golpe en el brazo juguetona.

—Se lo decía a Medra.

—Ah, claro. Tiene sentido —aceptó Naveen—. Pero me duele, igualmente.

—Te habría invitado si no supiera de buena mano que roncas como un oso —se defendió Florence, con una risilla—. De pequeños solíamos dormir juntos —nos explicó a Vaughn y a mí.

Les dimos las buenas noches a Naveen y a Vaughn y luego seguí a Florence a su habitación. No empecé a relajarme hasta que nos metimos debajo de las sábanas. Ella dormía con un edredón enorme encima de las sábanas. El peso me reconfortaba, era como un abrazo cálido.

«O como el cuerpo de Blake apretado contra el tuyo», me dije para, acto seguido, mandarme a la mierda a mí misma.

—Me invitaron al Baile de la Larga Noche —me dijo Florence con una voz que se le empezaba a apagar—. ¿Te lo había dicho?

Me incorporé en la cama.

—No, no me lo habías dicho. ¿Quién?

«Por favor, que conteste que Naveen», supliqué.

Ella vaciló.

—De hecho, me llegaron dos invitaciones.

—¿En serio? No me sorprende. Seguro que te llegan diez o doce más antes del baile —bromeé—. Al fin y al cabo, eres la alumna más brillante de Bloodwing. Y una de las más atractivas, claro.

—Ja. No me siento identificada con ninguna de las dos cosas —me contestó Florence arrugando la nariz—. Me esfuerzo, nada más. —No había apagado todavía la lámpara del buró y vi que los ojos negros le brillaban de emoción.

—Te esfuerzas y trabajas muchísimo. Vamos, dime quién te lo pidió —insistí—. Sabes que te mueres por contármelo.

Se ruborizó ligeramente.

—Uno es un estudiante de la casa Orphos.

—¿Un altasangre? —pregunté alarmada.

Ella negó con la cabeza.

—No, un estratega. Ebbot. Va en tercero. Hemos estudiado juntos algunas veces. Ya sabes que he estado tomando algunas asignaturas avanzadas.

—¿Es buen tipo? —me aventuré—. ¿Es guapo?

—Es buen tipo —dijo Florence tras hacer una pausa para pensárselo—. Y no sé si es guapo. Reconozco que me sorprendió mucho que me lo pidiera. No había pensado nunca en él de esa forma. Pero es un alumno brillante. Tendríamos muchos temas de los que hablar.

—No estaría mal que fueras con alguien de tu campo —sugerí con cautela. Confiaba en que la otra invitación no fuera de un altasangre—. ¿Y la otra?

Florence agitó una mano.

—Ah, de Naveen.

—Vaya. —No sabía qué decir sin que se me escapara algo—. Bueno, Naveen es un buen amigo. Con él lo pasarías en grande. Te haría sentir cómoda, ¿no?

—Eso pienso yo también. —Florence suspiró—. Sea como sea, mañana tendría que darle alguna respuesta a Ebbot.

Esperaba que eligiera a Naveen, pero no tenía claro si debía decirlo en voz alta. Tal vez la empujaría a inclinarse por la otra opción.

—Pues a mí todavía no me lo ha pedido nadie —dije dejando caer la cabeza sobre la almohada—. Y dudo que me invite nadie. —Sonreí con ferocidad—. Porque soy la sangrepútrida rarita y pelirroja, la jinete de dragón sin dragón.

Los estudiantes sangrepútridas parecían tenerme miedo la mitad de las veces. Y los altasangres simplemente me trataban mal. Se me ocurrió algo horrible.

—Espera. Por favor, dime que no estoy obligada a ir a esa cosa con Blake y Regan.

Florence negó con la cabeza y sentí una oleada de alivio.

—No tienes por qué ir con ellos. A menos que Blake te lo haya pedido de forma explícita.

—No me ha dicho nada. Gracias a los dioses.

Una parte irracional de mí se sentía ofendida de que no me lo hubiera pedido. Lo cual era ridículo. A pesar de todo lo que había afirmado Theo aquella noche junto a la hoguera, sabía que Blake iría con Regan.

—Pero seguramente tendrán que bailar juntos al menos una vez —añadió Florence—. Es la tradición.

—Supongo que puedo sobrevivir a un baile. —Intenté imaginarme en un baile lento con Blake Drakharrow y no acabé de conseguirlo—. Intenté preguntarle a Naveen por el festival del Fuego Gélido, pero me dijo que te lo preguntara a ti. Piensa mucho en ti, Florence. ¿Cómo es eso de tener un amigo que te adora? —Decidí arriesgarme a provocarla un poco.

Ella se rio.

—Naveen es tonto. Seguro que habría podido contestarte igual que yo. ¿Qué quieres saber?

Lo pensé un instante.

—Vamos a ver: hasta ahora el Fuego Gélido me parece... Yo qué sé. ¿Agradable? ¿Acogedor? Nada que ver con una tradición altasangre. Aunque Naveen me comentó que tendríamos que visitar el templo de la Doncella Sangrienta.

—Sí, eso es verdad. —Florence se mordió el labio—. Se supone que debemos hacerle una ofrenda de sangre.

Fruncí el ceño.

—¿Como en el día del nombre? ¿Por qué no me habías hablado de esa tradición?

—Supongo que no me di cuenta. A veces me olvido de que no sabes nada de Sangratha, Medra. Para ti son nuevos hasta los detalles más insignificantes, como nuestra forma de celebrar el día del nombre.

—Darles a los altasangres parte de tu sangre el día del nombre no me parece precisamente una celebración —dije, y me estremecí.

—A ver, no se la entregamos a ningún altasangre concreto. Se la ofrecemos a la Doncella Sangrienta —respondió Florence.

—Sigo sin entender qué es en realidad la Doncella Sangrienta. ¿Una especie de deidad?

Florence asintió.

—Según cuenta la historia, cuando nuestro mundo era joven, una semidiosa, mitad mortal, mitad divina, se sacrificó y derramó su sangre para salvar el mundo. Pero su familia estaba decidida a evitar su sino. Su madre, su padre y sus hermanos se inclinaron y bebieron su sangre. Ella los salvó y les concedió la inmortalidad.

—Le robaron la sangre y burlaron a la muerte porque eran demasiado egoístas para ayudarla a salvar el mundo, y eso los convirtió en vampiros —traduje.

Florence hizo una mueca.

—Es una forma de verlo. Pero te recomiendo que no plantees esa interpretación en la clase de la profesora Hassan.

Me reí.

—Lo tendré en cuenta.

—Total, que algunos de los hermanos y hermanas de la semidiosa se negaron a beber su sangre.

—No los culpo —añadí, sin aportar nada—. Es asqueroso.

—Sí, y también poderoso —replicó Florence. Recordé lo que Naveen me había dicho. Que Florence albergaba grandes ambiciones y seguramente sería feliz si la escogieran como consorte de un altasangre. Me pregunté si sería verdad—. Los hermanos y hermanas que no bebieron siguieron siendo mortales. Una forma de vida inferior.

—Sangrepútridas —apunté.

—Exacto. En un principio los despreciaban. Luego llegaron los acontecimientos que ya has oído en la clase de la profesora Hassan.

—Los altasangres fueron la salvación de los sangrepútridas. —Resoplé—. Ya me acuerdo.

—Independientemente de lo que pienses —continuó Florence—, los altasangres y los sangrepútridas adoran a la Doncella Sangrienta. Hay templos dedicados a ella por toda Sangratha. Hay mujeres que se ponen a su servicio y se pasan toda la vida allí. —Me lanzó una mirada curiosa—. ¿Sabías que la madre de Blake Drakharrow está en el Sanctasanctórum?

—¿En un templo? —pregunté sorprendida—. No. ¿Cómo iba a saberlo? ¿Por qué? —Me sorprendía que una mujer de una familia y una casa tan poderosas decidiera entregarse a una vida de clausura.

—Cuando su marido murió, abandonó a la familia. Hasta donde sé, ahí es adonde fue. Al Sanctasanctórum de la Doncella Sangrienta. El templo más sagrado de toda Sangratha. Nadie la ha visto desde entonces. Aunque supongo que Blake y la familia están en contacto con ella de alguna forma.

—No me gusta la idea de tener que entregar mi sangre en ese sitio —gruñí.

—No es para tanto. Ya lo verás. Naveen y yo podemos ir primero y tú... mirarnos... —Florence bostezó.

—Deberíamos acostarnos —dije sintiéndome culpable al recordar lo mucho que estudiaba Florence—. Necesitas descansar.

—Me parece bien —contestó Florence agotada.

La habitación se quedó en silencio un rato. Luego volvió a hablar.

—¿Con quién crees que debería ir, Medra?

—Naveen —dije al instante—. Lo pasarás superbién con él.

—Seguro que tienes razón. —Volvió a bostezar—. Aunque probablemente me lo pidió porque pensaba que no me lo pediría nadie más. Ya sabes que tiene novia en casa.

—Ya lo sé —dije—. Pero terminaron, ¿no?

No hubo respuesta; Florence se había quedado dormida. A los pocos minutos, yo también caí rendida. Aquella noche no hubo más dragones en mis sueños.

37
MEDRA

Pasaron unas cuantas semanas. Llegaron y se fueron los exámenes finales de Hiemal. Aprobé todas las asignaturas. De hecho, hasta me sorprendieron algunas calificaciones. Saqué una M (de «meritorio») en Restauración con el profesor Rodríguez. Una parte de mí pensaba que a él lo había sorprendido tanto como a mí. No era capaz de hacer magia de sanación, pero la teoría era fascinante y no veía el momento de comenzar con la alquimia en la siguiente parte de la asignatura. Había sacado la mejor calificación posible en Combate Básico para Sangrepútridas, una E de «excelente», y otra M de «meritorio» en Armamento Avanzado con el profesor Sankara, lo cual me pareció más que justo teniendo en cuenta el incidente con Blake.

La única asignatura en la que me pusieron la segunda peor calificación, una F de «flojo», fue en Historia de Sangratha. La materia en sí era apasionante. Las clases de la profesora Hassan solían estar repletas de detalles históricos interesantes. Pero ella me odiaba desde el día en que llegué tarde y, por mucho que intentara pasar desapercibida y me esforzara en los trabajos, la cosa no mejoraba. De hecho, había llegado a reprobarme un trabajo y acusarme de haberlo plagiado. Así que estaba que no cabía en mí de haber aprobado con una F. Era mejor que haberla reprobado del todo. Las calificaciones de Florence eran todas estupendas, lo que a nadie le extrañaba. Excelente en todas. Y Naveen parecía satisfecho con las suyas, aunque se había negado a enseñárnoslas.

Desde que Florence había aceptado su invitación al baile, había notado a Naveen un pelín nervioso. Pero lo achaqué a la emoción por el Baile de la Larga Noche. Además de tener que preocuparse por su solo, llevaría a Florence del brazo.

Desde la noche del segundo terremoto, mis sueños habían cambiado. Blake se había esfumado, y lo había sustituido el dragón. Los sueños solían ser siempre iguales. Bloodwing se derrumbaba a mi alrededor. A veces corría por los pasillos e intentaba salvar a Florence, Naveen, Vaughn u otros estudiantes sangrepútridas sin nombre. Todo mientras un enorme dragón con unas alas descomunales se alzaba de entre los escombros y rugía. Había habido algunos temblores más, pero todos durante el día, y Florence tenía razón: a los profesores no parecía afectarles demasiado.

Habíamos llegado al último día del trimestre. Era la hora de la comida. Caminaba por el pasillo con Florence rumbo al comedor, con mi aliento formando nubes de vapor por el frío. El tiempo se había vuelto muy virulento y un manto grueso de nieve cubría el campus. Pero, a pesar del frío, Bloodwing bullía con la expectativa de las inminentes vacaciones y el festival del Fuego Gélido. La mayor parte de los estudiantes de primero se quedarían en la escuela en lugar de regresar a casa.

Mientras que Naveen y Florence asistirían al Baile de la Larga Noche juntos, yo no tenía cita para el acontecimiento. No me lo había pedido nadie. De todos modos, estaba decidida a no ser mal tercio. Le había dicho a Florence que había descubierto que tendría que ir con Blake y Regan. Era mentira, pero se lo había creído. Así podría dejarles vía libre y que ella y Naveen pasaran algo de tiempo a solas. Yo estaría de maravilla por mi cuenta.

Me mantendría al margen, observaría el baile y solo participaría si no me quedaba otra opción. Y luego me iría tan pronto como fuera aceptable.

Doblé una esquina aún sumida en mis pensamientos, y me paré en seco cuando una figura alta emergió de las sombras y nos bloqueó el paso. Al cabo de un instante reconocí quién era.

Kage Tanaka.

El líder de la casa altasangre tenía una presencia imponente. Era casi tan alto como Blake. Me observaba con la espalda muy recta y las piernas separadas en una postura rígida que delataba a alguien acostumbrado a ejercer su autoridad. Su pelo rubio platino, recogido en un chongo en la parte posterior de la cabeza, rapado por los lados, le otorgaba un aspecto fiero y provocador. El tatuaje de luna creciente le asomaba por el cuello alto del saco negro con ribete plateado.

—Señorita Pendragón. —Tenía una voz sonora y sedosa, pero percibía en ella cierta aspereza que me recordaba que no debía subestimarlo—. Me preguntaba si podría robarle un segundo de su tiempo. —Se volvió hacia Florence—. A solas.

Florence me miró inquisitiva. Cuando asentí, se adelantó por el pasillo. Sabía que se sentaría en una mesa del comedor y me esperaría allí.

—Kage —dije con cautela—. ¿Qué quieres?

—Medra, ¿verdad? Un nombre precioso. ¿Me das permiso para llamarte así?

Vacilé.

—Supongo.

Al menos no tendría que aguantar a otra persona espetándome lo de Pendragón a todas horas, como Blake.

Él sonrió.

—Gracias, Medra. Llevo un tiempo observándote.

Volví de golpe la cabeza ante aquella revelación.

—¿En serio? ¿Y eso por qué? —Pensé en la noche de la hoguera. Kiernan afirmaba que Kage quería que fuéramos a hablar con él. Parecía verdad, pero no le había dado más vueltas desde aquel día.

El líder de la casa Avari me ofreció una sonrisilla cómplice.

—Digamos que admiro tu espíritu. Es raro encontrar a alguien tan... inflexible.

—Inflexible con los altasangres, querrás decir.

Él asintió.

—Es una manera de decirlo. La cuestión es que llamas la atención. Otras personas en tu situación ya se habrían venido abajo.

—Yo no me vengo abajo con facilidad —le espeté, aunque hubiera estado al límite varias veces.

—Y lo respeto. —Los ojos negros de Kage se posaron en mi rostro, y me estudió con una mirada lenta y deliberada que hizo que se me revolviera el estómago—. A lo mejor es por el pelo. Como al fuego de un dragón, es imposible domarte.

¿Qué estaba pasando exactamente? ¿De verdad Kage Tanaka me estaba haciendo cumplidos?

—Bueno, pues gracias —contesté despacio—. Pero eso no responde a mi pregunta. ¿Qué quieres?

Kage se apoyó en la pared, repasándome con sus ojos negros.

—Quiero que me acompañes al Baile de la Larga Noche.

Lo miré perpleja, dudando si lo había oído bien.

—¿Disculpa?

—Quiero que seas mi cita para el baile —respondió sin rodeos, como si fuera la petición más natural del mundo—. A menos que ya te lo haya pedido otra persona.

No me lo había pedido nadie y, por alguna razón, él lo sabía.

—¿Por qué yo? —pregunté, con una voz más cortante de lo que esperaba—. Podrías pedírselo a cualquiera. Eres el líder de una casa.

—Porque tu lugar no está con Drakharrow. No te merece. Y lo sabes. —Su voz se volvió más grave e intensa—. No eres una chica que deba estar a los pies de alguien como Blake. Sé que desearías que su tío no te hubiera encadenado a él. ¿Por qué no le demuestras que nunca serás suya?

—¿Crees que voy a ir contigo solo por fastidiar a Blake?

—Déjame que te demuestre que no tienes por qué ser solo un peón en el tablero de los Drakharrow. —Me ofreció una sonrisa lenta—. Si aceptas, te prometo una cosa, Medra: me aseguraré de brindarte la noche que realmente mereces.

Tragué saliva, sin saber qué responder. Era una invitación en más sentidos que uno solo. ¿En serio me estaba planteando asistir al baile con un altasangre? ¿Qué dirían Naveen y Florence? Sabía que Kage me estaba ocultando algo. No era solo una muestra de simpatía. El altasangre quería utilizarme para perjudicar a Blake. Pero ¿acaso importaba? Yo lo utilizaría justo para lo mismo.

—¿Pueden asistir los consortes con alguien que no sea su arconte?

Kage levantó los hombros.

—No está explícitamente prohibido, pero es inusual. No tengo ningún problema con que seamos la excepción. No soy de los que cumplen las normas. —Dio un paso hacia mí—. Es imposible ignorarte, Medra. Hay algo único en ti, y no me refiero solo a tu sangre de jinete. Mereces que te traten con respeto, no solo como una obligación.

La forma que tenía de pronunciar mi nombre, de sostenerme la mirada... El encanto de Kage era innegable, sí, pero yo no era tan ingenua como para creerle sin reservas. Lo más seguro era que no hubiera una sola palabra sincera en su discurso, pero si podía aprovecharme de él, sacar algo del baile... Me imaginaba lo que pensaría Blake cuando me viera del brazo del líder de otra casa. De su rival.

Kage tenía razón sobre algo: Blake no era mi dueño. Tal vez sería una forma de demostrárselo de una vez por todas.

—Por cierto, hay algo que a Drakharrow probablemente no se le ha pasado por la cabeza mencionarte sobre las tríadas —dijo Kage con un brillo desafiante en los ojos—. Si te niegas a aceptar el vínculo, es posible que no puedan retenerte.

Se me aceleró el corazón.

—¿Me estás diciendo que hay una forma de librarme de esto?

—Aún no. Pero si las cosas entre ustedes continúan como hasta ahora, es posible que Blake nunca pueda alimentarse de tu sangre. O no como correspondería, en todo caso. No podrá extraer poder de tu sangre si tú no le das tu consentimiento. Se supone que los consortes refuerzan al arconte, pero tú serías un obstáculo. Te liberarías de él de la forma que importa de verdad.

Sentí una descarga de entusiasmo que traté de contener, sospechando todavía de los motivos de Kage.

—Pero ¿qué sucedería si nos vinculáramos por completo? —No tenía claro que quisiera conocer la respuesta.

Kage se limitó a sonreír.

—Los consortes se pasan la vida teniendo amantes. Es algo aceptado. Los altasangres raramente se satisfacen solo con una o dos parejas. Blake no podrá evitar que disfrutes de los placeres de la vida.

Tenía mis dudas. ¿De cuánta libertad disfrutaría cuando por fin me fuera de la Academia Bloodwing? Sospechaba que los Drakharrow planeaban retenerme en algún sitio según sus propias condiciones y que apenas respiraría aire fresco. Eso siempre que no me escapara de allí antes.

Contar con Kage como aliado no me parecía una idea tan terrible.

—Está bien. Lo pensaré.

Una sombra de diversión le atravesó los ojos negros. Se enderezó y se apartó de la pared.

—No tardes mucho.

Me lanzó una última y larga mirada antes de perderse por el pasillo.

38
MEDRA

Ya era oficial: había comenzado el festival del Fuego Gélido. Cuando cayó la noche el primer día de las celebraciones, partió del castillo de Bloodwing una gran procesión de estudiantes, profesores y líderes de las casas. A los estudiantes de primero y segundo nos llevaron en los carruajes, acompañados del claustro de Bloodwing, mientras que algunos de los alumnos mayores y líderes de las casas encabezaban la marcha a caballo. Era la Noche de las Ofrendas Mudas, y nos dirigíamos al Sanctasanctórum de la Doncella Sangrienta para ofrecer nuestra sangre según lo que dictaba una mierda de tradición altasangre.

Mis nervios estaban a flor de piel mientras me encontraba sentada entre Florence y Naveen en uno de los carruajes. Ellos charlaban sobre el festival, pero por mucho que intentara seguirles el ritmo, tenía la cabeza en otra parte. La noche anterior le había mandado una nota de confirmación a Kage Tanaka. No tenía ni idea de si había tomado la decisión correcta, pero ya me había comprometido.

El carruaje se balanceaba ligeramente con las violentas ráfagas del viento invernal que provenían del mar cuando cruzamos el largo puente de hierro que conducía a Veilmar. Al llegar al continente, giramos hacia el este y atravesamos otro puente, el que llevaba a la isla donde se alzaba el Sanctasanctórum.

A medida que se aproximaba la procesión, comenzó a vislumbrarse el templo. Encaramado en un acantilado negro como un nido blanco, el Sanctasanctórum resultaba impresionante a la luz crepuscular del invierno. Construido con luminosa piedra blanca, relucía como una perla contra el fondo del mar tormentoso. Su centro estaba dominado por agujas estrechas de una simetría irregular que se elevaban hacia los cielos. Cuanto más nos acercábamos, más palpable se hacía el tamaño descomunal del edificio.

Intercambié una mirada con Florence, quien me ofreció una sonrisa reconfortante. Le había contado lo de la invitación de Kage. Le había impactado, pero enseguida me había apoyado.

Naveen miraba por la ventana del carruaje con los ojos como platos. Yo sabía que él había visitado otros templos, pero aquella era la primera vez que veía el Sanctasanctórum. Normalmente estaba reservado a los altasangres. Existían otros templos en Veilmar donde los sangrepútridas eran bien recibidos para adorar a sus dioses.

Cuando se detuvieron los carruajes, nos acompañaron fuera y los miembros del claustro y los líderes de las casas nos guiaron a través de las puertas exteriores. Contemplé los portones del Sanctasanctórum. Habían tallado una imagen de la Doncella Sangrienta en la piedra blanca del dintel. Su gesto era sereno y tenía las manos ahuecadas, como si en ellas recogiera su propia sangre. Me estremecí.

Durante el trayecto, había lámparas que iluminaban el camino y los altos muros blancos que nos aguardaban. Los líderes de las casas y el claustro se movían entre nosotros, charlando discretamente entre ellos. No era su primera vez. Lo de aquella noche no era nada nuevo para ninguno de ellos, ni siquiera para un sangrepútrida como el profesor Rodríguez o una mestiza como la profesora Leñofatuo. Blake se paseaba entre las filas de estudiantes. Su capa negra se mecía con el viento y lo envolvía con cada paso arrogante que daba, como si fuera el dueño del lugar.

Nos habían indicado que guardáramos silencio al llegar al Sanctasanctórum y los alumnos ya habían dejado de hablar. Dos umbrales marcaban la entrada, uno para sangrepútridas y el otro para altasangres. No había duda posible de cuál era cuál; el arco de los sangrepútridas estaba labrado con símbolos de manos ahuecadas de las que goteaba sangre; en cambio, la puerta de los altasangres estaba más adornada, con detalles de latón en los que aparecían relieves de vampiros orgullosos que alzaban las manos hacia el cáliz de la Doncella Sangrienta.

Desfilamos por los arcos en dos filas. La mayor parte de los alumnos sangrepútridas que me rodeaban estaban callados y caminaban con la cabeza agachada, como en actitud de reverencia. Yo me negaba a imitarlos. No pensaba agachar la cabeza en aquel lugar. Los estudiantes altasangres eran menos disciplinados. Susurraban en voz queda, rompiendo el silencio. Algunos profesores se paseaban entre la multitud y los mandaban callar. Vi al profesor Rodríguez caminando hacia Regan, que cuchicheaba y se reía con Quinn y Gretchen.

—Silencio. —La voz gélida de Rodríguez cortó el aire nocturno.

Regan parecía tan sorprendida que tuve que contenerme para no echarme a reír.

—Si me hacen repetírselos una vez más, les aseguro que se pasarán las vacaciones de invierno castigadas conmigo.

Regan hizo una mueca, pero no dijo nada más mientras Rodríguez se iba de allí a paso ligero.

Nos acercamos al arco. Florence y Naveen atravesaron la puerta de los sangrepútridas primero. Los seguí. Dentro, la estancia templo era enorme y solo estaba iluminado por la luz danzante de las velas. Al otro lado de la estancia se distinguían la nave y parte del santuario interior, donde tendrían lugar las ofrendas de sangre. Hileras de bancos de piedra blanca dividían el espacio en dos anchos pasillos. Al fondo destacaba un altar, una losa de mármol blanco sobre la que se alzaba una estatua de la Doncella Sangrienta, también con las manos ahuecadas.

Observé a los estudiantes sangrepútridas mientras se aproximaban uno a uno al altar. Una devota del templo les entregaba un puñal ceremonial. Con un corte rápido en la palma de la mano, dejaban caer algunas gotas de sangre en una palangana de plata depositada en la base del altar. Luego se arrodillaban en posición de rezo, como para rendir homenaje al sacrificio de la Doncella Sangrienta. La paradoja era que no había visto que a ninguno de ellos le hubiera beneficiado.

Los estudiantes altasangres no ofrecían sangre. Se acercaban al altar por un pasillo diferente, caminando con una formalidad ensayada. Agachaban la cabeza como si oraran en silencio cuando se aproximaban al altar, y entonces se arrodillaban y murmuraban unas palabras de devoción antes de tomar una pequeña píldora roja de la bandeja de plata que les ofrecía una de las devotas, las cuales vestían unas vaporosas túnicas blancas ceñidas en la cintura por un cordón rojo. Florence ya me había contado que la gota de sangre con que estaban mojadas las píldoras procedía de sangrepútridas, y representaba el sacrificio de la Doncella Sangrienta.

Observé asqueada cómo se metían los altasangres la píldora en la boca y se la tragaban.

Mientras esperaba en la fila a que me llegara el turno, me sentía más extraña que de costumbre, en aquel vetusto lugar de rituales y misterios vampíricos. Me cubrí aún más con la capa.

¿En serio tenía que someterme a aquella ceremonia bárbara y ofrecer mi sangre a una diosa a la que no tenía la menor intención de adorar? Después de mis experiencias en Aercanum, ya había soportado bastante a supuestos dioses y diosas en lo que llevaba de vida.

Al avanzar en la fila, la capucha se me bajó de la cabeza. Me sacudí los rizos y me dejé el pelo libre, dado que ya nos habíamos resguardado del vendaval. En ese momento, la vista se me fue hacia Blake. Se había acercado a una de las devotas. Todas eran mujeres. Me pregunté si estaría permitido que sirvieran hombres altasangres en el Sanctasanctórum.

Blake me señalaba. Sentí una punzada de inquietud cuando la expresión de la devota cambió de pronto y abrió los ojos como platos al verme el pelo. Se sujetó la túnica con las manos y se apresuró a acercarse al profesor Sankara, que estaba en el otro extremo de la estancia. El profesor altasangre parecía aburrido, pero la devota lo arrancó de su ensimismamiento al susurrarle algo urgente al oído. El profesor frunció las cejas plateadas mientras desviaba los ojos negros hacia mí. Blake se había aproximado también a Sankara y la devota. Los tres comenzaron a conversar en cuchicheos, lanzando miradas inequívocas en mi dirección.

Torcí el gesto. «¿Y ahora qué?». ¿Tendría que ofrecer más sangre de lo normal? Me asaltó un mal presentimiento. El pulso se me aceleró cuando Blake se separó del grupo y echó a andar hacia mí.

—¡Pendragón! —bramó rompiendo el silencio. Todos los estudiantes se volvieron hacia nosotros—. Sal de la fila.

Lo miré desconcertada.

—¿Por qué?

—Porque no tienes que hacer ninguna ofrenda —dijo Blake con brusquedad—. Estás exenta, como los altasangres.

Fruncí el ceño. Qué poco se imaginaba que aquello era lo peor que podía decirme para convencerme de que hiciera lo que él quería.

—Pero si yo pensaba que...

—No pienses —me espetó entornando los ojos grises—. Fuera de la fila, Pendragón. Es una orden.

Se me aceleró el corazón cuando mi rebeldía natural amenazó con salir a la superficie. Luego caí en cuenta de lo idiota que estaba siendo. Por supuesto que lo último que quería era tener que hacer una ofrenda.

—De acuerdo —mascullé, y me aparté de la fila haciéndoles un gesto de resignación a Florence y Naveen—. ¿Y ahora qué?

—Ahora te esperas. —Blake sonrió con petulancia—. A menos que prefieras entrar en la nave y rezar en silencio.

—Gracias, pero no —me apresuré a decir, y conseguí morderme la lengua para no decir lo que opinaba en el fondo de toda aquella ceremonia repulsiva.

Me alejé de él y me refugié en un rincón tranquilo flanqueado por dos altos pilares de mármol blanco. Me apoyé en la pared y pensé en la orden brusca de Blake. Kage tenía razón; Blake no me respetaba. En el mejor de los casos, los dos estábamos atrapados en un matrimonio que no queríamos. En el peor de los casos, Blake pretendía utilizarme. Fuera como fuera, estaba decidida a liberarme. Aunque me encontrara varada en aquel mundo, no significaba que tuviera que estar atada a él. Me quedé paralizada cuando dos voces familiares llegaron flotando hasta mí.

Regan y Quinn. Las dos chicas debían de haber terminado con sus oraciones en el altar y caminaban ya por el perímetro exterior de la estancia, lejos de los oídos de los profesores. Si me quedaba donde estaba, no me verían. Acabé sumergiéndome en su conversación confidencial.

—Otro muermo de noche de ofrendas —se quejaba Quinn—. No puedo creer que tengamos que esperar mientras desangran a todo este ganado. —Torcí el gesto, consciente de que se refería a los sangrepútridas—. Me duelen las rodillas de arrodillarme en el escalón de piedra. ¿Crees que rezamos bastante?

—Parecíamos un par de zorras altasangres perfectamente piadosas —respondió Regan.

Las dos se rieron entre dientes.

—Además —continuó Regan—. Pensaba que a estas alturas ya te habrías acostumbrado a estar de rodillas. Escuché que con Edward Mantocenizo no haces otra cosa.

—¡Y me criticas tú, tonta! Funcionó, ¿o no? —dijo Quinn con una risilla—. Edward se lo suplicó a su padre y me aprobaron como una de sus consortes. Este año estaré contigo en los Juegos. Nos presentaremos en sociedad para hacerlo oficial.

Lo que faltaba. Quinn participaría en los Juegos de los Consortes. Aquello no me auguraba nada bueno.

—¿Irás al Rito de la Adoración este año? —le preguntó Quinn a Regan.

—No me invitaron. Hasta que no sea oficialmente la consorte de Blake, nada —musitó Regan. Interesante. Así que todavía no era algo oficial del todo. Quizá lo que Kage me había dicho era verdad—. No lo puedo creer. Ni que fuera una sangrepútrida cualquiera. Saben que estoy con Blake. Llevamos años comprometidos. Tengo derecho a asistir.

Reprimí un acceso de risa. Que tenía derecho, claro.

Quinn hizo un ruidito empático.

—No es justo —prosiguió Regan. Casi me la imaginaba haciendo pucheros—. Blake puede ir si quiere. Es el sobrino de lord Drakharrow y líder de una casa. Básicamente, puede hacer lo que le dé la gana. Pero dice que no puedo acompañarlo.

Me pregunté si Blake podía llevarla y lo que pasaba en realidad era que no quería.

—Mi padre sí irá —dijo Quinn—. Forma parte del círculo íntimo de lord Drakharrow. Dice que este año será muy exclusivo. Lord Drakharrow preparó algo especial.

—Bueno, exclusivo o no —respondió Regan irritada—, el año que viene seré una consorte con todas las de la ley si todo sale bien en los Juegos. Ya no podrán impedirme que vaya.

—Me pregunto a quién habrán encontrado para interpretar a la Doncella Sangrienta del rito este año —comentó Quinn—. Siempre es un despojo de baja cuna, pero hay años en que dicen que ha sido bastante hermosa. Se ve que las chicas se pelean por el papel. Es un gran honor para una sangrepútrida.

Regan se rio.

—Por supuesto que es un honor. La consienten antes del rito, la tratan como si fuera una reina. No me sorprende que compitan para que las escojan. Es el único momento que tiene algún valor en su patética vida.

—Pero la chica nunca regresa a casa —señaló Quinn casi dudosa.

—Por favor: se queda en el Sanctasanctórum, rodeada de altasangres. Vive rodeada de lujos en el lugar más sagrado de toda Sangratha. Una chica sangrepútrida jamás podría aspirar a algo así, viniera de donde viniera. Ya sabes que la mayoría viven en la miseria más absoluta. ¿Has visto alguno de los cuchitriles de Veilmar a los que llaman casa? En mi opinión, los sangrepútridas no se merecen ese honor —dijo Regan.

Se me revolvió el estómago, pero permanecí completamente inmóvil, escuchando. Regan y Quinn hablaban de aquel rito como si fuera una especie de cuento de hadas para la chica sangrepútrida. Pero a mí no me lo parecía. Nunca había nada bueno en que te escogiera un altasangre.

—No sé si Marcus Drakharrow interpretará al primer altasangre este año —continuó Quinn en tono de chisme—. Qué guapo es. Incluso más que Blake.

—¿Estás bromeando? Blake está mucho más bueno —contestó Regan molesta—. Y Blake no tiene la reputación asquerosa de Marcus con las mujeres. Además, no estaremos allí para verlo, ¿qué más da? A lo mejor el año que viene seleccionan a tu Edward. Eso sí que sería digno de ver.

—Pues la verdad es que tiene buenas... dotes —reconoció Quinn.

Las dos chicas se echaron a reír, pero se contuvieron enseguida.

Me acordaba de Marcus. Lo había visto aquel día sobre el estrado, en la Fortaleza Negra. Se parecía a Blake, pero era más ancho y un poco más bajo. Quizá también fuera más fuerte. ¿Sería producto de los pocos años que se llevaban?

—A lo mejor lo interpreta lord Drakharrow —dijo Regan bajando la voz—. Mi padre dice que el Consejo lo animó para que asuma el papel. Sea quien sea, seguro que es poderoso.

—Puaj, qué asco —se quejó Quinn—. ¿Lord Drakharrow? ¿Te lo imaginas? A lo mejor el año que viene lo hace Blake. ¿No sería un honor? —Era evidente que estaba intentando picar a Regan.

—No, lo dudo —replicó ella con frialdad—. Le diré que no lo acepte. Ya sabes que siempre me hace caso.

Conseguí reprimir un resoplido de escepticismo. Las voces de las chicas se disiparon cuando reemprendieron la marcha. Me quedé donde estaba, tratando de recomponer todo lo que habían dicho. El Rito de la Adoración. Una chica sangrepútrida interpretaba a la Doncella Sangrienta. Un hombre altasangre interpretaba al primer altasangre. Algo que me decía que aquel ritual no era como la Noche de las Ofrendas Mudas, sino algo más oscuro. Y tal vez Blake estuviera involucrado.

Apreté con fuerza los puños; había tomado una decisión. Asistiría al Rito de la Adoración por mi cuenta y descubriría qué se traían entre manos. Solo había un problema: debía encontrar una forma de llegar allí.

39
MEDRA

Dos días antes del Baile de la Larga Noche, Kage me envió un vestido. Llegó en una elegante caja negra, atada con un lazo de estrellitas plateadas. Cuando lo abrí, la tela se me derramó por los dedos, brillando como una noche líquida. El vestido tenía los colores de la casa Avari, negro con detalles en plata. El corpiño era ajustado, con un cuello en uve pronunciado y atrevido, delimitado por dos tiras finas de raso que dejaban al descubierto los hombros y la mayor parte de la espalda. La falda estaba compuesta por capas acampanadas de tul en las que habían bordado medias lunas plateadas. Una abertura alta recorría uno de los lados del vestido hasta llegar a la mitad del muslo.

Entre los pliegues de la tela había una nota: «Medra: no tienes por qué ponértelo, pero me honraría mucho. Los colores de la casa Avari te favorecen».

Vacilé un instante, sosteniendo la nota en las manos. Luego apreté la mandíbula. No le debía nada a la casa Drakharrow. ¿Por qué no debería aceptar aquel regalo?

Poco después estaba en mi habitación con Florence, que me apretaba los cordones del corpiño.

—Estás espectacular —dijo Florence con admiración.

Di media vuelta delante del espejo de pie, sintiendo como me rozaba el vestido las piernas.

—No me había puesto nunca un vestido así. —Bajé la vista. La abertura era indiscutiblemente pronunciada.

—Pues no lo habría dicho nunca. Vas a encajar a la perfección. El baile estará lleno de chicas con vestidos extravagantes que intentarán superar a las demás. —A Florence le brillaron los ojos—. Pero con el vestido que te mandó Kage, vas a dejarlas a todas a la altura de tus suelas. Me muero por ver la cara de Regan cuando te eche la vista encima.

Me volví hacia Florence. Llevaba un vestido modesto azul medianoche con mangas casquillo. Le llegaba justo por encima de la rodilla, y le dejaba a la vista unas pantorrillas y unos tobillos bien proporcionados.

—A lo mejor tu vestido es más discreto, pero estás espectacular, Florence —dije de corazón—. Sabes que no puedes estar siempre escondiendo ese cuerpo debajo de una capa. —Sonreí cuando se ruborizó.

Nos pusimos a arreglarnos el pelo mutuamente. Florence me recogió la mitad de los rizos rojos y dejó que el resto me cayera sobre los hombros, y luego me lo trenzó con un listón plateado. Era un estilo alborotado y caótico que casaba bien con el modelo atrevido de Kage. Cuando terminó, yo le recogí la larga cabellera lisa en un chongo elegante y le puse varios pasadores coronados por perlas para sujetarlo en su sitio. Tenía un aspecto refinado y sofisticado, tal como era ella en el fondo.

—¿Estás nerviosa? —me preguntó Florence mientras me ajustaba un pasador.

—Un poco —reconocí—. ¿Y tú?

Florence ladeó la cabeza.

—Seguramente estaría más nerviosa si no fuera con Naveen.

Sonreí.

—Te da tranquilidad, y eso es bueno. Naveen... —Estaba a punto de decirle algo como que no debía subestimar el potencial de Naveen cuando alguien tocó la puerta.

Una chica de primero esperaba en el umbral. Iba vestida con una túnica y unos pantalones; era evidente que no tenía pensado ir al baile.

—Medra, tienes a un invitado esperándote en la sala común.

Le di las gracias y me volví hacia Florence.

—Supongo que nos vemos allí.

Me apresuré a bajar la escalera de caracol. Al llegar al pie, contuve el aliento. Había una figura alta de pie junto al hogar. Por un momento, lo único que veía era una cabellera plateada y un cuerpo esbelto. Se me aceleró el corazón. Blake.

Luego la figura se dio la vuelta. Era Kage.

Vestía un saco negro formal con ribete plateado, perfectamente ajustado a su complexión delgada y musculosa. En la solapa izquierda llevaba un broche de plata con la forma de una luna creciente. Tenía un aspecto atractivo y regio, acentuado por los prominentes pómulos, que destacaban iluminados, y los ojos negros que le brillaban como el ónix.

Los labios se le curvaron en una sonrisa apreciativa cuando me repasó con la mirada.

—Estás exquisita. —Paseó los ojos oscuros por mi pelo—. El vestido te favorece. Te resalta el pelo. Como un fuego bajo el cielo nocturno.

Noté como se me encendían las mejillas ante aquel cumplido extravagante. Me toqué los bordados plateados del vestido sin saber qué decir, algo que no sucedía con frecuencia. Y con Blake, nunca.

Antes de poder responder en condiciones, Kage se metió la mano en el bolsillo del saco y extrajo una bolsita de terciopelo negro.

—Pensó que esto podría rematar el atuendo. —Se vació la bolsita en la palma de la mano y dejó a la vista una delicada gargantilla de plata con un medallón en forma de media luna—. ¿Me permites?

Se colocó detrás de mí y me desabrochó con cuidado el collar que llevaba en el cuello. Sus dedos me rozaron brevemente la garganta y me recorrió la columna un escalofrío.

Me pregunté si podría llegar a sentir algo por Kage Tanaka. ¿Sería lo que él querría? ¿Qué conseguía él con todo aquello, aparte de la oportunidad perfecta para sacar de quicio a Blake?

Y, además, ¿acaso le importaría a Blake? Tal vez fuera una muestra de arrogancia de mi parte pensar que le afectaría lo más mínimo verme en el baile del brazo de otro hombre.

—Perfecto —murmuró Kage apartándose—. Eres perfecta. —Me ofreció un brazo—. ¿Nos vamos?

Vacilé solo un instante, y luego se lo acepté. Nos fuimos juntos de la sala común, de camino al baile.

El comedor se había transformado por completo. Las largas hileras de mesas y bancos habían desaparecido. En su lugar habían colocado unas grandes mesas circulares cubiertas con manteles de lino blanco, todas decoradas con guirnaldas verde oscuro entretejidas con rosas azul claro, cuyos pétalos habían espolvoreado con una escarcha brillante. Del techo colgaban candelabros de cristal, largos y delgados como carámbanos. Habían encantado las paredes con algún tipo de hechizo, pues cambiaban mostrando imágenes de copos de nieve que se arremolinaban de un extremo a otro. Bajo los pies, el suelo parecía destellar y relucir, hechizado para que mostrara un diseño de hielo azul escarchado. Al fondo de la sala, en el centro del escenario, habían colgado un gran reloj plateado que contaba las horas que faltaban para el fin de la noche del solsticio.

Cuando entré en el salón con Kage a mi lado, divisé a Regan y a Blake. Estaban con un grupo de estudiantes de la casa Drakharrow. Blake nos daba la espalda, pero Regan estaba de cara a la entrada. Estaba despampanante, como siempre, aunque su vestido era un poco predecible: un atrevido modelo de raso rojo, corto y ajustado, que le dibujaba cada curva y dejaba poco lugar a la imaginación.

A Regan se le salieron los ojos de las órbitas y se quedó boquiabierta cuando Kage me acompañó al interior. Observé con curiosidad como agarraba a Blake del brazo y le susurraba algo urgente al oído. Él se giró despacio y se quedó de piedra. Nuestras miradas se encontraron y el mundo pareció detenerse. Vi como apretaba la mandíbula y los ojos se le ensombrecían. Me recorrió el cuerpo un escalofrío. No estaba contento. Era la reacción que había previsto, la reacción que quería. Me giré hacia Kage, que esbozó una sonrisa con la vista también puesta en Blake.

Levanté la barbilla, decidida a ignorar a todos los miembros de la casa Drakharrow y a centrarme en el hombre que tenía al lado. Kage me guio hasta una mesa llena de estudiantes con los colores de la casa Avari. No me sonaba ninguno, pero me recibieron con los brazos abiertos. Un chico se levantó y me ofreció su sitio.

Lo acepté de buen grado mientras la chica de al lado se inclinaba hacia mí.

—Me llamo Evie. ¿Es tu primer festival del Fuego Gélido en Bloodwing?

Asentí.

—Sí. Es un placer conocerte.

Kage tomó asiento a mi lado y echó un vistazo por el salón antes de volverse otra vez hacia mí.

—Perdóname por la insistencia —me susurró al oído con una voz grave y ronca—, pero hoy estás deslumbrante. Eres la mujer más hermosa del salón.

Sentí un rubor que me reptaba por el cuello, pero traté de ocultarlo con un gesto de cabeza cortés.

—Eres muy amable. Gracias.

Al lado de una persona tan zalamera como Kage me sentía algo incómoda y fuera de lugar, pero estaba decidida a que no se me notara.

Evie volvió a acercarse a mí con una sonrisa pícara en los labios.

—Debes saber que Kage nunca había traído citas a estas cosas.

Miré a Kage y arqueé una ceja, y él levantó los hombros como si aquello no fuera con él. Estaba a punto de responder cuando percibí una ráfaga de blanco y rojo. Al volverme vi a Catherine Mortis caminando hacia nosotros. La líder de la casa Mortis siempre tenía un aire de aburrimiento y una actitud altanera, pero aquella noche parecían incluso más pronunciados. Para mi sorpresa, no iba acompañada de sus siervas sangrepútridas, sino de dos atractivos altasangres, un hombre y una mujer. Caminaban detrás de ella, y parecían igual de aburridos.

La mirada de Catherine, como me percaté demasiado tarde, estaba posada en mí.

—Me gusta tu vestido —me dijo al acercarse a la mesa. Su tono era de aprobación, pero en sus ojos se percibía la misma superioridad de siempre—. Negro y plata. —Se volvió hacia Kage—. Buena elección.

No tenía claro si aquello iba dirigido a mí o a Kage.

—Gracias —contesté, sintiendo cierto pudor bajo su escrutinio.

Catherine Mortis se quedó allí un instante, y bajó la vista hacia Evie.

—Guárdame un baile más tarde, ¿quieres? —le dijo agitando una mano delgada.

Evie se ruborizó con placer y asintió.

Luego, después de hacerle un breve gesto de cabeza a Kage, Catherine continuó caminando, seguida de cerca por sus acompañantes.

Cuando se fue, me volví hacia Kage, muerta de curiosidad.

—¿Esos eran sus consortes?

Él asintió.

—Todavía no es oficial, pero su padre dio el visto bueno. Estarán en los Juegos contigo.

Recordé lo que había oído sobre Catherine. Prefería a las mujeres, pero había elegido un consorte. Por cuestiones reproductivas, supuse. Vaya decisión. Aunque los nobles altasangres debían de estar acostumbrado a hacer esa clase de sacrificios.

—¿Dónde están tus consortes? —le solté sin ser capaz de contenerme—. Lo siento. ¿Fue de mal gusto?

Kage sonrió y negó con la cabeza.

—Aún no tengo ninguno. En la casa Avari, los arcontes pueden elegir con libertad. Nos pasamos años en Bloodwing. Todavía me queda mucho tiempo para decidirme. —Me miró de arriba abajo, con una expresión sugerente.

Sentí una mezcla de intriga e incomodidad ante aquella insinuación, pero antes de que pudiera responder, Kage se puso de pie.

—La orquesta empezó a tocar.

Me volví hacia el escenario y vi que tenía razón. La banda de Bloodwing había comenzado a tocar y estaba tan distraída que no me había dado cuenta. Allí estaba Naveen en primera fila. Busqué a Florence entre la multitud. Estaba sentada en una mesa cerca del escenario con otros alumnos de primero, charlando y riendo. Me pregunté qué ocurriría entre ella y Naveen aquella noche. ¿Tendría Naveen el coraje de decirle lo que sentía?

Tardé en darme cuenta de que Kage me estaba ofreciendo una mano.

—¿Me concedes este baile?

40
BLAKE

«No me jodas».

Eso fue lo primero que pensé cuando la vi entrar en el salón con un vestido que parecía gritarme: «¡Por favor, arráncame de este cuerpo de diosa!». Mi reacción fue visceral. Como recibir un puñetazo en el corazón. Una opresión inmediata en el pecho. Y luego vi los colores: negro y plata. Los tonos de la casa Avari. ¿Y a su lado? ¿Con una expresión tan petulante que sentí el impulso de partirle aquellos dientes blancos y perfectos? El mismísimo cabrón de Kage Tanaka.

Volví a fijarme en Pendragón. ¿Qué llevaba en el cuello? Un medallón en forma de media luna de plata. Una marca. Un reclamo. Era como si Kage la hubiera señalado con los colmillos.

Apreté la mandíbula con tanta fuerza que creí que se me partiría.

El vestido, el collar, la imagen de Kage a su lado. Era una demostración de poder. Kage estaba presumiéndola. Siempre habíamos sido rivales. Era el único de la escuela que se acercaba a mi nivel, y estaba provocándome deliberadamente. Bueno, pues había funcionado. Había activado algo tan primario y posesivo en mis entrañas que apenas conseguía controlarlo.

Kage se volvió para decirle algo a Pendragón y vi como clavaba la mirada en su escote. Le habría arrancado los ojos de cuajo por haberse atrevido siquiera a mirar. ¿Cómo podía contemplarla así cuando era tan evidentemente mía?

Por muy furioso que estuviera, había algo que era innegable: Pendragón era la mujer más espectacular del salón. Apenas podía despegar los ojos de ella, pero sabía que no me quedaba otra, porque notaba la mirada celosa de Regan clavada en mí. Si tardaba demasiado en apartar la vista, habría otros que comenzarían a fijarse en mi atención obsesiva y todavía quedaría más como el hazmerreír del comedor.

La voz de Regan me arrancó de mis pensamientos.

—Blake, cariño —ronroneó jalándome la manga—. Estás mirando con descaro.

La ignoré y vi como Kage guiaba a Pendragón entre la multitud en dirección a una de las mesas reservadas a la casa Avari.

Regan me puso una mano en el pecho, un contacto inoportuno y persistente.

—Blake, hazme caso —dijo con voz seria.

Me obligué a apartar la mirada, y Regan me sonrió.

—Mucho mejor. El baile está a punto de empezar.

—No me interesa —contesté con frialdad.

Regan resopló molesta.

—Esta noche estás siendo un muermo, Blake.

—Y tú una harpía petulante, como siempre —le espeté con crueldad—. No te invité a venir, así que no te hagas la dolida. Vete a buscar a otro al que molestar.

Me volví, pero no sin antes ver cómo le cambiaba el rostro el rostro. Se me había agriado el ánimo. De repente no quería tener cerca a nadie. Me mezclé con la multitud y comencé a deambular por los límites del salón. No podía irme. Mi presencia era obligatoria como líder de una casa. Y, como líderes de una casa, Tanaka y yo tampoco teníamos permitido pelearnos. Por muchas ganas que tuviera de saltarme esa norma, sabía que me buscaría la ruina si lo hacía. Algo mucho peor que lo que casi le había pasado a Pendragón cuando me atacó.

Mirara donde mirara, veía a Pendragón y a Kage.

En cuanto la orquesta empezó a tocar, Tanaka la sacó a bailar. Debía reconocer que tenía buen gusto. Era evidente que el vestido de Pendragón lo había escogido él. El escote era indiscutiblemente bajo. Mis colores la habrían favorecido más, pero incluso con el negro y el plateado estaba del todo deslumbrante. Su fiero pelo rojo relucía en contraste con la tela oscura del vestido, una prenda sorprendente y atrevida que le dibujaba cada curva del cuerpo de una forma que hacía que se me secara la garganta.

Me mataba ver a Kage acompañándola por la estancia.

Después de estar un rato caminando en círculos, volví al grupo de los Drakharrow. Regan hablaba demasiado y se reía a pleno pulmón. Me tocó el brazo y trató de que me quedara con ellos, pero yo me aparté. Sabía que me estaba portando como un imbécil, pero no le había pedido que acudiera al baile y me molestaba bastante que se comportara como si se lo hubiera suplicado. No se lo había pedido a nadie. Sabía que Pendragón me habría rechazado sin miramientos, y la idea de ese rechazo se me antojaba del todo insoportable.

Comenzó una canción lenta y vi como Kage le ponía las manos en la cintura a Pendragón y la guiaba siguiendo el ritmo de la melodía. Todos los instintos de mi cuerpo me decían que atravesara la pista y la arrancara de sus brazos.

La idea de que Kage pudiera creer que la noche terminaría con él y Pendragón en la cama hacía que me hirviera la sangre. Ni de broma iba a permitir que eso ocurriera. Me recordé que era el único de aquel salón que sabía cómo era ella debajo de tanta seda y plata. Recordaba cada detalle. La perfección de sus pechos, la curva de sus caderas, esas piernas exquisitas. Miré de reojo la pista y observé con disimulo el bulto de sus pechos que presionaban la tela satinada del vestido negro. Me imaginé jalando hacia abajo del vestido y dejando al descubierto la punta de un pezón duro por el aire frío de la noche antes de que mi boca ardiente le cayera encima.

Mierda. Tenía que dejar de torturarme si no quería pasarme toda la noche con una erección.

Tal vez a Kage le pareciera un juego. Una estrategia para enfurecerme al presumir de Pendragón. Pero yo la conocía demasiado bien, ¿no? Era tozuda y rebelde, y era imposible que permitiera que Kage le cortara las alas.

Esperaba no equivocarme.

Y, sin embargo, mientras Kage la hacía dar vueltas y yo veía como a ella se le iluminaba la cara con una sonrisa que parecía sincera, apretaba los puños con fuerza. A mí nunca me había sonreído así. Parecía feliz, como si se lo estuviera pasando bien. Sabía que se habría reído de mí en la cara si la hubiera invitado al baile. Pero en ese momento, al verla con Kage, sentí remordimientos por no haberlo intentado.

Necesitaba beber algo para relajarme un poco. Me acerqué a la barra y pedí una copa de vino de sangre. Me hacía falta algo lo bastante fuerte para ahogar la imagen de Kage y Pendragón meciéndose uno en los brazos del otro en la pista de baile. Justo cuando el mesero me alargaba la bebida, oí una voz familiar a mi lado. Me volví y vi a Kage pidiendo dos copas, una para él y otra para Pendragón.

—Vino de sangre para mí y vino especiado para la dama —dijo Kage con delicadeza.

Me bebí mi copa de golpe y la dejé en la barra con tanta fuerza que noté que se le partía el tallo. El mesero me miró de arriba abajo y se apresuró a limpiarlo.

Me volví hacia Kage.

—¿Vino especiado? ¿En serio? ¿Y tú cómo sabes lo que le gusta?

Kage se volvió poco a poco hacia mí.

—Son pequeños detalles, Drakharrow. Cuando compartes un tiempo con una persona, comienzas a percibirlos.

Tensé la mandíbula, y él sonrió con suficiencia.

—¿Crees que la conoces por haber pasado unas horas con ella en un baile? No tienes ni puta idea.

Kage no iba a ninguna de nuestras clases. La casa Avari contaba con sus propias sesiones de Armamento Avanzado. ¿Cuándo había pasado tiempo con ella? ¿Se habían estado viendo a mis espaldas?

Kage se apoyó en la barra con indiferencia.

—Estoy empezando a conocerla. Medra está llena de sorpresas, ¿no te parece? Esconde mucho más de lo que se ve a simple vista.

Di un paso hacia él.

—Si tanto la conoces, debes de saber que no es de las que se dejan comprar con un puñado de zalamerías y vino barato.

Kage arqueó una ceja.

—Puede que no. Pero parece que está disfrutando de mi compañía esta noche, ¿no crees? Al fin y al cabo, llevas tanto rato mirándonos que ya te habrás dado cuenta.

—Disfruta del momento mientras puedas —le gruñí—. Nunca vas a llegar a conocerla tanto como yo.

Kage sonrió, pero su tono se volvió gélido.

—¿Tanto como tú? Qué curioso. Desde aquí no me parece que la conozcas en absoluto. Ni que ella quiera que la conozcas, vaya. ¿Te da miedo que descubra que otra persona puede tratarla mejor de lo que tú la vas a tratar en tu vida?

Un arrebato de ira me inundó el pecho. Las manos me pedían a gritos que lo agarrara del cuello y le borrara esa expresión arrogante de la cara. Me contuve, aunque a duras penas. No le daría a Kage la satisfacción de armar allí un numerito, delante de toda la escuela.

—Medra no es un juego, Kage —le dije con una nota de advertencia en la voz.

A Kage le brillaban los ojos de lo bien que se lo estaba pasando.

—Si no es un juego, ¿por qué estás jugando tan mal? No hace falta que te pongas celoso, Drakharrow. Al menos intenta mantener la compostura.

El impulso de partirle la cara era casi insoportable.

—¿Celoso, yo? —le espeté—. No estoy celoso. Lo que pasa es que no soporto a las víboras oportunistas.

A Kage no le flaqueaba la sonrisa.

—Lo que tú digas. Pero recuerda que no has hecho nada para ganártela. Es un regalo que no has valorado nunca. Así que tal vez el problema no sea yo, Drakharrow. A lo mejor eres tú.

La sangre me palpitaba en los oídos.

Kage se inclinó hacia mí.

—Y ahora mírate. Observando desde la grada —murmuró—. Viendo como se te escapa entre los dedos. ¿Qué se siente? Tuviste tu oportunidad, Drakharrow. Ahora está conmigo.

Quería pintar el suelo de la pista de baile con su sangre. Pero no podía. Allí no, delante de todo el mundo. Y menos sabiendo que Pendragón lo percibiría como una muestra de debilidad.

Le hice un gesto al mesero para que me sirviera otro vino de sangre, en un intento por sofocar mi furia.

—Te estás metiendo en terreno pantanoso, Tanaka. Disfruta de la noche mientras puedas.

Respiré hondo cuando Kage se dio la vuelta y se fue. Solo tenía que aguantar el resto de la noche. Había demasiado en juego como para cagarla a aquellas alturas.

No sé cómo conseguí llegar a la medianoche sin haber estrangulado a Kage ni haberlo lanzado por la pista de baile. Era un milagro del Fuego Gélido, sin duda. Vi que el reloj se acercaba a las doce. Cuando tocara la medianoche, llegaría el momento del vals del Baile de la Larga Noche. Me quedé en la orilla de la pista de baile, observando cómo se preparaba la orquesta. Se suponía que los arcontes debían bailar con uno de sus consortes. Aquella danza estaba reservada solo a los altasangres. Aunque no le hubiera pedido oficialmente a Pendragón que me acompañara, ni de broma permitiría que Kage se apropiara de aquel momento.

La localicé cerca de la ponchera, charlando con su amiga Florence, la muchacha callada de pelo negro, y me ajusté el saco y eché a andar hacia ellas. Cuando llegué, no me anduve con rodeos.

—Baila conmigo —le dije ofreciéndole una mano.

La vi vacilar. Frunció el ceño. La había tomado por sorpresa. Por un breve instante, percibí en su rostro el deseo de rechazarme.

—Este baile es para arcontes y consortes —añadí tenso. Básicamente, se lo estaba ordenando. Pero me daba igual. No estaba dispuesto a bailar con Regan.

Se notaba que Medra no quería montar un espectáculo, y menos con todo el salón de baile mirándonos.

—Está bien —contestó posando una mano sobre la mía. Su voz mostraba una notoria falta de entusiasmo.

Con todo, estaba que no cabía en mí cuando la guie hasta la pista de baile justo mientras atenuaban las luces para el vals. La danza era una tradición ancestral, una forma de cerrar la noche más larga del año y celebrar el nacimiento de vínculos para el año siguiente.

Agarré a Pendragón de la cintura con firmeza y la atraje hacia mí más de lo estrictamente necesario. Me alivió que no se resistiera. Quería que sintiera mi presencia, que estaba allí con ella y para ella, más que Kage o cualquier otra persona.

—¿Sabes qué? —comencé mientras evolucionábamos por la pista—. Dicen que con la persona con la que bailas durante el vals del Baile de la Larga Noche compartirás un vínculo profundo durante el año siguiente. En origen, era una tradición mortal. Un poco sentimental, pero bastante romántica, ¿no te parece?

¿Aquello lo había dicho yo? Una parte de mí sintió el impulso de darme un cachetadón. Me estaba arriesgando a quedar como un completo idiota.

Pendragón no respondió de inmediato. Tenía los ojos fijos en mi hombro, como si intentara esquivarme la mirada.

Sentí como me invadía la frustración mientras el silencio se alargaba. Había sido un gesto sutil que significaba más de lo que parecía. Y, sin embargo, a ella no parecía importarle.

Cuando por fin habló, su voz era gélida.

—Blake, llevas medio año tratándome como a una mierda. Dudo que eso vaya a cambiar de repente el año que viene solo porque ahora estemos bailando.

Sus palabras me cayeron como una cubeta de agua fría. No esperaba que hablara sin tapujos y su franqueza me agarró con la guardia baja. Tenía una respuesta agria en la punta de la lengua, pero me contuve cuando me inundaron los recuerdos de los insultos y las humillaciones, de todo lo que le había hecho para llevarla al límite. Y ella no sabía ni la mitad. Medra tenía razón. No quería admitirlo, pero tenía razón. Apreté la mandíbula, reproduciendo todas las interacciones que habíamos tenido.

Pensé en el día en que la conocí. Desnuda y cubierta de sangre. Me había cautivado a primera vista, por mucho que intentara convencerme de lo contrario. Habría sido mucho más fácil desear a alguien como Regan, a alguien que se lanzara a mis brazos.

Pero no. Era Pendragón. Siempre era Pendragón.

Cuanto más trataba de alejarse, más la deseaba. Nadie me había sacado jamás tanto de quicio. Aquello ya no era solo odio. Había algo más, algo más profundo. Algo que me aterrorizaba. Tal vez fuera el vino de sangre, pero de pronto se me ocurrió que a lo mejor el amor y el odio no eran tan distintos. ¿Acaso no eran, a fin de cuentas, dos caras de la misma moneda? No tenía claro cuál estaba sintiendo en aquel momento, pero había algo indiscutible: la deseaba. Más de lo que había deseado nunca nada. Y quería que ella también me deseara, aunque se odiara por ello.

—Todo lo que hice fue para hacerte más fuerte. Eres mía, Pendragón, y eso no va a cambiar jamás. —Se me escaparon las palabras antes de que pudiera reprimirlas.

Sentí cómo se tensaba bajo mis manos, cómo se enderezaba su cuerpo contra el mío.

Era cierto. Era mía. Y de nadie más. No era de Kage ni de nadie.

Pero se estaba tensando entre mis brazos. Puso la espalda recta. Elevó la cabeza. Me miró y entornó los ojos; su cara era una máscara de ira.

—No seré nunca tuya, Blake Drakharrow. ¿Cuándo te lo meterás en esa cabeza de altasangre tan dura que tienes?

Antes de que pudiera responder, antes de que pudiera arreglar el desastre que acababa de provocar, se fue. Se soltó de mis brazos, echó a andar por la pista de baile y me dejó allí solo, desconcertado.

Tenía la impresión de que el salón se cerraba en torno a mí. Notaba como las miradas de los otros estudiantes me marcaban la piel como un hierro al rojo vivo. A lo lejos divisé a Kage Tanaka sonriendo, disfrutando con claridad de mi humillación. Pero me fijé en que Pendragón no había vuelto corriendo a sus brazos. Yo no había pretendido decir esas palabras exactas ni espantarla. Sin embargo, allí solo, el peso de mi fracaso me cayó encima como una losa y pensé en la amenaza de mi tío. Podía arrebatármela. Entregársela a otra persona o quedársela para él. Pero aquello no había terminado, ni mucho menos.

Seguí a Pendragón con los ojos mientras se perdía entre la multitud, de camino a las puertas. Se me encogió el corazón. La deseaba. La necesitaba tanto que ya empezaba a ser un problema. Si no acudía a mí por su propio pie, tendría que adoptar un enfoque diferente.

Salí de la pista de baile y regresé a la barra, donde me bebí de un trago otra copa de vino de sangre. El licor mezclado con la sangre se me subió directamente a la cabeza. Tal como esperaba. Me relajé en cuanto comenzaron a apoderarse de mí los vapores cálidos del alcohol. Todo saldría bien. Todavía había tiempo. Ganaría ventaja y recuperaría el control. Le haría ver que su lugar estaba conmigo, de una forma u otra.

La noche acababa de empezar.

41

MEDRA

Cuando salí del salón, temblaba de rabia.

Blake Drakharrow se podía ir directamente a la mierda.

Me pasé una mano por la cara y me la noté mojada. Me la sequé con nerviosismo. Tenía las emociones a flor de piel. Se me había hecho un nudo de ira, de dolor y de otra cosa que ni siquiera me atrevía a nombrar.

Encontré un banco en el pasillo, fuera del comedor, y me senté allí. Luego apoyé la espalda en la fría pared de piedra. Aún sentía la presión de las manos de Blake en mi cintura, y me repugnaba.

Los estudiantes comenzaban a salir del salón de baile, y las carcajadas y las conversaciones inundaron el pasillo. Vi a unas cuantas parejas fundirse con las sombras, abrazadas. Algunas pasaban corriendo por delante de mí, riéndose, tomadas de la mano. Por lo visto el Baile de la Larga Noche también era un momento fantástico para llevarse a alguien a la cama.

Ni siquiera me había despedido de Kage. Y en parte tampoco tenía ganas. Quién sabe lo que esperaba de mí, lo que se sentía con derecho a hacer. Pero debía reconocerle que se había portado como un caballero toda la noche, que ya era más de lo que podía decirse de Blake.

Me hundí un poco más en el banco. Parte de mí solo quería desaparecer. Pero entonces vi que Florence salía del comedor.

—Medra, ¿estás bien? —me preguntó al acercarse—. Te fuiste tan rápido...

Forcé una sonrisa.

—Sí, tranquila. Necesitaba un poco de aire fresco.

—¿Blake se volvió a portar como un idiota? —me preguntó con empatía.

Asentí. Era más fácil que contarle con pelos y señales lo que había pasado.

—¿Cómo estuvo tu noche? ¿Dónde está Naveen?

Florence se volvió hacia el salón.

—Sigue dentro, ayudando a la orquesta a recoger.

Con una punzada de culpa, caí en cuenta de que ni siquiera había prestado atención al solo de Naveen. Había estado demasiado absorta en mis problemas, primero distraída con Kage y, luego, con Blake. Naveen debía de haber tocado cuando estaba bailando con Blake. No había oído ni una sola nota.

—No llegué a oír su solo —reconocí—. Me siento fatal.

—Lo entenderá —me consoló Florence—. Probablemente ni te pregunte. Aunque le salió muy bien. Tocó de maravilla, no falló ni una sola nota. Estaba radiante. No te preocupes, Medra. Pasó una buena velada. Se cumplió todo lo que quería.

Le estudié el rostro.

—¿En serio? ¿Todo, todo? ¿Te... dijo algo?

Ella arrugó la nariz.

—¿Sobre qué?

Suspiré. No le había dicho nada.

—Da igual. Luego te lo cuento.

—Vamos, vuelve conmigo a la torre de primero. Podemos sentarnos en la sala común y escuchar cómo los demás chismean sobre la noche —me sugirió Florence, y me guiñó un ojo—. Y así me cuentas lo que es tener a Kage Tanaka y a Blake Drakharrow peleándose por ti.

Gemí.

—No sé si es algo que tenga ganas de recordar.

Percibí un movimiento detrás de ella. Blake acababa de salir del comedor. Llevaba una botella de alcohol rojizo en la mano. Vi como se la llevaba a los labios. Sus movimientos parecían más lentos que de costumbre, lánguidos, como si ya se hubiera pasado con la bebida.

Se me aceleró el pulso. Era mi oportunidad.

Florence seguía quieta, esperándome.

—Vete sin mí —me apresuré a decir—. Voy a dar una vuelta para despejarme. Te veo luego en la sala común.

Florence dudó.

—¿Estás segura?

—Estoy bien, de verdad —contesté—. Nos vemos luego.

Florence asintió y me dejó oculta en las sombras. Blake iba en dirección contraria, alejándose mí, y estaba bastante segura de que sabía adónde iba. Esperé hasta que Florence desapareció por el otro extremo del pasillo antes de levantarme y comenzar a seguir a Blake, que iba ya por la mitad del corredor, dando pasos algo torpes. Saltaba a la vista que pretendía ahogar sus penas en la botella de la que estaba bebiendo. Debía andarme con cuidado. Lo más probable era que estuviera enojadísimo conmigo. Lo había humillado, y no solo aquella noche, sino varias veces.

Lo seguí por los pasillos laberínticos de la academia, avanzando sin detenerme, pero con cautela. Un movimiento en falso y podría sentirme. No tenía ni idea de hasta qué punto podía embotarle los sentidos el licor que estaba tomando. Cuando llegamos al Atrio de los Dragones, sonreí satisfecha. Mi predicción era correcta.

Hacía frío en el atrio. Solo llevaba puesto el vestido de Kage y el aire de Hiemal penetraba hasta los huesos. Con todo, me rezagué, observando a Blake dirigirse a la abertura de la escalera secreta. Esperé hasta el último momento para salir disparada detrás de él, y el pasaje se cerró sobre mi cabeza en cuanto descendí. El aire se iba calentando a medida que bajaba. Esa vez conocía el camino, pero solo hasta cierto punto.

Sabía que Blake no tomaría el mismo camino esa noche, pero tampoco podía arriesgarme a toparme con él en la oscuridad. Guardé las distancias, escuchando sus pasos, y luego igualando su ritmo. Finalmente, llegamos a la cámara abovedada donde yacía en silencio el descomunal cráneo de dragón.

Me quedé atrás y lo vi dirigirse a la entrada con forma de arco marcada con el nombre de la casa Orphos.

Lo seguí a cierta distancia mientras avanzaba por las catacumbas de los Orphos, donde reposaban en sus nichos las calaveras de los dragones de la casa, muertos tiempo ha, contemplando la oscuridad a través de sus cuencas vacías.

Las catacumbas se acabaron al fin y Blake tomó un túnel más hondo. Descendimos, paso a paso, por interminables pasadizos. La temperatura cayó en picada y el olor a moho y salitre llenó el aire. Debíamos de estar caminando de nuevo por debajo del nivel del mar, como en la otra ocasión. Pero esa vez estaba prácticamente segura de que no terminaríamos en Veilmar.

Hubo un momento en que dejé de oír los pasos de Blake. Me rezagué, esperando a ver si conseguía percibirlos de nuevo. O se había adelantado demasiado, o se había parado porque me había oído caminar detrás de él. No me quedaba otra opción que arriesgarme, así que continué.

No había nadie delante de mí. El pasadizo estaba vacío.

El túnel seguía extendiéndose frente a mí. Debía de llevar al menos una hora caminando, sumida en una oscuridad absoluta, oprimida por todos lados, consciente de que encima de mí solo había una capa de roca que me protegiera del peso del mar entero. Justo cuando empezaba a sentir que ya no podía soportar más aquel confinamiento, descubrí que estaba ascendiendo. Una escalera empinada y sinuosa me llevó cada vez más arriba. Las piernas me dolían de la subida. Las paredes comenzaron a cambiar. La piedra áspera y húmeda dio paso a un mármol blanco pulido. Aparecieron antorchas a intervalos en lámparas de hierro clavadas en los muros.

La escalera se acabó. Estaba en un descanso, pero no había puertas ni manijas a la vista. Estaba rodeada por muros de mármol blanco sin fisuras.

Pero supe que estaba en el sitio correcto cuando localicé, oculta en un rincón, la botella de alcohol que se había llevado Blake. Sin pensarlo dos veces, la tomé y le di un largo trago. Me atraganté; el licor era fuerte. Se me subió a la cabeza al instante. Le di otro trago. Aquella noche necesitaba coraje, y, si eso era lo que se lo estaba proporcionando a Blake, confiaba en que a mí me funcionara también.

Me fijé en una pequeña muesca en una de las paredes de mármol, apenas perceptible. Apoyé la mano encima y se oyó un clic sutil. Entonces se abrió un panel, poco más ancho que una fisura. Metí la mano, lo jalé hacia mí, y eché un vistazo. No había nadie a la vista. Entré y volví a jalar el panel hasta casi cerrarlo por completo.

Tal como esperaba, había llegado al Sanctasanctórum de la Doncella Sangrienta, pero esa vez me encontraba en una parte del templo totalmente distinta. Uno de los niveles superiores. El entrepiso al que había llegado estaba rodeado por una galería con vistas a un enorme patio.

El lugar estaba delimitado por unas imponentes columnas de mármol. Unos altos cirios decoraban los bordes de la galería y proyectaban un fulgor cálido sobre el mármol pálido. El barandal estaba cubierto de enredaderas salpicadas de exuberantes flores blancas. Di un paso al frente y contuve el aliento. No veía a Blake por ningún sitio, pero tampoco parecía haber nadie más en aquel nivel.

Repté hasta el pasamanos de la galería con el corazón en un puño. Al llegar, me agazapé y eché un vistazo entre los balaustres.

Un grupo de altasangres estaba reunido al menos dos pisos por debajo de donde yo me encontraba de cuclillas. Vestían túnicas negras largas y llevaban máscaras de plata que les cubrían los ojos y la mitad superior del rostro, dejando expuesta solo la boca.

En el centro del patio había un pedestal sobre el que descansaba un gran cuenco de plata. Del techo colgaban cadenas de plata que se mecían ligeramente. Al fondo del patio, una silla negra parecida a un trono aguardaba vacía a que alguien la ocupara.

Las figuras sin rostro se agrupaban en torno al cuenco, como si estuviera a punto de suceder algo. Y no tuvieron que esperar demasiado. Por todo el lugar resonó un gong, grave y retumbante, y yo di un salto. El grupo de altasangres enmascarados se quedó inmóvil, y entonces se volvieron hacia el extremo del patio.

Me tensé cuando un individuo con túnica negra y una media máscara del mismo color apareció en la estancia. Se movía despacio, con decisión. Los altasangres enmascarados se separaron para dejarlo pasar, y lo saludaron agachando la cabeza.

Llegó al trono negro y se volvió con elegancia antes de acomodarse. Entonces se oyó un segundo gong.

Una joven con un vestido blanco y vaporoso emergió de las sombras. A diferencia de los demás, no se había cubierto el rostro. Sonreía y no parecía tener miedo. Llevaba la melena negra y ondulada suelta. Cruzó despacio el patio, pisando el suelo de piedra con los pies descalzos. Los altasangres enmascarados se fueron apartando y se inclinaron profundamente cuando pasó por delante, como si fuera su reina.

O su diosa.

El pulso se me aceleró y sentí una opresión en el pecho.

La mujer de blanco se detuvo ante el trono negro. Observé desde mi escondrijo cómo se ponía de pie poco a poco el hombre enmascarado. Su túnica negra se agitaba con sus movimientos.

—Doncella Sangrienta, ¿aceptas lo que te ofrezco? —declamó. Las palabras estaban cargadas de una solemnidad ritualista.

La joven del vestido blanco alzó la vista hacia él y, con voz calmada y clara, respondió:

—Sí. ¿Aceptas tú lo que te ofrezco yo?

Un extraño murmullo de expectación se propagó entre los altasangres enmascarados.

El hombre del trono asintió.

—Sí, lo acepto. —Se volvió hacia el grupo de altasangres, señalando a la mujer con las manos—. Que comience la unión de la Sangre Bendita.

—Que comience —murmuraron los presentes al unísono.

El hombre los examinó.

—¿La adorarán?

Las voces de los altasangres se elevaron en un coro que ponía los pelos de punta.

—La adoraremos.

Contuve el aliento cuando vi a la joven subir los escalones del trono. Cuanto más se acercaba al hombre, más pesado parecía el aire, cargado de misterio y de una tensión oscura.

Estaba completamente desconcertada. ¿Qué demonios estaba pasando?

La mujer subió el último peldaño y luego, para mi sorpresa, se sentó a horcajadas sin rodeos en el regazo del hombre.

La imagen me parecía fuera de lugar, perversa. Y, sin embargo, el acto estaba cargado de sensualidad. La cabeza me hervía y los pensamientos se me agolpaban justo cuando una mano me tapó la boca.

—Te atrapé —me susurró Blake al oído.

42
BLAKE

La tenía justo donde quería.

—¿En serio creías que no sabía que me estabas siguiendo? —le murmuré al oído.

La jalé para levantarla y noté que estaba temblando.

—Nos van a ver —contestó.

Vamos, tenía miedo. Y hacía bien. Se estaba metiendo donde no la llamaban, y, si la hubiera encontrado otra persona que no fuera yo, las devotas la habrían matado sin pensárselo dos veces, con o sin el pelo rojo de los jinetes. Viktor habría perdido la cabeza, claro, pero ya habría sido demasiado tarde. Había vulnerado el Sanctasanctórum al invadirlo sin invitación.

—No hay nadie en este nivel y los de abajo no se van a molestar en alzar la vista. —Pero, por si acaso, apagué las velas más cercanas para que las sombras nos engulleran.

Cuando se sintió algo más segura, intentó apartarse de mí.

—Cabrón de mierda —dijo entre dientes—. Suéltame.

—Oye, eres tú la que seguiste, Pendragón. Nadie te obligó a venir. ¿En serio crees que los sentidos vampíricos son tan inútiles como para no haberte oído dando pisotones detrás de mí?

—La última vez no me oíste —replicó ella.

La última vez estaba tan desesperado por llegar a un burdel de sangre y alimentarme que no tomé las precauciones de siempre.

Había atribuido los ruidos que oía a mi imaginación. Pero desde que sabía que Medra conocía el pasaje que salía de Bloodwing, no iba a cometer el mismo error.

Sin embargo, decidí hacerla enojar.

—A lo mejor quería que me siguieras. A lo mejor me daba lo mismo. ¿No se te pasó por la cabeza? A lo mejor me gustaba que me estuvieras espiando.

Se tensó entre mis brazos.

—Igual que a ti parece gustarte estar espiando ahora mismo. —Le acaricié la mejilla con la cara—. No eres capaz de apartar los ojos, ¿eh?

—¿Qué están haciendo? —me susurró.

—Espera y verás.

Abajo, la muchacha que interpretaba a la Doncella Sangrienta seguía sentada en el regazo del altasangre enmascarado. Su túnica blanca contrastaba marcadamente con la ropa negra de él. Una inocencia que esperaba ser mancillada.

El silencio del patio pareció ahondarse cuando el altasangre acercó las manos a los hombros de la muchacha y, poco a poco, le abrió los broches que sostenían la túnica en su sitio.

La muchacha permaneció inmóvil, con los ojos entornados y el pecho subiéndole y bajándole despacio con cada respiración honda.

Las manos del hombre se movían con lentitud mientras reseguía el brazo de la muchacha antes de llegar a la curva de su cintura. Aquella noche no habría prisa alguna, solo la revelación gradual de la mujer que había bajo la túnica blanca.

Los observadores enmascarados guardaban un silencio reverencial por el ritual, pero a pesar de aquel ambiente de solemnidad sagrada, la atmósfera era indiscutiblemente carnal.

Sentí que Pendragón aguantaba la respiración cuando los broches se desprendieron al fin y la túnica blanca se deslizó por los hombros de la chica hasta dejar al descubierto su piel, pálida y tersa.

Tenía los pechos más bien pequeños, pero firmes y erguidos. El aire frío le había arrugado los pezones, de un rojo oscuro. El Sanctasanctórum siempre se aseguraba de escoger a un espécimen hermoso de sangrepútrida. Sin embargo, no era la muchacha de abajo la que captaba mi atención, sino la que sostenía entre mis brazos.

Agarré a Pendragón de la cintura para sujetarla con firmeza. Ella había puesto las manos encima del barandal de la galería desde donde contemplaba la escena. Casi parecía haberse olvidado de dónde tenía yo las mías, de que lo único que separaba mi piel de la suya era apenas una capa de tela.

El ritual la había cautivado. Era incapaz de despegar la vista.

Me incliné ligeramente hacia delante hasta hundir el rostro en su cabello. El aroma era increíble, como hojas caídas con una nota de jazmín. Y, por debajo de todo, el olor acre de la sangre.

—¿Se puede saber qué haces? —me preguntó de repente con voz incómoda.

Y, aun así, no se apartó.

—Concedámonos una tregua —murmuré con parsimonia—. Una noche de tregua. No quieres que saque, ¿verdad? ¿Prefieres que avise a las devotas para que te expulsen? Porque basta decirlo.

Medra vaciló un instante antes de negar con la cabeza.

—Me alegro. Quédate, pues. Aquí conmigo. Yo te protegeré. Si alguien nos descubre, diré que es culpa mía, que yo te traje. Que infringí las normas.

—¿Harías eso por mí? —me preguntó sin dar crédito, como si no la hubiera protegido ya incontables veces.

No dije nada; me limité a deslizar aún más abajo las manos por sus caderas. Ella dejó escapar una exclamación sutil mientras ponía de nuevo la mirada en el espectáculo que se desarrollaba abajo.

El hombre altasangre acariciaba los delicados pechos blancos de la muchacha. Jugueteaba con sus pezones, se los estimulaba y se los pellizcaba. Ella se arqueó alzando la cabeza y exponiendo la garganta desnuda.

El altasangre se inclinó hacia delante, pero no fue por el cuello de la chica, sino que optó por succionarle un pezón erecto. Juntos observamos cómo se introducía aquel botón exquisito en la boca y lo lamía con una pasión desinhibida.

La muchacha gemía y levantó las manos para sujetarlo por los hombros, agarrando la tela negra con los dedos. Centenares de ojos observaron al hombre bajarle la túnica a la chica hasta la cintura, dejándole al descubierto la espalda, la curva delicada de sus caderas anchas. Luego el altasangre le envolvió el cuerpo y la atrajo hasta que los pechos de ella se aplastaron contra el pecho de él. A continuación se acercó a la boca de la chica y empezaron a besarse con pasión.

—Está disfrutando... —La voz de Pendragón derrochaba incredulidad. No había dejado de temblar desde que yo la había sorprendido—. No lo entiendo.

No podía soportarlo ni un segundo más. Necesitaba tenerla más cerca. Le solté la cintura para apartarle el pelo del cuello, y después incliné la cabeza hasta detener mi boca a apenas unos centímetros de su piel. Era lo máximo que me atrevía a acercarme. De momento.

—Tú también —señalé—. Que estás disfrutando, digo. Es una escena bellísima. La chica es preciosa y está ahí voluntariamente. ¿Por qué no debería aceptar el placer? Pero no es ni mucho menos tan impresionante como tú.

Bajé la otra mano por su cuerpo, deslizándola por la superficie plana de su vientre y luego descendiendo un poco más. Ella me agarró la mano y me la detuvo en seco.

—¿Impresionante? ¿Desde cuándo me haces ese tipo de cumplidos, Blake Drakharrow?

Sonreí para mis adentros. Las palabras eran fuertes, pero su voz era frágil. Notaba sus dudas, su confusión. Estaba vulnerable. Indefensa.

—Seguro que eres consciente de lo mucho que te deseo, Pendragón —murmuré—. De lo muchísimo que te he deseado desde aquel primer día en que contemplé la increíble belleza de tu cuerpo desnudo. —Dejó la mano inmóvil encima de la mía. No me la había apartado, simplemente me había impedido que siguiera bajando—. No he dejado de pensar en ti desde entonces —confesé—. Quiero sentir tu cuerpo pegado al mío. Quiero hundirme dentro de ti. ¿No entiendes lo mucho que te anhelo?

Tal vez era culpa del vino de sangre, pero ya no me quedaba pudor alguno. Lo arriesgué todo. Acerqué la boca a su cuello, no para alimentarme, sino para succionarle la deliciosa piel. Guardé los colmillos y me limité a pasar los labios por encima de esa carne dulce y sensible.

Ella sofocó una exclamación.

—¿Qué me estás haciendo?

—Nada que no desees en secreto, dragoncilla. No me alimentaré de ti, si eso es lo que te preocupa. Te lo juro por mi vida.

Deslicé la lengua por la curva de su cuello deseando ser capaz de atreverme a volverle el rostro y saborear sus labios. Pero sabía que el espectáculo que estaba teniendo lugar allí abajo era lo que impulsaba su deseo. Ella quería mirar, y yo quería verla mientras miraba.

—Sabes que, hasta cierto punto, lo necesitas —susurré pegado a su cuello—. Por mucho que te esfuerces en negarlo.

—Por los dioses —gimió ladeando la cabeza ligeramente hacia atrás para ofrecerme mejor acceso.

Le empujé con delicadeza la mano, suplicándole en silencio que me soltara. Y lo hizo. Entonces pude al fin recorrer su cuerpo y acariciarle las caderas, los muslos, para luego volver a subir y detenerme en los costados de su vestido, de sus pechos. Ella jadeaba con el contacto. Un contacto que, incluso a través de la tela, era eléctrico.

Acerqué los labios a uno de los tirantes negros del vestido y se lo deslicé por el hombro con los dientes. Abajo, en el patio, el hombre había desnudado por completo a la sangrepútrida. Ella seguía sentada a horcajadas sobre él mientras el enmascarado le palpaba los pechos con una mano y con la otra le acariciaba las caderas, todo sin dejar de besarla.

La escena era increíblemente erótica, aunque no tanto como ver el vestido de Pendragón resbalándole por los hombros. Le quité el otro tirante, luego moví los dedos hasta la parte superior del corpiño y, antes de que pudiera impedírmelo, pasé las manos bajo la tela del vestido y le acaricié los pechos.

Ella soltó una exclamación y se arqueó contra mí sin hacer ademán alguno de detenerme. Aproximé la boca a su cuello y la besé y lamí con desenfreno mientras le pellizcaba y estimulaba los pezones con los dedos hasta notarlos duros. El vestido seguía molestándome, presionándome las manos. Se lo bajé hasta la cintura sin miramientos y dejé al descubierto sus pechos perfectos.

Entonces levantó los brazos, como si quisiera tapárselos por pudor.

—¿Eres tímida, dragoncilla? —Le rocé la piel con la boca y le di un beso en el hombro—. No tienes nada de lo que avergonzarte. Todo en ti es pura perfección; seguro que ya lo sabes.

Noté como negaba ligeramente con la cabeza y sonreí, pegado a su cuello. La tenía justo donde la quería. Carajo, era preciosa. Preciosa y mía. No me cansaba de ella. Le acaricié las tetas, deleitándome con el calor de su piel. Su cabello me rozaba la cara, unos rizos suaves y ligeros, mientras yo agachaba la cabeza más y más, besando y lamiéndole los hombros y repasando su cuello con los labios.

Me ponía duro como una piedra. Me apreté contra la parte trasera de su vestido, dejándole sentir lo que me había hecho, y ella gimió.

—Este es el poder que ejerces sobre mí. Esto es lo que me provocas todos los días, Pendragón. Me vuelves loco. No puedo ni mirarte sin morirme por cogerte.

Ella me agarró la mano de pronto.

—Mira.

Abajo, el hombre altasangre había acercado la boca al cuello de la muchacha. La atrajo hacia sí, apartándole el cabello, y luego le inclinó la cabeza hacia atrás. Vi como sacaba los colmillos, que brillaron bajo la tenue luz antes de hundirse en la carne de la chica.

Pendragón se tensó, como si no supiera si echarse a correr o quedarse.

—No —murmuré—. Sigue mirando. Mira.

La muchacha arqueó el cuerpo y contuvo el aliento en lo que parecía una mezcla de placer y liberación. Apretó los dedos sobre los hombros del enmascarado, aferrándose a él mientras él se alimentaba. La sangre le goteaba por la garganta y trazaba riachuelos sobre sus pechos desnudos. Cada pocos segundos, temblaba y dejaba caer la cabeza hacia atrás en una muestra perfecta de entrega y éxtasis. El hombre le apretaba aún más la cintura mientras se alimentaba, extrayéndole largos sorbos de sangre.

Cuando al fin se separó, tenía la boca manchada de rojo. Deslizó delicadamente un dedo desde la garganta de la muchacha hasta la clavícula y luego resiguió la curva de sus pechos y el hilo de sangre antes de inclinarse y sorber las gotas.

En mis brazos, Pendragón dejó escapar un quejido sutil, como de frustración. Yo sabía lo que estaba a punto de suceder, igual que lo sabía la chica que interpretaba a la Doncella Sangrienta. La cuestión era: ¿lo sabría Pendragón?

El hombre se bajó las manos en torno a la túnica y, poco a poco, apartó la tela y dejó al descubierto su sexo largo y erecto. La muchacha sangrepútrida se retorció con impaciencia cuando lo notó presionándole el clítoris. Se enderezó y le apretó los hombros con las manos, como si no pudiera esperar más; luego, envalentonada por la lujuria, se dejó caer encima de él.

Su gemido de placer rompió el silencio, un sonido cargado de ansia y deseo. Y, sin prisa, comenzó a cabalgarlo.

—Sé lo que quieres —le susurré a Pendragón al oído—. Sé lo que necesitas. La cuestión es si dejarás que colme tus deseos. —Bajé las manos por su vientre desnudo, notando la suavidad y la firmeza de su piel—. Tú limítate a mirar —murmuré—. Disfruta. Déjame a mí. Déjame que te ofrezca lo que necesitas. Lo que siempre has necesitado de mí y nunca te has atrevido a pedir.

Hice ademán de bajarle el vestido por las caderas, pero entonces levantó las manos. Le temblaban cuando las cerró en torno a las mías.

—De acuerdo —dije, con la voz ronca por el deseo—. Lo acepto. El vestido se queda.

Al menos, la mitad.

Hundí los dedos en su pelo, y luego le agarré un mechón y le hice agachar la cabeza, no con violencia, pero tampoco con delicadeza. Cuando la tenía medio inclinada sobre el barandal, le levanté la parte trasera del vestido. No llevaba nada debajo; incluso en las sombras, distinguía la pálida forma de su culo perfecto. Se lo recorrí con la mano y luego la pasé entre sus piernas.

Reprimí un jadeo. Estaba empapada. Los dedos se me humedecieron.

—Carajo, Pendragón. Tú sí sabes hacer que un hombre se sienta deseado. —Noté en la mano como se estremecía de la vergüenza, y sonreí—. ¿Qué te pasa? ¿Ahora que te tengo en mis manos no hay réplicas sarcásticas? —Le introduje un dedo mientras, con otro, comenzaba a estimularle el clítoris.

Temblaba y se le escapó de los labios un gemido con más fuerza que antes. Sin pensarlo dos veces, le solté el pelo y le tapé rápidamente la boca con la mano. No podíamos arriesgarnos a que nos descubrieran allí arriba en un momento tan perfecto.

Ella se revolvía y trataba de resistirse, pero yo la sujetaba aún con más firmeza.

—Relájate, dragoncilla —la regañé—. No querrás que se entere todo el mundo de lo mala que has sido, ¿verdad?

Empecé a jugar con ella, a tocar y acariciar su intimidad metiéndole un segundo dedo en la zona más húmeda. Pero no era suficiente. Quería estar dentro de ella, me moría por penetrarla y sentirla temblar y apretar, al tiempo que separaba los muslos lo máximo posible mientras se mecía adelante y atrás sobre mí.

Pero no me arriesgaría a ir tan lejos. Aún no. Esa noche, no. Esa noche sería solo para ella.

Le separé un poco más las piernas, disfrutando de su resistencia. Huelga decir que, si de verdad hubiera querido que parara, no habría tenido más que morderme la mano o darme un golpe. Me habría retirado al instante. A regañadientes, sí, pero lo habría hecho.

O consentía o no me interesaba en absoluto.

Pero ni me mordió la mano ni me dio un golpe. Lo deseaba, por mucho que quisiera negarlo. Así que acepté su silencio, siempre que significara que podía tomarla.

Abajo, la muchacha sangrepútrida gemía mientras cabalgaba rítmicamente sobre el sexo del altasangre, y los pechos le rebotaban con cada movimiento de las caderas.

El enmascarado había vuelto a posar la boca sobre el cuello de la muchacha y estaba alimentándose otra vez. Por el cuerpo de la chica caían hilos rojos que acababan extendiéndosele por la piel cuando las manos hambrientas de él le tocaban los pechos, las caderas y el culo, animándola a no parar.

Mientras tanto, mis dedos entraban y salían de Pendragón, le acariciaban el clítoris en pequeños círculos, siguiendo el ritmo enfervorecido de la muchacha de abajo. Yo incrementaba mis acometidas en su cuerpo firme y entregado a medida que la respiración se le entrecortaba cada vez más y apretaba los músculos alrededor de mi mano.

Estaba cerca. Tan cerca que podía sentirlo.

—Listo —murmuré—. Termina para mí, dragoncilla. Termina con ella. Tú también lo sientes, ¿verdad? El poder del lugar. La lujuria en estado puro.

Me moría por meter la cara entre sus muslos y saborearla. ¿Sabría igual que olía? ¿A salitre mezclado con jazmín? ¿A hierro y sal?

Me conformaba con llevarla al éxtasis con los dedos. Le daría placer hasta que se viniera abajo, hasta que llorara y gritara mi nombre, hasta oír la palabra amortiguada por mi mano.

Había empezado a mover las caderas adelante y atrás sin ningún tipo de pudor, cabalgando las oleadas de placer que yo le estaba proporcionando, perdida en esa sensación. La joven que interpretaba a la Doncella Sangrienta también estaba cerca del clímax. Sus gritos de placer inundaban el patio.

Los altasangres enmascarados habían renunciado ya a su semblante de indiferencia severa y se desvestían los unos a los otros, formando parejas y tríos y montañas de carne desnuda.

Se emparejaban hombres con mujeres, mujeres con mujeres, hombres con hombres, como masas agitadas de serpientes enmarañadas. Perdí la cuenta de los pechos, erecciones y lenguas que estaban esparcidos por el suelo de mármol blanco, encima de sus capas negras. Solo se habían dejado puesta la máscara, ajustada con precisión para ocultarles el rostro.

—Podría metértela ahora mismo, dragoncilla —le susurré, incapaz de no provocarla—. Podría llenarte ahora mismo, separarte las piernas. ¿Te gustaría? —la tenté mientras no dejaba de estimularla con los dedos—. ¿Querrías que te abriera las piernas y me hundiera en ti? ¿Me cabalgarías igual que cabalgarías un dragón? ¿Igual que la muchacha de ahí abajo?

Medra dejó escapar un grito ahogado y sacudió el cuerpo al oír aquellas palabras. Y todo ante la idea de tener mi sexo dentro de ella. Noté como crecía mi erección solo con saber que podía excitarla tanto.

Seguí trazándole círculos en el clítoris con el pulgar mientras balanceaba la mano y me la cogía con los dedos con toda la fuerza que me atrevía a usar. Sentía como gemía contra mi otra mano mientras temblaba. Estaba a punto, igual que la muchacha sangrepútrida de abajo, que arqueaba el cuerpo hacia atrás con las tetas manchadas de su propia sangre al tiempo que cabalgaba al altasangre con más desenfreno.

—Listo —le susurré al oído a mi dragoncilla—. Termina para mí. Es lo que siempre has querido, ¿verdad?, termina de placer conmigo.

Y sentí como se contraía entre mis dedos. El clímax estaba muy cerca.

43

MEDRA

La cabeza me daba vueltas. Abajo, el patio se había convertido en una mancha de máscaras negras y una marea de carne desnuda. Respiraba en bocanadas superficiales. El vino de sangre me había enturbiado los pensamientos y revuelto la mente en una nube de confusión, y también había intensificado mis deseos más oscuros.

Dejar que Blake me tocara había sido una idea terrible. Debería haber huido a la primera de cambio. ¿Me lo habría permitido él? ¿O me habría retenido allí y obligado a mirar?

Daba lo mismo. Él no me había forzado. Yo me había quedado. No le había dado un codazo en el estómago ni lo había empujado. Había dejado que me desvistiera poco a poco y expusiera mi cuerpo al aire frío mientras me manoseaba con lascivia con sus manos fuertes.

Y ahora lo tenía dentro. Cogiéndome. Me metía los dedos a un ritmo perfecto, y yo solo podía pensar en lo mucho que me gustaba, en lo maravilloso que sería el orgasmo cuando por fin me permitiera venirme.

Ya estaba a punto. Mi cuerpo respondía a él como si llevara esperándolo toda la vida. Me odiaba por mis reacciones, pero sobre todo me odiaba porque no quería que parara. Cada contacto de sus dedos me provocaba un torrente de llamas por la piel.

Desvié la mirada hacia el patio, donde la muchacha cabalgaba sobre el regazo del altasangre mientras él se alimentaba de ella, sorbiendo con un hambre depredadora y, sin embargo, seductora. Era como si aquello aumentara las sensaciones de la joven. ¿Sentiría yo lo mismo con Blake? Intenté imaginarme sus colmillos clavándoseme en la piel.

No podía despegar los ojos de la chica sangrepútrida por mucho que supiera que todo lo que ocurría estaba mal. Verla era como contemplar la representación de mis propios deseos transgresores. Cruda, sin filtros, a la vista de cualquiera.

Los dedos de Blake entraban y salían de mí sin descanso. Me arqueé hacia atrás y él me amortiguó un gemido con la mano. Era humillante que me hiciera callar, pero también había algo tremendamente erótico en que tuviera que retenerme.

Jadeé cuando me frotó el clítoris con el pulgar.

Tenía su nombre en la punta de la lengua. Ya había estado a punto de pronunciarlo, pero había conseguido contenerme.

Abajo, la chica había llegado al culmen de su frenesí. Dejaba caer el cuerpo sin parar sobre el miembro del altasangre y sus gritos de placer inundaban el patio mientras lo cabalgaba. La imagen, el sonido y lo evidente que era su éxtasis me estaban llevando directa al límite. La presión se me acumulaba en las entrañas, cada vez más ardiente. Estaba a punto.

—Termina para mí, dragoncilla. Salta del borde y vuela, carajo —me susurró Blake al oído.

Y, como si hubiera esperado su orden, lo alcancé. Me sumí en la sensación de calor que me recorría el cuerpo, una calidez intensa que me inundaba en oleadas. Era un dragón estallando en llamas como una estrella fugaz en el cielo nocturno.

Reprimí un grito contra la mano de Blake mientras el cuerpo se me sacudía con la adrenalina insoportable del orgasmo. Abajo, los gritos de la muchacha retumbaron en la sala de mármol cuando alcanzó el clímax y dio rienda suelta a su placer, perdida en un furor descontrolado.

Las emociones me embargaban cuando volví en mí y el corazón comenzó a latirme a un ritmo que podría considerarse normal.

Alivio. Desconcierto. Asombro.

No me había venido así en la vida. Tan deprisa, con tanta intensidad. Con nadie, ni con los torpes mozos de los establos que me ponían los labios entre los muslos sin saber qué hacer; tampoco con ninguno de los jóvenes cortesanos que había dejado que se metieran en mi cama.

Nunca había sido así; tan intenso; tan increíble. Y, cómo no, había sido con Blake.

Retiró la mano de mi entrepierna con extrema reticencia y luego me subió poco a poco el corpiño del vestido hasta taparme los pechos y me ayudó a meter los brazos por los tirantes.

Me llegaba el olor que desprendía él. El aroma intenso a sudor, sal y deseo. Me puso a cien el simple hecho de saber que me tenía por todo el cuerpo, que le había empapado las manos con mi deseo. Era algo primario y crudo. Él me había marcado, se había metido dentro de mí y me había llenado con los dedos. Pero yo también le había dejado una marca.

Si había conseguido todo aquello solo con las manos, no podía ni imaginarme lo que sería... No; no podía permitirme pensar en eso. Las cosas no llegarían nunca a ese punto.

Noté el aliento caliente de Blake en la oreja, sus manos firmes y posesivas en la cintura.

—Eres mía, Pendragón. Si dejas que otro hombre te toque como acabo de tocarte yo, descubrirás de verdad lo imbécil que puedo llegar a ser.

Lo aparté de un empujón cuando el placer dio paso de repente a una sensación de repulsión.

—Tenías que echarlo a perder, ¿no?

Él me lanzó una mirada confusa, como si lo hubiera herido de alguna manera.

—¿No te gustó? —Negó con la cabeza—. Estuviste perfecta. Increíble. Todo lo que me había imaginado.

Una parte de mí sentía que él también había estado bastante bien. Pero en vez de decírselo volví a bajar la vista hacia el patio. Algo había ocurrido mientras hablábamos.

La chica. ¿Qué le estaba pasando a la chica?

—¿Qué es eso? —susurré inquieta—. ¿Qué diablos está pasando?

Blake se acercó a mí y se detuvo junto a mi hombro mientras los dos contemplábamos la escena de abajo. Posó la mano en mi cintura con la misma actitud posesiva, pero esa vez no intenté apartarlo.

Porque, de repente, tenía demasiado miedo.

44
BLAKE

La pregunta era jodidamente buena. ¿Qué estaban haciendo?

Era la primera vez que asistía a un Rito de la Adoración, pero no quería que Pendragón se enterara por no arriesgarme a que hubiera dudado sobre si quedarse allí o no.

Sabía que el ritual consistía en que una chica sangrepútrida entregaba libremente una ofrenda de su cuerpo y su sangre frente a una congregación, que en aquel momento estaba sobre todo formada por los seguidores más leales de mi tío y la flor y nata de cada una de las cuatro casas.

Después, a la muchacha se le prometían riquezas y gloria. Su familia recibía una buena compensación, pero ella ya no regresaría nunca a casa. Se pasaría el resto de sus días en el Sanctasanctórum, cuidada por las devotas de la Doncella Sangrienta.

O eso era lo que siempre había creído que sucedía.

Como la mayoría de los altasangres jóvenes, todo lo que sabíamos del ritual nos había llegado a través de cuchicheos y rumores. Aunque de cuando en cuando también conseguíamos sonsacarles algo a padres y ancianos. Sin embargo, mientras contemplaba a la muchacha sangrepútrida desmadejada en el trono, sabía con certeza que estaba muerta.

Alrededor del trono los enmascarados se estaban levantando y poniendo de nuevo las túnicas. El hombre altasangre se puso de pie y cargó a la Doncella Sangrienta. La sangre seguía manando por las marcas de colmillos de su garganta. Él era el responsable. La había matado. La había asesinado como parte del ritual. ¿Sería algo habitual o se le habría ido de las manos por completo?

Yo era altasangre. Sabía que no convenía hacer ese tipo de preguntas.

Inerte en sus brazos, la chica sangrepútrida parecía casi serena, con el rostro pálido enmarcado por el brillo de la sangre que le continuaba brotando poco a poco de las perforaciones del cuello.

La multitud de enmascarados se fue separando cuando el hombre caminó entre ellos en dirección al cuenco de plata del centro del patio. Sin mediar más palabra, agarró una de las largas cadenas de plata que colgaban del techo. Los eslabones repiqueteaban quedamente en el momento en que comenzó a encadenarle los tobillos a la joven. Otros observadores enmascarados dieron un paso al frente y, todos juntos, lo ayudaron a afianzar las cadenas, para luego alzar el cuerpo en el aire.

El cadáver de la chica sangrepútrida se mecía sobre el cuenco de plata.

Un tamborileo suave rompió el silencio cuando la sangre de la garganta comenzó a gotear sobre el cuenco de debajo.

Me quedé completamente inmóvil al lado de Pendragón, con la mano quieta en su cintura, contemplando cómo se iba llenando de sangre el cuenco.

Poco a poco, el recipiente comenzó a brillar. La energía que irradiaba era palpable, resonaba por el patio con un pulso grave y constante.

Caí en cuenta de lo que debía de estar pasando. La sangre estaba potenciando alguna clase de encantamiento bastante poderoso.

Luego todo encajó.

La chica era el combustible.

El fulgor del cuenco cobró fuerza e iluminó los rostros de los enmascarados que había a su alrededor. Apreté la mandíbula cuando lo comprendí: la magia coercitiva que hacía que los sangrepútridas fueran obedientes y relativamente dóciles. Así era como lo conseguían.

Se me revolvió el estómago cuando bajé la vista hacia Pendragón. Se había quedado de piedra, pálida, con una expresión mezcla de desconcierto y horror. Le apreté por inercia la cintura y ella levantó la cabeza. Y entonces lo vi: la expresión de quien cree haber sufrido la traición máxima.

Ella creía que yo lo sabía. Pensaba que la había obligado a quedarse allí adrede y contemplar... aquello. La vida de una joven echada a perder para alimentar una magia que controlaba miles de vidas inocentes.

Estuve a punto de reírme, pero me contuve. No había nada gracioso en el gesto de sus ojos.

Se apartó de una sacudida y se alejó corriendo.

Miré abajo un instante antes de seguirla, rezando por que no nos viera nadie. Si antes ya creía que su presencia allí era un riesgo, en aquel momento estaba convencido de que corríamos peligro de muerte si nos descubrían. Se movía rápido, de vuelta al panel que conducía a la escalera secreta, pero mi velocidad vampírica me permitió alcanzarla con facilidad. Recorté la distancia que nos separaba y me planté delante de ella. Sin pensarlo dos veces, la agarré de los hombros y la zarandeé con delicadeza.

—Pendragón, para —le dije entre dientes, apretándola con más fuerza al ver que trataba de escapar.

Estaba fuera de sí.

—Cálmate —le dije con más vehemencia de la que pretendía.

—¿Que me calme? ¿Después de lo que vi? —Se liberó y dio un paso atrás como si mi tacto la quemara—. ¿Cómo te atreves a decirme que me calme después de haber permitido que fuera testigo de ese... horror?

—No lo sabía —balbucí—. No sabía que acabaría muriendo. Tienes que creerme.

—Claro que lo sabías. —La voz le temblaba de rabia—. Sabías exactamente lo que iba a pasar. Yo soy una intrusa, pero tú eras un invitado. En teoría tenías que estar allí abajo con ellos, ¿me equivoco?

Me esforcé por mantener la compostura.

—Una cosa no quita la otra. Te estoy diciendo la verdad.

Medra dejó escapar una carcajada amarga, pero vi que tenía lágrimas en los ojos.

—Sabías que la sacrificarían. Es imposible que no lo supieras. ¿Sabes quién creo que no lo sabía? —Hizo una pausa—. Regan.

La miré fijamente.

—¿Tú crees que a Regan le habría importado lo más mínimo? ¿Crees que los habría detenido?

Ella negó con la cabeza despacio.

—No. Creo que todos los altasangres se ocultan secretos. Pero tú, como Drakharrow, estás metido en los peores secretos de todos. Estás enfermo, Blake. Eres un monstruo.

—No lo sabía —insistí.

—¡Deja de mentirme! —gritó ella.

Hablaba demasiado alto. Sin pensarlo dos veces, pasé a la acción y me abalancé sobre ella. En un abrir y cerrar de ojos, me la había echado al hombro.

En otro abrir y cerrar de ojos, el panel se había abierto y cerrado. Estábamos en la escalera. Bajé los peldaños corriendo, con ella forcejeando en mis brazos, propinándome puñetazos en la espalda.

No la dejé en el suelo hasta adentrarnos en el pasaje. Luego metí la mano en un hueco de la pared y saqué el farol que había escondido allí.

Mientras lo encendía, ella me dio un cachetadón.

Torcí el gesto, pero no hice ademán de devolvérselo. Vi como le brotaban las lágrimas.

—Lo sabías —murmuró—. Lo del cuenco, lo de las cadenas. ¿Para qué iban a ser, si no?

El corazón me martilleaba contra el pecho.

—En teoría no era lo que tenía que pasar. El cuenco siempre está ahí; las cadenas, no. Sabía que le sacarían un poco de sangre, pero supuestamente debía acceder voluntariamente.

—No, si lo hizo voluntariamente. —La voz de Pendragón derrochaba sarcasmo—. Tan voluntariamente que se tragó todas sus mierdas sin dudar. Esa es la única parte que... —Se interrumpió negando con la cabeza.

Noté que una gota de agua me salpicaba la cara. Una de sus lágrimas.

—No sufrió —le susurré—. Si te refieres a eso. No creo ni que fuera consciente de lo que estaba pasando.

Ella se sorbió los mocos.

—No me parece que mejore lo que sucedió.

—Ya lo sé.

—¿Cuál era el objetivo? ¿Qué demonios pretendían conseguir? ¿Por qué la mataron? —Se acercó a mí con el rostro descompuesto por el desprecio—. Dime la verdad por una vez en tu vida.

Se me hizo un nudo en la garganta mientras sopesaba qué podía contarle. El peso de la mentira que estaba a punto de decirle era como una losa, pero ¿cómo podía contarle la verdad? Dudé. No lograba pronunciar palabra.

—¡Dímelo! —La voz se le quebró, aflorando su furia. Me dio un fuerte empujón en el pecho—. ¿Para qué era toda esa sangre?

Apreté la mandíbula.

—Para una magia. Algún tipo de hechizo.

—¿De qué? ¿Qué estaban haciendo? —insistió.

Me pasé las manos por el pelo, frustrado.

—No lo sé. No me lo dijeron. Ni siquiera me habían informado de que fuera a morir. Supongo que lo de esta noche habría sido mi... iniciación. Si me hubiera presentado.

Pendragón se tapó la boca.

—Kage.

Incluso a aquellas alturas, sentí un acceso de rabia al oír el nombre de Kage en sus labios.

—¿Qué pasa?

—Él también es líder de una casa. ¿Estaba allí? —exigió saber—. ¿Era uno de los enmascarados?

Negué con la cabeza desalentado.

—No tengo ni idea. Es posible. Pero no era obligatorio asistir. Se supone que es un privilegio. Sabían que esta noche teníamos el baile. Tal vez Kage se haya quedado en Bloodwing. —Me pregunté si Catherine Mortis o Lysander Orphos habían estado en el Sanctasanctórum.

—Un privilegio —repitió ella con sarcasmo—. Ya. Un privilegio increíble. Como si no tuvieran ya bastantes privilegios. ¿Y para qué clase de privilegio era el hechizo de hoy? ¿Para qué tradición grotesca? Ya piensan que son nuestros dueños. Sacrifican a sangrepútridas como si no valieran nada. Ya controlan todo este reino maldito...

Medra abrió los ojos como platos, dominados por el horror. Yo guardé silencio.

—Por todos los dioses. —Suspiró y retrocedió como si le hubiera dado un golpe—. Ese es el objetivo de todo esto, ¿verdad? El hechizo. Es como el tejesclavos. Controlan a los sangrepútridas de la ciudad para que se muestren dóciles.

Se me revolvió el estómago mientras la verdad pendía entre nosotros, densa y opresiva.

—¿Cómo pudiste? —exclamó con la voz rota—. ¿Cómo puedes formar parte de esto? ¿Por qué nos odian tanto?

Se me encogió el corazón al percibir su dolor. Di un paso hacia ella, desesperado por consolarla de algún modo.

—No te acerques —me susurró—. Aléjate de mí. Que ni se te ocurra ponerme una mano encima, carajo.

Tragué saliva.

—Yo no elegí esto. Nada de esto es algo que yo quisiera. Nací altasangre. —Respiré hondo—. Algunos altasangres matan a sangrepútridas para alimentarse, sí. Seguramente ya lo habrás deducido. Pero es algo que no debería pasar jamás en Bloodwing. Y yo... no lo hago. Te lo juro, Pendragón.

—¿Por qué? —me espetó—. ¿Por qué no nos matas como sustento? ¿Por qué te limitas? ¿Por qué te contienes?

—Porque la mera idea me repugna —estallé—. Arrebatar una vida por algo así, no para protegerme a mí o... —Había estado a punto de decir «o a ti»—. O para proteger a otras personas. No en defensa propia, sino solo por un capricho, de forma intencionada. No lo soporto, y mi padre tampoco lo soportaba. Intentó cambiar las cosas.

—Y entonces se murió —dijo ella escuetamente.

Asentí tenso.

—Sí.

—¿Y por qué no haces nada al respecto? —me preguntó, con una suavidad engañosa—. Te quedas de brazos cruzados y dejas que mueran personas. Has permitido que asesinaran a esa chica. Podrías haberlo impedido, pero no hiciste nada.

El alma se me cayó a los pies.

—¿En serio crees que podría haberlo impedido aunque lo hubiera sabido? ¿Pretendías que me enfrentara a tantos altasangres adultos? Me habrían matado igual que a ella.

—Imposible. Eres un Drakharrow —me espetó—. Un maldito príncipe de la Sangre Bendita. Tu tío es el lord vampiro más poderoso de toda Sangratha.

—No les habría importado lo más mínimo —contesté, tratando de controlar mi frustración—. ¿Crees que mi tío habría intentado salvarme? Estaba ahí abajo con ellos, con una máscara puesta. Mierda, hasta donde sé, incluso podría haber sido el tipo del trono.

Medra se quedó inmóvil un instante, y luego la invadió una expresión de repugnancia.

—Creo que voy a vomitar —masculló, y se dio la vuelta.

La tomé del brazo, pero la solté en cuanto le vi la cara.

—Mira, sé que ahora lo único que quieres es echarte a correr, pero tienes que escucharme.

—No tengo por qué escuchar una mierda de lo que me digas —me soltó.

—Sí —gruñí—, porque no te queda otra. Al menos si quieres sobrevivir. Y si intentas huir, te detendré. Así que te vas a quedar y me vas a escuchar. No me obligues a tocarte otra vez.

Prácticamente veía a Medra enseñándome los dientes. Si hubiera tenido colmillos, me habría desgarrado la garganta allí mismo.

—De acuerdo —respondió al fin—. Habla.

Tomé aire.

—No puedes contarle a nadie lo que viste. Nada de nada. Ni lo que viste ni lo que descubriste. Si dices algo, te matarán. ¿Lo entiendes? Te matarán. Y no solo a ti.

Tenía la cara lívida, pero los ojos eran puro fuego.

—¿En serio, Blake? ¿Estás intentando amedrentarme para que no diga nada?

—¡Lo que intento es que comprendas lo serio que es esto! —rugí, con la esperanza de que notara la desesperación de mi voz—. ¿Crees que pretendo amenazarte? ¿Crees que esto me está gustando? Lo que te digo es la verdad. No puedes decir nada, ni una sola palabra. Ni a tu amiga Florence ni al enano que suele ir con ustedes. A nadie. Si cuentas algo, los matarán, y a ti con ellos.

Separó los labios ligeramente.

—Florence...

Asentí, y suavicé un poco la voz.

—Sí, a Florence. Si ella te importa, si te importan tus amigos, no dirás nada.

Me sentí como un auténtico imbécil. Pero ¿qué otra cosa podía hacer?

Pasamos un largo rato en silencio.

Vi como le hervía la cabeza mientras apretaba y aflojaba los puños. La entendía. Su mundo se acababa de deshacer por las costuras. Y ahora yo estaba intentando volver a coserlo con mentiras y sensación de culpa.

—Está bien —susurró al fin—. No diré nada.

Exhalé.

—Gracias. —Noté como se me relajaba un poco la tensión de los hombros.

Señalé hacia delante, en dirección a Bloodwing.

—Déjame a mí primero. Tengo mejor visión nocturna que tú.

La rodeé con cautela y comencé a andar. Al cabo de un momento, oí que había empezado a seguirme. Guardaba las distancias. Yo sostenía el farol lo bastante alto como para que ella también pudiera ver el camino.

La noche no había salido exactamente como esperaba. Pendragón me odiaba incluso más que antes.

Pero no tanto como yo me odiaba a mí mismo.

45

MEDRA

Los horrores de la noche no habían terminado. Ni de lejos.

Seguí a Blake por túneles tenebrosos con la cabeza dándome vueltas. Tenía los ojos clavados en su espalda, incapaz de olvidarme del cuerpo inerte de la muchacha pendiendo sobre el cuenco de plata.

Quería que me respondiera a muchas más preguntas, pero antes de que pudiera volver a enfrentarme a él, y sin saber bien cómo, llegamos a la torre de primero y un nuevo tipo de caos se precipitó sobre nosotros.

El baile había acabado hacía ya horas, de modo que esperaba que la sala común estuviera desierta. Pero la realidad era que estaba llena de personas, y la mayoría parecían estar asustadas o al borde de un ataque de nervios.

—¡Medra! —La voz de Florence me llegó a través del ruido mientras ella corría hacia mí—. ¿Dónde te habías metido? —Me agarró por los hombros y me dio un abrazo—. Estaba preocupadísima.

Apenas miró de reojo a Blake, centrada toda la atención en mí. Antes de que pudiera responder, continuó:

—Es la hija de una de las personas del servicio. Una niñita. Poppy. Desapareció. El profesor Rodríguez está organizando las rondas de búsqueda.

En efecto, Rodríguez, con el rostro demacrado, estaba en el centro de la multitud señalando a estudiantes y bramando órdenes.

Pestañeé varias veces; de repente me sentía exhausta y desorientada.

—¿Cómo que despareció? Es una niña. A lo mejor simplemente se escapó.

Pensé en todas las veces en que yo me había escapado para explorar el castillo de Camelot sin decirle una sola palabra a mi pobre nodriza.

—No, no lo entiendes —me dijo Florence con voz temblorosa—. Hay sangre. En su almohada.

Sangre. Se me revolvió el estómago cuando los recuerdos del ritual me arrollaron como una ola.

Los sirvientes de Bloodwing eran todos sangrepútridas, claro. Trabajaban principalmente de noche, cuando los estudiantes dormían. Vivían en las plantas inferiores del castillo. No los veíamos casi nunca. Sus hijos solían vivir en Veilmar porque iban a colegios para sangrepútridas. Pero yo sabía que muchos habían venido a Bloodwing por el festival del Fuego Gélido, para celebrarlo con su familia. Eran personas humildes que solo hacían su trabajo mientras nosotros, los estudiantes más privilegiados (y sí, ahí me incluía yo también), asistíamos a nuestras clases en la academia. Sus hijos tendrían que haber estado a salvo. Eran inocentes.

Pensé en el repiqueteo de la sangre que llenaba el cuenco de plata y me estremecí.

Se repetía la historia. Allí. Esa noche. Y con una chiquilla inocente. El pánico me atenazó la garganta. Me volví despacio hacia Blake y vi que tenía la cara más pálida de lo habitual. Su expresión era sombría.

—Tengo que irme.

—¿Adónde? —exigí saber bloqueándole el paso. Percibí una sombra de sorpresa en el rostro de Florence—. No puedes irte. Ahora no.

Él apretó la mandíbula y desvió los ojos hacia la entrada.

—Tengo que descubrir qué está pasando.

—Sabes algo, ¿verdad? —le pregunté acusadoramente, bajando la voz—. No me vas a dejar aquí. Si sabes algo, cuéntamelo. Voy contigo.

—Que esto no es juego, carajo —gruñó. Se notaba su frustración y, por debajo, el miedo—. Quédate aquí. Estarás a salvo.

Alcé la cabeza hacia él, tozuda.

—¿Quieres que me calle lo de esta noche? Pues voy contigo. Si sabes dónde está la niña, te acompaño.

Florence nos observaba con los ojos abiertos como platos. Intenté ofrecerle una sonrisa reconfortante.

Blake la miró de reojo. Sabía que se estaba preguntando si ella nos habría oído.

—Pendragón viene conmigo —le informó Blake con una voz más amable que de costumbre—. Te la devolveré pronto.

Florence se ajustó los anteojos en el puente de la nariz y luego asintió despacio. Le toqué el brazo brevemente antes de salir con Blake de la torre y volver al pasillo. No me cabía ninguna duda de que sabía adónde ir.

Deshicimos el camino andado hasta el Atrio de los Dragones, esa vez a un ritmo mucho más rápido que antes. Al bajar por el pasadizo, él caminaba dando unas zancadas largas y premeditadas. Cuando llegamos a la amplia cámara dominada por el cráneo del dragón en el centro, giramos hacia los imponentes arcos de piedra marcados con los nombres de las cuatro casas.

Blake se detuvo, ensanchando las fosas nasales como si estuviera buscando algo esquivo en el aire. Ladeó un poco la cabeza, olfateando como un animal. Emitió un sutil gruñido de reconocimiento y se puso a caminar hacia el pasadizo con el nombre «Avari». Se me aceleró el corazón. ¿Tendría algo que ver con Kage?

La velocidad a la que iba Blake no me daba oportunidad de hacerle ninguna pregunta. Avanzaba por las catacumbas de los dragones Avari sin mediar palabra mientras yo intentaba seguirle el ritmo y no perderlo de vista. Sabía que se estaba conteniendo para que no me perdiera. Esa vez, cuando alcanzamos el final de las tumbas de los dragones, el pasillo conducía directamente abajo. Bajamos tramos y tramos de escaleras, adentrándonos en las entrañas de la tierra.

Al principio las escaleras eran de piedra lisa, pero entonces el estilo comenzó a cambiar, a adoptar otro tipo de arquitectura que no se parecía en nada a lo que había visto en Bloodwing. Aquellas escaleras parecían incluso más antiguas que la academia.

Las escaleras se terminaron y entramos en un nuevo pasadizo. Una parte se había derrumbado casi por completo y la piedra se había convertido en escombros y polvo. Blake escaló por unos pedruscos y me ofreció una mano sin despegar los labios, guiándome por las estrechas hendiduras. Cada vez que su mano me rozaba la piel, yo temblaba, pero no habría sabido decir si por miedo, repulsión u otra cosa.

Los túneles desembocaron en un espacio inmenso. Nos vimos rodeados por los restos agrietados y en ruinas de una arquitectura, antaño espléndida, que todavía asombraba por su manufactura. Paneles de oro y piedras verdes refulgían en los edificios, que se alzaban a una altura de más de diez metros.

Contuve el aliento. Ruinas enanas. Magníficas y perdidas en el tiempo. Me sentía una intrusa en un mundo olvidado. ¿Sabría alguien más de su existencia?

Mientras caminábamos entre las ruinas, un sonido rompió la quietud. La risita aguda de una niña, inquietante y fuera de lugar, seguida de un penetrante grito de terror que parecía provenir de una niña mucho más pequeña.

Se me heló la sangre.

La reacción de Blake fue rápida. Se echó a correr hacia los sonidos. Lo seguí mientras avanzábamos a toda prisa por calles en ruinas hasta que llegamos a otra zona abierta, rodeada por edificios medio derrumbados.

Una niña pequeña, de no más de cuatro o cinco años, yacía desmadejada en el suelo. A su lado estaba en cuclillas Aenia, la hermana de Blake, con la boca manchada de sangre. Encorvada sobre el cuerpo de la pequeña, sorbía con avaricia.

Con la risa cruel de Aenia aún resonándome en los oídos, se me revolvió el estómago. Pero Blake no vaciló. Se precipitó hacia ella y, en un abrir y cerrar de ojos, la separó de la otra niña.

La pequeña altasangre chillaba y gruñía, con los ojos fuera de las órbitas, mientras le mostraba los colmillos a su hermano. Se sacudía en sus brazos y le arañaba la cara con la saña de un animal salvaje.

—¡Aenia! —aulló Blake con una voz autoritaria que no pareció afectar a su hermana. Ella continuaba forcejando, tratando de hincarle los dientes como si hubiera perdido por completo la noción de quién era y dónde estaba.

—¡Toma a la niña! —bramó Blake en mi dirección con voz apremiante—. Deprisa.

Las uñas de Aenia le dejaban rastros de sangre en la piel mientras la niña le siseaba y lo arañaba, pero Blake no flaqueaba. La sostenía con firmeza cuando me acerqué a ellos. Por un momento me quedé inmóvil, observando el cuerpecito de la pequeña. Poppy. Así se llamaba. Parecía una muñeca rota. La sangre le manaba sin pausa por las heridas de la garganta.

Y entonces lo vi. Aún respiraba, aunque a duras penas.

—Dame algo —grité desesperada volviéndome hacia Blake—. Lo que sea. Para detener la hemorragia.

Reteniendo a Aenia con un brazo, se las arregló para quitarse el saco y lanzármelo. Sin perder un instante, arranqué una de las mangas y se la anudé a Poppy al cuello con toda la fuerza que pude, y luego envolví a la pequeña con el resto y la cargué. Era tan frágil que no pesaba nada. Sentía el calor de su sangre empapando el saco de Blake, pegándoseme a la piel.

Antes de que pudiera dirigirme a la salida, Aenia dejó escapar un aullido salvaje de rabia y se liberó de Blake. Cayó al suelo como un bulto y luego se puso de pie y salió disparada hacia mí.

Pero Blake era más rápido. Con un movimiento apenas perceptible, se interpuso entre nosotras.

—¡Aenia, basta! —Las palabras estaban cargadas de poder. Su voz transportaba la autoridad inequívoca del tejesclavos.

Aenia se quedó inmóvil en mitad del ataque; el cuerpo se le sacudía violentamente mientras trataba de liberarse. Agitaba los puñitos a los lados y tenía el rostro desfigurado por la ira. Pero no podía moverse.

No tenía ni idea de que Blake fuera capaz de hacer algo así, que pudiera usar el tejesclavos con otros altasangres. Luego me pregunté si habría alguien que supiera a ciencia cierta de lo que era capaz Blake Drakharrow, y mucho menos yo.

Blake volvió a retener a Aenia, esa vez con más fuerza, inmovilizándole los brazos.

—¿Te sientes capaz de llevar a la niña a la torre sola? —me preguntó con la voz tensa pero controlada.

Asentí nerviosa.

—Creo que sí. ¿Qué vas a hacer con ella?

Blake no respondió.

—No puedes seguir permitiendo que le haga daño a la gente. —La imagen del peluso que había encontrado herido en la playa me cruzó la mente—. Primero fue el peluso. ¡Y ahora mira a esta niña! Sé que es tu hermana, pero estuvo a punto de matarla. ¿Cuántos seres vivos más habrá matado ya?

—Eso es algo que a ti no te incumbe. ¿Crees que no soy consciente de todo esto? —me espetó Blake.

—No tengo ni idea de lo que eres consciente y de lo que no —contesté despacio—. Ni si te importa.

—Estoy aquí, ¿no? —replicó.

—Sí, pero ¿qué piensas hacer al respecto? —exigí saber—. Porque si no la detienes, seguirá haciéndole daño a la gente. Habría matado a esta niña, y lo sabes. ¿Qué pasará la próxima vez?

A Blake se le ensombreció la mirada.

—Este no es el momento ni el lugar de tener esta conversación. Yo me encargo de Aenia y tú, de la niña.

—¿Cómo...? —empecé a decir.

Blake se volvió hacia mí con el gesto nublado por la ira.

—A lo mejor no me escuchaste la primera vez, Pendragón. Toma a la niña y sal de aquí. Ya. —No usó el tejesclavos, eso debía reconocérselo. Pero su voz era poderosa de todas formas.

Di un paso atrás.

—Está bien. Tú sigue encubriéndola y protegiéndola mientras ella continúa despedazando a niños sangrepútridas como si no valieran nada. —Negué con la cabeza—. Supongo que soy una ingenua por creer que a un altasangre podría importarle algo así.

A Blake se le endureció la expresión, pero no respondió.

Me di la vuelta y comencé a recorrer los túneles oscuros con Poppy en los brazos.

La respiración de la niña era frágil y superficial, pero también constante, y eso me reconfortó. Al pasar por la cámara del cráneo, el suelo comenzó de pronto a sacudirse. Se oyó un rumor hondo que fue cobrando intensidad e hizo vibrar las piedras que pisaba.

Apreté el paso, ya casi corriendo, por los pasadizos en penumbra.

Empezaron a desprenderse piedras del techo. Me tambaleé y caí de rodillas al suelo duro y frío. Mientras los escombros seguían precipitándose sobre nosotras, cubrí con mi cuerpo el de la pequeña, protegiéndola lo máximo posible.

El temblor cesó y dejó un silencio sepulcral. Cuando me cercioré de que había terminado, me puse de pie como pude, con la niña apretada contra el pecho.

Al cabo de quince minutos llegué por fin a la sala común de primero. Crucé el umbral de la puerta con la cara empapada de sudor.

Florence se me acercó corriendo.

—¡Medra! —gritó, y entonces vio a la niña herida—. ¡Poppy! ¡La encontraste! Gracias a la Doncella Sangrienta. —Relajó los hombros aliviada.

Me estremecí por las palabras que había elegido, pero sabía que aquel no era el momento.

El profesor Rodríguez estaba acuclillado frente al hogar, avivando el fuego. Cuando me vio, se levantó de golpe y atravesó la habitación para quitarme a la niña de los brazos y dejarla con cuidado en un sofá. Se arrodilló a su lado y deshizo mi torniquete improvisado antes de apretarle cuidadosamente con los dedos las heridas del cuello.

—Ve a buscar a la madre —le ordenó a uno de los estudiantes estupefactos que había cerca. El chico salió corriendo de inmediato—. Y tú. —Señaló a otra estudiante, una chica atemorizada—. Ve a buscar a un sanador. Diles que traigan una camilla para poder trasladarla.

Al cabo de unos minutos oímos los sollozos aterrados de la pobre madre desde el pasillo, incluso antes de que apareciera. La sirvienta era una mujer sangrepútrida guapa con una larga melena negra trenzada. Se puso de rodillas junto a su hija y le acarició la cara. Lloraba sin consuelo mientras Rodríguez continuaba con sus atenciones.

—Medra, ¿qué pasó? ¿Dónde la encontraste? ¿Dónde se metió Blake? —me preguntó Florence en voz baja, y me estudió el rostro.

No me veía capaz de encontrar palabras para responderle. Y, en el fondo, tampoco quería. No podía contarle lo que había visto. Si al día siguiente la niña recordaba el calvario que había sufrido, ya se lo explicaría a su madre. Pero recé por que se le olvidara.

El agotamiento me estaba pasando factura. Sentía como me arrollaban al fin el horror y la culpa de los acontecimientos de aquella noche.

Negué con la cabeza.

—Mañana —contesté, dejándola desconcertada.

Subí la escalera a mi habitación, cada paso más difícil que el anterior. La cabeza me daba vueltas mientras rememoraba todos y cada uno de los dolorosos detalles desde el momento en que aquella misma noche había salido de la sala común de primero con Kage.

El ritual. Las cosas que Blake había hecho. Lo que yo le había dejado hacer.

Me había abierto a él. Había bajado la guardia. Por un momento, lo había deseado. Y había sido un error.

Blake había salvado a la niña, sí, pero también al monstruo. Los ojos fieros de Aenia, llenos de hambre y locura, se me aparecían una y otra vez. Y luego estaba Blake, reteniéndola, protegiéndonos a Poppy y a mí. Pero también a la altasangre que nos amenazaba a las dos.

Me desplomé en la cama, demasiado agotada como para siquiera apartar las sábanas.

Lo último que recordé antes de quedarme dormida fue la sensación de sus manos sobre mi piel... y la vergüenza que me producía el hecho de desearlo.

LIBRO QUINTO

46
BLAKE

Prímula

Acostado en la cama, contemplaba el dosel carmesí oscuro mientras acariciaba con una mano ausente el pelaje suave del peluso, que estaba acurrucado a mi lado.

Había renunciado a mandar a Neville de vuelta con Pendragón y su amiga Florence. El peluso iba adonde se le antojaba y cuando se le antojaba. Y yo me daba cuenta de que, en secreto, cada vez disfrutaba más de que quisiera estar conmigo.

Era reconfortante tenerlo cerca, por no mencionar que aquella bolita de pelo básicamente me había salvado la vida aquel día en la arena, cuando me había advertido de la presencia de Coregon.

Neville dejó escapar un ruidito de alegría en sueños, y se acurrucó aún más contra mí.

Por lo general, la presencia del animal me ayudaba a calmar los nervios. Pero aquella noche ni siquiera Neville fue capaz de relajarme.

Volvía de alimentarme en Veilmar cuando me encontré a Pendragón en medio del Atrio de los Dragones. Me quedé de piedra un instante. ¿Me habría vuelto a seguir? Se había pasado las últimas semanas ignorándome por completo, negándose incluso a mirarme cuando nos cruzábamos por los pasillos.

Entonces caí en cuenta de que allí, en el Atrio de los Dragones, no me estaba mirando. De hecho, se encontraba de espaldas a mí. Estaba hablando, pero no había nadie cerca.

Me aproximé a ella y me paré en seco. Iba vestida con el camisón. A través de la holgada prenda blanca se le adivinaba el cuerpo alto y esbelto. Llevaba el pelo suelto y los rizos rojos le caían por la espalda. Caminé hacia ella con cautela. Su voz resonaba en el aire, pero las palabras me resultaban extrañas y forasteras. Y entonces lo comprendí.

Estaba hablando en sangrathano clásico.

Era la primera vez que oía en boca de alguien la lengua muerta fuera de las clases de mi padre, que había insistido en que sus hijos aprendieran el idioma antiguo. Sabía lo suficiente para reconocerlo, para identificarlo cuando alguien lo hablaba. Ya no lo usaba nadie, salvo en rituales o en textos tan antiguos que precisaban de una traducción por parte de un lingüista para que pudieran leerse. Y, sin embargo, allí estaba Pendragón, hablándolo con fluidez.

Me coloqué delante de ella, pero no me prestó ninguna atención. Tenía los ojos vidriosos y desenfocados. Porque, en realidad, no estaba allí. Iba sonámbula. Intenté despertarla, gritar su nombre, pero no recibí respuesta alguna.

Miré a mi alrededor aguzando los sentidos, esperando encontrarme con otra persona, con quien fuera que estuviera hablando. Pero debía de ser producto de su imaginación, alguien en un sueño. No había nadie allí, a excepción de las cuatro estatuas de los dragones, tan inertes y silentes como siempre. Las contemplé y me estremecí tenuemente.

En el Atrio de los Dragones se respiraba poder. Tal vez ni siquiera los altasangres comprendieran del todo su naturaleza.

Sentí el apremio de sacar de allí a Pendragón. Me negaba a dejarla sola en el atrio en camisón, a mitad de la noche. La agarré por los hombros y la zarandeé con delicadeza. Nada. Seguía moviendo los labios, con la mirada perdida. Consciente de que así no llegaría a ninguna parte, tiré la toalla, la cargué y salí del Atrio de los Dragones. Ella no se resistió. No forcejeó. Simplemente apoyó la cabeza en mi pecho.

Contuve el aliento un instante, creyendo que se despertaría y me daría un puñetazo por haberla tocado. Luego empecé a relajarme.

Casi esperaba que siguiera hablando para sus adentros, pero se había quedado callada. Aún tenía los ojos abiertos, y me observaba mientras andaba.

De vuelta en mi habitación, y solo, debía reconocer que todo aquello era de lo más inquietante. Pero, por extraño que pareciera, también había sido agradable. La había notado completamente relajada. Me parecía lo más natural del mundo tenerla así entre mis brazos. Le había olido el pelo, aún húmedo, como si se lo hubiera acabado de lavar. Desprendía aromas a jazmín y vainilla. Tenía el cuerpo caliente y terso. Una parte de mí anhelaba llevarla a mi habitación y dejarla en mi cama para luego... dormir a su lado. Pero sabía lo que ocurriría después.

De manera que la había llevado a la torre de primero y había despertado a su amiga Florence. La muchacha de pelo negro había puesto cara de confusión al verme con Pendragón en brazos. Luego había adoptado una expresión de desconfianza. No sabía lo que Pendragón le habría contado sobre mí, pero estaba claro que Florence no me apreciaba. Me preguntaba si sabría lo de Aenia.

Cuando me fui, Pendragón seguía aturdida, y apenas comenzaba a salir del letargo. Pensé que Florence podía contarle lo que había pasado. Tal vez incluso pudiera obviar que había sido yo quien la había traído de vuelta a su habitación. Quizá fuera lo mejor.

Neville se giró dormido y le rasqué la barriga. Dejó escapar un gruñido de felicidad, y luego empezó a roncar. Le sonreí. Ojalá Pendragón fuera tan simple como un peluso.

Pero no. Era un acertijo envuelto en misterio con un extra de secretos espolvoreados por encima. La persona más compleja que había conocido en mi vida. Y la que más me sacaba de quicio. Justo cuando pensaba que había estado a punto de descifrarla, me había golpeado la cara y había vuelto a cerrarse totalmente.

Los Juegos de los Consortes estaban a la vuelta de la esquina y, si yo estaba en lo cierto, se le venía un buen problemón encima. De cierta manera, yo le había preparado el terreno todo lo que me había sido posible. Pero aún podía hacer más por ella. El problema era que sabía que ni de broma aceptaría mi ayuda. No confiaba en mí. No me dejaría ni acercarme. Y si pretendía protegerla como mejor sabía, tendría que permitirme que me acercara más. Mucho más.

Fruncí el ceño mirando al peluso y le acaricié el pelaje.

Jamás aceptaría mi ayuda voluntariamente. Era terca como una mula. Pero tal vez hubiera una forma de que acudiera a mí. Implicaría correr un riesgo enorme, pero si funcionaba, si aceptaba mi protección, los dos saldríamos de los Juegos de los Consortes mucho más fuertes.

Por no mencionar que yo estaría mucho más cerca de conseguir mi verdadero propósito.

47
MEDRA

Entré en el despacho del profesor Rodríguez, lista para nuestra sesión de guardaesclavos.

En cuanto puse un pie dentro, supe que algo iba mal. Rodríguez estaba sentado en su escritorio con el ceño fruncido y los labios apretados en una línea fina e implacable.

Me quedé inmóvil en el umbral cuando identifiqué el libro que tenía frente a él. *El arte oscuro de los vínculos eternos.* El que le había «tomado prestado» semanas atrás.

—Siéntate, Pendragón —dijo Rodríguez con brusquedad. No había ni rastro de la afabilidad a la que me había acostumbrado en nuestras últimas lecciones.

Hice lo que me ordenó, con las manos cada vez más sudorosas.

En la cabeza se me agolpaban excusas y posibles explicaciones, pero ninguna me parecía lo bastante buena.

El problema con el profesor Rodríguez, concluí malhumorada, era que no tenía ni pizca de tonto. Era el tipo de profesor que siempre sabía si un estudiante le había estado tomando el pelo. En todo caso, resultaba un milagro que hubiera tardado tanto en descubrirme.

—Bueno —dijo atravesándome con una mirada penetrante—, ¿qué te pareció el libro?

Tragué saliva e intenté controlar la voz. Ya no tenía sentido negar nada.

—¿Cómo sabe que me lo llevé? ¿Por qué no me lo preguntó hasta ahora?

Él entornó los ojos.

—¿De verdad te parecen esas las preguntas que deberías formularme ahora mismo, Pendragón?

Me removí inquieta en la silla de madera dura. El libro debía de estar encantado con algún tipo de hechizo. Algo que informaba a Rodríguez de quién había sido la última persona que lo había leído. ¿Cómo no se me había ocurrido antes? En cualquier caso, ya era demasiado tarde.

—¿Para qué necesitabas el libro? —La voz de Rodríguez era engañosamente suave.

—Te-tenía un problema y pensé que me ayudaría a resolverlo.

—¿Y lo resolviste? —me preguntó con frialdad.

Negué con la cabeza.

—No como esperaba. —Era, en esencia, verdad.

Rodríguez frunció la boca en una mueca sutil.

—Interesante.

Bajé la vista y me fijé en que había otra cosa al lado del libro: mi trabajo sobre los dragones. Al fin se lo había entregado, la semana anterior.

—Y dime —continuó Rodríguez con voz gélida—. ¿Qué te enseñó el libro sobre los dragones?

Se me aceleró el corazón.

—¿Dragones? Pues... nada. O sea, no había nada sobre dragones. —Hice memoria—. O, si lo había, no me di cuenta.

Por un instante, habría jurado que parecía decepcionado. Luego entrecerró los ojos y el gesto se le ensombreció. Empujó el trabajo hacia mí por el escritorio.

—Este trabajo es una vergüenza, Pendragón. Bien podría haberlo escrito un niño.

Me puse roja como un tomate.

—He tenido muchísimo trabajo con las otras asignaturas...

—No he dejado de darte prórrogas, Pendragón —replicó—. Tonto de mí. Por lo general, cuando un estudiante me pide más tiempo suelo denegárselo. Pero contigo tenía la esperanza de que lo aprovecharas.

Saber que lo había defraudado, que consideraba que aquel trabajo no merecía su tiempo, me provocó una humillación insoportable.

—Mire, lo siento, ¿de acuerdo? Me esforzaré más. Puedo reescribirlo. Leeré todo lo que me recomendó. Me quedaré a la hora de la comida para trabajar en la redacción. O después de clase —dije desesperada.

Rezaba por que no hiciera lo que más temía: que cancelara nuestras sesiones de guardaesclavos. No sabía exactamente cuándo serían los Juegos de los Consortes y por fin sentía que estábamos llegando a alguna parte. Ya había notado un par de veces, en los pasillos, el hormigueo de un estudiante altasangre que trataba de metérseme en la cabeza. Y las dos veces había conseguido expulsarlo. Pero se trataba de estudiantes; como Blake me había dicho, con los altasangres adultos sería mucho más difícil. Todavía me quedaba un largo recorrido si pretendía ser capaz de protegerme.

Rodríguez torció el gesto y se inclinó hacia delante.

—Ya es tarde, Pendragón. Creía que precisamente tú serías la más interesada en aprender todo lo posible sobre los dragones. Y en vez de eso te comportas como si en el fondo te importaran las otras asignaturas. Como si te estuvieras tomando en serio estas tonterías. Y yo que pensaba que ni siquiera querías estar aquí...

—No quería..., o sea, no quiero —dije con torpeza.

Pero tenía razón y los dos lo sabíamos. Algo había cambiado. Yo había cambiado.

¿Me había dejado convencer por la propaganda altasangre sin ni siquiera ser consciente de ello o simplemente me había acostumbrado a una rutina fácil? Fuera como fuera, me había vuelto complaciente. Una parte de mí empezaba a querer estar allí. Bloodwing, a pesar de todos sus horrores y crueldades, comenzaba a parecerme un hogar.

—Y ahora —continuó Rodríguez, ignorándome— me entregas este trabajo mediocre. Dime: ¿te importa lo más mínimo? ¿Eres siquiera consciente de lo que está en juego?

Me puse de mal humor.

—¿Y yo qué diablos iba a saber si usted no me explica nada? Me oculta cosas y encima espera que aprenda, que me importe. ¿Por qué debería importarme? Los dragones están muertos y enterrados. —Me acerqué a él—. Y hablando de cosas mediocres, ¿qué pasa con usted, profesor? ¿Qué hacía con Blake Drakharrow en Veilmar, a mitad de la noche?

Se le encendieron los ojos.

—Basta. No te atrevas a ir por ahí, Pendragón. Te lo advierto. —Se recostó en la silla y respiró hondo, como si intentara calmarse—. Pensaba que querías sobrevivir. Que aprovecharías los conocimientos que has encontrado para superar los Juegos de los Consortes, para... prepararte.

Lo miré desconcertada, completamente confusa.

—No lo entiendo. ¿Qué conocimientos? ¿Qué tendrán que ver ahora los dragones?

—Ya da lo mismo, ¿no? —me espetó—. Es evidente que no eres tan lista como creía. Y ahora tenemos un problema más grave.

Me indigné con el insulto, pero sabía que su frustración era, hasta cierto punto, comprensible: yo no había cumplido con mi parte del trato. Sin embargo, también me daba la impresión de que me estaba hablando con acertijos.

Se inclinó hacia delante, paralizándome con sus ojos negros.

—¿Sabrías decirme lo que es el legado, Pendragón?

Entorné los ojos y me tragué una respuesta ingeniosa sobre la amplitud de mi vocabulario.

—Sí, creo que sí.

—Pues yo conservo un legado —dijo bajando ligeramente la voz—. Se ha transmitido en mi familia de generación en generación. Un legado sobre los dragones y sus jinetes.

El corazón me dio un vuelco.

—¿De qué legado estamos hablando?

—El tema que estamos tratando es el más peligroso que existe —contestó despacio.

Tragué saliva, procesando la magnitud de sus palabras.

—Hay quien dice que hubo un tiempo en que estas tierras las gobernaban los dragones y sus jinetes, no los altasangres.

La cabeza se me disparó con las posibilidades.

—¿Cómo lo sabe? ¿Me está diciendo que es una historia real o solo una leyenda?

Rodríguez esbozó una sonrisa.

—La única forma que tenemos ahora de descubrirlo es que sobrevivas a los Juegos de los Consortes.

Sentía como me aumentaba la frustración.

—¿Y eso es todo? ¿Se supone que tengo que poner en riesgo mi vida en los Juegos mientras usted me juzga?

Rodríguez arqueó una ceja, y yo me enojé todavía más.

—Me parece que usted necesita que yo sobreviva mucho más de lo que está dispuesto a reconocer. ¿Por qué no me ayuda en vez de seguir dando rodeos?

Rodríguez ladeó la cabeza.

—Ya hay alguien que está dispuesto a ayudarte. La cuestión es si se lo permitirás.

Supe de inmediato a quién se refería. Torcí el gesto.

—Blake Drakharrow.

Rodríguez asintió.

—No dije que fuera fácil.

Arrastró la silla hacia atrás.

—Esta reunión terminó. Reprogramaremos la sesión del guardaesclavos. Te quiero aquí mañana a la misma hora. —Me sonrió con frialdad y luego señaló la puerta.

Negué con la cabeza y salí del despacho sin saber si debía sentirme culpable, avergonzada o furiosa. O quizá las tres cosas a la vez.

Cuando, por la noche, volví a mi habitación después de cenar en el comedor, me habían entregado una nota por debajo de la puerta. Se me aceleró el corazón.

La recogí, la desdoblé y la leí. La caligrafía era pulcra e inclinada, escrita en tinta negra.

Medianoche. Atrio de los Dragones. Ven sola si quieres conseguir un arma para usar contra mí.

Contemplé las palabras. Estaba convencida de que el autor era Blake.

Pero ¿qué diablos era aquello? ¿Algún tipo de trampa? Blake era peligroso. Era un asesino. Era altasangre. No tenía ni idea de en qué clase de horrores estaba involucrado. El Rito de la Adoración no había sido más que una muestra de la corrupción que emponzoñaba las venas de aquel reino oscuro y retorcido, y las del mismo Blake.

Pero Florence me había contado que Blake me había llevado a mi cuarto la otra noche, cuando estuve andando sonámbula. Últimamente descansaba poco por las noches y, cuando me despertaba, nunca recordaba qué había estado soñando. No había sido sonámbula en mi vida. Supuse que debía agradecer que me hubiera encontrado Blake y no otra persona. Con toda probabilidad, Regan me habría arrojado por un precipicio.

La promesa de averiguar algo sobre Blake que pudiera inclinar a mi favor el equilibrio de poder entre nosotros era demasiado tentadora como para ignorarla. Y no podía olvidarme del consejo que me había dado el profesor Rodríguez.

Cuando llegó la medianoche, me escapé de la sala común y recorrí los sinuosos pasillos hasta llegar al enorme espacio abierto que ocupaba el Atrio de los Dragones. La noche era fría y vigorizante. Caía una fina nieve que había teñido las estatuas de blanco.

Blake esperaba en el centro del atrio, de espaldas a mí. Su alta figura estaba cubierta por su habitual capa negra, a través de cuya tela se adivinaban sus hombros esbeltos y musculosos. Volvió ligeramente la cabeza y me quedé sin aliento, examinando sus pómulos como navajas, su nariz angulosa. Era regio, imponente, perfecto en sus imperfecciones.

Podría haber sido mío si yo hubiera estado dispuesta a reconocerlo.

Me dio un brinco el corazón cuando se fijó en mí y se volvió del todo, y los ojos grises le brillaron con una expresión de peligro latente. A su aterradora manera, sabía que Blake me deseaba. A su aterradora manera, incluso era posible que él creyera que yo le importaba. Pero yo sabía la verdad. Lo que quería era poseerme, utilizarme. Lo que sentía era lo mismo que yo: deseo mezclado con desprecio. Si permitía que esos impulsos oscuros me consumieran, sería mi ruina.

—Vaya —dijo Blake con voz grave—; viniste.

Crucé los brazos como si así pudiera protegerme de su presencia.

—Sí, vine. ¿Qué quieres?

Parecía estar divirtiéndose.

—¿Ni un «gracias»? —Levantó hombros—. Supongo que debería dejar de esperar que me dieras las gracias alguna vez.

—Tienes razón —repliqué—. Deberías. Controla un poco las expectativas.

Frunció los labios y me señaló un banco de piedra en la arboleda que había tras los dragones.

—Te aconsejo que te sientes.

—Prefiero quedarme de pie —afirmé con frialdad.

Él volvió a levantar los hombros.

—Como quieras.

Se dirigió a la arboleda y yo, a regañadientes, lo seguí. Se sentó en el banco y estiró las piernas.

—Quiero pedirte un favor.

Me tensé.

—Evidentemente. Cómo no iba a haber letra pequeña. Tendría que habérmelo imaginado. —Hice ademán de irme.

—¡Soy altasangre, Pendragón! —gritó—. Siempre hay letra pequeña.

Al ver que yo seguía caminando, salió corriendo y se me puso delante.

—Es sobre Aenia.

Había algo extraño en su voz.

—¿Qué le pasa? —pregunté con cautela.

—Si quieres saber algo con lo que podrías lastimarme, primero tienes que prometerme algo a cambio —ofreció Blake.

Entorné los ojos.

—¿Me puedes explicar qué estaría aceptando exactamente?

—Me enteré de que los Juegos de los Consortes comenzarán en menos de dos días —contestó, y observó mi reacción de sorpresa—. Déjame que te proteja para que puedas sobrevivir a los Juegos.

—¿Perdón? —dije con desdén—. ¿Cómo vas a protegerme si ni siquiera estarás allí? Iré sola. —Me reajusté la capa—. Además, casi todos los consortes sobreviven.

Después de mi preocupante encuentro con Rodríguez, le había pedido a Florence que me acompañara a la biblioteca y juntas habíamos leído sobre la turbia historia de los Juegos de los Consortes. Tampoco era que hubiera mucho, pero nos había quedado claro que el objetivo de los Juegos no era eliminar a todos los consortes, sino ponerlos a prueba. Y sí, a veces moría algún consorte, pero no era la razón de ser del torneo. Al fin y al cabo, se trataba de jóvenes nobles altasangres. El reino necesitaba conservarlos.

—Sí, pero eso son los consortes que cooperan —señaló Blake, para mi fastidio—. No los que juegan solos.

—Regan también estará sola —indiqué negando con la cabeza.

—No —respondió—. No estará sola, ya lo verás. ¿En serio crees que tienes alguna oportunidad siendo sangrepútrida? Si piensas que puedes presentarte sin preparación ni ventaja, eres más idiota de lo que creía, Pendragón.

Aquello se parecía demasiado a lo que me había dicho Rodríguez, y no me gustaba.

—Vete a la mierda, Blake. Me enfrenté a Visha Vaidya en mi primer día, ¿te acuerdas?

—Sí, y me acuerdo de que te ganó y te restregó la cara con lodo. Y ella también estará allí, para que lo sepas. Es una de las posibles consortes.

No era la mejor noticia que podía darme.

—Me ganó porque hizo trampa —me defendí—. Yo gané la primera ronda jugando limpio.

—¿Y qué? ¿Crees que no hará trampa en los Juegos? —Se pasó la mano por la cara, como si de verdad se preocupara por mí.

—¿Le ofreciste algo similar a Regan? —le pregunté.

Él se rio, pero percibí cierta tensión.

—Regan no lo necesita.

—Tengo sangre de jinete —dije—. Puede que no sea altasangre, pero tampoco soy una sangrepútrida del montón.

Yo también contaba con un arma secreta que me negaba a revelarle todavía.

—Sí, pero ¿y si no es suficiente?

Negué con la cabeza.

—Esto empieza a... incomodarme. Deja de fingir que te importo, Blake.

48
BLAKE

—Me importa porque quiero que Regan y tú salgan con vida de los Juegos —mentí—. En fin, ¿quieres saber cómo puedo ayudarte o no?

Al ver que dudaba, levanté los hombros.

—De acuerdo. Pues fue un placer conocerte, Pendragón.

Me volví para irme, pero ella se plantó delante de mí.

Sonreí.

—No me mires con esa arrogancia —me espetó.

Levanté las manos con una actitud falsa de rendición. No iba a gustarle lo que estaba a punto de decirle. Me estaba preparando ya para su reacción.

—Vamos —insistió dando golpes impacientes con el pie—. ¿Cuál es el gran consejo? ¿Qué tengo que hacer? ¿Pintar el comedor con sangre? ¿Sacrificar a otra virgen sangrepútrida en el Sanctasanctórum?

Me estremecí, igual que ella, cuando se le escaparon de la boca aquellas palabras crueles. No estaba lo bastante insensibilizada para bromear sobre lo que había visto. Ni siquiera yo lo estaba, probablemente.

—Si estamos hablando de que te bebas mi sangre —dijo entre dientes—, la respuesta es que ya puedes esperar sentado, imbécil.

Sonreí.

—No es eso. Lo único que tienes que hacer es beber un poco de mi sangre. ¿Crees que podrás soportarlo?

Retrocedió un paso.

—No hablarás en serio —contestó arrugando la nariz de asco—. No. Ni de broma.

Suspiré, resistiendo el impulso de recordarle que cualquier otra chica de Bloodwing se habría sentido muy halagada. Era la primera vez que le ofrecía algo así a alguien, pero a Pendragón le daba igual. No se preocupaba por nuestras costumbres ni tradiciones, ni tampoco por el poder que residía en la sangre de las cuatro casas. Después de lo que habíamos vivido en el Sanctasanctórum, supongo que tampoco podía culparla.

—Si accedes a beber de mi sangre —continué—, te contaré un secreto que no conoce nadie más. Un secreto que te dará poder sobre mí, por el que podrían incluso matarme. Eso te atrae, ¿verdad? Reconócelo.

Algo oscuro le pasó por los ojos y confié en no estar cometiendo el mayor error de mi vida.

—¿Y bien? —dije mostrándome impaciente. La verdad era que en el fondo no quería contárselo. Una parte de mí incluso deseaba que dijera que no. Pero si se negaba, estaba jodida.

—¿Qué me hará? —me preguntó—. Tu sangre, digo.

Busqué las palabras adecuadas.

—Te dará ventaja. Te hará más fuerte, más rápida. Podrás aprovecharte de mis habilidades vampíricas... de forma temporal, claro. —Me saqué un frasco del bolsillo y lo sostuve para que pudiera ver el líquido rojo que relucía dentro—. Ni siquiera tendrías que tocarme. Simplemente bébete esto; te ayudará a sobrevivir.

Medra contempló el vial que yo tenía en la mano como si estuviera intentando envenenarla.

—Beber tu sangre es tan horrible como tocarte.

Intenté reírme para quitarle importancia.

—No te falta razón.

Me miró fijamente durante un largo rato. Pero luego extendió poco a poco la mano hacia el frasco. Vi como lo descorchaba y se acercaba el pequeño vial a la boca. Clavé los ojos en su pálida garganta mientras se tragaba el líquido.

Había algo erótico en verla meterse dentro una parte de mí.

Se acabó la sangre con una expresión incómoda en la cara. Pero no le entraron náuseas ni la escupió.

—Buena chica —dije con una sonrisa.

Me dedicó una mirada desagradable y después se limpió la boca con el dorso de la mano y me devolvió el frasco vacío.

—Listo. Me la bebí. Vamos a acabar ya con esta estupidez. ¿Cuál es ese secreto tuyo tan oscuro, Blake?

Volví a guardarme el frasco en el bolsillo del saco.

—Aenia no es mi hermana.

Medra puso cara de sorpresa.

—¿Qué?

Pasé a su lado y me dirigí al límite de la arboleda. Desde allí contemplé el mar picado de abajo.

—Mi hermano Marcus... Lo viste el primer día, en el estrado con mi tío. —Me volví para mirarla y ella asintió—. Bueno. Pues es el tipo de altasangre que tú odias. Si alguna vez se te acerca, échate a correr en la dirección opuesta. Le encanta cazar.

No sabía si entendería a qué me refería. Respiré hondo y me preparé para su reacción cuando oyera la siguiente parte.

—Lo que quiero decir es que le encanta matar. No suele usar siervos. Prefiere cazar y luego alimentarse. Despedazó a la verdadera familia de Aenia. Los dejó agonizando. Ella apenas tenía dos años. La encontré desangrándose. —Hice una pausa y tragué saliva con dificultad—. Yo la convertí.

Pendragón se había puesto junto a mí. La sentía al lado del hombro. Y entonces se tensó.

—¿Que la convertiste? ¿Y eso qué significa?

—Pues que yo la creé —contesté sin rodeos—. La hice como nosotros. Era sangrepútrida. Y yo la convertí en altasangre. —Me metí las manos en los bolsillos—. Aunque no todos la ven así.

—¿A qué te refieres?

—Hay otro nombre para los seres como Aenia. Los llaman sangreviles. Sangrepútridas que se convirtieron. —Bajé la vista para mirarla—. Normalmente les dan caza y los matan.

—Pero si ella era solo una criatura... —susurró Pendragón—. ¿De verdad habrían sido capaces de matarla?

Levanté los hombros.

—Quién sabe. Lo que importa es que metí la pata hasta el fondo. Era demasiado joven para ser realmente consciente de lo que estaba haciendo. Demasiado joven siquiera para haber intentado hacer algo así. Mi madre me encontró con Aenia, y le supliqué que me ayudara. —Carraspeé, con la voz de pronto atenazada por la emoción—. Me ayudó a ocultar lo que había hecho. Se llevó a Aenia y desaparecieron un tiempo. Cuando regresó, para protegerme, anunció que Aenia era hija suya.

Pendragón tenía la mirada fija en mí. No habría sabido decir si lo que había en sus ojos era repulsión u otra cosa.

—¿Y llevas desde entonces haciéndole creer a la gente que es tu hermana?

—Marcus debe de sospecharlo. Es un idiota, pero no tan obtuso. Y estoy casi seguro de que mi tío lo sabe. —Viktor lo aprovechaba como una ventaja. Aquello le otorgaba más poder con el que controlarme—. Pero si alguien más descubriera la verdad, podrían matar a Aenia y estarían en su derecho. O a mí.

—¿A ti por qué?

—Porque infringí la ley, Pendragón. Requerirían que me presentara ante un tribunal. Seguramente mi tío sería uno de los miembros, pero tampoco podría protegerme del todo. —Y eso siempre que quisiera, de lo cual tenía serias dudas—. Representantes de las cuatro casas elegirían a un juez. Podrían dictaminar que se me ejecutara.

Me aparté de ella, me senté en el banco de piedra, y crucé las manos.

—Era demasiado joven para ser consciente de la estupidez que había cometido. Pensaba que la estaba salvando.

Para sorpresa mía, Medra se me acercó y se sentó en el banco, aunque no a mi lado. De hecho, se sentó lo más lejos posible sin caerse del banco.

—Y es verdad —declaró despacio—. Que la salvaste, quiero decir.

—Creo que dejarla morir habría sido un acto de misericordia. —Suspiré—. Está viva, sí, pero mira de qué manera. Está perdiendo la cabeza, ya la viste. Se está convirtiendo en un animal salvaje. Siempre hay un riesgo cuando conviertes a alguien. Es un peligro para sí misma y para los demás.

Pendragón me miró con los ojos entrecerrados.

—Me alegro de que lo veas así. ¿Dónde está ahora? ¿Qué hiciste con ella?

Fruncí el ceño.

—Está a salvo. Donde no suponga un peligro para nadie.

Me miró fijamente.

—¿Y qué pasa con Marcus?

—¿En qué sentido?

—Me dijiste que asesinó a la familia de Aenia. ¿Qué diría un tribunal al respecto?

Al ver que yo no respondía, Medra echó la cabeza hacia atrás y soltó una risa amarga.

—Lo suponía. Qué puta locura. En Bloodwing tratan a los sangrepútridas casi como a iguales. Creo de verdad que nos engañan para que pensemos que, por lo general, nos ven como a iguales. Pero no lo somos, y no lo seremos nunca, ¿verdad? A tu hermano no le pasaría nada por haber matado a la familia de Aenia, ¿me equivoco? Lo que hizo ni siquiera debe de ir en contra de la ley. Dime, Blake. Dime que me equivoco.

—No te equivocas —respondí arrugando el gesto—. Pero ese tipo de violencia desenfrenada no está bien vista hoy día. La mayoría de los altasangres ejercen un control muy superior al de Marcus. Tenemos un sistema, y casi todos lo respetamos. Mi tío alienta la moderación —afirmé casi por inercia, a pesar de saber que el sistema podía venirse abajo en cualquier momento, que el equilibrio que existía era precario. De hecho, podría ser que incluso Viktor quisiera verlo caer—. Necesitamos a los sangrepútridas —añadí, tratando de ocultar mis verdaderos pensamientos—. Y la mayor parte de los altasangres lo saben. Cumplen funciones que nos hacen falta.

Ella negó con la cabeza.

—Vaya, que somos útiles. Pero en el fondo no valoran nuestra vida ni nos consideran individuos por los que merezca la pena preocuparse.valga—Eso no es verdad —repliqué—. Hay altasangres que tienen en gran estima a sus siervos. Los sangrepútridas pueden llegar a ser brillantes sanadores, estrategas o exploradores.

—Carne de cañón para sus ejércitos cuando entran en guerra, querrás decir —me interrumpió Pendragón.

Me pasé las manos por el pelo, frustrado.

—Lo que tú digas. Ya te confié lo que quería compartir contigo. Te ofrecí una ventaja. Aprovéchala como consideres.

Me puse de pie.

—¿Y eso es todo?

La miré fijamente.

—¿Solo vas a confiarme un secreto que podría matarlos a ti y a tu hermana, no, a tu hija?

Le di una patada a una piedra del suelo.

—Estoy completamente a tu merced. ¿Es eso lo que quieres que te diga?

—No, lo que quiero que me digas es: «Gracias, Pendragón, por permitirme que me quite este peso de encima».

—¿Se puede saber qué mierda dices? —le pregunté enojado.

Ella se levantó.

—Me lo confesaste porque te dio la gana. Querías que lo supiera para que yo me sintiera tan culpable por lo de Aenia como tú. Es pura manipulación y perversidad hasta para ti, Blake.

Me volví loco. Invadí su espacio personal y le di un golpe en el pecho con el mío.

Ella soltó una exclamación y retrocedió.

—Todo lo que he hecho ha sido para protegerte. Estamos vinculados, te guste o no. Marcus es un monstruo, y también es de mi familia. Lo cual lo convierte también en tu familia. Aenia es... No es más que una niña.

—¿Así es como lo ves? —Se rio—. ¿Crees que les debes lealtad? En el fondo sabes que Marcus probablemente se merece que lo liquiden incluso más que Aenia.

—No vuelvas a decir eso —bufé—. Que ni se te ocurra volver a hablar así de mi familia.

Y, a pesar de todo, en el fondo sabía que tenía razón. Hacía mucho que lo sabía.

—Terminamos —anuncié, y le di la espalda—. Buena suerte en los Juegos.

49
MEDRA

Al día siguiente, mientras cruzaba los pasillos de la academia después de terminar las clases, el aire parecía más ligero y zumbaba con la promesa de la primavera. Pero me dolía el corazón y ni siquiera los capullos verdes de la hiedra que reptaba por los muros de piedra ni la brisa suave que transportaba el aroma de la tierra fresca bastaban para levantarme los ánimos.

Mi conversación con Blake aún me resonaba en los oídos. Aenia no era su hermana, sino su creación. Su error.

La revelación me había dejado más acongojada de lo que estaba dispuesta a reconocer. En un sentido perverso, Aenia era más que una hermana para Blake. Era su hija. Bajo su fría fachada, Blake cargaba con una pesada culpa. Había intentado salvar a una niñita inocente de un monstruo y en vez de eso la había condenado a una vida igual de monstruosa. Y le tocaba vivir con las consecuencias.

Pasé por debajo de un arco de piedra tallada y tirité. El aire de los pasillos seguía siendo fresco, pero el frío penetrante del invierno iba desapareciendo. Afuera se fundía la nieve y comenzaban a aparecer briznas de hierba verde en los patios. Señales de cambio, señales de Prímula.

Bajé por un corredor que conducía a la sala común de primero.

Blake Drakharrow era despiadado y arrogante, y un acosador capaz de cometer actos crueles y brutales. Y, sin embargo, también había tratado de ser un héroe. Había hecho algo que claramente no lo beneficiaba. Se había saltado las leyes altasangres para salvar a una sangrepútrida que ni siquiera conocía. Había arriesgado su vida y su futuro.

Y estaba enredado en una peligrosa maraña de engaños. Porque a medida que Aenia creciera se volvería más fuerte, y perdería más el control. Por lo que Blake había insinuado, la mente de la niña se estaba deteriorando y no parecía que hubiera forma de revertir el proceso.

Pensé en la madre de Blake, lady Drakharrow. Ni siquiera sabía cómo se llamaba. Debía de querer muchísimo a Blake para arriesgar tanto al ocultar su secreto, para proteger a una niña sangrepútrida que otros altasangres habrían dejado morir, y reconocerla como suya. La decisión podría haber comportado consecuencias muy graves para ambos. Y, a pesar de todo, la madre de Blake había asumido el riesgo por él.

¿Y Blake? Era evidente que sentía amor por la niña, o algo parecido. Ni siquiera tenía claro que los altasangres fueran capaces de amar. Era una emoción que me parecía ajena a ellos en algunos sentidos. Pero fuera lo que fuera, no podía quitarme de encima la sensación de que la lealtad que le profesaba a Aenia podía provocar aún más destrucción. Al fin y al cabo, si no hubiera sentido nada por ella ya la habría liquidado, algo que yo no había sido capaz de decirle la noche anterior. Las palabras se habían quedado flotando en el espacio que nos separaba; tácitas, ignoradas.

Suspiré y me acomodé la mochila con libros y pergaminos en el hombro. Lo peor de todo era tener que reconocer que aunque Blake no fuera buena persona, algo que había demostrado una vez tras otra, quizá no fuera tampoco un ser del todo maligno.

Era capaz de sentir culpa, de admitir sus errores —bueno, menos en lo que a mí respectaba—, y de cargar con el peso de la responsabilidad. Pero antes o después se vería obligado a elegir entre la culpa y el amor y la oportunidad de poner fin al ser terrible en que se estaba convirtiendo Aenia.

Me detuve con la mano en la puerta de la sala común al caer en cuenta de que me había pasado el día y la noche más consumida que de costumbre por pensamientos sobre Blake Drakharrow. Lo que sentía por él me parecía más claro, más intenso. Por no mencionar una impresión incómoda que me perseguía por los pasillos como una sombra fastidiosa. Llevaba todo el día consciente de su presencia en la escuela, incluso cuando no compartíamos clase.

Y también me notaba el cuerpo diferente. Tenía un hormigueo en las extremidades, como si mis músculos estuvieran constantemente tensos y listos para entrar en acción. Un rato antes, en Combate Básico, había tenido que contenerme por miedo a hacerle daño a alguien sin querer. Me preguntaba cómo se habrían manifestado esas sensaciones si me hubiera tocado asistir a Armamento Avanzado. Una parte de mí se moría por medirse con un altasangre.

Y, por último, sentía una molestia desagradable en el cuello, casi como si tuviera un moretón. Me lo había estado frotando sin darme cuenta durante todo el día, como si hubiera recibido una herida de la que me hubiera olvidado. Pero no era solo dolor. Era casi como un... jalón. Como si deseara o necesitara algo que no conseguía identificar. Un jalón en la garganta que me atraía hacia él.

Fruncí el ceño. Me sacaba de quicio, pero estaba convencida de que todo eran síntomas de haber bebido la sangre de Blake. Síntomas que muy convenientemente él había decidido omitir. O tal vez ni siquiera supiera que existían. ¿Serían efectos secundarios por ser yo sangrepútrida? Fuera como fuera, seguro que eran temporales. Solo tenía que aguantarlos un poco más y sobrevivir a los Juegos de los Consortes. Blake me había dado a entender que los efectos de su sangre se me pasarían poco después de los Juegos.

Abrí la puerta y entré en la sala común.

Había varios estudiantes de primero dispersos, charlando en voz baja en las butacas junto a los ventanales o leyendo en silencio en algún rincón, junto a los libreros. Posé la mirada en Naveen. Estaba arrellanado en un sofá cerca del fuego, contemplando las llamas con aire taciturno.

Naveen estaba distante con Florence y conmigo desde el festival del Fuego Gélido. Yo había dado por hecho que era por la decepción. Al fin y al cabo, la noche del baile no había reunido el coraje necesario para decirle a Florence lo que sentía. Lo había achacado a los remordimientos, pero pensé que lo superaría. Ya tendría otras oportunidades.

Sin embargo, al verlo en ese momento, me pregunté si habría algo más.

Me acerqué al sofá.

—Eh, hola.

Soltó un gruñido, pero no separó los labios.

Yo hice una mueca. Saltaba a la vista que no quería compañía, pero a veces la cuestión no era lo que querías, sino lo que necesitabas. Decidí que ya había pasado el momento de dejarlo solo con sus pensamientos oscuros, fueran cuales fueran.

Me senté en el sofá a su lado y dejé la mochila en el suelo.

—¿Todo bien? —le pregunté con tacto—. Últimamente te noto... raro. ¿Quieres que lo hablemos?

Naveen se pasó los dedos por el corto pelo negro. Como siempre, terminó pareciendo un puercoespín excéntrico. Reprimí una sonrisa.

Él levantó los hombros sin dejar de mirar el fuego.

—¿Es por Florence? —me aventuré—. Mira, sé que en el baile no le hablaste como habrías querido. Pero tendrás otras oportunidades, Naveen. Se ven todos los días. ¿Te gustaría... practicar conmigo? —Seguramente era una idea terrible, pero tampoco sabía qué otra cosa sugerirle.

Él negó con la cabeza.

—No es por lo de Florence. A ver —se corrigió—, no es solo por lo de Florence. —Se volvió hacia mí—. Es por todo —reconoció—. No sé qué voy a hacer.

Aquellas palabras consiguieron alarmarme.

—¿A qué te refieres? ¿Qué más te ha pasado?

Él se hundió todavía más en el sofá.

—Reprobé una asignatura.

Traté de ocultar mi sorpresa. Nuestros últimos exámenes habían sido a finales del trimestre de Hiemal. Naveen no nos lo había confesado entonces. Había dejado que pasaran meses sin contárselo a nadie. Y aun así lo habían dejado asistir al baile.

—Bueno —dije con cuidado—, por una asignatura no pasa nada. A lo mejor puedes recuperarla, o repetirla. ¿Hablaste con el profesor?

Naveen torció el gesto.

—Reprobé una asignatura... y saqué una F en otras dos.

Lo miré desconcertada. O sea, que le iba mal en tres asignaturas. ¿Cuáles serían? Sabía a ciencia cierta que había aprobado Combate Básico. Se llevaba bien con la profesora Puño de Piedra, y ella incluso lo había felicitado delante de sus compañeros varias veces.

—Un flojo es prácticamente reprobar —afirmó Naveen abatido—. Y ya son tres asignaturas.

—A finales del trimestre tenemos los exámenes de Prímula —me atreví a decir—. Puede que te vayan mejor. Y ahora que lo sabemos, Florence y yo podemos ayudarte a estudiar. Podemos preguntarte para que estés más preparado.

—Puede ser. —No parecía convencido—. Pero lo más probable es que a finales de año me echen de aquí.

Había algo en su expresión que no entendía.

—Bueno, pero incluso en ese caso, hay vida más allá de Bloodwing, ¿no? —le recordé, tratando de animarlo—. Seguro que hay otras cosas que te gustaría hacer, aparte de ser explorador para las casas altasangres. Tu familia vive en una ciudad enana, y allí tendrás otras oportunidades. ¿A qué se dedican tus padres? Tenías hermanos, ¿verdad?

—No lo entiendes —me interrumpió Naveen casi enojado—. Sabía que no lo entenderías. Cuando entras en Bloodwing te comprometes de por vida, Medra. No se termina si repruebas.

Arrugué la frente.

—Eso lo entiendo —mentí; Florence nunca me lo había explicado del todo.

—En el mejor de los casos —prosiguió Naveen—, obligarán a mi familia a pagarlo todo. Solo te conceden la inscripción gratuita si apruebas. Dan por hecho que aprobaremos y por eso tu familia no tiene que asumir ningún costo al inicio. Pero estamos en la escuela más cara de Sangratha. Si repruebas y te mandan de vuelta a casa, tu familia debe asumir el costo del fracaso. Es una cantidad desorbitada, Medra. Mi familia probablemente podría asumirla, no somos pobres. Pero la vergüenza, la humillación... Mi padre se pondría hecho una furia.

—Si ese es el mejor de los casos —empecé vacilante—, ¿cuál es el peor?

Naveen lo pensó, paseando la vista por la sala con nerviosismo.

—La mayoría de los estudiantes que reprueban no vuelven nunca a casa. Los mandan a otro sitio. Creo que se suele dar por hecho que los envían a casas altasangres para trabajar como sirvientes sin salario. —Se tapó la cara con las manos—. Supongo que después de Prímula continuaré mi amistad con Florence y contigo por carta.

—¿Qué? —exclamé. Aquello no parecía diferir mucho de la esclavitud. Bajé la voz—. ¿Cómo es posible que hagan eso? ¿En serio no te dejan volver a casa? ¿Jamás?

Naveen levantó los hombros.

—No lo sé. Supongo que es mejor que obligar a tu familia a pagar la deuda. Pero es solo una suposición. Y ni siquiera sé si es el peor de los casos. Otros estudiantes con los que he hablado piensan que...

Antes de que pudiera continuar, se abrió la puerta de la sala común y Florence entró acompañada de Vaughn Sabino. Los dos charlaban y reían. Cuando nos vieron, vinieron directo al sofá.

Naveen abrió los ojos como platos, presa del pánico.

—Prométeme que no les dirás nada —me susurró con apremio.

Asentí deprisa.

—Claro que no —contesté justo cuando Florence y Vaughn nos alcanzaban.

El chico larguirucho de piel oscura se dejó caer pesadamente a mi lado con una sonrisa y un suspiro de alivio, y se puso cómodo estirando las largas piernas. Florence se sentó con más delicadeza en un sillón junto a Naveen, recogiéndose la falda alrededor de las piernas.

—Qué, ¿cómo estuvo la clase de Combate Básico? —preguntó Sabino sin dejar de sonreír—. Estuvo dura, ¿eh?

No pude evitar devolverle la sonrisa. A lo largo de las últimas semanas, Vaughn había vuelto a ser el de antes. Los moretones habían desaparecido. El brazo se le había curado sorprendentemente bien, tanto que lo habían dejado quedarse en la asignatura de la profesora Puño de Piedra, quien se había asegurado de que nos lo tomáramos con calma con él durante un tiempo. Pero los últimos días no parecía haber tenido reparos en presionarlo tanto como al resto.

No había vuelto a ver a Theo y a Vaughn juntos desde la noche de la hoguera. Me preguntaba si Vaughn culparía a Theo por lo que le había ocurrido. De ser así, no me habría parecido incomprensible.

Cuando veía a Theo Drakharrow en los pasillos, apenas me dedicaba un ligero gesto de cabeza. No le habían dado una paliza como a Vaughn, o en todo caso lo había escondido bien, pero había perdido parte de aquel aire de despreocupación y teatralidad que gastaba. A mí, personalmente, me daba algo de tristeza.

Con todo, me recordaba que Theo era un Drakharrow. Formaba parte de una familia oscura y retorcida. Y, como altasangre, necesitaba sangre para sobrevivir y alimentar sus poderes. Que no lo viera bebiendo de sus siervos en público como a Catherine Mortis no significaba que no formara parte de su rutina.

Intenté concentrarme en lo que estaba diciendo Vaughn.

—Creo que Puño de Piedra va a empezar por fin a darnos algunas sesiones de sigilo.

Asentí, pensando en la clase.

—Nos dijo que por fin nos estábamos acercando al punto que ella quería en lo relativo al cuerpo a cuerpo. No estaría mal cambiar un poco para variar.

Florence nos había estado escuchando.

—Sigo sin imaginarme lo que hacen en esas clases —dijo arrugando la nariz con rechazo.

Me reí.

—Nos pasamos horas dándonos palizas —contesté de broma—. Pero te prometo que es divertido. No, en serio: llevamos semanas practicando cómo desarmarnos y agarrarnos. Pero Puño de Piedra afirma que todo eso no les servirá de nada a los que terminen de exploradores si no cuentan también con habilidades de sigilo.

—Y no le falta razón —dijo Vaughn recostándose en el sofá—. Aunque tampoco es que nos falte tiempo para adquirir esas habilidades. Al fin y al cabo, estamos en primero. He oído que algunos alumnos de primero ni siquiera empiezan el entrenamiento de sigilo al final del trimestre de Prímula. La profesora Puño de Piedra puede llegar a ponerse bastante quisquillosa si considera que no estás preparado.

—Mejor eso que confiarnos, supongo —intervino Naveen.

Me alegré de que participara en la conversación. Seguimos charlando sobre la asignatura, hablando de las personas a las que creíamos que les costaba más la nueva técnica de agarre que nos habían enseñado, y especulando sobre cuándo nos permitiría Puño de Piedra empezar por fin con algo más interesante.

Cuando la conversación fue decayendo, Florence se puso de pie de un salto.

—Oigan, vamos al comedor. Me muero de hambre.

El gran salón estaba abarrotado con los grupos habituales de estudiantes que iban allí a distraerse después de las clases. El aroma a comida recién hecha me inundó las fosas nasales y me hizo caer en cuenta del hambre que tenía.

Los ojos se me fueron hacia la mesa de la casa Drakharrow. Blake estaba sentado con Theo y Regan, de espaldas a mí.

Me llevé la mano al cuello sin pensar, acariciándome uno de los puntos erógenos en los que Blake había puesto la boca la noche del Sanctasanctórum. Con un resoplido de fastidio, la bajé al darme cuenta de lo que estaba haciendo. Me senté a la mesa con mis amigos, me llené el plato y me obligué a no mirarle la espalda a Blake.

¿Me habría mentido? La jornada había sido completamente normal, a pesar de que él me había asegurado que faltaba poco para los Juegos de los Consortes. Tal vez me había equivocado al confiar en él, al beber del frasco, incluso a pesar de todo lo que me había confesado sobre Aenia.

Después de cenar en el comedor, les di las buenas noches a Florence y a los demás y me fui a mi habitación. De pronto, me sentía exhausta. Estaba claro que el frasco de sangre de Blake que me había bebido no iba a provocarme insomnio, aunque sí hubiera notado que me había mejorado la fuerza y aguzado los sentidos.

Seguía dándole vueltas a la conversación que había tenido con Naveen. Me sentía algo culpable de tener que ocultárselo a Florence. Sospechaba que a ella se le ocurrirían ideas mucho mejores que a mí para ayudarlo. Decidí que volvería a hablar con Naveen a solas y trataría de convencerlo para que se lo contara a Florence, al menos lo de las calificaciones. Quizá Jia, la madre de Florence, sabría qué opciones tenía Naveen. Seguro que había alguna manera de que pudiera volver a presentarse a las asignaturas que había reprobado, hacer algún trabajo de recuperación, o repetir los exámenes.

Y si llegaba a darse la peor situación posible, a lo mejor podía pedirle ayuda a Blake.

Lo cual me hizo recordar por qué me había confesado lo de Aenia. Según él, porque me daba ventaja. Era algo que podía utilizar contra él.

Me quité la ropa y la tiré al cesto, y luego me puse un camisón y me acosté en la cama.

Una ventaja. ¿Qué esperaría Blake que hiciera yo con una información por la que podían matarlo?

Pensé en qué uso me sería posible darle. Podría ir a hablar con alguien como el director Kim, por ejemplo, y revelarle lo que había hecho Blake. Si me había dicho la verdad, tendría que presentarse ante algún tipo de tribunal altasangre y enfrentarse a la furia descarnada de las leyes sangrathanas. Podía acabar ejecutado, y supuse que a Aenia no le iría mucho mejor.

Hacía no mucho tiempo, la idea de ver a Blake sufriendo unas torturas terribles y muriendo me habría dibujado una sonrisa de alegría en el rostro. Entonces lo odiaba. Lo odiaba por cómo me había tratado, por su fría superioridad, por aquel compromiso que yo jamás había pedido.

Pero las cosas habían cambiado. Sin pretenderlo, había llegado a conocerlo un poco mejor. No podía ignorar lo que había hecho por intentar salvar a Aenia. Cuando lo miraba, ya no veía a la misma persona que a principios de año.

Me preguntaba qué vería él cuando me miraba a mí.

Apoyé la cabeza en la almohada y contemplé el techo estrellado. Tenía en mis manos la posibilidad de deshacerme de él de una vez por todas. La cuestión era si sería capaz de vivir con aquello en la conciencia. Y si mi vida sería más fácil sin él.

Era imposible que lord Drakharrow me dejara ir. Si Blake desaparecía de la ecuación, ¿a quién me entregaría entonces? ¿A Marcus Drakharrow? Me estremecí.

Me incorporé sobre los codos y observé el objeto que descansaba en mi buró: el puñal de Coregon donde estaba atrapada el alma de Morcadés. Si Aenia era un símbolo del fracaso de Blake, el puñal era un símbolo del mío. Casi todos los días lo llevaba encima. Incluso cuando iba guardado en la bota, Morcadés podía observar la mayoría de las cosas que me rodeaban. Todas las noches, antes de que el sueño me venciera, me había acostumbrado a hablar con ella. Me incorporé por completo y sostuve el puñal en las manos.

—*¿Madre?*

Al principio solo hubo silencio.

—*¿Medra?* —respondió al poco.

La voz de Morcadés había cambiado a lo largo de las últimas semanas, lo que me preocupaba. Su tono era más suave. Cada vez parecía más lejana, como si hablara desde un lugar que fuera distanciándose más y más. Sus palabras destilaban cierto tono onírico, un desapego que no había percibido hasta entonces.

—*¿Estabas dormida?* —le pregunté con cautela—. *¿Te ... desperté?*

—*Sabes que ya no duermo.* —Suspiró—. *Pero estaba... estaba soñando.*

¿Cómo podía alguien soñar sin dormir? Decidí no señalarle la contradicción.

—*Soñaba con el cielo. Volaba por encima del mar.*

—*No estás en el mar ni en el cielo* —le recordé con cierta severidad—. *Estás aquí conmigo. ¿Te acuerdas?*

Dejó escapar un suspiro casi melancólico.

—*El puñal. Mi prisión. ¿Cómo voy a olvidarme?*

Sentí una punzada de culpa.

—*Mañana te llevaré conmigo* —le prometí—. *No debería haberte dejado aquí todo el día sola.*

Se me aceleró el corazón cuando caí en cuenta de algo. ¿Seguiría mi madre el mismo camino que Aenia? ¿Un camino que conducía a la locura? ¿Iría perdiendo la conciencia cuanto más tiempo pasara en el puñal, confinada y encadenada? No podía ni imaginarme lo horrible que debía de ser.

—*¿Estar atrapada en el puñal es peor que estar en mi cabeza?* —le pregunté.

—*Sí* —me respondió casi al instante—. *Pero no es para tanto.* —Sentí una calidez emanando del puñal, como si palpitara sutilmente. Apreté la empuñadura deseando poder agarrarle la mano a una mujer de carne y hueso y no a un pedazo de metal—. *No era tu intención, Medra. No es para tanto* —repitió.

Oírla intentando excusar mi accidente me sentó casi peor. No amortiguaba la culpa que sentía. Me pregunté si el profesor Rodríguez me ayudaría si le contaba la verdad. Miré los libros sobre dragones que me había dejado prestados. Los había hojeado, pero seguía sin saber qué tenía que buscar.

Metí el puñal debajo de la almohada, con la mano aún asiendo la empuñadura. Era el único consuelo que podía ofrecerle.

—*Buenas noches, madre* —le susurré.

Cerré los ojos cuando el sueño empezó a dominarme. Pero el reposo duró poco.

Una mano áspera me tapó la boca y me despertó de un sobresalto. Invadida por el pánico, abrí los ojos de golpe, pero antes de que pudiera gritar o ver qué estaba pasando, alguien me cubrió la cara con un trapo. Un aroma dulzón y nauseabundo me llenó las fosas nasales. Me sacudí, pero las extremidades empezaron a pesarme y a entumecérseme de repente.

Todo se puso negro antes de que pudiera siquiera comenzar a resistirme.

50
BLAKE

Me senté en las gradas de piedra de la arena con el cuerpo tenso y los ojos clavados en el enorme velo de proyección, suspendido sobre el foso. A mi lado, Theo estaba inquieto, y yo resistía el impulso de unirme a él.

Allí estábamos, a salvo en las gradas, mientras en alguna parte la mujer atada a mí por la sangre y el destino se lanzaría de cabeza hacia peligros desconocidos.

No había dejado de reproducir mentalmente nuestro encuentro de hacía dos noches. La imagen de ella frente a mí bebiendo del frasco de mi sangre. Tal vez fuera una debilidad de mi parte, pero me arrepentía hasta cierto punto de no haberle contado toda la verdad. Aunque eso ya daba lo mismo.

Los Juegos de los Consortes estaban a punto de comenzar. Había hecho todo lo posible por ella. Solo me quedaba confiar en que fuera suficiente.

En teoría, no era imposible vencer en los Juegos. Para la mayoría de los consortes altasangres, eran una prueba de estrategia, de la capacidad de los consortes de cooperar y sobrevivir. Nada más. Pero Pendragón estaba a punto de participar en los Juegos con una diana pintada en la espalda.

Apreté la mandíbula y volví a contemplar el enorme velo semitranslúcido proyectado sobre nuestras cabezas, donde el encantamiento de la arena pronto comenzaría a mostrar las travesías de los consortes.

Los otros equipos trabajarían codo con codo, sumarían sus puntos fuertes. Pendragón tendría que confiar en sus instintos... y en la parte de mi sangre que le corría por las venas.

—Regan lleva unas semanas afilando los cuchillos —masculló Theo a mi lado—. ¿Crees que tiene alguna posibilidad?

Sabía que no se refería a Regan. Theo odiaba a esa mujer. Los dos éramos conscientes de que estaba a punto de desafiarme abiertamente. A pesar de la humillación que me supondría por un lado, el desafío de Regan se acabaría convirtiendo justo en lo que yo quería.

Y, por otro lado, Pendragón tenía mucho que perder.

Apreté los puños sobre las rodillas.

A los consortes los habrían sacado de la cama a mitad de la noche, drogado y trasladado a un dormitorio especial, reservado solo para los Juegos y ubicado en un islote a poca distancia de Bloodwing. Justo en ese instante debían de estar despertándose. La profesora Leñofatuo les lanzaría un hechizo a todos que permitiría a los espectadores de la arena ver lo mismo que los consortes. La isla no ofrecía peligros mortales, pero siempre ocurrían accidentes. Cada año morían varios consortes, bien por pura estupidez o por mala suerte.

No había respondido a la pregunta de Theo. No quería reconocer lo preocupado que estaba, pero sospechaba que él lo presentía.

A nuestro alrededor, el público habitual de altasangres y sangrepútridas ocupaba sus asientos. Vi a varios miembros del claustro en una misma una fila. Allí estaba Rodríguez, el muy cabrón, sin dar una sola muestra de preocupación mientras se sentaba junto al profesor Sankara. Sabía que quería que Pendragón sobreviviera a aquello tanto como yo, y, aun así, cuando prácticamente le había suplicado que le ofreciera algo que le supusiera una ventaja, me había dicho que ya había hecho todo lo posible.

Algunos de los altasangres del público eran consortes de segundo o tercero, o incluso mayores. Ya habían sobrevivido a los Juegos, y en ese momento se acomodaban para presenciarlos como un divertimento. No tenían nada de que preocuparse. Podían sentarse con sus consortes y arcontes, conscientes de que su sitio estaba asegurado.

¿Con quién me sentaría yo cuando todo aquello hubiera terminado?

Me llamó la atención la figura de alguien que bajaba por las filas de piedra: Vaughn Sabino. Parecía haberse recuperado bien de las lesiones que le había infligido Coregon. Yo había hecho algunas pesquisas. Sabía que todavía tenía la oportunidad de ser explorador.

Con el rabillo del ojo, vi que Theo se fijaba en Vaughn. El cuerpo entero se le tensó. Le dio la espalda al pasillo con torpeza cuando Vaughn pasó por delante. Algo se me revolvió en el estómago. Sabía que a Theo le gustaba Vaughn. Antes de que todo se fuera a la mierda.

—¿Has visto a Sabino últimamente? —me atreví a preguntarle.

Theo se volvió hacia mí y me atravesó con una mirada que podría haber derretido la piedra.

—¿Por qué? ¿Vas a ir a contarle a nuestro queridísimo tío Viktor?

Fruncí el ceño.

—Theo, yo no... ¿De verdad es eso lo que piensas?

—No te molestes —me espetó—. Dudo que Vaughn esté dispuesto a volver a dirigirme la palabra después de lo que tuvo que soportar. ¿No era precisamente ese el puto objetivo?

—Yo no le ordené a Coregon que hiciera lo que hizo —dije bajando la voz.

—El príncipe de la Sangre Bendita se lamenta demasiado. Pero, está bien, lo que tú digas, gigantón —replicó Theo. No tenía claro que me creyera, pero también me estaba hartando de negar sus acusaciones—. La idea era que aprendiera la lección, ¿no? Como un buen chico. Que no volviera a acercarme nunca más al vil sangrepútrida. ¿O es a los hombres en general? —Los labios se le fruncieron en un gesto cruel, deformando sus rasgos afables de una forma que me generaba un profundo rechazo—. No te preocupes. Coregon y tú lo dejaron todo bajo control.

La culpa me ardía en el pecho. Era cierto que no había estado al tanto de lo que Coregon iba a hacer, pero tampoco advertí a Theo de nada cuando tuve la ocasión. Viktor me había dejado claro que nuestra casa no toleraría los devaneos de Theo con otros hombres.

—Supongo que debería dar las gracias por que Coregon no me castigara a mí también. ¿Es eso? —añadió Theo medio gruñendo medio siseando—. ¿Debería dar las gracias, Blake?

—El malnacido no se habría atrevido —contesté automáticamente.

—O sea, me habrías protegido, ¿no? Pero no a alguien como Vaughn, ¿verdad?

—No tenía ni idea de lo que iba a pasarle a Sabino. ¡Te lo juro! —rugí—. Coregon se pasó de la raya, pero ya no está, ¿no? Ahora, si esperas que proteja a todos los hombres de los que te encapriches...

Estaba siendo cruel. Cruel e injusto. Y era muy consciente de ello.

Vi que Theo se estremecía.

—No sufras —respondió con frialdad—. ¿De verdad crees que voy a atreverme a hurtar un poco de felicidad a riesgo de que otra persona acabe desfigurada, desmembrada o decapitada? No soy tan superficial. No: seguiré tu ejemplo y me hundiré en la amargura obedeciendo a lo que nos ordene el tío Viktor. ¿No es ese tu gran plan?

—Nada de esto fue decisión mía —susurré—. No lo soporto. —Pero no me atreví a decir nada más. Temía revelar alguna verdad entre las mentiras.

Theo desvió la mirada con la mandíbula apretada.

—Déjalo así, Blake. Ya no hay nada que hacer. —Sonaba cansado. Se reclinó en el banco.

Intenté reacomodarme en mi asiento, pero tenía la mente acelerada con pensamientos sobre Pendragón, a lo que se añadían otros nuevos sobre Theo. Me arrancó de mis cavilaciones un ligero golpecito en el hombro.

—¿Líder de la casa?

Alcé la vista y vi a Lucian Aleron allí de pie. El arconte de Visha Vaidya llevaba una elegante túnica negra bordada con hilo rojo, de mangas vaporosas y largas que le cubrían la muñeca. Se había recogido con un listón negro la melena rubio pálido en una cola de caballo baja. En los delgados dedos le brillaban varios anillos de plata.

Lucian era un tipo refinado, eso había que reconocérselo. Pero también derrochaba una pomposidad que siempre me había sacado de quicio. Le gustaba interpretar el papel de arconte a la perfección. No era un necio, pero le faltaba el temple de Visha.

Evander Sylvain, el otro consorte de Lucian, estaba en la isla con Visha. Era un muchacho ágil y alto cuyos rasgos delicados le otorgaban un aspecto andrógino. Carecía de la fiereza de Visha y la ambición lisonjera de Lucian; era una persona más sensible, más introspectiva, que no mostraba la típica crueldad de los altasangres. La mejor cualidad que aportaba a su tríada era la lealtad: a Lucian, a Visha, a la casa Drakharrow y, por extensión, a mí.

Yo era consciente de lo paradójico de la tríada. Por lo general, la gente creía que Lucian y Evander estaban juntos por amor. El padre de Lucian había aprobado la unión, con la condición de que añadieran a Visha para reforzar a la pareja.

Por el contrario, era imposible que a Theo le permitieran elegir consortes masculinos.

De momento, nuestro tío seguía ocultándoles sus prejuicios a la mayoría de los altasangres, incluso dentro de la casa Drakharrow. La clave era ese «de momento». No me cabía la menor duda de que intentaría extender su influencia en cuanto se atreviera.

Pensé en Visha y en la tarea que le había asignado. Confiaba en que fuera despiadada, que hiciera lo que fuera necesario. A Lucian y a Evander les faltaba fiereza. Con el tiempo, Visha terminaría controlándolos con facilidad, fuera o no la arconte oficial.

Le devolví la mirada a Lucian, preguntándome qué lo habría traído hasta allí. Me sonrió, pero percibí cierta inquietud en sus ojos.

—Consideré que debías saberlo. Cuando iban a llevarse a los consortes, Regan Pansera solicitó formalmente que se utilice la Corona Ósea con Medra Pendragón antes de que comiencen los Juegos.

Comenzó a hervirme la sangre. Hice ademán de levantarme del asiento, pero Theo me retuvo.

—Relájate, primo —me advirtió—. No hagas un número.

Theo era consciente de lo que significaba, y Lucian también, pero no hacía ninguna falta que este último supiera lo mucho que me afectaba que Pendragón corriera peligro. Me convenía más que pensara que simplemente estaba furioso por el desacato de Regan.

Con todo, no pude evitar gruñir.

—¿Cómo fue la cosa? —le pregunté.

Lucian retrocedió un paso por cautela.

—Tiene sangre de jinete de dragón y es sangrepútrida, nada menos. Los argumentos de Regan eran convincentes, y, en mi opinión, válidos. —Bajó la voz—. Resulta que yo estaba cerca del despacho del director.

Espiando, en otras palabras. Pero me daba igual cómo lo hubiera descubierto.

—Gracias por informarme —contesté tenso—. Buena suerte a ti y a tus consortes en los Juegos.

Lucian asintió.

—Lo mismo te digo, Drakharrow. Me pareció que querrías saberlo.

Apreté la mandíbula, pero me obligué a quedarme sentado en el banco y fingir tranquilidad. Me volví hacia Theo; sabía que me gustaba Pendragón, y los dos éramos más que conscientes de lo que implicaba la Corona Ósea.

La corona, confeccionada con huesos antiguos de dragón, rara vez se utilizaba y normalmente debía solicitar su uso un arconte. Era un objeto reservado para poner a prueba la lealtad de los consortes de estirpes sangrepútridas.

La corona podía penetrar en la mente del sangrepútrida y obligarlo a afrontar sus lealtades y miedos más hondos. Tendría que elegir a una persona de su vida, alguien que le importara. El consorte sangrepútrida escogería a otro sangrepútrida, por supuesto. Y ni siquiera sería consciente de lo que había hecho. La decisión sería involuntaria, y, cuando cayera en cuenta de lo que había ocurrido, ya sería demasiado tarde. Me pasé una mano por la cara, tratando de quitarme la preocupación que sentía. No podía verme nadie así, nadie podía saber lo mucho que me estaba afectando.

La corona podía destruir a Pendragón. Y Regan, esa víbora traidora, sabía exactamente lo que se hacía cuando había solicitado que la usaran. Pero ya no estaba en mis manos impedirlo.

Al cabo de unas seis horas, todo habría terminado. Confiaba en que Pendragón sobreviviera. Lo que no te mata te hace más fuerte, ¿no?

51
MEDRA

Entreabrí los ojos con un dolor palpitante en la cabeza. Estaba acostada en un catre duro dentro de una oscura caverna. Poco a poco me apoyé en los codos. A mi alrededor había otras hileras de catres, todos vacíos.

Se me aceleró el corazón. ¿Habían empezado ya los Juegos? ¿Me los había perdido?

Antes de que pudiera moverme, sentí que me levantaban algo de la cabeza. Alcé la mirada y vi a la profesora Leñofatuo de pie a mi lado. La mestiza rubia me observaba con ojos empáticos, y me susurró:

—Buena suerte.

Cruzó la habitación con algo en las manos y lo depositó en una cajita de madera. Una diadema blanca. ¿Por qué me la habían puesto en la cabeza?

Lo último que recordaba era que me había quedado dormida en mi cama. No, lo último que recordaba era que había estado soñando. Con Florence y Naveen. Habíamos estado charlando y riendo juntos en la sala común. Parecía tan real...

Me incorporé aturdida, y entonces gruñí. El trapo. Recordé el nauseabundo aroma dulzón de cuando me habían tapado la boca y la nariz. Me habían drogado. ¿Me habría afectado más que a los otros consortes? ¿Por eso allí solo quedaba yo?

Me miré el cuerpo. Estaba en ropa interior. Junto al catre había un buró sobre la que habían dejado ropa doblada. Una túnica sencilla y unos pantalones de un tejido oscuro y resistente descansaban junto a un chaleco de cuero lleno de bolsillos. En el suelo, al lado del catre, había un par de botas de cuero que conocía bien.

Me puse la ropa, incapaz de quitarme de encima la sensación de pánico. Todo el mundo se había ido. Habían empezado con ventaja. Pecando de ingenuidad, una parte de mí había albergado la frágil esperanza de que Regan hubiera cambiado de idea.

Pero no: estaba completamente sola.

Comencé a ponerme las botas y con los dedos rocé algo frío. El puñal de Coregon.

—*Mantén la calma* —me retumbó la voz de Morcadés en la cabeza—. *No llames la atención.* —La profesora Leñofatuo seguía organizando el instrumental al otro lado de la sala—. *Levántate. Tienes que ponerte en marcha.*

Me acabé de poner las botas, con cuidado de mantener el cuchillo junto a mi pantorrilla derecha. Desde el principio mi plan había sido llevar el puñal encima. Pero tampoco era que me hubieran dado la oportunidad de prepararme.

¿A los otros consortes les habrían dado armas? ¿O solo a mí?

El puñal imbuido con el alma de mi madre me ofrecía una ligera ventaja, pero teniendo en cuenta que me habían dejado allí sola y era la última, tal vez no fuera suficiente.

Salí de la caverna y me bañó la luz del día. Debía de ser media mañana. Me cubrí los ojos con la mano, entrecerrándolos. La luz casi me cegaba después de haberme acostumbrado a la oscuridad del dormitorio subterráneo. Notaba las piernas flojas, como si fueran de otra persona. ¿Qué demonios me habían dado? Fuera lo que fuera, esperaba que a Regan también.

Las botas se me iban hundiendo ligeramente en la tierra húmeda mientras examinaba el entorno. Hacía un calor húmedo, nada que ver con la fresca Prímula que estábamos teniendo en Bloodwing. Aquello era un mundo del todo distinto. Me encontraba en un extremo de una isla exuberante, casi selvática, con árboles altísimos cubiertos de hiedra que creaban un dosel denso. El follaje que me envolvía olía a madera mojada, musgo y flores.

Avancé entre los árboles hasta llegar a un callejón sin salida. Frente a mí se extendía una garganta que separaba el alojamiento subterráneo de la parte principal de la isla. Abajo, una bruma mortecina se alzaba de las profundidades del barranco.

Se me encogió el corazón cuando identifiqué la única forma de cruzar. Una plataforma de piedra, con el ancho justo para dos personas, sobresalía entre la bruma, sostenida por un alto pilar de piedra.

Pero solo había una. Y estaba cerca de mí. Podía saltar a ella si lo intentaba, pero solo conseguiría superar una parte del precipicio.

Me acerqué al borde y divisé dos siluetas al otro lado. Visha Vaidya me miraba con los brazos en la cintura. La última vez que nos habíamos visto aquella chica había intentado aplastarme la cabeza.

Detrás de ella había un chico alto y delgado de pelo rubio platino. No parecía demasiado complacido. Estaba claro que habían estado discutiendo, y Visha parecía haber ganado el debate. Evander, pensé, recordando el nombre del consorte masculino. Florence me había hablado de algunas de las tríadas más recientes. A Visha la habían emparejado con un altasangre arrogante y taciturno llamado Lucian y con otro consorte que se llamaba Evander.

—¡Pendragón! —gritó Visha desde el otro lado del barranco—. Espera. No vas a poder cruzar sola.

La ignoré y me acerqué al borde para calcular el espacio que había hasta la plataforma.

Y salté.

Me tambaleé al aterrizar y agité los brazos para estabilizarme. Maldije la droga que me habían dado. Era imposible que los demás consortes estuvieran teniendo las mismas secuelas, teniendo en cuenta de que yo era la última.

Me quedé en la plataforma esperando a que ocurriera algo, y nada. Había confiado en que se alzara otra y me ofreciera una forma de cruzar. Mierda.

—¡Necesitas a otra persona para cruzar! —exclamó Visha con una petulancia que me sacaba de quicio—. Si no, no lo conseguirás. —Dio un paso hacia el borde del barranco con un brillo en los ojos violetas—. ¿No te dijo la profesora Leñofatuo que te están cronometrando? Las plataformas desaparecen en pocos minutos, incluida la que estás pisando ahora mismo. Eres la última que salió de la cueva.

—Gracias por la información —le respondí con sarcasmo—. ¿Y se puede saber qué hacen ustedes? ¿Esperando al otro lado para ver cómo fracaso?

Para mi sorpresa, negó con la cabeza.

—Voy a ayudarte a cruzar. Necesito que me prometas que no me atacarás cuando me acerque a ti.

El corazón me latía con fuerza.

—¿Y a santo de qué ibas a ayudarme? —También negué con la cabeza, tozuda—. No soy imbécil. Me niego a confiar en ti.

Visha dio otro paso hacia el borde.

—No tienes alternativa. El tiempo corre. Eres la última. Y a lo mejor no te has dado cuenta, pero Regan hace mucho que se fue.

—¿Por qué querrías ayudarme? —exigí saber—. Me odias. Intentaste matarme.

—¿Que intenté matarte? —Visha puso los ojos en blanco—. Mira que son melodramáticos los sangrepútridas. Si hubiera querido matarte, estarías muerta. Te estaba poniendo a prueba. —Levantó los hombros—. Y se me fue un poco de las manos.

—Regan te mandó por mí —la acusé—. ¿Por qué diablos iba a confiar ahora en ti?

Visha sonrió.

—No fue Regan quien me encargó pelearme contigo aquel día. Aunque tampoco te voy a negar que se llevó una buena alegría.

La miré fijamente.

—¿Y quién fue?

—Seguro que eres capaz de descubrirlo solita.

Sentí un nudo en la garganta, pero tragué saliva con todas mis fuerzas para deshacerlo.

—Blake.

Ella asintió.

—Al final resultó que no eras tan débil como creíamos. Desde luego, me equivocaba. ¿Piensas quedarte ahí parada o vas a dejar que te ayude a cruzar?

—No entiendo nada —dije—. Entonces fue Blake el que te envió por mí. Y ahora... ¿qué? ¿Te pidió que me ayudes a sobrevivir a esto?

—Básicamente, sí. —Visha le dio un codazo a su consorte—. ¿Verdad, Evander?

Evander frunció el ceño, pero no dijo nada.

—A Evander no es que le haga demasiada ilusión, así que si puedes decidir pronto qué demonios vas a hacer, mejor —me explicó Visha—. Tenemos que ponernos en marcha.

—¿Por qué querría Blake ayudarme ahora? —le pregunté. Visha levantó las manos.

—Mira, ya se arreglarán y hablarán cuando hayas sobrevivido a los Juegos. ¿Te parece? A mí me la pela. Él es el líder de la casa y yo solo obedezco órdenes.

Se inclinó ligeramente hacia delante y, para mi sorpresa, emergió un pilar de la bruma a poca distancia de ella.

—¿Ves? —dijo satisfecha—. Es lo que esperaba.

Saltó al primer pilar y, al volver a inclinarse hacia delante, se elevó el siguiente.

—Si ya lo cruzaste una vez con tu consorte —me explicó, jadeando un poco mientras saltaba a la plataforma siguiente y se acercaba cada vez más a mí—, las plataformas te dejan volver atrás. Pero la primera vez no puedes avanzar sola.

Saltó al pilar que se elevó justo delante de aquel sobre el que me encontraba yo. Solo faltaba uno. Separé un poco las piernas para no perder el equilibrio. Todavía estaba mareada. Intenté no mirar abajo, al ondulante mar de bruma.

Visha fijó la vista en mí.

—Bueno, ¿ya te decidiste? ¿Vas a cagarla y conseguir que nos maten a las dos o vas a tomar mi mano?

No esperó a que respondiera. Saltó.

La agarré por los hombros para sujetarla cuando aterrizó, y ella sofocó un grito. A pesar de lo que había ocurrido entre nosotras, yo admiraba su tenacidad. Visha era dura como el acero. A su espalda, la plataforma desde la que acababa de saltar había vuelto a descender.

Visha me miró con condescendencia.

—Qué mal aspecto tienes, Pendragón. ¿Se puede saber qué te pasó?

Me aparté el pelo de la cara.

—Creo que me drogaron. Como a todos, ¿no?

—A algunos más que a otros, por lo que veo. —Me miró de arriba abajo, y luego negó con la cabeza—. La zorra de Regan debe de haber sobornado a alguien. No me sorprende que hayas tardado tanto en salir. Evander quería que siguiéramos adelante, y si hubieras tardado un minuto más nos habríamos ido.

Desvié los ojos hacia el joven pálido. No podía culparlo; solo quería sobrevivir.

—Lo que estás haciendo, lo de ayudarme..., ¿no es hacer trampa? ¿No se están metiendo en problemas?

—Qué curioso, eso es lo mismo que me dijo Evander —respondió Visha—. ¿Te preocupas por nosotros, Pendragón? Qué linda. ¿Preferirías que no hiciera trampa para salvarte la vida? —Levantó los hombros—. A ver, ahora ya es tarde. ¿Te parece que nos movamos?

Le tomé la mano y juntas nos inclinamos hacia delante. La siguiente plataforma se elevó y saltamos.

—¡Cuidado! —me gritó Visha cuando me tambaleé de repente; el mareo me nublaba la vista—. Contrólate, Pendragón. —Maldijo para sus adentros, pero no me soltó.

—Lo siento —jadeé al enderezarme como pude.

Ella volvió a renegar y masculló algo sobre Regan, y luego miró hacia el otro lado del barranco, desde donde Evander nos observaba. Había empezado a caminar de un lado a otro, con las manos en los bolsillos de los pantalones.

—¡Ya puedes prepararte para agarrarla! —le gritó Visha desde la plataforma—. ¿Me escuchaste, Evander?

El muchacho pálido de pelo rubio asintió secamente y se acercó un poco más al borde del precipicio.

—Se nos acaba el tiempo —me alertó Visha con nerviosismo—. Vamos.

Me jaló y di el siguiente salto con ella, tambaleándome menos que antes.

Aterrizamos en la plataforma siguiente y caí al suelo de rodillas.

—¿Vas a permitir que esa zorra se salga con la suya? —me preguntó Visha mirándome mientras negaba con la cabeza.

—¿Quién? ¿Regan? —dije sin aliento—. ¿Qué otra opción tengo?

—Blake tiene que estar fuera de sí —musitó. Me tomó de la mano—. Prepárate. Vamos por la última.

Nos inclinamos juntas hacia delante y la plataforma siguiente se alzó frente a nosotras. Me concentré en extremo, tratando de despejar la cabeza. Saltamos hacia la plataforma final. Evander se inclinó hacia nosotras y extendió los brazos.

—Vamos —ofreció con voz ronca, haciéndome un gesto de cabeza—. Toma mi mano.

Me agarré a él agradecida y Visha y yo superamos la distancia. A nuestra espalda, los pilares permanecieron en su posición unos instantes más. Luego comenzaron a zarandearse y desplomarse. A los pocos segundos, todos se habían desmoronado y caído al fondo del precipicio.

Me derrumbé sobre la tierra húmeda, resollando.

—Bueno, pues listo —dijo Visha mirando hacia las profundidades de la garganta.

—Entonces, ¿está permitido hacer trampa? ¿O se tolera? —La miré primero a ella y luego a Evander. Los dos parecían estar bien. No les fallaba el equilibrio. Sabía que los efectos de la droga que me hubieran suministrado se acabarían disipando, pero si Visha no hubiera estado allí, lo habría tenido negro. ¿Qué habría pensado la profesora Leñofatuo? ¿Habría intentado despertarme sin éxito? En ese momento, se me ocurrió algo horrible. ¿Y si la droga me la había administrado ella? ¿Podían los miembros del claustro hacer semejante cosa?—. ¿No los castigarán por ayudarme?

Visha y Evander se miraron. Ella levantó los hombros.

—No creo. Lo dudo. Si Regan puede salirse con la suya, es improbable que a nosotros nos castiguen.

—¿Qué me habría pasado si no me hubieran ayudado, si no hubiera podido cruzar por mí misma?

—No creo que quieras saberlo —contestó Visha con indiferencia—. Pero Blake se habría puesto hecho una furia.

En otras palabras, habría muerto. ¿Se habría encargado la profesora Leñofatuo u otra persona? Hasta donde yo sabía, Bloodwing contaba con un verdugo especial a sueldo. Y, si hubiera muerto, Blake no se habría alegrado. ¿Sería porque le importaba de verdad? ¿O porque supondría un duro golpe a su preciada reputación?

—Por no hablar de su tío —masculló Evander. Me pregunté si eso era lo que había utilizado Visha para convencerlo, si a Evander le daba más miedo Viktor Drakharrow que Blake.

—En fin —dije tomando aire—. Supongo que a partir de aquí continúo sola. —Se me ocurrió otra cosa—. La diadema blanca que la profesora Leñofatuo me quitó de la cabeza cuando me desperté ¿qué era?

Visha abrió los ojos más de la cuenta e intercambió una mirada con Evander.

Se aclaró la garganta.

—Yo que tú no le daría más vueltas ahora mismo.

Entrecerré los ojos.

—¿Qué era, Visha?

—No lo vi. —Suspiró—. Pero si es lo que creo que es, la llaman Corona Ósea.

—¿Ósea? ¿De qué tipo de hueso?

—De dragón. Forma parte de una tradición antigua. Probablemente la habrán usado contigo porque eres sangrepútrida. Ahora mismo no te preocupes. —Debió de percibir una expresión testaruda en mis ojos—. Mira, lo único que necesitas saber es que todavía puedes salir de aquí con vida si te esfuerzas.

—Está bien. ¿Y ahora qué? —pregunté—. Es evidente que ustedes saben mucho más de lo que nos espera que yo.

Visha levantó los hombros.

—De momento nos separaremos. Merodea un poco, limítate a matar el tiempo un rato. Intenta no caer en ninguna trampa y que no te devore ningún animal salvaje. Si todavía estás mareada, evita a Regan si la ves.

—¿Y luego? —pregunté con recelo—. ¿Eso es todo? ¿No hay nada más?

—Claro que sí. Eso sería demasiado fácil, ¿no te parece? —Visha torció el gesto—. Tendrás que cruzar la isla. Nos veremos al otro lado. Sabemos que habrá al menos uno o dos desafíos más. Evander y yo estaremos allí esperándote. Uno de los dos te ayudará a terminar los Juegos.

—No si llego yo antes —dije al momento.

Visha arqueó una ceja angulosa.

—Así se habla.

Se me acercó y bajó la voz.

—Ten cuidado con Regan. Sé que aprovechará la situación para ir por ti, ahora que Blake no está para detenerla. No estás en buena forma. No creo que sea el mejor momento de enfrentarte a ella. —Se volvió hacia Evander, que nos había dado la espalda y contemplaba los árboles, moviendo el pie con impaciencia—. Mira, me quedaría contigo, pero a Evander le preocupa que nos metamos en problemas con todo esto. Yo lo dudo; está claro que podemos poner a prueba los límites. De hecho, creo que es lo que quieren. Además, fue Regan la primera que se saltó las normas. No está respetando ni una sola. Nosotros solo te estamos ayudando para que jueguen en igualdad de condiciones. Te cubro las espaldas, pero también tengo que cubrírselas a Evander.

Nuestras miradas se encontraron. Contemplé los ojos violetas de Visha sin acabar de creer que fuera a confiar en ella.

Asentí.

—De acuerdo.

Se puso en marcha.

—¡Visha! —exclamé, y ella se dio la vuelta—. ¿De verdad estás haciendo todo esto solo porque Blake te lo ordenó?

—En parte, pero no lo hago solo por él. Odio a Regan con todas mis fuerzas —dijo con una sonrisa que le dejó a la vista los afilados colmillos—. Llevo años esperando este momento. Me muero por ver lo que le pasa después de los Juegos. —Me lanzó una mirada reflexiva—. No eres tan débil como parece, Pendragón. Espabila y te las arreglarás. Ve a beber un poco de agua. Y buena suerte.

—Igualmente —contesté cuando ella ya se alejaba con Evander.

Durante la hora siguiente me moví por la tupida jungla. El aire espeso y húmedo hacía que la tela de la túnica se me pegara al cuerpo como si de una segunda piel se tratara. No pasó mucho rato antes de que me quitara el chaleco y me lo anudara a la cintura. Luego me quité también la túnica, arranqué la mitad inferior y utilicé esa tela para recogerme el pelo y que los rizos no se me pegaran a la cara y el cuello. El vientre me había quedado al aire y supuse que sufriría más picaduras de los insectos, pero al menos así podía respirar mejor.

La densa niebla de la droga se estaba disipando. A veces me entraban náuseas, pero en general podía reprimirlas. Y entonces empezó a hacerme efecto otra cosa: la sangre de Blake. Notaba como se abría paso por mi sistema. Supuse que el estrés y el agotamiento estaban llevando los efectos de la sangre a su máxima potencia. Sentía como me cambiaba el cuerpo, el poder que me corría por las venas.

Desde mi combate contra Visha aquel día en Armamento Avanzado, había estado puliendo las ventajas que me ofrecía mi complexión de jinete con la ayuda del profesor Sankara. Pero, por mucho que me esforzara, sabía que jamás sería tan fuerte o rápida como un altasangre.

Sin embargo, en ese momento ya no lo tenía tan claro. La sensación de desamparo con la que me había despertado se estaba desvaneciendo. ¿Tendría que darle las gracias a Blake por ello?

Llegué a un arroyo y me acuclillé. El agua corría limpia y fresca entre las piedras. Ahuequé las manos y bebí todo lo que pude. El agua fría se llevó parte del aturdimiento residual que aún me atenazaba. Me sentí más fuerte, más yo misma.

Me incorporé, me sequé la boca y me apoyé en un árbol para mirar al frente. Según calculaba, debía de estar a medio camino de rodear la isla. Si Visha tenía razón, nos encontraríamos al otro lado justo a tiempo para la siguiente prueba. Esperaba que cumpliera su palabra y me esperara.

Al empezar a caminar de nuevo, percibí un movimiento fugaz entre los árboles. Mis instintos entraron en acción y me tiré al suelo y rodé justo cuando una pequeña navaja de plata cortó el aire y se hundió en el tronco del árbol donde hacía un instante tenía apoyada la espalda.

Se oyó un rumor. Regan salió de un arbusto a mi derecha con un afilado estoque en la mano. Se produjo otro sonido, esa vez delante de mí, y apareció Gretchen dándole vueltas a un cuchillo de lanzamiento entre los dedos, con una sonrisa maliciosa en la cara. Le cruzaba el pecho un tahalí, en el que se alojaban al menos tres puñales más. Alguien silbó justo encima de mí. Alcé la vista y vi a Quinn colgada de un árbol, arco en mano y una flecha ya preparada, apuntándome directamente al pecho.

Regan se colocó al frente.

—Miren, chicas. La corderita sangrepútrida se perdió. ¿Qué? ¿No hay ningún dragón que te proteja?

Intenté mantener la compostura, sin dejar de vigilar a las tres chicas.

—¿Qué quieres, Regan?

Regan hizo una mueca.

—Nada, una minucia. Solo quiero darte una lección por quitarme lo que es mío.

—Tengo las mejores vistas —exclamó Quinn desde el árbol—. Que comience el espectáculo.

Gretchen daba saltitos.

—Ay, esto va a ser increíble.

Suspiré.

—¿Otra vez? Yo nunca he querido a Blake, ya lo sabes.

—Sé que es demasiado bueno para ti, puta sangrepútrida —me espetó Regan—. Y yo también. Nos contaminas a los dos con esta alianza antinatural.

Empezaba a enojarme. Ya estaba otra vez con la cantinela de la Sangre Bendita.

—¿Blake sabe que estás aquí, atacándome? ¿Cómo reaccionará cuando se entere?

—Me da igual —dijo Regan entre dientes—. Ya no está aquí para protegerte. Blake y su equivocado sentido del deber. No lo comprendo, pero después de hoy se verá libre de ti. Has sido una molestia desde que Blake te arrastró hasta aquí cubierta de lodo. Ya entonces noté que te considerabas especial, mejor que los demás. Bueno, pues estás a punto de aprender una lección sobre la verdadera superioridad. Gretchen y Quinn serán tus instructoras.

Intenté mantener el gesto impasible.

—No me considero superior, pero te aseguro que tampoco creo que esté por debajo de ti. Sabes que siempre he intentado que fuéramos amigas. Quería que cooperáramos.

Regan se rio.

—Claro. Tú sigue repitiéndote eso. Como si yo estuviera dispuesta a caer tan bajo. Sé exactamente lo que quieres, Pendragón, a Blake Drakharrow dentro de ti. Mira que llegas a ser vulgar. Lo quieres meter en tu cama, ¿verdad? Solo porque haya abandonado la mía no significa que vaya a renunciar a él con tanta facilidad.

Estaba perpleja, y no solo por lo que Regan acababa de reconocer.

Suspiré. Había llegado el momento de cambiar de estrategia y ponerme a su nivel.

—Bueno, entiendo que no te desee. ¿Quién iba a querer que una zorra llorona como tú le pusiera la mano encima?

Regan chilló como un loro.

—Pero ¡eres una...! —Entornó los ojos y se le dibujó una sonrisa lenta en la cara—. Esto fue demasiado lejos. Arranca el puñal del árbol que tienes detrás y clávatelo en la garganta. Es una orden.

Me volví hacia el tronco del árbol y observé el cuchillo de lanzamiento de Gretchen hundido en la corteza. Lo saqué poco a poco. Contemplé la hoja.

Luego me lo guardé en el bolsillo.

—Lo siento, pero eso ya no te va a funcionar, Regan —dije con calma mientras el tejesclavos que estaba utilizando resbalaba por mi mente y rebotaba en el muro que yo había construido.

No sentía la misma compulsión que la última vez que me atacó. Entonces había sido algo insoportable, ineludible. Ahora la presión era diferente. Fuerte e insistente, sí. Me hurgaba en la mente, tratando de encontrar un punto de agarre. Pero precisamente para eso era para lo que había estado practicando. Había compartimentado mis pensamientos, los había dividido, y había ocultado en mis sombras mentales mi yo esencial a tal profundidad que Regan no pudiera encontrarlo, por mucho que tuviera la habilidad necesaria. Y dudaba que la tuviera. No era tan ducha con el tejesclavos como una vez creí. Rodríguez y Blake eran mucho más competentes.

Con una sonrisa, levanté con fuerza mi muro y la expulsé. La rotura repentina de los hilos mentales estuvo a punto de derribarla. Me reí al ver su expresión de desconcierto.

Gretchen nos observaba con un gesto de incredulidad en su bonita cara.

—¿Qué pasa, Regan?

—La hija de puta me expulsó —jadeaba Regan—. Alguien la enseñó a bloquearnos. —Me miró con los ojos entornados—. ¿Quién fue? ¿Quién te enseñó? Voy a matarlo, carajo.

Sonreí despacio.

—Inténtalo. Pero no creo que lo consigas. Últimamente Blake y yo hemos disfrutado de mucho tiempo juntos. Le encanta estar conmigo a solas. Para practicar. —No estaba segura de lo que hacía, pero solo por verle la cara que ponía ya valía la pena—. Le encantan nuestras sesiones particulares. ¿Por qué no se lo preguntas tú misma? Si sales de aquí con vida, claro.

—¿Blake? —exclamó Regan—. ¡Mientes!

Levanté los hombros manteniendo una postura firme. Tenía el puñal en la bota. Podía recurrir a él si me hacía falta. Pero era consciente de que me superaban en número y de que Quinn me estaba apuntando con un arco.

—Piensa lo que quieras. Sé que para ti es más fácil negarlo. —Di un paso hacia ella, mirándola fijamente a los ojos—. Pero sabes que lo único que tienes que hacer es preguntárselo a Blake.

Me lancé hacia delante, directo por el estoque. Regan reaccionó, pero había perdido unos segundos valiosísimos. La agarré de la muñeca y se la retorcí con fuerza. Choqué contra ella y las dos caímos al suelo. La tierra húmeda se removía mientras rodábamos, forcejeando.

La sangre me palpitaba en las venas. Me sentía llena de poder. De repente, tres contra una me parecía no tanto una preocupación como un desafío divertido. Podía hacerlo. Sabía que podía.

Regan se revolvía contra mí, tratando de ganar ventaja, pero yo le aplasté el brazo contra el suelo, reteniéndole la mano del estoque con todas mis fuerzas. Ella gruñía y forcejeaba con furia renovada mientras intentaba apartarse de mí. Sentía como cambiaba el peso del cuerpo, el esfuerzo desesperado que estaba haciendo por ganar aquella pelea. Era altasangre; más fuerte, más rápida. Durante un brevísimo segundo, me invadió la duda.

Luego noté algo en los ojos de Regan. La misma duda reflejada.

Solté una risa histérica, producto del placer que me producía verla así, y la retuve con fuerza.

—Esperabas que fuera pan comido, ¿verdad? Siento decepcionarte. ¿Se te ocurre por qué no te estás saliendo con la tuya?

—No eres más que una sangrepútrida —mascculló, frunciendo sus preciosos labios en una mueca de desprecio mientras intentaba hundirme en el lodo sin éxito—. Te machacaré como el insecto despreciable que eres.

Me incliné sobre ella.

—Voy a reconocer una cosa, Regan. Tengo un secreto que puede que te lo ponga un poco más difícil de lo que crees.

Regan se quedó paralizada.

—¿Cómo?

Sonreí despacio.

—¿No lo adivinas solo con mirarme? Lo siento dentro de mí. Pensaba que se me notaría en la cara. —Le acerqué los labios a la oreja y susurré—: Blake me dejó saborear algo especial.

—Mientes. —Tenía los ojos desorbitados por la ira y la incredulidad—. Eres una puta mentirosa. No se le ocurriría.

Había metido el dedo en la llaga. Por un momento me pregunté si había hecho lo correcto. Luego se me endureció el corazón. Me brotó la fuerza, alimentada por la sangre de vampiro que me corría por las venas. El poder de Blake lo amplificaba todo: la emoción del combate, la imagen de Regan debajo de mí, de pronto vulnerable, expuesta. El poder era embriagador.

Regan se sacudía y dejó escapar un grito de rabia.

—Piensa lo que quieras —repetí—. Pero las dos sabemos que es verdad.

Un destello plateado. Antes de que pudiera reaccionar, el mordisco frío del acero me atravesó el hombro. Sentí un dolor ardiente, pero la herida no me paralizó, como habría sido lógico. Agucé la vista al volverme y vi a Gretchen con la mano aún extendida. La rabia me consumía poco a poco y la pulsión de la sangre me alentaba a matar, matar, matar a las que intentaban lastimarme.

—*No pierdas el norte, Medra. Concéntrate.* —La voz de mi madre—. *Lo único que tienes que hacer es salir de aquí.*

La bloqueé, ignorándola.

El ansía de sangre me inundaba el cuerpo, me animaba a ponerle fin a aquello de una vez por todas. Esas chicas me querían muerta. Estaban allí para matarme.

¿Por qué no devolverles el favor?

Me arranqué el cuchillo del hombro, entrecerré los ojos con furia y se lo volví a lanzar a Gretchen con todas mis fuerzas. El afilado metal golpeó en la cara a la joven altasangre y le rajó la mejilla. Ella gritó mientras se agarraba el colgajo de carne y se tambaleó hacia atrás, con la sangre brotándole entre los dedos.

—¡Desgraciada! —gritó Regan—. ¿Te crees mejor que nosotras solo porque Blake te dejó darle un sorbo a su copa? Eres una falsa y una tramposa.

—¿Una tramposa? —La fulminé con la mirada—. Tiene gracia que me lo digas tú.

La tomé de la muñeca y se la retorcí sin miramientos para que soltara el estoque. Lo recogí y se lo acerqué a la cara. Qué fácil habría sido. Qué sencillo haberme dejado llevar y ponerle fin. No volver a ver a Regan nunca más.

Sin previo aviso, se me apareció en la cabeza el rostro de Florence. Su mirada serena, apacible. La bondad de su sonrisa. Respiré hondo y arrojé el estoque lejos, hacia los árboles.

Justo cuando empezaba a relajarme, una flecha silbó en el aire y me dio en el otro hombro. Sofoqué un grito cuando la fuerza del golpe me apartó de Regan y me lanzó al suelo. El dolor me nubló la vista unos instantes, pero a través de la bruma notaba que la herida se me había empezado a cerrar.

—No... Así... no... —gruñí, con la sangre bombeándome en los oídos.

Me extraje la flecha del hombro, ignorando el dolor. Regan ya caminaba hacia mí. Me moví más rápido que ella, la sujeté por el tobillo y la tiré al suelo, y luego volví a subirme encima de ella. Me saqué el puñal de la bota, lancé la funda al suelo y lo sostuve a pocos centímetros de su cara.

Vi la expresión de terror en sus ojos, el miedo descarnado.

—*Puede que la necesites. Piénsalo dos veces* —me advirtió la voz de Morcadés.

Durante un instante me dio igual. Quería que el ansia de sangre me dominara por completo. Me deleité con la adrenalina. Podía hundir el puñal de Coregon en el corazón negro de Regan y terminar con todo. Al fin y al cabo, se lo merecía después de todo lo que me había hecho.

Retiré el brazo y golpeé a Regan justo debajo de la barbilla con la base de la mano. Por un momento, la cabeza se le balanceó adelante y atrás. Luego, el cuerpo se le quedó inerte.

Resollando, me levanté y me volví hacia Quinn, que seguía sentada en el árbol con el arco preparado.

—¡No quiero matarte! —le grité—. Pero, si no me dejas alternativa, acabaré contigo.

Quinn soltó la flecha.

52
BLAKE

Theo se volvió hacia mí.

—¿Qué hiciste? —me susurró.

Podíamos ver todo lo que los consortes estaban experimentando, aunque no oírlos. Con todo, no era difícil deducir lo que estaba pasando entre Pendragón y Regan. Ni ver que Pendragón había cambiado.

Había empezado lenta. Yo tenía el corazón en un puño por ella. Era evidente que Regan había sobornado a alguien, porque las drogas que les suministraban a los consortes no debían durar tanto tiempo en su sistema. Pendragón había estado a punto de perderse por completo el primer desafío.

Cuando cruzó la garganta, yo dejé escapar un suspiro de alivio. Gracias a la Doncella Sangrienta por Visha, carajo. Se rezagó mucho más de lo que yo creía que haría, ignorando las súplicas claras de Evander por seguir caminando. La chica tenía unos nervios de acero y un potencial importante.

Me volví hacia Theo. Él no confiaba en mí, y, por mucho que yo lo entendiera, tampoco era la característica más recomendable en alguien que ejerciera de mano derecha. Theo seguía mirándome expectante.

Hice un ademán con la mano para restarle importancia.

—Hice lo que tenía que hacer.

—Estás loco de atar —me contestó—. Podrías echarlo todo a perder. La pusiste en riesgo.

—¿En riesgo? La salvé. Regan iba a hacer trampa de todas formas —le espeté.

Observaba las imágenes del velo, a Pendragón y cómo se movía: con más fuerza y velocidad que antes.

Theo apretó la mandíbula.

—Aun así sabes que no era lo que se esperaba. Debían cooperar. No... —Señaló impotente la proyección justo en el momento en que Pendragón se sacaba un puñal de la bota. Regan se las había arreglado para que la drogaran más de la cuenta, pero yo también había metido una sorpresa para Pendragón. Y menos mal, porque Regan y sus amigas llevaban también alguna que otra sorpresa encima—. Lo que demonios sea esto... Se está yendo todo a la mierda. Si Viktor se entera de...

—Yo me encargo, Theo —lo interrumpí, forzándome a mantener la calma—. No le des más vueltas.

En teoría, los consortes no tenían que atacarse entre ellos de aquella manera, y lo que estaba ocurriendo decía muy poco en favor de la casa Drakharrow. Pero Regan lo había desencadenado todo en el momento en que había involucrado a Gretchen y Quinn en sus maquinaciones. Había intentado inclinar la balanza a su favor, saboteando a Pendragón desde el principio. Yo solo igualaba las condiciones. O eso era lo que me decía a mí mismo.

Me arriesgué a mirar de reojo al director Kim, que estaba sentado unas filas más abajo. Tenía los ojos clavados en el velo y el rostro impasible. No parecía estar a punto de levantarse del asiento y cancelar los Juegos. Dudaba que interfiriera. Pero ¿qué pasaría cuando los Juegos terminaran? Era una incógnita. Lo único que sabía era que yo protegería a Pendragón pasara lo que pasara. Regan podía olvidarse de mí. Era cuestión de tiempo que se diera cuenta de que se había quedado al margen.

Vi a Pendragón encargarse de Quinn y luego acercarse a Regan. No iba a matarla. Lo sabía. Pero ella tardó unos instantes en darse cuenta. Mi sangre le corría por las venas y hacía que la necesidad de violencia fuera más intensa que de costumbre. De hecho, era increíble lo bien que estaba resistiendo sus impulsos.

—¿Cómo te va, hermanito?

Levanté la cabeza de golpe. Mi hermano Marcus fijaba en mí sus ojos azul claro y tenía la boca curvada en una sonrisa arrogante.

Mirar a mi hermano mayor era como mirarme en un espejo hasta cierto punto. Era unos centímetros más bajo que yo (algo que siempre lo sacaba de quicio), y tenía un cuerpo hecho para la fuerza bruta y no tanto para la delicadeza. Llevaba el pelo, de un rubio ceniciento, mucho más corto que yo, y su mandíbula era más angulosa.

Había que reconocerle que intimidaba bastante. Las cicatrices que le llenaban los brazos y el cuello eran recordatorios de sus gestas despiadadas. Me preguntaba si la consorte a la que había asesinado le había dejado alguna marca. Esperaba que sí. Sin duda se lo había ganado.

Viktor adoraba la brutalidad de Marcus, siempre que fuera él quien la aprovechara. El mero hecho de que contara con el favor de nuestro tío ya convertía a Marcus en una persona peligrosa. Su sonrisa rara vez se le reflejaba en los ojos, y normalmente siempre era a costa de otra persona.

Como ocurría en aquel momento conmigo.

A mi lado, noté que Theo se tensaba y se encogía. Odiaba a Marcus con todas sus fuerzas, y no podía culparlo. Marcus bajó pavoneándose el escalón de la grada y se metió en nuestra fila, obligándome a moverme.

—Bueno, bueno —dijo arrastrando las palabras y posando la mirada en la pantalla—. Tu jinete de dragón se las está arreglando mejor de lo que me esperaba, hermano. Aunque debe de ser un fastidio meter a esas dos señoritas en cintura fuera de los Juegos. Si alguna vez necesitas consejo sobre cómo controlarlas, ya sabes dónde estoy.

Mantuve la vista al frente, pero Marcus no llevaba nada bien que lo ignoraran.

—¿Qué le pasa a Theo? Parece que vio a un fantasma. ¿Por qué estás tan nervioso, primo? —Marcus se estiró por detrás de mí para revolverle el pelo a Theo como si fuera un niño. Theo se estremeció, pero no dijo ni una palabra.

—Déjalo en paz, Marcus —gruñí.

Marcus sonrió.

—Relájate, que estoy bromeando. Somos familia, mierda. Theo sabe que solo estoy jugando, ¿verdad, primo? —Bajó la voz y se acercó a mí—. Pero es curioso. Siempre me ha parecido patético lo flojo que eres con él. ¿Crees que le haces un favor mimándolo?

Apreté los puños, pero Marcus no se dio cuenta. Desvió la mirada hacia el velo de proyección donde Pendragón se movía a gran velocidad por el terreno de la isla.

Soltó un silbido largo y grave.

—Es una preciosidad, ¿eh? Esas piernas largas. Ese culo apretado. Ahora entiendo por qué dejaste tirada a Regan. De verdad que lo entiendo.

Volví la cabeza hacia mi hermano y le lancé una mirada asesina. Marcus sonrió, disfrutando claramente de mi reacción.

—Vete con cuidado, hermanito —mascullló—. A lo mejor se te acaba pronto lo de estar con ella. El tío Viktor le ha echado el ojo. Coño, puede que hasta me esté empezando a gustar a mí. Sabes que busco sustituta para Alessandra.

Intenté controlar la respiración.

—Aún tienes a Amaris.

Marcus torció el gesto.

—No vale nada sola. Se ha vuelto insoportable.

No le señalé que probablemente se debiera a que él hubiera asesinado a su hermana gemela.

Me negaba a que mi hermano se acercara a menos de un centímetro de Pendragón. Antes muerto que permitir algo así.

Marcus inclinó la cabeza hacia mí.

—Seguro que puedo hacerla gritar como no ha gritado en su vida —dijo bajando la voz con malicia.

Perdí la contención. Me puse de pie de un salto y tensé los músculos. Theo me miró, suplicándome en silencio que me calmara, pero lo ignoré.

—¿Crees que puedes con ella, Marcus? —le espeté con voz grave, letal—. Es más fuerte de lo que parece. No me vas a arrebatar nada, y mucho menos a Pendragón. Nuestro vínculo está casi completo, y ya sabes lo que eso significa.

Mi hermano mayor perdió la sonrisa y una sombra de incertidumbre traicionó su ridícula bravuconería.

—¿En serio? —me preguntó, tratando de mostrar indiferencia—. El tío Viktor no imaginaba que habías llegado tan lejos.

—Pensaba darle una sorpresa —mentí—. Me dijo que la controlara y pronto será mía. El vínculo se completará. Y entonces no podrán hacer nada al respecto ni tú, ni Viktor ni nadie más.

Marcus frunció los labios, irritado.

—Ya lo veremos —dijo, perdido ya el tono juguetón, y se levantó.

Le clavé un dedo en el pecho.

—¿Por qué no vuelves con el tío Viktor como el puto perrito faldero que eres y le cuentas que lo tengo todo bajo control?

Marcus tensó el cuerpo. Si no hubiéramos estado a mitad de una multitud, sabía que me habría tumbado de un golpe.

—No hemos terminado, hermanito —masculló antes de salir al pasillo.

Volví a sentarme, intentando rebajar el fuego que me ardía dentro.

—No deberías haberle dicho eso —se quejó Theo—. Ahora seguro que va por ella.

Sabía que Theo tenía razón. Y, sin embargo, respondí:

—Que lo intenten.

53
MEDRA

Se me activaron los instintos. Los instintos de altasangre. Los instintos de Blake.

Antes de que tuviera tiempo de pensar, extendí la mano y atrapé la flecha al vuelo emitiendo un ruido seco y audible. La contemplé sin dar crédito, con la mano cerrada en torno al astil.

En el árbol, Quinn se había quedado de piedra, con los ojos como platos. Durante largo rato permanecimos mirándonos fijamente.

Luego algo me revolvió las entrañas. Una urgencia primaria salió a la superficie, tan poderosa que no pude resistirme. La sangre de Blake había activado algo en mí, había prendido en algo oscuro y salvaje. Los músculos se me tensaron con un poder inhumano y la sangre de Blake y mi sangre de jinete se mezclaron en una combinación feroz.

Me lancé hacia el árbol y antes de que Quinn pudiera siquiera pestañear, ya había escalado el tronco y saltado de rama en rama con una habilidad que no era del todo mía. Aterricé junto a Quinn en la rama donde estaba sentada sin que mis pies emitieran apenas sonido alguno. Ella soltó una exclamación y retrocedió como pudo. Pero no tenía adonde ir.

Avancé hacia ella y esa vez no me detuve. Ni me contuve.

Le clavé la flecha en el costado, ignorando el repulsivo sonido de la carne desgarrándose. Quinn sofocó un grito y la conmoción le hizo abrir los ojos cuando la fuerza del golpe la derribó del árbol. Su cuerpo fue rebotando por las ramas durante el descenso antes de tocar el suelo con un golpe seco.

Salté al suelo junto a ella, aterrizando con ligereza. Por un momento me quedé inmóvil, contemplando a mis oponentes caídas. El cuerpo inconsciente de Regan seguía desmadejado en el lodo. Y Quinn gemía de dolor a su lado.

No sentía nada, y mucho menos culpa.

Me di la vuelta y me fui del claro, con la sangre de Blake aún bombeándome en los oídos.

Había llegado a la cima de una colina, desde donde observé la escena que tenía frente a mí.

A lo lejos se alzaba un edificio abovedado de piedra, recortado contra el mar. Detrás había un muelle con algunos botes amarrados. Deduje que era la forma de llevarnos de vuelta a casa, al menos a aquellos que llegaran tan lejos.

Abajo, identifiqué a Visha y Evander esperándome junto a la entrada, pero no estaban solos: había una fila de consortes delante de ellos. Todos esperaban ansiosos su turno.

Mientras bajaba por la colina, Visha se acercó a mí.

—¿Has visto a Regan?

La miré desconcertada.

—Me dijiste que la evite.

Sin embargo, debía de tener la culpa grabada en la cara.

Visha entrecerró los ojos.

—Pero no la evitaste, ¿verdad?

—No me dejó otra opción —reconocí—. Me emboscó. Gretchen y Quinn estaban con ella.

La sombra de una sonrisa le cruzó el rostro.

—Gretchen apareció cojeando hace un rato, con bastante mal aspecto. Su consorte está hecho una furia con ella. —Ladeó la cabeza—. ¿Y Regan? No la habrás matado, ¿no? Espero de corazón que no, porque vas a necesitarla.

Abrí mucho los ojos.

—¿Cómo? Por favor, dime que me estás tomando el pelo. ¿No me habías dicho que me ayudarían Evander o tú?

—¿Está muerta o no?

—No, pero la dejé inconsciente por allí. —Señalé el bosque a mi espalda—. A una buena distancia.

Visha lanzó una mirada rápida a la hilera de consortes.

—Bueno, pues ya puedes ir a buscarla. Necesitas a tu consorte para la prueba siguiente, y no funcionará con un sustituto. Las dos tienen que verter una gota de su sangre en un cuenco para que las dejen entrar en la cúpula. Y, una vez dentro, no podrán salir. Si no encuentras a Regan, están las dos bien jodidas. Evander y yo no podemos ayudarte. —Tuvo la decencia de mostrar empatía, pero no me consolaba.

—Mierda —maldije—. No lo puedo creer.

Visha se mordió el labio.

—Te ayudaría a buscarla si pudiera. Pero Evander...

El joven alto de pelo rubio platino estaba al final de la fila, observándonos a Visha y a mí.

Asentí.

—Te entiendo. No es justo para él. —Igual que estar emparejada con Regan no había sido nunca justo para mí. Me volví hacia el edificio abovedado—. ¿Qué nos espera ahí dentro?

Visha vaciló. Por un momento, la joven fiera e impertérrita parecía insegura.

—No lo sé con exactitud. —Aunque algo en su voz me decía que sí lo sabía. Simplemente prefería no decírmelo—. Pero tengo un mal presentimiento.

Me pasé una mano por el pelo, apartándome los mechones sueltos de la frente.

—Genial. Fantástico. —Me di la vuelta para irme; las botas se me hundían en el lodo cuando empecé a escalar de nuevo la colina.

—¡¿Qué piensas hacer?! —me gritó Visha.

—Ir por Regan —le respondí sin volverme del todo—. La traeré a rastras si hace falta.

No obstante, cuando llegué al claro estaba vacío.

Regan y Quinn habían desaparecido.

Maldije para mis adentros y entorné los ojos para escudriñar el suelo. Ramitas rotas. Tierra pisoteada. La sangre de Quinn en la hierba. Me acuclillé y toqué el lugar donde había dejado a Regan inconsciente. Ojalá la hubiera hecho sangrar un poco. ¿Valdría la sangre seca para la siguiente prueba? Quinn había dejado un buen charco, pero no era la suya la que necesitaba.

Tomé aire, inhalé, agucé los sentidos y gané claridad. Allí estaba el olor de Regan. Sudor mezclado con tierra. Unas notas de lavanda y almizcle. Por lo visto Regan había conseguido echarse unas gotas de perfume, incluso en la selva.

El olor de Quinn también flotaba en el aire: el aroma acre de su sangre mezclado con miedo, tierra y sudor.

Olfateé en una dirección y luego en otra. Se habían separado. Regan había ido por un lugar y Quinn por otro. ¿Por qué no se habían quedado juntas? ¿Cómo era posible que yo supiera todo eso?

Había algo más que la sangre de Blake actuando. Recordé de repente las palabras crípticas de Rodríguez sobre mi legado de jinete. ¿Se referiría a aquello? ¿Podía yo activar algún tipo de antiguo entrenamiento instintivo?

Aun sin dragón, yo tenía los instintos de jinete en los huesos. La sangre de Blake debía de haberlos intensificado de alguna forma, y me había avivado sentidos que no sabía ni que poseyera. Había nacido para eso, me dije tratando de tranquilizarme. Los efectos no durarían, claro; pero de momento me resultaban útiles.

Respiré hondo de nuevo y dejé que mis sentidos me guiaran, concentrándome en el aroma de Regan e ignorando el olor atrayente de la sangre fresca de Quinn. Yo no era altasangre. No necesitaba sangre. Necesitaba a Regan Pansera. Sentía su atracción, débil pero presente. Me volví en la dirección que había tomado Regan.

Me moví lo más rápido que pude, esquivando hiedras y ramas bajas. Cada paso se me antojaba deliberado. Mi cuerpo sabía adónde iba. Mi sangre me guiaba.

De acuerdo, y también había algo de Blake en la mezcla.

El aroma de Regan cobró intensidad y nitidez a medida que avanzaba a toda velocidad por el denso follaje. Salté por encima de troncos caídos con pasos ligeros; lejos quedaba ya la sensación de mareo y aturdimiento. Nunca me había sentido tan conectada a mi entorno. Ni tan poderosa.

De repente, el olor se desvaneció.

Bajé el ritmo con el corazón a mil por la expectación. Me sentía como una depredadora. Una cazadora. ¿Así se sentía Blake constantemente? ¿Conmigo?

Regan estaba cerca. Casi podía saborearla. Cuando la encontrara, sabía que tendría que controlarme, reprimir esa parte de mí que era Blake, la parte de él que quería matar, alimentarse.

De repente me pregunté cómo conseguía contenerse en Bloodwing. ¿Se sentía así cuando me tenía cerca? ¿Era así como se sentían siempre los altasangres? La idea me incomodaba.

En ese momento se me ocurrió algo. Me coloqué el puñal de Coregon en la palma de la mano y comencé a girar poco a poco sobre mí misma, procurando que el puñal sobresaliera ligeramente.

—*Llegó tu momento* —le musité a Morcadés—. *Te toca actuar.*

—*Ay, querida, pensaba que no me lo pedirías nunca* —contestó la voz de mi madre—. *Pero intenta no matar a Regan cuando la atrapes. Por lo que te dijo Visha, parece que la necesitas viva.*

—*Haré todo lo posible por resistirme* —dije a regañadientes—. *Pero empezó ella.*

Morcadés se rio.

—*Está en los árboles. Prepárate.*

—*¿Decidió imitar a Quinn?* —gruñí—. *¿Dónde?*

—*¡Salta hacia la izquierda!* —exclamó Morcadés—. *Ahora.*

Hice lo que me dijo. Rodé a un lado y luego volví a ponerme de pie.

Regan aterrizó con un gruñido de sorpresa. Esperaba utilizarme para amortiguar la caída, y yo no se lo había permitido. Me acerqué a ella tentada de pisotearle las costillas. Pero, en vez de eso, le ofrecí una mano al tiempo que soltaba un suspiro.

—Vete a la mierda, desgraciada —farfulló Regan torpemente. Se había llevado una mano a la cabeza; supongo que la había lastimado más de lo que pretendía al dejarla inconsciente. Pero seguía caminando y hablando, así que tampoco debía de ser para tanto—. ¿Y darte una oportunidad para apuñalarme? Ni de broma.

Iba desarmada. No había encontrado el estoque entre los arbustos. Bien. Era algo que se me había pasado por la cabeza.

Envainé el puñal, me lo guardé otra vez en la bota y levanté las manos.

—No voy a apuñalarte, Regan.

—¿Por qué volviste? —me preguntó irritada.

—La cuestión es por qué sigues tú aquí —contesté, negando con la cabeza al verla ponerse de pie entre tambaleos—. ¿Por qué no te fuiste al otro lado de la isla?

—Me perdí —confesó—. Quinn me abandonó, y todo gracias a ti.

Me reí entre dientes.

—Claro. Siento mucho que tus dos amigas se hayan lastimado al intentar matarme. Recibieron su justo merecido.

—Y ahora que ellas no están viniste a rematarme —masculló.

Puse los ojos en blanco.

—Por muy tentadora que me parezca la idea, resulta que te necesito. —Di un paso hacia ella—. Déjame que lo reformule. Nos necesitamos mutuamente si es que quieres salir de aquí. A menos que prefieras vivir entre los árboles el resto de tu vida.

—Blake te ayudó —me espetó—. Te dio su sangre. Es evidente que no le importa si vivo o muero aquí.

Debíamos apresurarnos. No nos quedaba mucho tiempo. Pensé en la fila de consortes. Si aquello seguía así, seríamos las últimas. No sabía cuánto tiempo necesitaba cada pareja para superar el desafío que nos esperara en la cúpula.

—¿Podemos darnos un poco de brío o tienes algún monólogo victimista preparado? —dije agitando la mano—. Ya arreglarás las cosas con tu novio cuando volvamos.

—No es mi novio y lo sabes, carajo. Lleva meses sin dejarme entrar en su habitación. Desde que apareciste tú.

No era algo que supiera a ciencia cierta, aunque Theo lo había insinuado. Yo debía de ser una persona más superficial de lo que creía, porque me invadió una cálida sensación de alivio que me recorrió el cuerpo.

—No es mi problema —mentí—. Cuéntaselo a quien le interese. Ahora lo único que importa es que de momento estamos las dos atadas a él. Así que vamos a salir de aquí. —Di otro paso hacia ella—. Apenas te sostienes en pie. No te compliques más la vida. Si no me dejas otra opción, te ataré y te llevaré a cuestas.

Regan levantó los ojos, como si nos estuvieran observando. Algo que, según comprendí entonces, era verdad. Éramos un espectáculo para la escuela, igual que Blake el día de la arena, cuando había tenido que matar a Coregon.

—¿Nos oyen también? —le pregunté curiosa.

Ella negó con la cabeza.

—No, gracias a la Doncella Sangrienta.

Bien. Así que no me habían oído contarle a Regan que Blake me había ayudado con su sangre. Sentí una extraña tranquilidad. No quería que él se metiera en problemas, y menos después de que me sirviera lo que había hecho por mí.

—¿Qué sentido tiene? —se quejó Regan—. Lo más seguro es que me echen de la tríada y de Bloodwing. Seré el hazmerreír de la escuela. —Le dio una patada a una piedra con una expresión malhumorada en su bonito rostro.

Dudaba seriamente que yo fuera a tener esa suerte. Pero me mordí la lengua.

—Céntrate, Regan. Si no sales, ¿qué pasará? ¿Tendremos que vivir el resto de nuestra vida en esta isla? Se me ocurre una larga lista de personas con las que preferiría quedarme atrapada antes que contigo.

—¿Vivir? —Regan se rio desagradablemente—. Ay. No viviremos, no. Nos matarán a las dos. Pero saber que te arrastraré conmigo a lo mejor hace que valga la pena. —Inclinó la cabeza como si estuviera considerando esa opción.

Apreté la mandíbula.

—O puedes vivir un día más y planificar tu venganza.

Me observó pensativa.

—Me atrae. Me atrae un poco más.

—Me alegro. Pues vamos, en marcha —le espeté perdiendo ya la paciencia—. Los demás ya están allí, a excepción de Quinn y tú. Vamos a ser las últimas.

Comencé a caminar por la selva, rezando por que me siguiera y no tener que cumplir con mi amenaza de cargarla. Me sentía lo bastante fuerte como para llevarla a cuestas, pero me habría retrasado demasiado.

Al cabo de un momento oí el crujir de las ramas y el rumor de las hojas; me estaba siguiendo.

—¿Se puede saber para qué me necesitas? —me preguntó al poco rato—. ¿Cuál es el siguiente desafío?

—Lo único que sé es que necesitan algo de sangre de las dos. Tenemos que entrar juntas en un edificio abovedado. Nadie parece saber qué hay dentro. —Bueno, Visha parecía hacerse una buena idea aunque no hubiera querido decírmelo.

—¿Eso te lo dijo Visha? —adivinó Regan—. Puta traidora. Cómo se atreve a ponerse del lado de Blake.

—Sí, la verdad es que pareces tener bastantes traidores en tu vida —señalé—. Cuando salgamos de aquí, a lo mejor deberías meditar un poco al respecto, a ver a qué puede deberse.

—Creo que prefiero beber de un par de siervos y arreglarme las uñas rotas, gracias. —Suspiró, y no me hizo falta volverme para saber que se estaba mirando las manos—. Mierda. No las volveré a tener nunca igual.

Me guardé los comentarios que tenía en la punta de la lengua y seguí liderando la marcha hacia la cúpula.

54

MEDRA

Éramos las últimas.

La parte exterior de la cúpula estaba vacía cuando nos acercamos. Las pesadas puertas de piedra que conducían al interior estaban entreabiertas. Frente a ellas había un pilar de piedra sobre el que descansaban un pequeño cuenco ceremonial y un cuchillo. A pesar de las muchas parejas de consortes que nos habían precedido, el cuenco se hallaba vacío y el cuchillo, limpio.

Otro misterio de los altasangres. Me pregunté si la profesora Leñofatuo habría estado allí, obrando su magia.

—Bueno, pues aquí estamos —musité mirando a Regan—. ¿Quieres ir tú primero o hago yo los honores?

Regan levantó la barbilla.

—Yo siempre voy la primera, Pendragón.

Dio un paso al frente y levantó el cuchillo ritual. Con un movimiento rápido, se hizo una pequeña incisión en la palma de la mano y dejó caer unas gotas de sangre en el cuenco.

Las puertas de piedra retumbaron y se abrieron un poco más, pero no del todo. Faltaba la otra mitad.

—Te toca —dijo Regan ofreciéndome el puñal.

Lo tomé por instinto, pero en cuanto mis dedos rozaron el mango, Regan adelantó la hoja y me cortó el antebrazo en lugar de la palma. Sofoqué un grito mientras veía como brotaba la sangre de la herida y caía en el cuenco ceremonial.

—¿Qué demonios haces? —le espeté agarrándome el brazo mientras el líquido carmesí seguía goteando en el suelo. Sin embargo, ya notaba la sangre de Blake trabajando en mi interior, sanándome. El corte en la carne había empezado a cerrarse.

Regan esbozó una sonrisa maliciosa.

—Uy. Perdón. Se me fue la mano.

Le lancé una mirada asesina mientras las puertas se abrían con un rechinido poco halagüeño.

Regan se rio y se echó a correr hacia el edificio sin mirar atrás. Resistiendo el impulso de arrastrarla jalándole el pelo, respiré hondo y me apresuré a arrancarme un trozo de tela de la camisa para vendarme el brazo antes de seguirla.

Dentro de la cúpula, el ambiente era frío. La oscuridad nos engulló en cuanto entramos. Pero cuando las puertas se cerraron a nuestra espalda, cobraron vida las antorchas que colgaban de las paredes.

Observé el muro a mi izquierda y me acerqué a tomar las dos espadas que había allí colgadas. Al lado descansaban dos escudos pequeños, rodelas. Le lancé una de cada a Regan y las atrapó al vuelo.

—Intenta no apuñalarme por la espalda —murmuré.

Ella me miró fingiendo inocencia.

—No te prometo nada.

Nos dirigimos hacia el interior de la cúpula. Se parecía mucho a una arena: una cámara central circular con el techo abovedado. La diferencia era que no había gradas. El edificio estaba vacío, salvo por nosotras.

Casi vacío.

Dos criaturas emergían poco a poco de las sombras a medida que se prendían más antorchas a lo largo de los muros y las iluminaban.

Me quedé paralizada.

A mi lado, Regan negó con la cabeza.

—No lo puedo creer —dijo; parecía molesta. Adoptó una postura de combate y blandió la espada mientras las dos criaturas avanzaban lentamente—. Otra vez estas cosas no. Ya las usaron el año pasado. ¿No se les ocurre nada mejor para estos asquerosos patéticos cuando la cagan?

Ni siquiera conseguí encontrar palabras para responderle. Solo podía mirar.

Las criaturas eran amalgamas grotescas de lo que habían sido estudiantes; estudiantes sangrepútridas. La carne humana se había combinado con rasgos arácnidos. Las piernas estaban divididas en ocho extremidades, y la boca estaba partida en mandíbulas que goteaban y castañeteaban mientras se movían.

Por lo que Regan había dicho, parecía como si aquello fuera un desafío habitual en los Juegos. Convertir a estudiantes en monstruosidades.

Pensé en todos los consortes que habían llegado antes que nosotras. En todos los combates que ya se habían librado aquel día en la cúpula. Tal vez, y solo tal vez, podría haber mantenido la compostura necesaria para enfrentarme a aquellas... cosas. Si una de ellas no hubiera sido alguien a quien conocía.

Naveen se arrastraba hacia mí. La criatura retorcida que contenía su alma no era más que una burla horrenda del chico afable que había sido. Su tez morena, una vez cálida y llena de vida, había adquirido un tono enfermizo, morado. Montones de denso pelo negro le habían crecido desordenadamente en los brazos y la espalda. Donde antes tenía las piernas había ocho extremidades articuladas, largas y delgadas, que le sobresalían de los costados y se doblaban y chasqueaban de forma antinatural a medida que avanzaba con pasos torpes. Tenía la espalda encorvada, y las patas arácnidas aguantaban un cuerpo alargado, ya apenas humano, que le otorgaba un aspecto propio de los insectos, desigual, horrible.

Y el rostro. Por los dioses, el rostro. Sus rasgos aniñados se habían retorcido hasta convertirse en una pesadilla de ojos protuberantes y negros como de araña, vacíos de toda emoción humana. Depredadores. Rapaces. Desde la boca se le extendían dos mandíbulas afiladas que se movían de forma grotesca sin dejar de gotear un líquido viscoso.

A mi lado, Regan estaba impávida. En todo caso, parecía divertirle mi consternación.

Dejó escapar una risita burlona.

—Anímate, Pendragón. ¿Ya te estás emocionando? Supongo que no tengo que molestarme en planear mi venganza. Tu amiguito va a acabar contigo antes que yo.

Salió corriendo por la sala y a mí se me revolvió el estómago. Una parte de mí deseaba darle un cachetadón, pero Naveen, si es que alguna parte de él seguía siendo Naveen, continuaba acercándose y tuve que centrarme en él.

Con el rabillo del ojo vi a Regan enfrentándose al otro monstruo. Una criatura semejante a una araña que a duras penas reconocí como una alumna de primero que una vez me había prestado un pedazo de pergamino en Historia de Sangratha.

Me volví hacia Naveen tratando de bloquear el dolor que sentía. Me obligué a quitarme de la cabeza los recuerdos de su risa contagiosa en clase. Su sonrisa bobalicona. Intenté olvidar que ya no podría decirle a Florence lo que sentía. No volvería a decirnos nada más. Las manos me temblaban. Quería echarme a correr, pero no tenía adonde ir.

Naveen arremetió contra mí.

Apenas alcé la rodela a tiempo. La fuerza del golpe me hizo retroceder y el brazo me dolió del impacto. La criatura era rápida. Con una extremidad me alcanzó en el costado y me atravesó la camisa. El dolor me asaltó al instante.

El monstruo que había sido Naveen se puso de nuevo en movimiento, aprovechando las patas de araña para impulsarse a una velocidad aterradora. Lo esquivé rodando a un lado justo cuando sus mandíbulas se cerraron a pocos centímetros de mi cara. El aire se llenó con los repiqueteos y castañeteos de sus patas cuando volvió a girarse hacia mí.

—No puedo hacerlo. Que no puedo, mierda. —Oí como se me rompía la voz.

—*No tienes alternativa. Debes ser fuerte* —me insistió la voz de Morcadés, atravesando la niebla—. *Tienes que dejarlo ir. Él ya no está, Medra. Esa cosa ya no es él.*

Solté una respiración entrecortada.

—*Es demasiado difícil. Los hijos de puta lo tenían todo planeado. Hasta el más mínimo detalle.*

Hubo una pausa, como si mi madre estuviera reflexionando.

—*La diadema.*

—*No* —dije—. *No puede ser.* —Luego pensé en el sueño que recordé al despertarme en la caverna. La profesora Leñofatuo quitándome la diadema de la cabeza.

El dolor se intensificó.

—*Me hicieron elegir* —dije sin emoción alguna—. *Se me metieron en la cabeza y me hicieron elegir esto. Es culpa mía.*

—*Tú no elegiste esto* —insistió Morcadés—. *No conscientemente.*

—*Da lo mismo. Podría haber sido Florence.*

Florence, la brillante ratoncita de biblioteca a la que había llegado a querer como a una hermana.

Me habían colocado la corona en la cabeza y esta me había penetrado en los pensamientos con sus amargos poderes. Y había visto algo que nunca habría sido capaz de reconocer en voz alta: que quería a Florence más que a Naveen. Había tomado a mis dos amigos más queridos y se había burlado de la amistad, el amor y la lealtad.

—Lo único que puedes hacer ahora por Naveen es dejarlo morir con dignidad —dijo mi madre.

—¿Dignidad? —Hipaba entre los sollozos, y tuve que rodar de nuevo cuando otra extremidad arácnida atravesó el espacio que yo ocupaba un instante antes—. *¿Cómo puede haber dignidad en lo que le hicieron?*

—Sería un acto de misericordia —contestó mi madre con delicadeza—. *Piensa en los padres del chico.*

Sabía que tenía razón, pero yo seguía sintiendo que lo estaba traicionando.

La criatura profirió un chillido inhumano y se lanzó hacia mí a una velocidad antinatural. La esquivé, pero esa vez no fui lo bastante rápida. O tal vez no quise. Con una de sus largas y delgadas patas, provistas de garras afiladas como agujas, me acertó en el costado y me lo rajó. Aparté la extremidad empujándola con la rodela y rodé por el suelo para alejarme. Al llevarme la mano a las costillas, noté la sangre que me escurría entre los dedos.

Por un momento me paralizó el dolor y una idea me cruzó la mente: «¿Y si dejo que pase?». La sangre de Blake no podría curarme lo bastante rápido si permitía que Naveen me atacara sin obstáculos. Sería una muerte dolorosa pero breve. Toda esa pesadilla terminaría por fin. Habría escapado.

—Ni se te ocurra —me advirtió la voz de mi madre con gravedad—. *Acaba con él antes de que él acabe contigo. Piensa en los demás. Piensa en el futuro. Ten coraje. Después de la oscuridad espera la luz.*

Luz.

Intenté hacer lo que me dijo. Pensé en Florence. En su bondad y su excelencia.

Pensé en Blake, cuyo acoso se había convertido en una extraña protección. Blake, a quien no conseguía odiar del todo.

Incluso pensé en el peluso, en el ridículo Neville con su suave pelaje y su naturaleza alegre, escabulléndose por la escuela sin acabar de decidirse del todo por ser de Florence o de Blake. El peluso veía algo bueno tanto en la una como en el otro, algo que quizá yo todavía no había vislumbrado del todo. Me esperaban. Blake no quería que fracasara. Me había entregado su sangre para asegurarse de que saliera de allí con vida.

Pensé en los padres de Naveen y se me encogió el corazón. Se lo debía. Su hijo merecía morir en paz. Mejor que hallara el descanso a mis manos que a manos de Regan.

Las lágrimas me nublaron la vista. Pestañeé para limpiármelas mientras el pecho se me henchía de determinación.

La criatura arácnida tomó fuerza de nuevo y sus patas repiquetearon contra el suelo a un ritmo tremebundo. Lo esquivé echándome a un lado, ignorando el dolor de la herida. Esa vez fui más rápida. No vacilé. Apunté a una de las patas y la seccioné por la articulación. Naveen aulló de dolor y se tambaleó hacia atrás.

Pensé en Florence, esperándome en Bloodwing, y se me saltaron las lágrimas.

Sabía lo que debía hacer, pero la espada me pesaba en la mano.

Naveen se abalanzó de nuevo sobre mí. Intenté bloquearlo, pero me golpeó el brazo de la espada con una de sus patas enormes, y solté el arma, que cayó al suelo, lejos de mi alcance.

Entonces me agaché y saqué el puñal de Coregon de la bota.

—*Ya es hora de terminar con esto* —me susurró mi madre—. *Juntas.*

Naveen volvió a lanzarse hacia mí, pero yo estaba preparada. Lo esquivé y hundí el puñal en el amplio pecho de la araña, justo donde debía de tener el corazón. La apuñalé salvajemente hasta abrir un corte ancho en la parte inferior de la criatura. Me llovieron vísceras y un fluido negro y viscoso. Sentí náuseas. La criatura arácnida se convulsionó con violencia y se desplomó.

Me quedé inmóvil a su lado, contemplando sus ojos negros. ¿Seguiría Naveen allí dentro? ¿Me estaría observando de alguna forma?

Me limpié las lágrimas de las mejillas con el corazón roto.

—*Percibí la magia de sangre* —dijo mi madre con la voz cargada de desprecio—. *La hechicería oscura que lo creó. Su alma ya no estaba. Simplemente le diste paz a su cuerpo.*

Asentí y cerré los ojos, intentando que el peso de sus palabras me calara del todo. Naveen ya estaba perdido, y habían sido los altasangres, no yo.

Sin embargo, a pesar de todo, no podía escapar de la sensación de culpa. La Corona Ósea había reposado en mi cabeza. La culpable era yo.

Desde el otro lado de la sala, oí un grito. Abrí los ojos de golpe.

Regan luchaba con su monstruo. Le caía sangre por los brazos mientras levantaba la espada en un intento por mantener a raya a la criatura. No quedaba ni rastro de su arrogancia.

—*No le debes nada* —me recordó mi madre.

Miré hacia el otro extremo de la sala. Las puertas del lado opuesto estaban entreabiertas. Podía meterme por la rendija y abandonar a Regan a su suerte.

Había intentado matarme. Tal vez enterrara el hacha de guerra después de aquello. O tal vez no.

Abandonarla sería la justicia que se merecía.

Apreté los dientes.

—*No puedo.*

Mascullando una maldición, me eché a correr hacia ella. La criatura había acorralado a Regan y la retenía en el suelo con sus largas patas. No lo pensé dos veces: le arrojé la rodela al monstruo arácnido y le acerté justo en la espalda. La criatura aulló y se volvió hacia mí. Me negué a mirarla a los ojos. Una chica de primero. Aquella criatura había sido una chica de primero.

—¡Eh! —grité agitando los brazos como una idiota mientras caminaba hacia atrás—. ¡Ven por mí!

Detrás de la criatura, Regan rodó y se puso de pie. Recogió la espada que había dejado caer mientras yo seguía distrayendo a la araña, tratando de ofrecer a Regan la ventaja que necesitaba.

Y aquello bastó.

Regan corrió y hundió la espada en el costado de la criatura, atravesándole el caparazón. Retiró el arma y volvió a apuñalarla, y luego una tercera vez. El monstruo aulló y se retorció antes de desplomarse en el suelo. Regan se limpió la sangre de la hoja en el muslo y me lanzó esa mirada altiva que ya me resultaba tan familiar.

—¿Por qué tardaste tanto?

Me contuve para no contestarle.

No nos dijimos ni una sola palabra más cuando nos dimos la vuelta y nos dirigimos a las puertas.

55
MEDRA

Dos días más tarde estaba sentada en mi cama, en el ala de dormitorios de primero, rodeándome las rodillas con los brazos. Florence apoyaba la cabeza en mi hombro. Las dos habíamos estado llorando.

El tiempo reflejaba nuestro estado de ánimo. Por las ventanas con entramado de rombos se veía el cielo encapotado.

Notaba la piel de los ojos como si la tuviera en carne viva de tantas lágrimas como había derramado desde que habían terminado los Juegos. Pero las lágrimas no eran lo peor. Lo que no podía eludir era la culpa que me desgarraba por dentro como un cuchillo afilado, incansable.

Florence se removió, secándose los ojos enrojecidos.

—No puedo creer que se haya ido de verdad —me susurró por centésima vez aquel día.

La rodeé con el brazo. Me recordé que allí la protagonista no era yo, sino Florence. Los padres de Naveen. Yo había empezado ya a escribirles una carta a los Sharma. Florence me dijo que ella también les escribiría una y que las podíamos enviar juntas.

—Unos días antes de los Juegos Naveen me dijo que quería confesarme una cosa —susurró Florence de pronto.

Me quedé de piedra.

—¿En serio? ¿Y qué era?

—Creo que ya lo sabes. —Florence hablaba con un hilo de voz—. Me dijo que tú ya lo habías deducido.

—Ay, Florence. —Suspiré—. ¿Te confesó lo que sentía por ti?

Noté como asentía.

—Me dijo que me quería. No supe qué contestarle. Le dije... le dije que necesitaba tiempo para pensar.

Se le rompió la voz y yo la apreté contra mí. Sentí como empezaba a gimotear.

—Y ahora nunca volveré a hablar con él. Le pedí tiempo, pero le quedaba muy poco. No lo sabía.

Se me hizo un nudo en la garganta. Quería consolar a mi amiga, escoger las palabras adecuadas. En aquellos instantes en que estábamos allí sentadas luchaba por impedir que el torrente de culpa acabara saliéndome a borbotones.

«Fue culpa mía —me repetía en silencio—. Lo siento, fue culpa mía. Yo soy la culpable. Perdóname».

Había salvado a Florence y había condenado a Naveen.

¿Cómo podría contárselo? ¿Cómo podría decirle que, sin saberlo, había tomado una decisión que le había costado la vida a nuestro amigo?

Tragué saliva con fuerza. Y, sin embargo, la voz me temblaba cuando hablé.

—Florence... —No debía preguntárselo. En el fondo, no quería saberlo—. ¿Tú también estabas enamorada de él? —Las palabras me salieron atropelladamente de la boca.

Hubo un largo silencio. Me odié por habérselo preguntado.

—Mira, da igual. No hace falta que respondas —dije—. Siento muchísimo habértelo preguntado, Florence, no...

—No... no lo sé —me interrumpió ella—. No tuve oportunidad de pensarlo. Creía que tendría tiempo, que a lo mejor podíamos intentar...

Se interrumpió, y volvió la cabeza para hundirla en mi hombro. Me mordí el labio con tanta fuerza que noté un regusto a sangre.

Naveen había muerto. Florence había perdido la ocasión. ¿Y si aquella era su oportunidad? El amor verdadero. ¿Y si su destino era estar juntos y habían perdido los dos la posibilidad de ser felices?

De no haber sido por la corona, Naveen quizá seguiría vivo. Había otros alumnos como él que no habían aprobado el curso en Bloodwing y a los que habían expulsado, lastrados por la vergüenza, pero con vida. Como Naveen me había dicho, a la mayoría los mandaban a casas altasangres para trabajar como sirvientes. Sin cobrar, claro. Era horrible, pero al menos conservaban la vida. No los habían enviado a todos a que los mataran en la arena abovedada de aquella isla en una prueba enfermiza que debíamos superar o fallar.

Se oyó un golpe suave en la puerta.

Las dos nos tensamos. Sin perder un instante, Florence se secó los ojos con uno de los numerosos pañuelos usados que había en la cama. Pero no le sirvió de nada. Tenía la cara roja e hinchada. Y yo no debía de tener mucho mejor aspecto.

Me levanté con torpeza; las extremidades me pesaban de estar tanto tiempo sentada. Me pasé las manos por el pelo; llevaba días sin cepillármelo. Cuidarme me parecía mal, como si no me le mereciera. Vivir ya era suficiente, ¿no?

Abrí la puerta y me encontré con Blake.

Durante un instante dejé de respirar. Había olvidado lo guapo que podía llegar a ser, incluso en ese momento, en el que se veía descuidado e incómodo y sintiéndose fuera de lugar. Parecía que llevara días sin pegar ojo. Tenía ojeras y no había ni rastro de esa confianza elegante y serena tan suya. Llevaba una camisa blanca con los primeros botones desabrochados, lo cual dejaba a la vista un pálido triángulo de piel con rubio vello rizado y un atisbo del dragón negro. Se había arremangado y mostraba sus antebrazos musculosos. Tenía las manos metidas en los bolsillos. Pasó los ojos grises de mí a Florence, y luego volvió a centrarse en mí.

Se aclaró la garganta.

—Siento interrumpirlas.

Era como si quisiera estar en cualquier otro sitio menos allí. Y, a pesar de todo, cuando nuestras miradas se encontraron, vi como se le suavizaba algo.

—¿Qué pasa? —le pregunté con voz queda.

Blake dudó un instante, mirando a Florence de reojo. Luego apretó la mandíbula.

—Tienes que venir conmigo. El director Kim nos convocó a una vista disciplinaria.

Florence se levantó de la cama.

—¿Una vista?

Me apartó y se fue directo a Blake. No la había visto nunca de este modo.

—¿Para qué? ¿Qué le va a pasar a Medra? ¿Se metió en problemas?

Blake la miró con una expresión sorprendentemente afable en sus ojos grises.

—No lo tengo claro —contestó con paciencia—. Pero, en cualquier caso, estaré allí con ella. No permitiré que se enfrente a la vista sola. Te lo prometo, Florence.

Florence se limitó a mirarlo.

—De acuerdo —dijo al fin—. No te atrevas a dejarla sola con él.

Se refería al director Kim. Yo sabía que Florence lo consideraba el culpable principal de lo que le había pasado a Naveen. Con todo, me sorprendió cómo se había dirigido a Blake. Parecía estar superando su timidez con los altasangres. O quizá solo con él.

Blake tenía una mirada dulce cuando la observó volver a la cama.

—Tenemos que irnos. Intenta no preocuparte. Te la devolveré pronto. Te lo prometo.

Me acerqué a Florence y le di un abrazo. Ella me agarró de la muñeca.

—Vete —me susurró—. Estaré bien. A lo mejor vuelvo a mi habitación a ver si duermo un poco.

Asentí. Esperaba que fuera capaz de descansar. Lo necesitaba. No quería dejarla sola, pero tampoco parecía que tuviera otra opción. Seguí a Blake hasta la puerta.

56
BLAKE

De repente, Pendragón me parecía minúscula caminando a mi lado. Los rizos rojos le caían por la cara, enmarañados, encrespados. Llevaba un vestido negro largo y las mismas botas de cuero con cordones que se había puesto para los Juegos. El vestido le quedaba holgado; en apenas dos días ya parecía haber perdido peso.

No soportaba verla así. Sabía que estaba de duelo. Su pálida piel pecosa estaba enrojecida y con manchas. Se notaba que había estado llorando. Cualquier otra chica habría tenido un aspecto lamentable, pero ella no. Me enervaba lo hermosa que seguía estando. Había extrañado contemplar su rostro.

Me hundí las manos en los bolsillos, resistiendo el impulso de decirle todo eso en voz alta.

Se la veía frágil, pero yo sabía que no era verdad. Independientemente de lo que ella creyera en aquel momento, yo sabía que era fuerte.

Ojalá se me hubiera ocurrido qué decirle. Quería confesarle que cada segundo de los Juegos me había partido el alma. Había sido la peor sensación del mundo. Y luego, al verla luchando contra su amigo, se me había encogido el corazón.

Pero las palabras no llegaban. Y ni siquiera tenía claro si ella querría oírlas de mi boca. O tal vez me preocupara parecer débil, mostrar demasiado aquella sensación que me oprimía el pecho. Así que me limité a mirarla de reojo. La distancia que nos separaba se me antojaba muy grande y muy pequeña al mismo tiempo.

Entonces ella me sorprendió rompiendo el silencio.

—Quería darte las gracias.

La miré desconcertado.

—¿Por qué?

—Te debo una. Lo que hiciste..., lo de hacerme beber tu sangre... Creo que me salvó la vida. —Se detuvo y se volvió hacia mí—. Si no me la hubieras ofrecido...

Regan y las otras la habrían matado. No la tendría a mi lado en ese momento.

Había estado a punto de perderla.

Contuve la respiración. Durante el rato que la había estado observando, me había preguntado si me odiaría por haberle hecho beber la sangre. Y resultaba que me estaba dando las gracias por algo cuyas consecuencias todavía no comprendía del todo. Sentí por dentro un espasmo y un aguijoneo. Las garras de la vergüenza. De la culpa.

—No me debes nada —contesté con sequedad—. Pero me alegro de que sobrevivieras.

Me buscó con sus ojos verdes.

—¿Por eso nos metimos en problemas? ¿Por lo de la sangre?

No se imaginaba ni la mitad de lo que estaba ocurriendo.

Me pasé una mano por el pelo.

—No. No lo creo, vaya. Hay algo más. Aunque es verdad que infringí las normas al dártela.

Quería protegerla de la confrontación que estaba a punto de producirse. Deseaba poder preguntarle qué quería que hiciera si los acontecimientos tomaban un rumbo determinado.

De cuando en cuando me venía Regan a la cabeza, y no había ni una sola vez en que no amenazara con sobrepasarme la ira. Me había desafiado. Había ido por Pendragón cuando se suponía que debían cooperar. Yo lo había previsto, pero aun así, cuando las tres chicas la acorralaron, aquello podría haber terminado en un baño de sangre.

Me pregunté si Regan sabía lo cerca que había estado de morir aquel día. O lo cerca que estaba de morir todavía.

Pendragón había sobrevivido a los Juegos por las precauciones que yo había tomado: darle mi sangre y pedirle a Visha que la ayudara.

Por eso y por su propia fuerza y sangre fría. No había sucumbido al pánico. Cuando la droga se le disipó del sistema, se había amarrado los pantalones y había hecho todo lo necesario para sobrevivir. Aunque implicara matar a uno de sus mejores amigos. Había superado todas las pruebas que se le habían presentado y yo estaba orgulloso de ella. Estaba que no cabía en mí.

Pensé en Coregon. Era algo que Pendragón y yo teníamos en común: los dos habíamos matado a un amigo. Dudaba que fuera algo que recordaríamos con cariño.

Visha. Me entró el pánico. ¿Le habría contado a Pendragón la verdad sobre aquel primer día en el patio de entrenamiento? Visha se había pasado de la raya, y por eso le había tenido que pedir a Sankara que interviniera. Pero yo lo había orquestado todo. Si Pendragón lo descubría, se pondría hecha una furia. El hecho de que estuviera caminando a mi lado con tanta calma después de darme las gracias debía de significar que Visha no había cantado.

Me acerqué a ella cuando estábamos a punto de llegar al despacho del director.

Al abrir la puerta, la atmósfera me arrolló como un muro de hielo. Kim estaba sentado en su escritorio, envuelto en su túnica negra. Alzó la vista cuando entramos y fue como si el peso de todas las expectativas de Bloodwing me cayera encima como una losa. Nunca había habido nada reconfortante en el director Kim. Era el rostro frío e implacable de la autoridad altasangre en Bloodwing.

Al fondo, a la derecha, estaba mi tío. Viktor Drakharrow, la encarnación del privilegio altasangre y la intimidación familiar. Era el altasangre más anciano de la estancia. Se volvió hacia mí con un brillo hondo e inquietante en los ojos rojos. Luego los desvió hacia Pendragón y sentí un escalofrío. Lo habría agarrado por la barbilla y obligado a apartar la mirada. No había ni una sola parte de aquel viejo sucio y despreciable que debiera estar cerca de ella.

Me obligué a mirar en la otra dirección y posé la vista en Regan, que estaba sentada en una silla de madera a la izquierda del escritorio de Kim. Tenía todo el aspecto de una princesa altasangre consentida, con la barbilla puntiaguda bien alta y la boca congelada en una mueca engreída. Detrás se encontraba su padre, lord Pansera, un hombre alto que compartía con su hija muchos de sus rasgos y que parecía incluso más petulante que ella. Repasó a Pendragón de arriba abajo como si fuera algo que se le hubiera pegado a la suela de la bota.

Se me hizo un nudo en el estómago. Me quedé cerca de Pendragón cuando la puerta se cerró a nuestra espalda.

El director Kim carraspeó.

—Creo que no hace falta presentar a nadie. Nos hemos reunido hoy aquí para abordar la conducta de la tríada de Blake Drakharrow durante los Juegos de los Consortes. Hay dudas sobre los actos de las dos consortes, en concreto sobre la falta de cooperación que demostraron, así como la infracción de algunas normas. Debemos determinar las consecuencias.

Ya se me había acelerado el corazón. Era evidente que el padre de Regan había acudido para actuar como su representante ante Kim. ¿Y el nuestro? Pues el viejo tío Viktor.

Me negaba rotundamente a que mi tío defendiera a Pendragón. Ya estaba yo allí. Hablaría en su nombre. Si debíamos pagar algún precio, lo asumiría yo todo. Nadie le tocaría ni un pelo de la cabeza.

El director Kim se volvió hacia Regan.

—Señorita Pansera, la mayor parte de esta vista se centra en su conducta, así que empecemos con usted. ¿Le importaría explicarnos sus actos durante los Juegos?

Regan levantó la cabeza en actitud desafiante.

—¿Cómo? ¿Qué tengo que explicar? Hice lo que tenía que hacer —contestó con la voz cargada de una ira orgullosa—. No pensaba quedarme de brazos cruzados y ver como ella —le lanzó una mirada de desprecio a Pendragón— se burlaba de nuestras tradiciones. Su lugar no está en la tríada de Blake ni en Bloodwing. —Se volvió hacia Viktor—. Con el debido respeto, lord Drakharrow. Este nunca ha sido su sitio y espero que los Juegos lo hayan demostrado de una vez por todas. Si sobrevivió fue gracias a mí. —Miró de reojo a Pendragón con los ojos cargados de veneno—. ¿Que si quería cooperar con ella? ¡No, faltaría más! ¿Cómo iba a confiar mi vida a su incompetencia?

Pendragón apretaba con fuerza los puños, y vi que le temblaban los hombros. Todo lo que había dicho Regan no eran más que mentiras. ¿La contradeciría Pendragón? Si no se atrevía, ya me encargaría yo de corregirla.

Di un paso al frente.

—Con el debido respeto, señorita Pansera —dije (o sea, con ninguno). Me volví hacia Regan y le sostuve la mirada—. Mostraría la mayor de las empatías con su dilema si no supiera a ciencia cierta que las palabras que le salieron por la boca son una absoluta mentira. Y todos lo sabemos. Fue casi como si estuviéramos allí. Vimos exactamente qué ocurrió. La señorita Pansera —noté como Regan se tensaba un poco más cada vez que la llamaba por el apellido y no por el nombre— abandonó a su suerte a mi otra consorte y se fue sin ella, dejándola sola en el primero de los desafíos. De no haber sido por la ayuda desinteresada de Visha Vaidya y Evander Sylvain no habría podido cruzar. —Reconocerle el mérito a Evander era algo ridículo, pero supuse que mencionar su nombre tampoco haría ningún daño. Al fin y al cabo, los Sylvain eran otra poderosa familiar altasangre—. ¿Y qué hizo la señorita Pansera a continuación? ¿Se acercó a la señorita Pendragón, se disculpó y le ofreció su ayuda para el resto de los Juegos? No. Con cobardía y malicia consiguió la ayuda de otras dos consortes y juntas intentaron matar a la señorita Pendragón.

Lord Pansera me interrumpió.

—Mi hija actuó con la fuerza y la determinación de una verdadera altasangre —dijo con voz firme. Se negaba a mirarme a los ojos—. Se encontraba en una situación del todo inaceptable, emparejada con una muchacha sangrepútrida indigna a la que jamás se le debería haber permitido participar en los Juegos, y mucho menos servir como consorte del arconte de una de nuestras más nobles familias. Si les interesa mi opinión, ahí es donde radica el verdadero problema.

Paseó la mirada por el despacho, desde el director Kim hasta mi tío.

—Lord Drakharrow, comprendo el dilema al que usted se enfrentó aquel día en la Fortaleza, con los líderes de las cuatro casas esperando a ver cómo reaccionaría ante la extraña llegada de la joven. Pero Medra Pendragón, esta supuesta jinete de dragón —prácticamente escupió las palabras—, es la razón por la cual salieron mal tantas cosas. Es la razón por la que mi hija estuvo a punto de morir. Nos engañó a todos con sus trucos sangrepútridas. No hay nada noble en ella. Y tal como ella misma reconoció el primer día, es inútil, pues a pesar de lo que todos desearíamos, no hay dragones ni volverá a haberlos nunca más. La tríada de mi hija estaba condenada al fracaso desde el momento en que se formó, desde el instante en que usted permitió que una chica sangrepútrida ocupara un lugar que no le correspondía. Si quiere asegurar el futuro de su sobrino y mi hija, insisto en que la expulse. Erradíquela de Sangratha. —Se volvió para posar la mirada en Pendragón—. No merece ni la ejecución, a ojos de la familia Pansera.

Solté un hondo gruñido.

—Cuidado con lo que dice. Si alguien merece que la expulsen es la traidora que tiene por hija. —Examiné el despacho—. ¿Quién solicitó que se usara la Corona Ósea con Pendragón? —Me volví hacia Regan—. ¿Fuiste tú, verdad? Quiero que lo admitas. Conscientemente intentaste sabotearla, y es algo que has hecho incontables veces. Cada acto de deslealtad que has cometido contra Pendragón ha sido un acto de deslealtad hacia mí y mi casa.

Confiaba en que Viktor estuviera de acuerdo conmigo.

Apenas podía soportar mirar a Regan a los ojos. Nos habíamos criado juntos. Nuestros padres habían sido amigos. Ahora su imagen no me producía más que asco. ¿En serio había permitido que aquella víbora se metiera en mi cama?

Se produjo un silencio tenso e incómodo mientras Regan me sostenía la mirada, negándose a confesar.

—No importa —intervino finalmente el director Kim—. Es irrelevante quién solicitara su uso. La Corona Ósea se utilizó con justicia. Estábamos en nuestro derecho de permitirlo. Y su consorte sobrevivió. Eso es lo único que importa.

Sentí como Pendragón temblaba a mi lado. Sí, había sobrevivido. Pero ¿qué pasaba con su amigo Naveen? Seguro que estaba pensando en él.

Al menos se había enterado de que yo no había tenido nada que ver con lo de la Corona Ósea. Su uso había sido cruel y monstruoso. Incluso para los putos altasangres.

Regan hizo una mueca de frustración.

—Te consideras mejor que yo, ¿verdad, Blake? Pues tú eres el más tramposo de todos. Utilizaste tu sangre con ella. ¿Por qué no lo cuentas delante de todos?

Había previsto aquel momento.

El aire de la habitación se enrareció. Sentí como la mirada de mi tío se clavaba en mí, afilada como una navaja, a pesar de que Marcus ya le debía de haber contado lo que yo había hecho. Con todo, guardó silencio. Me preguntaba cuál esperaba mi tío que fuera el resultado de la vista. No me cabía duda de que tenía sus propios objetivos en mente, como siempre.

Miré de reojo a la mujer de cabello flamígero que tenía al lado. Anhelaba rodearle la cintura con los brazos y apretarla contra mí, darle mi fuerza, calmarla.

Pero opté por continuar con la ofensiva.

—¿Y qué problema hay? Tenía todo el derecho de proteger a mi consorte, aunque fuera de la otra consorte. Hice lo que debía hacer y lo repetiría sin pensarlo dos veces.

—Si tiene que haber algún castigo por lo que hizo Blake —intervino Pendragón, dando un paso al frente, y su voz atravesó la tensión del despacho—, estoy dispuesta a asumirlo yo. Solo hice lo necesario para sobrevivir. Estaba desesperada. Yo no quería enfrentarme a Regan. No quería hacerle daño a nadie. Me encontré con ella antes de los Juegos y le pedí que cooperáramos. Lo intenté, de corazón. Cuando ella, Gretchen y Quinn me emboscaron, yo me limité a defenderme. Pero traté de actuar con mesura.

No pude evitarlo. Me reí.

—Y lo conseguiste. Actuaste con bastante más mesura de la que habríamos mostrado muchos.

Y era posible que aquella mesura le sirviera de algo. Si hubiese llegado a matar a una consorte altasangre en la isla...

El director Kim me atravesó con la mirada, pero sabía que él estaba pensando lo mismo. Ningún altasangre de aquella estancia habría tenido tanto autocontrol.

—Regan solo accedió a cooperar cuando vio que no tenía otra opción —continuó Pendragón—. E incluso entonces a mí se me presentó una alternativa. Podría haberla dejado morir en la cúpula cuando la acorraló aquella... criatura. Pero no lo hice. La ayudé a luchar contra el monstruo. No la abandoné cuando tuve la ocasión, por muy convencida que estuviera de que ella me habría abandonado a mí.

Sentí una oleada de orgullo. Hablaba de clemencia, un rasgo poco valorado en Bloodwing. Sin embargo, me pregunté si lord Pansera comprendía lo cerca que había estado de perder a su hija por culpa de su patética arrogancia.

No vi que se le formara un «gracias» en los labios. No podía rebajarse a darle las gracias a una sangrepútrida, a pesar de lo que hubiera hecho por su familia.

Kim nos observaba detenidamente, con los dedos entrelazados sobre la mesa.

—Por lo general no se perdonaría que un arconte reforzara a su consorte sangrepútrida con su sangre en los Juegos. Pero tampoco debería haber sido necesario en primera instancia, pues se espera que los consortes se ayuden entre sí. En este caso, se han infringido muchas otras normas antes. Tal vez la primera, y la más grave de todas, fue la que determina el comportamiento de las consortes. Interrogué a varias amistades de la señorita Pansera, y todas testificaron que estaba completamente decidida a negar cualquier tipo de ayuda a la señorita Pendragón. —Se volvió hacia mí—. Entiendo que descubrió su intención de rebelarse antes de los Juegos.

—En efecto. Y actué en consecuencia para contrarrestarla —contesté.

A Kim se le encendieron los ojos con una expresión de aprobación, lo cual me sorprendió.

—Muy bien. No veo motivo para castigar a Medra Pendragón ni a Blake Drakharrow por lo que ocurrió en los Juegos. La señorita Pendragón actuó sobre todo en defensa propia. Aceptó la sangre de su arconte siguiendo sus órdenes. A diferencia de la señorita Pansera, obedeció sus instrucciones. No buscó ningún tipo de ventaja de manera intencionada.

Oí a Pendragón exhalar a mi lado.

Pero el destino de Regan seguía en el aire. Y yo no estaba dispuesto a dejar que se saliera con la suya.

—Gracias, director Kim. Su decisión es justa, como siempre —dije con calma—. Sin embargo, sigue pendiente decidir el castigo de la señorita Pansera. Antes de que se aborde, me gustaría anunciar ante todos que me niego a seguir aceptando a Regan Pansera como consorte. Me traicionó a mí y a mi tríada. Invoco el Derecho de Disolución. Y pongo fin a nuestro compromiso aquí y ahora.

Regan palideció. A su padre se le ensombrecieron los ojos a causa de la ira.

—Vete con cuidado, muchacho —gruñó lord Pansera.

—Silencio, Pansera. —Mi tío habló por primera vez—. El muchacho está en su derecho.

Me sorprendió que Viktor no me contradijera, que no intentara convencerme de que no expulsara a Regan de la tríada.

Me incliné hacia delante.

—Su hija me traicionó, lord Pansera. Me desafió.

Lord Pansera apoyó las manos con fuerza en el respaldo de la silla de Regan, y ella dio un salto.

—¡No puedes deshacerte de mi hija como si no valiera nada! Regan ha sido leal contigo y tu familia desde...

—No —lo interrumpí—. Le imploro que no hable de lealtad. Su hija no conoce la lealtad por nadie más que por sí misma, y creo que lo sabe. Buena suerte buscándole un nuevo arconte.

Regan se levantó de la silla con el rostro descompuesto por la ira.

—No puedes hacerme esto. No lo entiendes, Blake. Todo lo que hice fue por ti. ¡Por nosotros! Quería que las cosas volvieran a ser como antes. No lo tires todo por la borda. ¡Y menos por esa malnacida de sangrepútrida!

—No voy a tirar nada por la borda —le espeté—. Nada que valga la pena conservar, vaya. Solo a ti, Regan.

Los labios le temblaban de furia.

—Señorita Pansera. —La voz del director Kim era gélida—. Siéntese, por favor. —Volvió la cabeza hacia mí—. Muy bien. Blake, si su tío no presenta queja alguna, aceptaré su solicitud. —Se volvió hacia Viktor, y mi tío le ofreció un sutil gesto de aprobación—. Desde ahora, el compromiso contraído entre Blake Drakharrow y Regan Pansera queda disuelto. Mi secretaria lo notificará al Sanctasanctórum para que ajusten los registros en consecuencia.

Kim desvió la mirada hacia Pendragón.

—Pero no hemos terminado con la vista de la señorita Pansera. Según las leyes altasangres, todavía podría invocarse la pena de muerte por sus actos en los Juegos. La señorita Pendragón, como parte afectada, podría acogerse al Derecho de Retribución. ¿Es ese su deseo?

Todos los presentes volvieron la vista de repente hacia Pendragón.

—Yo... —empezó a decir.

Pero lord Pansera la interrumpió.

—De eso ni hablar, director. No continúe por ese camino, se lo advierto. Lo que propone es un insulto. Una sangrepútrida no puede decidir el destino de una altasangre. Si deciden continuar con esta farsa, exigiré que se constituya un tribunal.

Todos sabíamos lo que ocurriría entonces.

—No se requiere la actuación de ningún tribunal en caso de vistas disciplinarias sobre tríadas cuyos miembros asistan a esta academia —contestó el director Kim con frialdad—. Pero ante la posibilidad de que más tarde decida cuestionar este proceso ante instancias más altas, permítame que reformule la pregunta y haga una contra la que no se podría apelar ante ningún tribunal. —Se volvió hacia mí—. Blake Drakharrow, como arconte de esta tríada hasta hace apenas unos instantes, la decisión final recaerá sobre usted. ¿Desea invocar el Derecho de Retribución por los actos de la señorita Pansera contra usted y su otra consorte durante los Juegos?

Lo miré perplejo. Si decía que sí, ejecutarían a Regan.

Bajé la vista hacia la mujer que estaba a mi lado. Sin tener que preguntárselo, sabía perfectamente lo que ella esperaba que yo respondiera.

57
MEDRA

—Hiciste lo correcto —le dije al salir al pasillo.

—Vámonos de aquí lo más rápido posible, porque estoy a punto de estallar —replicó Blake—. ¿Era lo correcto? A mí no me lo parece, te lo digo.

—Lo era —insistí.

Respiré hondo recordando a Naveen. ¿Habría compensado la muerte de Regan la de mi amigo? ¿Habría sido suficiente? ¿O simplemente habría desatado una nueva pugna entre la familia de Regan y la de Blake que con el tiempo habría desembocado en más baños de sangre, más caos y más pérdidas de vidas sangrepútridas? En definitiva, no había sido Regan quien había decidido que Naveen muriera en aquella cúpula. Había sido yo.

—Era lo correcto para mí. No habría podido vivir con la culpa de otra muerte sobre mis hombros.

Blake se detuvo y se volvió hacia mí.

—¿Ni siquiera con la de Regan? —Me acarició la mejilla. Para mi sorpresa, no me aparté—. No se merecía tu clemencia.

—Nunca lo verá como un acto de clemencia de mi parte, sino de la tuya —le recordé.

Blake se rio.

—Pues me encargaré de dejárselo muy claro si se atreve a acercarse a mí. —Sentí como me miraba desde arriba—. De hecho, si se acerca a ti, quiero saberlo. Si alguna vez se le ocurre ponerte un solo dedo encima, yo...

—¿Tú qué? —exigí saber, volviéndome hacia él—. ¿La matarás con tus propias manos?

—Puede ser —dijo al fin, y levantó los hombros—. No suelo matar a mujeres.

—O sea, que está a salvo. —Puse los ojos en blanco.

Él sonrió.

—No dije si Visha tendría algún reparo en matarla.

Negué con la cabeza.

—Eres incorregible.

—Y te encanta. Reconócelo. —Me tomó del brazo y me arrastró a un rincón. Luego me apoyó contra un borde de piedra y me atrapó entre sus largas piernas—. Dime que te encanta cuando mato por ti.

—¿Se puede saber qué dices? —le pregunté, pero había dudas en mi voz. El corazón me latía con fuerza. Lo tenía muy cerca. Notaba su calor—. Yo no te pedí que mates a nadie.

Él se inclinó hacia mí y rozó mi rostro con el suyo.

—Pero podrías. Podrías pedírmelo, quiero decir.

Alcé la vista hacia él, hacia la sonrisa que se le dibujaba en esos labios tan hermosos. Estar cerca de Blake era como bailar sobre el filo de una navaja. Peligroso pero cautivador. Me atrajo hacia sí hasta que prácticamente ya no quedó espacio entre los dos.

—Reconócelo, Pendragón. Reconoce que te encanta cuando me ensucio las manos por ti.

La cabeza me daba vueltas.

—Blake...

Él me interrumpió, levantándome la barbilla con el dedo hasta que nuestras miradas se encontraron.

—Crees que estoy bromeando, pero no es así. —Su voz se volvió más seria, más sincera—. Cuando estabas en los Juegos, caí en cuenta de algo.

Tragué saliva con dificultad e intenté apartarme, pero me tenía sujeta por la cintura con las manos, sin hacerme daño, aunque con firmeza.

—Dime. ¿De qué?

—De que haría lo que fuera por ti —dijo sucintamente—. Le haría daño a quien fuera. Mataría a quien fuera.

Contuve el aliento mientras procesaba las palabras. Lo decía de verdad. Sabía que lo decía de verdad.

Le contemplé el pecho y luego acerqué un dedo al triángulo desnudo de piel blanca y reseguí la parte superior del tatuaje del dragón. Su cuerpo se tensó cuando lo toqué, y noté como se le erizaba la piel bajo mi dedo.

¿Qué diablos estaba haciendo?

—No quiero —dije despacio, antes de levantar al fin la cabeza y mirarlo a los ojos—. No quiero que mates por mí.

Guardó silencio un instante y luego apoyó su frente en la mía.

—Me da igual lo que quieras, Pendragón. Nunca tendrás que pedírmelo.

Se me aceleró el corazón. Mi cuerpo respondía a él, con o sin mi permiso.

—Te extrañé —me susurró. Su aliento se me deslizó por la piel, cálido, conocido.

Me estremecí.

—Yo también. —Suspiré—. Pero, Blake, no...

El beso fue como una nube de tormenta que llevara demasiado tiempo esperando descargar. Sus labios se estrellaron contra los míos, desesperados, ardientes. Restalló un relámpago. Las chispas me llegaron al alma. La sangre me hormigueaba.

Debería haberlo apartado de un empujón, pero no lo hice. Le rodeé el cuello con las manos, lo atraje hacia mí y le hundí las manos en el pelo, incapaz de soportar un segundo más la distancia que nos separaba. Blake me agarró de la cintura y me apretó contra él, me aplastó los senos contra su pecho. Sentía cada centímetro de su cuerpo.

Me besó como si yo fuera aire y le costara respirar.

Me besó como un fuego descontrolado que lo consumía todo a su paso.

Me besó como si yo fuera la última gota de sangre del mundo, lo único que pudiera saciar su hambre.

Una parte de mí temía su deseo. Era oscuro y hondo como el vacío. Si se lo permitía, era posible que Blake Drakharrow me engullera por completo, que me devorara como un dragón.

Noté como me rozaba el labio inferior con los colmillos. Contuve el aliento al pasar la lengua por aquellos dientes afilados y notar la punta. Era peligroso. Sin embargo, en vez de sentir miedo, esa idea solo alimentaba la tormenta de mis entrañas.

Blake gruñó y el sonido reverberó en mi boca. Un escalofrío me recorrió la espalda. Me apretó con fuerza la cintura mientras bajaba los labios por mi cuello y me arañaba la piel con los colmillos.

Por un momento pensé que se atrevería a morderme, que perdería el control. Por un momento no deseé otra cosa.

—Tu tío te está buscando, Drakharrow —dijo una fría voz masculina detrás de mí.

El instante se rompió en pedazos. Blake levantó la cabeza y separó los labios con una mueca feral.

—Tanaka.

Se enderezó y se apartó de mí con un gruñido de frustración. Me volví y vi a Kage apoyado en el muro de enfrente.

Blake me lanzó una última mirada, hambrienta y posesiva.

—Hasta luego, Pendragón.

Se fue por el pasillo. Lo vi irse mientras intentaba calmar la respiración, con el corazón aún palpitándome.

—Bueno, bueno. —Kage se me acercó—. Se les veía... apasionados.

—¿Cuánto tiempo llevas mirando? —le pregunté fríamente.

Él sonrió.

—Poco.

La curva negra de su tatuaje de luna creciente le rodeaba un lado del musculoso cuello. Recordé el lema de su casa. «*Luna Sanguinea Surgit*». «Se alza la luna de sangre».

Comencé a caminar hacia el ala de dormitorios de primero, pero él me alcanzó.

—¿Qué quieres, Kage?

—Sabes que te romperá el corazón, ¿verdad?

Le lancé una mirada penetrante que lo tomó por sorpresa. Cuando me miró, suavizó ligeramente su aire afectado habitual.

—Cuando ocurra —dijo con voz queda—, recuerda que tienes otros amigos.

—No sé por qué, pero no me consuela —le espeté—. ¿Por qué no te metes en tus asuntos? Tuvimos una cita. No eres mi dueño.

—Y Blake tampoco. Me alegro de que estemos de acuerdo —contestó Kage con calma—. Mira, Medra, he visto cómo acaban estas cosas. A los Drakharrow solo les interesa una cosa: el poder. Y créeme: nada se interpondrá entre ellos y sus deseos, ni siquiera tú.

Me tensé al oír sus palabras.

—¿De verdad vas a decir que la casa Avari es diferente? Por favor. Ahorra saliva.

—Yo nunca dije que seamos diferentes. Pero tampoco finjo ser lo que no soy —respondió Kage sosteniéndome la mirada—. Ve con cuidado. Con Blake. Con todo esto. ¿No lo notas? Algo está cambiando. El equilibrio. El tío de Blake...

—¿Qué? —exigí saber, asustada de pronto.

—Lord Drakharrow también lo presiente —dijo Kage despacio—. Algo se avecina por el horizonte.

—¿Qué es lo que presiente? —insistí—. ¿Por qué yo no noto nada?

—Puede que lo notes y no quieras admitirlo, ni siquiera a ti misma —contestó con delicadeza, mirándome intensamente.

Aparté la mirada. Lo único que notaba y que no quería admitir delante de Kage eran sentimientos por Blake que iban más allá del odio.

—No necesito tus advertencias, Kage —le espeté al fin, tratando de dejarlo atrás.

Él levantó las manos, pero no hizo ademán de tocarme.

—Tú ten en mente lo que te dije. Por la amistad que nos une.

—Está bien —mascullé alejándome de él.

Pero cuando regresé a la torre de primero, sus palabras se me quedaron grabadas en la mente durante un rato mucho más largo del que me habría gustado.

58

BLAKE

La puerta de la estancia se cerró con un golpe seco.

Viktor esperaba al fondo de la habitación, de espaldas a mí.

Me aproximé con cautela, consciente de que nunca había salido nada bueno de nuestras reuniones.

—Has estado ocupado —dijo Viktor sin darse la vuelta—. ¿Eres siquiera consciente de lo que acabas de hacer?

Apreté la mandíbula.

—Deshacerme de Regan fue la decisión correcta. Nos había dejado en ridículo. Nos había hecho parecer débiles.

—Te había hecho parecer débil —replicó mi tío—. Te había dejado en ridículo.

—Era una ponzoña para la casa Drakharrow —insistí tozudamente—. Se aprovechó de su bondad al creer que usted permitiría que me desafiara públicamente.

—Ah, eso es lo que crees. —Viktor se frotó la barbilla—. Lord Pansera está fuera de sí. Pero da lo mismo. Tengo otros planes para los que puede servirnos la casa Pansera.

—No me cabe ninguna duda, tío. Como siempre —dije con calma, decidido a alimentarle el ego.

Viktor se volvió hacia mí.

Aquella noche había algo más en sus ojos. Algo oscuro; algo hambriento.

—Marcus me transmitió unas noticias sorprendentes. —Recortó la distancia que nos separaba y se detuvo a apenas unos centímetros—. Entiendo que afianzaste el vínculo con la jinete de dragón.

Me obligué a mantener una expresión neutra. No me convenía mostrarme demasiado entusiasmado ni satisfecho.

Tampoco me convenía contarle toda la verdad.

—En efecto —mentí con voz firme—. Me alimenté de ella. Y como ya hice que ella también beba de mi sangre, nuestro vínculo está completo.

Por un momento, Viktor guardó silencio. Me escudriñó el rostro con sus gélidos ojos rojos, como si buscara alguna señal de engaño. ¿Lo sabría? ¿Lo vería? No me habría arriesgado si hubiera considerado que era demasiado evidente. Mantuve la cabeza bien alta; no me derrumbaría. Le sostuve la mirada y entonces lo vi. Fue un momento fugaz, pero no necesité más. Hambre. Lujuria. Y algo más. La furia en aquellos ojos rojos.

Viktor no esperaba que pudiera vincularme con Pendragón. Su plan era que fracasara, que Regan se rebelara contra la tríada, que todo se desmadrara. Y en el caos posterior, Viktor habría intervenido y habría reclamado a Pendragón para sí, que era justo lo que no se había atrevido a hacer aquel primer día en la Fortaleza Negra. Sabía más acerca de ella de lo que dejaba entrever. Como siempre.

—Eres un hombre arrojado —dijo Viktor con frialdad—. Siempre supe que no eras un pusilánime.

—Gracias —contesté tenso, tratando de aceptar un elogio que sabía que era falso—. Fue un magnífico trofeo, como dijo. Le debo una.

—En efecto. Igual que ella me debe su vida. Les aconsejo que no se olviden de eso. —Viktor me agarró el hombro con firmeza—. Ten cuidado, Blake. El vínculo con una sangrepútrida es algo muy valioso. Ya no puedes alimentarte de otra. —Sonrió ligeramente—. Aunque, claro, eso es lo que siempre habías querido, ¿me equivoco?

—No sé a qué se refiere —respondí con recelo.

Mi tío me empujó con fuerza; me tambaleé y a punto estuve de caerme al suelo.

—Nunca has sido como nosotros, Blake, ¿verdad? No te pareces a tu hermano Marcus, con sus apetitos insaciables.

—Si lo que usted quiere decir es que no disfruto matando a sangrepútridas por placer, es cierto, no me parezco en nada a Marcus —dije fríamente—. Y me siento orgulloso de ello.

—La sombra de tu padre —musitó mi tío. Yo sabía que no era un cumplido—. Pero no olvides que todo lo que tienes, y todo lo que eres, me lo debes a mí. Yo he hecho de ti la persona que eres, Blake. Y lo sabes. Y tu madre también. Y es algo que puedo deshacer con la misma facilidad.

Pensé en Aenia, en Pendragón. En el retiro de mi madre en el Sanctasanctórum. No dije nada. No podía permitirme jugar del todo a aquel juego. De momento.

—Soy yo el que decide lo fuerte que eres —dijo Viktor, todavía observándome con detenimiento—. No lo olvides jamás.

Asentí con nerviosismo.

—No lo defraudaré.

Empecé a darme la vuelta, y entonces decidí arriesgarme a cambiar de tema.

—Antes de irme, quería saber si recibió la lista de estudiantes de primero seleccionados que le envié. Mañana es el Día de la Selección.

—Otro año escolar que termina..., y tan pronto —dijo mi tío—. Qué felicidad y despreocupación deben de sentir en esos viejos pasillos. Y qué año hemos vivido. Sí, la recibí. La lista es aceptable. Sabes que confío en tu juicio. —Esbozó una sonrisa.

—Gracias, tío.

Confiaba en que a Pendragón le satisficieran mis elecciones. Algunas las había hecho con ella en mente.

—Tendremos que organizar una celebración formal, claro está —continuó mi tío cuando me di la vuelta para irme—. Debemos recibir a tu novia en la familia.

—Pensaba que quizá en Estío...

Él asintió, haciendo un ademán de indiferencia con la mano.

—Se organizará. No veo el momento de pasar más tiempo con Pendragón. Estoy seguro de que es una mujer fascinante. Tiene que serlo, si te cautivó tanto como para que excluyas a todas las demás.

—Lo es —contesté con frialdad. Y mi tío no se acercaría a ella si podía evitarlo. Todo lo había hecho para protegerla. Sin embargo, de repente me pregunté si no la habría empujado aún más hacia la guarida del dragón.

¿Habría estado más segura con Kage?

Me quité la idea de la cabeza. Jamás.

Salí de la habitación con la mente hecha un caos y recorrí los pasillos de la academia en dirección a la torre de la casa Drakharrow. El peso de la mentira que le había contado a mi tío me oprimía el pecho. Las consecuencias de lo que había hecho no comenzaron a hacerse patentes hasta que el frío aire de la primavera me rozó la piel, proveniente del mar.

Le había dicho a Viktor que ya me había alimentado de Pendragón. Alimentarse de una pareja sangrepútrida no era algo que pudiera tomarse a la ligera. Una vez hecho, solo podría alimentarme de ella. Mi vínculo sería exclusivo.

Había liquidado la tríada. Ahora éramos una pareja. Había expulsado a Regan. No habría forma de volver a ese sistema; no podría volver a forjar otra tríada.

El único paso inevitable si quería seguir protegiendo a Pendragón de mi tío era alimentarme de ella, y pronto. La mentira no se sostendría a menos que se convirtiera en verdad. Lo haría la noche siguiente, cuando terminara el Día de la Selección.

Noté la garganta seca solo de pensarlo. La idea de saborear por fin su sangre... Había esperado mucho aquel momento, la oportunidad de hacerla mía. Sangre, cuerpo y alma. Saborearla, tomarla. Poseerla de todas las maneras posibles.

La mera idea de su sangre me despertaba un hambre profunda que había estado reprimiendo desde el día en que la había encontrado.

Hasta entonces me había alimentado para sobrevivir, para vivir. Pero con Medra sería diferente. Casi podía saborear el dulzor en la boca. Me imaginé el líquido rojo fluyendo de sus venas, despertándome los sentidos. Su sabor sería como su olor. No: mejor. Inimaginablemente mejor. Estaba seguro de ello.

Sentí una punzada de culpa. ¿Ella querría? ¿Se entregaría a mí como era necesario que hiciera?

Me quité las dudas de la cabeza. Se lo explicaría de tal forma que solo podría aceptarlo. Ya me deseaba, era evidente. Le haría entender que era lo mejor para los dos, que era necesario para nuestra supervivencia.

La noche siguiente tomaría lo que era mío. Ya no había vuelta atrás.

59
MEDRA

Era el último día de clase.

Florence y yo caminábamos por el pasillo en dirección al Atrio de los Dragones. Era el Día de la Selección. Cada estudiante de primero quedaría asignado a una de las cuatro casas. Al año siguiente la mayoría emprendería los itinerarios que ya habían elegido. Habría algunas excepciones para alumnos brillantes como Florence, que todavía no habían podido decidirse.

Los pasillos estaban llenos de vida; cada pocos minutos resonaban los vítores de los estudiantes. A pesar de los que ya no estaban —los afortunados a los que habían enviado lejos y los desafortunados a los que habían sacrificado siguiendo las crueles tradiciones de Bloodwing—, el ambiente general era de celebración. Los alumnos lanzaban gorros y bufandas al aire coincidiendo con que las temperaturas suaves de Prímula se habían llevado consigo los rigores del invierno. Los árboles del claustro estaban en plena floración y los delicados pétalos se mecían con la brisa.

Cuando pasábamos junto a grupos de estudiantes de primero que reían y charlaban, notábamos el aire cargado de una energía inquieta. Faltaban pocos minutos para los anuncios del Día de la Selección. Estábamos a punto de llegar al Atrio de los Dragones, el enorme patio donde se decidiría nuestro destino.

—Se me hace raro, ¿a ti no? —me preguntó Florence en voz baja, y se pasó un reluciente mechón de pelo negro por detrás de la oreja—. Faltan tantas personas, y aun así... —Se interrumpió, pero entendía qué quería decir.

—Mereces ser feliz —le contesté con firmeza—. Te esforzaste muchísimo. Llegaste hasta aquí. Naveen estaría orgullosísimo de ti.

—Es tan injusto que no esté aquí con nosotras... —dijo bajando la voz.

Asentí.

—Lo honraremos sobreviviendo.

Sabía que eso era lo que él habría querido para Florence, aunque no tenía claro lo que habría querido para mí. De todas formas, prefería que mi amiga no les tuviera demasiada ojeriza a los altasangres que le habían hecho aquello a Naveen. No quería que Florence corriera ningún riesgo innecesario. Era demasiado peligroso. En mi caso, me guardaría la ira, la ocultaría, la reservaría. Si lo que Kage me había dicho era verdad, se avecinaba algo. Fuera lo que fuera, tal vez pudiera aprovecharlo a mi favor.

Porque la culpable de lo que le había ocurrido a Naveen no era Regan; ni siquiera era del todo yo, aunque me aferraría a esa culpa como a una atadura durante el resto de mis días, negándome a soltarla. La culpa era del modo de vida de los altasangres.

Me obligué a quitarme de la cabeza aquellos pensamientos oscuros y examiné el patio a medida que se iban uniendo a la multitud más estudiantes.

Alguien me dio un puñetazo en el brazo, con fuerza, y grité:

—¡Ay!

—Por fin te encuentro.

Visha sonrió. El corto pelo rubio platino reflejaba la luz del sol. Se había rapado por los lados y tenía un aspecto todavía más imponente que de costumbre. Metió las manos en los bolsillos de los pantalones.

—¿Les importa que me una? Hoy tengo ganas de vivir como la chusma.

Se rio al verme la cara.

—Oye... es broma. ¿Por quién me tomas? ¿Por Regan?

Inclinó la cabeza ligeramente y divisé a Regan en el otro extremo del patio. La abeja reina de la casa Drakharrow estaba sola.

Visha me dio un codazo, volví la cabeza y vi a Quinn, Gretchen y Larissa. Habían hecho un grupito y cuchicheaban lanzándole miradas a Regan.

—Cómo caen los poderosos —musitó Visha con sorna.

—Por lo poco que conozco a Regan, no creo que tarde demasiado en alzarse —contesté con sequedad.

—Uy, que no te quepa duda de que saldrá arrastrándose de las cloacas —coincidió Visha—. Pero le llevará un tiempo. Y mientras tanto podemos disfrutar de su sufrimiento.

—Buenas tardes, chicas. —Era la primera vez que veía bien peinado al profesor Rodríguez, y tampoco tenía parches en el saco de pana café oscuro que llevaba. Al fijar la vista en mí se le suavizó un poco la mirada—. Pendragón, Shen, Vaidya: quería desearles buena suerte a todas.

—Gracias, profesor —respondió Florence sonriendo de oreja a oreja—. Tengo muchas ganas de continuar viéndolo el año que viene en Alquimia Intermedia.

—¿Entiendo que decidiste seguir el itinerario de sanadora, Shen? —preguntó Rodríguez.

—No exactamente, señor —dijo Florence ruborizándose.

—Ah, o sea que te dieron permiso para postergar tu decisión. —Rodríguez sonrió—. Solo se lo conceden a los estudiantes más excepcionales. Buena suerte cuando tomes la decisión final el año que viene.

Antes de que Florence pudiera responder, apareció detrás de Rodríguez una figura alta que le dio una palmada en la espalda con una carcajada alegre.

—Hombre, Gabriel. ¿Estás preparado para las vacaciones de Estío?

Observamos al profesor Sankara con interés. El maestro altasangre había modificado un poco su aspecto al dejarse crecer el pelo rizado, que normalmente llevaba rapado. Una barba plateada de pocos días le cubría el atractivo rostro y le otorgaba una apariencia más ruda.

—No tanto como tú, me parece a mí —dijo Rodríguez mirando a Sankara con admiración—. La barba te queda bien, Sebastian. Pareces un pirata.

Sankara echó atrás la cabeza y soltó una carcajada grave y cavernosa.

—¿Te gusta? Quería probar algo nuevo. ¿Por qué no?

Miré a Florence y a Visha. ¿Estaban nuestros profesores coqueteando delante de nosotras?

Rodríguez se rio.

—Tus alumnos van a pensar que te has vuelto un sinvergüenza.

—Que piensen lo que quieran —respondió Sankara guiñándole el ojo a Rodríguez antes de volverse hacia nosotras—. Buena suerte hoy, chicas.

Cuando los dos hombres se fueron, sin dejar de charlar entre ellos, me di cuenta de algo.

—¡Florence! —exclamé—. ¿Estabas echándole el ojo a a Rodríguez?

Se puso roja con elegancia.

—¡No! Claro que no... ¡Es un profesor!

Visha arqueó una ceja y los ojos violetas le brillaron divertidos.

—Uy, yo también me fijé. Estabas babeando.

Florence gimió.

—Son imaginaciones suyas.

Visha ensanchó la sonrisa.

—Oye, no te culpo. Rodríguez está buenísimo. ¿Y Sankara? Todavía más.

La miré un instante antes de unirme a Florence en un ataque de risa. Visha también se echó a reír y, por un momento, desapareció la tensión de la jornada.

A partir de ese día nada sería igual. Pero, de momento, con aquello me bastaba.

Cuando las risas se apagaron, me di cuenta de que se acercaba otra persona a la que conocía.

Theo Drakharrow caminaba con una postura tensa y las manos metidas en los bolsillos. Avanzaba despacio, casi con timidez, con pasos vacilantes, como si no tuviera claro qué clase de recibimiento le esperaba.

Sentí cierta empatía al ver al primo de Blake. Había tenido un año complicado y algo en él me transmitía una profunda tristeza.

—Theo —dije acercándome a él. Le di un abrazo rápido y me separé de él—. Me alegro de verte.

Él parecía sorprendido, pero tenía una expresión agradecida.

—Hola —saludó con suavidad mirando a Visha y a Florence. Me había alejado varios pasos de ellas—. Solo quería felicitarte por haber sobrevivido a los Juegos de los Consortes. —Sonrió fugazmente—. Por no mencionar lo de haber echado a Regan de la tríada. Sé que Blake está exultante.

Todavía no había acabado de procesar que ya no me vinculaba nada con Regan. Estábamos solo Blake y yo. Seguíamos comprometidos. ¿Qué significaba para nosotros? ¿Qué pasaría a continuación?

—Sí —dije despacio—. Todavía no lo creo.

Theo asintió, cambiando el peso del cuerpo de un pie a otro.

—Fue un año duro —añadí—. Espero que el que viene podamos conocernos más.

Theo se animó.

—Me gustaría. Ya sabes que hoy terminarás en la casa Drakharrow, ¿verdad?

Asentí.

—Lo doy por hecho.

Porque, en el fondo, ¿qué otras posibilidades había? Solo esperaba que asignaran a Florence a la casa Drakharrow, conmigo. Con ella, Theo y Visha, tal vez el año siguiente no fuera tan malo.

Theo dio un paso atrás y se volvió hacia la multitud, que no paraba de crecer.

—En fin, debería irme ya. Que tengas un buen verano, Medra.

El año había terminado tan deprisa que ni siquiera me había dado tiempo a pensar en el verano. Florence había decidido quedarse en Bloodwing con su madre. Supuse que yo haría lo mismo.

Vi a Theo irse y me pregunté si debería haberle preguntado si tenía ganas de quedarse con nosotras. Se veía muy solo. Miré por el patio y me di cuenta de que no había visto a Blake en ninguna parte.

Vaughn Sabino apareció de repente a mi lado. Tenía una expresión alegre, pero sabía que me habría visto hablando con Theo.

—Hola —dijo.

—Acabo de hablar con Theo Drakharrow —contesté. No tenía sentido ocultárselo. Antes de poder contenerme, decidí hacerle la pregunta a la que llevaba un tiempo dándole vueltas—.

¿Crees... que después de todo... todavía hay alguna posibilidad para Theo y para ti?

Vaughn se quedó inmóvil y se le borró la sonrisa afable del rostro.

—Creo que él no tuvo nada que ver con lo que te pasó —añadí—. ¿Y tú?

Vaughn negó con la cabeza.

—No. Vino a hablar conmigo. Después de lo que sucedió. Me juró que no había tenido nada que ver. Lo vi muy hundido.

—¿Y qué le dijiste?

El chico guardó silencio un instante.

—Que se fuera a la mierda. En ese momento creía que no se me curaría el brazo, y que a lo mejor me expulsarían de Bloodwing.

—Vaya. —La reacción de Vaughn era comprensible, y más aún cuando me acordaba de Naveen. Lo que le ocurrió a Naveen bien podría haberle pasado a Vaughn. ¿Se le habría pasado alguna vez por la cabeza?—. Es una decisión difícil.

—Sí... —Vaughn suspiró—. No es mala persona. Pero... no me conviene. Lo que tengo que hacer es alejarme de los altasangres. —Hizo una mueca—. O sea, en la medida de lo posible, teniendo en cuenta donde estamos. —Bajó la voz—. Espero que me asignen a la casa Orphos. Hablé con Lysander y me pareció un buen tipo. Lidera su casa de forma totalmente distinta a los demás.

—¿En serio? —pregunté con curiosidad—. Pues ya me lo explicarás...

De repente, sentí que el rumor de voces a nuestro alrededor se acallaba. La multitud se quedó en silencio cuando el director Kim subió a la tribuna del otro lado del Atrio de los Dragones.

Paseó su mirada penetrante por la masa de estudiantes.

—Les doy la bienvenida al Día de la Selección. Hoy honramos a aquellos que superaron su primer año en Bloodwing. Hoy descubrirán cuál es su verdadero lugar.

Todos los ojos estaban puestos en el director. A mi lado, Florence se encontraba inquieta y jugaba con el pelo como si la ayudara a tranquilizarse. Visha estaba muy recta, con los brazos cruzados. La chica altasangre no tenía motivos para ponerse nerviosa. Era una de las consortes oficiales de la casa Drakharrow. Como yo, recordé. ¿Sería de verdad una mera formalidad para mí? Hasta donde sabía, a nadie le habían asignado una casa distinta a la de su arconte.

Habían colocado una gran mesa de piedra junto a la tribuna. Encima descansaba la Piedra de Selección, una esfera desgastada que encantaban todos los años e imbuían con los nombres de todos los estudiantes de primero, así como con el lugar que les habían asignado. Cuando un alumno de primero colocaba la mano encima, la piedra brillaba con el color de la casa que le habían seleccionado. Rojo para Drakharrow, plata para Avari, morado para Orphos y blanco para Mortis.

El director Kim señaló la piedra.

—Se aproximarán cuando diga su nombre, de uno en uno. Colocarán la mano sobre la piedra. Tan pronto como se les haya asignado una casa, se situarán debajo del dragón correspondiente. En cuanto hayamos terminado, el líder de su casa los acompañará a conocer sus nuevos dormitorios para que sepan adónde ir cuando comience el próximo trimestre. Empecemos.

Miré a mi alrededor y vi que, como no podía ser de otra manera, habían llegado ya los cuatro líderes de las casas. Blake esperaba en la base de la estatua que representaba al dragón infernal.

Pero no estaba solo.

Entorné ligeramente los ojos y vislumbré algo pequeño y peludo que le daba vueltas por las piernas. Contuve una carcajada al darme cuenta de lo que era.

Neville había logrado seguir a Blake hasta el Atrio de los Dragones. El cachorro correteaba entre las botas de Blake, moviendo la cola como si aquel fuera el día más emocionante de su corta vida.

A Blake le había cambiado la cara en un abrir y cerrar de ojos, de la alegría inicial a una expresión de horror. Examinaba el patio sonrojado, con la esperanza de que no se hubiera dado cuenta nadie. Luego se agachó deprisa y recogió al cachorro. Me mordí el labio para no reírme cuando Blake, con la culpa del niño al que atrapan robando dulces de una tienda, metía el peluso en la mochila de tela que llevaba al hombro. El cachorro asomaba la cabeza por la parte superior de la mochila y le temblaban las orejas puntiagudas mientras escudriñaba el patio, sin mostrar signo alguno de que le molestara su confinamiento.

Blake seguía con la cara ligeramente roja. Yo me llevé una mano a la boca para reprimir una risotada. Creo que no lo había visto nunca tan avergonzado. Nuestras miradas se encontraron mientras él observaba a la multitud. Percibí la sombra de una sonrisa curvándole los labios antes de que volviera a desviar la mirada.

Mientras tanto, el director Kim leía la lista con los nombres de los estudiantes de primero. Ya había terminado con los que comenzaban por la letra C.

Yo cambiaba el peso del cuerpo con nerviosismo, esperando a que pronunciara mi nombre, el de Florence y el de Vaughn. A nuestro alrededor, uno por uno, los alumnos se dirigían hacia su futuro. La piedra se iba iluminando de varios colores. Al fin, llegó mi el turno.

—Medra Pendragón.

Respiré hondo cuando mi nombre resonó por el patio y las cabezas se volvieron hacia mí.

Me acerqué a la Piedra de Selección, y la mano me temblaba un poco cuando la levanté sobre la esfera. Al bajarla y tocar la piedra, noté que palpitaba débilmente bajo mis dedos. La presioné con la palma, tratando de no pensar en la última vez que había tocado un objeto mágico. La Corona Ósea.

La piedra refulgió. Un rojo intenso cobró vida bajo mi mano.

Casa Drakharrow.

Aparté la mano y me dirigí hacia el dragón rojo. Aquel había sido mi destino desde el principio. Estaba atada a la casa Drakharrow. ¿Por qué sentía cierta congoja en el pecho? Los otros estudiantes me abrieron paso para que pudiera colocarme junto a Blake.

—No sabía que permitían animales en el Día de la Selección —le susurré acercando la boca a su oreja.

Él se ruborizó.

—Neville no sabe si hay alguna norma que lo prohíba. Y si la hay, cree que deberían reescribirla.

—Neville ni siquiera puede decidir si te quiere más a ti o a Florence. Creo que piensa que los dos son sus mascotas, y no al revés —contesté alegre—. ¿O estás haciendo trampa? ¿Lo has estado alejando de Florence y de la torre de primero con premios?

Blake negó con la cabeza y frunció los labios.

—Pronto no le hará falta tomar una decisión tan difícil. Observa.

El director Kim había llegado a los apellidos que comenzaban por la S. Pronunció el nombre de Vaughn.

La esfera brilló roja en cuanto Vaughn colocó la mano encima.

—Uno menos —murmuré dando saltitos sobre los talones. Luego se me ocurrió algo, y miré a Blake—. ¿Hiciste...?

Él me miró desde arriba.

—¿Eh?

—Eso digo yo, eh —señalé con picardía mientras Vaughn caminaba hacia nosotros con gesto de decepción.

Le di una palmadita en la espalda.

—No será para tanto, ya lo verás —musité—. Nos apoyaremos mutuamente.

Él asintió, pero yo sabía que no era lo que esperaba. ¿Blake había seleccionado a Vaughn para intentar contentar a Theo? ¿O lo había hecho por mí?

El director pronunció el nombre de Florence, que se acercó despacio a la esfera, hecha un manojo de nervios. Posó la mano sobre la piedra.

Blake me tomó de la mano.

—No te preocupes —me susurró.

Se me aceleró el corazón. Esperaba que lo que estaba insinuando fuera lo que yo creía. La palma de Florence rozó la piedra. La esfera emitió un brillo plateado.

Casa Avari.

Se me cayó el alma a los pies.

—¿Qué demonios...? —mascculló Blake.

Me volví hacia Kage Tanaka, de pie frente al dragón de piedra negra. No nos miraba.

A Florence se le había descompuesto el rostro en cuanto había visto el fulgor plateado.

Yo sabía que estaba esforzándose al máximo por no derrumbarse mientras caminaba en dirección a los alumnos de primero que rodeaban a Kage.

—Te juro que no lo sabía —me dijo Blake en voz baja—. Estaba en nuestra lista. Investigaré qué es lo que pasó.

—No te preocupes —lo consolé a regañadientes—. Ya no puedes hacer nada al respecto.

Me alegré de que hubiera intentado seleccionar a Florence para la casa Drakharrow por mí. Me habría gustado que estuviéramos juntas.

Observé de reojo a Visha, a unos metros de mí. Y luego a Vaughn. Al menos conocía a algunas personas de la casa Drakharrow. Pero Florence estaría completamente sola. Sabía que había tenido contacto con todos los estudiantes de primero; había ayudado a la mayoría a lo largo del año por su cargo de custodia. Pero Naveen, Vaughn y yo éramos sus mejores amigos. En cierto modo, tendría que empezar de cero.

—No hay nada que impida que puedas tener amigos en las otras casas —me susurró Blake al oído.

—¿De verdad? —No me lo esperaba—. Me quedo más tranquila.

Porque no estaba dispuesta a renunciar a mi amistad con Florence.

Blake negó con la cabeza.

—Aunque... no es lo habitual. —Guardó silencio un instante, y luego añadió—: Tenemos que vernos. A solas. Esta noche. Ven aquí a buscarme, al atrio, a medianoche.

—¿Un encuentro clandestino con mi nuevo líder de casa? —murmuré—. Eso seguro que va contra las normas.

Me lanzó una sonrisilla infantil.

—No, que yo sepa. A veces las cosas más extrañas son las que deberían estar prohibidas y no lo están.

Alcé la vista a su perfil, a la curva de sus labios, y sentí que me sonrojaba al recordar el beso interrumpido del día anterior.

Sabía que estaría allí aquella noche para reunirme con él. Con o sin normas.

60

MEDRA

En el Atrio de los Dragones reinaba el silencio bajo el fulgor argénteo de la luna. Largas sombras se extendían desde las imponentes estatuas de los cuatro dragones, cuyas escamas de piedra brillaban en la penumbra.

Atravesé el patio y vi que una figura se movía entre las sombras. Blake emergió de la oscuridad y, por un instante, fui incapaz de respirar.

Parecía pertenecer a un mundo de tinieblas y luz de luna más que al reino de la carne y la sangre. La camisa de lino blanco se le pegaba al pecho esbelto y a los hombros anchos, y le quedaba tan ajustada que me recordó su fuerza. Llevaba un saco negro colgado del hombro. Cuando echó a andar hacia mí, lanzó el saco a un banco y el corazón me dio un vuelco. Era... imposiblemente atractivo. No lo había visto nunca tan guapo.

—Pendragón —dijo, y luego, con dulzura—: Medra.

Una sonrisa me curvó los labios. Lo que estaba ocurriendo era lo que más quería. Llevaba mucho tiempo fingiendo lo contrario, pero, a mitad de aquella noche, con Blake mirándome de aquella forma, seguir negándolo me parecía del todo absurdo.

Cuando pronunció así mi nombre, fui incapaz de aferrarme a la ira o al dolor. Solo sentí atracción, la tensión irresistible que siempre nos había conectado y que últimamente parecía haberse intensificado y nos urgía a ser uno, por mucho que yo me resistiera.

Alargó el brazo y me acarició la mejilla con una delicadeza sorprendente. Antes de que pudiera cambiar de idea, me entregué a su tacto.

Y él me besó.

Fue un beso ardiente, apremiante, que encendió todos los nervios de mi cuerpo. Se lo devolví con fervor, levantando las manos para jalarlo del cuello de la camisa, atrayéndolo hacia mí como si temiera que si lo soltaba pudiera fundirse de nuevo con las sombras.

Él apoyó en mis caderas las manos, fuertes, posesivas. El tiempo se detuvo. No había culpa ni miedo. No existía el pasado ni el dolor. Solo existía aquel instante. Solo existía él.

Blake intensificó el beso y me deslizó la lengua entre los labios. La cabeza comenzó a darme vueltas. ¿Cuántas veces me había repetido que lo odiaba? Todo aquello parecía haberse disuelto.

Había cambiado. Me lo había demostrado, ¿no? Me había protegido. Había visto hasta dónde estaba dispuesto a sacrificarse por proteger a quienes le importaban, lo mucho que sufría cuando fracasaba. Tenía un lado tierno. Solo había que verlo con Neville.

Quizá, y solo quizá, podríamos dejar atrás todo el dolor y la amargura. Regan había desaparecido de la ecuación. Estábamos los dos solos. Tal vez podríamos encontrar algo real, forjar una verdadera pareja. Buscar algo por lo que luchar.

Blake se apartó un poco. Subió las manos por mi cuerpo y yo jadeé. Luego me tocó uno de los largos rizos rojos.

—Eres preciosa, dragoncilla —me susurró. Su voz era casi reverencial. Me descubrí fundiéndome con la intensidad de las palabras.

Nunca me había sentido tan atraída por nadie.

Me besó los labios, la mejilla, la curva de la mandíbula. Retorcí los dedos en la tela de su camisa, apretando mi cuerpo contra el suyo. Me rozó el cuello con los labios.

—Medra —susurró con suavidad, con ternura—. Déjame que te cuide.

Sentía su fortaleza. El poder desatado que se ocultaba bajo su fachada serena. Me emocionaba tocarlo, sentir esa fuerza, saber que era por mí.

Me posó la boca sobre el punto palpitante del cuello. Me embargó una sensación de paz, de confianza.

Y entonces noté sus colmillos.

Una presión repentina y luego una punzada en el momento en que los dientes me perforaron la piel. Abrí los ojos de golpe cuando el dolor me sacudió el cuerpo. Por un instante me quedé paralizada, demasiado desconcertada para reaccionar.

Luego, con toda la fuerza que pude reunir, le di un empujón.

Él se desequilibró y, durante un momento, parecía dolido, confundido, como si no entendiera por qué lo había apartado. Mi sangre le manchaba los labios, y me invadió una oleada de furia.

Se llevó las manos a la boca y se limpió la sangre. Yo me llevé una al cuello y noté las gotas que brotaban de los dos orificios diminutos.

—¿Qué carajo haces, Blake? —La voz me temblaba de sorpresa y rabia—. ¿Ibas a alimentarte de mí sin ni siquiera pedírmelo?

Dio un paso hacia mí, pero retrocedí. Estaba preparada para perdonarlo, para pasar la página, y él había intentado dominarme... de la peor forma posible.

Se le endureció el gesto.

—No tengo por qué pedírtelo.

Creo que fue en ese momento cuando se me partió el corazón. Lo atravesé con la mirada.

—¿Disculpa? Creo que no te escuché bien.

—Tienes que saber que este es el siguiente paso lógico —insistió—. Es lo que se supone que debemos hacer.

—¿El siguiente paso? —Negué con la cabeza—. El siguiente paso sería... Yo qué sé. Pasear. Cenar. Hablar más, pelearnos menos. —Me llevé las manos a las sienes—. No que me chupes la sangre sin permiso. —Su hermoso rostro se sonrojó—. Y, de todas formas, ¿no tienes los burdeles de sangre? ¿Siervos? ¿Sangrepútridas voluntariosos? No necesitas esto.

—No necesito burdeles de sangre ni siervos. Ya no. Solo te necesito a ti.

—¿Crees que eso es romántico? —Dejé escapar una carcajada amarga—. Conmigo no va a funcionar.

—Es la verdad. Estamos vinculados. No tengo que pedirte permiso para tomar lo que me pertenece. —Tenía los ojos fuera de las órbitas. Estaba hambriento. ¿Cuánto tiempo llevaría sin sangre? Sabía que detestaba utilizar siervos. ¿Cuándo se habría alimentado por última vez? ¿Cuánto podía aguantar un altasangre sin beber sangre?

—Si de verdad crees eso es que estás loco —dije con frialdad—. No soy tuya. No te pertenezco.

Avanzó otro paso hacia mí y yo levanté la mano como advertencia.

—Escúchame, por favor —me suplicó, pero no había disculpa alguna en su voz—. Desde el momento en que tus labios tocaron mi sangre y en que los míos tocaron la tuya, el vínculo se completó. Ya solo puedo alimentarme de ti.

—¿Qué dijiste? —Lo miré como si pudiera escupir fuego por los ojos—. ¿Desde el momento en que mis labios tocaron tu sangre? —Él asintió despacio—. Me engañaste. —Temblaba de rabia—. Me prometiste que tu sangre me protegería, pero no dijiste que aceleraría el proceso de vinculación o lo que carajo sea esto.

—No te lo conté. No podía. Sabía que te negarías.

—Y tenías razón —contesté—. Me habría negado. Me engañaste. Lo que hiciste fue una violación. Jamás me habría bebido tu sangre de haberlo sabido.

—Pues en ese caso habrías muerto —me espetó sin rodeos—. Necesitaba que confiaras en mí. Formaba parte del proceso. El vínculo no se puede forzar, porque, de lo contrario, no es igual de poderoso. —Sus palabras me arrollaron—. ¿De verdad crees que habrías sobrevivido contra Regan, no, contra tres altasangres sin mi poder corriéndote por las venas? —Él negó con la cabeza—. Eres fuerte y rápida, y la mujer más lista que conozco, pero ni siquiera tú eres tan buena. Seguro que lo sabes, seguro que sentiste lo que te estaba dando mi sangre.

No dije nada. Tenía razón y yo lo sabía, pero también estaba equivocado, equivocado de una forma terrible, preocupante, espantosa.

Me notaba como anestesiada. Miré más allá de él, hasta posar los ojos en la estatua del dragón negro de la casa Avari. Tenía una profunda grieta en un costado. Los temblores. Los terremotos debían de haber dañado las estatuas de piedra. Me pregunté si podrían repararse.

La grieta me llamaba. Era un reflejo de la que me partía el corazón en dos.

—No es excusa —dije en voz baja—. Merecía tener la oportunidad de decidirlo. Y ahora, también.

—Si no dejas que me alimente, moriré —contestó—. ¿Esa es tu decisión?

—Muere, entonces —dije entre dientes—. Porque no pienso salvarte. Así, no.

—Te salvé la vida una y otra vez, Pendragón. Maté por ti. Sangré por ti. Lo hice todo de buena voluntad y volvería a hacerlo.

—¡Y yo nunca te pedí que hicieras nada de eso! —grité.

—Es lo que hacen las parejas —me contestó a viva voz—. ¿No lo sientes? ¿Esta... compulsión? Estamos unidos.

Negué con la cabeza.

—No sé lo que es real y lo que no. No sé si hay algo de lo que siento que sea verdad. Si creo lo que me dices, no estábamos vinculados hasta que me engañaste para que me bebiera tu sangre. ¿Qué es lo que siento ahora, entonces? ¿Este deseo? Es pura mentira.

—No es mentira —insistió.

—Creía que habías cambiado —lo interrumpí levantando la voz—. Pensaba que a lo mejor podíamos pasar la página de todo lo que había ocurrido este año. Cómo me tratabas. Cómo me hablabas. Pero me equivocaba.

—Medra, yo...

—No —lo interrumpí con frialdad—. Creo que me gustaba más cuando te dirigías a mí como Pendragón. Porque no me conoces, y está claro que yo tampoco te conozco a ti. Me has acosado, me has maltratado, me has humillado. Sé lo que hiciste con Visha. Me lo contó.

Parecía sorprendido, y me sentí satisfecha.

—Me explicó la verdad —repetí—. La mandaste por mí aquel primer día. Tú, no Regan. Querías que fracasara. Podría haber muerto.

—Visha se entregó al ansia de sangre. Fui a buscar a Sankara lo más rápido que pude —se defendió Blake—. No quería que fracasaras. Quería poner a prueba tu temple, nada más.

—Sankara, claro. Sankara, no tú. Podrías haber intervenido en cualquier momento si te hubiera importado de verdad.

Podrías haberla detenido, haber arreglado lo que tú mismo habías empezado. Pero no moviste ni un dedo. Le pediste a un profesor que lo hiciera por ti. Y estoy convencida de que le avisaste porque... ¿Qué? ¿Tenías miedo de meterte en problemas?

—No, porque ya entonces sentía algo por ti —insistió—. Se suponía que no debías importarme. Nunca. Pero me importabas. Y me importas. Más de lo que...

—Me da igual —lo interrumpí sin emoción alguna en la voz—. Me da igual que te importara entonces y me da igual que te importe ahora. Me da igual todo. —Negué con la cabeza—. No te quiero. No me gusta nada de esto. Crees que por venir de una familia, no, de una cultura entera que manipula y controla a los demás puedes hacerme lo que te plazca sin que haya consecuencias. Bueno, pues no puedes, Blake. No te lo permitiré.

La mirada se le ensombreció.

—Lo hecho, hecho está —dijo.

Lo miré fijamente.

—¿A qué te refieres?

—A que estamos vinculados, te guste o no. Y eso es algo que no puedo deshacer ni aunque quisiera.

—Y no quieres, ¿verdad? —susurré.

No respondió, pero siguió avanzando hacia mí.

—Ahora somos pareja. Del más alto nivel. No puedo alimentarme de nadie más, aunque quisiera. Y tu cuerpo... —La voz se le suavizó, pero persistía una nota oscura—. Tu cuerpo responderá a mi llamada. Te guste o no.

La cabeza me daba vueltas.

—Eso no es verdad. No puedo...

—Es la pura verdad —me interrumpió Blake dando otro paso hacia mí—. Lo sientes, ¿verdad? La atracción.

—No. —Tenía la mente dominada por el miedo, pero una calidez traicionera se me extendía por el cuerpo a pesar de mis protestas.

—Voy a tener que demostrártelo —murmuró Blake.

Giré sobre los talones, solo con la idea de escapar en la mente.

—Detente —me ordenó Blake.

Me quedé inmóvil. No podía moverme. No podía caminar. Mi cuerpo me traicionaba.

Me entró el pánico. Unas cadenas invisibles me arrastraban hacia él.

Jadeé.

—¿Qué me estás haciendo? —balbucí—. Estás usando el tejesclavos.

Levanté mis muros mentales, tratando de expulsarlo. Pero no había nada. Aunque no lo sentía en mi cabeza, estaba claro que mi cuerpo estaba bajo su control.

Blake se acercó a mí.

—No —susurró, y noté su aliento cálido en la oreja—. Es el vínculo.

Tenía los ojos oscuros y hambrientos.

—Siento que tenga que ser así.

Con la boca suspendida sobre mi cuello, me apartó el pelo con una mano.

—No —musité. Estaba atrapada, dominada por un hechizo que ni siquiera sabía que me estuviera afectando.

Blake no vaciló. Me hundió los colmillos en el cuello con una fuerza repentina, y me perforó la piel.

Sofoqué un grito. El dolor fue instantáneo, penetrante, ardiente.

Sentía como la sangre me bombeaba por las venas hacia su boca. Me entraron escalofríos. Respiraba entre jadeos. La cabeza me suplicaba que lo empujara, pero era incapaz de mover las manos.

El dolor comenzó a remitir, y se vio sustituido por algo casi placentero.

Alcé las manos, pero no para empujarlo, sino para entrelazar los dedos en su pelo.

—Blake —gemí.

—Yo también lo siento —murmuró entre succiones—. No podemos negarlo. No debemos. Nunca me había sentido tan bien. Ahora eres mía. Ahora y siempre.

Tenía los colmillos de Blake hundidos en el cuello y sus labios apretados contra mi piel mientras bebía. No se detenía. La atracción de la sangre lo llamaba.

Algo estaba cambiando. Me estaba quedando sin energía. Mi cuerpo, antes caliente, empezaba a enfriarse. Intenté moverme, apartarlo de un empujón, pero me fallaban las fuerzas.

—Blake... —jadeé.

No paraba. O no podía. Su hambre, su necesidad, parecían consumir todo lo demás. Me apretó con fuerza mientras bebía con más ahínco, con más apremio. La visión se me empezó a nublar y el mundo que nos rodeaba se convirtió en una mancha. Me sentía tiritar. El suelo temblaba.

Pero no era solo yo.

Las piedras del Atrio de los Dragones se sacudían.

De repente, nos caímos al suelo y Blake separó los colmillos de mi cuello cuando nuestros cuerpos chocaron contra los duros adoquines. Solté un grito de dolor, pero mi voz quedó amortiguada por el estruendo de las piedras.

El patio entero vibraba con una fuerza increíble.

Blake me rodeó con los brazos, protegiéndome con su cuerpo.

—No te levantes —gruñó con voz ronca.

—Apártate de mí —farfullé forcejeando inútilmente. Pero no se movió.

Un enorme pedrusco aterrizó a poca distancia y levantó una nube de polvo y escombros. Luego cayó otro y golpeó a Blake en la cabeza. Grité cuando la sangre comenzó a manarle de un tajo en la frente y a caerme encima. Pero, aun así, no se movió. Respiraba con dificultad y tenía los músculos tensos mientras las piedras seguían precipitándose a nuestro alrededor.

Entre el caos, algo me llamó la atención.

Todas y cada una de las piedras que llovían eran negras.

El suelo volvió a sacudirse, esta vez con más virulencia. Se oyó un rugido atronador. Blake abrió los ojos como platos.

Yo ya sabía lo que estaba ocurriendo. Tal vez una parte de mí lo sabía desde el principio.

Blake volvió la cabeza justo a tiempo de ver cómo se desmoronaba el cascarón de piedra del dragón negro y la anciana bestia que había debajo comenzaba a moverse. Se deslizaron capas de roca por el cuerpo del dragón y quedaron al descubierto unas escamas brillantes y negras como la noche.

La criatura sacudió las alas para quitarse los escombros de encima y las desplegó con un poderoso chasquido. Con otro rugido que hizo temblar la tierra, el dragón negro abrió por completo las alas y bloqueó la luz de la luna.

La imagen era terrorífica. Magnífica, sí, pero aterradora.

Empujé a Blake.

—Muévete, Blake. Ahora. —Mi voz sonaba áspera, desesperada, y esa vez me hizo caso.

Me puse en pie como pude, con el cuerpo débil. Sacudí la cabeza un poco y eché a andar hacia el dragón.

Nuestras miradas se encontraron.

La criatura era inmensa. Contemplar los cráneos era una cosa, pero aquello era harina de otro costal. Tenía las alas completamente desplegadas, con cada centímetro cubierto de relucientes escamas negras, una armadura que parecía impenetrable. Su mirada era intensa, y me observaba con unos ojillos reptilianos que refulgían como ascuas en la oscuridad. Su cabeza era larga, grácil, y estaba coronada por unos cuernos oscuros en espiral.

Agachó ligeramente la cabeza y separó las mandíbulas, dejando a la vista hileras de colmillos blancos, afilados como navajas.

Se me aceleró el corazón, pero seguí dando un paso tras otro hacia el dragón.

Luego lo oí hablar.

—*Gracias por despertarme.*

Me quedé de piedra. Me hablaba mentalmente en sangrathano clásico.

—*No te desperté* —respondí nerviosa—. *Creo que ha hubo un malentendido.*

—*No hubo ningún malentendido.* —El dragón ladeó un poco la cabeza y entrecerró los ojos mientras me observaba. A pesar de su tamaño descomunal, sus movimientos eran elegantes—. *Pronunciaste las palabras. Cortaste el vínculo. Me has trajiste de vuelta.*

—*No lo entiendo...* —comencé. Y entonces recordé el encantamiento que había llevado a cabo en aquel mismo patio, hacía meses. El que había utilizado para romper la vinculación de las almas.

—«*Por la sangre y el hálito, por la noche y el cielo* —susurré—. *Las almas unidas yo cerceno*».

El dragón inclinó levemente la cabeza.

—«*Que, roto ya el vínculo eterno, lo atrapado se libere y alce el vuelo. Del corazón al alma, de la sangre al hueso, donde surgió piedra, que resurja vida. Que ascienda esta noche lo encadenado.*

Que el alma despierte ya de su letargo» —recitó él—. *Palabras antiguas. Palabras poderosas.*

—*No lo entiendo* —le respondí—. *El propósito del ritual era poner fin a una vinculación. Liberar un alma.*

—*Y eso hizo* —señaló el dragón.

—*Pero yo no pretendía... traer algo de vuelta.*

—*Tal vez las páginas del libro estaban pegadas* —gruñó el dragón con una nota de diversión en la voz ante mi apuro—. *Llevaste a cabo un ritual cuyo fin era deshacer la vinculación de un alma, sí, y devolver un alma a la vida. Y por eso despierto.*

El dragón batió las alas despacio, generando unas ráfagas de viento que hicieron temblar los guijarros y los escombros y me echaron el pelo hacia atrás.

Me devané los sesos en un intento desesperado por recordar todo lo que había leído en los libros sobre dragones del profesor Rodríguez.

Los dragones no eran bestias irracionales. Eran unos seres inteligentes y vetustos, poseedores de un conocimiento y un poder enormes. Vivían más que los sangrepútridas. La mayoría vivían incluso más que los altasangres. Vincularse con uno era un acto sagrado, y también peligroso. Precisaba de una iniciación. Vincularse a un dragón era la única manera de asegurar su lealtad.

No podía creer que me estuviera planteando intentarlo. Y menos después de lo que Blake me había hecho pasar.

Pero si no lo intentaba al menos, ¿qué me ocurriría?

Se me agolpaban los pensamientos en la cabeza mientras trataba de recordar los rituales, los métodos. Notaba la mirada del dragón clavada en mí, observando todos mis movimientos con una especie de curiosidad distante. Se me acababa el tiempo.

—*«Nyxaris, draco crepuscular de la casa Avari»* —comencé. La voz me temblaba. ¿Aquella criatura antediluviana respetaría algo de lo que tuviera que decirle?

—¡*Vaya, conoces mi nombre!* —bramó el dragón—. *¿Perteneces a la casa Avari, joven?*

—*No, pero... pero debo iniciar el vínculo* —tartamudeé—. *No puedo dejar que te vayas. Soy la única jinete de dragón de Sangratha.* —Las palabras me sonaron absolutamente ridículas en cuanto me salieron por la boca.

El dragón debía de pensar lo mismo. Resopló y me envolvió un aliento ardiente. Di un salto.

—«*Nyxaris, de la casa Avari, eres... magnífico. Tus escamas brillan como la misma noche, relucen con la sabiduría de los siglos.* —Me estrujé el cerebro, tratando de recordar las palabras que había leído. ¿Por qué no les habría dedicado más tiempo a aquellos libros?—. *Tu belleza... es como las estrellas. Todos los astros deben estremecerse al contemplar tu majestuosidad. Deben rendirse ante ti*».

El dragón entrecerró los ojos y noté como le divertía cada vez más la situación, pero insistí, y mi voz ganó fuerza.

—«*Eres el ser más poderoso que este mundo ha conocido. Has sobrevivido a varias eras. Has visto imperios alzarse y caer.* —No tenía ni idea de si era verdad, pero estaba claro que sonaba plausible—. *Nadie, ni siquiera otros dragones, podrían rivalizar con la hondura de tus conocimientos ni con la magnitud de tu coraje ni con la fuerza de tus poderosas alas*».

Nyxaris dejó escapar un rugido cavernoso.

—*¿Me adulas, pequeña?* —La voz del dragón desprendía sorna—. *¿Crees que puedes cautivarme para que me someta a ti?*

Se me aceleró el corazón.

—*No es solo adulación, oh, Nyxaris el Negro. Es sinceridad.* «*Contemplo tu grandeza. Percibo tu sabiduría. Mereces que te honren, que te adoren... y contar con un jinete que esté a tu altura. Alguien que pueda continuar con tu legado y permanecer lealmente a tu lado.* —Di otro paso hacia él, sin perder de vista los ojos del dragón—. *Permíteme que sea yo esa jinete. Seré tu compañera, nunca tu señora.* —No sé por qué, pero me pareció importante afirmarlo—. *Jamás te ataré ni te limitaré.* —Como si tuviera alguna posibilidad—. *Juntos podemos...*».

Nyxaris dejó escapar un sonido grave y resonante que hizo vibrar el aire y temblar el suelo que pisábamos. Me tambaleé y extendí los brazos para no perder el equilibrio.

Se estaba riendo, pensé. El dragón se reía de mí.

—*Permíteme que te interrumpa, niña. Ya basta. ¿Tan fácil crees que es convencerme con un puñado de palabras floridas?*

Me invadió el pánico. Cerré los ojos, buscando las palabras que había leído, las frases que utilizaban los jinetes que habían vivido mucho antes que yo.

Levanté las manos, con las palmas hacia arriba, me arrodillé y lo intenté una última vez.

—«*Por la sangre y el hálito, por la noche y el cielo, me entrego a ti, Nyxaris de la casa Avari. Tu belleza y tu poder no tienen rival. Que mi alma se vincule a la tuya, que mi vida se ate a tu vuelo. Juntos conseguiremos...*».

—*Basta.* —Nyxaris ladeó la gigantesca cabeza y los ojos le brillaron con más fuerza, con más frialdad—. *¿Crees que no he oído esas palabras antes, pronunciadas por jinetes hace tiempo muertos? No malgastes saliva. No volveré a caer en esa trampa.*

Se me encogió el corazón.

—*¿Qué quieres decir?*

El dragón retrocedió, batiendo las alas un poco más rápido. Se estaba preparando para alzar el vuelo. Me dejaría atrás y no regresaría jamás.

—*Nyxaris, por favor* —supliqué con voz frágil—. *Si te vas, creo que me matarán. Me matarán si piensan que no vas a volver y que fue culpa mía. No puedo sobrevivir sin ti.*

Nyxaris seguía mirándome fijamente a los ojos, impertérrito.

—*Entonces, pequeña, más te vale aprender a mentir* —gruñó el dragón—. *Hazles creer que regresaría si así lo desearas. Aunque no es algo que entre en mis planes.* —Algo en los ojos del dragón se suavizó mientras me observaba—. *Me despertaste de un letargo maldito. Restaurar mi alma fue un regalo que no había pedido. Pero no te equivoques: esa es la única razón por la que sigues de rodillas en la piedra. A cualquier otra criatura ya la habría convertido en ceniza.* —Sentí como un escalofrío me recorría la columna—. *Sobre todo al altasangre que se esconde detrás de ti* —añadió Nyxaris.

—*Entonces, ¿no te consideras vinculado a la casa Avari?* —le pregunté, en un último intento desesperado.

—*No. Y aunque lo estuviera, tú no perteneces a esa casa. ¿Verdad?*

Negué con la cabeza sin decir palabra.

—*Y no confundas este gesto con un acto de bondad, pequeña.* —Las palabras del dragón ostentaban un poder sereno y aterrador—. *Es simplemente gratitud. Por muy fugaz que sea.*

Nyxaris me lanzó una última mirada de desprecio y luego desplegó por completo las alas y las batió con una fuerza que hizo temblar las piedras. Poco a poco, el cuerpo negro del dragón se alzó del patio.

Contuve el aliento mientras observaba como ganaba altura, con las grandes alas agitando el aire como una tormenta. El viento me azotaba el pelo y me empujó hacia atrás, y aun así no pude despegar la vista de la criatura.

Nyxaris era el ser más magnífico que había visto en mi vida, y al cabo de un instante desaparecería para siempre.

Con otro poderoso batir de las alas, el dragón negro sobrevoló la Academia Bloodwing. Mientras se elevaba, profirió un rugido que resonó entre las piedras e hizo trepidar los muros del atrio.

Todos los estudiantes y profesores de Bloodwing debían de haber oído el rugido, si no habían notado ya los temblores. Muchos sin duda se habrían acercado corriendo a las ventanas y estarían siendo testigos del ascenso del dragón.

Nyxaris viró abruptamente en dirección a Veilmar, con el viento a favor. Se alejó volando por el cielo estrellado hasta que su silueta negra se convirtió en poco más que una sombra sobre la ciudad.

Por un momento me quedé inmóvil, paralizada, sumido el patio en un silencio sepulcral. El viento se había calmado y, sin embargo, todavía sentía el eco de la presencia del dragón.

La enormidad de lo que acababa de suceder me caló hasta los huesos.

Había despertado a un dragón.

Por fin, me di la vuelta.

Blake estaba detrás de mí, con los ojos fuera de las órbitas, contemplando aún el cielo donde se había desvanecido el dragón. Tenía el rostro pálido, manchado con la sangre de la herida que se había hecho en la cabeza.

Nuestras miradas se encontraron y el peso de todo lo que habíamos vivido quedó suspendido entre los dos, mudo, demasiado vasto para ponerlo en palabras.

Se había liberado un dragón. El mundo había oído su rugido.

Ya no había vuelta atrás.

La Academia Bloodwing y su universo esconden muchos peligros, por tanto, las historias que se desarrollan entre sus muros y que viven los protagonistas de este libro contienen elementos que podrían no ser aptos para todos los públicos, como secuestros, agresiones, acoso, abuso infantil, muertes violentas, tortura, manipulación emocional, sangre y vísceras, problemas de salud mental, así como tensión sexual, consentimiento dudoso, abuso de sustancias y lesiones o amenazas a animales. Si eres susceptible a estos temas, tenlo en cuenta, por favor.